Ancient
Chinese
Literature Theory

# 中国古代文学理论

祁志祥 / 主编

华东师范大学出版社

图书在版编目(CIP)数据

中国古代文学理论/祁志祥主编. —上海:华东师范大学出版社,2019
ISBN 978-7-5675-8773-1

Ⅰ.①中… Ⅱ.①祁… Ⅲ.①中国文学-古典文学研究 Ⅳ.①I206.2

中国版本图书馆 CIP 数据核字(2019)第 040431 号

## 中国古代文学理论

主　　编　祁志祥
责任编辑　范耀华
责任校对　孙祖安
版式设计　庄玉侠
封面设计　储　平

出版发行　华东师范大学出版社
社　　址　上海市中山北路 3663 号　邮编 200062
网　　址　www.ecnupress.com.cn
电　　话　021-60821666　行政传真 021-62572105
客服电话　021-62865537　门市(邮购)电话 021-62869887
地　　址　上海市中山北路 3663 号华东师范大学校内先锋路口
网　　店　http://hdsdcbs.tmall.com

印 刷 者　昆山市亭林彩印厂有限公司
开　　本　787×1092　16 开
印　　张　22.25
字　　数　493 千字
版　　次　2018 年 12 月第 1 版
印　　次　2018 年 12 月第 1 次
书　　号　ISBN 978-7-5675-8773-1/I·2005
定　　价　49.00 元

出版人　王　焰

(如发现本版图书有印订质量问题,请寄回本社客服中心调换或电话 021-62865537 联系)

# 目 录

# 前　言

　　建构具有民族特色的文学理论体系，曾经是 20 世纪 80 年代改革开放之初中国文学理论界和中国古代文学理论界学人的共同心愿。20 世纪 90 年代以来，中国的文学理论界曾掀起了一波古代文论现代转换的讨论、研究热潮，人们试图从现代学理、规范和逻辑出发，系统阐述古代文论，发掘它的现代意义。2006 年，"中国古代文学理论"明确列入高等教育"十一五"国家级规划教材指南类项目，表明新时期以来在古代文论现代转换和中国古代文论系统研究方面取得的实绩已得到广泛认同。1993 年，笔者在学林出版社出版的《中国古代文学原理——一个表现主义民族文论体系的建构》就是在古代文论现代转换和中国古代文论系统研究方面作出的成果之一。本教材即据此改订而成。

　　中国古代文学理论有自己的一套话语系统与思想系统，可它并没有以严密的逻辑体系和理论形态表现出来。就是说，中国古代文学理论并没有现成的理论体系。因此，按什么框架、模式来全面阐述古代文学理论，就成为建构民族特色文论体系的一个棘手问题。

　　如果按照现代文学理论的科学、逻辑要求去阐述古代文论，势必肢解古代文论的浑融性和原生态，招来"以今格古"之诟；反过来，如果照顾古代文论的原生态和浑融性，又势必肢解文学原理著作所必备的科学性、逻辑性、系统性，给人"以古说古"之嫌。依据古代文论资料梳理和建构现代性的民族文论体系，叙述的框架是一道难以逾越的栅栏。

　　笔者曾为此费尽思量。反复琢磨，几经斟酌，最终拟定的框架如本书目录所次。

　　这个理论框架分为三块。第一章是一块，它从总体上介绍了中国古代文论"文学是什么"和"文学应是什么"的文学基本观点;第二章至第十一章是一块,它按照文学创作发生的自然顺序逐一阐述古代文论在创作过程每一环节上的主要思想;最后两章是一块,它探讨了古代文论自身的方法论特征和历史演进,并借以说明为什么中国古代文论思想上有系统而理论上无系统。这三块之间有着紧密的内在关联:中国古代的"文学"观念规定了古代文学理论作为文章学理论或者叫广义的文学理论的特征,奠定了中国古代文学原理的表现主义基调;而古代文论的方法论又渗透、体现在对文学创作全过程的各种文学现象的理论思考上,渗透、体现在表现主义文学观念中。第二块作为全书的主体,它的每一章乃至每一章下属的每一节既环环紧扣、彼此照应,又独立自主、互不重复。为了兼顾理论著作的逻辑性与民族文论的原生态,笔者选取了若干个富有代表性的古代文论命题、范畴,在当代意识的指导下建构了这个逻辑框架,在具体章节篇目的设计上坚持古今相兼,避免"以古说古"和"以今格古"的弊病。所谓"合之则双美,分之则两伤",其是之谓乎! 这个框架是现代的,又是从古代文艺理论的潜浸涵濡中抽象出来的。框架的每一环节的古代文论命题、范畴的思想是其固有的,但该命题、范畴的固有内涵又不等于本书在该环节中所阐述的涵义,如我们将"比兴"说整合在"创作方法论"中述评,其实"比"、"兴"这两个范畴在古代文论中不仅指"方法",而且指"内容"("寄托")。只是由于逻辑的要求,我们依据"比兴"说的主导涵义,把它纳入"创作方法论"的环节中而不得不把它的其他涵义给搁置了。上面说的"整合",就是这个意思。

系统建构中国古代文学理论,质言之,即把古代文学理论的重要命题、范畴组合成一个大系统。不言而喻,"系统"的方法或者叫"整体"的方法是本书的重要方法之一。

要把几十个古代文论命题、范畴的产生、发展的历史及其不断积淀下来的内涵都搞清楚,一切从零开始是不可想象的。任何学术进步都是建立在对前贤成果的继承之上的。因此,本书的另一方法是"综合",即综合长期以来,特别是20世纪80年代以来古代文论乃至古代美学的命题、范畴的研究成果,把它们组成一个大系统。毫无疑问,"综合"是融会贯通的,它应当以自己的长期积累、深入思考作基础,才不致被人牵着鼻子跑,从而避免七拼八凑的弊病。用表情达意的"表现主义"作为一根主线去贯穿、统辖诸多古代文论命题、范畴,就是笔者在长期研究的基础上对中国古代文学理论民族特征和文化品格的概括。

为了揭示中国古代文学理论的民族特点,还需要用比较的方法,即与西方文论作比较。由于已有学者用比较的方法在古代文论研究方面取得了相当出色的成果,由于西方古典文论、古典美学的一些原理、知识已成为常识,所以,与西方古典文艺美学的比较在本书中便不展开,有限的篇幅主要用在与西方现代文艺美学的比较上,这样可以昭示中国古代文学理论的当代意义与世界意义。笔者力图站在当代意识的高度审视古代文论,这个愿望主要借此显现。

中国古代文学理论与西方古今文艺美学理论相比,既有同,也有异。其同,并非西人影响所致;其异,亦非古人刻意所为。这"同"和"异",都是由中国文化必然决定的,所谓"同乃不得不同,异乃不得不异"。因此,用文化学的方法来考察中国古代文学理论的文化成因和品格,就成为本书最引人注目的方法。说它引人注目,是由于这种文化考察在书中占了约三分之一的篇幅。本书考察中国古代文论与中国文化的联系,主要着眼于民族的精神文化,尤其是儒家文化、道家道教文化、佛教文化、宗法文化、训诂文化与中国古代文论的联系。于是,本书不只标志着中国古代文论研究走向系统,也标志着中国古代文论研究走向文化。

作为原理性的中国古代文学理论体系的建构,它阐述的必须是那些成为共识的思想,只有这样,才能取得广泛的认同,才具有普遍性、工具性。这就决定了此类著作不可避免地带有"述而不作"的色彩。同时,由于笔者撰写本书时缺乏可资借鉴的同类著作,因而,从理论构架到观点概括都不可避免地带有探索性、创新性的特点。这种探索性、创新性及其带来的新意在文论之后的文化透视中体现得更加明显。

在中国古代,诗文被看作文学的正宗。"文以意为主",古代的诗文以心灵表现为特色。中国古代文学理论,就是对中国古代以表情达意为主的文学作品的理论概括。因此,本书研究阐述的重点是中国古代的诗文理论命题、范畴,并试图建构一套表现主义文学原理体系。

在今天的中小学和大学文理科,中国古代文学作品不断被讲授和学习。用从西方舶来的"形象"、"典型"、"反映现实"之类的文学理论来解读这些作品,总显得大而无当,有隔靴搔痒之感。用从民族文论中抽象出来的文学原理来剖析古代文学作品和文学现象,就恰如其分、入木三分了。

中国古代文学理论的功能不仅在于能帮助今人切中肯綮地理解古代文学作品,而且在于它具有一种指向现实的穿透力。中国古代文学理论作为表现主义文学理论体系,它理应较再现型的文学理论更能有效地说明一切表现主义作品,特别是西方现代主义作品。西方文学自19世纪末以来,愈益向主体表现方向发展。这些作品中,现实不再成为生活真实的反映,而蜕变为徒有其形、不反映生活本质规律的"幻相"(朗格语),成为象征"情感"的"形式"(朗格语)、表现主体的媒介。这类作品中"文字"、"现实"、"主体"的关系与中国古代文论中讲的"言"、"象"、"意"的关系,或"文字"、"景物"、"神情"的关系何其相似! 当西方现代文学向中国古代文学靠拢、交叉时,中国古代文学理论就有了能较好说明西方现代主义作品,或至少对解读西方现代作品很富启示的当代价值。

这项工作如果做得好,不仅可以刷新文学理论研究的格局,给古代文论研究开辟一条新路,也可使古代文论走向今天,使中国文论走向世界。只有民族性的东西才能是世界性的。中国文学理论研究要跻身于世界文学理论之林,舍此别无他途。

本书原为联合申报单位山西教育出版社于2008年出版,现合同期满,在华东师范大学出版社出修订版。本版增补了第十三章,其中散文理论一节由姚爱斌教授撰写,诗学理论一节由乔东义教授撰写,小说理论一节由李桂奎教授撰写,词学理论一节由王毅副研究员撰写,其余部分由本人撰写。

本书修订时,曾查阅是否有"十二五"国家级教材《中国古代文学理论》可供参考,未想到此书缺席。如此,我们这部"十一五"国家级规划教材《中国古代文学理论》作为从范畴、命题入手的中国古代民族文论体系的横向逻辑建构,就不仅是第一部,也是唯一的一部国家级规划教材了。希望该教材能够在广泛使用中进一步得到完善。

祁志祥

2018.11.30

# 绪 论

## 论中国古代文学理论的表现主义体系

系统阐述中国古代文学理论的难处,不仅在于应有一个妥善的理论框架、一种合理的叙述结构,而且在于这个叙述结构的各环节之间须有一种相互联系、一以贯之的系统性和有机性。贯穿在中国古代文学理论中的这种有机联系是什么呢?我认为就是表情达意的"表现主义"。

所谓"表现主义",是现代西方文论中与"再现主义"相对的一个概念。西方古典文论强调文学是现实的"摹仿"、是客观外物的"再现",一般称作"再现主义"。西方现代文论强调文学是直觉的"表现"、主体的"象征",一般称作"表现主义"。这里借用这一约定俗成的概念,作为对强调"文以意为主"的中国古代文论民族特色的概括。

什么是"文学"或文学之"文"呢?晚清以前,一直没有人作出明确的界说。但历代《文选》一类的作品集、《文心雕龙》一类的文论著作不断出现,从入选及所论作品的体裁、范围来看,"文学"的外延是极广的,不仅包括美文学与杂文学,而且包括簿记、算术、处方一类的文字,如果说它们之间有什么共通点而统一被叫作"文",那就是它们都是文字著作。所以晚清章炳麟在《国故论衡·文学总略》中总结说:"是故榷论文学,以文字为准,不以彣彰为准。""文"即"著于竹帛"的"文字"。这是符合古代文学创作和评论实际的。然而,这只是古人对"文"的不带价值倾向的认识,或可视为古人关于"文"的哲学观念、知性界定。当价值观念掺杂进来之后,对"文"的认识则出现了新的变化。

这个价值观念是什么呢？也就是"内重外轻"①。这是宗法社会所铸就的中国人的特殊的价值取向模式。宗法社会以"国"为"家"，以人为本，故"治国平天下"最终归结为"齐家修身"、"正心诚意"。所以古人治国，尤重个人道德修养。而道德修养的方式，就是"吾日三省吾身"，"反身而诚，乐莫大焉"；为政向往的"仁政"理想，就是"正心诚意"了的国君以"己所不欲，勿施于人"的方式去对待臣民。一句话，无论上下，均应以治心为本，治心为贵。于是，心外物色则成为无足轻重的东西。这就叫"内重外轻"。当它历史地积淀为一种价值取向模式并浸染到文学观念中来时，便出现了"文，心学也"②、"文以意为主"之类的文学表现论。这种把文学界说为心灵表现的文字作品的观念，可以说是关于"文"的价值界定，是文学观念中的价值论。

这种表现主义的文学观念，是中国文学乃至中国艺术之"神"，是统帅中国古代文艺理论的一根红线。

让我们先来看古代文论中的创作主体论。中国古代既然认为文学应当是心灵表现的文字，则作家的心灵素质在创作中的作用和地位自然备受重视。故古人喋喋不休地强调：作家要有"德"，以保证作品中的"善"；作家要有"记性"、"作性"、"悟性"，以炼就"学"、"才"、"识"，创造出富有"材料"、"见识"和"辞章之美"的文学作品。

再来看古代文论中的创作发生论。

创作发生关联着两方面。一是创作的对象本源，一是作者观照世界的方式。前者偏重于客体，后者偏重于主体。古代的文源论，其形态有四：一、"人文之元，肇自太极"；二、"感物吟志，莫非自然"；三、"六经之作，本于心性"；四、"六经者，文章之渊薮也"。其实质则一："文本心性"。在中国古代文化中，"太极"即是"吾心"，"天道"即是"人道"。故"文肇太极"即"文本心性"。"物"是"太极"所生，"经"是"道沿圣而垂文"的产物，故"源物"、"渊经"二说亦可归为"文本心性"一说。这可看作表现主义在文源论中的渗透。

古代论作家、艺术家观照现实的方式，不是单向的由物及我，而是双向的"物我双会"、"心物交融"。为什么呢？因为在古人看来，事物的美，不在事物自身的形质，而在事物所蕴含的人化精神。所以许慎《说文解字》释"玉"之"美"，是"美有五德"。邵雍教导人们"观花不以形"，因为"花妙在精神"③。这样，对象精神的美，就只能是为人而存在，就有待于"由物及我"后"由我及物"的能动创造。这种双向交流的审美观照方式，即"我见青山多妩媚，料青山见我应如是"式的观照方式，是一种表现主义的审美观照方式。

接下来，我们来看古代文论中的构思论。

古代文论构思论大抵由"虚静"说、"神思"说、"兴会"说组成。由于古人习惯于"返

---

① 刘熙载《古桐书屋札记》，清光绪十三年刻本。

② 刘熙载《游艺约言》，《古桐书屋续刻三种》，清光绪十三年刻本。

③ 邵雍《善赏花吟》，《伊川击壤集》卷十一，《四部丛刊》本。

观自身",所以,对文学创作中的构思状况有颇为清醒的内省认识;由于古人重视创作主体的地位和作用,所以,对文学创作的主体心态有更多的要求。而表现主义的特点也在构思论中显示出来。"虚静"说是对构思心态的要求。古人认为,文学构思是一种高度专一、集中的思维活动。为保证这种思维活动顺利进行,构思主体在"运思"之先,须"虚心"、"静思"。"虚心"就是使心灵虚空无物;"静思"就是使各种杂虑停止运动。通过"虚心",心灵从"有"变成"无",其目的还是为了变成"有";通过"静思",心灵从"动"变成"止",其指向还是归于"动"。这就叫"虚心纳物"(物:构思中的意象)、"绝虑运思"(思:艺术构思)。这是有无相生、动静相成的辩证心灵运动,是艺术构思的必经环节,结果是为艺术构思营造所需的心灵状态。

当挪出了"虚静"的心理空间后,文学构思就登场了。"神思"说就是古代文论对文学构思特征的论述。"神思"即精神活动。这个概念本身昭示了表现主义文学构思的特点:它是一种外延广泛的心灵运动,可具象,亦可抽象,未必为"形象思维"。然而,按中国古代"温柔敦厚"、"主文谲谏"的审美传统,表情达意不宜直露,最好托物申意,即景传情,故"文之思"又经常表现为"神与物游"的意象运动、形象思维。这种思维分"按实肖象"与"凭虚构象"两种①。就"凭虚构象"一面讲,它可上天入地,来去古今,大临须弥,细入芥子,在空间上达到无限、时间上达到永恒。同时,它可离开物象,但须臾不可离开语言作孤立运动,所谓"物沿耳目,辞令管其机枢"。这里,它又时常流露出文学作为广义的语言文字著作这一文学观念的烙印。

"兴会"即兴致之钟会,也就是灵感。"兴会"说对文艺构思中的特殊状态——灵感现象的特征和奥秘作了深入剖析。"文章之道,遭际兴会,抒发性灵,生于临文之顷者也。然须平日餐经馈史,霍然有怀,对景感物,旷然有会,尝有欲吐之言,难遏之意,然后拈题泚笔,忽忽相遭,得之在俄顷,积之在平日,昌黎所谓'有诸中'是也。"②灵感是偶然与必然、倏忽与长期、天工与人力、主观与客观、不自觉与有意识的对立统一。

表现主义在古代文学创作方法中有什么表现呢?我们挑出几个主要的方法来看。一是"活法"。古代文论连篇累牍地强调"活法"这种文学创作"大法"。"活法"的本义是灵活万变、不主故常之法。什么是灵活万变之法呢?就是"随物赋形"之法。这个方法表现的对象性的"物"就是心灵意蕴。于是,"活法"又被界说为"辞以达志"之法、"惟意所之"之法、"因情立格"之法、"神明变化"之法。意蕴千姿、情感百态,故表情达意的方法也千变万化,不主故常,"活法"之"活",注脚正在于此。

中国古代崇尚"温柔敦厚"的礼教,故表情达意切忌直露。"用事"、"比兴"正是含蓄委婉地表情达意的有效方法。"用事"即引用成辞、故事,把自己的意思放在古代的言语、事件中让人品味。"比兴"照郑玄的解释,"比"即"见今之失,不敢斥言,取比类以言

① 刘熙载《艺概·赋概》,上海古籍出版社 1978 年版。
② 袁守定《谈文》,《占毕丛谈》,清光绪重校刻本。

之";"兴"即"见今之美,嫌于媚谀,取善事以喻劝之"。① 易言之,"比"是委婉的批评、讽刺方法,"兴"是委婉的表扬、歌颂方法。后来,"比"一般被视为以彼物喻此物的"比喻"方法,"兴"一般被理解为委婉的开头方法。"用事"、"比兴"说到底均为委婉、含蓄的表情达意方法。

在古代文学作品论中,表现主义烙印何在呢?

古代文论有"文气"说。"气",西人译为"以太"、"生命力"。置于古代哲学元气论中看,它不外是一种"元气"。"元气"是生命力的象征。故"文气"实即"文学生命"。文学怎么才能有"生命"呢? 就是要在对象描写中寄寓人的精神。如果就物咏物,即事叙事,不寓情,不寓意,不寓识,不寓气,则"物色只成闲事",文章只成"纸花"、"偶人",必然毫无生机。

古代的"文体"说论述了十几至几十类文体的特点,而论述得最充分、最详尽的文体往往都是与心灵表现相关的文体。如诗歌是"言志咏情"的,散文是"以意为主"的,历史是"寓主意于客位"的,辞赋是"有自家生意在"的,小说是"寓意劝惩"的,戏剧是"不关风化体,纵好也徒然"的。对于书、籍、谱、录之类与心灵表现无关的文体,古代文论论之甚少甚简,古代文选也收之极为有限。这说明,表现主义文体在古代是最受欢迎、重视的。马克思曾指出:一种理论的实现程度取决于大众对这种理论的需要程度。正是在中国古代普遍崇尚表情达意的文化环境中,表现主义文体才成为文学创作的主流。而诗之所以成为古代文学的正宗,具有凌驾于其他文体之上的最高品位,与诗这种文体与心灵联系得最为紧密不无关系。"诗"照文字学家的解释,本身就是由"言志"二字构成的。

关于文学作品形式与内容的关系,古代文论的"文质"说、"言意"说、"形神"说分别作了论述。"文"即"形式","质"即内容。由于古代并不以"形象"为文学必不可少的特征,而以人的心灵意蕴为高品位的文学作品不可或缺的因素,故文学作品的"文质"关系,一般表现为"言意"关系。为含蓄不露地表情达意,古代文论又强调"以形传神",故"文质"又常常表现为"形神"。这里,"形"是"物之形","神"是外化为"物之神"的"我之神"。通过"言"描写"形"从而构成了"文"(形式),以表达作为"质"的主体之"神",这就是古代文学作品形式内容关系论的总体走向。

古代文论中有大量的"意境"、"意象"理论。曾有不少学者把"意境"、"意象"与现今文学理论教科书中作为文学特征的"形象"等同起来,这并不确切。首先,我们必须辩明,"形象"在今天的文学理论教科书中曾经是作为文学必不可少的特征出现的,而"意境"或"意象"并不是古代文学必不可少的特征。古代不少被认可为"文"的作品并不具备"意境"或"意象","意境"或"意象"毋宁说只是古代表现主义文学作品的特征。其次,必须辩明,"形象"与"意象"、"意境"的来源、重心各个不同。现在通行的文论教科书承

---

① 郑玄《周礼注疏》卷二三,《十三经注疏》本,上海古籍出版社 1997 年版。

袭的是西方文论的模式。在西方文论模式中,"形象"产生于对客观外物的"摹仿"。"摹仿"愈忠实,"形象"愈真实,主体思想感情的介入就愈少,所以,"形象"的重心在"象"不在"意"。"意境"、"意象"则不同。它诞生于运用含蓄的、审美的手段(即物象)实现表情达意的目的这样一种机制,故重心在"意"不在"象"。

诗歌,是古代表现主义文学作品之最。"诗者,吟咏性情也",诗歌中的"意",往往具体化为"情"。诗"以含蓄为上",以"比兴"为主。诗歌通过"比兴"温柔含蓄地表达"情"的媒介,又常常落实为"景"。故"情景"实即诗歌中的"意境","情景交融"实即"意境浑融","情景"说即诗歌"意境"形态论。

从中国古代诗歌创作的内在机制上说,既然"情"、"意"、"神"被公认为诗歌所应表现的内容和传达的目的,"景"、"象"、"形"被视为诗歌表情、达意、传神的形式和手段,那么,自然之"景"和物之"形"、"象"就自然会为了表情、达意、传神的需要而发生变形,而这种变形的手段往往是夸张和比喻。"白发三千丈,缘愁似个长",就是为表情、达意、传神的需要运用夸张和比喻描写物象发生变形的典型例证。这种情况,与中国古代画坛流行的不拘形似的写意画出于同一机杼。这便形成了古代文论艺术真实论中的"真幻"说。在诗歌作品的"意境"、"情景"、"形神"中,写"意"、"情"、"神"是"真",写"境"、"景"、"形"是"幻"。而在西方再现主义文学作品中,物象的描写必须真实,作家的心灵意蕴必须蕴藏在真实的物象描绘中。正是在这点上,中国古代文论的艺术真实论呈现出不同于西方文论的民族特色。

古代文学作品的风格从总体上分有阴柔与阳刚两大类。阴柔之美表现为"平淡",阳刚之美表现为"风骨"。"平淡"的特点是似淡实浓,言近旨远,美在意味深长;"风骨"的特点是情怀壮烈,意气刚贞,美在动人心魄。我们不妨把它们看作是表现主义的两种不同风格表现形态。"风骨"作为一种崇高美,其表现主义特征尤其可以在与西方艺术崇高美的对比中见出。西方人讲的"崇高",对象体积巨大,"数学的崇高"是不可或缺的突出因素。这在中国古代的"风骨"美中却可有可无。"风骨"所侧重的是"力学的崇高",是一种"浩然之气",是高远的抱负和令人仰慕的精神境界。

古代文论论文学作品的形式美,一个重要组成部分是与内容相联系的形式美,即"合目的"的形式美。用宋人张戒的话说,就叫"中的为工"①。这个形式所要瞄准、击中的"的"是什么呢?主要的不是客观之物,而是主体之神。所谓"辞达而已矣"②。"达"的对象就是"意"。"辞达而已"即文辞对"意"的表达"无过不及"之谓。辞不及意为质木无文,辞过乎意则为巧言靡辞,均不可取。

作品的表现主义特色,同样规定了审美鉴赏不同于西方"文学接受"的特点。

西方文论讲文学接受,是"披文入象",通过文学语言把握它所再现的社会生活。中

---

① 张戒《岁寒堂诗话》,《历代诗话续编》,中华书局 1983 年版。
② 《论语·卫灵公》孔子语。朱熹《四书章句集注》本,中华书局 1983 年版。

国古代文论讲文学鉴赏，则是"披文入情"，通过语言文字把握它所表达的作者思想感情。有时，作者的思想感情并非由文字直接表达的，而是在形象描写中含蓄地流露出来的。在这样的作品中，欣赏者的接受步骤就分两步走。首先是"披文入象"，通过文字认识它所描写的物象；紧接着是"披象入情"，通过物象描写认识它所传达的情意。由于古代文学作品多讲究含蓄不露地传达，所以，读者对于作品中的"意"往往不是一下子能认识的，而是通过"一唱三叹"、"反复涵泳"、慢慢咀嚼回味才能领略的。"优游涵泳"，是含蓄的表现主义文学作品的特殊鉴赏方法。

不仅如此，"内重外轻"的思维模式还使中国古代文论特别注重发挥读者在文学鉴赏接受中的主观能动性。这种主观能动性表现为读者在阅读中会以自己的经验与想象去丰富作品的内涵。所谓"作者之用心未必然，读者之用心何必不然"①，"诗无达诂"②，"文无定价"③。然而古代文论同时又看到，尽管"好恶因人"，但"妍媸有定"④，"书之本量初不以此加损焉"⑤。这是作为鉴赏主体的读者与作为审美对象的作品之间的一种"双向交流"，既肯定、鼓励鉴赏主体的能动创造，又不否认审美对象自身固有的美学价值。不妨视为作者作为审美者在观照现实世界时的"物我交流"方式在读者审美环节上的一种复现。

表现主义同样在文学功用论上留下了自己的印记。

西方文论讲文学的认识功用，是对现实的认识功用，而作家的面影则在高度忠实于原物的描写中被淹没了。中国古代文论也讲文学认识现实的作用，如"观风"云云，但文学对社会时代风貌的这种认识作用是通过人情这个中介间接实现的，所谓"治世之音安以乐，其政和；乱世之音怨以怒，其政乖"⑥即是显例。易言之，古代文学对现实的认识功用是间接的，对作者思想感情的认识功用是直接的。"文者，作者之胸襟也"，通过作品，我们可以更方便、更直截了当地"知人"。

由于古代文学作品重视"善"的道德情感的表现，所以，借助文学手段，上可"教化"下、下可"美刺"上，文学的教育功用是自然而然、不言而喻的。

古代文论论文学作品的美感功用，有"趣味"一说。"味"是重经验感受的中国人用以指称"美"的常用术语。古人"趣"、"味"联言，既可释为偏正结构的复合词，指"趣之味"；也可释为联合结构的复合词，"趣"即"味"，"味"即"趣"。从历史流变来看，是先有偏正结构的"趣味"，才有联合结构的"趣味"的。易言之，即"趣"先被人们认可为"味"，才得以与"味"并列构成一个双音词来同指"美"的。而"趣"的本义有什么呢？文字学告

① 谭献《复堂词录序》，清光绪刻本《复堂类稿》文一。
② 董仲舒《春秋繁露·精华》，《二十二子》本，上海古籍出版社 1986 年版。
③ 化用苏轼《答毛滂书》，《经进东坡文集事略》卷四七。按：原话为"文章如金玉，各有定价"。
④ 葛洪《抱朴子·塞难》，《四部丛刊》本。
⑤ 刘熙载《艺概·文概》，上海古籍出版社 1978 年版。
⑥ 《毛诗序》，《毛诗正义》卷一，《十三经注疏》本。

诉我们，它本与"旨趣"的"趣"相通，即"意旨"。在古人看来，一部作品只有意蕴深厚，使人感到意味深长，才有"味"、有"美"。"趣"就这样与"味"走到一起了。可见，"趣味"即"意味"，它是中国特色的艺术美，与西方文学摹仿说的逼真美迥异其趣。

徐复观在《中国艺术精神》中把庄子精神界说为中国艺术（主指绘画，亦与文学相通）之神。步承此旨，叶朗在《中国美学史大纲》中把中国古典美学的命脉描述为：通过有限走向无限，通过有形走向无形，这"无限"、"无形"就是老庄式的"道"，即弥漫于宇宙、派生万物的客观实体。尽管这自成一说，也不乏精彩论证，但这却是不合中国古代"凡诗文书画，以精神为主"①的表现主义实情的。不错，中国艺术是通过有限走向无限，通过有形走向无形，但这"无限"、"无形"不一定是客观实体性的"道"，而更多地呈现为主体精神性的"意"。文学艺术是内容与形式的统一体，内容有主、客之分，侧重于用形式反映客观内容的形成再现性艺术，侧重于用形式表现主观内容的形成表现性艺术。如果我们既不作绝对化的理解，又照顾到主导倾向，对此，我们是不难达到共识的。中国古代文学理论，就是对这种表现主体的文学作品的理论概括。

近些年来，西方的叙事学理论登陆中国。受此影响，部分学者根据中国古代小说、戏剧、散文中有大量的状物叙事成分，对中国古代文论以表意为主的民族特色提出质疑。其实，中国古代文学中虽有大量的状物叙事描写，但都不是目的，而是为表情达意服务的。晋代挚虞强调："以情义为主，以事类为佐。"宋代张戒重申："言志乃诗人之本意，咏物特诗人之余事。"这表明，中国古代以诗赋为代表的文学作品，一方面以言志抒情为旨归、主体；另一方面又反对赤裸裸地言志抒情，而主张通过"事类"、"咏物"的方式去表情达意，也就是即事明理、即物言情、"寓主意于客位"（刘熙载）。所以，在中国古代诗词中，景语即是情语，在中国古代小说、戏剧中，人物、事件只是醒世明世、表达作者讽谏寄托的道具。古代哲学有体用之说，艺术哲学亦然。用是多，体是一。事象再多也敌不过贞一之本体。故古有"执一驭万"之说。"一"者，作者主体之意也。由此可见，中国古代文学尽管有叙事传统，但它不是本体，也不是主体，无法撼动中国古代文论"以意为主"的民族特色和整体取向。

---

① 方东树《昭昧詹言》卷一，人民文学出版社 1961 年版。

# 第一章
# 中国古代的文学观念论

　　"文学观念"有广义、狭义之分。广义的"文学观念",指关于各种文学现象的认识。狭义的"文学观念",指对"文学"这一概念内涵的认识。本章探讨的是中国古代的狭义的文学观念。中国古代文论认为,"文学"是一切文字著作,其特征是"文字",这便构成了文学特征论。尽管"文学"是一切文字著作,古代文论又强调,文学应以表情达意为主,这就构成了文学表现论。中国古代的文学观念论,大体上由文学特征论与文学表现论构成。

## 第一节　"文学以文字为准"
### ——中国古代的文学特征论

　　中国古代的"文学"是一个广义的泛文学概念,不同于西方的美文学概念,乃是包括美文学和学术文章在内的一切文字著作和文化典籍。"文"的本义是"错画"、纹理。汉字都符合"错画"、纹理的特征,因而汉文字著作都可称"文"。正如清人章炳麟所概括:"是故榷论'文学',以文字为准,不以彣彰为准。"衡量"文学"的特征是"文字",而不是"彣彰"——"文采"或"美"。所以,中国古代的"文"不仅包括英文中的 literature,而且包括 aticle,easay,等等。英文中的 literature 一词虽然词源学上曾经也有"文字著作"的涵义,但自亚里士多德以后,更多地是指以"美"为特征的文字著作,或以"艺术"为特征的语言文字作品。这种"美"的"艺术"特征或指"形象"、或指"情感"、或指"形式"、或指"虚构"。中国古代文论诚然不乏对某些文学样式的"形象"、"情感"、"形式"、"虚构"等属性的分析,但从未把它们作为一般文学作品的必备特征来强调。

"文学"的内涵、特征是什么？对此,中国古代有自己的独特观念。然而在清代以前,这种观念只是在古代文论家所列举的或古代文选一类的著作所收罗的"文"的外延中体现着,并无明确的界说。直到晚清章炳麟在西方逻辑学的影响下,才对中国古代的这种文学观念作出了明确的界定:"'文学'者,以有文字著于竹帛,故谓之'文';论其法式,谓之'文学'。凡文理、文字、文辞皆称'文';言其采色发扬,谓之'彣'。……凡'彣'者必皆成'文',凡成'文'者不皆'彣'。是故榷论'文学',以文字为准,不以彣彰为准。"①章氏此论,准确概括了中国古代占主导地位的"文学"概念:文学(简称"文")是一切文字著作,衡量是不是文学的特征或标准是"文字",而不是"彣彰",即"文采"。

## 一、中国古代"文学"概念的历史行程

先秦时期,"文"或"文学"、"文章"不仅包括一切文字著作,而且外延比文字著作还大,包括道德礼仪的修养文饰。"文"字的构造是交错的线条、花纹,所以《易·系辞》说:"物相杂,故曰'文'。"《国语·郑语》说:"物一无'文'。""文章"的本义也是如此。《周礼·考工记》云:"画缋(同绘)之事……青与赤谓之'文',赤与白谓之'章'。"②由交错的线条和具有文饰性的花纹,衍生出文饰的涵义。《楚辞·九章·橘颂》:"青黄杂糅,文章烂兮。"此处的"文章"即指斑斓的色彩。《左传·隐公五年》:"昭文章,明贵贱。"杜预注"文章":"车服旌旗。"③正由文饰之义转化而来。由自然界的文饰,引升为道德文饰及礼仪修养。孔子说:"郁郁乎文哉,吾从周。"④《诗·大雅·荡》毛序:"厉王无道,天下荡荡,无纲纪文章。"这里的"文"和"文章",均指周代的道德文明和礼仪法度。《战国策·秦策》:"文章不成者不可以诛罚。"这里"文章"则指法律制度。《论语·公冶长》记子贡语:"夫子之文章,可得而闻也。"此处的"文章",不只指孔子编纂的文辞著作,而且包括孔子的道德风范。朱熹《论语集注》:"文章,德之见乎外者,威仪文辞皆是也。"道德礼仪的修养离不开后天的学习,所以道德的文饰修养又叫"文学"。《论语·公冶长》记载:"子贡问曰:'孔文子何以谓之"文"也?'子曰:'敏而好学,不耻下问,是以谓之文也'。"《论语·先进》述及孔门四科,即"德行"、"言语"、"政事"、"文学"。北宋经学家刑昺将"文学"解释为"文章博学",郭绍虞先生将"文章博学"解释为"一切书籍、一切学问",即"最广义的文学观念"⑤。其实此处的"文学"并不等于我们今天所谓的"广义的文学",在此之外,还包括礼仪道德的学习修养。因此,《荀子·大略》说:"人之于文学也,犹玉之于琢磨也。……子赣、季路,故鄙人也,被文学,服礼义,为天下列士。"正因为此时的"文学"是道德的形式载体和外在规范,所以它并不以"文采"为特质,而以"质信"为特征。《韩非子·难

---

① 章炳麟《国故论衡·文学总略》,《章氏丛书》中卷,浙江图书馆刊本。

② 郑玄《周礼注疏》卷四十,《十三经注疏》本,上海古籍出版社 1997 年版。

③ 《春秋左传正义》卷三,《十三经注疏》本,上海古籍出版社 1997 年版。

④ 《论语·八佾》,朱熹《四书章句集注》本,中华书局 1983 年版。

⑤ 郭绍虞《文学观念及其含义之变迁》,《照隅室古典文学论集》上编,上海古籍出版社 1983 年版,第 90 页。

言》指出：当时人们把"繁于文采"的文字著作叫做"史"①，把"以质信言"、形式鄙陋的文字著作称为"文学"。于是"文"必须以原道为旨归。《论语·学而》："行有余力，则以学文。"《墨子·非命中》："凡出言谈、由（为也）文学之为道也，则不可而不先立义法。"所以"文学"又常被用来指"儒学"。如《韩非子·五蠹》："儒以文乱法，侠以武犯禁。""故行仁义非所誉，誉之则害功；文学者非所用，用之则乱法。"当然，"文"也可单指文字著作。《论语·述而》："子以四教：文、行、忠、信。"刑昺疏："文，谓先王之遗文。"②朱熹《论语集注》："程子曰：'教人以学文修行而存忠信也。'"罗根泽先生指出："周秦诸子……所谓'文'与'文学'是最广义的，几乎等于现在所谓学术学问或文物制度。"③从"学术学问"一端而言，"在孔、墨、孟、荀的时代，只有文献之文和学术之文，所以他们的批评也便只限于文献与学术。"④

两汉时期，情况出现了变化。一方面，"文学"一词仍保留着古义，指儒学或一切学术。如《史记·孝武本纪》："上乡（向也）儒术，招贤良，赵绾、王臧等以文学为公卿。"《史记·儒林传》："延文学儒者数百人，而公孙弘以《春秋》白衣为天子三公。""治礼，次治掌故，以文学礼义为官。"这是以"文学"为"儒学"的例子。西汉桓宽《盐铁论》记载的与桑弘羊大夫对话的"文学"，即指儒学之士。《史记·太史公自序》云："汉兴，萧何次律令，韩信申军法，张苍为章程，叔孙通定礼仪，则文学彬彬稍进。"又《史记·晁错传》："晁错以文学为太常掌故。"这是把"文学"当作包含律令、军法、章程、礼仪、历史在内的一切学术了。另一方面，此时人们把有文采的文字著作如诗赋、奏议、传记称作"文章"。于是"文章"一词取得了相对固定的新的涵义，而与"文学"区别开来。《汉书·公孙弘传·赞》中云："文章则司马迁、相如。"与"文章"相近的概念还有"文辞"。如《史记·三王世家》："文辞烂然，甚可观也。"《史记·曹相国世家》："择郡国吏木讷于文辞、厚重长者，则召除为丞相史。"这里的"文辞"即文采之辞。不过"文章"在出现新义的同时，其泛指一切文化著作的古义仍然保留着。如《汉书·艺文志》："至秦患之，乃燔灭文章，以愚黔首。"作为包罗"文学"、"文章"在内的"文"，仍然指一切文字著作。因此，《汉书·艺文志》所收"文"之目录包括"六艺"（即六经）、"诸子"、"诗赋"、"兵书"、"术数"、"方技"的所有文化典籍，共六略三十八种，五百九十六家。

魏晋南北朝时期，人们继承汉代"文章"与"文学"的分别，以"文章"指美文，以"文学"指学术。如《魏志·刘劭传》："文学之士，嘉其推步详密……文章之士，爱其著论属辞。"刘劭《人物志·流业》："能属文注疏，是谓'文章'，司马迁、班固是也；能传圣人之业，而不能干事施政，是谓'儒学'，毛公、贯公是也。"所以刘勰《文心雕龙·序志》说："古来文章，以雕缛成体。"《情采》篇说："圣贤书辞，总称'文章'，非采而何？……若乃综述性灵，敷写器象……其为彪炳，缛采名矣。""夫铅黛所以饰容……文采所以饰言……"同时，"文学"一词也出现了狭

---

① 《仪礼·聘礼》："辞多则史，少则不达。"可参证。
② 《论语注疏》卷七，《十三经注疏》本。
③ 罗根泽《中国文学批评史》第一册，上海古籍出版社1984年版，第46页。
④ 罗根泽《中国文学批评史》第一册，上海古籍出版社1984年版，第81页。

义的走向,而与唯美的"文章"几乎相同。宋文帝立四学,"文学"成为与"经学"、"史学"、"玄学"对峙的辞章之学,亦即汉人所称的狭义的"文章"。其后宋明帝立总明馆,分为"儒"、"道"、"文"、"史"、"阴阳"五部,其"文"即与上述"文学"相当。与此同时,南朝人又进一步分出"文"、"笔"概念。"文"是有韵的、情感的文学,"笔"是无韵的、说理的文学。这种与"笔"相对举的"文",萧绎说它"惟须绮縠纷披,宫徵靡曼,唇吻道会,情灵摇荡"①,与今天所讲的以"美"为特点的"文学"是相通的。

陆机《文赋》说:"诗缘情而绮靡。"其实,魏晋南北朝时期不仅"诗"重视"绮靡"的形式美,而且整个文学都体现出唯美的倾向。以刘勰为例。刘勰《文心雕龙》所论之"文"范围虽然很广,但大多以形式美相要求。如《征圣》论"圣人之文章":"圣文之雅丽,固衔华而佩实者也。"《宗经》说:"扬子比雕玉以作器,谓《五经》之含文也。夫文以行立,行以文传,四教所先,符采相济。"《辨骚》说楚辞:"金相玉式,艳溢锱毫。""观其骨鲠所树,肌肤所附,虽取熔经义,亦自铸伟辞。故《骚经》《九章》,朗丽以哀志;《九歌》《九辩》,绮靡以伤情;《远游》《天问》,瑰诡而惠巧;《招魂》《招隐》,耀艳而深华……气往轹古,辞来切今,惊采绝艳,难与并能矣。"《诠赋》说赋:"铺采摛文"、"蔚似雕画"。《颂赞》论颂、赞:"镂彩摛文,声理有烂。"《祝盟》论祝辞和盟书:"立诚在肃,修辞必甘。"《诔碑》论诔文和碑文:"铭德慕行,文采允集。"《杂文》论对问、七、连珠乃至典、诰、誓、问、览、略、篇、章、曲、操、弄、引、吟、讽、谣、咏:"渊岳其心,麟凤其采。""负文余力,飞靡弄巧。""甘意摇骨体,艳词动魂魄。""体奥而文炳","情见而采蔚"。《诸子》论诸子之文:"研夫孔、孟所述,理懿而辞雅;管、晏属篇,事核而言练;列御寇之书,气伟而采奇;邹子之说,心奢而辞壮……《淮南》泛采而文丽。斯则得百氏华采……"《论说》说:"论也者,弥纶群言,而研精一理者也。""飞文敏以济词,此说之本也。"《封禅》说封、禅之文:"鸿律蟠采,如龙如虬。"《章表》说章表:"章式炳贲","骨采宜耀"。《议对》说议与对策之文:"不以繁缛为巧",而"以辨洁为能"。《书记》论包含"簿"、"录"、"方"、"术"等二十四种文体在内的"书记":"或全任质素,或杂用文绮","既弛金相,亦运木讷","文藻条流,托在笔札"。因此《总术》总结说:"凡精虑造文,各竞新丽。"文采美几乎成了所有文体的创作要求。所有这些,都标志着文学观念的演进与深化。

然而,这并不是说,这个时期人们对"文学"、"文章"内涵、特征的认识就与今人的"文学"概念完全一样了。上述萧绎对"文"的界定与要求,只代表古人对广义的"文"中一种门类的作品特质的认识,它是一种文体概念,而不是一般意义上的"文学"概念。它与"笔"一样都统属于广义的"文"这一属概念之下。就一般意义而言,广义的文学概念并没有改变。曹丕《典论·论文》:"盖文章,经国之大业,不朽之盛事。"挚虞《文章流别论》:"文章者,所以宣上下之象,明人伦之叙,穷理尽性,以究万物之宜(仪)者也。"《文心雕龙·时序》谓:"唯齐楚两国,颇有文学。""自献帝播迁,文学蓬转。"这里的"文章"、"文学"外延远比我们今天的美文学大得多。这种泛文学观念,古人虽未明确界说,却无可置疑地体现在这一时期的文体论中。曹丕

---

① 萧绎《金楼子·立言》,知不足斋本《金楼子》卷四。

《典论·论文》列举的"文"有奏、议、书、论、铭、诔、诗、赋八体,陆机《文赋》论及的文体有诗、赋、碑、诔、铭、箴、颂、论、奏、说十类。挚虞《文章流别论》所存佚文论述的文体有颂、赋、诗、七、箴、铭、诔、哀辞、哀策、对问、碑、图谶。萧统《文选序》明确声称他的《文选》是按"事出于沉思,义归乎翰藻"的标准编选作品的,《文选》不录经、史、子,可见其对文学的审美特点的重视。然而即使在他这样比较严格的"文"的概念中,仍然包含了大量的应用文、论说文。《文选》分目有赋、诗、骚、七、诏、册、令、教、策、文、表、上书、启、弹事、笺、奏记、书、檄、对问、设论、辞、序、颂、赞、符命、史论、史述赞论、连珠、箴、铭、诔、哀文、哀策、碑文、墓志、行状、吊文、祭文等三十多类,足见其"文"的外延之宽泛。刘勰《文心雕龙》之"文",较之《文选》之"文",外延更加广泛。《文心雕龙》所论,仅篇目提到的就有包括子、史在内的三十六类文体,在《书记》篇中,作者又论及谱、籍、簿、录、方、术、占、式、律、令、法、制、符、契、券、疏、关、刺、解、牒、状、列、辞、谚二十四体,其中有不少文体不仅超出了美文学范围,甚至还超出了应用文、论说文范围,如"方"指药方,"术"是指算书,"券"指证券,"簿"指文书。这与班固的《汉书·艺文志》的收文范围及其体现的文学概念如出一辙。曹丕讲:"夫文,本同而末异。"①在六朝人论及的各种文体中,它们是建立在一个什么样的共同的根本("本同")之上而被统一叫作"文"的呢?只能找到一个共同点,即是它们都是文字著作。正如后来章炳麟指出的那样:"凡云'文'者,包络一切箸于竹帛者而为言。"②

唐朝韩愈、柳宗元掀起古文运动,南宋真德秀步趋理学家之旨编《文章正宗》与《文选》抗衡,取消了两汉时期"文学"与"文章"的分别和六朝的"文"、"笔"之分,文学观念进入复古期,"文学"、"文章"、"文辞"或"文"泛指各种体制的文化典籍,嗣后成为定论,一直延迄清末。晚清刘熙载《文概》论"文",包括"儒学"、"史学"、"玄学"、"文学":"大抵儒学本《礼》,荀子是也;史学本《书》与《春秋》,马迁是也;玄学本《易》,庄子是也;文学本《诗》,屈原是也。"③他还概括说:"六经,文之范围也。"④正中经六朝而远绍先秦的文学观念。因而,章炳麟在《文学总略》中对"文"或"文学"的界说,乃是对中国古代通行的文学观念的一次理论总结。即以以下一段最受人诟病的言论为例:"……有成句读文,有不成句读文,兼此二事,通谓之'文'。局就有句读者,谓之'文辞'。诸不成句读者,表谱之体,旁行邪上,条件相分:会计则有簿录,算术则有演草,地图则有名字,不足以启人思,亦又无增感。此不得言'文辞',非不得言'文'也。"⑤请不要把它视为一个文字学家的文学观念,若与刘勰《文心雕龙·书记》篇中体现的文学观念作一比较,就会发现二者并没有什么两样。

① 曹丕《典论·论文》,《四部丛刊》影宋本六臣注《文选》卷五十二。
② 章炳麟《国故论衡·文学总略》,《章氏丛书》中卷,浙江图书馆刊本。
③ 刘熙载《艺概》,上海古籍出版社 1978 年版,第 36 页。
④ 刘熙载《艺概》,上海古籍出版社 1978 年版,第 1 页。
⑤ 章炳麟《国故论衡·文学总略》,《章氏丛书》中卷,浙江图书馆刊本。

## 二、中国古代"文学"概念的文化渊源

中国古代以"文学"为文字著作,以"文字"为"文"的特征,有着特殊的文化渊源。"文",甲骨文①、金文②都写作交错的图纹笔画。所以《国语》说:"物一无'文'。"《易·系辞传》说:"物相杂故曰'文'。"许慎在《说文解字》中解释为:"文,错画也,象交文。"许慎的这个解释很绝妙,一方面,它成功解释了"文"这个字本身的构造特征。甲骨文、金文中的"文"是"错画也,象交文",在后世高度抽象了的"文"的写法,如篆文"文"的写法中,也具有"错画也,象交文"的特点,正如徐锴《说文解字系传·通论》所阐释:"……故于'文','人'、'乂'曰'文'。"另一方面,"文"若指文字,"错画也,象交文"也符合所有汉文字的构造特征。先看八卦文字。《易·系辞》说:八卦是圣人"见天下之赜,而拟诸其形容,象其物宜(通仪)"作出的,因而有"卦象"、"卦画"之称。再看成熟的汉字。汉字分独体字、合体字。独体字是象形字、指事字,它"依类象形"③,是典型的"错画"、"交文"之"象"。合体字是形声字、会意字,它由独体字复合而成,亦为"错画"之"象"。由于汉文字都符合"错画也,象交文"这一"文"字的训诂学解释,因而中国古代把文字著作称作"文",就是很自然的事了。古代学者"才能胜衣,甫就小学",而章炳麟本身就是文字学家,他们的文学观念受到训诂学对"文"的诠释的影响,乃势所必然。

然而,文字著作可称"文",而"文"未必仅指文字著作。符合"错画也,象交文"特征的现象有很多。天上的云彩是"文"——"天文",地上的河流是"文"——"地文",人间的礼仪是"文"——"人文",色彩的交织是"文"——"形文"(即绘画),声音的交错是"文"——"声文"(即音乐),文字的参差组合也是"文"——"文章"、"文学"或者叫"辞章"。刘勰《文心雕龙·情采》指出:"立文之道,其理有三:一曰形文,五色是也;二曰声文,五音是也;三曰情文,五性是也。五色杂而成黼黻,五音比而成韶夏,五情发而为辞章:神理之教也。"只有作为"文学"、"文章"、二语省称的"文",其外延才与文字著作、文化典籍相等,才表示一种文学概念,而与"天文"、"地文"、"人文"、"形文"、"声文"区别开来。

## 三、中西"文学"概念异同之比较

将中国古代的文学观念与西方古今的文学观念进行一番对比,对于更准确地认识中国古代的文学特征观是很有必要的。

西方的"文学",拉丁文写作 litteratura,英文写作 literature,其词根分别是 littera 和

---

① 甲骨文"文"的写法,见《殷墟书契前编》卷一第十八页,《殷墟书契前编》卷四第三十八页。
② 金文"文"的写法,参见高亨《周易古经今译》,中华书局 1984 年版,第 224 页。
③ 许慎《说文解字序》,《说文解字》,中华书局 1983 年版。

liter,原初含义来自"字母"或"学识",有"文献资料"或"文字著作"的内涵。① 比如英语中有 mathematical literature 的说法,意思是"数学文献"。又可用 literature 指称关于某学科的 writing,即书写著述。这一点与中国古代颇为相似。但大约从古希腊起,西方古典文学理论中出现了一种新的文学概念,即以"文学"为"艺术"的一种形态,称之为"语言的艺术",又叫"诗"。于是,"文学"被局限在艺术的、审美的文字著作范围内,literature 不同于 article、easay、writing,从而与中国古代包含 literature、article、easay、writing 在内的"文学"概念形成了不同的差别。

西方古典文艺理论的一个经典性观点,是以怡人的"美"为艺术必不可少的特征。文学作为艺术的一种,自然也不例外。所谓"学说以启人思,文辞以增人感"。在这个意义上,西方的"文学"又叫作"美文学"。中国古代不乏对文学的审美特点的强调,如孔子说:"言之无文,行而不远。"②扬雄说:"诗人之赋丽以则,辞人之赋丽以淫。"③曹丕说:"诗赋欲丽。"④陆机讲文学创作:"其遣言也贵妍。"刘勰讲:"夫以无识之物,郁然有彩;有心之器,其无文欤?"萧统讲各类文体:"譬陶匏异器,并为入耳之娱;黼黻不同,俱为悦目之玩。"⑤屠隆说:"文章止要有妙趣……"⑥袁宏道说:"夫诗以趣为主。"⑦清黄周星说:曲"自当专以趣胜"。⑧ 刘大櫆说:"文至味永,则无以加。"⑨如此等等。但是就一般情况而言,"美"(古人往往称"文"、"丽"、"趣"、"味"等)对于文学来说只不过是种奢侈,文学有它则更好,没有它也行。就是说,"美"并不构成文学的必不可少的特征,仅仅构成部分文体的特征,如诗、赋、曲、小说、部分散文。而为萧统《文选》所不选的经、史、子,刘勰《文心雕龙·书记》论及的谱、籍、簿、录,古代文体论中开列的大量应用文等文体,它们并不以"美"为旨归,但都被古人普遍认可为"文"。这表明,中国古代的"文学"包括"美文学",但并不等于"美文学"。诚如章炳麟所概括:"凡'彣'者(引者按:有文饰性的文字)必皆成'文',凡成'文'者不皆'彣'。"

西方以"美"为文学的特征,而"美"的特点之一是形象性,所以,西方古典文艺理论又以"形象性"为文学的特征,并以此去区分文学与非文学的学术著作。20 世纪 80 年代初期,曾有为数甚多的文学研究者受此驱使,尽力寻找中国古代文论中关于文学形象性的资料,力图说明,中国古代文论也认识到文学的形象性特征。这实际上不过是用中国文论作西方文学观念的填充而已,并不符合中国古代文学观的实际。中国古代文论诚然不乏与"形象性"有

---

① 参陶东风主编《文学理论基本问题》,北京大学出版社 2004 年版,第 43 页。

② 《左传·襄公二十五年》。

③ 扬雄《法言·吾子》,《四部丛刊》影宋本《扬子法言》。

④ 曹丕《典论·论文》,《四部丛刊》影宋本六臣注《文选》卷五十二。

⑤ 萧统《文选序》,《文选》卷首,《四部丛刊》影宋本六臣注。

⑥ 屠隆《论诗文》,《鸿苞节录》卷六,清咸丰本。

⑦ 袁宏道《西京稿序》,《袁中郎全集·文钞》,世界书局本。

⑧ 黄周星《制曲枝语》,《中国古典戏曲论著集成》七,中国戏剧出版社 1956 年版。

⑨ 刘大櫆《论文偶记》,光绪戊子桐城大有堂书局《刘海峰文集》卷首。

关的论述,如诗学理论中的"赋比兴"说、"形神"说、"情景"说、"境界"说、"诗中有画"说,小说理论中的"性格"说、"逼真"说、"如画"说,等等。然而,我们应当注意到,西方文论所说的文学"形象"作为现实的模仿或反映,存在形式虽然是主观的,反映内容却是客观的,其重心在"象"不在"意"。中国文论中的"形象"是为含蓄审美地传达主体情意服务的,准确地说是"意象",其重心在"意"不在"象"。挚虞《文章流别论》指出:诗"以情志为本"。他据此扬古诗贬今诗:"古诗之赋,以情义为主,以事类为佐;今之赋,以事形为本,以义正为助。情义为主,则言省而文有例矣;事形为本,则言富而辞无常矣。"张戒《岁寒堂诗话》说得更分明:"言志乃诗人之本意,咏物特诗人之余事。古诗、苏、李、曹、刘、陶、阮,本不期于咏物,而咏物之工,卓然天成,不可复及,其情真,其味长,其气胜,视《三百篇》几于无愧,凡以得诗人之本意也;潘、岳以后,专意咏物,雕镌刻镂之功日以增,而诗人之本旨扫地矣。""物象"在中、西文论中的地位及其质的差别,由此可见一斑。此外,如果我们看一看中国古代的"文"或"文学"、"文章"中包含大量的学术著作、理论文章、应用文体,我们就更难承认中国古代是以"形象"为文学的必不可少的特征的。

    文学的特点是"美",而"美"的另一特质是"情感性",于是西方现代文论又从"情感性"方面来说明文学的特征。尤其当人们普遍对传统的文学特征论——形象论表示不满后,西方现代文论特别重视从"情感性"方面说明文学的特征乃至本质。如英国的科林伍德说:"通过为自己创造一种想象性经验或想象性活动以表现自己的情感,这就是我们所说的艺术(引者按:包括文学)。"①英国学者金蒂雷说:艺术就是"感情本身",感情就是"艺术本质"②。苏姗·朗格在《情感与形式》中把艺术(包括文学)界定为通过现实图像这种"形式"去象征"情感"的作品。R·W·赫伯恩认为,情感性质是艺术品本身"现象上的客观性质"③。如果说"形象"是文学摹仿现实的必然产物,那么"情感"则是表现主体的文学的必备特征。西方现代文论的情感特质说,正是对西方近现代以来表现主义文学作品的理论概括。与此相较,中国古代在宗法社会形成的"内重外轻"的思维取向模式与"以心为贵"的价值取向模式的作用下,形成了"诗文书画以精神为主"④的"中国艺术精神"(借用徐复观语)。因此,中国古代的文学理论中充满了关于文学的情感性材料。什么"诗者,吟咏性情也",什么"以情纬文,以文被质"(沈约),什么"披文入情"(刘勰),什么"但见情性,不睹文字"(皎然),什么"因情立格"(徐祯卿),什么"议论须带情韵以行"(沈德潜),不一而足。然而,这是否意味着,中国古代以"情感性"为文学必不可少的特征呢?不。"情感",更多地表现为中国古代诗歌的特征。在以说理为主的奏、议、书、论中,恰恰是"理过其辞"、"乏情寡味"的,所谓"书论宜理"(曹丕),"若乃经国文符,应资博古"(钟嵘)。另有些文体,以写物为全部使命,与心灵、情感无关,但

①(英)科林伍德:《艺术原理》,中国社会科学出版社1985年版,第156页。
②转引自(英)李斯托威尔《近代美学史评述》,蒋孔阳译,上海译文出版社1980年版,第10页。
③转引自(美)M·李普曼《当代美学》译者前言,光明日报出版社1986年版,第24页。
④方东树《昭昧詹言》卷一,人民文学出版社1961年版。

却无法否认它是古人心目中的"文"。如刘熙载在讲到"赋"这种文体必须"有关著自己痛痒处"时指出："赋与谱、录不同。谱、录惟取志物，而无情可言……"①这"惟取志物，无情可言"的"谱、录"，《文心雕龙》曾当作"文"论述过。

"美"不仅在"形象"、"情感"，而且存在于纯形式中。20世纪上叶西方文论中的俄国形式主义、法国结构主义正是从纯形式方面切入文学的审美特征，说明文学的"文学性"的。使"文学"区别于其他文字著作的特性是什么呢？就是文学语言与日常语言的"差异"。语言具有"能指"(形、音)、"所指"(义)两个层面。日常语言为了彼此间交流思想感情的需要，采取了表情达意的结构方式，形成了一种正常语序。而文学语言则不是为了交流思想感情，而是为了给人以美感享受，因而它不能按照表情达意的需要结构语序，而必须按照语音、字形彼此组合的美学规律来结构自身，这样就形成了与日常语言在结构上的"差异"，形成了"对于正常语言的偏离"②。易言之，文学的全部特征性在于为了突出语言"能指"的美学功能而使语言"完全背离'正规'用法"③。中国古代诗歌创作中，并不缺乏为了形式美打破正常语序的例子，如杜甫诗"香稻啄余鹦鹉粒，碧梧栖老凤凰枝"，但这并不占主流，占主流地位的观点恰恰相反，是注重诗的言志述情的"所指"功能，主张"言者所以在意，得意而忘言"，要求读者"披文入情"，最终"但见情性，不睹文字"，这与西方现代形式—结构主义"只见能指，不见所指"文学观念大相径庭。

在西方现代文论中，还有一种观点从文学形象、情感的"虚构性"(又叫"创造性"、"想象性")方面说明文学特征。这种观点以韦勒克、沃伦为代表。二人在其合著的《文学理论》中指出："'文学'一词如果指文学艺术，即想象性文学，似乎是最恰当的。"④"'虚构性'、'创造性'或'想象性'是文学的突出特征。"⑤的确，如果仅从"形象"或"情感"方面说明文学的特征，的确是不够圆满的，因为解剖图、工程图也有"形象"，但却不能叫做文艺作品；人人都有情感，但未必人人都是艺术家、作家或诗人。文学作为一门艺术，它的"形象"之所以与解剖图、工程图不同，它的"情感"之所以不等于普通人的情感，就在于文学所描写的形象世界、情感世界都是想象创造、虚构的。因此，从"虚构性"方面说文学的特征，于理有据。中国古代文论的"神思"说、"神韵"说、"意境"说、"真幻"说接触到文学的"虚构性"。如"神思"说曰："寂然凝虑，思接千载；悄然动容，视通万里。"⑥"神韵"说曰："诗贵真。诗人真趣，又在意似之间。认真，则又死矣。"⑦"意境"说曰："夫诗贵意象透莹，不喜事实粘著。古谓水中之月，镜中

① 刘熙载《艺概》，上海古籍出版社1978年版，第98页。

② (英)安纳·杰弗森、戴维·罗比《西方现代文学理论概述与比较》，湖南文艺出版社1986年版，第14页。

③ (英)特伦斯·霍克斯《结构主义和符号学》，上海译文出版社1987年版，第74页。

④ (美)韦勒克、沃伦《文学理论》，三联书店1984年版，第9页。

⑤ (美)韦勒克、沃伦《文学理论》，三联书店1984年版，第14页。

⑥ 刘勰《文心雕龙·神思》，赵仲邑《文心雕龙译注》，漓江出版社1982年版。

⑦ 陆时雍《诗境总论》，《历代诗话续编》，中华书局1983年版。

之影,难以实求是也。"①"虚实"说曰:"庄子文字善用虚,以其虚而虚天下之实;太史公文字善用实,以其实而实天下之虚。"②"按实肖象易,凭虚构象难。能构象,象乃生生不穷矣。"③"真幻"说曰:小说虽"幻妄无当",然"有至理存焉"(谢肇淛),只要符合生活情理,"人不必有其事,事不必丽其人"(冯梦龙),等等。但是,中国古代从未把"虚构性"上升到文学普遍特征的高度。所以,在古代文论中,"虚即虚到底"的野史、小说、戏曲是"文","实即实到底"的史书乃至部分剧曲、历史小说也是"文"。在那些"如秀才说家常话"的汉魏古诗中,那些真切、大胆的意绪情愫有何"虚构性"可言?在更多的说理、记事散文中,只有比喻、夸张等修辞手法产生的意象可与"虚构"沾上边,就文章的基质而言,说的是真实思想,记的是真实事件,又何尝非"文"?

通过上面的比较与辨别,可以看出,中国古代文学特征观与西方是迥异其趣的。西方的文学特征观虽然几经更迭,但有个共通点,即它们都是从不同角度说明文学这门艺术的审美特征,按照这种文学特征观认可的"文学"都是"美文学",它具有"增人感"的审美功能,不同于"启人思"的"学说"。中国古代文论则不赞成这种划分。章炳麟《国故论衡·文学总略》批评将"文辞"与"学说"对立起来的观点:"或言学说、文辞所由异者,学说以启人思,文辞以增人感。此亦一往之见也。""以文辞、学说为分者,得其大齐,审察之则不当。""以学说、文辞对立者,其规摹虽少广,然其失也,只以尨彰为文,遂忘文字。故学说不尨者,乃悍然摈诸文辞之外。"显然,中国古代文学特征观所认可的"文"或"文学"、"文章"是以"文字"为特征的包括"文辞"、"学说"在内的一切文字著作。"文学"一词有广,狭义之分。是否可以这么说:广义的"文学"概念渊源于中国古代,而狭义的"文学"概念则来自西方的译介?

## 四、小结

中国古代的"文"的概念,决定了中国古代文学理论作为广义的文章理论的民族特点。刘勰的《文心雕龙》,译为白话即"文理精论",这"文"、"理"若演为双音词即"文学"、"原理"。不过请注意,这"文学原理"与我们今天常说的"文学原理"不一样,我们今天所说的"文学原理"是"文学这门艺术的原理",古人所说的"文学原理"则是"文字著作原理"。中国古代广义的文学理论特色,尤其显现在古代的文体论中。

同时,我们也要指出:由于宗法社会"重心"文化的影响使中国文学打上了浓重的表现主体的烙印,由于在如何较好地表现心灵的问题上,审美的文学创作展示了无穷的奥妙和魅力,因而中国古代文论又把更多的兴趣集中在对审美表现主义文学作品的规律、特点的阐述上。这就使得中国古代文学理论更多、更强烈地呈现出审美表现主义文学原理的民族特色。

---

① 王廷相《与郭价夫学士论诗书》,转引自叶朗《中国美学史大纲》第333页,上海人民出版社1985年版。

② 李涂《文章精义》,清刻本。

③ 刘熙载《艺概·赋概》,上海古籍出版社1978年版。

# 第二节 "文,心学也"

## ——中国古代的文学表现论

在中国古代宗法社会家族文化的本根之上,诞生了"内重外轻"的思维取向模式和"以心为贵"的价值取向模式,它孕育、催生了"凡诗文书画,以精神为主"的表现主义文学观念,形成了一系列表现主体的文学命题。这种以文学为"心学"的观念渗透在中国古代文学理论的各个环节中,体现了文学观念中的价值论。

中国古代虽以文字著作为"文",但在文字著作中,是更注重心灵表现的作品的。作家作文,总是情不自禁地以表现自己的心灵意蕴为重;文论家论文,总是告诫人们"文以意为主",这就构成了表现主义的文学观念,恰与西方再现主义的文学观念形成鲜明对照。

如果说西方再现主义的文学观念是追求向外拓展的西方商业文化的产物,那么表现主义文学观念则是注重向内开掘的中国古代宗法文化的产物。作家为什么总是情不自禁地在自己的文学创作中表现心灵意蕴?批评家为什么总是喋喋不休地告诫人们"文以意为主"?大概不外乎两个原因。或因为"内重外轻"的思维方式使作家表现了心灵意蕴而不自觉,或因为"以心为贵"的价值观念使人们自觉地追求心灵表现,以图使文学作品具有更高的价值品位。"内重外轻"思维方式也好,"以心为贵"的价值观念也好,它们都是宗法社会家族文化的产物,是宗法文化的一种形态。

## 一、"内重外轻"的"心教文化"

由于表现主义文学观念奠定了中国文学理论的表现主义基调,因而,剖析一下表现主义文学观念的文化成因和形成历程是很有必要的。

什么是"宗法"?这个常说的概念,迄今尚找不到一个满意的解释。《辞海》无"宗法"条目,仅有"宗法制"条目,想必是把"宗法"当作"宗法制"了。对"宗法制"的解释是:"中国古代维护贵族世袭统治的一种制度。由父系家长制演变而成,到周代逐渐完备。"接着介绍周代宗法制的情况。"宗法"的语义究竟是什么,《辞海》没有解释。王力主编《古代汉语》"古文化通论"对"宗法"的解释是:"宗法是以家族为中心,根据血统远近区分嫡庶亲疏的一种等级制度。"①

---

① 王力主编《古代汉语》,下册第一分册,中华书局 1979 年版,第 928 页。

中国古代文学理论

这一解释有几点令人不明:其一,"宗法"是一种宗族关系还是家族关系?按"以家族关系为中心"的说法,知"宗法"是一种家族关系。这显然不确。其二,"宗法以家族为中心",这"家族"是父系家族还是母系家族?语焉不详。据《辞海》,"家族"是"以婚姻和血缘关系结成的社会单位","在原始群的杂交时期,尚未产生家族。尔后有血缘家庭(族——原注),随母权制氏族公社的形成,乃有母系大家族"。然而在母系家族时代,尚无"宗法"关系。照一般的看法,"宗法"是父系氏族社会的产物,由"父系家长制演变而成",因而"宗法"乃以父系家族为中心,而不是以母系家族为中心。不在"家族"之前加上定语,易引起歧义。其三,"根据血统远近区分嫡庶亲疏",这"血统"是父系血统,还是母系血统?解释未明。其四,"宗法"这种尊卑等级制是仅仅局限在血缘关系以内,表现为一种血缘等级,还是同时相应地外化成为一种政治、经济、军事、祭祀特权等级,表现为血缘等级与权力等级的结合?上述解释亦未明确说明,易给人造成宗法仅仅是一种血缘尊卑等级制的误解。田家英《中国妇女生活史话》第三章设"宗法制度"一节,对它的解释是:"这种严格的家长制、家长地位的继承方法(引者按:这里的'家长'指父系家长),以及随着这些产生的各种宗族关系,就叫做宗法制度。"①这里将"宗法"界定为一种"宗族关系"。什么叫"宗族"?《尔雅·释亲》:"父之党为宗族。"田氏把"宗法制"释为以父系家长制为基础的"宗族关系",大体准确,只是对这种"宗族关系"的具体特点缺少周详的说明。上述诸种解释还有一个共同的缺憾,即"宗法"中的"宗"与"法"都没有具体释义。笔者综合诸说,并吸取钱宗范《周代宗法制度研究》一书的研究成果,对"宗法"的界说是:"宗法"是宗族内的一种权力等级关系,是以父系家族为中心,以父系血缘关系为基础来决定政治、经济、军事、祭祀特权的一种等级制度。这种决定尊卑等级的"父系血缘关系"恪守三个原则:一、以近统远,即与父系祖先血统近的地位较远的更加尊贵,这表现为不同辈人之间的尊卑关系;二、以嫡统庶,即正妻所生之子地位较妾所生之子尊贵;三、以长统幼,即以兄统弟。后两点表现同辈人间的尊卑关系。在这个宗法权力等级关系中,妇女没有独立地位,她的地位由她所嫁的夫君的宗法地位决定。

按照这种理解来观照历史,当中国进入龙山文化晚期时的父系氏族社会时,宗法关系就应当伴随着父系家长制的出现而萌芽。夏、商时期,"天下为家","大人世及以为礼"②,兄终弟及、父死子继成为制度,血缘等级与权力等级融为一体。可以推断,这是宗法制度的孕育、形成期。到了周代,宗法作为一种制度进入了完备期。周代之于宗法,不仅以近统远、以嫡统庶、以长统幼的宗法原则正式确立,而且出现了一系列详细、繁琐的规定。如大宗与小宗的分别,周代宗法规定,嫡长孙一系是"大宗",其余子孙是"小宗",在尊卑等级上,"大宗"比"小宗"为尊。周王自称"天子",其王位由嫡长子继承,这是天下的"大宗",余子分封为诸侯,对天子是"小宗"。诸侯的君位由嫡长子继承,这是本国的"大宗",余子分封为卿大夫,对诸侯是"小宗"。卿大夫在本族是"大宗",余子为士,对卿大夫来说是"小宗"。

---

① 田家英《中国妇女生活史话》,中国妇女出版社1982年版,第31页。
② 《礼记·礼运》,《十三经注疏》本,上海古籍出版社1997年版。

士和庶人的关系以此类推。嫡长子又称"宗子"，拥有至高无上的继承权。① 由于周代把宗法血缘等级严格地与政治、经济、军事、祭祀等特权等级对应起来，遂使中国的政治制度、经济制度、意识形态被打上浓重的宗法印记，渗透到此后两千多年的中国社会生活和文化形态中。

宗法是一种宗族关系，宗族由父系家族构成，因而宗法社会以父系家族为本位。对此，中国现代史上一些学者早有所论。梁漱溟把"家族制度"列为中国文化的一大"特征"②。陈顾远指出："从来中国社会组织……先家族而后国家"，"是以家族本位为中国法社会特色之一。"③庄泽宣指出："中国与西方有一根本不同点，西方认为个人、社会为两对立之本体，而在中国则以家族为社会生活的重心，消纳了这两方对立的形势。"④中国的家族文化力量是如此强大，致使"出家无家"的佛教在进入中国后也家族化了。佛教的僧伽制度，本为平等个人、和合清众的集团，但到中国后成了中层家族的大寺院和下层家族的小庵堂，"只有家族的派传，无复和合的清众"⑤。超度七世父母的盂兰盆会，本非佛教的最大节日，但因与救母有关，所以到中国后变成了佛教最大的典礼。至于与家族生活无关的佛学奥义，则非一般中国僧众的信仰所在。正像一位史学家指出的那样：中国文化"把一种反家族的外来宗教，亦变成维持家族的一种助力"⑥。

家族是由家庭构成的，以家族为本位，进一步落实就是以家庭为本位，所谓"积家而成国"，"国之本在家"。在这种"家文化"中，国家是家庭的放大，所谓"天下为家"，国君就是天下最大的"家长"；社会伦理关系的本质是家庭伦理关系，如五伦中，父子、夫妇、兄弟是关于家的伦，君臣一伦不过是父子、兄弟伦的仿效，所谓"尊卑莫大于父子，故君臣象兹以成器"⑦，家庭当中"以兄统弟"，在政治上就是"以君统臣"，而朋友一伦则是兄弟伦的类推（冯友兰）。经济是一家一户的个体经济，"就农业言，一个农业经营是一个家庭。就工业言，一个家庭里安上几部织机，便是工厂。就教育言，旧时教散馆是在自己家庭里，教专馆是在人家家庭里"⑧。"在生产家庭化的社会里，人之依靠社会是间接的。其所直接依靠以生存者，是其家。"⑨"你可以没有职业，然而不可以没有家庭。你的衣食住都供给于家庭当中。你病了，家庭便是医院，家人便是看护。你是家庭培育大的。你老了，只有家庭养你；你死了，家庭替你办丧事。家庭亦许依赖你成功，家庭却亦帮助你成功。你须用尽力量去维护经营你

① 关于周代宗法制的详细情形，有钱宗范《周代宗法制度研究》一书，广西师范大学出版社1989年版，可参。
② 梁漱溟《中国文化要义》，学林出版社1987年版，第11页。按：该书成于1949年。
③ 《中国法制史》，转引自梁漱溟《中国文化要义》，学林出版社1987年版，第12页。
④ 《民族性与教育》，转引自梁漱溟《中国文化要义》，学林出版社1987年版，第12页。
⑤ 太虚法师语，转引自梁漱溟《中国文化要义》，学林出版社1987年版，第36页。
⑥ 雷海宗《时代的悲哀》，转引自梁漱溟《中国文化要义》，学林出版社1987年版，第36页。
⑦ 袁宏《后汉纪》，卷二六。
⑧ 卢作孚《中国的建设问题与人的训练》，转引自梁漱溟《中国文化要义》，学林出版社1987年版，第12页。
⑨ 冯友兰《新世论》，转引自梁漱溟《中国文化要义》，学林出版社1987年版，第26页。

的家庭。你须为它增加财富,你须为它提高地位。不但你的家庭是这样仰望于你,社会众人亦是以你的家庭兴败为奖惩。最好你能兴家,其次是你能管家,最叹息的是不幸而败家。家庭是这样整个包围了你,你万万不能摆脱。"①

家庭是由个人组成的。于是家本位又落实为人本位,此即古人讲的:"身者,治之本也。"②"有身不治,奚待于人;有人不治,奚待于家;有家不治,奚待于乡;有乡不治,奚待于国?"③由此产生了一系列关于做人之道的说教,即台湾经学大师钱穆所谓的"人道教"。儒学的核心是"仁学",何谓"仁"?孟子说:"仁也者,人也。"④"仁学"即"人学"。儒教又称"礼教"。"礼教",易言之,即关于人的道德学说,是"人教"。道家反对儒家的"仁学"、"礼教",提倡"尊生"、"贵己",说到底也是一套"治身"学说⑤,与儒家一样是宗法文化本根之上开放的"人教"花朵。中国固有的"人教"文化,使得中国本有的宗教——道教充满了世俗精神。即便以天国为追求、以苦修为实践的外来佛教,到了中国以后也一变而为充满世俗生活趣味的宗教。这种汉化佛教认为,佛国不假外求,就在世俗生活中:"跂行喘息人物之士,则是菩萨佛国。"⑥甚至"饮酒食肉,不碍菩提;行盗行淫,无妨般若。"⑦只要心悟,也可走逛"四五百条花柳巷",攀登"二三千处管弦楼"⑧。早期的维摩诘居士是如此⑨,后来的禅宗更是如此⑩。

"治身"的根本在"正心","人教"的实质是"心教",所以由"人教"文化又衍生出"心教"文化。孟子说:"仁,人心也。"⑪可知儒家的"仁学"即"心学"。先秦儒学的这个特色,后来被宋明理学——"心性之学"加以发展。道家著作讲了许多"养身之道"、"卫生之经",究其实乃"养神之道"、"斋心之经"。力主世间万法皆由因缘凑合的印度佛教在心、物关系上本不分轩轾,但到中国后却改造成"万法唯心"的中国式的禅宗。诚如钱穆所指出:"中国人所最重要者,乃为己之教,即心教。"⑫"全部中国史实,亦可称为一部心史。舍却此心,又何以成史?"⑬

---

① 卢作孚《中国的建设问题与人的训练》,转引自梁漱溟《中国文化要义》,学林出版社 1987 年版,第 13 页。

② 《管子·权修》,《二十二子》,上海古籍出版社 1986 年版。

③ 《管子·权修》,《二十二子》,上海古籍出版社 1986 年版。

④ 《孟子·尽心下》,《四书章句集注》,中华书局 1983 年版,第 367 页。

⑤ 《庄子·让王》:"道之真以治身,其绪余以为国家。"曹础基《庄子浅注》,中华书局 1982 年版,第 433 页。

⑥ 《维摩诘经·佛国品》,转引自任继愈主编《中国佛教史》第一卷,中国社会科学出版社 1981 年版,第 402 页。

⑦ 转引自郭朋《宋元佛教》,福建人民出版社 1981 年版,第 142 页。

⑧ 《住洞山语录》,克文《古尊宿语录》,卷四二。

⑨ 参见任继愈主编《中国佛教史》第一卷第五章第二节《维摩诘经》的思想剖析"。

⑩ 参见葛兆光《禅宗与中国文化》,上海人民出版社 1986 年版,第 79~120 页;祁志祥《佛教与中国文化》,学林出版社 2000 年,第 68~78 页。

⑪ 《孟子·告子上》,《四书章句集注》,中华书局 1983 年版。

⑫ 钱穆《现代中国学术论衡》,岳麓书社 1986 年版,第 7 页。

⑬ 钱穆《现代中国学术论衡》,岳麓书社 1986 年版,第 73 页。

"心教文化"表现在道德修养方式上,就是"吾日三省吾身"①、"反身而诚,乐莫大焉"②、"舍诸人而求诸己"③、"行有不得,反求诸己"④;表现在哲学认知方式上,就是"尽心"而后"知天"⑤。由于在道德修养上侧重"内省",在认识外物上侧重"正心",所以形成了中国人特有的"内重外轻"⑥的思维取向模式和"以心为贵"的价值取向模式。在这种文化模式中生活的中国人,无论发言吐语,作画作文,自然总是自觉或不自觉地与心灵表现相联系,所谓"言,心声也"⑦,"文,心学也"⑧,"书,心画也"⑨,"画之为说,亦心画也"(米友仁语)。

　　《大学》上曾讲:"古之欲明明德于天下者,先治其国;欲治其国者,先齐其家;欲齐其家者,先修其身;欲修其身者,先正其心;欲正其心者,先诚其意;欲诚其意者,先致其知;致知在格物。"⑩当我们洞悉了中国古代的"致知"、"格物"本于"正心"、"诚意"后,《大学》的这段话正可为我们借用来勾画宗法社会"心教文化"(或者叫"重心文化")的生成历程:由"宗法文化"生成"家族文化",再生成"家文化",再生成"人教文化",再生成"心教文化"("重心文化")。正是在"宗法文化"所衍生的"重心文化"土壤上,诞生了"凡诗文书画,以精神为主"⑪的"中国艺术精神"之花。

## 二、"凡诗文书画,以精神为主"

　　高尔基曾经说过:"文学是人学。"中国古代的表现主义文学观念,则集中体现在"文,心学也"这一命题上。"心"有"道"、"理"、"意"、"志"、"神"、"气"、"情"之分,故中国古代的文学表现论,又分别表现在下列一些命题上:

　　1."文以载道"。⑫ 这个命题,古代又表述为"文以原道"⑬、"文以贯道"⑭、"文以明道"⑮、"文以传道"⑯。说法不同,意思都一样,即要求文学表现"道"。这个"道",不是客观实体、规

---

① 《论语·学而》,《四书章句集注》,中华书局1983年版。
② 《孟子·尽心上》,《四书章句集注》,中华书局1983年版。
③ 《庄子·庚桑楚》引老子语,曹础基《庄子浅注》,中华书局1982年,第347页。
④ 《孟子·离娄上》,《四书章句集注》,中华书局1983年版。
⑤ 《孟子·尽心上》,《四书章句集注》,中华书局1983年版。
⑥ 刘熙载《古桐书屋札记》,《古桐书屋续刻三种》,清光绪十三年刻本。
⑦ 扬雄《法言·问神》,《扬子法言》卷五,《四部丛刊》影宋本。
⑧ 刘熙载《游艺约言》,《古桐书屋续刻三种》,清光绪十三年刻本。
⑨ 扬雄《法言·问神》,《扬子法言》卷五,《四部丛刊》影宋本。
⑩ 朱熹《四书章句集注》,中华书局1983年版,第3页。
⑪ 方东树《昭昧詹言》卷一,人民文学出版社1961年版。
⑫ 周敦颐《通书·文辞》,《周子通书》第二十八,正谊堂全书本。
⑬ 刘勰《文心雕龙·原道》。
⑭ 王通《中说·天地》,《四部丛刊》本。
⑮ 韩愈《争臣论》,《昌黎先生集》卷十四,《四部备要》本。
⑯ 王禹偁《答张扶书》,《小畜集》卷十八,《四部丛刊》本。

律,而是作者所把握到的人伦理念之"道",是创作主体的道德伦理观念。

2. "文以理为主"。① 或者是说:"文以理为本。"②"文者,所以明理也。"③"理"本于"心性",它是作者的思想、观念、见识。

3. "文以意为主"。④ 所谓"文以意为主,词以达意而已",⑤"文章以意为主,字语为之役。主强而役弱,则无使不从",⑥"无论诗歌与长行文字,俱以意为主。意犹帅也,无帅之兵,谓之乌合"。⑦

4. "文以气为主"。⑧ 或者叫"文主于气。"⑨"气",作为"正气"的"气"是指作者主体的道德情操,作为"气质"的"气"是指作者的天禀、性格,作为"鼓辞以行"的"气"是指作者的一种充沛的情感气势。总之,"气"不属于客体,而是主体力量。

5. "文贵传神"。如屠隆《论诗文》云:"诗道之所以为贵者,在体物肖形,传神写意。"⑩"神",本指客观对象的内在特征,后来则演变为审美观照主体外化于客观对象中的精神、人格。当代已故画家石鲁曾指出:中国绘画所讲的"传神"的"神",曾经历了一个从对象之"神"到主体之"神"的转变。绘画如此,文学亦如此。

6. "诗言志"。⑪ "志",篆文作"**𡿨**",上面是个"止"字,下面是个"心"字。"止"本义为"足",引申为"活动"的"动",故《说文解字》把"志"解为"心之所之"。心灵的活动产生什么呢? 产生"意"。"诗言志",这是个典型的表现主义诗学命题。"诗"这种文体与心灵意蕴的联系是很古老的,它早已包涵在"诗"这个字的构造中。今天所知"诗"的最早书写形式是小篆体"**𧦝**"或"**𡬝**",后者是古代"诗"的简化字。"**𡭗**"即"寺",与"志"同音通假;"**𡳿**"即"止"、"之",与"志"也同音通假,因而"诗"即"言志"的意思。

7. "诗者,吟咏情性也"。⑫ 古代诗、乐、舞一体。由于乐、舞与情感的关系特别密切,注定了诗与情感结下不解之缘。这在《毛诗序》中已可看出端倪。然而明确提出这个命题,则是陆机、钟嵘以后的事。较之"诗言志","诗道情性"的命题要晚出。然而他们之间虽不相同,却不相悖,甚至有某种胎传关系。按中国传统的看法,"情"具有"动"的特点,它与"欲"一

① 陆九渊《语录》,《象山先生全集》卷三五,《四部丛刊》本。
② 陆希声《唐太子校书李观文集序》,《全唐文》卷八一三。
③ 赵子昂《刘孟质文集序》,《松雪斋文集》卷六,《四部丛刊》本。
④ 较早提出这一命题的是唐杜牧的《答庄充书》。
⑤ 赵秉文《竹溪先生文集引》,《闲闲老人滏水集》卷一五,《四部丛刊》本。
⑥ 周德清语,转引自王若虚《滹南诗话》,《滹南遗老集》卷三八,《四部丛刊》本。
⑦ 王夫之《姜斋诗话》卷二,《清诗话》,上海古籍出版社 1978 年。
⑧ 这个命题最早由三国时期的曹丕在《典论·论文》中提出,后有若干人重复。
⑨ 戴良《密庵文集序》,《九灵山房集》卷二九,《四部丛刊》本。
⑩ 屠隆《鸿苞节录》卷六,清咸丰刊本。
⑪ 《尚书·虞书·尧典》,《十三经注疏》本。
⑫ 严羽《沧浪诗话·诗辨》,人民文学出版社 1962 年版。

样,均为"心之所动",是"心""应物起舞"的产物。"志"既然可解为"心之所之",就包涵了"情"字,所以由"诗言志"可以衍生出"诗缘情"。因此,历史上那些主张"诗缘情"的文论家,或"情志"并提,或在另外一些场合讲"诗者,言是其志也",并无大的矛盾。

那么,面对林林总总的外在物象,文学可不可以反映呢?当然可以。文学作为文字著作,文字的发明本来就是为了满足人的表情达意和状物记事的需要,文学怎能把对象世界排斥到表达的范围以外?所以古人也讲"饥者歌其食,劳者歌其事"①,"言以载事,文以饰言"②,"文章者,所以宣上下之象……究万物之宜"③。但古人同时强调,叙事状物,应与表情达意有机地结合起来。要"即物以明理"、"即事以寓情"④,要"化景语为情语",叙事要有所寓,"有寓理,有寓情,有寓气,有寓识。……叙事有主意,如传之有经也"⑤。相反,离开心灵表现,孤立地状物叙事,这样的作品虽然不失为"文",但只能是品位不高的"文"。写景不寓意,"景语"只是"死语";叙事如"无寓,则如偶人矣"⑥。

因此,中国古代那些广为流行的文体,虽然特点不同,但都以不同的方式与心灵意蕴相联系。如诗是"言情述志"的,词是"意内言外"(张惠言)的。赋本来是铺物的,但古人同时要求"体物写志"(刘勰)、"以色相代精神"⑦。史是记事的,但古人同时要求"寓主意于客位"⑧,并且说:"史莫要于表微,无论纪事纂言,其中皆须有表微意在。"⑨小说、戏曲以反映人间悲欢离合故事为主,但古人又要求小说应"寓意惩劝",对戏曲则要求"不关风化体,纵好也徒然"(高则诚)。至于其他流行文体呢?正如唐代学者令狐德棻指出的那样:"虽诗赋与奏议异轸,铭诔与书论殊途,而撮其指要,举其大抵,莫若以气为主,以文传意。"⑩马克思曾经说过,理论在一个国家的实现程度,决定于这个国家对理论的需要程度。正因为以"内重外轻"为思维习惯与价值取向的古代中国人普遍崇尚心灵表现的文体,这些文体才得以广为流行。诗歌为什么会成为中国古代文学的正宗?为什么在中国古代具有凌驾于其他文体之上的最高品位?这或许与心灵表现有关。"诗"这个字从它诞生的那一天起就与"言志"结下了不解之缘。古人虽不一定都以心灵表现的文字为"文"(状物叙事的文字著作古人也认作"文"),却必以心灵表现的文字为"诗"("诗"非得表现心灵不可)。如果说"赋"的主要任务是"体物","史"的主要任务是"叙事","小说"的主要任务是"写人",那么"诗"的主要任务则是"言

---

① 何休《春秋公羊传宣公十五年解诂》,《春秋公羊传注疏》卷一六,《四部备要》本。
② 欧阳修《代人上王枢密求先集序书》,《欧阳文忠公文集》卷六七,《四部丛刊》本。
③ 挚虞《文章流别论》,《艺文类聚》卷五六,中华书局1965年版。
④ 刘大櫆《论文偶记》。《刘海峰文集》卷首,清光绪戊子桐城大有堂书局本。
⑤ 刘熙载《艺概》,上海古籍出版社1978年版,第42页。
⑥ 刘熙载《艺概》,上海古籍出版社1978年版,第42页。
⑦ 刘熙载《艺概》,上海古籍出版社1978年版,第103页。
⑧ 刘熙载《艺概》,上海古籍出版社1978年版,第12页。
⑨ 刘熙载《艺概》,上海古籍出版社1978年版,第42页。
⑩ 《周书·王褒庾信传论》,《周书》卷四一,中华书局排印本。

志述情"，所谓诗"以情志为本"①；因而在诗中，"言志乃诗人之本意，咏物特诗人之余事"②，"咏物只是咏怀"，"叙事只是写意"，"景语只是情语"，客体只是表现主体的媒介、手段。

## 三、"心学"观念在古代文学理论诸环节的渗透

中国古代的表现主义文学观念，渗透、浸濡在古代文学理论的各个环节，构成了中国古代文学理论的表现主义民族特色。

既然文学是"心学"，是作者主体心灵的表现，所以作者的心灵素质对于作品有直接的决定作用，"文品出于人品"。于是对创作主体的关注自然成为古代文论的一个热点，这就形成了以"德学才识"说为代表的创作主体论。

文学的来源是什么？古代文论大抵有四种观点：一、肇于道；二、源于物；三、本于心；四、渊于经。而"物"是"道"派生的，"道"究其实是心造的幻影，至于"经"（经书），其为人心的表现则更为明显，所以这四种文源论实质上可归结到一点，即"文本心性"。

古代文论论及作家把握现实的方式，一是由物及我，以物观物；一是由我及物，以我观物。合此二者，即为"物我双会"、"心物交融"。这由我及物、以我观物（"物以情观"，"遇者因乎情"）的一面，即有"心学"的投影。

文学构思是在主体范围内展开的。习惯"内省"的中国人返观自身，从而对构思中心灵世界的图景作出了栩栩如生、洞幽烛微的描述，这就是构思心态论——"虚静"说，构思特征论——"神思"说，灵感奥秘论——"兴会"说。

古代文论论文学创作方法，有"活法"说、"用事"说、"赋比兴"说。"活法"不仅是"随物赋形"、"准的自然"之法，而且更主要地表现为"因情立格"、"以辞达意"之法。按照中国古代"温柔敦厚"的审美理想，表情达意不宜直露，应含蓄不尽。"用事"的方法、"比兴"的方法，乃至通过"赋物"来"赋心"的"赋"法，正是适应委婉地达意之需要产生的审美创作方法。

在中国古代的文学作品论中，"文气"说把文学不朽的、感人的生命力归结为人的主体的精神——生命力量；"文质"说、"言意"说侧重从人的主体性方面规定文学内容；"形神"说中的"神"经历了从"物之神"到"我之神"的微妙转化；"意境"说、"情景"说强调在有限、有形的"境"、"景"中包含无限、无形的"意"、"情"；"真幻"说强调以写意为"真"，以写物为"幻"，批评对诗文中的景事描写作胶柱鼓瑟、过于执实的解读；"平淡"的风格说崇尚"言近旨远"；"风骨"说崇尚情怀壮烈；"辞达而已"的形式美论以恰当的达意之辞为美的文辞，无不体现着表现主义特色。

由于"文以意为主"，所以在文学的欣赏接受方面，古人强调"披文入情"、"假象见意"，最终"但见情性，不睹文字"，"得意忘象"。在"言"、"象"、"意"三者皆备的作品中，欣赏的环节

① 挚虞《文章流别论》，《艺文类聚》卷五六，中华书局 1965 年版。
② 张戒《岁寒堂诗话》，《历代诗话续编》，中华书局 1983 年版。

有两步：第一步,通过语言文字把握到它所描绘的物象;第二步,通过物象把握到它所象征、隐喻的情意。由于古代作品大多旨冥象中,含蓄不露,故古人强调对文学作品的阅读欣赏必须"反复涵泳",细细品味。作家的审美、创作是一种"表现",读者的阅读欣赏也是一种"表现",这就是清人谭献所讲的:"作者之用心未必然,读者之用心何必不然!"

中国古代文学作品中有相当一部分具有美感动能。对于文学的这种美,古人很少称"美",也很少称"丽",而是普遍地叫作"趣"或"趣味"。"趣"与"旨趋"之"趋"通,即"意","趣味"即"意味"。中国古代文论把"意"与"味"、"美"连在一起,正体现了表现主义文学观念对审美论、文用论的渗透。

由此可见,表现主义是贯串在中国民族文论中的一根红线,是中国文学乃至艺术之"神"。在这个意义上,我们可以说,中国古代文学原理,亦可名之表现主义文学原理。

# 第二章

# "德学才识"说
## ——中国古代文学的创作主体论

在中国古代"内重外轻"的文化模式和表情达意的文学倾向中,文学创作主体的能动作用和心灵素质一直受到关注。中明以后,启蒙思潮的勃兴和个性意识的伸张,孕育、催生了一系列完整意义的创作主体说。综合而言,古代文学的创作主体论讨论得最多的是作家的"德"、"学"、"才"、"识"及其相互关系,这恰恰反映了中国古代文学文本强烈的表意特征对创作主体的内在要求。

在中国古代人们的心目中,"文,心学也"①,"诗原乎心者也"②,作家的心灵对文学创作和文本价值具有直接的决定作用。因此,创作主体的心灵素质,成为古代文论不断返观、屡屡论及的一个话题。

## 一、中明以来创作主体论的自觉和系统化

大体说来,中国古代的文学创作主体论可分为两个阶段。第一阶段是中明以前,人们往往从某一角度(或仅仅从"德",或仅仅从"才",等等)切入创作主体的素质。第二阶段是中明以后,人们纷纷从系统的角度提出对创作主体的整体要求,这表明阳明心学风行天下、个性意识觉醒后文论家们对创作主体问题的自觉。这个时期出现了这样一些形态的颇有系统性的文学创作主体论:

### 1. "识、才、胆"说

它由中明启蒙思想家李贽(1527—1602)在《杂述》中提出:"有二十分'识',便能成就得十分'才'。盖有此'见识',则虽有五六分材料,便成十分矣。有二十分'见识',便能使发得

---

① 刘熙载《游艺约言》,《古桐书屋续刻三种》,清光绪十三年刻本。
② 欧阳修语。转引自南宋魏庆之《诗人玉屑》卷一〇《摭遗》,上海古籍出版社1978年版。

十分'胆'。盖'识'既大,虽只有四五分'胆',亦成十分去矣。是'才'与'胆'皆因'识见'而后充者也。空有其'才'而无其'胆',则有所怯而不敢;空有其'胆'而无其'才',则不过冥行妄作之人耳。盖'才'、'胆'实由'识'而济,故天下唯'识'为难。有其'识',则虽四五分'才'与'胆',皆可建立而成事也。然天下又有因'才'而生'胆'者,有因'胆'而发'才'者,又未可以一概也。然则'识'也、'才'也、'胆'也,非但学道为然,举凡出世处世、治国治家,以至于平治天下,总不能舍此矣,故曰'智者不惑,仁者不忧,勇者不惧'。'智'即'识','仁'即'才','勇'即'胆'。……三者俱全,学道则有三教大圣人在,经世则有吕尚、管夷吾、张子房在。空山岑寂,长夜无声,偶论及此,亦一快也。怀林[①]在旁,起而问曰:'和尚[②]于此三者何缺?'余谓我五分'胆'、三分'才'、二十分'识',故处世仅仅得免于祸;若在参禅学道之辈,我有二十分'胆',十分'才',五分'识',不敢比于释迦、老子明矣;若出词为经,落笔惊人,我有二十分'识',二十分'才',二十分'胆'。"[③]李贽此论是对"学道"者提出的要求,然亦广及"经世"者与"出词落笔"的作文者。他分析了"识"、"才"、"胆"的相互关系,突出了"识"的地位,崇尚离经叛道的独立见识,横空出世、不受羁绊的才气,敢于冲破世俗樊篱的胆量,典型地反映了深受阳明心学影响的这位反专制启蒙斗士的思想特色。

### 2. "识、才、学、胆、趣"说

此由晚明袁中道(1570—1623)在《妙高山法寺碑》中提出:"先生与石篑诸公,商证日益玄奥。先生之资近狂,故以承当胜;石篑之资近狷,故以严密胜。两人递相取益,而间发为诗文,俱从灵源中溢出,别开手眼,了不与世匠相似。总之发源既异,而其别于人者有五:上下千古,不作逐块观场之见,脱肤见骨,遗迹得神,此其'识'别也;天生妙姿,不镂而工,不饰而文,如天孙织锦,园客抽丝,此其'才'别也;上至经史百家,入眼注心,无不宴会,旁及玉简金叠,皆采其菁华,任意驱使,此其'学'别也;随其意之所欲言,以求自适,而毁誉是非,一切不问,怒鬼嗔人,开天辟地,此其'胆'别也;远性逸情,潇潇洒洒,别有一种异致,若山光水色,可见而不可即,此其'趣'别也。有此五者,然后唾雾皆具三昧,岂与逐逐文字者较工拙哉!"[④]袁中道是晚明"公安三袁"之一,其创作上的特点是"独抒性灵,不拘格套"。他结合自己的体会,通过对诗文创作成功经验的总结,揭示了创作主体的"识、才、学、胆、趣"是保证文学作品出类拔萃的关键。

### 3. "才、胆、识、力"说

清初叶燮(1627—1703)在《原诗》中花了好多篇幅论及这个问题。他认为,文章是主客

---

① 怀林:李贽好友。

② 和尚:指李贽。

③ 《焚书》卷四,中华书局 1975 年。

④ 袁中道《雪珂斋文集》卷九,上海杂志公司本。

观合一的产物:"以在我之四,衡在物之三,合而为作者之文章。"这"在物之三"是"理、事、情(情状)","在我之四"则是"才、胆、识、力"。他剖析"才"、"胆"、"识"、"力"的关系:"夫内得之于'识'而出之而为'才',惟'胆'以张其'才',惟'力'以克荷之。""大约'才'、'识'、'胆'、'力',四者交相为济,苟一有所歉,则不可登作者之坛。四者无缓急,而要在先之以'识',使无'识',则三者俱无所托。无'识'而有'胆',则为妄,为鲁莽,为无知,其言背理叛道,蔑如也。无'识'而有'才',虽议论纵横,思致挥霍,而是非淆乱,黑白颠倒,'才'反为累矣。无'识'而有'力',则坚僻妄诞之辞,足以误人而惑世,为害甚烈。若在骚坛,均为风雅之罪人。惟有'识'则能知所从,知所奋,知所决,而后'才'与'胆'、'力'皆确然有以自信,举世非之、举世誉之而不为其所摇。"叶燮尚"识"尚"胆",明显受到李贽、袁中道影响。他为人亦颇有个性,曾因违忤上司而落官。如果说李贽的"识、才、胆"说主要是对"学道"者提出的要求,然后才延及作文者;袁中道的"识、才、学、胆、趣"说是对两位作家诗文"了不与世相似"之处的总结,那么叶燮的"才、胆、识、力"说则从文学创作的一般要求出发探讨创作主体条件问题,它标志着中国古代文学创作主体论的彻底自觉。

### 4."才、学、识"说

它由清代"性灵"派代表,也是一位崇尚个性的诗人袁枚(1716—1798)提出"作史三长,'才'、'学'、'识'缺一不可。余谓诗亦如之,而'识'最为先"[1];"作诗如作史也,'才'、'学'、'识'三者宜兼,而'才'为尤先。造化无'才'不能造万物,古圣无'才'不能制器尚象,诗人无'才'不能役典籍、运心灵,'才'之不可已也如是夫"[2];"作史三长,'才'、'学'、'识'而已,诗则三者宜兼,而尤贵以情韵将之,所谓弦外之音、味外之味也"[3];"作史者,'才'、'学'、'识'缺一不可,而'识'为尤。其道如射然:弓矢,'学'也;运弓矢者,'才'也;有以领之,使至乎当中之鹄,而不病于旁穿侧出者,'识'也。作诗有'识',则不徇人,不矜己,不受古欺,不为习囿"[4];"学如弓弩,才如箭镞,识以领之,方能中鹄。善学邯郸,莫失故步。善求仙方,不为药误。我有神灯,独照独知。不取亦取,虽师勿师"[5]。袁枚的"才、学、识",是对史、诗作者提出的要求。他于三者,有时说"识最为先",有时说"才为尤先",表现出一定的矛盾性,但就总体倾向看,他是更重视"识"的。后来刘熙载《艺概·文概》说:"文以识为主……才、学、识三长,识为尤重,岂独作史然耶?"与袁枚大同小异。对于诗人,他在"才、学、识"三者之外又提出"情韵"的要求,对钱大昕的"诗有四长"说颇有启发。

① 袁枚《随园诗话》卷三,人民文学出版社 1982 年版。
② 袁枚《蒋心余藏园诗序》,《小仓山房文集》卷二八,清乾隆蒋士铨序本。
③ 袁枚《钱竹初诗序》,《小仓山房文集》卷二八,清乾隆蒋士铨序本。
④ 袁枚《答兰垞第二书》,《小仓山房文集》卷十七,清乾隆蒋士铨序本。
⑤ 袁枚《续诗品·尚识》,《小仓山房诗集》卷二十,清乾隆蒋士铨序本。

## 5. "德、学、才、识"说

这是章学诚(1738—1801)对文史作者提出的要求。章氏论文,主张"考订、辞章、义理"三者的合一。而"考订主于'学',辞章主于'才',义理主于'识'"①,所以他对文史作者提出"才、学、识"的要求。关于这三者的来源,他说:"夫'识'生于心(引者按:思想)也,'才'出于气(引者按:天禀)也,'学'也者,凝心以养气,炼识而成其'才'者也。"②关于它们的生理-心理基础,他说:"记性积而成'学',作性(引者按:创造力)扩而成'才',悟性达而为'识'。"③这些较前人的创作主体论大为深入。关于"德",章氏曾在《文史通义》中特辟《文德》、《史德》两篇加以专论。所谓"文德",是指"临文必敬","论古必恕"④;所谓"史德",是指"著书者之心术也"⑤。一句话,章氏所要求于文史作者的"德"是文史作者的职业道德,与以往所说的做人的道德有一定区别。

## 6. "才、学、识、情"说

这是清人钱大昕(1728—1804)对诗人提出的要求:"昔人言:史有三长。愚谓诗亦有四长:曰'才',曰'学',曰'识',曰'情'。放笔千言,挥洒自如,诗之'才'也;含经咀史,无一字无来历,诗之'学'也;转益多师,涤淫哇而远鄙俗,诗之'识'也;境往神留,语近意深,诗之'情'也。方其人心有感,天籁自鸣,虽村谣里谚,非无一篇一句之可传,而不登大雅之堂者,无'学'、'识'以济之也;亦有胸罗万卷,采色富赡,而外强中干,读未终篇,索然意尽者,无'情'以宰之也。有'才'而无'情',不可谓之真'才';有'才'、'情'而无'学'、'识',不可谓之大才。尚稽千古,兼斯四者,代难其人。"⑥钱大昕是清代有名的经史音韵学家。他的思想较为正统,并不算开放。这样一位正统文人把"情"作为诗人必须具备的主观元素提出来,表明能动的创作主体论在清代已成为一般人的共识。这不仅符合以"吟咏性情"为旨归的诗歌创作实际,而且对"性善情恶"的传统观念具有冲击意义。

此外,梁启超在《秋蟪吟馆诗抄序》中提出"天才、性情、学力、经历"四要素说,王国维在《文学小言》、《屈子文学之精神》中提出"天才、知识、德性、感情、想象"五要素说,不乏新意,但从思想内容上说已受到西方文论和美学的影响,这里恕不详述。

---

① 章学诚《答沈枫墀论学》,嘉业堂本《章氏遗书·文史通义》外篇三。
② 章学诚《文史通义·文德》,嘉业堂本《章氏遗书·文史通义》内篇二。
③ 章学诚《答沈枫墀论学》,嘉业堂本《章氏遗书·文史通义》外篇三。
④ 章学诚《文史通义·文德》,嘉业堂本《章氏遗书·文史通义》内篇二。
⑤ 章学诚《文史通义·史德》,嘉业堂本《章氏遗书·文史通义》内篇五。
⑥ 钱大昕《春星草堂诗集序》,《潜研堂文集》卷二六,《四部丛刊》本。

## 二、中国古代创作主体主要素质剖析

那么,中国古代谈论最多,最富民族特色的中国古代文学创作主体论是什么呢? 这就是"德学才识"说。

### 1. 论"德"

这里的"德",不是章学诚所说的作文、评文的态度,而是伦理道德的"德"。从孔子的"有德者必有言,有言者不必有德"①,到扬雄的"绷中而彪外"②,到梁肃的"必先道德而后文学"③,韩愈的"仁义之人,其言蔼如"④,裴行俭的"先器识而后文艺"⑤,等等,古代文论要求作家道德修养的言论皇皇多矣。值得追究的是,古代文学创作主体论何以充斥了如此喧嚣的道德修养论?

中国古代是宗法社会。宗法社会的一大特点是道德天尊,一切都纳入宗法伦理道德的规范。在这种文化氛围中,"文人"没有独立的生存价值与地位,所谓"一命文人,无足观矣"⑥。只有先讲究做"人",然后才可以去做"文人"。作为"文人",也只有把"人"做好,才有立足的根基。这就叫"据于德,游于艺"⑦,"行有余力,则以学文"⑧,"必先道德而后文章"。总之,"文"可以做不好,"人"却不能不做好。如果放松、放弃道德修养而一味在文艺技巧上下工夫,就叫"玩物丧志"、"舍本逐末"。

其次,在这种道德至上的文化氛围中,"美"也没有独立的生存地位,它总是依附在"善"之后,成为"善"的载体、附庸,因为决定文学价值的不是"美",而是"善"。因此古人强调:"美善相乐","文以载道"。这"道"不是作文时临时从外面讨来的,而是作者道德思想、情操的自然流淌。所以,"文品"决定于"人品",作家必须把道德修养放在首要位置。

这里出现一个问题:即"文品"未必决定于"人品"。由于文学在表情达意时可以作伪,所以一个品德低下的人也可以写出道貌岸然的作品来,这就是"文人无行"的现象。既然这种现象是一种客观存在,那么文人的道德修养就失去了内在必然性。对于这个问题,古人是怎么解决的? 是通过"诚"这个环节解决的,所谓"文以行为本,在先诚其中"⑨。"诚",《说文》作"信也",本是"真实无妄"的意思。作为道德观念,原指凡事须做得心安理得,不可自欺欺

---

① 《论语·宪问》,《四书章句集注》,中华书局 1983 年版。

② 扬雄《法言·君子》,汪荣宝《法言义疏》,中华书局 1987 年版。

③ 梁肃《常州刺史独孤及集后序》,《全唐文》卷五一八。

④ 韩愈《答李翊书》,《昌黎先生集》卷十六,蟫隐庐影印世綵堂本。

⑤ 转引自《旧唐书·王勃传》,中华书局 1975 年版。

⑥ 宋人刘忠肃语。转引自顾炎武《与人书》之十八,《亭林诗文集》卷四。

⑦ 《论语·述而》,《四书章句集注》,中华书局 1983 年版。

⑧ 《论语·学而》,《四书章句集注》,中华书局 1983 年版。

⑨ 柳宗元《报袁君陈秀才避师名书》,《柳河东集》卷三四,上海人民出版社版 1974 年版。

人。这就是古人一再讲的"诚其意"。如《荀子·不苟》指出："君子养心莫善于诚,致诚则无它事矣";"诚心行义则理,理则明,明则能变矣"。《大学》指出："所谓'诚其意'者,毋自欺也,如恶恶臭,如好好色。此之谓自谦。"后来人们按照"由人及天"的路子,把人的这个道德属性强加于"天",把"诚"说成是自然属性,即"天道",如"诚者,天之道也"①,"'大哉乾元,万物资始',诚之源也"②。作为"天道","诚"指道生万物时那种自然而然的规律、特点,如朱熹在给《中庸》"诚者,天之道也"作注时所释:"诚者,真实无妄之谓,天理之本然也。"③后来人们再按照"由天及人"的路子,把"诚"这种"天"的道德属性说成是人的天赋道德属性,所谓"诚者,天之道也;思诚者,人之道也"④,"诚者,天之道也;诚之者,人之道也"⑤。道理很简单:既然"人"是由"天道"衍生的,那么必然带有"天道"的一切属性;既然"诚"是"天道",也必然是"人道"。这样,古人通过一种迂回的思路,把"真实无妄"的"诚"夸大为人们普遍具有的道德属性;如果谁失却了"诚",就告诫他通过"正心诚意"的修养实践恢复"诚"的本性。正是通过"诚"的环节,"作文"与"做人"对应起来了,"文品出于人品"得以成立了,所谓"德弥盛者文弥缛,德弥彰者人弥明,大人德扩其文炳,小人德炽其文斑"⑥,道德修养对于文学创作主体来说就有了不可或缺的必要性。

古代文论论作家的道德修养,还包括性格修养。性格在古人看来有"善"、"恶"之别。"善"的性格是符合"中道"、温柔敦厚的性格,"恶"的性格是背离"中道"的性格,如周敦颐说:"性者,刚柔、善恶,中而已矣。不达,曰刚善,为义,为真,为断,为严毅,为干固;(刚)恶,为猛,为隘,为强梁;柔善,为慈,为顺,为巽;(柔)恶,为懦弱,为无断,为邪佞。"⑦文学作为创作主体真诚无伪的表现,它展示着人的性格,"凝重之人,其诗典以则;俊逸之人,其诗藻而丽;躁易之人,其诗浮以靡;苛刻之人,其诗峭厉而不平"⑧;"浮华者浪子,叫嚣者粗人,窘瘠者浅,痴肥者粗"⑨。因此,"涵养性情",使之符合道德善,"此诗之本源也"⑩,亦是一切文学创作的本源。

## 2. 论"识"

古代对作家"识"的认识与重视有一个漫长的过程。在唐以前,比如上溯至魏晋、两汉

① 《孟子·离娄上》、《中庸》均有此语,分别见《四书章句集注》,中华书局 1983 年版,第 282 页、第 31 页。
② 周敦颐《通书·诚上》,《濂洛关闽书》卷一《周子通书》,《正谊堂全书》本。
③ 朱熹《四书章句集注》,中华书局 1983 年版,第 31 页。
④ 《孟子·离娄上》,《四书章句集注》,中华书局 1983 年版。
⑤ 《中庸》。朱熹《中庸章句》对"诚之者,人之道"的解释是:"诚之者,未能真实无妄,而欲其真实无妄之谓,人事之当然也。"《四书章句集注》,中华书局 1983 年版,第 31 页。
⑥ 王充《论衡·书解》,《论衡注释》,中华书局 1990 年版。
⑦ 周敦颐《通书·师》,《濂洛关闽书》卷一《周子通书》,《正谊堂全书》本。
⑧ 宋濂《林伯恭诗集序》,《宋文宪全集》卷十六,《四部备要》本。
⑨ 施闰章《蠖斋诗话》,《清诗话》上册,上海古籍出版社 1982 年版。
⑩ 范德机《木天禁语·气象》,《历代诗话》下册,中华书局 1981 年版。

时，就见到论"才"、"学"的言论，但对于"识"却未置一词。直到宋代，才看到关于"识"的言论，如苏轼说："某闻人才以智术为后，而以识度为先；文章以华为末，而以体用为本。"①宋以后，这方面的言论多起来，大有后来居上的势头，人们对"识"的重视，远在"才"、"学"之上。这或许是因为，在唐以前，人们尚牢笼在孔门"道德文章"的观念之下，认为"有德者必有言"，只要"文以载道"，就可传之不朽。后来文章多了，人们逐步意识到文章如果只有"德"而没有"识"，就可能湮没无闻于众多的作品之林中，无法自立于天下。所以在道德之外，人们特重作家的识见。魏禧说"为文之道，欲卓然自立于天下，在于积理而练识"②，正是这个意思。

"识"是对于是非的一种深刻鉴别能力。"人惟中藏无识，则理、事、情错陈于前，而浑然茫然，是非可否，妍媸黑白，悉眩惑而不能辨。"③"识"又是不同凡俗的高明思想，古人讲"识贵高"④，"识力卓越"⑤，"识之高卓"⑥，即是此意。"识""生于心也"，它是一个人思想素养的反映。"悟性达而为识"，它与人天赋的"悟性"（即领悟力）有关。不过，"识"也不完全是先天的，与后天的学习、培养也有关："有一派学问，则酿出一种意见"⑦，"凡观千剑而后识器，操千曲而后晓声"⑧。古人喜欢"识"、"见"联言，所谓"识贵高，见贵广"。"识高"有赖于"见广"，"见广"自然会"识高"。

凭借这种高深的见识，可以在学习前人作品时走上正路，不入歧途。"夫学诗者以识为主：入门须正，立志须高；以汉、魏、晋、盛唐为师，不作开元、天宝以下人物……虽学之不至，亦不失正路。"⑨"今之学者，或先平正而后诡诞，或先藻丽而堕庸劣。盖识见不足，以诡诞为新奇，以庸劣为本色耳。"⑩"学者以识为主，则有阶级可循，而无颠踬之患。"⑪

凭借这种高深的见识，作者可以不人云亦云，不拾人余唾，道前人所未道，发他人所不能发，一洗摹拟之习，而开创新之奇："识不越于庸众，则虽有奇文，可以无作"⑫，"至平至实之中，狂生小儒，皆有所不能道，是则天下至奇已"⑬。

"识"的重要，还体现在对"才"、"学"的统师作用上。"学如弓弩，才如箭镞，识以领之，方能中鹄。"无"识"以御"才"，"虽议论纵横，思致挥霍，而是非淆乱，黑白颠倒，才反为累矣"（叶

① 苏轼《答乔舍人启》，《苏东坡集》卷二八，《四部丛刊》本。

② 魏禧《答施愚山侍读书》，《魏叔子文集》卷六，易堂刻本。

③ 叶燮《原诗·内篇下》，人民文学出版社1979年版。

④ 许学夷《诗源辩体》卷二四，民国壬戌上海綵庐重印本。

⑤ 魏禧《答蔡生书》，《魏叔子文集》卷六，易堂刻本。

⑥ 刘熙载《艺概·文概》，上海古籍出版社1978年版。

⑦ 袁宗道《论文》，《白苏斋类集》卷二十，中国文学珍本丛书本。

⑧ 刘勰《文心雕龙·知音》，赵仲邑《文心雕龙译注》，漓江出版社1982年版。

⑨ 严羽《沧浪诗话·诗辨》，《沧浪诗话校释》，人民文学出版社1983年版。

⑩ 许学夷《诗源辩体》卷三四，民国壬戌上海綵庐重印本。

⑪ 许学夷《诗源辩体》卷三四，民国壬戌上海綵庐重印本。

⑫ 魏禧《答蔡生书》，《魏叔子文集》卷六，易堂刻本。

⑬ 魏禧《答施愚山侍读书》，《魏叔子文集》卷六，易堂刻本。

燮）；无"识"以统"学"，则东向西望，莫知所衷。"识"是驾驭"才"之舟车的使者，是贯穿"学"之珍珠的红线。

### 3. 论"才"

作者一要有"德"，二要有"识"，但倘若无"才"承载之，则不能发而为文，所以古代的创作主体论又重视"才"。

古代对"才"的论述可追溯到汉代。东汉王充《论衡·超奇》讲"阳城子长作《乐经》，扬子云作《太玄经》，造于眇思，极杳冥之深，非庶几之才，不能成也"。班固《离骚序》说屈原"虽非明智之器，可谓妙才者也"[①]。这些可视为滥觞。魏晋南北朝时期，曹丕、葛洪、颜之推、刘勰等人都论及"才"，刘勰还在《文心雕龙》中特辟《才略》一篇，专门探讨作家的才性问题。嗣后，对"才"的论述蔚为大观，"奇才"、"仙才"、"雄才"、"通才"成为常见术语。到了清代，人们对"才"的论述益趋深入。吴雷发《说诗管窥》对"才"作了仔细的区分与辨别："小才易，大才难；雄才易，仙才难。雕冰镂石，小才也；拔山扛鼎，大才也；尺水可以兴澜，搏兔亦用全力，翻空则楼台层叠，征实则金贝辐辏，雄才也；是非不难，而以较仙才，瞠乎后矣。仙才者，纳须弥于芥子，藏日月于壶中，如游桃源，如登华山，如闻九霄鹤唳，如睹空山花开。此则诗人苦吟一生，竟有不得一句者，盖雄才以富丽胜，仙才以缥缈闲旷胜。富丽者，人之所能为也；若缥缈闲旷，则非人之所能为也。"[②]徐增《而庵诗话》的"全才"说标志着古代"才性"论的高峰："诗本乎才，而尤贵乎全才。才全者，能总一切法，能运千钧笔故也。夫才有情、有气、有思、有调、有力、有略、有量、有律、有致、有格。'情'者，才之酝酿，中有所属；'气'者，才之发越，外不能遏；'思'者，才之径路，入于缥缈；'调'者，才之鼓吹，出以悠扬；'力'者，才之充拓，莫能摇撼；'略'者，才之机权，运用由己；'量'者，才之容蓄，泄而不穷；'律'者，才之约束，守而不肆；'致'者，才之韵度，久而愈新；'格'者，才之老成，骤而难至。具此十者，才可云全乎？然又必须时以振之，地以基之，友以泽之，学以足之。夫披鲜掞藻，春华裕如，是时以振之也；雄视阔步，门业清高，是地以基之也；辨体引义，以致千秋，是友以泽之也；金声玉振，以集大成，是学以足之也。复得此四者，而才始无弊，可称全才矣。"[③]

"作性扩而成才"。"才"是创造力的一种表现。"造化无才，不能造万物，古圣无才，不能制器尚象"，文人无才，不能"课虚无以责有"，赋无形为有形。这种"化无为有"的创造力大体分为两方面。一是"触物起情"、"感物造端"的能力，也就是敏锐、丰富的情感素质。《汉书·艺文志》论赋曰："感物造端，材智深美。"叶燮说："无才则心思不出。"[④]钱大昕说："有才而无情，不可谓之真才。"可见"情"、"思"是"才"的一部分。因此，古人常"才情"、"才思"联言。正

---

① 《楚辞》卷一，《四部丛刊》本。

② 王夫之等编《清诗话》下册，上海古籍出版社 1982 年版。

③ 王夫之等编《清诗话》上册，上海古籍出版社 1982 年版。

④ 叶燮《原诗·内篇下》，人民文学出版社 1979 年版。

是主体具有的"情"，使得作者与外物接触时能够产生思绪意象，为文学提供表现内容，所以李渔《一家言》说："非情人不能为文人。"二是"戛戛独造"、"自铸伟词"的能力，班固称屈原"可谓妙才"，正是看在他能"自铸伟词"的份上。不因袭陈言，用独创的文辞表现自家内容，也是创造才能的一个重要方面。

"才"作为对情思、文辞的创造能力，主要由先天决定，是"天分"、"天赋"的一种表现。古人讲"能在天资"，"才自内发"①，"才力本于天赋"②，正是此意。因此，古人常称"才"为"天才"。"天才"是否可以通过人为的努力达到呢？古人的回答是悲观的："文章有以天才胜，有以人力胜。出于人者可勉也，出于天者不可强也。"③"学问有利钝，文章有巧拙。钝学累功，不妨精熟；拙文研思，终归蚩鄙。但成学士，自足为人；必乏天才，勿强操笔。"④但古人又指出："才而不学，是为小慧。"⑤"有才情而无学识，不可谓之大才。"⑥"才得学而后雄。"⑦倘自恃天赋的才力而放弃后天的学习、努力，则这种人只能是小聪明，迟早会"江郎才尽"；只有"积学以广才"⑧，才能成为雄才大略。所以古人说："究竟有天分者，非学力断不能成家。"

"才"具有天马行空、独往独来、不受羁绊、自由挥洒的特点，它最不肯束手就范于理法规矩。因此，一方面，才气纵横的作品常常因为逸出了现成的理法规矩而招来诟病；另一方面，杰出、伟大的作品都产生于自由创造。这就形成了一个"二律背反"："文之尚理法者，不大胜亦不大败；尚才气者，非大胜即大败。"⑨不羁之"才"虽然未必能创造出"大胜"之作来，但"大胜"之作必有赖于不羁之"才"方能产生。"文之高胜者，必命世才，自出新机，不蹈陈辙，用发吾胸中之蕴概。"⑩譬之绘画，有学力而无才情，尺尺寸寸于理法规矩的作品至多只能进入"能品"，而疏理法、遗规矩、才气纵横的作品方可进入"神品"、"逸品"。宋人谢尧仁《张于湖先生集序》举例说明："今观贾谊、司马迁、李太白、韩文公、苏东坡，此数人皆以天才胜，如神龙之夭矫，天马之奔轶，得蹑其踪而追其驾。惟其才力难局于小用，是亦时有疏略简易之处。然善观其文者，举其大而遗其细可也。若乃柳子厚专下刻深工夫，黄山谷、陈后山专寓深远趣味，以至唐末诸诗人，雕肝琢肺，求工于一言一字间，在于人力，固可以无恨，而概之前数公纵横驰骋之才，则又有间矣。"谢氏所举"以天才胜"与"以人力胜"的作家是否准确另当别论，他以"时有疏略简易之处"而"以天才胜"的作品置于"工于一言一字"而"以人力胜"的作品之

① 刘勰《文心雕龙·事类》，漓江出版社 1982 年版。

② 转引自许学夷《诗源辩体》卷一七，民国壬戌上海绿庐重印本。

③ 谢尧仁《张于湖先生集序》，《于湖居士文集》卷首，上海古籍出版社 1980 年版。

④ 颜之推《颜氏家训·文章篇》，《颜氏家训》卷上，《四部丛刊》影明本。

⑤ 章学诚《文史通义·妇学》，嘉业堂本《章氏遗书·文史通义》。

⑥ 钱大昕《春星草堂诗集序》，《潜研堂文集》卷二六，《四部丛刊》本。

⑦ 李维桢《郝公琰诗跋》，《大泌山房集》卷一三一，明刻本。

⑧ 刘熙载《艺概·赋概》，上海古籍出版社 1978 年版。

⑨ 刘熙载《艺概》，上海古籍出版社 1978 年版，第 41 页。

⑩ 王文禄《文脉》卷一，丛书集成本。

上,则很有见识。

那么,"才"可否培养、怎么培养呢?在古人看来,才出于天,"出于天者不可强";然而虽然天才是人力无法企及的,但却是人力可以接近的,因而古人也同意以后天的努力弥补天赋才能的不足。而"育材之方,莫先劝学"①,所谓"能读千赋则善赋"②。其次是"炼识",所谓"无识不能有才"③,"炼识而成其才"④。凡为大才,皆富识见,识为才之体,"炼识"就是"育才"。再则,有识便有胆,有胆便会为才的自由发挥、成长提供必要、合适的心理氛围,故"炼识"有助于"育才"。再次是"养情",如上所引,"有才而无情,不可谓之真才"。

### 4. 论"学"

"学"是学问,主要指书本知识。与"才"不同,一个人的知识学问主要通过后天的学习努力获得。但学问的积累也关涉先天的记忆力。记忆力好,贮藏的知识就丰富。"记性积而为学",所以一个人的学问、知识还是其记忆力的反映。

中国古代文论也重视创作主体的"学",即对书本知识的学习、积累。何以如此呢?

从"学"与"德"、"识"、"才"的关系看,"学"是"养德"、"炼识"、"育才"的重要手段。

首先,"学以明理"⑤,"为学只是为善工夫"。按照中国古代的"人性"论,"人性"中既有"善",也有"恶",因而对于每一个凡夫俗子来说,都存在着一个存"善"去"恶",存"仁"去"贪"的道德修养任务。而中国古代的道德修养,主要是在主体范围内通过读书(经书、圣贤之书、载道之书)求道、主观内省的方式展开的,因而读书求道、为学养德就为中国古代的道德伦理学所一再强调。荀子著《劝学》篇,《礼记》中有《大学》、《学记》,其中的"学"都有"学以明理"的意思。正是在这样的文化背景下,"学"成为培养人正确的道德观念的一种途径,为古代文论中的创作主体论一再强调。

其次,"学"可"炼识"。"诗须识高,而非读书则识不高。"⑥书读多了,就有比较,有比较,自然就有鉴别是非的能力。"识"正是这种对于是非的认识、鉴别能力。

再次,"学"可"育才"。"才"作为役使典籍、为我所用的能力,"盖有才无学,如有良将而无精兵,有巧匠而无利器"⑦,就会使"才"失去役使的对象、材料,而使"才"难以为继。所以,只有"学之宏博",方能"才善其用"⑧。"才"作为驾驭语言、表意状物的能力,不能离开后天的学习。只有"读书破万卷",方能"下笔如有神"。

---

① 范仲淹《上明相议制举书》,《范文正公集》卷九,清康熙四十六年刊本。
② 扬雄语,转引自桓谭《新论·道赋》,《全后汉文》卷十五,中华书局1958年版。
③ 吴雷发《说诗管窥》,《清诗话》,上海古籍出版社1978年版。
④ 章学诚《文史通义·文德》,嘉业堂本《章氏遗书·文史通义》。
⑤ 陈师道《送邢居实序》,王正德《余师录》卷一,丛书集成本。
⑥ 李沂《秋星阁诗话》,《清诗话》下册,上海古籍出版社1982年,第915页。
⑦ 揭曼硕《诗法正宗》,《诗学指南》卷一,清乾隆教本堂刻本。
⑧ 揭曼硕《诗法正宗》,《诗学指南》卷一,清乾隆教本堂刻本。

"学"的重要性不仅体现为它是"养德"、"炼识"、"育才"的手段,还表现在下列两点上。

首先,"学"是行文的材料。中国古代文论认为,文学不仅应状物达意,而且可通过用事隶典来含蓄传意,论证观点。魏晋时产生、流行的骈文以用典为一大特征;奏、议、疏、启、策、论之类的论说文为使自己的意见取信于人而以古为据,正像钟嵘所说:"若乃经国文符,应资博古。"即便"吟咏性情"的诗歌,人们也认为应该用书"以资为诗"(韩愈)。更有甚者,像苏轼、黄庭坚、清朝的宋诗派"以学为诗",辛弃疾、清代的浙西词派"以学为词"。总之,学问是中国古代文学运用的"材料"。因此,对于创作主体来说,必然有积累书本知识的要求。

其次,"学"是使文学作品获得较高美学品位的保证。中国古代文学创作的主体是学者、文人,学者、文人的美学趣味制约了中国古代文学的审美趣味。所以,正如绘画中的上品是"文人画",文学中的上品也应"典雅"、有"书卷气"。因此,作文者"必读万卷书,以养胸次"[1]。"多读书则胸次自高"[2],对象化到创作上,"则笔下自无一点尘埃"。[3]

## 三、中西文学创作主体论之比较

中国古代文论的创作主体论,反映了中国古代表现主义文学特征对创作主体的逻辑要求,这在与西方文学创作主体论的比较中就可看得更加明白。西方文论认为文学是现实的摹仿,对现实的摹仿不受制于道德观,不需要多少学问,只需要良好的想象力(形象思维力)、感受力和驾驭语言的才能,所以西方的文学创作主体论谈得最多的是"想象"、"情感"、"天才"[4]。中国古代文论认为文学应以表情达意为主,这种"情"、"意"必须符合道德规范,浸透道德理念,所以作家必须把道德修养放在首位。而文要自立于天下,就须有不同凡俗的见识,所以作家必须"炼识"。学问既然可以作为行文的材料,且"养德"、"炼识"须假之以"学",所以作家自然得把"学"作为修养的任务之一。中国古代的创作主体论重视"天才",这与西方创作主体论呈现出一定的共通性,因为无论中、西文学创作,都面临驾驭语言、表现内容的才能问题;但二者亦有不同之处,中国文论中的"才",还包括"用学"、"生识"的能力,此乃为西方文学的"天才"论所不取。按照文学本体论对创作主体的逻辑要求,文学既然以表情达意为主,所以作者就应把"情"作为自己的修养任务之一,所以古代有人提出了这样的要求。但在流行着"性善情恶"传统观念的中国古代,把"情"的培养作为一项任务提出来显然是不合适的,所以关于"情"的要求在古代创作主体论中未能蔚为大观。这一本应与西方文论重合的地方,却缘于中国文化的作用,而与西方文学创作主体论分道扬镳。

---

[1] 谢榛《四溟诗话》卷二,人民文学出版社 1998 年版。
[2] 冯定远语,转引自吴骞《拜经楼诗话》卷四,王夫之等编《清诗话》下册,上海古籍出版社 1982 年版。
[3] 杨慎《读书万卷》,《升庵全集》卷六十,新都周参元重刊本。
[4] 详见《外国理论家、作家论形象思维》,中国社会科学出版社 1979 年版;《西方文论选》,上海译文出版社 1979 年版。

第三章

# 中国古代文学的创作发生论

中国古代文学的创作发生论是由中国古代的文源论和作家对现实的艺术观照方式论体现的,因此,本章将从这两方面展开论述。

## 第一节 "文本心性"说
### ——中国古代的文源论

古代文源论大抵有四种观点:一、肇于道;二、源于物;三、本于心;四、渊于经。而"物"是"道"派生的,"道"究其实是心造的幻影,至于"经"则是圣人明心见性的记录。所以这四种文源论实质上可归结到一点,即"文本心性"。

中国古代的文源论,大抵有四种表现形态。

### 一、文源于物

这种观点,源远流长,阵容颇壮。《乐记》云:"凡音之起,由人心生也,人心之动,物使之然也。"开这种观点的先河。陆机《文赋》讲:"遵四时以叹逝,瞻万物而思纷,悲落叶于劲秋,喜柔条于芳春。"刘勰《文心雕龙·明诗》讲:"人禀七情,应物斯感,感物吟志,莫非自然。"钟嵘《诗品序》讲:"气之动物,物之感人,故摇荡性情,形诸舞咏。"这些言论清晰地勾画了"物→情→辞"的生成路线,奠定了这种观点的雄厚基础。此后,这种观点则成为常识,而为历代文

中国古代文学理论

人所引述。如唐代的白居易说："大凡人之感于事,则必动于情,然后兴于嗟叹,发于吟咏,而形于歌诗矣。"①宋代的朱熹说："人生而静,天之性也;感于物而动,性之欲也。夫既有欲矣,则不能无思;既有思矣,则不能无言;既有言矣,则言之所不能尽,而发于咨嗟咏叹之余者,必有自然之音响节奏,而不能已焉。此诗之所以作也。"②明代的蔡羽说："辞无因,因乎情;情无异,感乎遇。遇有不同,情状形焉。是故达人之情纾以纵,其辞喜;穷士之情隘以戚,其辞结;羁旅之情怨以孤,其辞慕;远游之情荒以惧,其辞乱;去国丧家者思以深,其辞曲。此无他,遇而已矣。"③清代的尤侗说："文生于情,情生于境。"等等。

作为文学本源的"物",要义有二。一是指自然景物。古人常称"景"。如刘勰《文心雕龙·物色》说："献岁发春,悦豫之情畅;滔滔孟夏,郁陶之心凝;天高气清,阴沉之志远;霰雪无垠,矜肃之虑深。岁有其物,物有其容,情以物迁,辞以情发。"杜甫说："云山已发兴,玉佩仍当歌。"④二是指社会生活。古人常称"事"。如钟嵘《诗品序》讲："嘉会寄诗以亲,离群托诗以怨,至于楚臣去境,汉妾辞宫,或骨横朔野,魂逐飞蓬,或负戈外戍,杀气雄边,塞客衣单,孀闺泪尽,或士有解佩出朝,一去忘返,女有扬娥入宠,再盼顾国,凡斯种种,感荡心灵,非陈诗何以展其义?非长歌何以骋其情?"

文学是表情达意的,而情意的产生又本于现实事物的感触,有什么样的生活遭遇,就有什么样的思想情感及其表现,因而古代文论有"不平则鸣"说。司马迁在《史记·太史公自序》中曾深有体会地指出："夫诗书隐约者,欲遂其志之思也。昔西伯拘羑里,演《周易》;孔子厄陈蔡,作《春秋》;屈原放逐,著《离骚》;左丘失明,厥有《国语》;孙子膑脚,而论兵法;不韦迁蜀,世传《吕览》;韩非囚秦,《说难》《孤愤》;《诗》三百篇,大抵贤圣发愤之所为作也。此人皆意有所郁结,不得通其道也,故述往事,思来者。"韩愈则把这种现象总结为"大凡物不得其平则鸣":"草木之无声,风挠之鸣;水之无声,风荡之鸣,其跃也或激之,其趋也或梗之,其沸也或炙之;金石之无声,或击之鸣;人之于言也亦然,有不得已而后言,其歌也有思,其哭也有怀。凡出口而为声者,其皆有弗平者乎!"⑤由于人处于富贵、平安的顺境时,感受不深、不真;处于穷苦、坎坷的逆境时,不仅情真意切,而且能感他人所不能感,思他人所不能思,发他人所不能发,所以常有这种现象:"和平之音淡薄,而愁思之声要妙;欢愉之辞难工,而穷苦之言易好也。"⑥这就叫"诗(文)穷而后工"。欧阳修曾揭示过其中奥秘:"凡士之蕴其所有而不得施于世者,多喜自放于山颠水涯,外见虫鱼草木、风云鸟兽之状类,往往探其奇怪,内有忧思感愤之郁积,其兴于怨刺,以道羁臣寡妇之所叹,而写人情之难言,盖愈穷则愈工。然则非

① 白居易《策林》六十九《采诗以补察时政》,《白居易集》卷六十五,中华书局 1979 年版。
② 朱熹《诗集传序》,《朱子大全集》卷七六,《四部备要》本。
③ 蔡羽《顾全州七诗序》,《明文授读》卷三五,味芹堂刻本。
④ 杜甫《陪李北海宴历下亭》,《杜少陵集详注》卷一,文学古籍刊行社 1955 年版。
⑤ 韩愈《送孟东野序》,《昌黎先生集》卷一〇,《四部备要》本。
⑥ 韩愈《荆潭唱和诗序》,《昌黎先生集》卷二〇,《四部备要》本。

诗之能穷人,殆穷而后工也。"①举例说来,"李陵降胡不归而赋别苏武诗,蔡琰被掠失身而赋《悲愤》诸诗,千古绝调,必成于失意不可解之时。惟其失意不可解,而发乃万绝千古。下此嵇康临终,杜甫遭乱,李白投荒,皆能继响前贤"②;"使七子不当建安之多难,杜陵不遭天宝以后之乱,盗贼群起,攘窃割据,宗社黾阢,民众涂炭,即有慨于中,未必其能寄托深远,感动人心,使读者流连不已如此也"③。这正如陆游曾戏谑而不无自嘲地感叹的那样:"天恐文人未尽才,常教零落在蒿莱。"④

因此,作家的生活经历、人生际遇对创作具有一定的决定作用,"身之所历,目之所见,是铁门限"⑤。有鉴乎此,古人强调作家"伫中区以玄览"(陆机),"读万卷书,行万里路","多历名山大川,以扩其眼界"⑥,要像杜甫、白居易那样"身入闾阎,目击其事"⑦,了解民生疾苦,反对作家"纸上谈兵","闭门造车",所谓"纸上得来终觉浅,绝知此事要躬行"⑧,"山思江情不负伊,雨姿晴态总成奇;闭门觅句非诗法,只是征行自有诗"⑨,"眼处心生句自神,暗中摸索总非真,画图临出秦川景,亲到长安有几人"⑩?

## 二、文肇自道

在"物→情→辞"的文源论中,如果再追究一下:"物"是从何而生的? 古人便会回答:是由"道"派生的。这样一来,就出现了中国古代另一种形态的文源论:"文肇自道"。

显然,这种"道"在古人的玄想中,是离开心灵乃至人之外而存在,派生天、地、人"三才"乃至万物众生的宇宙本体,是"天道"、"太极"。

按照老庄的宇宙观,天下万物"有生于无"。这个从"无"到"有"的生成图式是"道"("太极"、"无")生"一"("气",气已属于"有"),"一"生"二"("阴阳"),"二"生"三"(天、地、人"三才"),"三"生"万物"。孔子、孟子重日用实际,对宇宙生成问题不喜欢多作追究。不过诞生于战国时期的儒家经典《易传》杂取道家宇宙生成学说,揭示了宇宙生成图式:"是故易有太极,是生两仪(阴阳、天地),两仪生四象(四时),四象生八卦。"(《系辞上》)这虽不是论文源,但也不言而喻地包含了文源论:既然天下万物都源生于"道","文学"这种现象自然也起源于"道"。因此,刘勰《文心雕龙·原道》提出:"人文之元,肇自太极。"他这样论证、提出他的

① 欧阳修《梅圣俞诗集序》,《欧阳文忠公文集》卷四二,《四部丛刊》本。
② 费锡璜《汉诗总说》,《清诗话》下册,上海古籍出版社 1978 年版,第 943 页。
③ 归庄《吴余常诗稿序》,《归庄集》卷三,中华书局 1962 年版。
④ 陆游《读唐人愁诗戏作》,《陆游集·剑南诗稿》卷八〇,中华书局 1976 年版。
⑤ 王夫之《姜斋诗话》卷下,《清诗话》上册,上海古籍出版社 1978 年版,第 9 页。
⑥ 何世璂《然灯纪闻》,《清诗话》上册,上海古籍出版社 1978 年版,第 120 页。
⑦ 刘熙载《艺概》,上海古籍出版社 1978 年版,第 65 页。
⑧ 陆游《冬夜读书示子聿》,《陆游集·剑南诗稿》卷二四,中华书局 1976 年版。
⑨ 杨万里《下横山滩头望金华山》,《诚斋集》卷二六,《四部丛刊》本。
⑩ 元好问《论诗三十首》,《遗山先生文集》卷十一,《四部丛刊》影弘治本。

中国古代文学理论

观点:"夫文之为德也大矣,与天地并生者何哉? 夫玄黄色杂,方(地)圆(天)体分。日月叠璧,以垂丽天之象;山川焕绮,以铺理地之形,此盖道之文也。仰观吐曜,俯察含章,高卑定位,故两仪(按:此指天地)生矣;惟人参之,性灵所钟,是谓三才(天、地、人)。为五行之秀,实天地之心。心生而言立,言立而文明,自然之道也……"也就是说,"道"("太极")生"两仪"(天、地),"两仪"生"三才"(天、地、人),由此才有了作为"人文"现象的文学。结合刘勰在《文心雕龙·物色》篇所说的"情以物迁,辞以情发",《明诗》篇所说的"人秉七情,应物斯感,感物吟志,莫非自然",可知文辞的产生既有待于"物"的触发,又有赖于"禀有七情"的"人"的感受。而无论是天地万物的产生还是"人"这个"有心之器"的诞生,都离不开"道"。既然"天、地、人""三才"都是"道"派生的,因而毫无疑义,"人文之元,肇自太极"。

因此,刘勰的"情以物迁,辞以情发"云云虽然在后世一再被当作源于现实的文源论加以征引,其实并不代表刘勰对文学最终起源的看法,刘勰对文学起源的根本看法是"文肇自道"。其揭示的文学发生的完整图式是:

即"道"产生"物"与"人","物"与"人"之间发生由"物"及"人"与由"人"及"物"的相互交感,故而产生"文"。

刘勰的《文心雕龙》,是要从哲学本体论的高度建构他的文学发生理论,因而把文学反应对象与反应主体背后的"道"作为"文"的终极本源。而后世的作家、批评家,往往更侧重于贴近文学现象作感受式、印象式的批评,他们只关心主体的情思由外物感触而生,而不爱追究这外物乃至具有情感与思维心理功能的人是从哪里来的,所以"文肇自道"的观点在后来没有产生多大影响,但刘勰作为一个大家,他的"人文之元,肇自太极"作为对文学起源的具有哲学深度、并代表中国哲学本体论特色的思考与解答,我们不能不作为一家之言加以介绍。

刘勰的这个创作发生图式,与黑格尔很相似。黑格尔的创作发生图式是:

即"理念"外化、衍生为"自然"与"人","自然"的东西"心灵"化,"心灵"的东西"自然"化,这就产生了"文艺"。较之柏拉图,它则有同有异。柏拉图的创作发生图式是建立在"摹仿论"即单向反映论基础上的:

理式→物(理式的影子)→文艺(理式影子的影子)

即"理式"派生"物",由此再产生对"物"的"摹仿"——"艺术"。在为"物"寻求一个形而上的本体这一点上,刘勰与柏拉图是相同的,在"物"与"我"是双向交流还是单向生成这一点上,刘勰与柏拉图是不同的。

## 三、文本于心

在"物→情→辞"的文学生成论中,也有人不追究"物"的生成原因,而且连"物"这一环节都给予切断、舍弃,这就形成了另一形态的文源论:文本心性。

以心灵为文学的本源,这在中国文学表现论中已露端倪。按照文学表现论,文学既然是心灵表现,而非现实的摹仿,所以外物不同于在艺术摹仿中那样作为文艺的反映对象而成为文艺本源,而是作为心灵意蕴的刺激物、激发器,文学所要表现的不是外物而是外物所点燃的心灵火花,当外物点燃了心灵火花后,便完成了使命,退出文学表现舞台,这是很容易让人得出"诗本性情"的文源观来的。而且,外物作用于人的心灵可以产生思想情感,作用于其他生物则不能生出思想感情的事实,也促使人们把文学表现的情思之源归结为"人"这个"禀有七情"的"有心之器"之"心",而不会归结为作为情思激发器的"物"。所以,当扬雄说"言,心声也"、陆机说"诗缘情",欧阳修说"诗原乎心者也"时,已包含了"文本于心"这样一个不言而喻的文源论。宋以后,"万法唯心"的禅宗认识论逐渐深入人心;在禅宗影响下形成的宋明理学把"天道"、"太极"从人心之外移植到人心之内,认为"吾心便是宇宙","人人心中一太极","心外无物"。如此,则"文本心性"的观点正式提出,并蔓延开来,势力也不算小。如宋代理学家邵雍说:"行笔因调性,成诗为写心。诗扬心造化,笔发性园林。"①是典型的"文本心性"论。同时代的家铉翁说:"序诗者即心而言志,志其诗之源乎!"②明确指出"志"是"诗之源"。明代李贽指出诗文之本原即童贞不昧之真心,这"童心"正打着陆九渊、王阳明心学的烙印。清代深受理学、禅学濡染的儒学大师刘熙载指出:"文不本于心性,有文之耻甚于无文。"③则把这种"本于心性"的文源论唱到终古。

## 四、文渊于经

今天的文学理论教材认为,书本只是文学创作用资借鉴的"流",而不是文学创作赖以发生的"源"。中国古代文论则认为,书本,主要是经书,可以是文学创作取之不尽、用之不竭的源泉,所谓"六经者,文之源也"④。

细看一下,持这种观点的论者还真不少。北齐颜之推就指出:"夫文章者,原出五经。诏

---

① 邵雍《无苦吟》,《伊川击壤集》卷一七,《四部丛刊》本。
② 家铉翁《志堂记》,《则志集》卷三,《四库全书珍本初集》本。
③ 刘熙载《游艺约言》,《古桐书屋续刻三种》,清光绪十三年刻本。
④ 朱彝尊《答胡司臬书》,《曝书亭集》卷三十三,《四部丛刊》本。

命策檄,生于《书》者也;序述议论,生于《易》者也;歌咏赋颂,生于《诗》者也;祭祀哀诔,生于《礼》者也;书奏箴铭,生于《春秋》者也。"①他认为文出"六经",并分析了每种经典派生的文体。唐魏颢《李汉林继续》将历代文学演变的源头推倒"六经":"伏羲造书契后,文章滥觞者六经。六经糟粕《离骚》,《离骚》糠秕建安七子。七子至白(李白),中有兰芳,情理婉约,词句妍丽。白与古人争长,三字九言,鬼神出没,瞠若乎后耳。"②唐代古文家独孤及在给人的集子作序时总结说:"公之作本乎王道,大抵以五经为泉源。"③宋代李涂则在前人所说的"五经"、"六经"之外加上经过朱熹诠注的"四书",他说:"《易》、《诗》、《书》、《仪礼》、《春秋》、《论语》、《大学》、《中庸》、《孟子》,皆圣贤明道经世之书,虽非为作文而设,而千万世文章从是出焉。"④明代茅坤仍以"六经"为文之"祖龙"⑤。宋濂则主张文学创作在"以群经为本根"之外还要以"迁、固二史为波澜"⑥。另有些人把文源从经书扩展到一般书籍,如刘克庄指出"文人之诗"是"以书为本,以事为料"⑦。元代杨载说:"今之学者,倘有志乎诗,须先将汉魏盛唐诸诗日夕讽咏,熟其词,究其旨,则又访诸善诗之士,以讲明之,若今人之治经,日就月将,而自然有得,则取之左右逢其源。"⑧

　　古代的中国人为什么以经、书为文之渊薮? 一来,文学必须"原道",而"道沿圣以垂文",故"原道"就是"征圣"、"宗经"。汉代立《诗》、《书》、《易》、《礼》、《春秋》于官学,钦定为"五经"。唐初,以《周礼》、《仪礼》、《礼记》"三礼",《春秋》左氏、公羊、穀梁"三传"合《诗》、《书》、《易》为"九经"。文宗开成年间刻石国子学,又加《孝经》、《论语》、《尔雅》为"十二经"。至宋,列《孟子》于经部,为"十三经"。于是,人们对此奉若神明。"文出五经"乃至"群经",正是这种"宗经"观念的反映。把古代圣贤的载道之经规定为文学创作的源泉,可以从根本上奠定文学创作不偏离儒道基础。二来,中国古代,由于文人、学者合一,文章、学术不分,故书卷、学问一直是文学使用的材料,就像清代学者总结的,文学作品是"学问、义理、辞章"三者的统一,这也自然使文论家们从书本中寻找文学源泉。三来,中国古代的文人学士大都过的是书斋生活,他们的创作往往不是得自"江山之助",而是得自书本的感发,所谓"若诗思不来,则须读书以发兴",这也促使他们把书本视为文学创作的一大来源。

## 五、四元归一

　　"源于物"、"肇自道"、"本于心"、"渊于经",这就是中国古代文源论的四种表现形态。这

---

① 颜之推《颜氏家训·文章篇》,《颜氏家训》卷上,《四部丛刊》影明本。

② 《李太白全集》附录,中华书局1977年版,第1448页。

③ 独孤及《检校尚书吏部员外郎赵郡李公中集序》,《全唐文》卷三八八,清刊本。

④ 李涂《文章精义》,清刻本。

⑤ 茅坤《复唐荆川司谏书》,《茅鹿门集》卷三,清康熙刊本。

⑥ 宋濂《叶夷仲文集序》,《宋文宪全集》卷一六,《四部备要》本。

⑦ 刘克庄《跋何谦诗》,《后村先生大全集》卷一〇六,《四部丛刊》本。

⑧ 杨载《诗法家数》,《历代诗话》下册,中华书局1981年版,第726页。

种多元的文源论若站在一个更高的文化层次看,乃可归结为"本于心性"的一元文源论。

在宗法文化的子系统——由"向心"的思维取向模式和"贵心"的价值取向模式构成的"重心"文化作用下,古代中国人在"天"与"人"、"物"与"我"的关系上呈现出"天"向"人"、"物"向"我"的倾斜。由"天"向"人"的倾斜,可知"天道"即是"人道","太极"、"天理"即是心造的幻影,是"人的本质的对象化"。由"物"向"我"的倾斜,可知"物"即是"我"、即是"心","心外无物",故无论是"文源于物"还是"文肇自道",其实质都是"文源于心"。而圣人的"经"书以"载道"、"原道"为旨归。这"道"如果是儒家的"人道",则"宗经"即是"源心";如果是道家的"天道",则其实质乃是"人道";而"经"之外的其他书籍,在古代宗法社会"重心"文化作用下也是"心学"、"心声"。故无论"文渊于经",还是"文渊于书",都是"文源于心"的变相形态。

因此,多元归于一元,文章本于心性。这就是作为表现主义文学原理的中国古代文论文源观的实质。

# 第二节　"心物交融"说
## ——中国古代的艺术观照方式论

作家对现实的艺术观照不只是单向的由物及我的反映活动,而且包含由我及物的生成活动。刘勰、王昌龄、李梦阳、纪昀、刘熙载、王国维等人对这个问题相继作出了深入论述,从而形成了"心物交融"、"物我双会"的艺术观照方式论。这一思想具有深刻的现实理论意义。而这种思想的诞生离不开中国古代"天人感应"、"物我交流"的世界观与方法论,"虚静"的哲学观照方式论与"比德"的审美观照方法论,道家兼合"无欲"、"有欲"观"道"的方法论,佛家圆融真、俗二谛观照万物的"中观"方法论构成的文化氛围的孕育。

文学创作的发生还关涉作家对现实的艺术观照方式。中国古代文论的"心物交融"、"物我双会"说,就是对艺术观照方式的精彩论述。

## 一、"物我双会"理论的历时演进

较早触及物我交流这一问题的是梁代的刘勰。他在《文心雕龙·物色》中分析过"情往似赠,兴来如答"的现象,在《诠赋》篇中指出过"情以物兴,物以情观"的现象。这"情往似赠","物以情观"是作家观照现实时"由我及物"的一面,这"兴来如答"、"情以物兴"是作家观照现实时"由物及我"的一面。刘勰二者并提，表明他对作家观照现实时"物我双会"、"心物交融"的特点已有所认识。这种认识是清晰的。《物色》篇说："目既往还，心亦吐纳。"这"目"与"心"的"往还"、"吐纳"，把作家艺术观照方式的"物"与"我"的双向逆反运动特点表述得淋漓尽致。《物色》篇又说："写气图貌，既随物以宛转；属采附声，亦与心而徘徊。"王元化解释为"二语互文足义"，"其意犹云：作家一旦进入创作的实践活动，在摹写并表现自然的气象和形貌的时候，就以外境为材料，形成一种心物间的融会交流的现象，一方面既随物以宛转，另方面亦与心而徘徊"①。可见，这两句话讲的是作家艺术把握现实的方式。艺术把握方式包括艺术观照方式和艺术反映方式，它理所当然地包含了艺术观照现实的方式。

唐代王昌龄在《诗格》中提出"三境"、"三格"说。"三境"说论及"三境"的发生情况："诗有三境。一曰物境：欲为山水诗，则张泉石云峰之境，极丽绝秀者，神之于心；处身于境，视境于心，莹然掌中，然后用思，了然境象，故得形似。二曰情境：娱乐愁怨，皆张于意而处于身，然后驰思，深得其情。三曰意境：亦张之于意而思之于心，则得其真矣。"②王昌龄的"情境"，约相当于王国维说的"喜怒哀乐，亦人心中之一境界"③的意思，是一种感情境界；"意境"与"情境"稍异，偏系思想境界，又与"情境"相通，同为与"物境"相对的主观境界。王昌龄认为主观境界得之于心，而客观的"物境"则得之于"处身于境，视境于心"的物我交流活动。"三格"说则直接论述诗思产生的三种情况："诗有三格。一曰生思：久用精思，未契意象，力疲智竭，放安神思，心偶照境，率然而生。二曰感思：寻味前言，吟讽古制，感而生思。三曰取思：搜求于象，心入于境，神会于物，因心而得。"④在"生思"中，"心偶照境"，"率然"生"思"，这"思"由外境机缘触发而生，这是"由物及我"；而"照境"之"心"是"久用精思"过的"心"，具有一定的"心理定势"的"心"，只有这种"心"才能在外境引发之下产生诗思的奇葩，所以这"心照境"又包含"由我及物"。"感思"亦然。"寻味前言"、"感而生思"，这是"由物及我"；所以能"吟讽古制，感而生思"，又取决于不同的主体心理定势，此即"由我及物"。至于"取思"则说得更分明：既要"搜求于象"，又要"心入于境"，只有"神"、"物"两会，才能"取思"。要之，王昌龄所论，虽非专门论述诗人观照现实的方式，却也包含了这层意思；对于诗人艺术观照方式的"物我双会"特点虽然论述得不够明确，但仔细寻味还是不难体会得出的。

明朝李梦阳在《梅月先生诗序》中，一面从"天下无不根之萌，君子无不根之情"方面指出"情者，动乎遇者也"，一面又从"忧乐潜之中，而后感触应之外"方面指出"遇者因乎情"⑤，文学创作发生中"遇"与"情"、"物"与"我"是互为条件、互相生发的。

这种关系，清初王夫之表述为"互藏其宅"的关系。他在《诗绎》中说："情、景虽有在心、

---

① 王元化《文心雕龙创作论》，上海古籍出版社1984年版，第102页。

② 《诗学指南》卷三，清乾隆敦本堂刊本。

③ 王国维《人间词话》，人民文学出版社1960年版。

④ 《诗学指南》卷三，清乾隆敦本堂刊本。

⑤ 李梦阳《空同集》卷五〇，明嘉靖刊本。

在物之分,而景生情,情生景;哀乐之触(指物),荣悴之迎(指心),互藏其宅。"他在《夕堂永日绪论·内篇》中说:"夫景以情合,情以景生,初不相离,唯意所适。截分两橛,则情不足兴,而景非其景。"纪昀指出:"凡物色之感于外,与喜怒哀乐之动于中者,两相薄而发为歌咏,如风水相遭,自然成文,如泉石相春,自然成响。"①刘熙载分析赋的产生:"在外者物色,在我者生意,二者相摩相荡而赋出焉。"②他对于"物我双会",更重主体对客体的拥抱、心灵对外物的渗透:"若与自家生意无相入处,则物色只成闲事,志士遑问及乎?"③这段分析很有深度。18世纪德国的美学家莱辛曾指出这种现象:"那些处境和我们最相近的人的不幸必然能最深刻地打入我们的灵魂深处。"④19世纪俄国的批评家杜勃罗留波夫在《什么是奥勃洛摩夫的性格》一文中指出:作家在生活中注意捕捉的往往是那些"跟他的心灵十分接近而又亲切的东西"。至于与作家不相仿的东西呢? 法国艺术史家丹纳说得好,这种东西"无论如何精彩","对他都不生作用"⑤。这里论及创作发生中主、客体同构相感的问题,刘氏此论与此有异曲同工之妙。

到了近代王国维的手中,对这个问题的认识又有所深化。他说:"有有我之境,有无我之境……有我之境,以我观物,故物皆著我之色彩;无我之境,以物观物,故不知何者为我,何者为物。"可知"有我之境"出于"以我观物","无我之境"出于"以物观物"。什么叫"以物观物"?邵雍《观物外篇》之十云:"以物观物,性也;以我观物,情也。性公而明,情偏而暗。"⑥之十二云:"任我则情,情则蔽,蔽则昏矣;因物则性,性则神,神则明矣。"⑦"以物观物"即站在"物"的角度观"物",排除主观情感的干扰和主体意识的介入,保持心灵静寂不动、清明澄澈的本性,使心灵成为反映外物的"明镜"、包藏外物的空筐。从认识方式上说,它是"物→我"的反映过程。与之相对的"以我观物"不只邵雍讲得很清楚,王国维也讲得很分明,它即是刘勰讲的"物以情观"的方式,与西方美学讲的"移情"观照方式相通,是"我→物"的生成、建构过程。而"无我之境"未必"无我","有我之境"未必"无物",所谓"文学之事,其内足以摅已,而外足以感人者,意与境二者而已……苟缺其一,不足以言文学"⑧,故任何文学作品都不外乎"有我之境"与"无我之境"的交融统一,都是作家"以我观物"与"以物观物"并行不悖的结果。所以王氏此论,实际上不只是作品论,也是作品所由产生的作家对现实的艺术把握方式论,它是"物→我"的哲学认知方式与"我→物"的审美认知方式的统一。王氏此意,还可在另一处言论中得到印证。《文学小言》曰:"文学中有二原质焉:曰景,曰情。前者以描写自然及人

① 纪昀《清艳堂诗序》,《纪文达公遗集》卷九,清嘉庆刊本。
② 刘熙载《艺概》,上海古籍出版社1978年版,第98页。
③ 刘熙载《艺概》,上海古籍出版社1978年版,第98页。
④ (德)莱辛《汉保剧评》,《世界文学》1961年第10期,第88页。
⑤ (法)丹纳《艺术哲学》,人民文学出版社1983年版,第38页。
⑥ 邵雍《皇极经世全书解》,清王植辑录。
⑦ 邵雍《皇极经世全书解》,清王植辑录。
⑧ 王国维《〈人间词〉甲乙两稿叙》,《人间词话》附录,人民文学出版社1960年版。

生之事实为主,后者则吾人对此种事实之精神的态度也。故前者客观的,后者主观的也;前者知识的,后者感情的也。自一方面言之,则必吾人之胸中洞然无物,而后其观物也深,而其体物也切;即客观的知识,实与主观的情感为反比例。自他方面言之,则激烈之情感,亦得为直观之对象、文学之材料;而观物与其描写之也,亦有无限之快乐伴之。要之,文学者,不外知识与情感交代之结果而已。"

辛弃疾在《贺新郎》一词中咏叹:"我见青山多妩媚,料青山见我应如是。"辛弃疾面对青山的观照方式,正代表了中国古代作家、艺术家观照现实时物我双向交流的方式;而他的这一诗句,正可作为中国古代"以物观物"与"以我观物"交融、并行的艺术观照方式的生动概括。

## 二、物我交流观照方式的文化解读

在传统的文艺理论教科书中,在西方古典文论中,作家、艺术家对世界的观照方式被描述为一种"形象反映"的方式,它与哲学家观照世界的方式只有形式的不同,即前者用"形象"的形式反映世界,后者则用"概念、判断、推理"即"抽象"的形式反映世界。在实质、内容上,二者并无不同,都是对客观真理的反映,都是"物→我"的单向生成活动。明确把艺术发生界说为"物⇌我"的双向建构活动,把艺术观照世界的方式理解为"物⇌我"的双向交流方式只是当代的事。瑞士心理学家皮亚杰在《发生认识论原理》中指出:"认识既不是起因于一个有自我意识的主体,也不是起因于业已形成的、会把自己烙印在主体之上的客体;认识起因于主客体之间的相互作用,这些作用发生在主体和客体之间的中途,因而既包括主体又包含客体。"[①]伴随着皮亚杰在人类认识心理研究方面的这一发现,传统的艺术、审美认识的发生论也为之一变。滕守尧先生曾这样描述审美知觉:"知学是一种主动探索的活动,也是一种高度选择性的活动,它既涉及着外在形式与内在心理结构的契合,也包涵着一定的理解和解释。知觉就像一只无形的手,它总是在探索着和触摸着,哪儿有事物的存在,它就进入哪里;一旦发现了适应它的事物之后,它就捕捉它们,触摸它们……"[②]这可代表国内当代学者的认识。而滕氏所述,是建立在对西方现代文艺理论、美学理论的译介、吸收之上的,因而也代表国外学者在这个问题上的认识水平。然而打开中国古代文论便知,今天我们在文学创作的发生、作家对现实的观照方式上取得的这个最新认识恰恰是中国古代文论家在特殊的文化氛围中早就超验地把握到的。这并非说古代中国人比长于理性分析、科学实证的西方人和我们今天的人要高明,而是说,处在特殊的文化氛围中,习惯以超验的方式把握对象的中国古代人是很容易得到上述认识的。

这个"特殊的文化氛围"是什么呢?

1."天人合一"、"物我一体"。中国古代的"天人合一"论是通过两种思维路线得来的。

---

① (瑞士)皮亚杰《发生认识论原理》,商务印书馆1981年版,第21页。
② 滕守尧《审美心理描述》,中国社会科学出版社1985年版,第60～61页。

一是"由天及人",即万物都由"太极"、"道"、"气"所化生,因而"天人之本无二"[1],老庄、张载的"天人合一"论就是按照这条思路来的。二是"由人及天",因为"尽心而后知天"(孟子),所以"宇宙便是吾心"(陆九渊),孟子、陆王心学的"天人合一"论便是循着这条思路来的。另有一些人,如董仲舒、朱熹、程颐、程颢,表面上看好像是按"由天及人"的思路推导出"天人合一"的,其实他们所说的"天"("太极"、"天道"、"天理")是道德化了的"天",仍是按照"由人及天"的路子走向"天人合一"的,不过他们不自觉罢了。佛教认为万物均由"法身"幻现,万事万物本无分别,这"法身"倘在人心之外,它就通过"由天及人"之路走向"天人合一";这"法身"倘在人心之内,它就通过"由人及天"的路子走向"天人合一"。所以在印度佛教中,就有"梵我合一"之说。如《大方广佛华严经》云:"万法是一心,一心是万法。"《佛说法印经》云:"诸蕴本空,由心所生,心法灭已,诸蕴无作。"这种世界观传到中国后,很快为中国僧人接受与弘扬。僧肇《涅槃无名论》指出:"玄道在于妙悟,妙悟在于即真,即真在于有无齐观,齐观则彼已无二,所以天地与我同根,万物与我一体。"古代社会是宗法社会。宗法社会以"天下为家",认为国之本在于家,家之本在于身,身之本在于心,要求通过"正心"走向"齐家治国平天下",由是形成"内重外轻"的"向心"文化,它习惯以心去消融外物。宗法社会的"祖宗崇拜"把人间的祖先当作天国的神灵加以敬奉,使祖宗神与天神合为一体。宗法社会又以"君权神授"论证宗族血缘等级对政治、经济、军事特权等级的决定作用。这些都通过不同渠道合成了"天人合一"的观念。由于"天人合一","物我一体",所以"天"与"人"之间可以相互"感应","物"与"我"之间可以彼此交流。因此,中国古代人面对高山流水、青竹黄花,总喜欢悄然对语,什么"相看两不厌,惟有敬亭山";什么"细数落花因坐久,缓寻芳草得归迟",仿佛我是自然的朋友,自然能理解我的衷曲。这种"天人感应"、"物我交流"的认识方式,本身就富于审美意味。

2. 按照中国古代"文以意为主"的表现主义文学观念和"温柔敦厚"的诗教、"含蓄为上"的审美理想,状物叙事必须"托物伸意,即事寓理",表情达意必须出之比兴、化情语为景语,所以"意"不离"象","象"不离"意"。而"意象"的产生不应仅仅视为作家构思创作的结果,它早已存在于作家对外物作艺术观照的刹那。作家怎样通过艺术观照从外物身上发现、把握"意象"呢? 一方面,要通过"虚静格物"、"以物观物",也就是哲学认知的方式,体认到物象的"真",把握物象的特征。与此同时,又要通过"物以情观"、"以我观物"的审美认知方式,体认到物象的"美",把握住物象特征所契合、象征、物化的"人格"、"人情"以及一切与"人"有关的意义。艺术观照就是"以物观物"的哲学观照与"以我观物"的审美观照的统一。在"以物观物"的哲学观照方面,中国哲学有"虚静"说,它告诫人们,要"虚静","忘我",不能"任情"、"任我",这样才可"识得好事物";在"以我观物"的审美观照方面,中国美学有"比德"说[2],它使

① 张载《正蒙·诚明》,王夫之《张子正蒙注》,中华书局 1975 年版。

② 关于这方面的材料,可参阅钟子翱《论先秦美学中的"比德"说》,载《复旦学报》编辑部编《中国古代美学史研究》,复旦大学出版社 1983 年版。李泽厚、刘纲纪主编《中国美学史》第一卷也有相关论述。

得中国人素有"仁者见仁,智者见智"、"登山则情满于山,观海则意溢于海"的传统。加之"比德"的审美观照必基于对外物真实相状、特征的哲学认知之上,这就为"虚静"说与"比德"说走向一体,构成"以物观物"与"以我观物"交融的艺术观照方式提供了可能与契机。《管子·水地》曰:"夫水淖弱以清,而好洒人之恶,仁也;视之黑而白,精也;量之不可使概,至满而上,正也;唯无不流,至平而止,义也;人皆赴高,己独赴下,卑也……"发现水"仁"、"精"、"正"、"义"、"卑"(谦卑)的美德,这是"以我观物"审美观照的结果;而这又建立在对水的"淖弱(按:淖,《字林》:濡甚曰淖。知淖即濡,弱亦当通溺)以清,而好洒人之恶"、"黑而白"、"量之不可使概,至满而止"、"唯无不流,至平而止"、"人皆赴高,己独赴下"之类的自然特性的确认之上的,这是"以物观物"哲学观照的结果。《管子》中对"水"的这段观照文字,正是典型的艺术观照方式的记录。

　　3. 老庄认为"道"有"无有"、"体用"之分,魏晋玄学认为凡物都有"本末"、"体用"、"有无"之别,要全面地认识"道"的体用、"物"的"本末",就必须"无欲"以观其"无","有欲"以观其"有"。《老子》首章云:"道可道,非常道;名可名,非常名。'无'名天地之始,'有'名万物之母。故常无欲以观其妙,常有欲以观其徼。"[①]后两句讲的是观"道"方式。怎么解?王弼《道德真经注》以"常无欲,以观其妙;常有欲,以观其徼"断句,本来很好讲通,但从宋代王安石开始,问题便变得复杂化了。他们认为王弼断句有误,而应断句为"常无,欲以观其妙;常有,欲以观其徼"。王安石《老子注》云:"道之本出于无,故常无,所以自观其妙;道之用常归于有,故常有,得以自观其徼。"司马光《道德真经解》、苏辙《老子解》、明代王樵《老子解》、清代俞樾《老子平议》、易顺鼎《读老札记》均持此说,台湾当代著名治老者陈鼓应在其《老子注译及评介》中亦照此断句、解释。然而,20 世纪 70 年代出土的马王堆帛书本《老子》印证了这种断句的错误和王弼断句的正确。帛书《老子》这两句作:"故恒无欲也,以观其妙,恒有欲也,以观其噭。"可见,以"欲"字断句是没有问题了。这两句怎么解释呢?"妙",古人曰:"神而不知其迹曰妙",可见它即指"形而上"的本体,即上文讲的不"可道"、不"可名"、作为"天地之始"的"常道"、"常名"——"无";"徼",帛书本作"噭","噭"是叫号之声,已有人指出不可通[②]。敦煌本《老子》作"曒"。"徼"是边际,"曒"是明白,均可引申为形迹。两字可通,指"道"之"形迹"、"功用",即上文讲的那个"形而下"的、"可道""可名"的"有",乃至一切有形可见的物象。这两句的意思是说,常用"无欲"的方式来观照"道"的神妙无迹的本体——"无",常用"有欲"的方式来观照"道"的形迹、功用——"有"。而经过玄学大师王弼的解释,这种观"道"的方式一变而为日常生活中观"物"的方式。物之"本"、"体"为"无",物之"末"、"用"为"有",把握外物应该"本末"、"体用"、"动静"、"有无"相兼,故观照外物也应该"无欲"与"有欲"并行。这"有欲"与"无欲"并行的观"道"、观"物"方式,与"以我观物"、"以物观物"交融的艺术观照方式存有交叉之处。

---

① 此处引文据陈鼓应《〈老子〉注译及评介》,中华书局 1984 年版,第 53 页。
② 严灵峰《马王堆帛书老子试探》,转引自陈鼓应《〈老子〉注译及评介》第 61 页。

4. 佛教中有"中观"一派。"中观"派以圆融真俗二谛、不落两边、合乎"中道"的观照、认识方法而得名。公元4世纪初,西域僧人鸠摩罗什来华译经,印度"中观"派的主要经典被系统地介绍过来。当时,般若学在中土流行。其特点是认识方法上总不免落入一偏,不合"中道"。以"六家七宗"中的三家为例。"心无宗""无心于万物,万物未尝无"①,特点是"空心不空境色"②,执色为"有"。"即色宗"认为"色不自有,虽色而空"③,特点是执色为"空"。"本无宗""情尚于'无'多,触言以宾'无'。故非'有','有'即'无';非'无','无'亦'无'"④。它既否定"心无宗"的执色为"有",又否定"即色宗"的执色为"无",算是"空"到底了,但在一个更高的层次上还是落入对"无"的偏执,把"无"当成了一种实在。所以,罗什的高足僧肇起来,对般若学派落于一偏的认识方法加以清算。他批判"心无宗":"此得在于神静(按:即'心无'),失在于物虚(按:即不认识物自性本空)。"批判"即色宗":"但当色即色,岂待色色而后为色哉?"(按:只应就色论色,肯定色的存在,岂能把物色看作有待以之为色的主观冥想的作用才成其为物色的呢?就是说,色本身就是有,并不因我们的主观冥想才是有。)批判"本无宗":"此直好'无'之谈,岂谓顺通事实,即物之情哉?"⑤在僧肇看来,事物的真实面目既是"空"(本体空),也是"有"(现象有)。这"有"是因缘凑合的必然产物,而不是产生于主观想象;又因为这"有"将随缘散而灭,本质是"空",所以"有"是"不真"、"假有"。经过僧肇的破立、倡导,"中观"派教义及其认识方法在中国大大弘扬开来。6世纪,天台宗实际创始人慧文根据"中观"派教义提出"一心三观"的禅法,后来天台宗四祖智颛又提出"三谛圆融"的教义。这个天台宗一直延续到明代。而隋唐时期生灭的三论宗则以印度"中观"派的三个经典《中论》、《十二门论》、《百论》名宗,他们从世界观到认识方法都与印度"中观"派无异。唐代创立、宋以后广为流行的禅宗也以双遣双非的"中观"思维为其方法论上的显著特征。罗什的译介,僧肇的倡导,天台宗、三论宗、禅宗的传习,使"中观"的方法深入、浸透到中国学者文人的认识方式中来。所谓"中观",具体讲就是融合"俗谛"、"真谛"观照诸法实相的方法。从"俗谛"看,诸法是"有";从"真谛"看,诸法是"空",这都不是诸法的真实性相。诸法实相要融合真、俗二谛才能把握。圆融二谛观诸法,诸法"有"是"非有","空"是"非空","空"、"有"相即,才是诸法实相。慧文的"一心三观",说法有异,其实不过是"中观"方法的分解与相加。即从"俗谛"看是一观,从"真谛"看是一观,再加上"中观"一观,是为"三观"。它教导人们,一个人既要学会看到事物的"空",又要学会看到事物的"假"("有"),还要学会同时看到事物的"非空非假"。学会分开看是为了学会合起来看,实质还是圆融二谛观诸法的"中观"方法。从"真谛"观照诸法,要求观照主体息绝相念,心性圆寂,与"虚静格物"、"以物观物"相通;从

---

① 僧肇《不真空论》,《中国佛教思想资料选编》第一卷,中华书局1981年版。任继愈《汉唐佛教思想论集》录有全文并附有译文,人民出版社1981年版。

② 见《不真空论》的《元康疏》、《吉藏论疏》。

③ 支遁《妙观章》,《中国佛教思想资料选编》第一卷,中华书局1981年版。

④ 僧肇《不真空论》,《中国佛教思想资料选编》第一卷,中华书局1981年版。

⑤ 僧肇对"心无宗"、"即色宗"、"本无宗"的批判之语,皆见《不真空论》。

"俗谛"观照诸法,心灵应物起舞,"触事生情",甚至会"将真心翻成妄想",与"由我及物"、"以我观物"相通。圆融二谛的"中观"方法,因而与"以物观物"与"以我观物"并行、"由物及我"与"由我及物"交融的艺术观照方式存有交叉、相通之处。

在"天人感应"、"物我交流"的世界观与方法论,"虚静"的哲学观照方式论与"比德"的审美观照方法论,兼合"无欲"、"有欲"以观"道"、观"物"的方法论,圆融真、俗二谛观照万物的"中观"方法论构成的文化氛围中,产生以"以物观物"与"以我观物"并行的"心物交融"艺术观照方式论,就是一桩很自然、很可信的事情了。

# 第四章

# 中国古代文学的创作构思论

　　中国古代文论中的创作构思论主要由"虚静"说、"神思"说、"兴会"说构成。"虚静"说要求构思主体通过"去物我"、"息群动"的途径进入"虚静"状态，从而"虚心纳物"、"静心运思"；"神思"说论及文学构思主观性与客观性相统一、情感性与形象性相统一、虚构性、创造性、语言媒介性等一系列特征；"兴会"说破译了艺术构思出现的"思如风发，言如泉涌"的特殊心理现象——灵感的奥秘。它们较为完整地构成了中国古代文论的构思理论。

## 第一节　"虚静"说
### ——中国古代文学的构思心态论

　　文学构思是一种高度专注、集中的思维活动。中国古代文论屡屡要求："陶钧文思，贵在虚静。"中国古代文论的"虚静"理论，是由构思心态方法论、构思心态特征论、构思心态功能论三个环节依次组成的动态流程：一、使物我"虚"，使物我"静"，这是达到"虚静"心态的方法；二、心灵"虚"，心灵"静"，这是去物我、息群动之后达到的心态特征，也是构思所赖以生存的心态要求；三、"虚"以藏"有"，"静"以载"动"，这是对"虚静"心态功能、指向的界说。中国古代文论的"虚静"理论与中国哲学"虚静"说既有联系，又有区别。

　　南宋葛立方《韵语阳秋》卷二转载了这么一件趣事：谢无逸问潘大临云："近日曾作诗否？"潘云："秋来日日是诗思。昨日提笔得'满城风雨近重阳'之句，忽催租人至，令人意败，辄以此一句奉寄。"这个例子形象地说明,"诗思多生于杳冥寂寞之境"①,如果有人打破了这种平静,就可能引起艺术构思的中断。

## 一、"陶钧文思,贵在虚静"

文学构思是一种高度专注、集中的思维活动。当创作主体进入构思之初,心灵专注于审美意象,甚至整个身心都投入审美意象,从而达到物我两忘的境界。据传,贾岛"当冥搜之际,前有王公贵人皆不觉"②;韩幹"画马而身作马形"③;"与可画竹时,见竹不见人;岂独不见人,嗒然遗其身"④。正如谢榛所说:"思入杳冥,则无我无物。"⑤这种"无我无物"的境界,乃是一种虚空的心灵状态。

由此可见,"杳冥寂寞"的"静"境与"无我无物"的"虚"境是艺术构思达到出神入化境地时必然出现的两种心理状态,也是艺术构思得以顺利进行的保证。因此,刘勰说:"陶钧文思,贵在虚静。"⑥苏轼说:"欲令诗语妙,无厌空且静。"⑦"虚静"成为古代文论家对构思主体必须具备的心态的喋喋不休的要求。

那么,如何获得"虚静"的心态呢? 简单地说,就是"去物我"以得"虚","息群动"以得"静"。

"去物",不是把作为客观存在的外物去除掉,而是指感官在接触外物时应物而无伤,不在心灵中留下任何物的影像。它的要义有两个。一是"遗物"、"忘物"。怎样才能"遗物"、"忘物"呢? 就是像庄子说的那样,"闭汝外",关闭你所有外部感官的大门。用陆机《文赋》的话说即"收视反听"。这样就能对外物"视而不见,听而不闻",使"心能不牵于外物"⑧,从而给心灵留下一片空间。二是不"执物"、"滞物"。外物从现象上看是"有",从实质上看是"无",因此,感官所感觉到的物象不过是物的"末"、"用",那超以象外的"空无"才是物的"本"、"体"。所以,对于感官所感知的物象,切不可执着为真,过分滞留于它。只有空诸物象,才能洞悉到物的本体、神韵。在这个意义上,恽南田《瓯香馆记》说:"离山乃见山,执水岂见水!"苏轼《宝绘堂纪》说:"君子可以寓意于物,而不可留意于物。寓意于物,虽微物足以为乐,虽尤物不足以为病;留意于物,虽微物足以为病,虽尤物不足以为乐。"苏轼不取的"留意于物",即"滞意于物"。通过对"执物"、"滞物"的否定,心灵又进一步扩大了虚无的空间。

值得说明的是,"去物",不是意味着把心灵所有的物象都去除掉,艺术构思所要创造的

① 葛立方《韵语阳秋》卷二,《历代诗话》下册,中华书局 1981 年版,第 500~501 页。

② 辛文房《唐才子传》,古典文学出版社 1957 年版。

③ 王又华《古今词论》,《词话丛编》本,中华书局 1986 年版。

④ 苏轼《书晁补之所藏与可画竹三首》,《苏东坡集》前集卷一六,商务印书馆 1958 年版。

⑤ 谢榛《四溟诗话》卷三,人民文学出版社 1961 年版。

⑥ 刘勰《文心雕龙·神思》。

⑦ 苏轼《送参寥师》,《苏东坡集》前集卷十,商务印书馆 1958 年版。

⑧ 黄庭坚《道臻师画墨竹序》,《豫章黄先生文集》卷一六,《四部丛刊》本。

审美意象是不可"去"的。"去物"的确切涵义是去除心灵中与艺术构思所要创造的审美意象无关的一切物象。同样,"去我",也不意味着把作为构思主体的"我"也否定掉,而是指把与构思无关的各种欲念、情绪排除掉。心灵不空,不仅因为外界物象会通过感官进入心灵,而且因为人的各种内在的本能欲求会源源不断地自动涌入心灵。因而心灵归于虚空,不仅要外空诸相,而且要内空诸念。这种功夫,就是"绝虑"的功夫①、"澄神"的功夫②、"万虑洗然,深入空寂"的功夫③,"疏瀹五脏、澡雪精神"的功夫④。通过"去物"、"去我",心灵如广阔的大漠,为审美意象的生存准备了偌大空间,如冰壶水镜,为艺术构思提供了独鉴之明。

如果说"虚"侧重以空间言,"静"则侧重以时间言。《增韵》曰:静,"动之对也"。得"虚"的方法是"去物我",得"静"的方法则是"息群动"。"息群动"也包括主、客体两方面。从客体方面来讲,"品物咸运,主之者静"⑤,"动以静为基",客观方面"息群动",就是要透过变化无常、流动不居的现象,把握到事物寂静贞一的本体。从主体方面讲,"息群动"就是要平息各种欲望、情感、意念的活动,恢复心灵寂然不动、至性至静的本性。"躁"、"急"、"嚣"、"荡",都是"静"的大敌,主体的"息群动",包括"雪其躁气,释其竞心"⑥、"整容定气……毋躁而急,毋荡而嚣"⑦的任务。中国古代文论中,批评家们为了促使创作主体的心灵进入静寂的境界,往往告诫创作主体选择净室高堂,面对明窗净几进行构思创作,如明代杨表正说:"凡鼓琴,必择净室高堂,或升层楼之上,或于林室之间,或登山顶,或游水湄,或观宇中。值二气高明之时,清风明月之夜,焚香静室,坐定,心不外驰,气血和平,方与神合……"⑧为的是用外界的静寂引发内心静寂的到来。

"虚"与"静"、"空"与"寂"是相互关联的。时间和空间作为物质存在的基本方式,当心灵从空间方面"去物我"达到了虚空,也就必然会带来"万动皆息"式的寂止,这是"虚而静";当心灵从时间方面"息群动"达到了寂止,同样会带来"物我皆去"式的虚空,这是"静而虚"。因此,古人总是"虚静"、"空寂"联言,正揭示了二者相辅相成的关系。

经过"去物我"、"息群动"的修养功夫,心灵进入了一片"虚静"的状态。这个"虚"不是纯然的空无一物,它包藏着无限的"有"。这个"静"也不是绝对的静止阒寂,它蕴含着最大的"动"。因而这个"虚静",是包含着最大"势能"与"动能"的一种心理状态。

从"虚静"的"势能"方面说,"虚"可以"观物",亦有助于"载物"。在中国古代人看来,"物"的本体是"道","道"的实质是"无",要能够透过物的现象"有"洞照到物的本质"无",观

---

① 李世民《唐太宗论笔法》,《书法钩玄》卷一,明朱衣等校刻本《王氏书画苑》卷七。

② 欧阳询《八诀》,《书法钩玄》,明朱衣等校刻本《王氏书画苑》卷七。

③ 元好问《陶然集诗序》,《遗山先生文集》卷三七,《四部丛刊》本。

④ 刘勰《文心雕龙·神思》,赵仲邑《文心雕龙译注》,漓江出版社1982年版。

⑤ 汤用彤《魏晋玄学论稿》,人民出版社1957年版,第235页。

⑥ 徐上瀛《溪山琴况》,清刊《大还阁琴谱》。

⑦ 王守仁《教约》,《王文成公全书》卷二,《四部丛刊》本。

⑧ 《弹琴杂说》,明刊本《重修正文对音捷要真传琴谱》卷一。

照主体的心灵就必须出之以"虚"。此则古人所谓"虚则知实之情"①,"虚其心者,极物精微"②,"离山乃见山"。反之,如果心灵不空,感官、欲念都在活动,就会执物为有,被物的现象所迷惑,背离物的真实面目,这就是古人讲的:"执水岂见水!"所以,"虚心"犹如澄澈的"冰壶"、明亮的"水镜",它可以为"观物"提供"独鉴之明"。

"虚心"不仅可以"观物",也有利于"载物"。这个"物"就是主体在对外物的观照中通过有限把握无限,通过有形把握无形,通过客体见出主体所产生的林林总总、纷纭挥洒的审美意象。主体只有"虚心",把其他各种物象和意念从心灵中赶走,审美意象才有生存的心理空间。所以古人讲"虚心纳物"③,"空故纳万境"④,"必然胸中廓然无一物,然后烟云秀色与天地生生之气自然凑泊,笔下幻出奇诡"。⑤"虚心"好比一口"空筐",它可藏纳万有;"虚心"好比漠漠大荒,它可让审美意象纵横驰骋;"虚心"又好比辽阔的太空,它可允许审美意象上天入地,"精骛八极,心游万仞"。

从"静"的"动能"方面说,"静"可以"观动",亦有助于"载动"。按照古代中国人的观点,"运动"只是事物的现象,"不动"才是事物的本体,所谓"飞鸟之景未尝动也"(庄子),"动以静为基"。因此,主体只有"以静观动",才能"以不变应万变",洞悉到"动"的主宰——事物寂然不动的本体。所以,古人说"静则知动之正"⑥,"静故了群动"⑦,"盖静可以观动也"⑧,"素处以默,妙机其微"⑨。运动是事物恒常不变的本体的即时表现。主体通过以静观动从而在动中观静,实际上乃是在刹那间领悟永恒,即在运动的刹那之景——静景中观照恒常不变的本体。

"静心"不仅可以"观动",也可以"载动"。这种"动"就是神思的运行,审美意象的运动。主体只有使各种杂念归于寂止,才能确保艺术构思的正常进行。就是说只有静心,方可最大程度地载动。所以古代文论家每每告诫作者,要"澄神运思"(虞世南),"罄澄心以凝思"(陆机)。在审美意象的构思运动中,"静"不只可以"载动",而且可以"制动"、"驱动"。如刘勰说:"寂然疑虑,思接千载;悄然动容,视通万里。"郭若虚说:"神闲意定,则思不竭而笔不困也。"⑩反之,若出之以躁竞之心,则构思的运行不是进入一片无序态,就是被迫中断,断不会像春蚕吐丝那样"思不竭而笔不困"。

---

① 《韩非子·王道》。

② 曾巩《清心亭记》,《元丰类稿》卷十八,《四部丛刊》本。

③ 虞世南《笔髓论》,清康熙静永堂刻本《佩文斋书画谱》卷五。

④ 苏轼《送参寥师》,《苏东坡集》前集卷一○。

⑤ 李日华《紫桃轩杂缀》,《国家珍本文库》第一集本,中央书店1935年版。

⑥ 《韩非子·王道》。

⑦ 苏轼《送参寥师》,《苏东坡集》前集卷一○。

⑧ 何坦《西畴老人常言》,百川学海本。

⑨ 司空图《二十四诗品》。

⑩ 郭若虚《论用笔得失》,《图画见闻志》卷一,人民美术出版社版1963年版。

因此,中国古代的"虚静"构思心态论,就呈现出由三个环节依次组成的动态流程:

1. 使物我"虚",使物我"静"。这是达到"虚静"心态的方法、手段、途径;

2. 心灵"虚",心灵"静"。这是对"去物我"、"息群动"之后达到的心态特征的一种描述,也是对构思赖以生存的心态的一种要求;

3. "虚"以藏"有","静"以载"动"。这是对"虚静"心态的功能、指向的界说。

从语义方面说,"虚"、"静"本是形容词,古代批评家用来作为对构思心态特征的一种形容,本属于构思心态特征论;这两个形容词又可以活用为使动词,即"使……虚"、"使……静",使什么"虚"、"静"呢? 也就是使"物我"虚、使"物我"静,于是,在动词的意义上,"虚静"论又成了"虚静"构思心态的生成方法论。"虚"又不是"空",它包藏着"有";"静"又不是"止",它包藏着"动",由此衍生出"虚静"心态的功能论。这样,"虚静"说作为构思心态论就由三种语义揭示的方法论、特征论、功能论构成:

> "使……虚"(动)——"虚"(形)——"有"(名)
>
> "使……静"(动)——"静"(形)——"动"(名)
>
> 构思心态方法论——构思心态特征论——构思心态功能论

从逻辑上说,构思心态方法论与构思心态功能论本由构思心态特征论所派生;从时间生成顺序上说,则先有构思心态的方法,后有构思心态的特征,再有构思心态的功能。应当说,在中国古代文论"虚静"的构思心态论中,包含了"无"与"有"、"动"与"静"、"有限"与"无限"、"有形"与"无形"、"刹那"与"永恒"乃至"客体"与"主体"相反相成的最深刻的辩证精神,是一份很耐人咀嚼、发人深省的思维财富。

## 二、文艺美学"虚静"说与中国哲学"虚静"说的联系与区别

在西方文论构思理论中,没有完整的"虚静"说。中国古代文论中何以有"虚静"说呢? 这显然与中国古代哲学中的"虚静"理论有关。老子从"归根曰静,静曰复命"[①]出发,提出"致虚极,守静笃"[②]的认识论,认为认识主体只有保持"虚极静笃"的心态,才能认知兼含"无"与"静"特征的道体。庄子继承老子的这一思想,为了"同于大通",他提倡"斋戒"、"坐忘"。所谓"斋戒",就是"疏瀹而心,澡雪而精神,掊击尔知(智)"[③];所谓"坐忘",即"堕肢体,黜聪明,离形去知(智)"[④]。受老子影响,战国中期的宋钘、尹文认为,"天之道虚,地之道静"[⑤],

---

① 《老子》十六章。陈鼓应《〈老子〉注译及评介》,中华书局1984年版,第124页。

② 《老子》十六章。

③ 《庄子·知北游》,曹础基《庄子浅注》,中华书局1982年,第329页。

④ 《庄子·大宗师》,曹础基《庄子浅注》,中华书局1982年,第109页。

⑤ 《管子·白心》,《二十二子》本,上海古籍出版社1986年版。

为了认识天地之道,心灵就必须"虚一而静"。"虚"就是"去好恶"①:"夫心有欲者,物过而目不见,声至而耳不闻也。"②关于"静",他们说"毋先物动,以观其则,动则失位,静乃自得"③,"静则得之,躁则失之"④;关于"一",他们说"血气既静,一意专心,耳目不淫,虽远若近"⑤,"专于意,一于心,耳目端,知远若近"⑥。孔子说:"智者动,仁者静。"⑦先秦儒学的核心是"仁",孔子把"静"作为"仁者"的特征,也就奠定了"静"在主体中的地位。荀子步尘孔子比旨,杂合老庄及宋、尹的思想,进一步重申"虚一而静"的认识论。他说:"人何以知道?曰心。心何以知?曰虚一而静。"⑧由于心灵"虚一而静"之后就可知"道",故荀子把"虚静"的心态叫做"大清明"。后来,儒家经典《大学》又具体、明确阐述了"静观"对于"格物"的必要性:"知止而后有定,定而后能静,静而后能安,安而后能虑,虑而后能得。"⑨道教为了交接神明,特重"斋戒","斋者,精明之至也,所以交于神明也"⑩。这个"斋",包括"洁净其体"与"斋定其心"两方面,其中,"斋定其心"是更重要的。道教"内丹"派把心气的修养视为延年益寿、得道成仙的精要,要求人们"养气守静",如《太平经》说:"养生之道,安身养气,不欲喜怒也。"《云笈七签》卷九七:"神静则心和,心和则神全;神灿则心荡,心荡则形伤。"《太清中黄真经》:"内养形神除嗜欲,专修静定身如玉。"⑪魏晋玄学以"静"为本、"动"为末,以"无"为体、"有"为用,因而强调以无统有,以静制动,如王弼说:"凡有起于虚,动起于静,故万物虽并动作,卒复归虚静,是物之极笃也。"⑫他还说:"夫动不能制动。制天下之动者,贞夫一者也。"⑬"不动者制动……静必为躁君也。"⑭宋明理学更强调"虚静格物",如朱熹说:"今人所以事事作得不好者,缘不识之故。……不虚不静,故不明;不明,故不识。若虚静而明,便识好物事。……心里闹如何见得!"⑮从印度舶来的佛教,在"虚静"的问题上也与中国哲学殊途同归。佛教的世界观是"色即是空",世人所以认为色是有,是由于心灵动了感觉、欲念,"妄随物转"的缘故。只有心体寂然,万念俱绝,才能体认到诸法皆空的真谛。这就叫"内有独鉴之明,外有万

---

① 《管子·心术》。

② 《管子·心术》。

③ 《管子·心术》。

④ 《管子·内业》。

⑤ 《管子·内业》。

⑥ 《管子·心术》。

⑦ 《论语·雍也》。

⑧ 《荀子·解蔽》,王先谦《荀子集解》,中华书局 1988 年版,第 395 页。

⑨ 朱熹《四书章句集注》,中华书局 1983 年版,第 3 页。

⑩ 《礼记·祭法》,《礼记正义》卷四六,《十三经注疏》本。

⑪ 《太清中黄真经》(又名《胎藏论》),《道藏》洞神部方法类。

⑫ 《老子道德经注》第二六章。

⑬ 《周易略例·明象》,楼宇烈《王弼集校释》,中华书局 1980 年版。

⑭ 《老子道德经注》第二六章。

⑮ 《朱子文集大全类编·清邃阁论诗》,考亭书院本。

法之实。万法虽实,然非照不得,内外相与,以成其照功……内虽照而无知,外虽实而无相,内外寂然,相与俱无,此则是圣所不能异,寂也"①。因此,佛家把感觉、意念的活动叫"无明",把否定了感觉、意念的虚静空寂之心叫做"妙明真心"。佛教的"定学"就是为获得这种虚静之心所进行的息绝相念、专注一境的修习活动。佛教的"慧学"所崇尚的"般若"智慧正是超越了感性认识与理性认识的、以空为特点的"无分别智"。通常见诸佛典的"禅",其本义为"静虑",它是一切佛教宗派共有的认识佛道的方法。中国哲学中的"虚静"理论,早在先秦时就蔚为大观,此后又为道教、佛教、魏晋玄学、宋明理学所发展与丰富。它无疑是魏晋时期文艺美学领域诞生的"虚静"论的土壤。我们看到,中国哲学中"虚静"论的一系列要义,都在文艺美学中的"虚静"说中得到了反映。哲学中讲"虚"以知"有","静"以知"动",美学上也讲以"虚"观"有",以"静"观"动";哲学中把"虚静"之心视为能清晰地反映事物本体的明澈之镜,美学也把"虚静"之心视为具有审美观照"独鉴之明"的冰壶水镜;哲学上的"虚静"之心是专注守一的心神活动,美学上"虚静"之心也是"用智不分,乃凝于神"的聚精会神的思维活动。在哲学领域,尤其是在道教哲学领域,为了促使心灵进入"虚静"状态,道教徒们要求选择静寂之境作"道场",所谓"夜静琼筵谧,月出吉坛明;香烟百和吐,灯色九微清……"②美学上,批评家们也告诫人们选择空寂之境进入构思创作,所谓"月出鸟栖尽,寂然坐空林,是时心境闲,可以弹素琴……"③清代词论家况周颐讲他构思取境的情景时说:"人静帘垂,灯昏香直,窗外芙蓉,残叶飒飒作秋声,与砌虫相和答。据梧暝坐,湛怀息机,每一念起,辄设理想排遣之,乃至万缘俱寂,吾心忽然莹然开朗如满月,肌骨清凉,不知斯世何世也……"④则不知是作诗,还是道士在"斋戒",佛僧在"打禅"了。

然而,指出文艺美学中"虚静"说受到哲学中的"虚静"论的孕育、影响是容易的,分辨出二者的不同,却颇为困难。而文艺美学中的"虚静"说自有其与哲学"虚静"论不同的规定性。二者的区别在何处呢?

笔者以为,首先是属性不同。哲学"虚静"论论述的是认识心态,美学"虚静"论论述的是构思心态。

其次是把握的对象不同。哲学上要求认识主体保持"虚静"之心,是为了透过"有"把握"无",透过"动"把握"静"。一旦把握到了事物"无"、"静"的本体,就把事物的"有"、"动"给舍弃了。美学上的"虚静"论诚然也要求构思主体以"虚"观"有",以"静"观"动",但它并不主张主体在通过"有"把握到了"无"、通过"动"把握了"静"之后就把"有"、动"给舍弃掉,恰恰相反,它主张"有"与"无"、"动"与"静"的对立统一,具体说即"有限"与"无限"、"有形"与"无形"、"刹那"与"永恒"的对立统一,也就是在"有限"中表现"无限","有形"中表现

① 僧肇《般若无知论》,《中国佛教思想资料选编》第一卷,中华书局出版社 1982 年版。

② 周弘让《春夜醮五岳图文》。

③ 白居易《清夜琴兴》,《白香山集》卷五,文学古籍刊行社 1954 年版。

④ 况周颐《蕙风词话》卷一,惜阴堂丛书本。

"无形"，"刹那"中表现"永恒"。这"无限"、"无形"可以是客观本体，也可以是观照主体精神的物化。在这个意义上，"有限"中表现"无限"，"有形"中表现"无形"，又可以指"客体"中表现"主体"。美学要求构思主体保持"虚静"之心，就是为了通过对外物的审美观照获得"有形"与"无形"、"有限"与"无限"、"客体"与"主体"、"刹那"与"永恒"的统一体——审美意象。

再次，二者的功能、指向不同。作为构思心态论，"遗物"（空）是为了"观物"[①]和"纳物"（有），"绝虑"（静）是为了"运思"和"遐想"（动）。就是说，"虚"指向着"有"，"静"指向着"动"。作为哲学认识论，主体"遗物"、"绝虑"不是为了给构思中产生的审美意象挪出生存与运行的心理空间，提供必要的心理准备，而是为了契合、拥抱事物虚无寂静的本体。

第四，二者的活动方式、特点不同。构思中的"虚静"，实际上是"图画之外[②]，无所婴心"[③]的物我两忘思维状态，它是关于意象的思维，参加思维活动的元素是感觉、知觉、表象、情感、意念、思想、想象，一句话，是常人所使用的感性认识与理性认识。哲学认识中的"虚静"则复杂得多。像道家提倡的"静观"、"玄览"、"心斋"、"坐忘"，佛家倡导的"静虑"、"禅定"、"般若"、"无分别智"，乃是不包含物象、超越感性认识与理性认识的特殊的精神活动，与构思中的"静虑"迥然有别。

中国古代文艺理论中的"虚静"说，正是在中国哲学"虚静"论的影响、启发下，在对艺术构思实际状况的分折中，形成了它与哲学"虚静"论既同又异的自身规定性的。

# 第二节 "神思"说
## ——中国古代文学的构思特征论

古代文学乃至艺术的构思，既包含想象，又不局限于想象，而是比想象外延更广的"神思"。按古代文论"神思"说的论述。文学构思不仅是主观性与客观性的统一、情感性与形象性的统一，还具有虚构性、创造性、语言媒介性等特征。

当创作主体经过"去物我"、"息群动"的过程获得"虚静"心态，进入艺术构思之后，这种艺术构思具有哪些特征呢？古代文论中的"神思"说对此作出了详尽论述。

---

① 晁补之《鸡肋集》卷三《跋李遵易画鱼图》："然尝试遗物以观物，物常不能度其状。"

② 按：这里我们把"图画"借用为绘画意象之外的一切审美意象。

③ 郭若虚《图画见闻志》卷三，人民美术出版社版 1963 年版。

## 一、"神思"、"想象"的内涵及其历史脉络

"神思",既可解释为主谓结构的合成词,指"精神的活动"[1];也可解释为偏正结构的合成词,指"神妙之思"[2]。在后面一种意义上,"神思"即艺术构思中"思如风发"、"宛若神助"的灵感现象,我们将在下一节中详细讨论。这里只讨论作为一种"精神活动"的"神思"特征。

由于中国古代广义的文学观念并不把"文学"仅仅局限于"形象地反映社会生活"的文字著作,由于中国古代表现主义文学观念认为"文以意为主","文学"即"心学",所以,中国古代关于文学作品的创作构思就不仅仅表现为"形象思维",或者叫"想象",而且包括不带形象的思维、联想。这从"神思"这个词的语义上也可看出来。然而,由于中国古代文学又包含着大量的状物记事的形象文字,由于"温柔敦厚"、"含蓄为上"的审美理想驱使古代文人在表情达意时"杂比兴"、"托形象"以出之,所以古代的"神思"又包括"想象",并且,"想象"在"神思"中占很大比重。因此,本篇的重点,在于揭示作为"想象"的"神思"之特征。

"想象"一词,最早见于《楚辞·远游》:"思故旧以想像兮,长太息而掩涕。"[3]后来用及此语者,代不乏人。如曹植《洛神赋》:"于是背下陵高,足往神留,遗情想像,顾望怀愁。"[4]邵雍《史画吟》:"形容出造化,想像成天地。"[5]何良俊《四友斋画论》:"古《五经》皆有图……后世但照书本言语,想像为之,岂得尽是?……余观古之登山者,皆有游名山记,纵其文章高妙,善于摹写,极力形容,处处精到,然于语言文字之间,使人想象终不得其面目,不若图之缣素,则其山水之幽深,烟云之吞吐,一举目皆得以神游其间,顾不胜于文章万万耶?"[6]叶燮《原诗》评"碧瓦初寒外"之妙时说:"此五字"划然示我以默会想象之表,竟若有内有外,有寒有初寒……"这里所提及的"想像"或"想象",或是指人的一般想象活动,或指作品诉诸读者的想象,直接指艺术构思的想象倒不多(也许唯邵雍例外)。古人直接论及构思"想象"的,倒是未使用"想象"一词的"神思"理论。

"神思"一语,早在汉末韦昭《鼓吹曲》中已出现。作为完整的构思论,"神思"说是由晋代陆机在《文赋》中提出来的。《文赋》在描述文学创作起始过程的情景时说:"其始也,皆收视反听,耽思傍讯,精骛八极,心游万仞。其致也,情瞳眬而弥鲜,物昭晰而互进。倾群言之沥液,漱六艺之芳润。浮天渊以安流,濯下泉而潜浸。于是沈辞怫悦,若游鱼衔钩,而出重渊之深;浮藻联翩,若翰鸟缨缴,而坠曾云之峻。收百世之阙文,采千载之遗韵,谢朝华于已披,启夕秀于未振,观古今于须臾,抚四海于一瞬。"陆机的构思理论,论及进入构思的心理准备,构

---

① 如赵仲邑《文心雕龙译注》"神思"篇题解,漓江出版社 1982 年版。
② 胡经之主编《中国古典美学丛编》中册第 406 页"神思"提要,中华书局 1988 年版。
③ 朱熹《楚辞集注》,上海古籍出版社 1979 年版。
④ 曹植《洛神赋》,《文选》本,中华书局 1977 年版。
⑤ 邵雍《伊川击壤集》卷一八,《四部丛刊》本。
⑥ 俞剑华《中国画论类编》上卷,人民美术出版社 1986 年版,第 108 页。

思的超时空性,构思的情感性和形象性,构思中的通塞现象,文学构思与语言媒介的联系以及构思的创造性,应当说是比较全面的。然而他并未使用"神思"一语。梁代刘勰继承陆机的构思理论,明确提出了"神思"说。他在《文心雕龙》中专设《神思》一篇论述这个问题:"古人云:形在江海之上,心存魏阙之下。'神思'之谓也。文之思也,其神远矣。故寂然凝虑,思接千载;悄然动容,视通万里;吟咏之间,吐纳珠玉之声;眉睫之前,卷舒风云之色;其思理之致乎!故思理为妙,神与物游。神居胸臆,而志气统其关键;物沿耳目,而辞令管其枢机。枢机方通,则物无隐貌;关键将塞,则神有遁心。是以陶钧文思,贵在虚静,疏瀹五脏,澡雪精神。积学以储宝,酌理以富才,研阅以穷照,驯致以怿(范文澜校:一作绎)辞。然后使玄解之宰,寻声律而定墨;独照之匠,窥意象而运斤……夫神思方运,万涂竞萌,规矩虚位,刻镂无形,登山则情满于山,观海则意溢于海,我才之多少,将与风云而并驱矣。"刘勰所论,界定了"神思"的涵义,对艺术构思的超时空性、形象性、创造性、艺术媒介性诸特征作了更深入的论述,为"神思"的培养指出了正解的途径。陆机、刘勰之后,有不少批评家论及艺术构思,而最值一提的有四人:明代徐祯卿,清代的金圣叹、李渔、刘熙载。徐祯卿在《谈艺录》中有这么一段:"朦胧萌坼,情之来也;汪洋漫衍,情之沛也;连翩络属,情之一也;驰轶步骤,气之达也;简练揣摩,思之约也;颉颃累贯,韵之齐也;混沌贞淬,质之检也;明隽清圆,词之藻也。高才闲拟,濡笔求工,发旨立意,虽旁出多门,未有不由斯户者也。"①这后面一句表明,此段所论系构思论。如果这一点没有疑义,则徐氏此论扩大了对文学构思对象、元素的认识及范围,并对构思的情感性作出了较前人更为深入、具体的理解。金圣叹在其小说创作论中提出"动心"说:"非淫妇定不知淫妇,非偷儿定不知偷儿也。谓耐庵非淫妇、偷儿者,此自是未临文之耐庵也。……若夫既动心而为淫妇,既动心而为偷儿,则岂惟淫妇偷儿而已。惟耐庵于三寸之笔、一幅之纸之间,实亲动心而为淫妇,亲动心而为偷儿。既已动心,则均矣,又安辩泚笔点墨之非入马通奸,泚笔点墨之非飞檐走壁耶?"②所谓"动心",即作家运用虚构性的想象把自己化为各种艺术形象来展开构思、塑造形象。对于作者构思中的这种情状,金圣叹在《西厢记》的批注中也有所发明。《酬韵》折描写张生在花园外窥视莺莺月夜焚香、两人隔墙酬唱,以及莺莺红娘倏然回房等情节都非常生动,特别是把张生那种初恋时的热切、焦躁的心理刻画得淋漓尽致。金圣叹分析道,这些栩栩如生的描写与作者创作时"设身处地"为人物设想是分不开的,它是作者"心存妙境,身代妙人"的"妙想"的产物③。受金圣叹影响,李渔提出"代人立心"说:"言者,心之声也,欲代此一人立言,先宜代此一人立心。若非梦往神游,何谓设身处地?无论立心端正者,我当设身处地,代端正之想,即遇立心邪辟者,我亦当舍经从权,暂为邪辟之思。"④金圣叹的"动心"说与李渔的"立心"说,要求作者在人物形象特定

① 何文焕《历代诗话》下册,中华书局1981年版,第767页。
② 《水浒传》第五十五回总批。
③ 《增订金批西厢》卷一《酬韵》批语,北宜阁藏版。
④ 《闲情偶记·词曲部·宾白第四·语求肖似》,《中国古典戏曲论著集成》,中国戏剧出版社1959年版。

的性格、思想逻辑中进行"设身处地"的"梦往神游",突出了构思的虚拟性,是对中国古代"神思"说的重要贡献。刘熙载的贡献,在于他明确区分了再造想象与创造想象:"按实肖象易,凭虚构象难。"[1]并高度肯定了创造想象在文学构思中的地位:"能构象,象乃生生不穷矣。"[2]

## 二、"神思"的特征

综观古代的"神思"说,它论述了文学构思的如下一系列特征:

### 1. 主观性与客观性的统一

王昌龄说:"为诗在神之于心,处心于境,视境于心,莹然掌上,然后用思,了然境象,故得形似。"[3]艺术构思作为酿造"意象"的思维活动,它是作者"处心于境,视境于心"的产物,是客观境象与主观情思的统一。司马相如讲"赋家之心,包括宇宙,总览人物"[4],陆机讲构思是"精骛八极,心游万仞",刘勰讲"思理为妙,神于物游",胡应麟讲"荡思八荒,游神万古"[5],黄钺讲"目极万里,心游大荒"[6],都包含主体("精"、"心"、"神"、"思"、"目")与客体("宇宙"、"人物"、"物"、"八极"、"万仞"、"八荒"、"万古"、"万里"、"大荒")相统一的意思。

### 2. 形象性与情感性的统一

由于"神思"是客观与主观的统一,而在客观方面参与构思的主要是物象,主观方面参与构思的主要是情感,所以"神思"又表现为形象性与情感性的统一。关于"神思"的形象性,陆机"物昭晰而互进"已有触及,刘勰则把这种现象精辟概括为"神与物游",明确指出"神思"达到极致时表现为一种形象思维。以后皎然、司空图、严羽、叶燮等人都从不同角度出发论及文学创作的形象思维特征。关于"神思"的情感性,陆机"情曈昽而弥鲜"亦已论及,刘勰在《神思》中把"神思"说成是"情变所孕",徐祯卿在《谈艺录》中则把构思之初"朦胧萌坼"的阶段说成是"情之来"的情况,把构思达到"汪洋曼衍"之盛说成是"情之沛"的状况,把构思中"连翩络属"的现象说成是"情之一"的表现[7],更突出了"情"在构思中的地位。构思中的"形象"与"情感"是相互引发、相互推进的。陆机讲"情曈昽而弥鲜,物昭晰而互近",二语互文见义,即指"情"与"物"在相互引发中走向鲜明。刘勰讲"神用象通"[8],即指出了主体之"神"因

---

① 刘熙载《艺概·赋概》,上海古籍出版社 1978 年,第 99 页。

② 刘熙载《艺概·赋概》,上海古籍出版社 1978 年,第 99 页。

③ 转引自胡震亨《唐音癸签》卷二,古典文学出版社 1957 年版。

④ 转引自刘歆《西京杂记》,明嘉靖孔天胤刊本。

⑤ 胡应麟《诗薮》内编卷五,上海古籍出版社 1979 年版。

⑥ 黄钺《一斋集·二十四画品》,清咸丰九年刻本。

⑦ 何文焕《历代诗话》下册,中华书局 1981 年版,第 767 页。

⑧ 刘勰《文心雕龙·神思》。

物象激发而畅通的现象。物可生情，而情亦可生物，所谓"登山则情满于山，观海则意溢于海"，如此物象亦可为"情变所孕"。

### 3．虚构性

所谓"虚构性"，意指对现实规定性的突破。它包含两个方面。一是超越现实的时空限制，在时间上达到永恒，在空间上达到无限。这就是古人讲的"观古今于须臾，抚四海于一瞬"，"恢万里而无阂，通亿载而为津"，"寂然凝虑，思接千载；悄然动容，视通万里"。汤显祖说："天下文章所以有生气者，全在奇士。士奇则心灵，心灵则能飞动，能飞动则能上下天地，来去古今，可以屈伸长短生灭如意……"①胡应麟说，七言律要对得好，"非荡思八荒，游神万古……不易语也"②。辛文房说贾岛"冥搜之际……游心万仞，虑入无穷"③。叶燮讲文士之"才"，可"纵其心思之氤氲磅礴，上下纵横，凡六合以内外，皆不得而囿之"④。刘熙载说"赋家之心，其小无内"⑤。其实都讲到了虚构性想象的超时空性。二是通过对创作主体规定性的否定，把"自我"化为"非我"的艺术形象，站在艺术形象的角度进行虚构性想象。也就是金圣叹、李渔所讲的，通过"设身处地"的"神游"，"代人立言、立心"，过剧中人的心灵生活。

### 4．创造性

由于艺术构思是虚构性的，不受现实规定性制约的，因而它具有一种创造性。创造性构思一方面表现在"想落天外"、"思补造化"的奇妙想象上，如刘熙载说司马相如"一切文，皆出于架虚行危。其赋既会造出奇怪，又会撇入窅冥，所谓'似不从人间来者'，此也"⑥。一方面又表现为"务去陈言"、"自铸伟词"的语言创造活动，所谓"谢朝华于已披，启夕秀于未振"。

### 5．艺术媒介性

在文学构思中，艺术媒介就是语言。构思作为主客体的统一，从主体方面看不只是情思，而且包括语言。作家的构思始终伴随着语言。构思从一开始起就将意象翻译为语言。文学构思的意象总是处于未物化的语言中的意象。这种语言与日用语言不同，它是一定体裁、样式的艺术语言，这一点在诗人的构思中体现得最明显。诗人的构思要得以顺利展开，必须不时地完成意象向一定长度、格律的诗歌语言的置换。因而文学构思又表现为一种语言思维活动。刘勰说："物沿耳目，而辞令管其枢机。"陆机说："倾群言之沥液，漱六艺之芳

① 汤显祖《序丘毛伯稿》，《汤显祖集》，中华书局 1962 年版。
② 胡应麟《诗薮》内编卷五，上海古籍出版社 1979 年版。
③ 辛文房《唐才子传》，古典文学出版社 1957 年版。
④ 叶燮《原诗·内篇》，《清诗话》下册，上海古籍出版社 1978 年版，第 581 页。
⑤ 刘熙载《艺概·赋概》。
⑥ 刘熙载《艺概·赋概》。

润"，"馨澄心以凝思，眇众虑而为言"。皮日休说："言出天地外，思出鬼神表"[1]，如此等等，都是对文学构思作为语言思维活动这一特点的揭示。英国美学家鲍桑葵指出：艺术家"靠媒介来思索，来感受，媒介是他的审美想象的特殊身体……"[2]当代学者朱狄指出："艺术家的想象既不同于一般人的想象，而且音乐家和画家的想象、思索、感受也有所不同，因为他们都不可避免地结合了他们习惯了的媒介材料去进行构思和创作。艺术创造活动之所以不同于一般的审美活动，最重要的是它是一种技巧性很强的媒介活动。"[3]古代"神思"说对文学构思语言特征的揭示，其美学意义应当引起我们的重视。

　　"神思"的诸多特征决定了它相应的功能。由于"神思"可上天入地，来去古今，细入芥子，大入须弥，因而"彼天地日月，玄化之渊奥，鬼神之微冥，精思一搜，万象不能藏其巧"[4]。由于"神思"表现为一种"神与物游"的活动，因而活动的结果自然是"意象"、"意境"的诞生。由于"神思"具有不受客观规律束缚的想象性、虚构性、创造性，因而它总能根据表象积累和情感经验化合出新鲜独特的审美意象。由于"神思"又表现为一种物质化的媒介活动，因而它总是能"规矩虚位，刻镂无形"（刘勰），"课虚无以责有"（陆机），化无象为有形。因此，古人总是告诫构思主体要"精思"、"苦思"、"冥搜"、"狂搜"，所谓"取境之时，须至难至险"[5]，"凡属文之人，常须作意。凝心天海之外，用思元气之前，巧运言词，精炼意魄"[6]，"诗之不工，只是不精思耳"[7]。古代作家也结合自己的创作体会说："意匠惨淡经营中"[8]；"险览天应闷，狂搜海亦枯"[9]；"积思游沧海，冥搜入洞天"[10]；"句向深夜得，心从天外归"[11]；"欲识为诗苦，秋霜苦在心"[12]。当然，构思中也有"吟思俊发，涌若源泉，捷如风雨，顷刻间数万言"[13]，若"不思而得"的现象，然而这种现象只会降临在"苦思"者身上，它实际上是作者"竟日思诗，思之又思"之后的产物，正如谢榛分析指出的那样："凡构思当于难处用工，艰涩一通，新奇迭出，此所以难而易也。"[14]因而，"苦思"成为中国古代作家的一贯传统，"苦思"说融为"神思"理论的一个有机组成部分。

① 《刘枣强碑》，萧涤非整理《皮子文薮》本，中华书局1959年版。
② （英）鲍桑葵《美学三讲》，周煦良译，人民文学出版社1965年版，第31页。
③ 朱狄《当代西方美学》，人民出版社1984年版，第369页。
④ 皎然《诗式》，《十万卷楼丛书》本。
⑤ 皎然《诗式》，《十万卷楼丛书》本。
⑥ 王昌龄《诗格》，《诗学指南》卷三，清乾隆敦本堂刊本。
⑦ 姜夔《白石道人诗说》，《历代诗话》下册，中华书局1981年版，第680页。
⑧ 杜甫《丹青引赠曹将军霸》，《杜少陵详注》卷十三，文学古籍刊行社1955年版。
⑨ 卢延让《苦吟》。
⑩ 廖融《谢翁宏以诗百篇见示》，《全唐诗》第十一册卷七六二，中华书局1960年版。
⑪ 刘昭禹语，《唐诗纪事》卷六四，《四部丛刊》本。
⑫ 杜牧语，转引自南宋·魏庆之《诗人玉屑》卷一二，中华书局1978年版。
⑬ 谢徽《缶鸣集序》，《高太史大全集》卷首，《四部丛刊》本。
⑭ 谢榛《四溟诗话》卷二，人民文学出版社1961年版。

## 第三节　"兴会"说

### ——中国古代文学的灵感奥秘论

灵感,古代文论叫"兴会"。从外部征候上看,灵感是构思主体在外界事物的感召下于刹那间偶然而又自然地产生的一种不自觉的思维畅通状态。然而,古代"兴会"说并没有仅仅停留在对灵感外部特征的认识上,而是深入到灵感的内部本质中去,分析了灵感的瞬时性与长期性、无意识性与意识性、自然性与人工性、客观性与主观性、偶然性与必然性的辩证关系,从而解开了灵感的奥秘:艺术灵感实质上是通过长期的有意识追求"思积而满"的主体在与之对应的客体的触发下自然、意外地产生的一种顿悟心理状态。

在创作构思中,常常会意外地出现"不以力构"而文思泉涌的现象,这种现象就是灵感,古人通常把它叫做"兴会"。

## 一、"兴会"释义

"兴",是"感兴"、"情兴"。在中国古代文论中,它本指"触物起情"的"起",后来演变为"触物起情"的"情"("意")。刘勰《文心雕龙·体性》:"叔夜俊侠,故兴高而采烈。""兴"即思致。唐人殷璠推崇的"兴象"、陈子昂推尊的"兴寄",即"意象"、"思想寄托"。唐以后人们常说的"兴味"、"兴趣",即"意味"、"意趣"。刘禹锡讲"兴在象外"①,刘熙载讲"赋之为道,重象尤宜重兴,兴不称象,虽纷披繁密而生意索然"②,其"兴"为"意"义明矣。正像贾岛《二南密旨》指出的那样:"兴者,情也。"在这个意义上,产生了"兴致"用语。严羽《沧浪诗话·诗辨》:"且其作多务使事,不问兴致。""兴致"即思致。"会"即"钟会"、"聚会"、"集中"。"兴会",语义即"情兴所会也"③,古人用它来指称思如泉涌的灵感现象,是再适合不过的。

因为灵感是构思中"思若有神"④、"思与神合"⑤的状态,因为灵感是飘忽不定,来去无踪,"神而不知其迹",所以古人亦称之为"神思"(神妙之思)、"妙想"。

---

① 转引自冯班《严氏纠谬》。

② 刘熙载《艺概·赋概》。

③ 李善《文选注》,中华书局 1977 年版。

④ 刘孝绰《昭明太子集序》,严可均辑,《全梁文》卷六○,商务印书馆 1999 年版。

⑤ 黄休复《益州名画录》,明朱衣等校刻《王氏书画苑》本。

关于灵感这种现象，晋代的陆机早就注意到了。他在《文赋》中描述道："若夫应感之会，通塞之纪，来不可遏，去不可止；藏若景灭，行犹响起……"但对于灵感的奥秘，他则陷入了不可知论："虽兹物（按：指灵感）之在我，非余力之所勠。故时抚空怀而自惋，吾未识夫开塞之所由。"从陆机以后到中唐，人们始终停留在对灵感现象的描述上，没能深入进去分析。如梁代萧子显《自序》云："每有制作，特寡思功，须其自来，不以力构。"唐代李德裕《文章论》云："文之为物，自然灵气，惚恍而来，不思而至……"这种情况直到中唐诗僧皎然手中有所改变。皎然《诗式·取境》曰："……有时意静神王，佳句纵横，若不可遏，宛如神助；不然，盖由先积精思，因神王而得乎？"宋代，参禅悟道的风气为人们认识灵感奥秘提供了相似的心理经验，清代王夫之、袁守定等人则把"兴会"说进一步推向了深入。

那么，灵感的特征和奥秘究竟是怎样的呢？

## 二、灵感的外部特征

古代文论认为，艺术构思中的灵感现象具有如下一些外部特征：

### 1. 瞬时性

就是说，灵感是在倏忽之间到来、展开的。这方面，古代有许多极为生动的表述。南齐袁嘏说："诗有生气，须捉著，不尔便飞去。"[1]宋代苏轼说："作诗火急追亡逋，清景一失永难摹。"[2]清代徐增说："好诗须在一刹那上揽取，迟则失之。"[3]王夫之说灵感："才著手便煞，一放手飘又忽去。"[4]张问陶说："……奇句忽来魂魄动，真如天上落将军。"[5]王士祯说："当其触物兴怀，情来神会，机括跃如，如兔起鹘落，稍纵即逝矣。"[6]如此等等，不一而足。

### 2. 无意识性

就是说，灵感不是作者苦心思考的结果。恰恰相反，苦心的思维往往会距离灵感的到来更远。如元代方回说："竟日思诗，思之以思，或无所得。"[7]因而，灵感的诞生是不自觉的、无意识的。沈约说谢灵运："至于高言妙句，音韵天成，皆暗与理合，匪由思至。"[8]萧子显《自序》："每有制作，特寡思功。"李德裕说：文之为物，"惚恍而来，不思而至"。[9]宋代戴复古说：

① 转引自何文焕《历代诗话考索》，《历代诗话》下册，中华书局1981年版，第808页。
② 苏轼《腊日游孤山访惠勤寺二僧诗》。
③ 徐增《而庵诗话》，王夫之等编《清诗话》上册，上海古籍出版社1978年版，第434页。
④ 王夫之《姜斋诗话》，王夫之等编《清诗话》上册，上海古籍出版社1978年版，第10页。
⑤ 张问陶《论诗十二绝句》，《船山诗草》卷一一，清嘉庆乙亥刊本。
⑥ 王士祯等《师友诗传录》，王夫之等编《清诗话》上册，上海古籍出版社1978年版，第128页。
⑦ 方回《跋昭武滦文卷》，《桐江集》卷三，宛委别藏影抄本。
⑧ 《宋书·谢灵运传论》，《宋书》卷六七，中华书局1974年版。
⑨ 李德裕《文章论》，《李文饶文集外集》卷三，《四部丛刊》影明本。

"诗本无形在窈冥,网罗天地运吟情。有时忽得惊人句,费尽心机做不成。"①方回说:"……佳句惊人,不以思得之也。"②都是对灵感的无意识性的说明。灵感就是这样一种"率意而寡尤"③的构思活动。因此,灵感是不受意识控制、支配的。

### 3. 自然性

灵感的到来是个自然而然的过程,不是人力所能勉强。萧子显讲"每有制作……须其自来,不以力构"。李德裕讲"文之为物,自然灵气"④。唐人云"几处觅不得,有时还自来"⑤。清吴雷发说"作诗固宜搜索枯肠,然着不得勉强。故有意作诗,不若诗来寻我,方觉下笔有神"⑥。王士禛讲"《十九首》拟者千百家,终不能追踪者,由于著力也。一著力便失自然,此诗不可强作也"⑦。这些都论述到灵感的自然性、非人力性。灵感的这种自然性,古人又叫做"天成"、"天机自动",所谓"天机启则律吕自调"⑧。"古人于诗不苟作,不多作。而或一诗之出,必极天下之至精,状理则理趣浑然,状事则事情昭然,状物则物态宛然,有穷智极力之所不能到者,犹造化自然之声也。盖天机自动,天籁自鸣,鼓以雷霆,豫顺以动,发自中节,声自成文,此诗之至也"⑨。着眼于"兴会"的自然性,古人要求作者"兴来即录"⑩,"乘兴便作"⑪,"兴无休歇","似烦即止"⑫。

### 4. 客观性

所谓"客观性",指灵感必有待于某种外物的刺激才能产生。如张旭学草书,"见担夫与公主争道及公孙大娘舞剑而后顿悟笔法"⑬,如果没有"担夫与公主争道"及"公孙大娘舞剑"的触发,"顿悟笔法"的灵感也不会产生。因此,古人反对闭门造车,一心内求,主张"兴于自然,感激而成"⑭,指出"诗不可凿空强作,待境而生自工"⑮,"作文兴若不来,即须看随身卷

---

① 戴复古《邵武太守王子文,日举李贾、严羽共观前辈——两家诗及晚唐诗,因有论诗十绝。子文见之,谓无甚高论,亦可作诗家小学须知》,《石屏集》卷七,台州丛书本。
② 方回《跋昭武溪文卷》,《桐江集》卷三,宛委别藏影抄本。
③ 陆机《文赋》。
④ 李德裕《文章论》,《李文饶文集外集》卷三,《四部丛刊》影明本。
⑤ 转引自吴雷发《说诗管窥》,《清诗话》下册,上海古籍出版社 1978 年版,第 897 页。
⑥ 吴雷发《说诗管窥》,《清诗话》下册,上海古籍出版社 1978 年版,第 897 页。
⑦ 郎廷槐《师友诗传录》,《清诗话》上册,上海古籍出版社 1978 年版。
⑧ 沈约《答陆厥书》,《南齐书》卷五二《文学传·陆厥传》,中华书局 1972 年版。
⑨ 包恢《答曾子华论诗》,《敝帚稿略》卷二,《四部丛刊》本。
⑩ 遍照金刚《文镜秘府论·南卷·论文意》,王利器《文镜秘府论校注》,中国社会科学出版社 1983 年版。
⑪ 遍照金刚《文镜秘府论·南卷·论文意》,王利器《文镜秘府论校注》,中国社会科学出版社 1983 年版。
⑫ 遍照金刚《文镜秘府论·南卷·论文意》,王利器《文镜秘府论校注》,中国社会科学出版社 1983 年版。
⑬ 程颐《二程全书·遗书》卷十八"伊川语四",六安涂氏刻本。
⑭ 遍照金刚《文镜秘府论·南卷·论文意》,王利器《文镜秘府论校注》,中国社会科学出版社 1983 年版。
⑮ 杨载《诗法家教》,《历代诗话》下册,中华书局 1981 年版,第 735 页。

子,以发兴也"①。灵感由外物刺激点燃这种情况,给灵感罩上了一种神秘的色彩,好像它得之于神赐。古人讲灵感到来时"宛如神助","思若有神","倏与神会"②,"还仗灵光助几分",与此不无关系。

### 5．偶然性

由于灵感的降临取决于客观外物的刺激,而什么样的客观外物能催生灵感是不确定的,并且灵感的到来是稍纵即逝的、无意识的、自然而然的,因而灵感又具有偶然性特征。王士禛转述道:"古之名篇,如出水芙蓉,天然艳丽,不假雕饰,皆偶然得之,犹书家所谓偶然欲书者也。"③张问陶在论诗绝句中指出:"名心退尽道心生,如梦如仙句偶成。"④陆游说:"文章本天成,妙手偶得之。"正是因为灵感的产生具有与必然性、规律性相忤的偶然性,才使陆机等人感慨:"吾未识夫开塞之所由。"

因此从外部征候上看,灵感是构思主体在外界事物的感召下于刹那间偶然而又自然地产生的一种不自觉的思维畅通状态。

## 三、灵感的内部特征

然而,古代文论并没有仅仅停留在对灵感外部特征的认识上,而是深入灵感的内部本质中去,分析了灵感的瞬时性与长期性、无意识性与意识性、自然性与人工性、客观性与主观性、偶然性与必然性的辩证关系,从而解开了灵感的奥秘。

文章之道,虽然"遭际兴会,摅发性灵,生于临文之顷者也,然须平日餐经馈史,霍然有怀",方能"对景感物,旷然有会"⑤。可见灵感"得之在俄顷,积之在平日"⑥,它是长期的积累在刹那间的顿悟,是爆发的瞬时性与积累的长期性的辩证统一。

灵感虽然从表面上看不是有意识思维的结果,而是"不思而至"的产物,实质上乃是"先积精思"在精神放松以后的产物。王昌龄《诗格》曾分析过创作发生过程中的这么一种现象:"久用精思,未契意象,力疲智竭,放安神思,心偶照境,率然而生。"⑦灵感的"率意"性正是"久用精思"在"放安神思"之后的表现。方东树指出:"思积而满,乃有异观,溢出为奇。"⑧灵感的无意识性正是"思积而满"溢出的"奇观"。可见,在灵感表现的无意识性背后,隐藏着大

---

① 遍照金刚《文镜秘府论·南卷·论文意》,王利器《文镜秘府论校注》,中国社会科学出版社1983年版。

② 葛立方《韵语阳秋》卷二,《历代诗话》下册,中华书局1981年版,第493页。

③ 郎廷槐《师友诗传录》,《清诗话》上册,上海古籍出版社1978年版,第128页。

④ 张问陶《论诗十二绝句》,《船山诗草》卷一一。

⑤ 袁守定《谈文》,《占毕丛谈》卷五,清光绪重校刻本。

⑥ 袁守定《谈文》,《占毕丛谈》卷五,清光绪重校刻本。

⑦ 谢无量《诗学指南》卷三,清乾隆敦本堂刊本。

⑧ 方东树《昭昧詹言》卷一,人民文学出版社1961年版。

量有意识的追求,灵感不过是意识在无意识中的表现。

灵感是"天机自动"、"不以力构"的,不能"强索为之",但如果一味不费苦思,不作努力,则灵感永远不会自然降临。没有"尽日觅不得",哪有"有时还自来"? 没有"踏破铁鞋无觅处",哪有"得来全不费工夫"? 王国维《人间词话》说:"古今之成大事业、大学问者,必经过三种境界:'昨日西风凋碧树,独上高楼,望尽天涯路',此第一境界也;'衣带渐宽终不悔,为伊消得人憔悴',此第二境界也;'众里寻他千百度,蓦然回首,那人却在,灯火阑珊处',此第三境界也。"人们常用此形容灵感产生的三个阶段。灵感就是在长期刻苦努力追求的基础上自然而然、水到渠成地出现的一种思维奇观,它是人工性通过自然性的表现。

灵感的降生有赖于外物的刺激,然而并不完全取决于外界机缘的神赐。"如张长史见公孙大娘舞剑顿悟笔法。如张者,专意此事,未尝少忘胸中,故能遇事有得,遂造神妙;使他人观舞剑,有何干涉?"[①]可见,灵感的诞生还有赖于长期专心于某物、"久用精思"、"霍然有怀"的主体。灵感实际上乃是"久用精思、霍然有怀"的主体"心偶照境,对景感物"的产物,是主客体相摩相荡、彼此契合迸发的思维火花。正如古人所指出的那样,"夫作诗者一情独往,万象俱开"[②],"诗在境(客体)会(主体)之偶谐"[③]。

这样,灵感就不再是飘忽无定、偶然不可知的了。虽然我们难以确定灵感到来的时间,也难以说清在什么样的具体情形下灵感会出现,但我们可以确定,当特定的主体遇到了与之契合对应的客体时,灵感就必然会在此时此刻降生,所谓"诗在境会之偶谐……先一刻迎之不来,后一刻追之已逝"[④];而且我们可以明确地指出,只要有长期的悉心追求,就必然会有灵感的诞生。灵感是必然性在偶然性中的表现。

由此可见,所谓艺术灵感,实质上乃是通过长期的有意识追求"思积而满"的主体在与之对应的客体的触发下自然、意外地产生的一种顿悟心理状态。在这种心理状态中,储存、抑制在大脑皮层部位的种种互不干联的信息因为外界某种刺激打通了神经通道而一下子贯通起来,以最丰富的信息元素化合、创造出新的信息,从而"吟思俊发,涌若源泉,捷如风雨,顷刻间数百言"[⑤],特别富于创造力。

## 四、古代艺术灵感思想的文化渊源

西方文论向来有重视"天才"、"灵感"的传统,然而较之中国的"兴会"说,西方的"灵感"

---

① 吕本中《与曾吉甫论诗第一帖》,据人民文学出版社 1962 年版胡仔《苕溪渔隐丛话》本。按程颐在《二程全书·遗书》卷一八中亦有同样的意见:"问:张旭学草书,见担夫与公主争道及公孙大娘舞剑,而后悟笔法,莫是心常思念至此而感发否? 曰:然。须是思方有感悟处,若不思,怎生得如此?"
② 谭元春《汪子戍己诗序》,《谭友夏合集》卷八,中国文学珍本丛书本。
③ 袁中郎语,转引自许学夷《诗源辩体》卷三四,民国壬戌上海重印本。
④ 袁中郎语,转引自许学夷《诗源辩体》卷三四,民国壬戌上海重印本。
⑤ 谢徽《缶鸣集序》,《高太史大全集》卷首,《四部丛刊》本。

论似比不上中国的"兴会"说那么系统、全面、深刻。古代文论的"兴会"说对灵感的认识和论述何以如此系统、全面、深刻呢？这主要是得力于佛教参禅悟道心理经验的启示，此外道教也起了推波助澜的作用。

佛教之于断惑悟道向来有渐顿之说。渐顿之说是与菩萨修行的"十住"相关联的。所谓"十住"，又称"十地"，是大乘佛教菩萨修行的十个阶位。旧说对于"十住"的解释是讲"渐悟"的，在七住以前都是渐悟过程，即一个阶段一个阶段地悟道，到第七住时证得了"无生法忍"，即对"无生法"有了坚定不移的认识，便能彻悟。到第八住，达到不退。东晋著名佛僧支遁、道安、僧肇、慧远等人都坚持这种传统观点。然而其时的竺道生则提出了新的看法，即"顿悟"说。道生认为，在十住之内无悟道的可能，必须到十住之后获得"金刚道心"，具有一种像金刚一样坚固锋利的能力，一次将一切"惑"断得干干净净，达到"顿悟"，方能把握佛教真理。为什么不能一地一地分阶段地"渐悟"，而只能是一下子"顿悟"呢？道生曾著《顿悟成佛论》，想必有解释，惜已不存。从他处转引的材料来看，道生的思维过程是这样的："夫称顿者，明理不可分，悟语极照，以不二之悟，符不分之理……"①"寂鉴微妙，不容阶级。"②就是说，佛道作为一个整体，是不可分的，因而对于这种佛道的观照（"寂鉴"）、领悟也是"不容阶级"的；只有以"不二之悟"，才能照"不分之理"。唐朝，禅宗六祖惠能远绍道生"顿悟"说，创"顿门"南宗，与"渐门"北宗神秀相对抗。惠能的后继者神会又进一步批判北宗的"法门是渐"，宣扬顿门禅法，他说：达摩以来，"六代大师一一皆言单刀直入，直了见性，不言阶渐"③。不过，南禅宗主"顿悟"反"渐悟"，并不反对"渐修"，相反，它承认"渐修"为"顿悟"的基础，"顿悟"为"渐修"的结果，主张"未悟且遍参诸方"，申明"悟入乃自功夫中来"④。唐宋以后，禅宗的影响扩展开来，谈禅、习禅流成风气。文人们开始发现，佛教的"顿悟"以及"顿悟"与"渐修"的关系与艺术创作中的"灵感"以及灵感的突发性、自然性、非自觉性、客观性、偶然性与灵感酝酿、孕育的长期性、人工性、自觉性、主观性、必然性的对立统一关系很相像，所谓"学诗浑似学参禅，竹榻蒲团不计年，直待自家都了得，等闲拈出便超然"⑤，"学诗当如初学禅，未悟且遍参诸方，一朝悟罢正法眼，信手拈出皆成章"⑥，"禅道惟在妙悟，诗道亦在妙悟，……惟悟乃为当行，乃为本色"⑦。于是，在"参禅"、"妙悟"心理经验的启发、引导之下，人们对灵感的特征和本质获得了深切的认识。悟道是刹那的、顿时的，灵感的到来也是倏忽的、瞬时的；悟道是自然的，"至于未悟，虽用力寻求，终无妙处"⑧，灵感之为物，也是"自然灵气"，如果功夫不

---

① 慧达《肇论疏》引。

② 谢灵运《谢康乐集·辩宗论》，明嘉靖刊本。

③ 神会《菩提达摩南宗定是非论》。

④ 据吕澂《中国佛学源流略讲》，中华书局1979年版，第112～114页，第229～230页。

⑤ 吴可《学诗》，《诗人玉屑》卷一，上海古籍出版社1978年版。

⑥ 韩驹《赠赵伯鱼》，《陵阳先生诗》卷一，《重刻江西诗派韩饶二集》本。

⑦ 严羽《沧浪诗话·诗辨》，人民文学出版社1961年版。

⑧ 成玉磵《琴论》，《中国古代乐论选辑》，人民音乐出版社1981年版。

到,虽搜肠刮肚,也不会得到它;悟道是不自觉的,灵感也是"不思而至"的;悟道之后是自由的、左右逢源的,灵感到来之后也是"无所不通"①、"头头是道"②的;"顿悟"本之"熟参",灵感也是"得之在顷刻,积之在平日";"悟入之理,正在工夫勤惰间耳"③,灵感也是"索之于锐志湛思之日,得之于精殚力竭之顷"④;外物所触发的"顿悟"只会发生在"渐修"的主体身上,灵感也产生于主客体的契合;只要苦修,终将悟入,灵感也是只要苦思,终会降临;悟道的自由本之于不自由的"熟参"、"渐修",灵感的自由也来源于不自由的熟读精思,如此等等。总之,佛家的"妙悟"与艺术家的"灵感"在心理经验上有许多相通之处。在古代文人普遍好佛习禅的背景下,我们可以断定,是佛教的"妙悟"("顿悟")论直接开启、影响了古代文论家对"灵感"的认识。为了进一步说明这一点,我们不妨再引两段话。宋代,以"以禅论诗"著称的严羽说:"先须熟读《楚辞》,朝夕讽咏以为之本;及读《古诗十九首》、乐府四篇,李陵苏武汉魏五言皆须熟读,即以李杜二集枕藉观之,如今人之治经,然后博取盛唐名家,酝酿胸中,久之自然悟入。"⑤清代松年指出:"文章一道,须从《左》《史》入门,百读熟烂,自然文思泉涌,头头是道,气机充畅,字句浏亮,取之不竭,用之常舒。"⑥这两段话,很明显乃是"顿悟"本自"熟参"思想的翻版。

古代文论中的"兴会"说也与道教的影响有关。道教以脱去凡骨、羽化成仙为修炼的最高境界。虽然成仙事实上不可能,但在道教徒的想象中,它是食气而生、御风而行、无所不至、相当自由的。这种自由的境界得之于长期的保精养气、导引按摩、炼食金石的苦修,它是修练到一定功夫的自然结果,工夫不到时勉强也徒劳。在这些特点上,学仙与学诗有着相似之处。所以古人告诫说:"学诗如学仙,时至骨自换。"⑦学诗"又如学仙子,辛苦终不遇;忽然毛骨换,改用口诀故"⑧。只有多年"积功",才能一朝成仙;同理,只有长期苦练,才能达到艺术创作上出神入化、左右逢源的境界。

① 成玉磵《琴论》,《中国古代乐论选辑》,人民音乐出版社 1981 年版。

② 松年《颐园论画》,《中国画论类编》上卷,人民美术出版社 1986 年版。

③ 吕本中《与曾吉甫论诗第一帖》,胡仔《苕溪渔隐丛话》前集卷四九,人民文学出版社 1962 年版。

④ 借用明僧元贤语,见《法华私记序》,《永觉元贤禅师广录》卷一二,《续藏经》第一辑第二编,第三〇套第三册,第 270 页。

⑤ 严羽《沧浪诗话·诗辨》,人民文学出版社 1961 年版。

⑥ 松年《颐园论画》,《中国画论类编》上卷,人民美术出版社 1986 年,第 323 页。

⑦ 陈师道语,转引自林逸民《黄绍谷集跋》。

⑧ 韩驹《读吕居仁旧诗有怀》,《陵阳先生诗》,《重刻江西诗派韩饶二集》本。

# 中国古代文学的创作方法论

中国古代文学的创作方法论范围甚广,而且与作品论、形式美论存有交叉之处。本章选择了四个专题对此加以阐述,以图见出古代文学创作方法论之大概。其中,"活法"说属于总体方法论,"定法"说、"用事"说、"赋比兴"说属于具体方法论。"用事"说和"赋比兴"说本应归于"定法"说属下,因其资料丰富,自成系统,而且也很能显示古代文学创作方法论的民族特色,故特辟专节阐述。

## 第一节 "活法"说
### ——中国古代文学的总体创作方法论

"活法"是文学创作中"随物应机"、"当机煞活","因情立格"、"随物赋形","姿态横生,不窘一律","圆活生动"、变通无碍的创作方法,是根据独特意象因宜适变状物达意的方法。它无法而有法,有法而无法,是创作具有自家生命力的文学作品的根本大法。这一方法的形成,既有自身的历史轨迹,也得力于儒家、道家,特别是佛家文化的孕育。

### 一、"活法"的提出及其丰富内涵

"活法"的概念是南宋吕本中首先提出来的。他说:"学诗当识'活法'。所谓'活法'者,规矩备具,而能出于规矩之外;变化不测,而亦不背于规矩也。是道也,盖有定法而无定法,无定法而有定法。知是者,则可以与语'活法'矣。"①吕氏所论,本针对诗歌创作而言,南宋的俞成发现它具有普遍的方法论意义,便把它引入整个文学创作领域:"文章一技,要自有'活法'。若胶古人之陈迹,而不能点化其句语,此乃谓之死法。死法专祖蹈袭,则不能生于吾言之外。活法夺胎换骨,则不能毙于吾言之内。毙吾言者故为死法,生吾言者故为活法。"②"活法"提出后,在宋、元、明、清文论界引起了广泛的反响。张孝祥、杨万里、严羽、姜夔、魏庆之、王若虚、郝经、方回、苏伯衡、李东阳、唐顺之、屠隆、陆时雍、李腾芳、邵长蘅、叶燮、王士祯、沈德潜、翁方纲、章学诚、刘大櫆、姚鼐、袁守定等人,或径以"活法"要求于文学创作,或通过对"死法"的批评从反面肯定"活法"的地位。他们从不同角度、不同层面丰富了"活法"理论,为我们全面理解"活法"的内涵提供了充分的依据。

那么,"活法"究竟是什么方法呢?

"活"即"灵活"、"圆活"、"活脱"。作为呆板、拘滞、因袭的对立面,其实质即流动、变化、创造。"活法"简单地说即变化多端、"不主故常"的创作方法。清代的邵长蘅指出:"文之法,有不变者,有至变者。"③姚鼐指出:"古人文有一定之法,有无定之法……无定者,所以为纵横变化也。"④邵氏讲的"至变"之法,姚氏讲的所以为"纵横变化"之法,指的就是"活法"。

"活法"作为灵活万变之法,在不同的创作环节上有着不同的表现形态。在创作过程的起始,"活法"要求"当机煞活",切忌"预设法式"。反对创作之先就有"一成之法"横亘胸中,主张文思触发的随机性。魏庆之《诗人玉屑》卷六载:"仆尝请益曰:下字之法当如何? 公曰:正如弈棋,三百六十路都有好着,顾临时如何耳。"何以如此呢? 因为"诗人之工,特在一时情味,固不可预设法式"⑤。如谢灵运的名句"池塘生春草,园柳变鸣禽","此语之工,正在无所用意,猝然与景相遇,借以成章"⑥。

那么,引发文思的"机缘"是什么呢? 就是气象万千、瞬息万变的大自然。以"活法"作诗著称的杨万里在《荆溪集序》中曾这样自述创作体会:"每过午……登古城,采撷杞菊,攀翻花竹,万象毕来献予诗材,盖麾之不去,前者未雕,而后者已迫,涣然未觉作诗之难也。"大自然是"体有万殊,物无一量"的,因而文思的触发也就光景常新、变化无常了,故"当机煞活"联系到"机"的内涵来说即"随物应机"。

这种"随物应机"的方法直接从现实中汲取文思,给审美意象带来极大的鲜活性。这种文思触发的随机性,也给艺术创作带来了"鸢飞鱼跃"、"飞动驰掷"⑦的流动美。古人形容这种美,往往以流转的"弹丸"为喻。

---

① 《夏均父集序》,《后村先生大全集》卷九五《江西诗派》引,《四部丛刊》影旧抄本。

② 俞成《文章活法》,《萤雪丛说》卷一,丛书集成本。

③ 《与魏叔子论文书》,《国朝文录》卷三六,终南山馆校刊本。

④ 姚鼐《与张阮林》,《惜抱尺牍》卷三,宣统元年小万柳堂刊本。

⑤ 张戒《岁塞堂诗话》,《历代诗话续编》,中华书局 1983 年版。

⑥ 叶梦得《石林诗话》,《历代诗话》,中华书局 1981 年版。

⑦ 二语分别为钱锺书、方回评杨万里诗语。

在艺术表现的过程中，"活法"要求"随物赋形"、"因情立格"。这种方法，用今天的话说即给内容赋予合适的形式的方法。内容有内外主客之分。相对于外物而言，"活法"表现为"随物赋形"（苏轼）。用清代叶燮的话说，就叫"准的自然"之法、"当乎理（事理）、确乎事、酌乎情（情状）"之法。相对于主体而言，"活法"表现为"因情立格"（徐祯卿）。由于"向心"文化的作用和表现主义文学观念的渗透，"活法"更多地被描述为"因情立格"、表现主体之法。如吕本中《夏均父集序》界说"活法"，其特征之一是"惟意所出"；王若虚认为文之大法即"词达理顺"；章学诚指出"活法"即"心营意造"之法①，都论述到"法"与主体的连带关系，从另一侧面揭示了"活法"的心灵表现特色。

"活法"根据特定内容赋予相应的形式，因而是"自然之法"（叶燮）。对此，古人曾屡屡论及。如沈德潜《说诗晬语》说：所谓"法"者，"行所不得不行，止所不得不止，而起伏照应，承接转换，自神明变化于其中"。从内容对形式的决定性方面论证了"活法"的内在必然性。而不问内容表现需要，仅从内容表达需要的外部寻找一种所谓美的模式加以恪守，则是不"自然"的，无必然性的。正如陆时雍《诗镜总论》说的那样："水流自行，云生自行，更有何法可设？"

既然"活法"主要表现为"因情立格"之法，那么，"情无定位"，法随情变，艺术创作自然不能被"一成之法"所束缚。这里有两个要点：一是"情无定位"说，它揭示了"活法"所以为变化无方之法的动力根源。它由明代徐祯卿在《谈艺录》中所提出："夫情既异其形，故辞当因其势。譬如写情绘色，倩盼各以其状，随规逐矩，圆方巧获其则。此乃因情立格，特守围环之大略也。"二是法随情变。既然"情无定位"，所以法无定方，文学创作没有一成不变的法式可循。"活法"所以强调"不主故常"，否定"文有定法"，以此。王若虚《文辨》说："夫文岂有定法哉？意所至则为之题，意适然殊无害也。"又在《滹南诗话》中指出："古之诗人，虽趣尚不同，体制不一，要皆出于自得。至于词达理顺，皆足以名家，何尝有以句法绳人哉？"章学诚《文史通义·文理》说："文章变化，非一成之法所能限。"又在《文格举隅序》中指出："古人文无定格，意之所至而文以至焉，盖有所以为文者也。文而有格，学者不知所以为文而竞趋于格，于是以格为当然之具而真文丧矣。"

在艺术表现的终端上，"活法"追求"姿态横生，不窘一律"②。既然艺术表现是"随物赋形"、"因情立格"，其结果自然是"姿态横生"，"了无定文"，"莫有常态"。因而在作品面目上，"活法"最忌讳千篇一律，雷同他人，而崇尚"自立其法"③，强调"法当立诸已，不当尼（泥）诸人"④。

衡量"自立其法"的一个重要标准是法在文成之前还是之后。"法在文成之前，以理从

---

① 章学诚《文史通义·文理》，《章氏遗书》，嘉业堂本。

② 吕本中《与曾吉甫论诗第一帖》，《苕溪渔隐丛话》前集卷四九，人民文学出版社1962年版。

③ 郝经《答友人论文法书》，《郝文忠公陵川文集》卷一三，清乾隆刊本。

④ 郝经《答友人论文法书》，《郝文忠公陵川文集》卷一三，清乾隆刊本。

辞,以辞从文,以文从法,一资于人而无我,是以愈工而愈不工"①;"法在文成之后,辞由理出,文自辞生,法以文著","不期于工而自工,无意于法而皆自为法"②。所以古人强调:"文成法立。"张融《门律自序》云:"夫文岂有常体,但以有体为常。"根据"自得"之意赋予相应的表现方法、形态、格式,就是合理的、美的。意象各别,文态万千,美的表现方法、形态、格式也就多种多样,它存在于"因情立格"、创作告成后的各种特定作品中,没有超越特定内容、离开具体作品可以到处套用的美的"常体";只有根据"自得"之意写出的作品之法式才属于自己,才是"自立之法"。

除此而外,"活法"还表现为"圆活生动"、变通无碍之法。这主要是在"活法"与具体的创作手段、方法、技巧的关系中显示出来的。这里要交代一点,古人讲"文有大法无定法","定法"若指一成不变的美的创作方法、模式,那是没有的;但如果指"可以授受的规矩方圆",指文学创作基本的技巧、具体的手段,它还是存在的,所以古人在肯定文有"无定之法"的同时又肯定文有"一定之法"。那么,"活法"这个"文之大法"与之有什么关系呢?

首先,它表现为从"有法"到"无法"、既不为法所囿又不背于法的"自由之法"。这一点,"活法"说的始作俑者吕本中说得很清楚:"所谓'活法'者,规矩备具,而能出于规矩之外,变化不测,而亦不背于规矩也。是道也,盖有定法而无定法,无定法而有定法。"这是一种领悟了"必然"的"自由",一种"无规律的合规律性",以古人之言名之即"从心所欲不逾矩"。它表明,"活法"排斥"定法",只不过是为了提醒人们不要用僵死的观点对待"法","泥定此处应如何,彼处应如何"③,帮助人们破除对"法"的精神迷执,所谓"法既活而不可执也,又焉得泥于法"④,对于具体的手段、基本的技巧,它并不排斥,恰恰相反,"活法"主张长期地学习、充分地掌握,并把这作为达到超越、走向自由的关键,正像韩驹《赠赵伯鱼》诗形容的那样:"一朝悟罢正法眼,信手拈出皆成章。"

其次,"活法"作为一种注重变化、流动的思维方法,它用因物制宜的态度对待事物,从而使它在驾驭各种具体的方法手段时变得圆融无碍。如"起承转合,不为无法",但依"活法"之见,"不可泥","泥于法而为之,则撑柱对待,四方八角,无圆活生动之意"⑤。又如"字法""有虚实、深浅、显晦、清浊、轻重"等,但"第一要活,不要死。活则虚能为实、浅能为深、晦能为显、浊能为清、轻能为重"⑥。屠隆指出:"诗道有法,昔人贵在妙悟。""妙悟"之后就活脱无碍、左右逢源了,所谓"新不欲杜撰,旧不欲抄袭,实不欲粘滞,虚不欲空疏,浓不欲脂粉,淡不欲干枯,深不欲艰涩,浅不欲率易,奇不欲谲怪,平不欲凡陋,沈不欲黯惨,响不欲叫啸,华不欲

① 郝经《答友人论文法书》,《郝文忠公陵川文集》卷一三,清乾隆刊本。
② 郝经《答友人论文法书》,《郝文忠公陵川文集》卷一三,清乾隆刊本。
③ 沈德潜《说诗晬语》卷上,人民文学出版社 1979 年版。
④ 叶燮《原诗·内篇上》,人民文学出版社 1979 年版。
⑤ 李东阳《麓堂诗话》,《历代诗话续编》,中华书局 1983 年版。
⑥ 李腾芳《文字法三十五则》,《李文庄公全集》卷九《山居杂著》上,清刻本。

轻艳,质不欲俚野"①。

由于"活法"是"随物应机"、"当机煞活","因情立格"、"随物赋形"、"姿态横生、不窘一律"、"圆活生动"、变通无碍的创作方法,换句话说,由于"活法"是根据个别的独得意象因宜适变地状物达意的方法,所以它充满了蓬勃的生机和旺盛的创造力,能给人类文化的长卷带来属于作者所有的美的作品和法式,从而与毫无生机的蹈袭摹仿形成了鲜明对比。俞成说:"专祖蹈袭"的"死法""不能生于吾言之外",是"毙吾言者",只有"夺胎换骨"的"活法"才不会"毙于吾言之内",是"生吾言者"。因此,"活法"是创新之法,而不是蹈袭之法、拟古之法。

以上,我们围绕"活"字,从诸环节、角度考察了"活法"的具体内涵。此外,"活法"还有两大特点。

其一,由于"活法"没有示人以具体可循的创作方法门径,因而是"无法之法"②、"虚名之法"③。"虚名",虚有"法"之名也。

其二,由于"活法"是驾驭各种"定法"的主宰,因而是"万法总归一法"④的"一法",是"执一驭万"之法。

## 二、"活法"思想的形成和发展历史

在吕本中之前,"活法"的概念虽然尚未出现,但各种与"活法"内涵相通的思想早在积累。孔子说:"辞,达而已矣。"⑤这是个形式美命题,也是方法论命题。后来王若虚、郝经以"词达理顺"、"辞以达志"释文之大法,正本于孔子。扬雄《太玄》卷四云:"宏文无范,恣意往也。"这与"活法"的思想更靠近了:"宏文无范"就是"文无定格","恣意往也"通于"因情立格"。陆机《文赋》追求"意逮物"、"文称意",主张"辞达而理举",并由此提出"因宜适变"。谢赫"六法"论提出"随类赋彩",催化了变化多端、"随物赋形"方法的诞生。唐代书家张怀瓘《书议》评论王献之书法,肯定其"临事制宜,从意适便"的特征。文章家李德裕在《文章论》中提出"意尽而止"、"言妙而适情"的主张,并指出由此产生"篇无定曲"的结果。柳宗元《复温杜夫书》自述其创作方法,是"引文行墨,快意累累,意尽便止"。这些即有"随物赋形"、"因情立格"、"不主一格"的意思。到了北宋,这种思想更加丰富,并获得了发展。先是宋初的田锡和欧阳修。田锡《贻宋小著书》主张"援毫之际,属思之时,以情合于性,以性合于道……随其运用而得性,任其方圆而寓理,亦犹微风动水,了无定文;太虚浮云,莫有常态"。欧阳修通过对韩愈的评价,表现了对"纵横驰逐,惟意所之"创作方法的称许⑥。二人的思想直接影响了

---

① 屠隆《论诗文》,《鸿苞节录》卷六,清咸丰刊本。

② 此语非原文,根据陆时雍《诗镜总论》意思改写。

③ 此语非原文,根据叶燮《原诗》意思改写。

④ 陆时雍《诗镜总论》,《历代诗话续编》,中华书局 1983 年版。

⑤ 《论语·卫灵公》。

⑥ 欧阳修《六一诗话》,《历代诗话》上册,中华书局 1981 年,第 272 页。

苏轼。苏氏论为文，一主"风水相遭"、"天人凑泊"；二主"辞达而已"[①]，"意之所到，则笔力曲折无不尽"[②]，如同"泉源""随物赋形"[③]；三主"行于所当行"，"止于不可不止"，"文理自然"[④]；四主"初无定质"、"姿态横生"[⑤]；五主寄妙理于法度之外，也就是后人讲的"有法而无法"。应当说，"活法"的思想到苏轼手中已相当完备。由于苏轼在文坛的领袖地位，他的这些思想被他的弟子广为传播开来。张耒《答李推官书》以"水"为喻，要求为文应像"水"一样"顺道而决之"以求奇观；陈师道《后山诗话》以"水"为喻，要求为文"因事以出奇"。苏氏另一位重要弟子黄庭坚从他的老师那里继承了"自然"、"求变"的思想，据此，他在《与王观复书三首之二》中评杜甫诗"平淡而山高水深"、在《题李白诗草后中》评李白诗"如黄帝张乐于洞庭之野，无首无尾，不主故常"。黄庭坚所发明的"夺胎换骨"、"点铁成金"之法，并不是一味的拟古之法，而是在"规摹前人"的基础上根据"陶冶万物"所得有所变通和创新之法。张戒《岁塞堂诗话》曾透露过此中消息："往在桐庐见吕舍人居仁(即吕本中)，余问：'鲁直得子美之髓乎？'居仁曰：'然。''然其佳处焉在？'居仁曰：'禅家所谓死蛇弄得活。'"从苏轼到黄庭坚、范温，个中一脉传承的关系相当明显。苏轼的影响是深远的。直到南宋，范开仍然拿着苏轼的"文理自然、姿态横生"的思想评论辛弃疾：稼秆"意不在作词，而其气之所充，蓄之所发，词不能不尔也"；"其词之为体，如张乐洞庭之野，无首无尾，不主故常；又如春云浮空，卷舒起灭，随所变态，无非可观"。

"临事制宜"、"惟意所之"、"因宜适变"、"不主故常"、"姿态横生"、"莫有常态"、"有法无法"、"变通无碍"……一切都具备好了，就等待着一个范畴——"认识之网的网上纽节"——把它们网罗、集结起来。这个范畴就是"活法"。

## 三、"活法"思想的文化透视

接下来我们面临着两个问题需要回答：一、在吕本中之前，文艺创作领域内灵活万变、不主故常的方法论思想何以能成其气候？二、"活法"的概念何以在宋代的吕本中手中提出？这看来要从更深沉的文化机制上寻找答案了。

一个明显的事实是，中国古代文人的世界观不外乎儒、道、佛三家。儒、道、佛三家与"活法"的关系怎么样？

儒家的基本思维方法是"折中"。"折中"即"叩其两端"、"允执厥中"，破除拘执，不偏一端，因而是流动变化的思维方法。儒家主"静"，也不废"动"，所谓"仁者乐山，智者乐水"。而且主张以"静"制"动"，以不变应万变。孔子还常常表现出对"动"的神往，所谓"子在川上曰：

① 苏轼《答王庠书》，《经进东坡文集事略》卷四六，文学古籍出版社1957年版。
② 转引自何薳《春渚纪闻》，中华书局1983年版，第84页。
③ 《文说》，《经进东坡文集事略》卷五七，文学古籍刊行社1957年版。
④ 《答谢民师书》，《经进东坡文集事略》卷四六，文学古籍刊行社1957年版。
⑤ 《答谢民师书》，《经进东坡文集事略》卷四六，文学古籍刊行社1957年版。

逝者如斯夫,不舍昼夜"。尤其作为在文学理论领域颇有建树的一个学派,先秦儒家还提出了"辞达而已"、"言以足志,文以足言"的创作方法论,为"随物赋形"、变化万方的"活法"的诞生提供了源头、启示和庇护。

较之儒家,道家中的庄子学派从另一个侧面走向"不主故常"的方法论。庄子学派首先把老子的"道"改造为"适性"、"自然",然后阐明:世界万物尽管各异,但只要"适性",具有"自然"的品格,就独立自足、完美无缺了。举几个例子。鹤足为长,凫颈为短,泰山为大,芥子为小,但由于符合各自的本性,并为各自的本性所必需,所以"长者不为有余,短者不为不足"①,泰山不为大,芥子不为小。又如人有美丑之分,但无论美人丑人,只要"动以天行"、顺其天性地去生活,都是"至人"、"神人"、"真人"。总之,只要"适性",就可"逍遥";只要"自然",就可"自由"②。故其于艺术创作,尤尚"止之于有穷,流之于无止"、"在谷满谷,在阬满阬"、"能短能长,能柔能刚,不主故常"的方法;《庄子》自身的创作,"以谬悠之说,荒唐之言,无端崖之辞,时恣纵而傥"、"独与天地精神往来"③,也是"变化无常"、不拘一体的。这种方法论思想,给"活法"的诞生和壮大更多的影响,活法说的诸多用语都是袭用了《庄子》的。

如果说中国本有的儒、道思想给"活法"论种下了根基,那么后来的佛教则以更丰富的思想催化了"活法"论的生成。佛教为了教导僧众体认"圆寂"的"佛道",竭力倡导一种特殊的主体智慧——"圆智"。《文殊师利问菩提经》云:"如来智慧如月十五日。"《发菩提心品》第十一、《杂阿含经》卷十一、《增壹阿含经》卷八皆云:菩提心相如"圆满月轮于胸臆上明朗"。《大乘本生心地观经·报恩品》第二讲"四智圆满",其中之一便为"大圆镜智"。由于崇尚"圆智",故释典中多"圆月"、"圆镜"、"弹丸"之喻。所谓"圆智",大约注脚有三。一曰"圆转流动"(或"圆活生动"),二曰"圆融无碍",三曰"圆满无缺"。三者之间具有因果关系:只有思维方法"圆转流动",认识事物才能"圆融无碍",最后才能契合"圆满无缺"的真理。所以"圆转流动",或者叫"圆活"的思维方法是"圆智"的关键。以此观照佛道,它既是"寂灭"的、"本无变动"的(德宝),又是"无住"的、流动的,这就叫"法无定相"④。从"色法"方面看,由于各种相状的事物皆由空寂的佛道所幻现,因而无"自性",永远处在变化流转之中。佛家谓之曰"诸法无我"、"诸行无常"。色法既然由法身所幻现,故法身不在彼岸,就在眼前,领悟佛道不假外求,而应该"随物应机","当机煞活"。正如钱锺书语《谈艺录》所说:"随遇皆道,触处可悟。"同时,理所当然不应执"法"为"有",迷"色"为"真",而应破除"法执"、"我执",透过色法把握其本体,故破除拘执,反对用僵死简单、形而上学的观点看待色法,成为佛家认识方法上的一大特征。佛道是离言的,所谓"言语道断";但为众生说法,又不得不权行"方便",施行"言教"。既然佛道非得言说不可又不可言说,那么言说的方法只能是用似是而非的语言去

---

① 《庄子·骈拇》。

② 详见拙作《"适性为美"——庄子美学系统管窥》,《华东师大学报》1989 年第 4 期。

③ 《庄子·天运》对黄帝咸池之乐的评论。

④ 法身会幻化出各种各样的物象,罗什《大乘大义章》所谓"青青翠竹,尽是法身;郁郁黄花,莫非道场"。

隐喻、象征法身，也就是以"镜花水月"般的"活句"传达、寄托佛道，切忌用字字执实的"死句"，也就是日常的逻辑语言传达佛道，这是佛家表达方法的"活"。因此，佛门弟子在参悟这些"言教"文字时也就不能用通常的逻辑方法，即"参死句"的方法去理解它，而应该用"参活句"的方法体会它的"言外之旨"、"无上妙道"，这是僧众参悟释典方法上的"活"。中国佛教影响深远的宗派禅宗对"圆活生动"的思维方法尤其注重。禅宗"五家"之一的沩仰宗有九十七种圆相①，突出体现了对"圆活"的追求。《坛经》宣称："无住为本。"以变化无居为世界观和方法论。禅师传道，多是即境示人，随机拈取某种事物作象征、启示佛道之具。如《五灯会元》记载，"(僧问)如何是祖师西来意？师曰：砖头瓦片"；"如何是佛法大意？师曰：洞庭湖里浪淘天"。禅僧悟道，亦以眼前之物为禅机。正如《五灯会元》所云："解道者，行住坐卧，无非是道；悟法者，纵横自在，无非是法。"充满了"不主故常"的随机性。禅宗祖师为弟子说法的"话头"、"公案"及答弟子问时使用的"机锋"，大都文不对题，答非所问，变化莫测，体现了表达方式的"活"。禅宗发展到后来，对不知变通，只会"参死句"的弟子不是刀喝棒打就是拳脚相加，这体现了参悟方法的"活"。禅宗把成佛的依据放在主体心性的自觉上，蔑视一切外来权威，反对"头上安头"、"屋下架屋"、因袭模仿，力倡"不主故常"，甚至连佛祖也不在眼下；同时，禅宗又把主体的"觉悟"放在"渐修"、"熟参"的基础上，强调只有"遍参诸方"，才能"自得""自悟"，"七横八横，头头是道"。禅宗的这些思想，与"活法"的内涵是相通的。史弥宁《诗禅》说："诗家活法类禅机。"葛天民《寄杨诚斋》说："参禅学诗无两法，死蛇解弄活泼泼。"韩驹《读吕居仁旧诗有怀》说："居仁说活法，大抵欲人悟。"此为明证。佛教所说的"法无定相"、"诸法无常"虽有自身的特殊涵义，但无疑给"文无定格"的思想提供了启示。

综上所述，可见，无论儒家、道家，还是佛家，其思想都与"活法"的内涵存有相交相融的关系。它们为"活法"的产生提供了根基，为"活法"的成长提供了合适的气候。

宋代是一个士大夫普遍"好佛"、"习禅"的时代。许多知名文人，如杨亿、王禹偁、王安石、苏轼、苏辙、黄庭坚、陈师道、张耒、李之仪、陆游、姜白石、严羽等等，不是交结"禅友"，就是遁入"禅门"，甚至一向以维护儒家正统地位、并以辟佛自居的欧阳修、司马光等人，后来也对佛教表示"好感"②。禅宗灯录典籍中虽然绝少见到"活法"术语，但"活"的方法论思想和"法"的用语则随处可见。与"活法"要义相近的"活句"用语亦屡屡可见，如克勤说："须参活句，莫参死句。活句下荐得，永劫不忘；死句下荐得，自救不了。"③这就为"活"的思想与"法"的用语结合提供了重要的契机。另一方面，如前所述，文学创作领域内有关"活法"的思想发展到北宋已相当充分和成熟，亟待有一个更高的范畴把它们网罗、集结起来。

生当南宋初年的吕本中适应了历史提出的要求。一方面，作为"江西诗派"中人，他经由

---

① 智昭《人天眼目》卷四。

② 参见郭朋《宋元佛教》，福建人民出版社 1981 年版，第 31～34 页；孙昌武《佛教与中国文学》，上海人民出版社 1988 年版，第二章《佛教与中国文人》；周义敢《北宋的禅宗与文学》，《文学遗产》1986 年第 3 期。

③ 《大慧普觉禅师语录》卷十四。

黄庭坚远绍苏轼,继承了北宋文学创作领域发展得已很充分的"活法"思想;另一方面,作为禅门中人,他又在"活句"这个禅宗活头的启发下将禅门"活"的思想与"法"的术语捏合起来,作为对文学创作领域"随物应机"、"惟意所之"、"不主故常"、"自由活脱"的方法论思想的概括。应当说,"活法"的概念在这个时期由一个同时兼诗人和禅友身份的人提出来,既是历史的必然,也是逻辑的必然。

# 第二节　"定法"说
## ——中国古代文学的具体创作方法论

　　所谓"定法",即"可以授受"的"规矩方圆",是文学创作的具体技法。它是为"心营意造"的"活法"服务的,所以,既不同于"活法",也不同于不知变化的"死法"。在这样一个大前提下,古代文论探讨、总结了诗文创作的字法、句法、章法以及小说、戏曲塑造人物、处理情节、结构布局的方法。

## 一、"定法"的内涵及其历史轨迹

　　关于文学创作的方法,古代文论既论述到"活法",又论述到"定法"。所谓"活法",即辞以达意、"随物赋形"、"因情立格"、"神明变化"之法。这种"法"只示人以文学创作的大法,并无一成之法可以死守,所以叫"活法"。它徒有"法"之名而无"法"之实,故叶燮《原诗·内篇下》云:"法者,虚名也,非所论于有也";"活法为虚名,虚名不可以为有"。所谓"定法",是状物达意时具体的技法,它可以传授和学习,所以叫"定法"。"定法"积淀了文学创作成功的审美经验,为进入文学堂奥之门径,不可或缺。叶燮《原诗·内篇下》云:"又法者,定位也,非所论于无也。""定位不可以为无",即是指此。章学诚《文史通义·文理》指出:"学文之事,可授受者规矩方圆,不可授受者心营意造。"这"可授受"的"规矩方圆"就是"定法","不可授受"的"心营意造"即"活法"。尽管"立言之要,在于有物"[1],作为"言有物"的"活法"更为重要,但作为"言有序"的"定法"亦不可偏废。姚鼐《与张阮林》指出:"古人文有一定之法,有无定之法。有定者,所以为严整也;无定者,所以为纵横变化也。二者相济而不相妨。"[2]

--------

① 章学诚《文史通义·文理》,《章氏遗书·文史通义》内篇二,嘉业堂本。
② 姚鼐《惜抱尺牍》卷五,清宣统元年小万柳堂刊本。

"活法"本身虽然由内容决定灵活万变,不同于"定法",但在状物叙事、表情达意时又不得不借助于在创作实践中积累起来的一定的章法、句法、字法。这样,"活法"实际上离不开"定法",并包含"定法"。正如宋代吕本中在《夏均父集序》分析的那样:"所谓'活法'者,规矩具备,而能出于规矩之外;变化不测,而亦不背于规矩也。是道也,盖有定法而无定法,无定法而有定法。"而一定的章法、句法、字法如果离开了"当乎理、确乎事、酌乎情"的"活法"①,就会沦为令人不齿的"死法"。方回《景疏庵记》将这种"死法"喻为毫无生机的"枯桩"。② 沈德潜《说诗晬语》指出:"所谓法者……若泥定此处应如何,彼处应如何,不以意运法,转以意从法,则死法矣。试看天地间水流云在,月到风来,何处著得死法?"

　　由此看来,在古代文学创作方法理论中,"定法"是与"活法"并行不悖、相辅相成的,并为"活法"所统辖,为"神明变化"所服务的。这便决定了"定法"区别于"死法"的最终分野。不同于"活法"又不离"活法",有一定之法可以恪守而又不落入死守成法的僵化窠臼,这就是"定法"的基本内涵。

　　"文以意为主"。先秦时期,文章道德不分,立言从属于立德,文学创作无"定法"可循,《论语·卫灵公》中孔子的一句"辞达而已",揭示了这一时期文学创作的根本大法,亦为后世"活法"说所本。汉代,令人赏心悦目的诗赋逐渐从广义的文学中脱颖而出,以其美丽的风姿引起了理论家的关注。扬雄《法言》中揭示的"诗人之赋丽以则,辞人之赋丽以淫",标志着汉人对诗赋"丽"的形式美特征的最初自觉。魏晋六朝时期,美文学的创作取得空前发展,文论家们在"诗赋欲丽"、"绮靡浏亮"、"绮縠纷披"、"宫徵靡曼"等文学自身形式规律的审美自觉的指导下,对文学创作的具体技法作出了丰富、深入的理论总结,标志着"定法"论的正式登场。尤其值得注意的是刘勰的巨著《文心雕龙》。这部"体大思精"的文学理论专著在《总术》《附会》《熔裁》《章句》《丽辞》《声律》《练字》《比兴》《事类》《夸饰》《隐秀》《指瑕》等篇目中论述、概括了谋篇布局、遣字造句的一系列审美规则,实开后世"篇法"、"句法"、"字法"理论的先河。唐代是一个律诗辉煌的时代。诗人们既不忘风雅美刺的道德承当,也以前所未有的热情打造诗律之美。"为人性僻耽佳句,语不惊人死不休。"(杜甫)"吟安一个字,捻断数茎须。"(卢延让)"二句三年得,一吟泪双流。"(贾岛)与此相应,唐代涌现了许多探讨诗律的诗论著作。如元兢的《诗髓脑》、崔融的《唐朝新定诗格》、齐己的《风骚旨格》等等。宋代,佛教禅宗话头的影响,使得谈"文法"、"诗法"的用语多起来,"定法"作为与"活法"相对的术语开始诞生③。人们不只抽象地谈论"定法",而且具体地落实到"章法"、"句法"、"字法"层面④。尤其是江西诗派,"开口便说句法",不仅掀起了一股"活法"热,也掀起了一股"定法"热。明代是

---

① 叶燮《原诗·内篇下》,二弃草堂本。
② 方回《桐江集》卷二,宛委别藏本。
③ "活法"、"定法"之名始见于南宋吕本中《夏均父集序》,《后村先生大全集》卷九十五《江西诗派》引,《四部丛刊》影旧抄本。
④ 谢枋得《文章轨范》卷五,清光绪刊本。

一个拟古的时代。在前后七子"诗必盛唐,文必秦汉"口号的倡导下,宋人提出的诗文"章法"、"句法"、"字法"问题得到进一步探讨和强调,如王世贞《艺苑卮言》卷一指出:"首尾开合,繁简奇正,各极其度,篇法也。抑扬顿挫,长短节奏,各极其致,句法也。点缀关键,金石绮彩,各极其造,字法也。""篇法,有起,有束,有放,有敛,有唤,有应。大抵一开则一阖,一扬则一抑,一象则一意,无偏用者。句法,有直下者,有倒插者……篇法之妙,有不见句法者,句法之妙,有不见字法者:此是法极无迹。"清代是一个善于综合、总结的集大成时期。叶燮、邵长蘅、徐增、王士禛、方苞、刘大櫆、姚鼐、沈德潜、翁方纲、章学诚、包世臣、刘熙载、金圣叹、毛宗岗、脂砚斋等人对诗文小说的创作法则都发表过很有价值的意见,古代文论的"定法"说达到了空前丰富和深入。

古代"定法"说所总结的"定法"主要有哪些呢?

按古人的看法,积字而成句,积句而成章,因而"定法"就表现为"字法"、"句法"、"章法"。让我们先从字法谈起。

## 二、字法

汉语文字由形、音、义组成,字法因而就呈现为字形、字音、字义的运用法则。

### 1. 字形的运用法则

汉字不同于拼音文字,其象形特点非常明显。由于汉字首先以字形诉诸读者的视觉直观,它的组合和安排必须符合视觉的审美要求。刘勰《文心雕龙·练字》总结指出"缀字属篇"的四项法则:"一避诡异,二省联边,三权重出,四调单复",基本都是出于视觉审美的考虑。

"诡异"即字形怪僻的字。由于字形怪僻,读者多不能识,用到文章中,就像"字妖":"今一字诡异,则群句震惊","两字诡异,大疵美篇","况乃过此(超过两字),其可观乎?"用字必须"避诡异",尽量回避冷僻的怪字、异字。当时沈约强调文章当从"三易",其中之一是"易识字",亦是此意。

"联边"指"半字同文",即偏旁相同的字。秦汉以来,文章多用毛笔竖行书写。同一偏旁的字排列在一起,会给人强烈的雷同感受。所以刘勰主张缀字属篇"省联边":"如获不免,可至三接","三接之外",就像"字林"了①。就是说,同一偏旁的字最多连用三个,三个之外就如同字典的部首排列了,断不宜用。

"重出"指"同字相犯"。一般说来,同首诗中不宜使用两个或更多相同的字,因为这会给人雷同感。但如果因表意需要非用不可,则"宁在相犯"。这就叫"权(权衡)重出",即根据具体情况灵活决定是否使用同字。先秦诗赋以叠沓往复、反复歌唱为特点,故使用同字的现象屡见篇什。"永明体"出现后,人们发现使用同字不仅使人视觉上感到雷同,而且听觉上感到

---

① 《字林》,晋吕忱字书,按偏旁部首排列。

单调,故忌用同字。刘勰《练字》篇指出这种变化:"《诗》、《骚》适会,而近世忌同。"但"忌同"的结果,又带来以文害意的弊端,故刘勰提出了同字"相避"的一般法则和"若两字俱要,则宁在相犯"的特殊法则。

"单复"即"字形肥瘠者"。笔画多的叫"复字"、"肥字",笔画少的叫"单字"、"瘠字"。"瘠字累句,则纤疏而行劣;肥字积文,则黯黕而篇暗",就是说,笔画少的字连在一起用,看上去则一片稀疏,笔画多的字连在一起用,看上去则黑压压一片,都妨碍视觉的美观。所以,"善酌字者,参伍单复",笔画少的字与笔画多的字应当交错开来使用。

我们发现,关于字形运用的视觉审美法则,刘勰之前无人论述,刘勰之后也无继响,刘勰之论实可谓空前绝后。而他论述得如此全面深入和切中实际,足见刘勰具有过人之明。今天,当文学作品都由毛笔书写改为印刷体后,刘勰此论显得已无实际意义,但在书法作品的创作中,它仍有很强的指导意义。

### 2. 字音的运用法则

汉字不只是视觉符号,也是音节单元。字音是供人诵读、诉诸听觉的,因而字音的组合必须服从"易诵读"(沈约)的"唇吻"美(钟嵘)、听觉美要求。就单个的音节来看,响亮的音节比低沉的音节更动听,所谓"铿锵美听"[1]、"清亮悦耳"[2]。所以,古人屡屡强调"下字贵响"[3]。就文句各个音节之间的关系来看,把不同声、韵、调的音节有规律地交错组合起来,比杂乱无章的自然音节和过分整齐协调的音节组合要动听悦耳得多。因此,古人强调,遣词造句要讲究音节飞沉、清浊、抑扬、顿挫的相间。对于诗赋而言,这一音律要求更高。司马相如主张"一宫一徵"交互使用。陆机《文赋》指出,"音声之迭代",应如"五色之相宣"。沈约《谢灵运传论》则说:"宫羽相变,低昂互节。若前有浮声,则后须切响。一简之内,音韵尽殊。两句之中,轻重悉异"。齐"永明体"则把这种音节错综的法则总结为"四声八病"。

汉字的音节由声、韵、调组成,字音的审美运用法则又分别表现为字声、字韵、字调的特殊运用之法。字调的用法即"平仄相间"。字声、字韵的法则主要体现在双声、叠韵字的处理上。汉语中的音节,有许多声母相同,有许多韵母相同。声母相同的字,为双声字。韵母相同的字,为叠韵字。使用双声、叠韵字,可以使语言获得一种协调的音乐美。《诗经》、《楚辞》使用了许多双声、叠韵字,增加了诗的音乐美。但如果双声、叠韵字连用过多,便会像拗口令一样读来佶屈聱牙,同时在听觉上也有单调之嫌。所以刘勰《声律》篇指出:"双声隔字而每舛,叠韵杂句而必睽。"意即,一句中如果双声字、叠韵字用得过多,念起来就不顺口,听起来就不入耳。"永明体"提出"清浊"、"飞沉"相间,自然也应当包括音节的声、韵相间而言。正如清代音韵学家钱大昕《潜研堂文集·音韵问答》所说:"汉代词赋家好用双声叠韵,如'泮涔

---

① 王骥德《曲律·论宾白》,《中国古典戏曲论著集成》(四),中国戏剧出版社 1959 年版。

② 李渔《闲情偶记·声务铿锵》,《中国古典戏曲论著集成》(七),中国戏剧出版社 1959 年版。

③ 宋代至清,潘大临、吕本中、严羽、姜夔、朱熹、张炎、陆辅之、王骥德、李渔、黄子云、施补华等人都这样强调过。

滋汩,逼侧泌沴'、'蜚纤垂髻'、'翕呷萃蔡'、'纡徐委蛇'之等,连篇累牍,读者聱牙,故沈周矫其失,欲一句之中平侧相间耳。"然而,"永明体"要求交错使用双声、叠韵字的审美匠心,掩藏在整个音节"低昂互节"、"宫徵相间"的表述中,一般人容易误以为仅仅讲的是"平仄相间"。故就在"永明法"中诞生的南朝,五言诗中一句尽用双声、叠韵字的情况也很多。如王融双声诗云:"园蘅眩红花,湖荇烨黄华。回鹤横淮翰,远越合云霞。"南朝之后也是代不乏人,如晚唐温飞卿《题贺知章如故》云:"废砌翳薜荔,枯湖无菰蒲。"高季迪《吴宫词》:"筵前怜婵娟,醉媚睡翠被。精兵惊开城,弃避愧坠泪。"一句而连用双声字、叠韵字四五,令人难以卒读,不忍竟听。其实,"宫羽相变,低昂互节"的法则何尝仅仅局限于音调?何尝不适用于双声、叠韵的使用?双声、叠韵字连用过多固然不美,但连用两个双声、叠韵字,与非双声、叠韵的文字交错地组合在一起,就会在变化中获得一种协调美。杜甫是深得此中三昧的杰出代表。《秋兴》云:"信宿渔人还泛泛,清秋燕子故飞飞。"信宿、清秋,双声对双声;泛泛、飞飞,双声叠韵对双声叠韵。《咏怀古迹》云:"怅望千秋一洒泪,萧条异代不同时。"怅望、萧条,叠韵对叠韵。《咏怀古迹》:"支离东北风尘际,漂泊西南天地间。"支离叠韵、漂泊双声,这是叠韵对双声。赵翼《陔余丛考·双声叠韵》指出:"杜诗于此等处最严。"在这种成功的诗歌创作审美实践的基础上,晚清精通音韵和诗艺的批评家刘熙载在《艺概·词曲概》中道:"词句中用双声、叠韵之字,自两字之外,不可多用。"道理很明白:多用了就拗口单调,不用的话又缺少声韵的协调,"自两字之外,不可多用"最恰到好处。他还指出:"惟犯叠韵者少,犯双声者多,盖同一双声,而开口、齐齿、合口、撮口呼法不同,便易忘其为双声也。解人正须于不同而同者,去其隐疾。且不惟双声也,凡喉、舌、齿、牙、唇五音,俱忌单从一音连下多字。""俱忌单从一音连下多字",是为了避免听觉雷同。"于不同而同",即在错综变化中追求听觉的协调美。

### 3.字义的择用法则

汉字的形、音是意义的载体。遣字造句不仅要考虑字形组合的视觉美、音节组合的听觉美,而且要考虑字义使用的恰当美。字义有虚有实。意义虚化的字是"虚字";意义实在的字是"实字"。"实字"可使句意饱满,故遣字贵实。但一味使用实字,易使句意质实而乏空灵之气,使句法板结而少顾盼之姿。在意义充实的前提下适当运用虚字,可使文章摇曳生姿。关于"虚字"的作用,《文心雕龙·章句》析之甚妙:"至于'夫'、'惟'、'盖'、'故'者,发端之首唱,'之'、'而'、'于'、'以'者,乃札句之旧体;'乎'、'哉'、'矣'、'也',亦送末之常科。据事似闲,在用实切。巧者回运,弥缝文体,将令数句之外,得一字之助矣。"但如果使用虚字过多,或把虚字当作意义不足之处的填充,就会使句意萎弱。故"虚实"之字宜根据情况斟酌使用,所谓"虚句用实字铺衬,实句用虚字点缀"①;精于字法者,"虚能为实",反之,"实字反虚"。② 而无

① 王骥德《曲律·论字法》,《中国古典戏曲论著集成》(四),中国戏剧出版社 1959 年版。
② 李腾芳《文字法三十五则》,《李文庄公全集》卷九《山居杂著》,清刻本。

论用虚用实,都必须以精要恰当为美。所谓"句有可削,足见其疏;字不得减,乃知其密"①。"随事立体,贵乎精要,意少一字则义阙,句长一言则辞妨"②。精要恰当,句不可削,字不得减,就是字义择用的最高的美。

## 三、句法

"句法"相对于句而言,约略相当于今天讲的"修辞方法"。古代文论讲到的句法主要有:

1. 起兴。东汉郑众说:"兴者,起也,取譬引类,起发己心。诗文诸举草木鸟兽以见意者,皆兴辞也。"③朱熹说:"兴者,先言他物以引起所咏之辞也。"④如《关雎》诗:"关关雎鸠,在河之洲;窈窕淑女,君子好逑。"这里是用"在河之洲""关关"鸣叫、有一定配偶而不乱交的雎鸠鸟来兴起具有贞洁品德的"窈窕淑女"的歌咏。

2. 比喻。"比者,比方于物也。"⑤如言愁,"有以山喻愁者,杜少陵云'忧端如山来,澒洞不可掇'、赵嘏云'夕阳楼上山重叠,未抵闲愁一倍多'是也。有以水喻愁者,李颀云'请量东海水,看取浅深愁'、李后主云'问君能有几多愁,恰似一江春水向东流'、秦少游云'落红万点愁如海'是也。贺方回云:'试问闲愁都几许,一川烟草,满城风絮,梅子黄时雨。'盖以三者比愁之多也,尤为新奇。"宋代陈骙《文则》对比喻的研究尤为精细。他指出:"取喻之法,大概有十",分别是"直喻"、"隐喻"、"类喻"、"诘语"、"对喻"、"博喻"、"简喻"、"详喻"、"引喻"、"虚喻"。每类分析,都有理论概括,有实例说明,标志着古代比喻研究的高峰。

3. 通感。它其实是比喻中的一类,即作者根据共通的感受,把不同感觉对象联系起来作喻。如《礼记·乐记》云:"……故歌者上如抗,下如队(坠),曲如折,止如槁木;倨中矩,勾中钩,累累乎端如贯珠。"孔颖达疏:"'上如抗'者,言歌声上响,感动人意,使之如似抗举也。'下如队'者,言声音下响,感动人意,如似坠落之意也。'曲如折'者,言音声回曲,感动人心,如似方折也。'止如槁木'者,言音声止静,感动人心,如似枯槁之木止而不动也。'倨中矩'者,……言音声雅曲,感动人心,如中当于矩也。'勾中钩'者,……言音声大屈曲,感动人心,如中当于钩也。'累累乎端如贯珠'者,言声之状累累乎感动人心,端正其状,如贯于珠,……令人心想形状如此。"这是对通感手法所造成的美感效果的表述。

4. 夸张。古人叫"增"(王充)、"夸饰"(刘勰)、"激昂之语"(范温、胡仔)。它是用夸大的言词来形容事物的一种修辞方法。当这夸大的言词是对比喻中喻体的描绘时,夸张同时就是比喻,如李白《秋浦歌》"白发三千丈,缘愁似个长",杜甫《古柏行》"霜皮溜雨四十围,黛色参天二千尺"。当然,夸张也有不与比喻交叉的情况,如《诗·大雅·云汉》中的诗句"周余黎

---

① 刘勰《文心雕龙·熔裁》。

② 刘勰《文心雕龙·书记》。

③ 转引自孔颖达《毛诗序正义》,《毛诗正义》卷一,《十三经注疏》,上海古籍出版社1997年版。

④ 朱熹《诗集传》卷一,上海古籍出版社1980年版。

⑤ 郑玄《周礼·大师》注,《周礼郑注》卷二三,《十三经注疏》,上海古籍出版社1997年版。

民,靡有孑遗"。中国古代,孟子最早论及夸张问题。他指出夸张所用的喻体并非事实,读者不可望文生义,以文害意。只有"以意逆志",方能领会夸张所指。①继孟子后,东汉王充对夸张手法的认识又深入了一步。他指出《诗·大雅·云汉》中的那两句诗:"是谓周宣王之时遭大旱之灾也……夫旱甚,则有之矣;言无孑遗一人,增之也。"②这是颇有见地的。不过,他只肯定经书中的夸张,而否定书传俗语中的夸张③,这就自相矛盾了。宗经的偏见使他最终未能对夸张手法得出客观的认识。刘勰《文心雕龙·夸饰》篇则超越了这个不足。他指出:夸饰之辞"辞虽已甚,其义无害也";使用夸饰方法时应防止"夸过其理"、"名实两乖",要遵循"夸而有节,饰而不诬"的原则。刘勰之后,常有人用胶柱鼓瑟的态度执实地理解夸张之辞。如对于上述杜甫《古柏行》的那两句诗,沈括《梦溪笔谈》批评说:"无乃太细长!"当然也有人提出中肯的意见:这不是"形似之语",而是"激昂之言","初不可形迹考"④;"不如此,则不见柏之大也"⑤。这是把握到夸张手法的精髓的。

5. 用事。用事也与比喻存在交叉情况。当喻体是古代人事、言辞时,比喻就成了用事。所以古人有"呼比为用事"的情况⑥。用故事表达己意,论证观点,可使达意委婉,立论有力。然而文中用事,没有异议;诗中用事,却有争论。从梁代钟嵘开始,到清末刘熙载结束,围绕着诗能否用事,怎样用事,争论绵延不绝。争论中形成的共识是,从美感要求出发,诗可以用事,但要如"水中著盐","用得来不觉";对于"僻事"要"实用","对于隐事"要"明使",防止读者不理解,不理解就无从实现用事的美感效果;对于"熟事"应"虚用",对于"明事"应"隐使",防止过于直白地使用"熟事"、"明事"而略无余韵,不能给人留下想象的余地。

6. 对偶。即行文中句与句的字数相当,结构相同,词性一致,平仄相对。运用这种方法,可使文章获得一种起伏、对称的节奏美。汉代产生的骈体文,以句法的骈偶为特征。到南朝,骈偶方法扩展到诗歌领域,演变为新体诗中的对仗。"对仗"与"对偶"本来有别。"对偶"是一个对一个,"对仗"是多数对偶的排列,是"扩大了的对偶"⑦。后来人们于二者遂不分,"对偶"即指"对仗"。对于律诗中的对偶规律,唐初曾掀起了一股讨论热,如上官仪有"六种对"、"八种对"之说,等等。日人遍照金刚《文镜秘府论·东卷》列之为"二十九种对",对对偶的探讨可谓细矣,但也有相互重复、可以合并的情况。其中的"借对"、"侧对",或借用、侧取某字的音为对⑧,或借用、侧

---

① 《孟子·万章上》,《四书章句集法》,中华书局1986年版,第306页。

② 《论衡·艺增》,黄晖《论衡校释》,中华书局1990年版。

③ 王充《论衡·语增》,黄晖《论衡校释》,中华书局1990年版。

④ 范温《潜溪诗眼》,郭绍虞《宋诗话辑佚》,中华书局1980年版。

⑤ 胡仔《苕溪渔隐丛话》前集卷八,人民文学出版社1962年版。

⑥ 皎然《诗式》,《历代诗话》,中华书局1981年版。

⑦ 席金友《诗辞基本常识》,内蒙古人民出版社1980年,第78页。

⑧ 如孟浩然:"故人具鸡黍,稚子摘杨梅","杨"与"鸡"本不相对,这里借"杨"的同音字"羊"与"鸡"对。

取某字的形为对①,或借用、侧取某字的义为对②,实际上是在读者对诗的直觉联想中探讨对偶的审美规律。在使用对偶方法时,必须防止"合掌"的毛病。"合掌"即两句词意重复。如刘琨《重赠卢谌》诗:"宣尼悲获麟,西狩涕孔丘。"鲁国人在西边打猎得到一只麒麟,孔子知道了为此流泪,感叹他的"道"行不通了。这里"宣尼"与"孔丘"、"悲"与"涕"、"获麟"与"西狩"都是一意,此为"合掌",应当避免。

7. 互文。两个词本来要合在一起说,由于音节和字数的限制,不得不省去一个词,而其文意却可通过错开的文辞互相映照显示出来,这种方法就叫"互文"。王昌龄《出塞》:"秦时明月汉时关,万里长征人未还。"第一句便是"互文",意即秦汉的明月秦汉的关。全句的意思是,秦汉以来,边地的战争一直未停。故沈德潜《说诗晬语》云:"边防筑城,起于秦汉。'明月'属秦,'关'属汉,诗中互文。"

8. 重复。为了强调某种效果,常常使用重复的句式。《孟子·离娄》文:"齐人有一妻一妾而处室者。其良人出,则必餍酒肉而后返。其妻问所与饮食者,则尽富贵也。其妻告其妾曰:'良人出,则必餍酒肉而后反。问所与饮食者,尽富贵也,而未尝有显者来;吾将瞷良人之所也。'"顾炎武曾指出:"此必重叠而情事乃尽。此《孟子》文章之妙。"如杜甫《草堂》诗:"旧犬喜我归,低徊入衣裾;邻舍喜我归,沽酒携胡芦;大官喜我来,遣骑向所须;城郭喜我来,宾客隘村墟。"

9. 倒插。所谓"倒插",指为了符合审美的要求,打乱正常的语序,把后说的放在前面说。王世贞《艺苑卮言》云:"句法……有倒插者,倒插最难,非老杜不能也。"如杜甫《秋兴八首》之八,有"香稻啄余鹦鹉粒,碧梧栖老凤凰枝"二句,它是"鹦鹉啄余香稻粒,凤凰栖老碧梧枝"的倒置。把"鹦鹉啄余"、"凤凰栖老"这样的主谓结构倒置为"啄余鹦鹉,栖老凤凰"这样的谓主结构,是为了适应音节的平仄关系。如果不倒装,则为"香稻(仄)鹦鹉(仄)啄余(平)粒(仄),碧梧(平)凤凰(平)栖老(仄)枝(平)",就成了两个仄声音节与两个平声音节连用,不合律诗的审美要求。

10. 反语。如杜甫《奉陪郑驸马韦曲》之一:"韦曲花无赖,家家恼杀人。绿樽虽尽日,白发好禁春。石角钩衣破,藤枝刺眼新。何时占丛竹,头带小乌巾。"江浩然《杜诗集说》引王嗣奭评语:"此诗全是反言以形容其佳胜。曰'无赖',正见其有趣;曰'恼杀人',正见其爱杀人;曰'好禁春',正是无奈春何;曰'钩衣刺眼',本可憎而转觉可喜。"

11. 化用。或叫"点铁成金","脱胎换骨",由江西诗派提出。即化用前人语句为表达己意服务、如同自出机杼的一种造句方法。如李白诗:"白发三千丈,缘愁似个长。"王安石化用之,则云:"缲成白发三千丈。"刘禹锡诗:"遥望洞庭湖水面,白银盘里一青螺。"黄山谷化用之,则云:"可惜不当湖水面,银山堆里看青山。"

---

① 如"冯翊"与"龙首",取"冯"的"马"与"龙"为对。
② 如"千年铁锁沉江底,一片降幡出石头","石头"此指石头城,与"江底"本不相对,这里借用"石"、"头"的字面义与"江"、"底"为对。

12. 衬托。王昌龄《少年行》云："白马金鞍从武皇，旌旗十万猎长扬。楼头少妇鸣筝坐，遥见飞尘入建章。"全诗写"少年"，却没有一字提到"少年"，所以王夫之说："此善于取影者也。"①不描写形体，描写它的影子，通过影子显示形体，叫"取影"，亦即衬托。衬托有陪衬，有反衬。杜甫《登高》："无边落木萧萧下，不尽长江滚滚来。万里悲秋常作客，百年多病独登台。"以哀景写哀，是陪衬的名句。《诗经》名句"昔我往矣，杨柳依依；今我来思，雨雪霏霏。"王夫之说它"以乐景写哀，以哀景写乐"，是反衬的名句。

13. 含蓄。就是"以少少许胜多多许"。古人讲"以少总多"、"以简制繁"、"小中出大，短内生长"②，"称名也小，取类也大"，"用意十分，下语三分"，"片言可以明百意"，"言有尽而意无穷"，都是对这种方法的表述。

## 四、章法

"章法"是谋篇布局、结构全篇的写作方法。相对一篇而言，又叫"篇法"。古代文论论及的"章法"主要有：

1. "立主脑"。"主脑非他，即作者立言之本意也。"③也就是主题。"主脑既得，则制动以静，治烦以简，一线到底，百变而不离其宗。"④因此，"作诗必先命意"，"附辞会义，务总纲领，驱万涂于同归，贞百虑于一致"⑤。反之，如果主题不明，全文结构就会像断绳之线，散线之珠，散漫紊乱，不可收拾。

2. "起承转合"。王士禛《师友诗传续录》载："问：'律诗论起承转合之法否？'答：'勿论古文今文，古今体诗，皆离此四字不可。'""起承转合"是一切文体的结构方法。在论说文中，"起"相当于提出论点，"承"、"转"相当于论证论点，"合"相当于作出结论。在叙事文中，"起"相当于开端，"承"相当于发展，"转"相当于高潮，"合"相当于结局。譬之于人，"起"、"合"好比"头"、"尾"，"承"、"转"好比身段。关于文章结构的"首"、"中"、"尾"，"起"、"承"、"还"，古代文论还要求：一、开头要吸引人，中间要饱满，结尾要有力，所谓"起要美丽，中要浩荡，尾要响亮"⑥；"起贵明切，如人之有眉目；承贵疏通，如人之有咽喉；铺贵详悉，如人之有心胸；叙贵重实，如人之有腹脏；过贵转折，如人之有腰膂；结贵紧切，如人之有足"⑦；"其发也，如千钧之弩，一举透革"；其转也，"如天骥下坂，明珠走盘"；其收也，如"橐声一击，万骑忽敛"⑧。

① 王夫之《姜斋诗话》卷上，《清诗话》，上海古籍出版社 1978 年版。
② 旧题魏文帝《诗格》，《诗学指南》卷三，清乾隆敦本堂本。
③ 李渔《闲情偶记·立主脑》，《中国古典戏曲论著集成》（七），中国戏剧出版社 1959 年版。
④ 刘熙载《艺概·经义概》，上海古籍出版社 1978 年版。
⑤ 刘勰《文心雕龙·附会》。
⑥ 陶宗仪《南村辍耕录》卷八，中华书局 2004 年版。
⑦ 高琦《文章一贯》，日本宽永翻印本。
⑧ 王世贞《艺苑卮言》卷一，《历代诗话续编》，中华书局 1983 年版。

古代又有"凤头、猪肚、豹尾"之喻,亦是此意。二、在"起"、"承"、"还"(转、合)或"首"、"中"(承、转)、"尾"各部分之间,要有合适的比例,不可头重脚步轻,虎头蛇尾。如姜夔《白石道人诗说》云:"作大篇尤当……首尾匀停,腰腹肥满",切忌"前面有余,后面不足;前面极工,后面草草"。三、在"起"、"承"、"转"、"合"之间,要讲究彼此照应,使之成为血脉贯通的有机体。刘勰《文心雕龙·章句》告诉作者:"启行之辞,逆萌中篇之意;绝笔之言,追媵前句之旨。故能外文绮交,内义脉注;跗萼相衔,首尾一体。"刘氏之后,要求开合照应、首尾一贯的言论很多,如南宋陈善《扪虱新话》要求文章结构如"常山蛇势","击其首则尾应,击其尾则首应,击其中则首尾俱应"。清末刘熙载《艺概·经义概》所论最为详切:"起承转合四字,起者,起下也,连合亦起在内;合者,合上也,连起亦合在内;中间用承用转,皆兼顾起合也。"

3. "文贵参差"①。古人的"章法"、"篇法"论,主要表现为结构方法论,而结构方法的根本,则是表现为"起"与"束"、"开"与"阖"、"放"与"敛"、"唤"与"应"、"扬"与"抑"、"象"与"意"的对立统一。古人把这种对立统一叫做"参差"。文学作品的结构,如果单讲严整划一或错落变化,都会使人感到缺憾。只有坚持整饬协调与错落变化的辩证统一,才能给人以圆满的美感。所以,"古人之作,其法虽多端,大抵前疏者后必密,半阔者半必细,一实者必一虚,叠景者意必工"②。古代文论家每每强调:"篇法,有起,有束,有放,有敛,有唤,有应。大抵一开则一合,一扬则一抑,一象则一意,无偏用者。"③"词之章法,不外相摩相荡,如奇正、空实、抑扬、开合、工易、宽紧之类是已。"④"大起大落,大开大合,用之长篇,此如黄河之百里一曲,千里之一曲一直也。然即短至绝句,亦未尝无尺水兴波之法。"⑤

4. 象征。也就是借物寓意、借事寓情的写作手法。古代文论的"比"不仅是一种"句法",也是一种"章法"。作为章法,"比"就是象征。如屈原的《橘颂》、白居易《有木》、周敦颐的《爱莲说》都是用象征方法写成的诗文名篇。

5. 叙述。这是叙事散文中常用的方法。明代高琦《文章一贯》总结"叙事有十一法":"正叙:叙事得文质详略之中。总叙:总事之繁者,略言之。间叙:以叙事为经,而纬以他辞,相间成文。引叙:首篇或篇中因叙事以引起他辞。铺叙:详叙事语,极意铺陈。略叙:语简事略,备见首尾。别叙:排别事物,因而备陈之。直叙:依事直叙,不施曲折。婉叙:设辞深婉,事寓于情理之中。意叙:略睹事迹,度必其然,以意叙之。平叙:在直婉之间。"刘熙载《艺概·文概》分析更为深入:"叙事有特叙、有类叙、有正叙、有带叙、有实叙、有借叙、有详叙、有约叙、有顺叙、有倒叙、有连叙、有截叙、有豫(预也)叙、有补叙、有跨叙、有插叙、有推叙,种种不同。唯能线索在手,则错综变化,唯吾所施。""叙事有寓理、有寓情、有寓气、有寓

---

① 刘大櫆《论文偶记》,人民文学出版社1959年版。

② 李梦阳《再与何氏书》,《空同集》卷六一,明万历浙江思山堂本。

③ 王世贞《艺苑卮言》,《历代诗话续编》,中华书局1983年版。

④ 刘熙载《艺概·词曲概》,上海古籍出版社1978年版。

⑤ 刘熙载《艺概·诗概》,上海古籍出版社1978年版。

识。无寓,则如偶人耳矣。"

## 五、人物塑造与情节处理

明清时期,伴随小说、戏曲创作的繁荣,小说、戏曲评点达到了高峰。理论批评家们通过对《三国演义》《水浒传》《红楼梦》《西厢记》等名著的评点,就小说、戏曲的人物塑造、情节处理、结构布局、艺术真实等创作方法作了深入丰富乃至近乎烦琐的理论剖析。这里择其大要,略述数端。

关于人物塑造的方法,主要有:

1. 代人立心。李渔《闲情偶寄·词曲部·宾白第四·语求肖似》提出"代人立心"说:"言者,心之声也。欲代此一人立言,先宜代此一人立心。若非梦往神游,何谓设身处地。无论立心端正者,我当设身处地,代生端正之想;即遇立心邪辟者,我亦当舍经从权,暂为邪辟之思。"金圣叹在《水浒传》第五十五回总批中提出"动心"说:"非淫妇定不知淫妇,非偷儿定不知偷儿也。谓耐庵非淫妇偷儿者,此自是未临文之耐庵也……若夫既动心而为淫妇,既动心而为偷儿,则岂唯淫妇偷儿而已。惟耐庵于三寸之笔、一幅之纸之间,实亲动心而为淫妇,亲动心而为偷儿。既已动心,则均矣,又安辨泚笔点墨之非入马通奸,泚笔点墨之非飞檐走壁耶?"所谓"动心",即作家运用虚构性的想象把自己化为各种艺术形象来展开构思、塑造形象。对于作者构思中的这种情状,金圣叹在《西厢记》的批注中也有所发明。《酬韵》折描写张生在花园外窥视莺莺月夜焚香、两人隔墙酬唱以及莺莺红娘倏然回房等情节都非常生动,特别是把张生初恋时的热切、焦躁的心理刻画得淋漓尽致。金圣叹分析道,这些栩栩如生的描写与作者创作时"设身处地"为人物设想是分不开的,它是作者"心存妙境,身代妙人"的"妙想"的产物[1]。李渔的"立心"说和金圣叹的"妙想"说要求作者在塑造人物时在人物形象特定的性格、思想逻辑中进行"设身处地"的"梦往神游",是对中国古代小说戏剧人物塑造方法的重要贡献。

2. 个性描写。代人立心,心存妙想,无非是为了把人物形象塑造出来。而人物塑造的最高成就是写出个性。金圣叹《读第五才子书法》指出:"别一部书,看过一遍即休。独有《水浒传》,只是看不厌,无非为他把一百八人性格都写出来。""《水浒传》只是写人粗鲁处,便有许多写法。如鲁达粗鲁是性急,史进粗鲁是少年任气,李逵粗鲁是蛮,武松粗鲁是豪杰不受羁勒,阮小七粗鲁是悲愤无说处,焦挺粗鲁是气质不好。"人物塑造的最高成就是将同类人物的不同个性刻画出来。

3. "烘云托月"与"背面敷粉"。"烘云托月"即正衬。如金圣叹《增订金批西厢》卷一《惊艳》批语说,《西厢记》"将写双文,而写之不得,因置双文勿写,而先写张生者,所谓画家烘云托月之秘法"。"背面敷粉"即反衬。金圣叹《读第五才子书法》分析道:"如要衬宋江奸诈,不

---

① 《增订金批西厢》卷一《酬韵》批语,北宜阁藏版。

觉写作李逵真率;要衬石秀尖利,不觉写作杨雄糊涂是也。"

4. 相反相成。金圣叹《水浒传》第五十六回总评:"但要写李逵朴至,便倒写其奸猾,便愈朴至。"毛宗岗《三国演义》第五十一回总评:"忠厚人乖觉,极乖觉处正是极忠厚处;老实人使心,极使心处正是极老实处。"通过性格不同侧面甚至对立侧面的描写,展示人物性格的丰富性、真实性。

关于情节处理的方法,主要有:

1. "犯中有避"。所谓"犯"就是敢于设计同样的情节。所谓"避",就是在同样的情节中写出不同细节来。如《水浒传》"武松打虎后又写李逵杀虎,又写二解争虎;潘金莲偷汉后,又写潘巧云偷汉;江州城劫法场后,又写大名府劫法场;何涛捕盗后,又写黄安捕盗,林冲起解后,又写卢俊义起解;朱仝雷横放晁盖后,又写朱仝雷横放宋江等。正是要故意把题目犯了,却有本事出落得无一点一画相借"①。这种方法,金圣叹叫"先犯后避",毛宗岗叫"善犯善避",脂砚斋叫"特犯不犯",蔡元放叫"犯而不犯"。它于险处见才,体现了高超的驾驭情节的技巧。

2. "草蛇灰线"。蔡元放《水浒后传读法》分析说:"如李俊在金鳌岛救起安道全,为后引两寨诸人入海之线;闻小姐患病求安道全医治,诊太素脉,说他大贵,为后嫁李俊为妃之线……皆是远远生根,闲闲下着,到后来忽然照应,何等自然。"可知即埋藏伏笔之法。

关于结构布局的方法,主要有:

1. "横云断岭"。即结构安排的断续相生。金圣叹《读第五才子书法》剖析《水浒传》的"横云断岭法":"如两打祝家庄后,忽插出解珍解宝争虎越狱事;又正打大名城时,忽插出截江鬼油里鳅谋财倾命事等是也。只为文字太长了,便恐累坠,故从半腰中暂时闪出,以间隔之。"毛宗岗《读〈三国志〉法》指出:"《三国》一书,有横云断岭、横桥锁溪之妙。有宜于连者,有宜于断者。如五关斩将、三顾茅庐、七擒孟获,此文之妙于连者也。如三气周瑜、六出祁山、九伐中原,此文之妙于断者也。盖文之短者不连叙则不贯串,文之长者连叙则惧其累附,故必叙别事以间之,而后文势乃错综尽变。"

2. "忙里偷闲"。蔡元放《水浒后传读法》分析:"于百忙叙事中,忽写景物时序。"即张弛相间、造成小说情感节奏的方法。

关于艺术真实的处理方法。即真幻相即、虚实相生。明清文学批评家认识到小说戏剧的真实不同于生活事实。如谢肇淛《五杂俎》指出:"凡为小说及杂剧戏文,须是虚实相半,方为游戏三昧之笔。亦要情景造极而止,不必问其有无也。"他们强调小说戏剧的虚构特点。如叶昼说:"天下文章当以趣为第一。既然趣了,何必实有其事,并实有其人?"②袁于令说:"传奇者贵幻。"冯梦龙说:"人不必有其事,事不必丽其人。"金圣叹《读第五才子书法》指出:《水浒传》是"因文生事",而历史著作是"以文运事"。然而,他们所强调的"幻"是揭示了生活

---

① 金圣叹《读第五才子书法》,《第五才子书施耐庵水浒传》卷一,中华书局1973年影印贯华堂刻本。

② 明容与堂刊一百回本《李卓吾先生批评忠义水浒传》第五十回回末总评。按:该书评点实出自叶昼的假托。

真理、符合生活逻辑的"幻"。正如谢肇淛《五杂俎》所说:"小说野俚诸书……虽极幻妄无当,然亦有至理存焉。"袁于令《西游记题辞》说:"……天下极幻之事,乃极真之事;极幻之理,乃极真之理。"冯梦龙《警世通言叙》说:"事赝而理亦真。"叶昼容与堂百回本《水浒传》第十四回末总评说:"《水浒传》文字原是假的,只为他描写得真情出,所以便可与天地相终始。"脂砚斋甲戌本《石头记》第二回批语说:"事之所无,理之必有。"艺术描写的"逼真",是人情物理的真实。明清人在小说戏剧中追求的真实是"真幻相即"的艺术真实,它与生活真实保持着"不脱不系"、"不即不离"的关系。因此,在明清小说戏剧批评理论中,占主流的艺术真实创造法则是"虚实相半"(谢肇淛)、"事赝而理亦真"(冯梦龙)、"事之所无,理之必有"(脂砚斋)、"实者虚之,虚者实之"(李日华)、"无者造之而使有,有者化之而使无"①。

古代文论中的"定法"说所探讨、总结的文学创作的技巧、方法丰富多彩。如果说"活法"论体现了中国古代文艺美学以"意"为美、以"道"为美的主导追求②,那么,在"定法"说身上,则凝聚了中国古代文艺美学以文饰为美的形式美思想。③ 若说中国古代的美本质观是一个由"以'心'为美"、"以'道'为美"与"以'文'为美"构成的复合系统④,那么,"定法"说与"活法"说则构成了中国古代文论创作方法论互补的两翼。

## 第三节　"用事"说
### ——中国古代文学的诗文创作方法论

用事,是引用古事、古语含蓄地表达思想感情、证明自己观点正确性的修辞方法和论证方法。它出现在散文尤其是论说文中乃势所必然,出现在辞赋、骈文乃至诗歌中也很自然。不过诗以"吟咏性情"为主,用典太多,反而会滞碍"性情"的传达和理解,所以自晋宋起,中国诗论中围绕诗、词、曲能否用事和怎样用事展开了四次大讨论,从审美接受出发,总结出"僻事实用"、"隐事明使";"熟事虚用"、"明事隐使";"我来使事"、"勿为事使";"水中着盐,不露痕迹"等用事规律。

---

① 黄越《〈第九才子书平鬼传〉序》,《中国历代小说序跋集》,人民文学出版社 1996 年版,第 1677 页。
② 参见祁志祥《以"心"为美——中国古代美学的表现主义精神》,《复旦学报》2003 年第 1 期;《以"道"为美——中国古代美学的道德精神》,《文艺理论研究》2003 年第 3 期。
③ 参见祁志祥《以"文"为美》,《文艺研究》2003 年第 3 期;《以"文"为美:中国古代美学的形式美论》,《长江学术》2005 年第七辑。
④ 参见祁志祥《中国古代美学思想系统整体观》,《文学评论》2003 年第 3 期。

# 一、"用事"释义及其在诗、文中的不同地位

"用事",又叫"用典"。刘勰说:"事类者,盖文章之外,据事以类义,援古以证今者也。"(《文心雕龙·事类》)据此可知,用事(用典),是引用古事、古语含蓄地表达自己的思想感情、证明自己观点的正确性的一种修辞方法和论证方法。王勃倾吐"怀才不遇"的牢骚,却说"冯唐易老,李广难封"(《滕王阁序》),就含蓄多了。萧统提出自己的诗学观点,则说:"诗者,志之所之也,情动于中而形于言。《关雎》《麟趾》,正始之道著;桑间濮上,亡国之音表。"(《文选序》)第一句和后面一联对偶的上半联引自《毛诗序》,下半联引自《礼记·乐记》,自己观点的正确性就不证自明了。

从典故的成分来看,有"事典"与"语典"之分。"冯唐易老,李广难封",用的是事典。上面萧统说的那一段,用的是语典。刘勰《文心雕龙·事类》列举过"明理引乎成辞,征义举乎人事"两类情况,"引乎成辞"以"明理"就相当于用语典,"举乎人事"以"征义"则相当于用事典。

当用古代的人事隐喻自己的真情实感时,"用事"就与"比喻"的方法重合了。正如清代李重华《贞一斋诗说》指出:"比,不但物理,凡引一古人,用一故事,俱是比。"比如"冯唐易老,李广难封",既是"用事",又是"比喻":王勃是说自己像西汉的冯唐一样,人生易逝,他希望明主能趁着自己年轻任用自己,千万不能像西汉名将李广那样,战绩赫赫而终身不得封侯。

古人用语典,往往不指明出处,讲究剪裁融化。剪裁即裁取合乎自己句式需要的古语,融化即把裁取的古语加以改易,用以表达自己的意思。这时,用语典就与"点化"的方法重合了。杜甫云:"春水船如天上坐,老年花似雾中看。"这里语出沈佺期诗:"人如天上坐,鱼似镜中悬。"①这既属于"用事",也属于"点化"(即"夺胎换骨"、"点铁成金")。

作为"援古证今"的论证方法,"用事"出现在散文,尤其是论说文中乃势所必然;作为表情达意的含蓄方法、与"比喻"、"点化"相交叉的方法,"用事"出现在辞赋、骈文乃至诗歌中也很自然。从文学史上看,先秦时期诗赋中用事并不多见,散文,尤其是诸子散文中引用古言古事表述意见的倒不少见。《文心雕龙·事类》上溯到《周易》,它是这样描述的:"昔文王繇《易》,剖判爻位。《既济》'九三',远引高宗之伐;《明夷》'六五',近书箕子之贞:斯略举人事,以征义者也。至若《胤征》羲和,陈《政典》之训;《盘庚》诰民,叙迟任之言:此全引成辞,以明理者也。"《周易》常常采用古代故事示人休咎②,刘勰将用事的历史上推到《周易》,用心可谓良苦。汉代的散文出现了骈偶化倾向,奏疏策论也丰富完备起来,逞辞大赋也出现了,文章中用事比先秦更多。刘勰的描绘可见一斑:"……贾谊《鹏赋》,始用《鹖冠》之说;相如《上林》,撮引李斯之书:此万分之一会也。及扬雄《百官箴》,颇酌于《诗》《书》,刘歆《遂初

---

① 蔡梦弼《杜工部草堂诗话》卷一,《历代诗话续编》,中华书局1983年版。
② 详参高亨《周易古经今注》(重订本),中华书局1984年版,第46~47页。

赋》，历叙于纪传,渐渐综采矣。至于崔(骃)、班(固)、张(衡)、蔡(邕),遂捃拾经史……因书立功……"①魏晋南北朝时期,经过汉代的酝酿,骈体文到这时已正式形成并在创作上达到盛期。骈文要求典雅、精练、含蓄、委婉,故用典成为其方法上的一大特点。用事作为与比喻相通的含蓄的表情达意的方法,本来就适合于诗,这时候经过在句式、语音、用词方面与诗很接近的骈文的浸淫渗透,便在诗歌创作(主要是五言诗)中蔓延开来。像颜延之、谢灵运,都是著名的代表。然而也就在同时,问题出现了。按照《尚书》《毛诗序》开辟的"言志述情"的诗学传统,诗歌只要表达了真情实感就可以成为好诗,而典故的运用常常造成读者的不理解,滞碍情志的传达,那么,诗到底可不可以用事? 再连带起来,文中用典也存在着读者是否理解的问题,文可否用事? 梁代的钟嵘《诗品序》提出了一种意见,他认为诗不可用事,而文可以并且应当用事,所谓"若乃经国文符,应资博古;撰德驳奏,宜穷往烈"。什么原因呢? 因为"文"与"诗"具有不同的使命。"诗"须"吟咏情性","文"却不必;"文"要尽到"经国"的使命,也应该从古言古事中找到根据,如果不理解,可去查类书。钟嵘的后一种意见,代表了古代批评家的普遍主张,他的前一种意见,则是他的一厢情愿。在他之后,文中用事作为一种普遍认可的共识而不再有批评家去争论它,而诗中用事,一方面在唐有杜甫、韩愈、李商隐,在宋有苏轼、黄庭坚、陆游、辛弃疾,在明有"临川派",在清有"宋诗派"为其代表,历代不乏其人;另一方面,每一个时代的批评家们都卷入进来,对此说长道短,评头品足,厘定是非,臧否得失,从而构成了中国古代"用事"说的主体。

## 二、中国古代诗歌"用事"论发展的四个阶段

纵观中国古代诗歌(包括词、曲)批评中的"用事"理论,我们发现它们可划分为四个阶段,在这四个阶段中,人们不约而同地掀起了四次大讨论。这些讨论的起因不同,讨论的对象、范围不同,取得的认识也呈递进状态。它们总结了用事方法的审美规律,凝聚了"用事"说的思想精髓。

第一阶段,约从晋宋起,到中唐大历时止(以皎然为下限标志)。争论是由宋、齐、梁之间诗人们竞相在诗中堆砌典故产生的'殆同书抄'、"拘挛补衲,蠹文已甚"的流弊引起的,首先起来发难的是梁代的钟嵘、萧纲。钟嵘指出:"至乎(诗)吟咏情性,亦何贵于用事? '思君如流水',既是即目;'高台多悲风',亦惟所见;'清晨登陇首',羌无故实;'明月照积雪',讵出经史? 观古今胜语,多非补假,皆由直寻。颜延、谢庄,尤为繁密,于时化之。故大明、泰始中,文章殆同书抄。近任昉、王元长等,辞不贵奇,竞须新事,尔来作者,寖以成俗,遂乃句无虚语、语无虚字,拘挛补衲,蠹文已甚,但自然英旨,罕值其人。"但接着他又说:"词既失高,则宜加事义,虽谢天才,且表学问,亦一理乎!"②钟嵘的意思是很明显的:诗以"吟咏情性"、"直寻

---

① 刘勰《文心雕龙·事类》,范文澜《文心雕龙注》,人民文学出版社 1958 年版。
② 钟嵘《诗品序》,《历代诗话》,中华书局 1981 年版。

所见"为上,不以用事为贵,故而他不主张诗歌用事;但如果缺乏天才,不能写出"即目所见"时的真情实感,就只好增加典故、填塞学问以为诗,可这种诗决不可能跻入上品。萧纲《与湘东王书》指出:"……未闻吟咏情性,反拟内则之篇;操笔写志,更摹酒诰之作;迟迟春日,翻学归藏;湛湛江水,遂同大传。吾既拙于为文,不敢轻有掎摭。"这也是针对宋以来"多为经史,实好斯文"①、以学问饾饤为诗而说的,所用的武器仍然是"言志述情"的传统诗学纲领。与此同时,刘勰主张"用旧合机,不啻自其口出"②,沈约要求"文章当从三易",其一便是"易见事"③,邢邵称赞沈约"文章用事,不使人觉,若胸臆语也"④,虽然不是直接针对诗歌而言,但作为关于纠正正文中用事弊端的用事规律的探讨,对唐代诗论总结诗歌用事的正确方法,不无影响。到了唐代,杜甫、韩愈一方面喜欢融化古语作诗,在诗中用语典,另一方面又在理论上加以总结。杜甫说,作诗用事,要如禅家语"水中着盐,饮水乃知盐味"⑤。韩愈《范阳卢殷墓志》说:"于书无所不读,然止用以资为诗。"远绍钟嵘之旨,在吸收前人总结的用事经验的基础上,中唐大历时人皎然在《诗式》中提出了他的颇为完整、圆通的"用事"说。一方面,他与钟嵘一样,从"言志述情"说出发,提出"不用事第一"(诗以不用事为上);另一方面,与钟嵘不主张诗歌用事不同的是,他认为诗歌可以用事,但必须讲究方法,也就是要"作用事",不能"直用事"。"作用"在《诗式》中是"措意"、构思、布置的意思。与"直用事"相对的"作用事",也就是讲究艺术性地用事,具体一点说即"用事不直"、"虽用经史,而离书生"⑥。这是"深于义类"、精于用事的表现。从钟嵘到皎然,在一脉传承之中隐藏着一种微妙的变异:在钟嵘,论争的焦点是诗歌可否用事。在皎然,这个问题已不存在,论争的焦点是诗歌怎样用事。皎然的这个修正是很有意义的。诗歌用事,既可以滞碍情性的表达,"拘挛补衲,蠹文已甚",也可以有助于情性的表达,使之成为胜语,如杜诗"五更鼓角声悲壮,三峡星河影动摇","人徒见凌轹造化之工,不知乃用事也。《祢衡传》:'挝渔阳掺,声悲壮。'《汉武故事》:'星辰动摇,东方朔谓民劳之应。'"⑦钟嵘看到用事的流弊而一概排斥诗中用事,不免矫枉过正,落入一偏。皎然之论,则是对钟嵘过正之论的补救。这样,从颜、谢诸子到钟嵘到皎然,恰好走完了一个正、反、合的历程,第一次关于诗歌用事的大讨论宣告结束。

第二阶段,晚唐为先声,宋代为高潮,金元为余响。争论的范围从诗的领域扩大到词的领域。当时的许多著名文论家,如王安石、苏轼、黄庭坚、张戒、严羽、姜夔、陈师道、杨万里、陆游、李清照、张炎、王若虚、元好问等人,都参与进来了。争论的起因,可以远溯到晚唐的李商隐。李商隐诗极好用事,以《旧》为例:"永巷长年怨绮罗,离情终日思风波。湘江竹上痕无

① 裴子野《雕虫论》,《全梁文》卷五三,商务印书馆 1999 年版。
② 刘勰《文心雕龙·事类》,范文澜《文心雕龙注》,人民文学出版社 1958 年版。
③ 转引自颜之推《颜氏家训·文章》,《颜氏家训》卷上,《四部丛刊》影明本。
④ 转引自颜之推《颜氏家训·文章》,《颜氏家训》卷上,《四部丛刊》影明本。
⑤ 转引自《西清诗话》,《诗人玉屑》卷七,上海古籍出版社 1978 年版。
⑥ 皎然《诗式》,《十万卷楼丛书》本。《诗学指南》本"用"作"欲"。
⑦ 《西清诗话》,《诗人玉屑》卷七,上海古籍出版社 1978 年版。

限,岘首碑前洒几多? 人去紫台秋入塞,兵残楚帐夜闻歌。朝来灞水桥边问,未抵青袍送玉珂。"全诗写的是送别之情,可前三联连用五事,尾联方点出主题,未见写情之妙,但见用事之博。此种风气,影响到宋初诗坛,就形成了"务积故实,而语意轻浅"的"西昆体"①。北宋中叶,苏轼以不羁的才学为诗,既扩大了诗的表现内容,丰富了诗的表现手法,也因逞才使学招来读者不满;在理论上,他在《题柳子厚诗》中明确倡导"用事当以故为新,以俗为雅"。其弟子黄庭坚有过之无不及,倡导"无一字无来历",强调"点铁成金"、"夺胎换骨"。在创作上,苏轼"好用南朝人语,专求古人未使之事,又一二奇字,缀葺而成诗"②,把杜甫开创的"着盐水中"的良好的诗歌用事传统推向了极端,从而形成了"以才学为诗"的"苏黄习气"。正如明人所说:"用事之僻,始见商隐诸篇,宋初杨、李、钱、刘愈流绮刻,至苏、黄堆叠诙谐,粗疏诡谲,而陵夷极矣。"③苏是一代诗文领袖,黄是江西诗派宗师,他们的诗风影响之力自可想见。在他们的影响下,用事突破诗走向词,同样的弊病也在词中出现。如刘克庄《跋刘叔安感秋八词》指出:"美成颇偷古句,温李诸人困于掎摭。近岁放翁、稼轩一扫纤艳,不事斧凿,高则高矣,但时时掉书袋,要是一癖。"④正是针对诗词创作中这些积弊,批评家们才展开了挞伐与争论。

争论大抵有三种意见。

第一种,是激烈以致带有某种偏激的批评、否定意见。这种意见,以南宋的张戒、严羽和金代的王若虚为代表。张戒的主张与钟嵘差不多,他在《岁寒堂诗话》中从"言志"说出发,提出:"用事押韵,何足道哉? 苏、黄用事押韵之工,至矣尽矣,然究其实,乃诗人中之一害。"他甚至挖掘说:"诗以用事为博,始于颜光禄,而极于杜子美",似乎认为杜甫对造成"苏黄习气"也难辞其咎,大有正本清源的味道。严羽则从"兴趣"说出发反对诗中用事。他说:"夫诗有别材,非关书也;诗有别趣,非关理也……近代诸公作奇特解会,遂以文字为诗,以议论为诗,以才学为诗……且其作多务使事,不问兴致;用字必有来历,押韵必有出处,读之终篇,不知着到何在。"⑤在《沧浪诗话·诗法》中,他明确提出"押韵不必有出处,用事不必拘来历"的主张⑥。金代,批评界普遍信奉苏轼的"辞达"思想,王若虚《滹南诗话》由此出发批评黄庭坚:"古之诗人,虽趣尚不同,体制不一,要皆出于自得。至其辞达理顺,皆足以名家,何尝有以句法绳人者! 鲁直开口论句法,此便是不及古人处。""鲁直论诗,有'夺胎换骨'、'点铁成金'之喻,世以为名言,以予观之,特剽窃之黠者耳。鲁直好胜而耻其出于前人,故为此强辞而私立名字。……盖昔之作者,初不校此,同者不以为嫌,异者不以为夸,随其所自得,而尽其所当然而已。""山谷之诗,有奇而无妙,有斩绝而无横放,铺张学问以为富,点化陈腐以为新,而浑然天成如肺腑中流出者不足也,此所以力追东坡而不及欤?"批判不可不说是够尖锐、辛辣的

① 魏泰《临汉隐居诗话》,《历代诗话》上册,中华书局 1981 年版,第 328 页。
② 魏泰《临汉隐居诗话》,《历代诗话》上册,中华书局 1981 年版,第 327 页。
③ 费经虞《雅论·用事》,清刊本。
④ 陆游《老学庵诗话》曾批评过"无一字无出处"的西崑体,可惜他自己作词亦未能免此弊。
⑤ 严羽《沧浪诗话·诗辨》,人民文学出版社 1961 年版。
⑥ 何文焕《历代诗话》下册,中华书局 1981 年版,第 694 页。

了。他们着眼于用事之弊而否定诗歌用事,所以也就谈不上探讨诗歌的用事规律了。

第二种,是探讨诗歌用事规律方面的意见。这种意见不反对甚至肯定诗词用事,但主张要"善于用事"。王安石说:"诗家病使事太多,盖皆取其与题合者类之,如此乃是编事,虽工何益? 若能自出己意,借事以相发明,情态毕出,则用事虽多,亦何所妨。①"姜夔说:"学有余而约以用之,善用事者也","僻事实用,熟事虚用"②。陈师道《韩隐君诗序》说:"资书以为诗失之腐,捐书以为诗失之野。"杨万里说:"……要诵诗之多,择字之精。始乎摘用,久而自出肺腑,纵横出没,用亦可,不用亦可。"③张炎说:"词用典事最难,要体认著题,融化不涩。如东坡《永遇乐》云:'燕子楼空,佳人何在,空锁楼中燕!'用张建封事。白石《疏影》云:'犹记深宫旧事,那人正睡里,飞近蛾绿。'用寿阳事……此皆用事不为事所使。"④金元好问借对杜诗的评论,表述了他对用事的看法:"窃尝谓子美之妙,释氏所谓'学至于无学'者耳……夫金屑丹砂,芝术参桂,识者例能指名之,至于合而为剂,其君臣佐使之玄用,甘苦酸咸之相入,有不可复以金屑丹砂、芝术参桂而名之者矣。故谓杜诗为无一字无来处亦可也,谓不从古人中来亦可也。"⑤元代杨载《诗法家数》谈用事方法:"陈古讽今,因彼证此,不可著迹,只使影子可也。虽死事亦当活用。"周德清说:"明事隐使,隐事明使。"⑥这里尤值一提的是元代的陈绎曾,他在《文说》中总结了"正用'、"反用"、"借用"、"暗用"、"泛用"等一系列诗文"用事法",标志着古代文论对"用事"方法的探讨达到了一个新高度。

第三种意见,以李清照《词论》为代表。她从典雅的要求出发,主张词要"用事",如她批评秦观词:"专主情致而少故实,譬如贫家美女,虽极妍丽丰逸,而终乏富贵态。"⑦但对诗歌用事如何防止"事障"则缺乏说明。这种意见其实是对"苏黄习气"的认同,与苏、黄一味主张诗歌用事的思想是一致的。

这样,"晚唐体"、"西崑体"、"苏黄体"到苏黄、李清照的"用事"论构成"正题",张戒、严羽、王若虚的"用事"论构成"反题",而王安石、陈师道、杨万里、姜夔、张炎、元好问、周德清、陈绎曾等人的"用事"论构成"合题",第二次"用事"大讨论仍然是按"正"、"反"、"合"的过程展开的,不过它不是历史地展开,而是逻辑地展开的,这是与第一次大讨论的不同点。

第三阶段是明代。明代的"用事"论,一方面远绍宋代的余波,继续针对宋代诗词用事造成的流弊给以批判,并总结诗词用事的规律。如王鏊批判说:"为文好用事,自邹阳始;诗好用事,自庾信始;其后流为崑体,又为江西派,至宋末极矣。"⑧王世懋批判说:"宋人使事最

---

① 蔡启《蔡宽夫诗话》,《宋诗话辑佚》下册,中华书局 1980 年版。
② 姜夔《白石道人诗说》,《历代诗话续编》,中华书局 1981 年版。
③ 杨万里《诚斋诗话》,《历代诗话续编》,中华书局 1981 年版。
④ 张炎《词源·用事》,《词源注》,人民文学出版社 1963 年版。
⑤ 元好问《杜诗学引》,《遗山先生文集》卷三六,《四部丛刊》本。
⑥ 《中原音韵·正语作词起例·作词十法》,《中国古典戏曲论著集成》(一),中国戏剧出版社 1959 年版。
⑦ 胡仔《苕溪渔隐丛话》后集卷三十三,人民文学出版社 1962 年版。
⑧ 王鏊《文章》,《震泽长语》卷下,丛书集成本。

多,而最不善使,故诗道衰";"今人作诗,必入故事……然病不在故事,顾所以用之何如耳。善使事者,勿为故事所使……使事之妙,在有而若无,实而若虚,可意悟而不可言传,可力学得而不可仓率得也。"①谢榛批判说:"堆垛古人,谓之'点鬼簿'。"②解缙、姚广孝等《永乐大典》卷八二三引《编类》曰:"凡作诗不可多用故事。多用故事,则客意胜主意矣。用故事须要隐然不可显,然须要我去使他,不可教他使我。知此,则无拘滞牵合之病矣。"③屠隆说:"诗非博学不工,而所以工非学;诗非高才不妙,而所以妙非才。"④这些对诗中用事方法和学问在诗中的地位的论述,都较宋人有所深入,又越出诗词范围,跨入戏曲领域,从而构成明代"用事"论的时代特色。

由于文人的染指,明代戏曲在语言上失去了元代杂剧和南戏的质朴风格⑤,喜用对偶和典故。邵灿的《香囊记》以时文为南曲,多用典故;郑若庸的《玉玦记》则以类书为南曲,几乎句句用事;高则诚的《琵琶记》是南戏中的著名作品,亦有堆砌学问之病。较之诗文,戏曲用事有两个问题:一、戏曲是演(唱、说)给人听的,不是写给人看的,而戏曲的听众(观众)多非学富五车的读书人,主要是市民阶层。如果曲词、宾白中用的典故太多太僻,就会严重窒碍读者的审美接受;二、曲词、宾白出自剧中人之口,必须符合剧中人身份。而剧中人多为三教九流,不一定是文人学士,让出自他们之口的曲词、宾白充满学问故实,显然不合人物塑造的要求。因此,从明初开始,关于戏曲用事的问题,曲论家们就展开了论争。论争也有三派意见。

第一派,推尚曲中用事。这种意见,实际上在明初朱权的曲论中已露端倪。朱权《太和正音谱·古今群英乐府格势》列马致远为元代曲作家之首,而对关汉卿则评价不高,一个重要的原因即马氏曲作喜好用典。与朱权对用语质朴的关汉卿的态度相似,王世贞《曲藻》对以"本色语"取胜的传奇《拜月亭》评价也不高,其理由是"无词家大学问"。这也就意味着,他主张曲中显示"学问"。他对"专弄学问"的《琵琶记》的高度评价恰恰证明了这一点。当然,王世贞毕竟是个有艺术眼光的理论家,他崇尚用事,但也懂得符合戏曲的审美特点,所以说"明事隐使,隐事明使"。这就使他的"用事"论虽不免有所偏颇,而终未落入迂腐的境地。戏曲写出来本是供市井之人观看的,但明代出现了一种特殊的情况,即供文人学士案头欣赏,这是力主曲中用事理论的社会基础。

第二派,反对曲中用事。这一派阵容颇壮。何良俊、沈德符、徐复祚、徐渭、沈璟、臧懋循、吕天成、凌濛初等人几乎都持此说。批判的武器是"本色"、"当行"说。"当行"就是要写出"本色;""本色"就是"明白而不难知"(李开先《西野春游词序》)。推尚"当行"、"本色",就

---

① 王世懋《艺圃撷余》,《历代诗话》下册,中华书局 1981 年版,第 774 页。
② 谢榛《四溟诗话》卷一。按:对于苏、黄用事之弊,王世贞《艺苑卮言》、胡应麟《诗薮》内编古体中、近体中和近体上、谭元春《谭友夏合集》卷八《东坡诗选序》、费经虞《雅论·用事》均有批评,此不详述。
③ 王世懋《艺圃撷余》,历代诗话》下册,中华书局 1981 年版,第 775 页。
④ 屠隆《论诗文》,《鸿苞》卷十七,明万历本。
⑤ 当然这是就元代戏曲的总体倾向而言。就局部情况看,马致远无论作曲、作白都喜欢引书隶典,费唐臣《苏子瞻风雪贬黄州》中的一些曲子甚至一句一典,以后作者又有发展。

自然反对"典故"与"脂粉"（明曲中指"骈俪"、"藻饰"）。何良俊批评《西厢》、《琵琶》而崇尚《拜月亭》正是按这个路子来的："盖《西厢》全带脂粉，《琵琶》专弄学问，其本色语少。盖填词须用本色语，方是作家。""《拜月亭》是元人施君美所撰……余谓其高出《琵琶记》远甚。盖其才藻虽不及高，然终是当行……如《走雨》《错认》《上路》、驿馆中相逢数折，彼此问答，皆不须宾白，而叙说情事，宛转详尽，全不费词……正词家所谓'本色语'。"①何氏此说遭到王世贞反驳（见前）后，沈德符、徐复祚站出来给以支持："何元朗谓《拜月亭》胜《琵琶记》，而王弇州力争以为不然，此是王识见未到处。《琵琶》无论袭旧太多，与《西厢》同病，且其曲无一句可入弦索者。《拜月》则字字稳贴……盖南词全本可上弦索者，惟此耳。"②"何元朗谓施君美《拜月亭》胜于《琵琶》，未为无见……弇州乃以'无大学问'为一短，不知声律家正不取弘词博学也。"③此外，徐复祚还从"本色"出发批判了"措大书袋子语"的《龙泉记》《五伦全备记》的"陈腐臭烂"，指出："文章且不可涩，况乐府出于优伶之口，入于当筵之耳，不遑使反，何遐思维，而可涩乎哉！"④徐氏此论受到"吴江派"领袖沈璟的影响。沈璟论曲，重音律，"好本色"⑤。这使他对明末"只熟一部四书便欲作曲"⑥的不良风气极为反感。"吴江派"另一位同仁吕天成也在《曲品》中说："当行兼论作法，本色只指填词。当行不在组织饾饤学问……"表明了"吴江派"对曲中用事使学的基本态度。臧懋循虽与汤显祖、王世贞相友善，但在曲论上却是沈璟"格律论"、"本色论"的鼓吹者和推行者。他批评疏于音律、重于辞采的汤显祖剧作是"案头之书，非筵上之曲"，对堆垛典故的戏曲极为不满，盖源于此。凌濛初虽然对吴江派评价甚低，但在用事论上却与之不谋而合。他在《谭曲杂劄》中曾批评过"使僻事，绘隐语，词须累诠，意如商迷"的倾向，指出这样做"不惟曲家一种本色语抹尽无余，即人间一种真情话埋没不已"。至于明代那个著名的曲论家徐渭批评则更辛辣、更富有深度。他在《南词叙录》中说："以时文为南曲，元末、国初未有也，其弊起于《香囊记》。《香囊记》乃宜兴老生员邵文明作，习《诗经》，专学杜诗，遂以二书语句勾入曲中，宾白亦是文语，又好用故事作对子，最为害事。""《香囊记》如教坊雷大使舞，终非本色……至于效颦《香囊记》而作者，一味孜孜汲汲……无一处无故事，无复毛发宋、元之旧。三吴俗子，以为文雅，翕然以教其奴婢，遂至盛行。南戏之厄，莫盛于今！"为解救"南戏之厄"，他主张用明白晓畅的俗语进行创作："夫曲本取于感发人心，歌之使奴童妇女皆喻，乃为得体；经史之谈，以之为诗且不可，况此等耶？直以才情欠少，未免辏补成篇。吾意：与其文而晦，曷若俗而鄙之易晓也。"

第三派，是折中的意见。这种意见以王骥德为代表。王氏是"吴江派"中人，然对于学问、典故的态度却与沈璟、吕天成不同。一方面，他批判《玉玦》句句用事，如盛书柜子，翻使

① 《曲论》，《中国古典戏曲论著集成》（四），中国戏剧出版社 1959 年版。

② 沈德符《顾曲杂言》，《中国古典戏曲论著集成》（四），中国戏剧出版社 1959 年版。

③ 徐复祚《三家村老委谈》，《中国古典戏曲论著集成》（六），中国戏剧出版社 1959 年版。

④ 徐复祚《三家村老委谈》，《中国古典戏曲论著集成》（六），中国戏剧出版社 1959 年版。

⑤ 沈璟《词隐先生手札两通》，附王骥德《新校注古本西厢记》。

⑥ 冯梦龙《曲律序》，明天启四年刻本。

人厌恶"①;另一方面,他也不赞成不用事:"曲之佳处,不在用事,亦不在不用事。好用事,失之堆积;无事可用,失之枯寂。"②一方面,他反对曲词用"太文语"、"太晦语"、"经史语"、"学究语"、"书生语",反对"卖弄学问,堆垛陈腐,以吓三家村人"③;另一方面,他又主张"词曲虽小道哉,然非多读书,以博其见闻,发其旨趣,终非大雅"④。那么,如何对待学问、用事呢? 这就是"作诗原是读书人,不用书中一个字"⑤;"要在多读书,多识故实,引得的确,用得恰好,明事暗使,隐事显使,务使唱去人人都晓,不须解说。又有一等事,用在句中,令人不觉……方是妙手"⑥。他认为《西厢》、《琵琶》最符合这种理想,所谓"《西厢》、《琵琶》用事甚富,然无不恰好"⑦,所以评价极高,称之为"千古不磨"⑧。

较之宋元的"用事"大讨论,明代戏曲批评中的"用事"论争折中的意见少、否定的意见多,这反映了戏曲用事论的特色:戏曲是写给市井人看而非像诗词是写给读书人看的,因而用语本色自然、明白晓畅的要求自然比诗词高。所以在这些矫枉过正的意见中,仍从审美接受的要求出发考虑创作方法的思想和方法论值得肯定。

第四阶段是清代。清代的"用事"论一方面承袭明代遗绪,继续清算戏曲创作中"家有类书,便成作者"的余风,如黄周星《制曲枝语》说:"余见新旧传奇中,多有填砌汇书、堆垛典故……者,望之如饾饤牲笾,触目可憎。"⑨同时又针对新的现实,而把重心转移到诗学领域中来。有清一代,考据之风盛行,这种学风对诗歌的渗透,就是翁方纲在《蛾术编序》中指出的"考订训诂之事与词章之事未可判为二途"。因此,以"书"为"诗材"⑩,填塞学问故实以为诗,就成为清诗的一大特点。从清初朱彝尊、厉鹗为代表的浙派诗,到清代中叶翁方纲的"肌理"说,到道光、咸丰时期的程恩泽、祁隽藻、郑珍、莫友芝、何绍基和清末陈衍、沈曾植等人为代表的宋诗派,无不如此。针对这种情况,清代许多批评家给以批评。王夫之《姜斋诗话》擒贼先擒王,首先对清诗所宗的宋诗加以讨伐:"盖心灵,人所自有而不相贷,无从开方便法门,任陋人支借也。人讥西崑体为'獭祭鱼',苏子瞻、黄鲁直亦'獭'尔,彼所祭者,肥油江豚;此所祭者,吹沙跳浪之鲹鲨也。除却书本子,则更无诗。"⑪施闰章《蠖斋诗话》说:"古人诗入三昧,更无从堆垛学问,正如眼中着不得金屑。"⑫叶燮《原诗》说:"……搦管时翻书抽帙,搜求

① 王骥德《曲律·论用事》,《中国古典戏曲论著集成》(四),中国戏剧出版社 1959 年版。
② 王骥德《曲律·论用事》,《中国古典戏曲论著集成》(四),中国戏剧出版社 1959 年版。
③ 王骥德《曲律·论读书》,《中国古典戏曲论著集成》(四),中国戏剧出版社 1959 年版。
④ 王骥德《曲律·论读书》,《中国古典戏曲论著集成》(四),中国戏剧出版社 1959 年版。
⑤ 王骥德《曲律·论读书》,《中国古典戏曲论著集成》(四),中国戏剧出版社 1959 年版。
⑥ 王骥德《曲律·论用事》,《中国古典戏曲论著集成》(四),中国戏剧出版社 1959 年版。
⑦ 王骥德《曲律·论用事》,《中国古典戏曲论著集成》(四),中国戏剧出版社 1959 年版。
⑧ 王骥德《曲律·论读书》,《中国古典戏曲论著集成》(四),中国戏剧出版社 1959 年版。
⑨ 黄周星《制曲枝语》,《中国古典戏曲论著集成》(七),中国戏剧出版社 1959 年版。
⑩ 厉鹗《绿杉野屋集序》,《樊谢山房文集》三,清光绪振绮堂重刻本。
⑪ 王夫之《姜斋诗话》卷下,《清诗话》上册,上海古籍出版社 1978 年版,第 17 页。
⑫ 王夫之《清诗话》上册,上海古籍出版社 1978 年版,第 378 页。

新事新字句，以此炫长，此贫儿称贷营生，终非己物，徒见蹴踏耳。"袁枚《仿元遗山论诗》批评学人之诗是"误把抄书当作诗"。袁守定《谈文》则更辛辣："凡有所作：摊视旧本谓之'獭祭鱼'，令人检讨出处，掇拾成文，谓之'衲被'……好用古人名姓，谓之'点鬼簿'；好附寒僻者，谓之'鬼画符'……"[1]同时，批评家们也没有走极端，如赵翼既不满"使典过繁，翻致腻滞"，又认为"无典故驱驾，便似单薄"[2]。薛雪《一瓢诗话》既批判"捃摭故实，翻腾旧句；或故寻僻奥，以炫丑博"，又主张"用事……活泼泼地"，"从比兴中流出"。袁枚《随园诗话》则主张"平居有古人"与"落笔无古人"的辩证统一。刘熙载《艺概》则说："多用事与不用事，各有其弊。善文者满纸用事，未尝不空诸所有；满纸不用事，未尝不包诸所有。"[3]赵翼还颇有见地地论证过诗歌用事的必然性："诗写性情，原不专恃数典；然古事已成典故，则一典已自有一意，作诗者借彼之意，写我之情，自然倍觉深厚，此后代诗人不得不用书卷也。"[4]这就是说，清代"用事"论争论的焦点已不是诗歌能否用事，而是诗歌怎样用事。在怎样用事的问题上，清人提出了一些意见，如用事要如"水中著盐"，"不见痕迹"（徐增、顾嗣立、薛雪、袁枚、方东树）；切忌用"僻事"（袁枚、钱泳）；"诗家使事，不可太泥"（袁枚）；"词中用事，贵无事障。晦也，肤也，多也，板也，此类皆障也"[5]。不过这些大多是前人意见的重复或总结，新见已不多。

### 三、"用事"论总结的审美规律

中国诗歌批评史上关于"用事"的四次大讨论，在不同的历史阶段由不同的创作实际所引起，然后按照正、反、合的顺序不断朝前推进（清代吸取前人经验，省去了"反"这个环节，直接从"正"走向"合"）。在"合"的环节，"用事"论否定了"正"、"反"环节各自的片面性，而取得了折中、圆满的意见。小结一下不同历史阶段"合"的用事论的重合、相通之处，它们有这样一些要点：

关于诗歌用事的态度：既不一味强调用事，也不简单排斥用事，而是主张诗歌要"善于用事"，"用得恰好"。

关于诗歌用事的方法，主要有：

"正用"，即"故事与题事正用者也"[6]。

"反用"，即"故事与题事反用者也"[7]。如林逋诗："茂陵他日求遗稿，犹喜曾无封禅书。"这里反用了司马相如的故事。司马相如退职家居，临死前还写《封禅书》讨好汉武帝。林逋

---

① 袁守定《谈文》，《占毕丛谈》卷五，清光绪重校刻本。

② 赵翼《瓯北诗话》卷十，人民文学出版社 1963 年版。

③ 刘熙载《艺概》，上海古籍出版社 1978 年版，第 46 页。

④ 赵翼《瓯北诗话》卷十，人民文学出版社 1963 年版。

⑤ 刘熙载《艺概》，上海古籍出版社 1978 年版，第 119 页。

⑥ 陈绎曾《文说》，文学津梁本。

⑦ 陈绎曾《文说》，文学津梁本。

"反其意而用之"①,表明如果皇帝他日来求遗稿,他自喜没有《封禅书》一类的作品讨好皇帝,以此表示他高洁的品格。

"借用",即"故事与题事绝不类,以一端相近而借用之者也"②。亦叫"活用"(用事不泥)、"化用"。

"暗用",即"故事之语意,而不显其名迹"③。古人讲"虽用经史,而离书生",用事要如"水中著盐,不著形迹",亦是此意。

"泛用",即"于正题中乃用稗官、小说、俗说、戏谈、异端、鄙事为证,非大笔力不敢用,变之又变也"④,也就是融化经史子集以为语。从某种意义上说,人类使用的语言无不是建立在对前人语言的广采博收之上的,因而"泛用"实际上算不上"用典"⑤。

上述诸法,不限于诗,文中用事亦然。

那么诗如何用事才算"恰好"呢? 一切以不妨碍性情的传达接受为转移。

用事不可多(忌繁、忌堆积)。用事是为表达情意服务的,用事太多,则反客为主,我为事使,"使读者迷于使事用典之繁",而转忘其"所欲譬喻之原意"⑥,且使事过繁,"多有难明"⑦。

用事不可僻。用事过僻,就会在作品与读者之间设置一道隔膜,影响语言的明白晓畅,使作者"嗫不能读"⑧。如非用不可,则须"僻事实用","隐事明使",也就是要直接、详尽、明白地使用冷僻的典故。

那么用事可以太明白吗? 也不可。因为太明白了,不能给读者留下回味想象的余地,所以必须"熟事虚用"、"明事隐使"。

诗用故实,以"水中著盐,不露痕迹"为高,因为它既然用得"有而若无",使读者"浑然不觉",说明用事并未阻碍诗的传达接受。

诗歌用事,又尚"融化不涩",不"拘泥古事",那也是因为这是"我来使事',而非"我为事使"的表现。

这些意见,包含若干的审美价值和现实意义,足见"用事"说这一古代文论遗产并未过时。

## 四、"用事"说的文化成因

与西方文论相较,"用事"说可谓是中国文论的专利。这有着深刻的文化成因。

---

① 严有翼《艺苑雌黄》,《诗人玉屑》卷七,上海古籍出版社 1978 年版。
② 陈绎曾《文说》,文学津梁本。
③ 陈绎曾《文说》,文学津梁本。
④ 陈绎曾《文说》,文学津梁本。
⑤ 胡适《文学改良刍议》"六曰不用典",1917 年 1 月 1 日《新青年》第 2 卷第 5 号。
⑥ 胡适《文学改良刍议》"六曰不用典",1917 年 1 月 1 日《新青年》第 2 卷第 5 号。
⑦ 许学夷《诗源辩体》卷七,民国壬戌上海綵庐重印本。
⑧ 钱泳《履园谭诗》,《清诗话》下册,上海古籍出版社 1978 年版。

古代中国是宗法社会。按照宗法制"以亲统疏"的原则，"祖宗"拥有至高无上的地位，于是产生了"尊祖敬宗"(《礼记·大传》)的宗法观念。祖宗大凡生活在古代。尊祖敬宗，自然认为祖宗生活时代的一切都是好的，于是"尊古"、"贵古"、"好古"作为古人纵向的价值取向模式便产生了。在这种价值论中，"古"等于"正价值"，"今"带有"负价值"，所以"世俗之人多贵古而贱今"(《淮南子》语)。既然认为古代的一切都好，那么在思维方法上势必一切以古为据。一种言论、行为只要从古代找到了依据，那么其正确性就不言而喻了。这样，"征古"，或者叫"法古"、"拟古"、"援古"、"托古"便作为一种纵向的思维取向模式诞生了①。中国古代文论中的"用事"说，正应放到古代宗法社会流行的"贵古"价值取向模式和"征古"思维取向模式中去理解。刘勰定义"事类"是"援古以证今"，皎然《诗式》记载过"诗人皆以征古为用事"，杨载《诗法家数·用事》说用事是"陈古讽今，因彼证此"，正透露了文学创作中的"用事"及其理论与"贵古"、"征古"文化模式之间的源流消息。

在古代宗法社会，流行着"中和之美"的理想、"温柔敦厚"的诗教，"诗贵含蓄"的趣味，因而诗歌表情达意，尤重"比兴"传统。"用事"作为引用古代的故事作喻体来含蓄地表达自己的意思的方法，是一种特殊的"比"。诗贵"含蓄"、重"比兴"，就无法拒绝"用事"的方法，就不能不产生"用事"说。

"用事"说也与中国古代重"学"(学力、学问)的传统有关。古代文论的创作主体条件论，以"德、学、才、识"要求于作者。"学"是作家必须具备的重要条件之一。主体积累了学力，在创作中自然会有所表现，这就是以学问为文，以故实为诗；反映到理论上，就是"用事"说。不仅如此，"用事"说的折中意见实际上也反映了古代创作主体论对创作方法的逻辑要求。如诗咏"情性"，"情性"生于"才"，故"诗非高才不妙"，"所以工非学"；诗表现"情性"又离不开"学"，故"诗非博学不工"，"所以妙非才"(屠隆)。这种折中的诗歌用事说就与"才为盟主，学为辅佐"、"才""学"并重的创作主体论存在着对应关系。

# 第四节 "赋比兴"说
## ——中国古代文学的诗歌创作方法论

"赋"、"比"、"兴"最早是《周礼》作为"六诗"中的三个概念提出的。《毛诗序》在讲《诗》的"六义"时又一次提到了它们。从东汉郑玄起，历代诗经学者对此作出了丰富解释。其主导的释义则是"诗之法"、"诗之用"。具体而言，"赋"是直接的"即物"、"即心"，"陈事"、"布义"之法，无论写物还是写心，都直奔对象，不绕弯子。"比"则是委婉、含蓄的比喻方法。"兴"是

---

① 详细材料及论证过程，参见祁志祥《征古文化与古代文论》，《上海大学学报(社科版)》1992年第1期。

委婉的开头、起兴方法。不过，当"体物写志"、"叙物言情"融为一体、通过"即物"来就"即心"时，"赋"就与委婉的"比"相交叉了。当"赋"直接"即物"时，"赋"便成了文学形象塑造的重要途径。中国古代文论所以高扬"赋比兴"，与"温柔敦厚"、"含蓄为上"的"诗教"有关。

## 一、"赋比兴者，诗之法"

"赋"、"比"、"兴"的概念最早是《周礼·大师》提出的："太师……教六诗，曰风，曰赋，曰比，曰兴，曰雅，曰颂。"汉代的《毛诗序》在讲诗的"六义"时又提到了它们："诗有六义焉：一曰风，二曰赋，三曰比，四曰兴，五曰雅，六曰颂。"至于究竟什么是"赋"、"比"、"兴"，《周礼》《毛诗序》却没有解释。首先给"赋"、"比"、"兴"作出全面解释的是汉代的郑玄。他在给《周礼·大师》中的"六诗"作注时说："风，言贤圣治道之遗化也；赋之言铺，直铺陈今之政教善恶；比，见今之失，不敢斥言，取比类以言之；兴，见今之美，嫌于媚谀，取善事以喻劝之；雅，正也，言今之正者以为后世法；颂之，言诵也，容也，诵今之德，广以美之。"①"赋"、"比"、"兴"与"风"、"雅"、"颂"一样，是由一定的方法表现特定的内容形成的诗体。东汉末年的训诂家刘熙在《释名·释典艺》中也把"赋"、"比"、"兴"解释为体用合一的概念："诗，之也，志之所之也。兴物而作谓之兴，敷布其义谓之赋，事类相似谓之比，言王政事谓之雅，称颂成功谓之颂，随作者之志而别名之也。"郑玄、刘熙的意见，大抵代表了汉代"赋比兴"说的特点。在汉人那里，"赋、比、兴"既是"体"（体裁）②，也是"用"（方法）③。汉人对"赋"、"比"、"兴"的这种认识，影响了后世的"赋比兴"说。后人既有把"赋比兴"理解为"用"的，也有把它们理解为"体"的。晋代左思《三都赋序》曰："盖诗有六义焉，其二曰赋。扬雄曰'诗人之赋丽以则'，班固曰'赋者，古诗之流也'。"他把扬雄所讲的"赋"、班固《两都赋序》中所讲的"赋"以及自己所作的赋与《毛诗序》中讲的"赋"视为同一概念，可知他所理解的"六义"中的"赋"是诗体。清末章炳麟提出"六诗皆体"，认为"六诗"在当时都是具体独特表现手法的体裁，后来赋、比、兴三体流失了，仅剩三用留了下来④。就主导倾向来看，古人是普遍把"赋比兴"视为与"风雅颂"不同的"诗之用"的。如孔颖达《毛诗序正义》云："赋比兴是《诗》之所用，风雅颂是《诗》之成形。"⑤宋林景熙说："风雅颂，经也；赋比兴，纬也。以三经行三纬之中，六义备焉。"⑥元代

---

① 《周礼注疏》卷二三，《十三经注疏》，上海古籍出版社 1997 年版。

② 如郑玄在《郑志》答张逸问时说："比、赋、兴，吴札观诗已不歌也……"《毛诗正义》卷一，《十三经注疏》本。

③ 如依据郑玄的解释，"赋"是直接的状物达意的方法，"比"、"兴"是间接、含蓄的状物达意的方法。参见鲁洪生《汉儒对赋、比、兴的认识》，《汉中师院学报》1987 年第 2 期。

④ 参见胡经之主编《中国古典美学丛编》上，中华书局 1988 年版，第 281 页"提要"。

⑤ 《毛诗正义》卷一，《十三经注疏》，上海古籍出版社 1997 年版。

⑥ 林景熙《王修竹诗集序》，《霁山集》卷五，知不足斋丛书本。

杨载《诗法家数》说:"诗之六义,而实三体。风雅颂者,诗之体;赋比兴者,诗之法。故赋比兴者,又所以制作乎风雅颂者也。"

那么,"赋"、"比"、"兴"作为诗歌的"制作之法",其涵义是什么呢?

## 二、赋:直接的写物、写心之法

"赋"作为写作方法,古人以同声相训的方法,解作"铺"、"敷"、"布"。因"陈"的词义与之相通,故又叫"陈"。用作双音词,则叫"铺陈"、"敷布"。如郑玄说"赋之言铺",挚虞说"赋者,敷陈之称也"①,唐成伯瑜说"赋者,敷也"②,贾岛说"赋者,敷也,布也"③。"赋"的对象可以是"物",也可以是"心"。由"赋物"言,钟嵘讲"直书其事,寓言写物,赋也"④,成伯瑜讲"赋者……指事而陈布之也"⑤,朱熹讲"赋者,敷陈其事而直言之也"⑥。由"赋心"言,挚虞讲"赋"是"敷陈其志"⑦,贾岛说"布义曰赋"⑧,刘熙载《艺概·赋概》中特别强调:"赋与谱录不同,谱录惟取志物,而无情可言","赋必有关著自己痛养处"。所以叶嘉莹把"赋"总结为"即心即物"的方法⑨。"赋"可以单独"即心",这时,"赋心"表现为直接的表情达意的方法,也就是我们今天讲的"议论"、"说理"、"抒情",它不带有"形象性"。"赋"也可以单独"即物",这时"赋物"表现为直接的状物叙事的方法,也就是今天讲的"描写"、"叙述"。它恰恰可以产生"形象性"。如唐齐己《风骚旨格》:"诗有六义……二曰赋:'风和日暖方开眼,雨润烟浓不举头'。"宋吴沆《环溪诗话》:"秦少游诗云:'此客念家浑不睡,荒山一夜雨吹风。'此直说客中而有思家之情,乃赋法。"谢榛《四溟诗话》谓:"《孔雀东南飞》,一句兴起,余皆赋也。"他们举的用"赋"法创作的诗例,都是形象生动、鲜明的。当然,"即心"与"即物"也可以结合起来,通过"赋物"来"赋心",像"穿花蛱蝶深深见,点水蜻蜓款款飞"(杜甫)、"枯藤老树昏鸦,小桥流水人家,古道西风瘦马,夕阳西下,断肠人在天涯"(马致远)这类诗,咏物只是抒情,景语只是情语;再像"半亩方塘一镜开,天光云影共徘徊,问渠哪得清如许,为有源头活水来"(朱熹)、"横看成岭侧成峰,远近高低各不同;不识庐山真面目,只缘身在此山中"(苏轼)这类诗,赋物只是言理,事语只是理语。关于"赋物"与"赋心"相即的特点,古人在解释"赋"法时屡有论及。郑玄讲"赋"是"直铺陈今之政教善恶",这"政教善恶"事实的"铺陈"中寓含着作者的褒贬之

① 挚虞《文章流别论》,《全上古三代秦汉六朝文·全晋文》卷七七,中华书局1958年影印严可均校辑本。

② 成伯瑜《毛诗指说·解说》,通志堂经解本。

③ 贾岛《二南密旨》,学海类编本。

④ 钟嵘《诗品序》,《历代诗话》,中华书局1981年版。

⑤ 成伯瑜《毛诗指说·解说》,通志堂经解本。

⑥ 朱熹《诗集传》卷一,上海古籍出版社1958年版。

⑦ 挚虞《文章流别论》,《全上古三代秦汉六朝文·全晋文》卷七七,中华书局1958年影印严可均校辑本。

⑧ 贾岛《二南密旨》,学海类编本。

⑨ 叶嘉莹《中国古典诗歌中形象与情意的关系例说》,《古代文学理论研究丛刊》第6辑,上海古籍出版社1982年版,第37页。

意。挚虞《文章流别论》云：“礼义之旨，须事以明之，故有赋焉。所以假象尽辞,敷陈其志。”则分明意味着，“赋事”是“敷志”的手段。刘勰《文心雕龙·诠赋》释“赋”为“体物写志”，贾岛《二南密旨》释“赋”为“指事”“布义”，宋李仲蒙释“赋”是“叙物以言情谓之赋,情物尽也”①,如此等等，皆然。当“赋”通过“即物”来“即心”时，心灵的表达就有了含蓄的意味，“赋”法也就与“比”法交叉了。以朱熹那首脍炙人口的“半亩方塘一镜开”一诗为例，相对于全诗所喻之理即“本体”而言，该诗用的是“比”；相对于隐喻“本体”的“喻体”即诗中描写之物而言，该诗在方法上又是“赋”。这大概就是古人讲的“赋而兼比”②的情况。

这里，有几点值得辨明：

第一、怎样理解“赋”作为“直铺陈”方法的直露特点？“赋”作为“即心”、“即物”的方法，它与“比”、“兴”方法不同的特点，是表情达意、写物叙事时不绕弯子，不顾及委婉含蓄，比较直接明白。在这个意义上，古人又称“赋”为“直铺陈”(郑玄)、“直书”(钟嵘)、“直陈”(孔颖达)、“直言”(朱熹)、“直说”(吴沆)、“直赋”(杨载)、“正言直述”(李东阳)等等。正是由于“赋”直露而“比兴”含蓄，所以在“诗贵含蓄”的中国古代，人们普遍地扬“比兴”而抑“赋”法。其实，对于“赋”这种方法的直露特点，我们还应放到一个合适的位置上去理解。一方面，我们得承认，正是状物达意的直接明白，使得“赋”能够与“比兴”区分开来；另一方面，我们又要看到，“赋”与“比”的区分是相对的，当“体物写志”相结合、通过“赋物”来“赋心”时，“赋”就同时是“比”了，其心灵的表现也就不那么直接了。因此，一律以“直露”贬“赋”，乃是以偏概全之见。

第二，“赋”的方法在形象创造中地位如何？曾经流行一种观点，即认为在古代“赋比兴”理论中，只有“比兴”论是形象思维理论，“赋”论则与形象思维理论无缘。古代所以“以兴比为高而赋为下”③者，亦与以“赋”为不假物象“正言直说”有关，如清吴乔《围炉诗话》卷一云：“……宋诗亦有意，惟赋而少比兴，其词径以直，如人而赤体。”其实这是一种误解。“赋”只有在单纯地“即心”时才表现为抽象的议论、说理，当它“即物”时，对事物的直接描写、叙述恰恰可以创造出形象来。而且照今人对文学形象的定义(艺术形象是对现实的直接反映)，“赋”较之“比”、“兴”的修辞手法，乃是产生真正的文学形象的更为根本的途径。理论文章中也可运用比喻的修辞手法产生形象，然而这并非决定文学本质、特征的形象，故用了比喻方法的理论文章仍不是文学艺术作品。

第三，古人所以对“赋”这种方法评价不高，还有一个原因，即认为“赋”“惟取志物”，“无情可言”，重“事实”而乏“意味”。在“贵情思而轻事实”④的诗歌国度，“赋”法受到人们的轻视是自然的。如果说上面那种误解错在只看到赋可“即心”而未看到赋可“即物”，那么这种误

---

① 转引自胡寅《与李叔易书》,《斐然集》卷十八,《四库全书》本。
② 刘履《选诗补注》卷二,养吾斋刻本。
③ 吴雷发《说诗管窥》,《清诗话》,上海古籍出版社 1978 年版。
④ 李东阳《怀麓堂诗话》,《历代诗话续编》本,中华书局 1983 年版。

解恰恰错在只看到赋可"即物"而未看到赋可"即心",而且最重要的是不懂得"赋物"与"赋心"可以交融在一起,"赋物"即是"赋心"。古人说"赋":"礼义之旨,须事以明之⋯⋯所以假象尽辞,敷陈其志。"在对"事"、"象"的铺叙中,"志"、"义"也就包涵其中了。

第四,长期以来,由于朱熹的地位,他对"赋"的解释一直被当作最权威、最完备的解释。朱熹仅从"即物"一面界说"赋"。如《诗集传》卷一:"赋者,敷陈其事而直言之者也。"《楚辞集注》卷一:"赋则直陈其事。"其实,这是不全面的,也容易招致赋重"事实"而乏"意味"之误解。根据"赋"既可"即物"又可"即心"、既是"陈事"之法又是"布义"之法的实际情况,李仲蒙的解释"叙物以言情谓之赋"更为准确。

## 三、比:比拟、譬喻之法

什么是"比"的方法? 古代有两种意见。一种意见把"比"解释为委婉的讽刺方法。如郑玄就是这样的:"比,见今之失,不敢斥言,取比类以言之。"后来刘勰讲"比则畜(蓄)愤以斥言"[1],成伯瑜讲"以恶类恶,名之为比"[2],皆本此。另一种意见把"比"解释为一般的"比拟"、"譬喻",这种意见以郑众为代表:"比,比方于物也。"[3]作为比喻的方法,它可用来讽刺,也可用来赞美,所谓"比者,类也;妍媸相类相显之理,或君臣昏佞则物象比而刺之,或君臣贤明亦取物比而象之"[4]。比较而言,后一种意见占主导地位。

古代关于"比喻"的理论有一个发展过程。先秦、两汉时期,人们对"比喻"的功能取得了清醒的认识。《墨子·小取》曰:"譬也者,举他物而以明之也。"王符《潜夫论》曰:"夫譬喻也者,生于直告之不明,故假物之然否以彰之。"刘向《说苑·善说》记载了这样的故事:"客谓梁王曰:惠子之言也善譬,王使无譬,则不能言矣。王曰:诺。明日见,谓惠子曰:愿先生言事则直言耳,无譬也。惠子曰:今有人于此而不知弹者,曰弹之状何若? 应曰:弹之状如弹。则谕乎? 王曰:未谕也。于是更应曰:弹之状如弓,而以竹为弦,则知乎? 王曰:可知矣。惠子曰:夫说者,固以其所知谕其所不知,而使人知之,今王曰无譬,则不可矣。"在对比喻功能的表述中,运用比喻的一个重要原则也就被揭示出来:比喻就是要"以其所知喻其所不知",其使用的"喻体"必须明白易知,而不是冷僻难懂的。至魏晋南北朝,针对人们把"比"泛泛地理解为"喻类之言"(挚虞)或仅仅理解为"因物喻志",即"志"为本体"物"为喻体的情况,刘勰指出:"比"的本体不单局限于"志",也可以是"物":如"麻衣如雪","两骖如舞","若斯之类,皆比类者也";"比"的喻体也多种多样:"比之为义,取类不常,或喻于声,或言于貌,或拟于心,或譬于事",不一定局限于"物",也可以"心"为喻,如王褒《洞箫》"优柔温润,如慈父之畜子也",即以"慈父畜子"之爱心比喻"优柔温润"之箫声。所以,刘勰给"比"下的定义是

---

① 刘勰《文心雕龙·比兴》,范文澜《文心雕龙注》,人民文学出版社1958年版。

② 成伯瑜《毛诗指说·解说》,通志堂经解本。

③ 郑众《周礼·大师》,郑玄注引,《周礼郑注》卷二三,《十三经注疏》,上海古籍出版社1997年版。

④ 贾岛《二南密旨》,学海类编本。

"写物以附意,扬言以切事者也",即运用各种喻体"附意""切事"、"达意状物"的方法①。刘勰对"比"的剖析,使古代的"比喻"理论走向纵深化了。

发展到宋代,"比喻"理论达到高峰。首先,宋代陈骙的《文则》对"取喻之法"的精细划分标志着古人对比喻方法的研究已达到相当深入的地步。他指出:"取喻之法,大概有十……一曰直喻。或言犹,或言若,或言如,或言似,灼然可见。……二曰隐喻。其文虽晦,义则可寻。……三曰类喻。取其一类,以次喻之……贾谊《新书》曰:'天子如堂,群臣如陛,众庶如地。'堂、陛、地,一类也……四曰诘喻。虽为喻文,似成诘难。《论语》曰:'虎兕出于柙,龟玉毁于椟中,是谁之过欤?'……五曰对喻。先比后证,上下相符。《庄子》曰:'鱼相忘乎江湖,人相忘乎道术。'……六曰博喻。取以为喻,不一而足。《书》曰:'若金,用汝作砺;若济巨川,用汝作舟楫;若岁大旱,用汝作霖雨。'……七曰简喻。其文虽略,其意甚明。《左氏传》曰:'名,德之舆也。'《扬子》曰:'仁,宅也。'此类是也。八曰详喻。须假多辞,然后义显。《荀子》曰:'夫耀蝉者,务在乎明其火,振其树而已,火不明,虽振其树无益也;今人主有能明其德,则天下归之,若蝉之归明火也。'此类是也。九曰引喻。援取前言,以证其事。……十曰虚喻。既不指物,亦不指事。《论语》曰:'其言似不足者。'《老子》曰:'飂兮似无所止。'此类是也。"其中的"直喻"即今天讲的"明喻","隐喻"即今天讲的"暗喻","博喻"则总结了中国古代散文、诗歌中"用譬喻处重复联贯,至有七八转者"②的实际现象,"引喻"则与"用事"中的"用语典"相通,"虚喻"则指出了比喻中喻体是形而上的抽象之物的情况。又吴沆《环溪诗话》卷下指出过"比喻"中的这种情况:"咏月便说如雪如冰,若咏雪诗反说他如月之白;咏人便比物,咏物便比人。"杨万里也指出过这种情况:"白乐天《女道士》诗云:'姑山半峰雪,瑶水一枝莲。'此以花比美妇人也;东坡《海棠》云:'朱唇得酒晕生脸,翠袖卷纱红映肉。'此以美妇人比花。"③对于这种喻体与本体的互换情况,古人是怎么评价的呢?吴沆说:"且如咏物诗,多是要……颠倒方好。"④这个命题很有意义,它实际上指出了"诗诉诸想象",即诗写出作者的想象这样一个问题。

当我们对古代的"比"论作了上述回顾后,对于如下这两种定义的优劣就一清二楚了。李仲蒙说:"索物以托情谓之比,情附物者也。"⑤他把"比"界说为表情达意的方法,即认为"比"的本体仅仅是"情"(意),"比"的喻体仅仅是"物"(象),这是片面的。朱熹则不同。他说:"比者,以彼物比此物也。"⑥这里的"彼物"、"此物"的"物"是包括形而下和形而上、主体与客体在内的一切事物。朱熹认为"比"的"本体"和"喻体"可以是一切事物,"比"即用各种事物作喻体状物达意的方法。显然,这种解释是比较全面、稳妥的,更加符合古代文学的创作

① 以上所引刘勰语,皆见《文心雕龙·比兴》。
② 洪迈《容斋三笔》卷六,《容斋随笔五集》,《四部丛刊》本。
③ 转引自魏庆之《诗人玉屑》卷九,上海古籍出版社1978年版。
④ 《环溪诗话》卷下,丛书集成本。
⑤ 转引自胡寅《与李叔易书》,《斐然集》卷十八,《四库全书》本。
⑥ 朱熹《诗集传》卷一,上海古籍出版社1958年版。

中国古代文学理论

实际。

这里有两点值得注意：

第一，"比"仅仅是修辞手法吗？由于今人把"比"理解为"比喻"，而"比喻"今天通常被认为是修辞方法，如不加说明，很容易把"比"与"修辞方法"等同起来。其实，古代的"比"，不是"修辞方法"这个小概念，而是"写作方法"这个大概念。作为写作方法，"比"一方面包括今天讲的"比喻"，是修饰辞句的手段，如刘勰列举的"麻衣如雪"、"两骖如舞"之类；另一方面又包括今天讲的"象征"，是结构篇章的方法。如唐人崔国辅的《怨词》："妾有罗衣裳，秦王在时作；为舞春风多，秋来不堪著。"这首诗用的方法是"比"，但这个"比"不是对一词一句而言的，而是对全篇而言的，全诗以"罗衣的经历"为喻体来象征宫女昔日得宠、今日失宠的遭遇和感慨，所以这个"比"准确地说是"象征"。"比"所容涵的"比喻"与"象征"有这样一些区别：首先，"比"作"比喻"的修辞方法时，喻体仅仅出现在一个句子中，由词或词组来表示，而作"象征"的写作方法时，喻体则是出现在整个作品之中，由全篇来描写的；其次，"比"作"比喻"时，本体多半出现（如在明喻、暗喻中），即使省略了（如在借喻中），也能很方便地补充出来，而"比"作"象征"时，本体一般不出现，并且不太明显、不容易确定，读者很难准确地把它说出来（如朱熹的"半亩方塘"诗），因而留给人广阔的想象回味余地；再次，通篇运用了"象征"手法的作品在对充当喻体的事物进行描写时，还可运用"比喻"的修辞手法；复次，"比"作为"比喻"的修辞方法，它所产生的形象是局限于句中的，而且不是构成文学特征的形象（如"知识是食粮"中的"食粮"），只有作为谋篇布局的方法，它所产生的形象才是贯串全篇的，才是真正的文学形象（如崔诗中罗衣的经历）。

第二，"比"与"赋"的区别并不是绝对的。在"比"中，作者通过对喻体的描写来表现、象征本体，这描写喻体的方法就是"赋"。如崔国辅的《怨词》，尽管就全诗所隐喻、象征的感情（本体）而言，通篇用的是"比"，但就诗所用的喻体——罗衣的兴衰经历而言，表现方法则是"赋"。这种现象古人叫"比而赋"。

## 四、兴：起兴、开头之法

作为方法的"兴"，关于其涵义的解释最为聚讼纷纭，近代许多研究者都感到棘手。大抵说来，汉时学者多半把"兴"理解为"比喻"，后世学者多半理解为"起兴"。西汉孔安国解释孔子"兴、观、群、怨"的"兴"是"引譬连类"[1]，这不尽符合孔子的原意，倒更符合"赋、比、兴"之"兴"的意思。孔安国或许把"赋比兴"的"兴"与"诗可以兴"的"兴"视为同一概念，而以前者解释后者了。孔安国的解释，开汉人以"兴"为"譬喻"的先声。西汉毛苌传《诗》，崇尚"兴"体[2]，

---

[1] 何晏《论语集解·阳货注疏》引，邢昺《论语注疏》，《十三经注疏》，上海古籍出版社 1997 年版。
[2] 《毛传》共标一百十六兴。

他所说的"兴"往往就是"喻"。东汉初郑众说:"兴者托事于物。"①这与他对"比"的解释"比者比方于物"见不出什么分别。郑玄早年注《周礼》时把"六诗"中的"兴"解释为与"比"(委婉的讽刺,即用比喻讽刺)相对的委婉的赞美(即用比喻赞美):"兴,见今之美,嫌于媚谀,取善事以喻劝之。"唐代成伯瑜把"兴"定义为"以美类美"②,正本此。但后来郑玄在笺《诗》时则改变了以前的看法③。他"注诗宗毛",以"喻"释"兴",全部《毛诗郑笺》中共有三百二十六处"兴"释作"喻"义,在同一首诗中对相同的譬喻常常是"兴"、"喻"交替使用,有时径以"兴"代"喻",如《齐风·东方之日》,《郑笺》解释"东方之月"时说:"月以兴臣。""兴臣"便是"喻臣"。孔颖达在详细分析了郑玄笺"兴"的各种情况后总结说:"《传》言'兴'也,《笺》言'兴者喻',言《传》所'兴'者,欲以'喻'此事也。'兴'、'喻'名异而实同。"④王逸以"兴"注《楚辞》,亦以"兴"为"喻":"《离骚》之文,依《诗》取兴,引类譬谕。故善鸟香草,以配忠贞;恶禽臭物,以比谗佞……"⑤在其"引类譬谕"的用语中,我们还可看到孔安国"引譬连类"的痕迹。汉人对"兴"的这种认识,一直影响到刘勰《比兴》篇对"兴"的认识:"兴则环譬以托讽。"然而既如此,何必要在"比"之外另立"兴"一法?郑众语焉不详。郑玄注"六诗"时曾以讽刺、赞美区分比、兴,然而在后期笺《诗》的实践中又否定了它。刘勰以"比显而兴隐"区别比、兴,不过同是比喻,为何"比"这种比喻明显,"兴"这种比喻隐晦?连刘勰在自己所举的例子中也没有说明白。因为遇到这样不可解决的矛盾,"兴"是"比喻"的观点以后也就逐渐为人放弃了,而另一种观点则逐渐占了上风。"兴"本来就有"起"的意思。如《诗·卫风·氓》:"夙兴夜寐。"《荀子·王霸》:"兴天下同利,除天下同害,天下归之。"孔子说《诗》可以兴"、"兴于《诗》",这"兴"正是感发志意、兴起发端之意。中国人习惯"尊古"、"征圣",所以后人在释"赋、比、兴"之"兴"为"起兴"时常牵强附会地征引孔子的"兴"论,于是孔子的"兴"论成了古代以"兴"为"起兴"之法的思想滥觞。郑众一方面把"兴"解释为"托事于物",同时又以"起发己心"补充之:"兴者,托事于物,则兴者,起也,取譬引类,起发己心。"⑥汉末刘熙正式把"赋、比、兴"的"兴"解释为兴起发端:"兴物而作谓之兴。"⑦集大成者刘勰在《文心雕龙·比兴》中指出,"兴者,起也","起情故兴体以立"。刘勰所说的"兴"虽然残留着汉人体用合一概念的痕迹,但已由"体"的概念向"用"的概念转化。"兴"作为"用",就是"起情"的方法、借物发端的方法。后人抓住刘勰的这个解释而置他以"兴"为"喻"的另一种解释于不顾,进一步发展下去,如宋代

① 郑玄《周礼·大师》注引,《十三经注疏》,上海古籍出版社 1997 年版。
② 原文"类"字阙如,现据上下文义增补。原文作:"物类相从,善恶殊态,以恶类恶,名之为比……以美口美,谓之为兴。"《毛诗指说·解说》,通志堂经解本。
③ 陈奂《诗毛氏传疏·郑氏笺考微》:"郑康成……笺《诗》乃在注《礼》之后。"
④《毛诗正义》卷一《周南·葛斯正义》,《十三经注疏》,上海古籍出版社 1997 年版,第 271 页。
⑤《离骚经序》,《楚辞补注》卷一,中华书局 1983 年版。
⑥《诗·周南·关雎序》孔颖达疏引郑司农语,《毛诗正义》卷一,《十三经注疏》,上海古籍出版社 1997 年版。
⑦《释名·释典艺》。

李仲蒙："触物以起情谓之兴,物动情者也。"①朱熹："兴则托物兴词。"②"兴者,先言他物以引起所咏之词也。"③明梁寅《诗演义》卷一:"凡兴者,先托于物而后言所咏之事也。"又其《诗赋》:"感事触情,缘情生境……谓之兴。"④清吴乔《答万季野诗问》:"'月子弯弯照九州',兴也。"于是,解释愈来愈清楚,"兴"就是为了表现某个事物、传达某种情思而用与该事物、该情思在形象上、声音上有某种联系的事物开头的方法。用作起兴的事物与其所表现的对象也许会呈现某种相似之处,如"孔雀东南飞,五里一徘徊"与下文所写刘兰芝与焦仲卿缠绵悱恻的爱情故事即如此,"关关雎鸠,在河之洲;窈窕淑女,君子好逑","桃之夭夭,灼灼其华;之子于归,宜其室家","兔丝附蓬麻,引蔓故不长;嫁女与征夫,不如弃路旁"⑤都是如此。这种情况,古人叫做"兴而比",既是兴又是比。在这种情况中,兴体与本体间的联系是明显的,刘勰所谓"比显而兴隐"显然不确。另一种情况是,用作起兴的事物与其所表现的对象之间并无相似之处,只有声音上的联系。如"月子弯弯照九州,几家欢乐几家愁",我们很难说"几家欢乐几家愁"类似于"月子弯弯照九州",所以要用"月子弯弯照九州"起兴,也许是因为"州"与"愁"可以相押。其他如《同谷七歌》之二"长铲长铲白木柄,我生托子以为命",北朝《折杨柳枝歌》"门前一株枣,岁岁不知老;阿婆不嫁女,那得孙儿抱?"亦是如此⑥。在这种情况中,"兴"不包含比喻;兴体与本体之间的类似关系相当隐晦,真所谓"比显而兴隐"。

"兴"这种手法在用了某种物象起兴后,接着就把作者所要表现的本意直接说出来,因而未必是一种很含蓄的方法。如杜甫《新婚别》在用"兔丝附蓬麻,引蔓故不长"起兴后,接着就道出主题:"嫁女与征夫,不如弃路旁。"表意还是很明白的。当然,较之不用兴体的赋法,兴则在言事达意之前多了一道兴体的"缓冲",因而又有委婉的特点。

"兴"不只与"比"相交叉,与"赋"也存有交叉现象。"孔雀东南飞,五里一徘徊",相对于它下面所表现的本体来说是"兴",就其自身来说,则是用"赋"法所写。

## 五、两点说明

中国古代诗论中的"赋比兴"说是西方诗论所没有的。这很耐人寻味。这里不想全面地考察其文化成因。笔者只想说明一点。按照中国古代的诗学定义,诗是"言志"、"缘情"的;但按照中国人的诗学趣味,诗以"温柔敦厚"、"含蓄不尽"为上,如托名白居易的《金针诗格》

---

① 转引自胡寅《与李叔易书》,《斐然集》卷十八,《四库全书》本。

② 朱熹《离骚序》注,《楚辞集注》卷一,上海古籍出版社 1979 年版。

③ 朱熹《诗集传》卷一,上海古籍出版社 1958 年版。

④ 《古今图书集成·文学典》卷二〇一,中华书局、巴蜀书社 1986 年版。

⑤ 杜甫《新婚别》。

⑥ 关于"兴"的这两种情况,清姚际恒《诗经论旨》有所论述:"今愚用其意,分'兴'为二:一曰'兴而比'也,一曰'兴'也。其'兴而比'也者,如《关雎》是矣……其'兴'也者,如《殷其雷》是也。但借雷以兴起下义,不必与雷相关也。"又曰:"兴者,但借物以起兴,不必与正意相关也。"《诗经通论》卷首,中华书局 1958 年版。

说："诗……说苦不得言苦……说乐不得言乐。"司马光《温公续诗话》曰："古人为诗，贵于意在言外，使人思而得之……"姜夔《白石道人诗说》："语贵含蓄……句中有余味，篇中有余意，善之善者也。"杨载《诗法家数》："语贵含蓄。言有尽而意无穷者，天下之至言也。"贺贻孙《诗筏》："诗以蕴藉为主。"吴乔《围炉诗话》卷一："诗贵有含蓄不尽之意，尤以不着声色故事议论者为最上。"叶燮《原诗》内篇下："诗之至处，妙在含蓄无垠。"如此等等。于是，为了避免"言志"、"缘情"的直露，而假以"比、兴"方法，就势所必然了。而比体（喻体）、兴体本身就要用赋法去描写，并且，以对事物的铺叙描写去传情达意，也可以达到含蓄委婉的效果，所以对诗歌创作而言，"赋"法也是不可或缺的。因此，有"含蓄为上"的诗学趣味，就有"赋比兴"的诗歌创作方法论。

最后，我们还要提及一点，古代的"赋比兴"说并不仅仅是诗体论、诗法论，其中的"比兴"说还是诗义（诗歌内容）论。正如"风、雅"起初是表现道德教化精神的体裁，后来演变为这种体裁所具有的道德教化精神；"乐府"最早是采集乐歌的机构，后来演变为这种机构所采集的乐歌一样，"比兴"早先是表现一定美刺意义、思想感情的方法，和用这种方法表现一定思想内容的体裁，后来则演变为这种方法和体裁所寄托、表现的深沉丰厚的思想内容。这种变化大体发生在唐代，可以陈子昂、白居易为标志。陈子昂《修竹篇序》中高标"兴寄"，白居易《与元九书》提及"美刺比兴"，《读张籍古乐府》称道张诗"风雅比兴外，未尝著空文"，这里的"兴"、"比"已完全变成表示思想道德内容的概念，与"思想寄托"无异。殷璠提出"兴象"概念，刘禹锡论及"兴在象外"，这里的"兴"即"意"的同意语，"兴象"即"意象"。贾岛《二南密旨》明确指出了这一点："兴者，情也。"吴沆《环溪诗话》卷下指出："又如'五更归梦三千里，一日思亲十二时'；又如'蝴蝶梦中家万里，杜鹃枝上月三更'；又如'桃李春风一杯酒，江湖夜月十年灯'，此三联皆赋中之兴也。"又说："秦少游诗云：'此客念家浑不睡，荒山一夜雨吹风。'此直说客中而有思家之情，乃赋中之兴也。"这里，"赋"是方法的概念，而"兴"则不能说是起兴的手法，只能解作"情"、"意"。清末常州词派高标"意内言外"，大谈"比兴寄托"，则"比兴"从白居易的"美刺寄托"扩展为一切思想情感内容的寄托。在这种情况中，"比"、"兴"已无分别，故用作这种意义时"比"、"兴"常联言为"比兴"。作为诗义论，"比兴"说崇尚言之有物，反对无病呻吟；崇尚忧国忧民、关心国泰民安的道德政治思想内容，鄙薄"嘲风花，弄雪月"的浅薄意趣，具有积极意义。懂得了"比"、"兴"的这层涵义，不仅对我们准确地理解古代的"赋比兴"说有益，而且对我们解开与此相关的一些古代文论术语的奥秘也大有帮助。如懂得了"兴象"即"意象"，我们就可从"兴象"资料入手来考察"意境"的源流、内涵、历史；明白了"兴味"、"兴趣"即"意味"、"意趣"，我们就可以更清楚地认识到中国古代美感论的表现主义民族特色。

# 第六章

# 中国古代文学的作品论

　　这里说的"作品",指形诸艺术媒介的、不包括读者想象创造的物质实体,即"文本"。英国美学家科林伍德认为,"真正艺术的作品不是看见的,也不是听到的,而是想象中的某种东西"①。中国古代也存在类似观点。如文天祥说:"性情未发,诗为无声;性情既发,诗为有声。闷于无声,诗之精;宣于有声,诗之迹。"②钱谦益《书瞿有仲诗卷后》认为"志意偪塞"、内容充实的才叫"有诗",徒有文字而"其中枵然无所以"则叫"无诗"。显然,我们这里所说的"作品"不包括这类未形诸文字的作者"想象中的东西"。

　　本章拟从"文气"说、"文体"说、"文质"说、"言意"说、"形神"说、"意境"说、"情景"说、"真幻"说、"通变"说九方面阐述中国古代文论的作品论。文学风格论、文学的形式美论本来也属于作品论,因其内容丰富,且自成体系,故另辟两章详述。

## 第一节　"文气"说
### ——中国古代的文学生命论

　　"元气"说是中国古代的宇宙发生论和世界观。由此观照文学世界,它也是一种生命现象。此之谓"文气"。古代文论的"文气"说,大抵涉及"文气"内涵、"文气"心态、"文气"风格、"文气"修养。"文气"说主张文章要"有气",鄙薄"无气",这"气"就是"元气"、"生气",这是对文学要具有生动鲜活的生命的明确强调。文学的生命形态,既是作者所具有的正气、真气、

---

① (英)科林伍德《艺术原理》,中国社会科学出版社 1985 年版,第 146 页。
② 文天祥《文山先生全集》卷九《罗主簿一鹗诗序》,《四部丛刊》本。

神气的流淌,也是作家创造的有生气的艺术形式,诸如"气韵"、"气势"、"气脉"、"气辞"之类。文学的生命形态有各种风格,此为"体气"。"文气"的创造离不开后天的修养,所以"为文须养气"。古代文论将文学视为作家理性和感性生命的流淌以及艺术生命的再造,具有不凡的现实意义。

---

## 一、从古代哲学的"元气"论谈起

要准确理解"文气"说的内涵,首先必须对古代哲学的"元气"论有一个基本把握。毫无疑问,"文气"说是以"元气"论为思想基础的,"元气"论的一系列规定性都积淀在"文气"说中。

### 1. 宇宙的两个生成图式

让我们先来看宇宙的两个生成图式:

第一个图式是老子所描绘的:"道生一,一生二,二生三,三生万物。"①成玄英《老子义疏》:"一,元气也;二,阴阳也;三,天地人也。"可知这个图式即:

$$道 \rightarrow 元气 \rightarrow 阴阳 \rightarrow 天地人 \rightarrow 万物$$

第二个图式是《易传》提出的:"易有太极,是生两仪,两仪生四象,四象生八卦。"②"八卦"即天、地、雷、风、水、火、山、泽八种物质元素,《易经》认为,它们是构成万物的基质。故《易传》虽然没有指明"八卦生万物",但我们还是可以补充上去的。"四象"即"四时之象"③,"两仪"即"阴阳"④、天地⑤,这"太极"据孔颖达的解释即混一未分的"元气"⑥。如此,则《易传》揭示的宇宙生成图式是:

$$元气 \rightarrow 阴阳 \rightarrow 天地 \rightarrow 四时 \rightarrow 八卦 \rightarrow 万物$$

中国古代哲学描绘的宇宙生成图式,大抵可用这两种图式来概括。不妨作一些引证:

---

① 《老子》四十二章,《二十二子》,上海古籍出版社 1986 年版。
② 《易·系辞传上》,《十三经注疏》,上海古籍出版社 1997 年版。
③ 张载《横渠易说》,通志堂经解本。
④ 俞琰《俞氏易辑说》:"仪也者,一阴一阳对立之状也。"
⑤ 《周易乾凿度》:"易始于太极,太极分而为二,故生天地。"
⑥ 《周易正义》孔颖达疏:"太极谓天地未分之前元气混而为一。"

《吕氏春秋》描绘的宇宙生成图式是：太一→两仪→阴阳→天地→四时→五行→万物。这"太一"即《庄子·天下》所讲的那个"太一"，即混一的元气。尽管在"元气生万物"的具体步骤、环节上，它与《易传》有异，但在"元气生万物"的总体图式上，它与《易传》相通。

《淮南子·天文训》云："道始于虚廓，虚廓生宇宙，宇宙生元气，元气有涯垠，清阳者薄靡而为天，重浊者凝滞而为地……天地之袭精为阴阳，阴阳之抟精为四时，四时之散精为万物。"其宇宙生成图式为：道→宇宙(时空)→元气→天地→阴阳→四时→万物。它基本上属于《老子》一类。

在董仲舒的心目中，万物是由阴阳二气交合生成的，而在阴阳之气之先，又有一个人格神的"天"，所谓"天统气"①、"天行气"②。这种"天→气→万物"的图式，与"道→气→万物"的图式相类。

汉代另外一些宇宙生成论，或步董仲舒的后尘，把"气"作为"天"生"万物"的中介，如《白虎通》；或把"气"当作万物的终极本源，如王充："天地合气，万物自生。"③"人未生，在元气之中，既死，复归元气。"④扬雄《檄灵赋》："自今推古，至于元气始化。"《太玄》卷首"殊途而同归，百虑而一致，皆本于太极、两仪、三才、四时、五行而归于道德义礼也。"《易经·乾凿度》："夫有形者生于无形，则乾坤安从生？故曰：有太易，有太初，有太始，有太素。太易者，未见气也；太初者，气之始也；太始者，形之始也；太素者，质之始也。气、形、质具而未相离，故曰浑沦。""太易"、"太初"、"太始"、"太素"其实是"浑沦"之气运动分化的不同阶段和形态。《易纬·考经钩命诀》"天地未分之前，有太易，有太初，有太始，有太素，有太极，是为五运。形象未分，谓之太易；元气始萌，谓之太初；气形之端，谓之太始；形变有质，谓之太素；质形已具，谓之太极。五气渐变，谓之五运。"

汉代，道教开始诞生。为了论证"宝精行气"⑤对延年益寿、得道成仙的重要性，道教理论家描绘了一个个"气生万物(包括人)"的图式；但以道家学说为自己教义的道教理论家又不得不在派生万物的"元气"之前加上一个更高的派生者"道"。道教的最早经典《太平经》指出："天地大小，无不由道而生者也。"⑥"道"又通过"元气"化生万物："元气行道，以生万物。"⑦故"道生万物"，又集中体现为"气生万物"："元气乃包裹天地八方，莫不受其气而生。"⑧

---

① 《春秋繁露·三代改制质文》，《二十二子》本，上海古籍出版社 1986 年版。

② 《春秋繁露·阴阳义》，《二十二子》本，上海古籍出版社 1986 年版。

③ 王充《论衡·自然》，黄晖《论衡校释》，中华书局 1980 年版。

④ 王充《论衡·论死》，黄晖《论衡校释》，中华书局 1980 年版。

⑤ 《抱朴子·释滞》："欲求神仙，唯当得其要。至要者，在于宝精行气。"

⑥ 王明《太平经合校·守一明法》，中华书局 1960 年版。

⑦ 王明《太平经合校·守一明法》，中华书局 1960 年版。

⑧ 王明《太平经合校·分解本末法》，中华书局 1960 年版。

"天地人本同一元气"①,"一气为天,一气为地,一气为人,余气散备万物"②。晋代葛洪《抱朴子·畅玄》描述宇宙生成序列:"玄者,自然之始祖,而万殊之大宗也";"胞胎元一(元气),范畴两仪(天地),吐纳大始(元气形成万物之始),鼓冶亿类,回旋四七(二十八星宿),匠成草昧。"南朝道教学者陶弘景说:"道者混然,是生元气,元气成,然后有太极,太极则天地之父母,道之奥也。"③唐代道教理论集大成者成玄英在《老子义疏》中说:"至道妙本……肇生元气";"元气者,无中之有,有中之无,广不可量,微不可察,氤氲渐著,混茫无倪,万象之端,兆朕于此。从《太平经》的"道→元气→万物",到葛洪的"玄(道)→元气→两仪→大(太)始→万物",陶弘景的"道→元气→太极→天地→万物",再到成玄英的"道→元气→万象",都不过是《老子》图式的变种。

宋代,程颐、程颢的"理(道)→气→数(物)"、朱熹的"理→气→物"的生成序列是人所熟知的,而张载及明代王廷相、清代王夫之的"元气生物"论,则可归入《易传》图式。

### 2. "元气"的一系列规定性

我们所以不厌其烦地引述古代的宇宙生成图式,是因为"元气"的一系列规定性都由它在这种图式中的地位所决定。

首先,"元气"是化生万物的泉源、繁衍生命的渊薮。在"元气→万物"的图式中,这一点不言而喻;在"道→元气→万物"的图式中,"道"不能直接化生万物,必借助于"元气"这一中介。老子说:"无,名天地之始,有,名万物之母。""天下万物生于有,有生于无。""无"相当于"道",作为"万物之母"的"有"相当于"元气"。

其次,"元气"是一种生命力。"气聚为生,气散为死。"④一切生物,有"元气"即生,无"元气"则死。对于一般的生物来说是如此:"物受气而含生"⑤,"诸谷草木蚑行喘息蠕动,皆含元气"⑥。对于"人"这一生物来说就更是如此了。"人含气而生,精尽而死"⑦,"人之所以生者,精气也,死而精气灭"⑧。因此,葛洪说:"自天地至于万物,无不须气以生者也。"⑨由于"元气"是生命力,所以古代主张"保身全性"的人都重视"养气"、"保精",道教徒还据此总结了一套"辟谷绝粒"、"服食元气"的长生办法,认为通过"行气"、"炼气"掌握了"食气而生"的

① 王明《太平经合校·三五优劣诀》,中华书局 1960 年版。

② 王明《太平经合校·利尊上延命法》,中华书局 1960 年版。

③《真诰·甄命援篇》,《道藏》第 20 册,上海书店、文物出版社、天津古籍出版社 1994 年联合出版。

④ 圆觉《华严原人论合解》卷上引,扬州藏经院刻。

⑤ 杨泉《蚕赋》,《全三国文》卷七五,商务印书馆 1999 年版。

⑥《太平经合校·不忘戒长得福诀》,中华书局 1960 年版。

⑦ 杨泉《物理论》,丛书集成本。

⑧ 王充《论衡·论死》,黄晖《论衡集释》,中华书局 1980 年版。

⑨ 葛洪《抱朴子内篇》卷五《圣理》,王明《抱朴子内篇校释》,中华书局 1985 年版。

本领，就可与"元气"相谐，永生不老。①

再次，"元气"具有流动性。对此，朱熹论述得最详尽："一元之气，运转流通，略无停间"②；"气之流行，充塞宇宙"③。"气"有四种运动形态：一是"升降"，二是"屈伸"，三是"磨荡"，四是"循环"，即"一盛了又一衰，一衰了又一盛"④。元气所以具有流动性，一是根源于"道"的推动："元气行道，以生万物"，"道无所不能化，故元气守道，乃行其气……"⑤二是根源于自身的阴阳矛盾："阴与阳者，气而游乎其间者也。自动自休，自峙自流，是恶乎与我谋？自斗自竭，自崩自缺，是恶乎为我设？"⑥"气"如果停止了运动，它就不复存在，就不能充当"道生万物"的中介和自生万物的本源，万物实际上是"气"运动的结果。

复次，在"道→气→万物"的序列中，由于"气"为"道"所生，所以"气"即是"道"，二者的区别只在于"道"为"形而上"，"气"为"形而下"。当"道"被汉儒改造为仁义道德，被宋儒改造为"理"以后，"气"则表现为一种"理气"、"正气"而充塞于天地之间，表现为"天地之仁气"、"天地之义气"⑦，可以存在于人的主体之外。而这一点，早在孟子的"集义养气"、"吾善养浩然之气"中已露端倪。

第五，"人"身上的"气"表现为"精气"和"神气"。古代宇宙生成图式表明，"人"与万物一样，同为"元气"所生。然而"人"为什么与其他生物有分别呢？中国古代认为，"人"为"元气"中的"精气"所生，其他生物则由"元气"中的"烦气"所生。如《淮南子·精神训》说："烦气为虫，精气为人。"由于人由元气之精者所生，所以能够成为"万物之中有智慧者"⑧。如《管子·内业》云："气道（通）乃生，生乃思，思乃知……"《太平经圣君秘旨》："夫人本生混沌之气，气生精，精生神，神生明。本于阴阳之气，气转为精，精转为神，神转为明。"⑨这样，人就能够以"神气"（或"志气"，即充满智慧、意识、精神之气）与其他生物之气区分开来。

第六，不仅人的精神为气所生，人的形体亦为气所生。按照《淮南子·精神训》的说法，天的轻清之气形成人的精神，地的重浊之气形成人的骨骸。这样便产生"骨气"或"气骨"，所谓"人之气……一肢不贯，则成死肌"⑩。不只"气骨"，像"气貌"、"气象"等等，都是"气"与"形"结合的产物。

---

① 《太平经》卷四二："夫人，天且使其和调气，必先食气。故上士将入道，先不食有形而食气，是且与元气和。"《太清中黄真经》："内养形神除嗜欲，专修静定身如玉，但服元和除五谷，必获寥天得真箓，百日专精食气足。"参阅葛兆光《道教与中国文化》，上海人民出版社1987年版，第110～114页。

② 朱熹《朱子语类》卷一，中华书局2004年版。

③ 朱熹《楚辞集注·天问》，上海古籍出版社1979年版。

④ 朱熹《朱子语类》卷四、卷一，中华书局2004年版。

⑤ 《太平经合校·安乐王者法》，中华书局1960年版。

⑥ 《柳宗元集》卷四四《非国语上·三川震》，中华书局1979年版。

⑦ 曾国藩《曾文正公集·圣哲画像记》，吉林人民出版社1995年版。

⑧ 王充《论衡·辨崇》，黄晖《论衡集释》，中华书局1960年版。

⑨ 《道藏》入字号，上海书店、文物出版社、天津古籍出版社1994年联合出版。

⑩ 归庄《玉山诗集序》，《归庄集》卷三，中华书局1962年版。

## 二、"文气"内涵辨析

当我们对古代的"元气"论有了基本了解之后,再来看"文气"说就比较明了。

"文气"说以"气"求文。"气",或者说"文气"究竟是什么? 这个问题历来争论不休。其实把它放到元气结构中就很清楚了:元气生人,人气生文,有元气必有人气,有人气必有文气;文气是人气在文中的表现。人气是元气的表现,故文之中不可能别有气,非元气莫属。"文气"即"文学生命力"。"文气"说要求文章"气盛"、"气昌"、"气足"、"气厚",反对文章"气屡"、"气弱",倡导的正是这种郁勃健旺的"生命力"。

### 1. "文气"是一种生命力

古代"文气"论中有"元气"说、"有气无气"说、"生气"说,它们从不同角度指出了"文气"是一种生命力。

"文气"说直接指出了文中之气是"元气"——生命力。宋真德秀说:"圣人之文,元气也。"[1]金王若虚说:"乐天之诗……所在充满,殆与元气相侔。"[2]元好问评杜甫:"今观其诗,如元气淋漓……"[3]清代管同说:"文之大原出于天,得其备者浑然如太和之元气……"[4]刘熙载说:"文得元气便厚。《左氏》虽说衰世事,却尚有许多元气在。"[5]自然界的"元气"并不会直接进入文章中,它必须经过"人"这个中介。正如明代的彭时指出的那样:"天地以精英之气赋于人,而人钟是气也,养之全,充之盛,至于彪炳闳肆而不可遏,往往因感而发……而文章兴焉。"[6]文章是通过表现"人之气""与元气相侔"的。

"文气"说要求于文的"气"是一种"生命力",在"生气"说中体现得再明显不过了。李重华《贞一斋诗说》批评沈约诗"生气索然",沈德潜《说诗晬语》批评谢榛古体诗"绝少生气",这"生气"乃是古人直接指称"生命力"的用语。古人要求于文的正是这种"生气":"诗文者,生气也。若满纸如剪彩雕刻无生气,乃应试馆阁体耳,与作家无分。"[7]

由于"文气"是文章赖以生存的"元气"、"生气",所以古代"文气"说主张文章要"有气",不能"无气"。董其昌说:"文要得神气。且试看死人活人、生花剪花、活鸡木鸡,若何形状? 若何神气?"[8]归庄说:"余尝论诗,气、格、声、华,四者缺一不可。譬之于人,气犹人之气,人所

① 真德秀《日湖文集序》,《真文忠公文集》卷二八,《四部丛刊》本。

② 王若虚《滹南诗话》,《滹南遗老集》,《四部丛刊》影旧抄本。

③ 元好问《杜诗学引》,《遗山先生文集》卷三六,《四部丛刊》本。

④ 管同《与友人论文书》,《因寄轩文初集》卷六,清光绪本。

⑤ 刘熙载《艺概·文概》,上海古籍出版社1978年版。

⑥ 吴讷《文章辨体序说》卷首,人民文学出版社1962年版。

⑦ 方东树《昭昧詹言》卷一,人民文学出版社1961年版。

⑧ 董其昌《画禅室随笔·评文》,清康熙裕文堂刊本。

赖以生者也。一肢不贯,则成死肌,全体不贯,形神离矣。"①孙联奎说:"文章之有气脉,一如天地之有气运,人身之有血气。苟不流动,不将成死物乎?"②方东树说:"观于人身及万物动植,皆全是气所鼓荡。气才绝,即腐臭不可近。诗文亦然。"③古人推崇某人作品,则称"下笔殊有气"④,对作品表示不满,则"谓之无气"⑤。何以如此呢?因为诗文"有气则生,无气则死"⑥。"有气无气"说从另一个侧面说明了"文气"倡导的"气"是保证文章获得生命的力量。

既然"文气"是"文学生命力",那么这种"文学生命力"体现在哪些方面呢?古人认为,一方面,它是作家生命力的表现;另一方面,它是作家创造力的表现,是作家赋予文学作品的艺术生命。

### 2. 主体生命力的表现

作为作家主体生命力的表现,"文气"必须戒除"昏气"、"矜气"、"伧气"、"村气"、"市气"、"霸气"、"滞气"、"匠气"、"俳气"、"腐气"、"浮气"、"江湖气"、"门客气"、"酒肉气"、"蔬笋气",因为这些是与"生气"相敌的"死气"。真正能够给作品带来"生气"的创作主体气质是"正气"、"真气"。"正气"是"善"与"气"的统一。"真气"是"真"与"气"的统一。古代"文气"说所崇尚的"理气"、"志气"、"神气"、"逸气"、"情气"、"才气"等,或为"正气",或为"真气"。

"理气"、"志气"、"神气",这三个概念基本上属于"意气"一类,即包含着意识的气质。这种意识,是古代社会的道德观念。古人认为,人与动物的区别不仅在于人有意识,更重要的是人具有道德意识(如孟子、荀子)。文学作为人文现象,它必须展示人的理性生命,而不能无端地发泄不受理性控制的原始生命力。正是"意气"(理气、志气、神气)把人文活动与非人文活动区分开来。在"意气"中,"意"是"气"的主宰,所谓"夫志,气之帅也"⑦,"道(理)者,气之君"⑧,"神者气之主"⑨,因此,为文主"气"必先主"意"。所谓"凡为文以意为主,以气为辅"⑩。"文以理为主,以气为辅"⑪,"行文之道,神为主,气辅之"⑫。而"气"作为"意"的物质载体⑬,"意"也不能离开"气"孤零零地加以表现,所谓"理明矣,而气或不充,则意虽精,辞虽

---

① 归庄《玉山诗集序》,《归庄集》卷三,中华书局 1962 年版。

② 孙联奎《诗品臆说·流动》题解,齐鲁书社 1982 年版。

③ 方东树《昭昧詹言》卷一,人民文学出版社 1961 年版。

④ 谢榛《四溟诗话》卷二,人民文学出版社 1961 年版。

⑤ 转引自惠洪《冷斋夜话》,陶宗仪编《说郛》,上海古籍出版社 1988 年版。

⑥ 钱泳《履园谭诗》,《清诗话》下册,上海古籍出版社 1978 年版,第 871 页。

⑦ 《孟子·公孙丑》,《四书章句集注》,中华书局 1983 年版,第 230 页。

⑧ 方孝孺《与舒君》,《逊志斋集》卷十一,《四库全书》本。

⑨ 刘大櫆《论文偶记》,《刘海峰文集》,人民文学出版社 1959 年版。

⑩ 杜牧《答庄充书》,《樊川文集》卷十二,《四部丛刊》本。

⑪ 刘将孙《谭西村诗文序》,《养吾斋集》卷十,《四部丛刊》本。

⑫ 刘大櫆《论文偶记》,《刘海峰文集》,人民文学出版社 1959 年版。

⑬ 孟子:"气,体之充也。"刘大櫆:"气者神之用。"

达,而萎苶不振之病有所不免"①,理"必气以充之,然后振励而不苶"②。文中的这种"意气"本是人的主体气质的表现,但在古代的"道(理)→气→物(人)"的宇宙生成图式中,它被说成是先于"人"而存在的、"至大至刚"、"磅礴弥纶"于天地之间的一种"浩然正气",因而文中的这种充满道德理性的"理气"、"志气"、"神气"成了天地间"浩然正气"的流露。

"情气"是包含着充沛情感的生命力。"才气"之"才"一部分涵义是指"感物造端"、"自生情思"的能力,因而与"情气"呈现出交叉之处。如果说"意气"说侧重于"善"与艺术生命的统一,"情气"、"才气"说则侧重于"真"与艺术生命的统一。如果说"意气"说强调的是文学是理性生命的展示,"情气"、"才气"说则强调文学是感性生命的展示。生命之于情感,本来就有一种天然的连带关系,所以刘勰《文心雕龙·风骨》指出:"情与气偕。"黄侃《文心雕龙札记》诠释说:"气不能自显,情显则气在其中。"情感本身可以产生动人的艺术生命。当感情形成一种气势时,更能够深入地席卷人、感染人。所以章学诚指出:"凡文不足以动人,所以动人者气也;凡文不足以入人,所以入人者情也。"③文章"动人"、"入人"的艺术生命产生于"情气"。

古人也崇尚文章中的"逸气"。"逸气"作为"市气"、"俗气"的对立面,它是一种"正气";同时作为文人学士的"书卷之气"、高雅之气,它又是一种"真气"。

### 3．艺术生命的创造

文中的"生气"不仅是作家"正气"、"真气"的流淌,也是作家对于艺术生命的创造。如果说作家主体生命力的展示为"文气"提供了内容上的生机,那么作家对于艺术生命的创造则为"文气"提供了形式方面的活力。正如人的骨骼须有"气"之流动,无"气"则成"死骨",人的肌肉须有"气"之流动,无"气"则成"死肌",动植物的机体须有"气"之流动,无"气"则成"死象",文学作品的形式、结构也要有"气"之流动,如此才有生命。当"气"与文章的辞藻、结构、形式结合在一起时,便形成"气辞"、"气韵"、"气脉"、"气势"、"气骨"、"气象"等等,它们都是有"生命力的形象"。

古人很少"气辞"联言,但屡屡要求"为文辞有气"④:"文者气之用,气不昌则更无文"⑤,"字以规矩为主,必气以驭之,然后豪迈而不萎"⑥,"气盛则言之短长与声之高下者皆宜"⑦,"气昌则辞达"⑧。何以如此呢? 我们借用中国画论来说明这个问题:"笔(辞)有气谓之活

---

① 周忱《高太史凫藻集序》,高启《高太史凫藻集》卷首,《四部丛刊》本。

② 陈敬宗《题米芾遗墨》,程敏政辑《皇明文衡》卷四九,《四部丛刊》本。

③ 章学诚《文史通义·史德》,《章氏遗书》,嘉业堂本。

④ 韩愈《唐河中府法曹张君墓碣铭》,《昌黎先生集》卷二五,蟫隐庐影宋世綵堂本。

⑤ 王夫之《古诗评选》卷五,文化艺术出版社1997年版。

⑥ 陈敬宗《题米芾遗墨》,《皇明文衡》卷四九,《四部丛刊》本。

⑦ 韩愈《答李翊书》,《昌黎先生集》卷十六,蟫隐庐影宋世綵堂本。

⑧ 方孝孺《与舒君》,《逊志斋集》卷十一,《四库全书》本。

笔，无气谓之死笔。"①

"气韵"一语本见于画论。南齐谢赫"六法"论中有"气韵生动"一说。后来也用之于文论，所谓"气韵不足，虽有辞藻，要非佳作也"。"韵"从"音"，有音响的意思，但不是一般的音响，而是有规律的音响。《说文》释为"和也"。《玉篇》曰："声音和曰韵。"《文心雕龙·声律》："同声相应谓之韵。"以"气"求"韵"，并不仅仅是要求文辞声韵中有"气"的表现，还要求文章的结构、形式中体现出"生命的呼吸"。阴、阳二气的对立统一是造就大自然生命的规律，也是造就艺术生命的规律。当作家按照这个规律将文学中的一系列对立元素，如开与合、放与敛、张与弛、疏与密、虚与实、动与静、单与复、繁与简、平与仄、扬与抑等等组合在一起时，作品的结构、形式中就会产生生命脉搏的跳动，就会焕发"气韵生动"的效果。

文章不仅要讲究阴阳二气的对立统一，还要讲究"一气"流动，"气脉"贯穿。"一气"即"元一之气"、"气脉"即"一气之脉"。文章尽管千变万化，各种因素相搏相斗，但都要有此"一气"在。有此"一气"，"则少隔绝之痕"②；无此"一气"，则如"散金碎玉"③，所以李渔把"一气"作为"作词之家"的"金丹"④。"一气"说、"气脉"说强调的重心是艺术作品作为生命体的有机性。中国画论中崇尚"一笔书"、"一笔画"，用意即在这里。

"文气"说发展到清人刘大櫆手中，出现了"气势"一说。他引用唐人李翰的话："文章如千军万马，风恬雨霁，寂无人声。"他还指出："此语最形容得'气'好。论'气'不论'势'，文法总不备。"⑤"势"即"文势"。"气势"即由"气"所积蓄的"文势"："奇者，于一气行走之中，时时提起。"⑥刘氏此语，即北齐颜之推"凡为文章，犹人乘骐骥，虽有逸气，当以御勒制之"⑦之意。刘大櫆之后，清末的林纾对"气势"问题作了更深刻、更明确的表述："文之雄健，全在气势。气不至，则读者固索然；势不蓄，则读之亦易尽。故深于文者，必敛气而蓄势。"⑧由于"气势"由"敛气"蓄成，故在它的静态结构中包蕴着万马奔腾的动态潜能。

"气骨"的本义是指由"气"衍生、统帅的"骨骸"。由于"骨骸"为皮肉所附，故用于文论中，便作为有"风力"的思想内容的象征。但"骨"与文章结构相类，我们也可把有"元气"流动的结构称作"气骨"。

以"气象"论诗，早见于严羽《沧浪诗话》。什么是"气象"？刘熙载说："山之精神写不出，以烟霞写之；春之精神写不出，以草树写之。故诗无气象，则精神亦无所寓也。"⑨又说：叙事

① 布颜图《画学心法问答》，《中国画论类编》上卷，人民美术出版社 1986 年版，第 196 页。
② 李渔《窥词管见》，《笠翁一家言全集·笠翁余集》，清雍正八年芥子园刊本。
③ 李渔《窥词管见》，《笠翁一家言全集·笠翁余集》，清雍正八年芥子园刊本。
④ 李渔《窥词管见》，《笠翁一家言全集·笠翁余集》，清雍正八年芥子园刊本。
⑤ 刘大櫆《论文偶记》，《刘海峰文集》，人民文学出版社 1959 年版。
⑥ 刘大櫆《论文偶记》，《刘海峰文集》，人民文学出版社 1959 年版。
⑦ 林纾《应知八则·气势》，《春觉斋论文》，人民文学出版社 1959 年版。
⑧ 林纾《应知八则·气势》，《春觉斋论文》，人民文学出版社 1959 年版。
⑨ 刘熙载《艺概》，上海古籍出版社 1978 年版，第 82 页。

要"寓气","无寓,则如偶人矣。"①可知"气象"即"有生气的形象"。"气辞"、"气韵"、"气脉"、"气势"、"气骨"都是"气象"。"气象"说崇尚的是"有生命的形式"。

## 三、"文气"风格论

古代"文气"说中又有"体气"说。"体"是"体性"。"体气"说揭示了"文气"的风格多样性。曹丕的"文气"说就带有"体气"说特色,他指出:"气之清浊有体。"②《淮南子》认为,"元气"的清轻之气形成天,重浊之气形成地;天的清轻之气形成神,地的重浊之气形成形。大约此为曹丕所本。而曹丕的"气之清浊有体"又不同于《淮南子》的"气分清浊"说,他是用"清浊"来指称"气"的"刚柔"。他称孔融"体气高妙",刘桢"壮而不密",约属于气之刚者;称徐幹"时有齐气",应玚"和而不壮",约属于气之柔者。③后来人们都从阴柔、阳刚两大方面区别"文气"的风格种类。刘勰《文心雕龙·体性》讲"气有刚柔"。宋邵博讲"欧阳公之文和气多,英气少;苏公之文英气多,和气少"④。刘熙载《艺概·书概》讲"书要兼备阴阳二气。大凡沈著屈郁,阴也;奇拔豪达,阳也"。曾国藩说"西汉之文章,如子云、相如之雄伟,此天地遒劲之气……刘向、匡衡之渊懿,此天地温柔之气……"⑤古人认为,无论阴气阳气,可以有所侧重,不可偏于一端,须相兼相含始好,所谓"刚气不怒,柔气不慑"⑥。

## 四、"文气"修养论

既然"文以气为主",所以"为文须养气"。"养气"的途径、方法大抵有如下数端。一是"集义"。因为"文气"中的"正气""其为气也,配义与道……是集义所生者"⑦,所以"养气之功,在于集义"⑧。二是"积学"。"气命于志,志立于学……惟夫学足以辅其志,志足以御其气……"⑨三是"扩才"。"才"者"气之所凭","才不大则气狭隘"⑩,"所以能扶质而御气者,才也"⑪。由于"才"与"情"通,故"扩才"即"富情","情"充沛,自然"气"在其中。四是"保精"。刘勰的《文心雕龙》辟"养气"篇,主张"吐纳文艺,务在节宣,清和其心,调畅其气,烦而即舍,

① 刘熙载《艺概》,上海古籍出版社 1978 年版,第 42 页。

② 曹丕《典论·论文》,六臣注《文选》卷五二,《四部丛刊》影宋本。

③ 曹丕《典论·论文》。"齐气"即"齐地舒缓之气",已有文辩述。

④ 邵博《邵氏闻见后录》卷十四,津逮秘书本。

⑤ 曾国藩《曾文正公文集·圣哲画像记》,吉林人民出版社 1995 年版。

⑥ 刘熙载《艺概·文概》,上海古籍出版社 1978 年版。

⑦ 《孟子·公孙丑》,《四书章句集注》,中华书局 1983 年版,第 231~232 页。

⑧ 魏禧《宗子发文集序》,《魏叔子文集》卷八,易堂本。

⑨ 黄溍《吴正传达室文集序》,《金华黄先生文集》卷一八,《四部丛刊》本。

⑩ 魏禧《论世堂文集序》,《魏叔子文集》卷八,易堂本。

⑪ 侯方域《倪涵谷文序》,《壮悔堂文集》卷一,上海古籍出版社 1996 年版。

勿使壅滞"，在《风骨》篇中又讲"缀虑裁篇，务盈守气"，即是此意。古人反对作文过分"雕刻"，亦与"雕刻伤气"①有关。

　　中国古代的"文气"理论，包括"元气"说、"生气"说、"有气无气"说、"正气"说、"真气"说、"神气"说、"理气"说、"志气"说、"情气"说、"才气"说、"逸气"说、"气象"说、"气辞"说、"气韵"说、"气脉"说、"气势"说、"气骨"说、"体气"说、"养气"说等等，头绪纷繁，异常复杂。经过上述探讨，我们可以把它们整理出一张图表，以便人们把握：

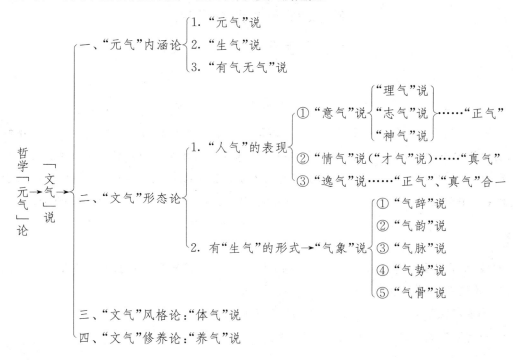

# 五、"文气"说的现实意义

　　中国古代的"文气"说，以特有的文化品格探讨了文学这一生命现象，在今天的文艺理论格局中具有不可忽视的意义。西方古典文论认为，艺术是人类理性地反映现实的一种形象方式；中国当代传统的文艺理论教科书认为，文艺是一种形象地反映社会生活的意识形态。然而越来越多的事实表明，艺术不仅表现人类的意识，也表现人类的无意识、本能。艺术从本质上说既非"意识形态"亦非"本能表现"，而是"意识"与"本能"的统一体，是人的整个生命的展示。所以有人说："美，在于生命。"②而中国古代的"文气"说早就指出：文学是一种生命现象，是人的生命力的一种表现。中国古代"文气"说虽然倡导健旺的生命力，但这种健旺的生命力与现代西方文论中"原型"派所说的粗砺雄浑的原始生命冲动不同，它是一种受道德

① 姜夔《白石道人诗说》，《历代诗话》下册，中华书局 1981 年版，第 680 页。
② 宋耀良《美，在于生命》，《文艺理论研究》1988 年第 2 期。

规范制约的理性生命。这是中国古代的"文学生命"论与西方现代"艺术生命"论的根本分歧。另外,传统的西方文论侧重于把"美"归因于"形象",现代文论发现了感情的动人力量,着力揭示"美在情感","艺术"就是"情感本身","情感"就是"艺术、本质"①;而古代"文气"说中,章学诚已把"情"与"入人"、"动人"的艺术生命联系起来,其美学意义不容低估。

## 第二节　"文体"说
### ——中国古代的文字体裁论

中国古代的文体论主要体现在文集的编选分类和文体特点的论述中。与西方文体的"三分法"和"五四"以来文体的"四分法"不同,中国古代则把文体划分成几十种类。这既标志着文体认识的深化,也暴露了概念属种关系不分的思维弱点。按照今天的文体四分法,古代文体论如何理解诗歌、散文、戏剧、小说的体裁特征?本节将作提纲挈领的勾画和介绍。

"文体"在古代文论中有二义。一是指文章的体性,即文章的风格体貌。二是指文章的体裁。本节探讨后一种意义上的"文体"说。

"自秦汉以下文愈盛,文愈盛故类愈增,类愈增故体愈众,体愈众故辨当愈严。"②中国古代的文体思想,就是随着文学创作的不断繁荣,体现在文体的实际划分和理论辨析中的。

### 一、中国古代的文体分类

与西方文学的"三分法"(叙事文学、抒情文学、戏剧文学)和"五四"以来文学的"四分法"(诗歌、散文、小说、戏剧)不同,中国古代则把文体划分成若干种类。这种划分体现在文集编选中。

《诗经》和《尚书》的编订,标志着编订者对诗歌与散文的区分。《诗经》有"风"、"雅"、"颂"之分,《尚书》有"典"、"谟"、"训"、"诰"、"誓"、"命"之别,《周礼·大祝》提到"六辞",即"祠"(郑众释:当为"辞","辞令"也)、"命"、"诰"、"会"、"祷"、"诔"六种文体,《诗·鄘风·定之方中》毛传中提到"命"、"铭"、"赋"、"誓"、"说"、"诔"、"语"几类文体,汉末蔡邕《独断》中提到天子命令群臣的四类文体"策"、"制"、"诏"、"戒"和群臣上书天子的四类文体"章"、"奏"、

---

① 参阅(英)李斯托威尔《近代美学史评述》,蒋孔阳译,上海译文出版社 1980 年版,第 10 页。
② 徐师曾《文体明辨序》,《文体明辨序说》,人民文学出版社 1962 年版。

"表"、"驳议"，这些为文体的最早分类，它为魏晋以后对文学各种体裁的全面划分奠定了基础。

　　魏晋南北朝时期，人们不仅在文集编选的实践中，而且在文体分析的理论中，对文学体裁作出了颇为系统、全面的分类。曹丕《典论·论文》把"文"分为八体：奏、议、书、论、铭、诔、诗、赋。西晋陆机《文赋》把"文"分为十体：诗、赋、碑、诔、铭、箴、颂、论、奏、说。刘勰《文心雕龙》五十篇，其中文体论二十篇，详论文体三十四种：诗、乐府、赋、颂、赞、祝、盟、铭、箴、诔、碑、哀、吊、杂文、谐、隐、史、传、诸子、论、说、诏、策、檄、移、封禅、章、表、奏、启、议、对、书、记，加上《辨骚》篇所论的骚体，共三十五种。各体之中又分很多子类，如"诗"分四言、五言、三六杂言、离合、回文、联句，"杂文"分对问、七、连珠、典、诰、誓、问、览、略、篇、章、曲、操、弄、引、吟、讽、谣、咏，"书记"分谱、籍、簿、录、方、术、占、式、律、令、法、制、符、契、券、疏、关、刺、解、牒、状、列、辞、谚二十四类。萧统《文选》将"文"分为赋、诗、骚、七、诏、册、令、教、文、表、上书、启、弹事、笺、奏记、书、檄、对问、设论、辞、序、颂、赞、符命、史论、史述赞、论、连珠、箴、铭、诔、哀、碑文、墓志、行状、吊文、祭文三十七类加以编选，其中尚不包括刘勰所列的"史传"、"诸子"。各类之中亦含有很多子类，如"诗"分补亡、述德、劝励、献诗、公宴、祖饯、咏史、百一、游仙、招隐、反招隐、游览、咏怀、哀伤、赠答、行旅、军戎、郊庙、乐府、挽歌、杂歌、杂诗、杂拟二十三个子类，"赋"分京都、郊祀、耕籍、畋猎、纪行、游览、宫殿、江海、物色、鸟兽、志、哀伤、论文、音乐、情等十五个子类，品目可谓繁多。①

　　唐宋元至明清，随着律诗的确立，词、曲等新文体的兴起，历代文学创作的积累，涌现了一系列的文章总集。它们大体遵循《文选》的套路，文体分类愈加繁琐。北宋初年李昉、徐铉等人编辑《文苑英华》一千卷，收文起于梁末，迄于唐代，以与《文选》相续。其文体分类亦与《文选》相似，而体类更繁。《文选》分体三十七，此书分体达五十五；《文选》"赋"的子类为十五，此书则为四十一。鉴于《文苑英华》卷数太多，难以通读，北宋初年姚铉选录十分之一，为《唐文粹》。姚氏在序中说"类次之，以嗣《文选》"，可见此书的文体分类仿效《文选》。该书分文体二十二类，较《文选》为少，这是鉴于《文选》分体的繁杂所改，而子类则有三百十六，更加繁琐。姚铉之后，体例类似的文集有南宋吕祖谦的《宋文鉴》，分体六十一类；元代苏天爵的《元文类》，分体四十三类；明代程敏政的《明文衡》，分体三十八类；吴讷的《文章辨体》，分体五十九类；徐师曾的《文体明辨》，分体一百二十七类。文体分类发展至此，诚如《四库全书总目》卷一九二所批评："千条万绪，无复体例可求。"有鉴于此，清代的文体分类趋向简括，如储欣纂集的《唐宋十大家类选》把散文分为六大类，即奏疏、论著、书状、序记、传志、词章。姚鼐《古文辞类纂》把"文辞"分成论辨、序跋、奏议、书说、赠序、诏令、传状、碑志、杂记、箴铭、颂赞、辞赋、哀祭十三类加以编纂。曾国藩《经史百家杂抄》分体十三类。张相《古今文综》分体十二类。尽管比以前更简括了，但比起西方的"三分法"和今天通行的"四分法"来说仍然很

① 《文选》文体分类，说法不一，有人说是三十八类，其中"文"作"策文"；诗的子类"公宴"作"公燕"、"赠答"作"赠言"、"军戎"作"军戍"，这里从中华书局 1977 年《文选》本。

繁琐，且其中尚不包括小说、戏剧两种文体在内。

中国古代所以会有如此众多的文体概念，是由于把按照不同标准划分的不同属种关系的文体相加的结果。它或者是按照内容的特点划分文体，或者按照形式的特点划分文体，或者按照用途的特点划分文体，或者按内容与形式或形式与用途的整体特色划分文体；在形式标准中，或按照写作方式特点命名文体，或按照题目的特点命名文体(如"七"就是题目中都有"七"字的辞赋)，或按照作者的名称命名文体(如"诸子")。然后再把这些按照不同标准划分的文体加在一起排列、统计。这就使中国古代的文体分类呈现出利弊共存的特点：一方面，文体划分日益精细，标志着文学创作的繁荣和文论家、文集编订者对文体认识的不断深入，标志着古代文体思想的深入发展；另一方面，就在文体划分日趋繁富的同时，中国人的思维弱点也强烈暴露出来，那就是在逻辑上属种关系不分，把不同层次的概念放在同一层次上并加以并列，结果出现概念的外延彼此交叉的现象。如"赋"与"骚"、"七"的交叉，"诗"与"乐府"的交叉，"策"、"论"、"说"、"议"之间的交叉等等。这就给今人把握古代的文体概念带来了逻辑的混乱。

这种特点，从深层机制上看，是古代中国人重感性、重经验的思维方式的产物。此外，佛教的影响也是一个不应忽略的因素。佛教虽然是有讲逻辑的因明学，但是第一，它主要是讲因果逻辑的，而不怎么讲概念的属种关系①；第二，即使是这样的逻辑学，在中国也只为唯识宗所有，②而唯识宗在中国佛教的传播中影响是很短暂、很有限的。佛教认为佛理不能由名言概念来表达、不能由逻辑思维穷尽，决定了佛教对逻辑概念的基本态度。所以佛教著作中的许多概念属种关系极为混乱。如佛教各派都十分重视的"三科"是怎么构成的呢？一科是"五蕴"：即色、受、想、行、识；一科是"十二处"，即眼、耳、鼻、舌、身、意"六根"与色、声、香、味、触、法"六境"(又名"六尘")之和；另一科是"十八界"，即"十二处"之上再加眼识、耳识、鼻识、舌识、身识、意识"六识"。佛教教导人们从这三方面观察、分析人及其所处的世界。可见这"三科"并不是独立的三方面。它们之间彼此重复包容，人们根本无法从这三方面认识世界。不仅"三科"不是同一属种关系的概念，不能并列，而且属于两类概念的"十二处"、属于三类概念的"十八界"，按概念的逻辑要求都不能并列，可佛教就是这样把它们并列在一起了。③ 禅宗突出了佛理与概念、逻辑的矛盾性，把佛教的这种逻辑弱点推到了极端。从梁代的刘勰，唐代的皎然、司空图起，佛教的思维方式逐渐渗透到文学批评理论中来。佛教对于

---

① 关于印度因明学与西方逻辑学的同异，参虞愚《因明学》，中华书局1989年版，第3页、第28页。
② 虞愚《因明学》第二章描述因明学在中国传播的历史是："唐贞观三年，玄奘大师留学印度……学习因明，归国后译《因明正理门论》及《因明入正理论》二书。复以因明学大要授其弟子窥基，窥基著《因明入正理论大疏》八卷，阐扬尽致。厥后慧沼、智周、道邑、如理诸学者，相继而起，整理斯业……独惜元明以降，大疏佚失，正理沦亡，慧日沉空，放矢无的，黑暗百余年矣……"(第4页，版本同上)又该书《太虚法师序》："因中国为文学的、伦理的、自然无名的民族，对于辨析名理兴趣不厚，故发达者在反因明的禅宗，而因明学与应用因明学的法性法相学，均束高阁。"
③ 参阅方立天《佛教哲学》，中国人民大学出版社1986年版，第107～112页。

中国古代文学理论

概念属种关系不分的态度无疑对文学理论中同列概念的逻辑不严密性起了推波助澜的作用。

在古代关于文体的分类中,我们还可以发现两个特点。

1. 古代的文体是"文"的外延的表现。"文"的外延是由"文"的内涵决定的,"文"的外延反映着"文"的内涵。中国古代包括大量应用文在内的众多文体,充分说明了中国古代的"文"是广义的文学概念。如果要在它们之间找到什么共同点的话,那就是它们都是文字著作。

2. 古代文集都不收小说、戏剧,古代"文体"说对于文体的系统划分中也少见小说、戏剧这样的文体,而小说早在汉魏就大量存在,戏剧亦至宋元始盛。这说明,小说、戏剧在中国古代的地位不仅比不上诗赋史传,甚至比不上章表奏启这样的应用文。而无论从形象性、还是从情感性,还是从虚构性、想象性方面看,小说、戏剧在古代文学作品中都是极富审美性的,是最符合"文学"的"美"的标准的。古人鄙薄小说、戏剧,说明古人心目中的"文"或"文学"观念与今人的"纯文学"、"美文学"观念是大相径庭的,其对文学的虚构性、形象性远不如今人这样重视。

## 二、中国古代的文体论述

古代的文体思想,不仅体现在古人对文体的分类中,而且体现在古人对各种文体的理论剖析中。

最早的文体论可以上溯到《礼记》。其中的《曾子问》云:"贱不诔贵,幼不诔长,礼也。唯天子称天以诔之。诸侯相诔,非礼也。"这是对"诔"体的应用范围的表述。又其中《祭统》云:"铭者,自名也,自名以称扬其先祖之美而明著后世者也。"这里论述到"铭"文的涵义、用途。这可视为古代文体论的萌芽。

汉代,关于文体的论述多起来,但大多局限于个别文体,论述角度较为单一、零碎,某些表述也较含糊。如《毛诗序》对"诗"的定义和"风"、"雅"、"颂"的界说;刘安、司马迁、司马相如、扬雄、班固、王逸、刘歆等人对辞赋的论述;王充《论衡》对论说文体的论述;桓谭《新论》对"小说"的论述;蔡邕《独断》对诏令、奏议等文体的论述。《独断》所论文体有八,尚非文体的全部。每体的论述比较完整,如对"表"的性质、写作方法的论述:"表者,不需头,上言'臣某言',下言'臣某诚惶诚恐,顿首顿首,死罪死罪',左方下附曰'某官臣某甲上'。文多,用编竹两行,文少,以五行。"蔡邕又著《铭论》,这是关于"铭"文的专论。又《诗·鄘风·定之方中》毛传:"……田能施命,作器能铭,使能造命,升高能赋,师旅能誓,山川能说,丧纪能诔,祭祀能语。"[1]实际上间接论述到"命"、"铭"、"赋"、"誓"、"说"、"诔"、"语"几种文体的功能和适用范围。这一时期可视为古代文体论的滥觞。

---

① 《毛诗正义》卷三,《十三经注疏》上册"终然允臧"传,上海古籍出版社 1997 年版,第 316 页。

魏晋南北朝,诞生了相当系统、明晰的文体论,标志着古代文体论的成熟。如曹丕《典论·论文》指出:"夫文本同而末异,盖奏议宜雅,书论宜理,铭诔尚实,诗赋欲丽。"陆机《文赋》指出:"诗缘情而绮靡,赋体物而浏亮,碑披文以相质,诔缠绵而凄怆,铭博约而温润,箴顿挫而清壮,颂优游以彬蔚,论精微而朗畅,奏平彻以闲雅,说炜晔而谲狂。"分析揭示了每一类文体的特点。西晋后期挚虞编《文章流别集》,并"各为之论"①。刘师培《蒐集〈文章志〉材料方法》指出:"流别者,以文体为纲者也。"今传《文章流别论》为论述各种文体的理论专文。东晋李充著《翰林论》,配合文集所编各体文章评论文体,内容包括文体分类、文体起源和发展、相近文体辨析、文体代表作评析、文体风格及写作要求等,相当广泛。梁朝刘勰在《文心雕龙》专辟二十一篇②,按照"释名以章义"、"敷理以举统"、"选文以定篇"、"原始以表末"的方法,解释各种文体的涵义,论述各种文体的写作原理和特色,列选各种文体的代表作加以印证评定,追溯各种文体的起源与演变情况,"文体"论到了刘勰手中可以说达到了高峰。如界说"铭":"铭者,名也。观器必也正名,审用贵乎盛德。"论"箴":"箴者,针也,所以攻疾防患,喻针石也。"论"诔":"诔者,累也,累其德行,旌之不朽也。"论"哀":"哀者,依业。悲实依心,故曰哀也。"分析各体文章特点:"章表奏议,则准的乎典雅;赋颂歌诗,则羽仪乎清丽;符檄书移,则楷式于明断;史论序注,则师范于核要;箴铭碑诔,则体制于宏深;连珠七辞,则从事于巧艳。此循体而成势,随变而立功者也。"③

　　唐宋元三朝,古代文体论经历了漫长的发展期。唐代王瑞《致毂子石格》、宋代张表臣《珊瑚钩诗话》、姜夔《白石道人诗说》、陈骙《文则》、元代陈绎曾《文说》、《文筌》等著作对诗文体裁继续有所探讨。如宋代姜夔《白石道人诗说》对这一时期出现的新诗体做出理论概括:"守法度曰诗,载始末曰引,体如行书曰行,放情曰歌,兼之曰歌行,悲如蛩螀曰吟,通乎俚俗曰谣,委曲尽情曰曲。"张表臣《示客》对"客有问古今体制不一"的回答,对十七种诗歌体裁和三十六种散文体裁的界定更富有理论的概括性和准确性:"美刺风化,缓而不迫谓之'风'。采摭事物,摛华布体谓之'赋'。推明政治,庄语得失谓之'雅'。形容盛德,扬厉休功谓之'颂'。幽忧愤悱、寓之比兴谓之'骚'。感触事物、托于文章谓之'辞'。程事较功,考实定名谓之'铭'。援古刺今,箴戒得失谓之'箴'。猗迁抑扬,永言谓之'歌'。非鼓非钟,徒歌谓之'谣'。步骤驰骋,斐然成章谓之'行'。品秩先后,叙而推之谓之'引'。声音杂比,高下短长谓之'曲'。吁嗟慨叹,悲忧深思谓之'吟'。吟咏情性、总合而言志谓之'诗'。苏李而上,高古简淡谓之'古'。沈宋而下,法律精切谓之'律'。——此诗之语众体也。帝王之言,出法度以制人者,谓之'制'。丝纶之语,若日月之垂照者,谓之'诏'。'制'与'诏'同,'诏'亦'制'也。道其常而作彝宪者,谓之'典'。陈其谋而成嘉猷者,谓之'诰'。即师众而申之者,谓之'誓'。因官使而命之者,谓之'命'。出于上者,谓之'教'。行于下者,谓之'令'。时而戒之

① 《晋书·挚虞传》,中华书局 1974 年版。
② 包括《辨骚》篇在内。按: 此篇既是总论,又是文体论。
③ 刘勰《文心雕龙·定势》,范文澜《文心雕龙注》,人民文学出版社 1958 年版。

者,'敕'也。言而喻之者,'宣'也。咨而扬之者,'赞'也。登而崇之者,'册'也。言其伦而析之者,'论'也。度其宜而揆之者,'议'也。别嫌疑而明之者,'辨'也。正是非而著之者,'说'也。'记'者,记其实也。'纂'者,缵而述焉者也。'策'者,条而对焉者也。'传'者,传而信之也。'序'者,绪而陈之者也。'碑'者,披列事功而载之金石也。'碣'者,揭示操行而立之墓隧也。'诔'者,累其素履,而质之鬼神也。'志'者,识其行藏,而谨其终始也。'檄'者,激发人心,而喻之祸福也。'移'者,自近移远,使之周知也。'表'者,布臣子之心,致君父之前也。'笺'者,修储后之问,申宫闱之仪也。'简'者,质言之而略也。'启'者,文言之而详也。'状'者,言之于公上也。'牒'者,用之于官府也。捷书不箴,插羽而传之者,'露布'也。尺牍无封,指事而陈之者,'札子'也。青黄黼黻,经纬以相成者,总谓之'文'也。——此'文'之异名也。"①

明清是古代文体论的繁荣期,文体的理论探讨继六朝后达到了又一次高潮。明代前期吴讷对所编总集《文章辨体》收录的五十九种文体分别附《序说》加以理论阐释。万历初徐师曾对自己所编的《文体明辨》中一百二十七种文体同样分别"序说"。明末贺复征再补吴讷之作,编成《文章辨体汇选》,亦间有"序说"。陈懋仁广搜文体论著来注释任昉《文章缘起》,并补撰《续文章缘起》六十五体。朱荃宰撰《文通》三十一卷,"取古今文章流别及诗文格律,一一为之条析"②,为文体论专著。清代姚鼐《古文辞类纂序》虽然不满以往文体分类过于繁琐而将众多文体概括为十三类,但在依体附论这一点上则步尘明人,每类文体均附有《序目》。如论"赠序":"赠序类者,老子曰:'君子赠人以言。'颜渊、子路之相违,则以言相赠处。梁王觞诸侯于范台,鲁君择言而进,所以致敬爱、陈忠告之谊也。唐初赠人,始以'序'名,作者亦众。至于昌黎,乃得古人之意,其文冠绝前后作者。苏允明之考名'序',故苏氏讳'序',或曰'引',或曰'说'。今悉依其体,编之于此。"吴曾祺以《古文辞类纂》十三类为纲,每类又析为子目,编成总集《涵芬楼古今文钞》,卷首撰有《文体刍言》十三篇,对文体源流、同异辨析尤精。相比而言,明清时期人们对辨明文体在文学创作中的重要作用有了更为深入的认识。如明代陈洪谟指出:"文莫先于辨体,体正而后意以经之,气以贯之,辞以饰之。体者,文之干也。意者,文之帅也。气者,文之翼也。辞者,文之华也。"③徐师曾《文体明辨序》指出:"夫文章之有体裁,犹宫室之有制度,器皿之有法式也";"苟舍制度法式,而率意为之,其不见笑于识者鲜矣,况文章乎"?顾尔行《刻文体明辨序》也说:"尝谓陶者尚型,冶者尚范,方者尚矩,圆者尚规。文章之有体也,此陶冶之型范,而方圆之规矩也。"

中国古代的文体论,论及文体分类、特征、风格、作用、缘起、渊源、流变等等,④自成特色。由于分类繁琐,不尽符合逻辑,也不尽系统,今天我们介绍古代文体,不必按古代文体论

① 张表臣《珊瑚钩诗话》卷三,《历代诗话》上,中华书局1981年版,第475~第476页。

② 永瑢纪昀主编《四库全书总目提要》卷一九七。

③ 徐师曾《文体明辨》卷首引,《文体明辨序说》,人民文学出版社1962年版。

④ 参见朱迎平《中国古代文体论论略》,《古典文学与文献论集》,上海财经大学出版社1998年版。

的方式去展开。下面我们按今天文体四分法来看看古代的散文、诗歌、小说、戏曲的体裁特点。

## （一）文

"文"作为文体，古代有两层意思。

一是与"笔"对举的文体。按刘勰《文心雕龙》的说法，"文"是有韵的文学作品，"笔"是无韵的文学作品。《文心雕龙》中《辨骚》《明诗》《乐府》《诠赋》《颂赞》《祝盟》《铭箴》《诔碑》《哀吊》《杂文》（包括对问、七、连珠）《谐隐》诸篇，所论为有韵之"文"；《史传》《诸子》《论说》《诏策》《檄移》《封禅》《章表》《奏启》《议对》《书记》诸篇，所论是无韵之"笔"。

二是与"诗"对举的文体，以散句单行为主，行文最为自由，泛指散文。散文下面又分设各体，但在整体上呈现出与"诗"不同的特色。从表现内容上说，"夫所谓'文'者，有论理之文，有论事之文，有叙事之文……"①不像诗歌仅局限于情志的表达。所以元好问说："有所记述之谓'文'，吟咏情性之为'诗'。"②明张佳胤说："文依事，事述而核，衍之以篇"；"诗依情，情发而葩，约之以韵"③。从表现形式上说，散文的语言技巧要求不如诗那样高。刘禹锡说："心之精微，发而为文；文之神妙，咏而为诗。"④明苏伯衡说："言之精者谓'文'，'诗'又文之精者。"⑤李东阳说："言之成章为'文'，文之成声则为'诗'。'诗'与'文'同谓之言，亦各有体而不相乱。"⑥从表现手法上说，"诗与文体迥不类……诗主风神，文先理道"⑦。如果把内容喻为"米"，则文好比"炊而为饭"，诗好比"酿而为酒"，"文之措辞必副乎意，犹饭之不变米形，啖之则饱也；诗之措词不必副乎意，犹酒之尽变米形，饮之则醉也"⑧。从作品风格上说，文与诗亦不同："文显而直，诗曲而隐"⑨，"文之词达，诗之词婉"⑩，"文尚典实，诗贵清空"⑪。

然而，"文"是一个大的文体概念，它下面还有许多子概念。现在我们依照姚鼐《古文辞类纂》所划分的古代散文的十三类体裁，简略谈谈其特点。

1. "论辨"。即论说文，包括哲学论文、政治论文、史论、文论等。先秦诸子书，一般都可视为论文集。单篇论文则以贾谊《过秦论》为最早。论辨文或阐明一个道理（论），或辩驳别人的言论（辩）。如《淮南子》、《过秦论》是论，《论衡》、《神灭论》则是辨。

---

① 秦观《韩愈论》，《淮海集》卷二二，《淮海集笺注》，上海古籍出版社 2000 年版。

② 元好问《杨叔能小亨集引》，《遗山先生文集》卷三六，《四部丛刊》本。

③ 《李沧溟先生集序》，《沧溟先生集》卷首，明万历重刊本。

④ 刘禹锡《唐故尚书主客员外郎卢公集记》，《刘梦得文集》卷二三，上海古籍出版社 1994 年版。

⑤ 苏伯衡《雁山樵唱集》，《苏平仲文集》卷五，《四库全书》本。

⑥ 李东阳《匏翁家藏集序》，《怀麓堂集》文后卷。六十四，《四库全书》本。

⑦ 胡应麟《诗薮》内编卷一，上海古籍出版社 1979 年版。

⑧ 胡应麟《诗薮》内编卷一，上海古籍出版社 1979 年版。

⑨ 吴乔《围炉诗话》卷一，齐鲁书社 1997 年版。

⑩ 吴乔《围炉诗话》卷一，齐鲁书社 1997 年版。

⑪ 许学夷《诗源辩体》卷一，民国壬戌上海重印本。

2. “序跋”。即一部书(或一篇文章)的序言或后序。序(古代又写作“叙”)是一般的序言,放在书的前面。跋则放在书的后面,即后序。上古至中古的序都放在书的后面。有人认为《天下》篇就是《庄子》的序。至于《淮南子·要略》篇,《论衡·自记》篇,《史记·太史公自序》《汉书·叙传》《文心雕龙·序志》,显然都是序,而它们都是放在后面的,《说文解字》的序也在后面。后来如萧统《文选》等书,序文才移到书的前面。

3. “奏议”。即臣子呈给皇帝的书信,包括《文心雕龙》所说的“章表”、“奏启”、“议对”。《文心雕龙·章表》云:“章以谢恩,奏以按劾,表以陈情,议以执异。”可见古时候章、奏、表、议四者是有分别的,后来这种分别则逐渐消失了。此外还有“疏”、“上书”、“封事”。“疏”的本义是条陈,“封事”是预防泄露的秘密奏议。“对策”简称“策”,是奏议的一个附类。《文心雕龙·议对》说:“对策者,应诏而陈政也。”这是应举时由皇帝出题目,应举者陈述对政治上某一问题意见的政论。汉代晁错、董仲舒以对策著名。

4. “书说”。“书”指一般的书信,“说”大多是游士游说别国人君的言词。

5. “赠序”。这是一种赠人的文字。古人有“赠言”。到唐初,赠言成为一种文体,叫“序”。韩愈所作的“赠序”最多,也被认为是写得最好的。

6. “诏令”。即皇帝对臣下的书信。诏令和奏议本来都是书信,但因专制时代最高统治者被认为与一般人不同,所以臣子给皇帝的书信叫“奏议”,皇上给臣下的书信叫“诏令”。皇帝下达的文书还有“制”、“诰”等等。“檄”是诏令的一个附类,它被用来揭露、声讨罪恶。当然,“檄”文有时也不一定是由皇帝发出的,敌国之间相互声讨,也常用檄文。

7. “传状”。即记述个人生平事迹的文章,一般是记述死者的事迹。传状来源于《史记》、《汉书》。拿《史记》来说,《项羽本纪》、《孔子世家》、《淮阴侯列传》、《魏其武安侯列传》等,都应该属于“传”。① 除“传”之外,有所谓“行状”,又称“行述”、“行略”、“事略”等。“行状”本来是提供给礼官为死者议定谥号,或提供给史官采择立传的。又,请人写墓志、碑铭之类,也往往提供行状。有的行状实际上是一篇很好的传记,如柳宗元的《段太尉逸事状》②。传奇小说,如《霍小玉传》、《李娃传》、《莺莺传》等,可归入传状类。

8. “碑志”。包括碑铭和墓志铭。碑铭的范围颇广。有封禅和纪功的刻文,如秦始皇《泰山刻文》,班固《封燕然山铭》,韩愈《平淮西碑》。有寺观、桥梁等建筑物的刻文,如王简栖的《头陀寺碑文》,韩愈《南海神庙碑》。此外还有墓碑,这是记载死者生前事迹的,文章最后有铭(韵语)。古代大官的墓碑是树立在墓前道路(神道)上的,所以叫“神道碑”;官阶低的则树立墓碣。“墓碣”与“墓碑”没有什么差别,只是碑、碣本身的形制不同而已。③ 此外还有一

---

① 姚鼐认为正史的传不算传状,故《古文辞类纂》只收韩愈《圬者王承福传》、柳宗元《种树者郭橐驼传》等,这是不确的。

② 徐师曾《文体明辨》:“逸事状则但录其逸者,其所已载,不必详焉,乃状之变体也。”

③ 《唐六典》卷四:“五品以上立碑,螭首龟趺(碑首盘螭形,碑座龟形),趺上高不过九尺。七品以上立碣,圭首方趺,趺高不过四尺。若隐论道素,孝义著闻,虽不仕亦立碣。”明三品以上立神道碑。

种"墓表",无论死者入仕与否都可以树立。墓表也是立在神道上的,故又叫"神道表"。墓表一般没有铭。"墓志铭"("墓志")也是记载死者生前事迹的,前有志,后有铭。它一般是两块方石,一底一盖,底刻志铭,盖刻标题(某朝某官某人墓志),安葬时埋在墓圹里,据说是用来为防备陵谷变迁,以便后人辨认,所以后来又称为"埋铭"、"圹铭"、"圹志"。

9. "杂记"。包括除传状、碑志以外的一切记叙文。有刻石的,如柳宗元《永州韦使君新堂记》;有不刻石的,如柳宗元的山水游记。杂记的特点是叙事,但是宋古文家的杂记往往是叙中夹论,像苏辙的《快哉亭记》、范仲淹的《岳阳楼记》则是议论多于叙事。

10. "箴铭"。即用于规戒的文章,多用来诫勉自己。如刘禹锡的《陋室铭》。

11. "辞赋"。即"赋"。见下文专述。

12. "颂赞"。即用于颂赞的文章,一般是对别人的歌颂和赞扬。韩愈《子产不毁乡校颂》是其一例。另有一种"赞"与颂赞的赞不同,那只是几句总结性的话,如《文心雕龙》每篇后的赞。

13. "哀祭"。包括哀辞和祭文。二者都是哀吊死者的文章,但祭文则是设祭时拿来宣读的。"诔",就其内容说,是在碑志与哀辞之间的。《文心雕龙·诔碑》说:"大夫之材,临丧能诔。诔者,累也,累其德行,旌之不朽也。"由此看来,诔文很像墓志,只是不刻石罢了。颜延年的《陶徵士诔》就是叙述陶渊明德行的。后来的诔和哀辞已没有多大差别。①

这里我们必须指出两点:

1. 古代与"诗"对举的"文"并非完全不押韵。其中"辞赋"、"颂赞"、"箴铭"是完全的韵文。"碑志"中的"封禅"是自首至尾用韵。纪功的刻文就不一定完全用韵,特别是唐代以后,碑文往往不用韵部分长于韵文部分。"墓碑"、"墓志铭"情况亦然。"哀祭"是接近辞赋的,一般是完全的韵文,如李翱的《祭韩侍郎文》。此外,在杂记、序文中也有用韵的情况,虽不是全部用韵,如柳宗元的《永州韦使君新堂记》和《愚溪诗序》。

2. 古代的散文分类其界限并不是十分清楚的。有的同名而异实,如"序跋"的序与"赠序"的序、"箴铭"的铭与"碑铭"的铭就完全不同。就内容看,有些文体彼此跨类,如贾谊的《论积贮疏》虽然属奏议类,但通篇议论,很像一篇论说文。韩愈的《送孟东野序》虽属赠序类,但通篇说理,也很像一篇论说文。扬雄的《解嘲》,《文选》按其内容归入"设论"类,《古文辞类纂》按其形式则归入"辞赋"类。贾谊的《吊屈原赋》明言为"辞赋",但《文选》和《古文辞类纂》都把它放在"哀祭"类。由此,我们可以进一步认识古代中国文论家的思维特点和由此体现的文化性格。

这里重点谈一谈"赋"。赋,古人习惯把它视为"文"的一种,如秦观《韩愈论》称之为"托词之文",姚鼐《古文辞类纂》亦作如是观。从押韵这一点上看,它与诗是相通的,所以古人往往诗赋并称,曹丕《典论·论文》讲"诗赋欲丽",就是一例。在这个意义上,班固《两都赋序》说:"赋者,古诗之流也。""赋"字的本义是"铺"、"敷"、"布",即陈列式地叙写。它决定了"赋"

① 据王力主编《古代汉语》下册第一分册"古汉语通论"第二十三"古文的文体及其特点",中华书局1979年版。

这种文体的写作特点是铺物陈志,铺采摛藻,正如刘勰《诠赋》篇所说:"赋者,铺也,铺采摛文,体物写志也。"赋体表现在内容和形式方面的这两个特点贯穿了整个赋史,而以汉赋最为典型。如司马相如的《上林赋》,其内容是详尽地铺叙上林苑的水势、山形、虫鱼、鸟兽、草木、珠玉、宫馆等景物与皇帝在苑中进行畋猎、宴乐等情况。与此相对应,作品在表现形式上罗列了大量的辞藻,真可谓"闳侈巨丽"。赋的结构可以有三部分,前面有"序",中间是赋的主体,后面有"乱"或"讯"。"序"说明作赋的原因,"乱"或"讯"概括全篇大意。正如《文心雕龙·诠赋》所云:"既履端于倡序,亦归余于总乱。序以建言,首引本情;乱以理篇,迭致文契。"但"序"和"乱"不是赋一定要具备的。赋的用韵有下列五个特点:(1)由于赋的篇幅较长,一韵到底极少,中间往往换韵。(2)赋的换韵往往与内容的段落一致。(3)赋的押韵,有的句句押,有的隔句押。(4)赋的韵脚不一定在句末,往往在句末虚词的前面;句末的虚词一般不用作韵脚,但也有用来押韵的。(5)韵脚以不重复为原则。当然,赋的这些特点并不是固定不变的,它随着赋的变化而变化。在中国古代,赋曾经历了先秦骚赋、汉代辞赋、六朝骈赋、唐代律赋、宋代文赋的演变。它们又各呈其趣。"骚赋",扬雄称之为"诗人之赋",即楚辞和汉初赋家依照楚辞体式写的赋。按程廷祚《骚赋论》的说法,它"长于言幽怨之情",咏物说理的成分少;形式上一般是六言,或加"兮"字成七言,基本不杂散句;句与句、段与段之间重内在联系,极少用关联词;诗的成分多,散文的成分少。"辞赋",又叫"古赋"、"辞人之赋"(扬雄),即汉赋。它咏物说理的成分多,抒情的成分少;散文的成分多,诗的成分少。句式以四言六言为主,但并不限定;韵文中夹杂散文;句与句,段与段之间多用"故"、"是故"、"是以"、"然而"、"然则"、"若夫"、"且"、"虽"、"遂"等关联词;多采用问答体;篇幅一般比较长,故又有"逞辞大赋"之称。"骈赋"又叫"俳赋"。孙梅《四六丛话》:"左、陆以下,渐趋整炼,益事妍华,古赋一变而为骈赋。"六朝骈赋与汉代古赋最大的不同是骈偶与用典,另外,篇幅一般比较短小。"律赋"是唐宋时代科举考试采用的一种诗体赋。它比骈赋更追求对仗工整,更注意平仄谐和。最明显的特点是押韵有严格的限制。一般由考官命题,并出八个韵字,[1]规定八类韵脚,所以说是"八韵律赋"。除韵字有规定外,甚至押韵的次序、韵脚的平仄也有规定。文赋是受古文运动影响产生的。中唐以后,古文家所作的赋逐渐以散代骈,句式参差,押韵亦较随便,形式上与六朝赋差别很大,但也不像汉赋那样一味重视铺排和藻饰,而是用散文的文法写赋,通篇贯穿散文的气势,流荡着诗的氛围。苏轼的《前赤壁赋》是文赋的代表作。从句式上讲,文赋虽不乏诗的语言而未完全散文化,但散文的成分无疑占更大比重[2]。

在古代与诗相对的"文"中,还有一种著名的文体"骈文"。骈文是汉以后出现的文体。司马相如、扬雄等人的文章中往往运用许多平行的句子,班固、蔡邕等人的文章更讲究句法的整齐,可视为骈文的先河。而平行句法作为一种格式固定下来则是在魏晋。骈文在南北

---

① 律赋也有由皇帝亲自命题限韵的。律赋虽以八韵为通例,但也有三、四、五、六、七韵的。详见宋代洪迈《容斋续笔》卷一三。

② 参见王力主编《古代汉语》下册第二分册"通论"二十七"赋的构成",中华书局 1979 年版。

朝进入全盛时代,并成为文章的正宗。唐宋以后,骈文的正统地位被"古文"代替,但仍旧有人写骈文。骈文的特点一是语句方面的"骈偶"和"四六"。"骈偶"即用平行的两句话两两配对。"四六"指骈文一般用四字句和六字句,其基本的结构有五种:(1)四四,如"从制锋起,源流间出"。(2)六六,如"缀平台之逸响,采南皮之高韵"。(3)四四四四,如"两岸石壁,五色交辉;青林翠竹,四时具备"。(4)四六四六,如"渔舟唱晚,响穷彭蠡之滨;雁阵惊寒,声断衡阳之浦"。(5)六四六四,如"申包胥之顿地,碎之以首;蔡威公之泪尽,加之以血"。因此,骈文在晚唐又叫"四六",从宋至明都沿用此称,清代才叫"骈体文"。骈文的第二个特点是语音的"平仄相对",即平行的两句以平对仄,以仄对平。骈文的第三个特点是修辞方面讲究"用事"和"藻饰"。"藻饰"即追求词藻华丽,颜色、金玉、灵禽、奇兽、香花、异草等类的词是骈文用得最多的词语。六朝许多骈文仅颜色一类词往往占全文字数十分之一以上。用事即运用典故使意思的表达更加委婉、典雅。由于骈文崇尚用事,且典故受到"四六"句式的限制,表达不够详明,故非有丰富深厚的历史知识便无法阅读骈文,如庾信的《哀江南赋》即是一例。①

## (二)诗

"诗"作为文体概念有广、狭义之分。广义的诗,包括狭义的诗和词、曲,所谓"诗降而为词,词降而为曲"②。词、曲与诗本是一体:"诗放情曰歌,悲如蛩螿曰吟,通乎俚俗曰谣,载始末曰引,委曲尽情曰曲。"③"歌"、"吟"、"谣"、"引"、"曲"都是"诗"。其共通特点是内容以表情达意为主,语言为"文之精者"。狭义的诗则是与词、曲并列的一种诗歌体裁。从格律上看,它分古体诗与近体诗,从句式上看,它分四言诗、五言诗、七言诗、杂言诗④。它区别于词、曲的特点是什么呢?首先,词、曲只能言情,而诗在言情之外还可言志,它与理的关系比词、曲来得密切。其次,诗有诗律,词有词律,曲有曲律,彼此断然不同。比如对仗,近体诗避免同字相对,词则允许同字相对。再比如与入乐的关系,早期的诗与歌、舞三位一体,但后来与歌、舞的关系则不那么密切了,而词、曲则一定要可以被之管弦,入乐歌唱。再次,由于诗重言志述理,所以在审美效果上它表现出对人的情感的控制,所谓"诗者,持也","持人性情,使归无邪",而词曲则不尽然。复次,从风格上看,"诗贵庄而词不嫌佻,诗贵厚(敦厚)而词不嫌薄(轻薄),诗贵含蓄而词不嫌流露"⑤。所以欧阳修在诗中是一本正经的正人君子,在词中却是风流倜傥的多情公子。

与诗相比,词在内容上侧重于言情,而且尤重言儿女之情。由于词在句式上长短参差错

① 详参王力主编《古代汉语》下册第一分册"通论"二十五、二十六"骈体文的构成"。中华书局 1979 年版。
② 黄宗羲《胡子藏院本序》,《黄梨洲文集》,中华书局 1959 年版。
③ 刘熙载《艺概·词曲概》,上海古籍出版社 1978 年版。
④ 关于五言诗、七言诗的语、句式、用韵等方面的具体规则,详参王力《古代汉语》下册第二分册"通论"、"诗律"。
⑤ 田同之《西圃词说》,词话丛编本。

中国古代文学理论

落,所以特别长于言情,故清人说:"情有文不能达、诗不能道者,而独于长短句中可以委婉形容之。"①从形式上说,诗不必入乐,词则必须入乐;诗的格律整饬易记,词由于句式长短不等,格律不易记,所以古人说:"词之作难于诗,盖音律欲动其协,不协则成长短之诗。"②"诗律宽而词律严。"③从风格上说,词之境长而诗之境阔,词宜媚而诗宜庄,"诗宜悠远而有余味,词宜明白而不难知"④。"词之为体如美人,而诗则壮士也;如春华,而诗则秋实也;如夭桃繁杏,而诗则劲松贞柏也"⑤。当然,这是就词体的"本色"而言的。从苏轼开始,无论在内容上还是在形式上、风格上都"以诗为词",因而词后来也讲"比兴寄托",也有"曲子缚不住者",也有苏轼、辛弃疾这样的"壮士",黄庭坚、陆游这样的"秋实",岳飞、文天祥这样的"劲松贞柏"。⑥

曲在句式参差、委曲尽情、要求合乐诸方面与词相同,所以古人常"词曲"联言;然亦有与词不同者,这表现在曲律不同于词律,"诗律宽而词律严,若曲则倍严矣"⑦;"曲贵口头言语,化俗为雅"⑧,而词则书面语的成分较曲为多;诗庄词媚,而曲则以"轻佻"为其风格特点;词虽不嫌露,但并不尚露,如婉约词,而曲则以露相尚;曲允许加衬字,词则不可。⑨

### (三) 戏剧

戏剧这种体裁,尽管古代文集没有收,但却是古代客观存在的一种文体。照王国维《宋元戏曲考》的看法,北齐时出现的歌舞戏《踏摇娘》是中国戏剧的雏形,经过唐代的参军戏、傀儡戏和宋代杂剧,到了元代杂剧和明代传奇,中国古典戏剧已经发展到自己的成熟期。随着戏剧艺术的发展,戏剧批评和戏剧理论也发展起来,元代就涌现了不少剧论,如胡祗遹的《优伶赵文益诗序》,燕南芝庵的《唱论》,周德清的《中原音韵》,钟嗣成的《录鬼簿》,夏庭芝的《青楼集》。明代的剧论就更多了,比较有名的是朱权的《太和正音谱》,李开先的《词谑》,何良俊的《四友斋丛说》,王世贞的《曲藻》,徐渭的《南词叙录》,沈璟的《南九宫词谱》《词隐先生手札两通》,臧懋循的《元曲选》及序,吕天成的《曲品》,冯梦龙的《墨憨斋词谱》《太霞新奏》,汤显祖的《牡丹亭题辞》《答吕姜山》,孟称舜的《古今名剧合选序》,王骥德的《曲律》,徐复祚的《曲论》,凌濛初的《谭曲杂札》,祁彪佳的《剧品》《远山堂曲品》和李贽关于《琵琶记》《拜月亭》等

---

① 查礼《铜鼓书堂词话》,词话丛编本。
② 沈义父《乐府指迷·论词四标准》,夏承焘校注,蔡嵩云笺释《词源注乐府指迷笺释》,人民文学出版社 1963 年版。
③ 黄周星《制曲枝语》,《中国古典戏曲论著集成》(七),中国戏剧出版社 1959 年版。
④ 李开先《西野春游词序》,《李开先集》上册,中华书局 1959 年版。
⑤ 田同之《西圃词说》,词话丛编本。
⑥ 田同之《西圃词说》,词话丛编本。
⑦ 黄周星《制曲枝语》,《中国古典戏曲论著集成》(七),中国戏剧出版社 1959 年版。
⑧ 黄宗羲《胡子藏院本序》,《黄梨洲文集》,中华书局 1959 年版。
⑨ 关于词、曲(包括剧曲)的特点及创作规则,详参王力《古代汉语》下册第二分册"通论"三十一"词律"、三十二"曲律"。

剧本的评点。清代，金圣叹关于《西厢记》的评点，李渔的《闲情偶记·词曲部》，王国维的《宋元戏曲考》，则把中国古代的戏剧理论推向高峰。在戏剧理论、批评的建树中，戏剧文体的特点也不断得到阐明。戏剧，古代叫"剧曲"，它从一开始就与"曲"结下了不解之缘，这是与西方戏剧(话剧)不同的地方，所以直到王骥德，剧论家们一直侧重从曲的音律和词采方面研究戏剧。其实戏剧不只是曲，还包含人物塑造的任务，在这一点上它与小说相通，所以近代剧论家们把戏剧与小说统称为"说部"。从李渔开始，剧论家们注意从演唱与人物塑造两方面来界说戏剧。如李渔指出："传奇一事……分为三项：曲也，白也，穿插联络之关目也。"①至王国维《宋元戏曲考》，戏剧的定义则更全面："必合言语、动作、歌唱以演唱一故事，而后戏剧之意义始全。"就戏剧作为曲、白、科统一的舞台艺术的文学因素而言，它是诗(曲)与文(白)的统一；就以剧中人的曲、白、科来表演一故事而言，它是表现文学与再现文学的统一；由于中国戏曲一开始就是以歌唱为特点的虚拟艺术，故较之贴近真实的西方话剧来讲，中国戏曲具有更大的象征性；西方戏剧有悲喜剧之分，中国戏剧则没有这种严格的区别。

### （四）小说

"小说"一词，最早见于《庄子·外物》："饰小说以干(求)县(悬)令(诏令)，其于大达(道)亦远矣。"这里所说的"小说"指琐屑的言谈，与"大道"相距甚远。它虽不完全等同于今天所说的小说概念，但却代表了中国古代对小说的基本看法。即小说是不登大雅之堂的卑微的文辞。汉代桓谭《新论》认为"小说家合丛残小语"，班固《汉书·艺文志》指出"小说家者流，盖出于稗官，街谈巷语，道听途说者之所造也"，也是如此。中国古代，小说曾经历了古代神话传说和街谈巷语、魏晋南北朝志人志怪小说、唐代传奇、宋元话本、明清小说的发展阶段，而小说理论亦曾经历了先秦两汉六朝的萌芽、发展时期，隋唐宋元的成熟时期，明清繁荣、更新时期的演变，尤其是叶昼、冯梦龙、金圣叹、张竹坡、毛宗岗、脂砚斋的小说批评，把古代具有民族特色的小说理论推向了高峰。

小说本属于"文"的一种，如《汉书·艺文志》把小说收在"诸子"类，《隋书·经籍志》把小说收在史部和子部，《古文辞类纂》把唐传奇收在"传状"中的传记类，"诸子"、"史"、"传"古代都认作"文"，但又与"文"不同。诸子重说理，小说则重叙事。史传(人物传记)强调写实，小说则允许虚构。一般文章只是状物达意，小说则以描写性格、塑造人物为使命。古代小说与今天所说的小说也不同。今天的小说不包括神话，古代则包括；今天的小说不包括史传，古代则包括；今天的小说以虚构为特征，古代则不必，像《世说新语》之类的纪实体也视为小说。由于内涵不同，古代小说的外延远比现在大得多。以《汉书·艺文志》为例，其中列为"小说"的既有"史官纪事"类的《青史子》，也有"迂诞依托"式的《黄帝说》；既有发哲理的议论如《宋子》，也有杂事逸闻的述录如《周考》。这种外延的小说概念一直延续到清末。由于古代把小说当作"史官之末事"，所以在对小说虚实特点的认识上呈现出自己的文化性格，一是以历史

---

① 《闲情偶记·词曲部》，《中国古典戏剧论著集成》(七)，中国戏剧出版社 1959 年版。

要求小说,强调实录,反对虚构;二是混同虚实,把小说中怪诞虚幻的描写当成事实,直到叶昼开始,才对小说的真中有幻、幻中有真、真幻相即的特点有了真正的认识。

# 第三节 "文质"说
## ——中国古代文学的形式内容关系论之一

古代文论的"文质"论走过了一段曲折历程。先秦时期,儒家主张"文质"并重,道家、墨家、法家则重质轻文乃至取质弃文。汉魏六朝时期,人们对文学的形式美日益重视,并就文学的形式与内容的关系取得了比较全面、辩证的认识。唐宋时期,重质轻文乃至弃文现象重新占主导地位。元明清则大抵是文质论的完善时期,人们纠正了以前在这个问题认识上的偏差,持论更加公允。历史积淀下来的"文质"说不仅注重在坚持内容第一位的前提下的文质统一,而且注意到文章内容与形式的相互生成,极富理论价值。

关于文学的形式与内容关系,古代文论的"文质"说、"言意"说、"形神"说从不同角度加以切入,从而形成了具有民族特色的形式内容关系论。本节剖析"文质"说的历史流变和内涵要点。

## 一、"文质"说的历史流变

先秦时期,各家从各自的人生观出发,对"文"与"质"的关系问题发表了自己的见解,形成了"百家争鸣"的格局。

儒家在做人上,主张以"仁"治内,以"礼"修外,在文艺上也主张"文质"并重。孔子说:"质胜文则野,文胜质则史,文质彬彬,然后君子。"①他于做人提出"文质彬彬"的理想,于"人文"现象的艺术品也提出"美善相乐"的要求。《韶》乐"尽美矣,又尽善也",他褒誉有加;《武》乐"尽美矣,未尽善也"②,他则表示出一种遗憾之情。荀子认为,人有许多自然属性,其中之一是喜爱声色之美,追求情感愉快。因此,"人不能无乐","乐者,圣人之所乐也"③。同时,荀子又认为,人的自然本性是"恶"的,必须通过后天"伪"的工夫对它加以改造、修缮。文学、音乐便是修缮人性的一种方式:"人之于文学也,犹玉之于琢磨也";"乐者……可以善民心"。

---

① 《论语·雍也》。
② 《论语·八佾》。
③ 《荀子·乐论》。

因而，文学、音乐不仅应讲究文饰美，而且应讲究内容善，做到寓教于乐，"美善相乐"①。《荀子》说："故人不能无乐，乐则不能无形，形而不为道，则不能无乱。先王恶其乱也，故制《雅》、《颂》之声以道之，使其声足以乐而不流；使其文足以辨而不谝；使其曲直、繁省、廉肉、节奏足以感动人之善心，使夫邪污之气无由得接焉。"②"乐者，圣人之所乐也，而可以善民心，其感人深，其移风易俗。故先王导之以礼乐而民和睦。夫民有好恶之情而无喜怒之应，则乱。先王恶其乱也，故修其行，正其乐，而天下顺焉。"③

与儒家的文质观不同，道家、墨家、法家都是重质轻文，乃至取质弃文的，而路数又各异其趣。道家的宇宙观、人生观以"道"为核心。"道"的特质是无声无臭无色无相的，所以道家不仅否定声色之美，连文章、音乐、绘画这样的整个艺术品都要否定。如庄子说："擢乱六律，铄绝竽瑟。塞瞽旷之耳，而天下始人含其聪矣；灭文章，散五采，胶离朱之目，而天下始人含其明矣。"④墨子虽然承认文章、音乐的声色之美，但又认为它对于衣食功利说来是一种奢侈、一种侵害。从维护"万民之利"出发，他反对"以文害用"⑤，提倡"先质而后文"⑥。他所以提出"非乐"的偏颇命题，也因乎此："夫仁者之为天下度也，非为其目之所美，耳之所乐……以此亏夺民衣食之财，仁者弗为也。是故子墨子之所以非乐者，非以大钟、鸣鼓、琴瑟、竽笙之声以为不乐也，非以刻镂文章之色以为不美也……然上考之不中圣王之事，下度之不中万民之利，是故子墨子曰：为乐非也。"⑦法家认为，治国的根本在务耕战，而诗书文艺非但与耕战无关，而且会使那些农夫士兵"怠于农战"⑧，从而使国家走上"必贫至削"的道路，因而主张"燔诗书"⑨，去文艺。后期法家的代表韩非着眼于文与质对立的一面，把文与质的矛盾夸大到势不两立的地步："夫恃貌而论情者，其情恶也，须饰而论质者，其质衰也。何以论之？和氏之璧不饰以五采，隋侯之珠不饰以银黄。其质至美，物不足以饰。夫物之待饰而后行者，其质不美也。"⑩

汉魏六朝，文学创作越来越向重文轻质的方向发展。正如刘勰《文心雕龙·通变》所论："……楚汉侈而艳，魏晋浅而绮，宋初讹而新。"另一方面，在文学理论上，人们对文学形式与内容的关系取得了相当公允、全面、深刻的认识。西汉扬雄针对韩非"良玉不雕，美言不文"的观点指出："玉不雕，玙璠不作器；言不文，典谟不作经。"⑪在《法言·吾子》中，他还指出：

① 《荀子·乐论》。

② 王先谦《荀子集解》下，中华书局 1988 年版，第 379 页，"谝"通"息"。

③ 王先谦《荀子集解》下，中华书局 1988 年版，第 381 页。

④ 《庄子·胠箧》。

⑤ 转引自《韩非子·外储说左上》。

⑥ 孙诒让《墨子间诂》附录引《说苑》、《墨子》佚文。案：原文见刘向《说苑》卷二〇《反质》引。

⑦ 《墨子·非乐》，《二十二子》本，上海古籍出版社 1986 年版。

⑧ 《商君书·农战》，《二十二子》本，上海古籍出版社 1986 年版。

⑨ 《韩非子·和氏》，《二十二子》本，上海古籍出版社 1986 年版。

⑩ 《韩非子·解老》，《二十二子》本，上海古籍出版社 1986 年版。

⑪ 扬雄《法言》卷五《寡见篇》，汪荣宝《法言义疏》，中华书局 1987 年版。

"或问：君子尚辞乎？曰：君子事之为尚。事胜辞则伉(率直)，辞胜事则赋，事辞称则经。足言足容，德之藻矣。"在肯定"事"重于"辞"的前提下又兼顾"事辞称"，既有所侧重，又未落入一偏。东汉王充也是如此。他在《论衡·超奇》中指出："有根株于下，有叶荣于上；有实核于内，有皮壳于外……实诚在胸臆，文墨著竹帛。外内表里，自相副称。意奋而笔纵，故文见而实露也。人之有文也，犹禽之有毛也。毛有五色，皆生于体。苟有文无实，是则五色之禽，毛妄生也。"汉代的"文质"说奠定了一个好的轮廓，魏晋南北朝沿着这个方向，把它描述得更加精细。如陆机《文赋》说："理扶质以立干，文垂条而结繁。"沈约推崇"以情纬文，以文被质"①。刘勰《文心雕龙·情采》论述"文"与"质"的相互依赖关系："夫水性虚而沦漪结，木体实而花萼振，文附质也；虎豹无文，则鞟同犬羊，犀兕有皮，而色资丹漆，质待文也。"据此他提出："情者文之经，辞者理之纬；经正而后纬成，理定而后辞昌，此立文之本源也。"钟嵘把"文质并重"的观点运用于诗歌品评，对于曹植"骨气奇高，词采华茂，情兼雅怨，体被文质"的作品加以盛誉，对刘桢"真骨凌霜，高风跨俗，但气过其文，雕润恨少"的作品或王粲"文秀而质羸"的作品则都表示不满②。北齐刘昼也说："画以摹形，故先质后文；言以写情，故先实后辩"③；"质不美者，虽崇饰不华"④。此外，那个以编选"义归乎翰藻"的《文选》著称的萧统在"文质"关系上也是颇为通达的："文典则累野，丽亦伤浮。能丽而不浮，典而不野，文质彬彬，有君子之致。"⑤

　　唐宋时期，六朝的"文质"并重观仍在延续。如魏徵《隋书·文学传序》在总结了"汉左宫商发越，贵于清绮；河朔词义贞刚，重乎气质"两种倾向后指出："若能掇彼清音，简兹累句，各去所短，合其两长，则文质彬彬，尽善尽美矣。"皎然《诗式》说："虽欲废词尚意，而典丽不得遗。"值得注意的是，这一时期出现了重质轻文、弃文的新现象，而且这种现象占主导地位，构成了这一时期"文质"论的时代特色。这种情况在隋朝和中唐以前表现为对建安以来至南朝时期诗文创作上唯形式美是求的华靡之风的矫枉过正，其中以李谔、王通、白居易为代表。李谔在《上隋高祖革文华书》中指出："魏之三祖，更尚文词，忽君人之大道，好雕虫之小艺。下之从上，有同影响，竞骋文华，遂成风俗。江左齐梁，其弊弥甚，贵贱贤愚，唯务吟咏，遂复遗理存异，寻虚逐微，竞一韵之奇，争一字之巧。连篇累牍，不出月露之形；积案盈箱，唯是风云之状……至如羲皇、舜、禹之典，伊、傅、周、孔之说，不复关心……损本逐末，流遍华壤，递相祖师，久而愈扇。"他主张，文章应"褒德序贤，明勋证理，苟非惩劝，义不徒然"。王通从尚质崇德出发，把南朝的文人几乎都否定了："谢灵运小人哉，其文傲，君子则谨。沈休文小人哉，其文冶，君子则典。鲍照、江淹，古之狷者也，其文急以怨。吴筠(当作均)、孔圭(孔稚

① 《宋书·谢灵运传论》，中华书局1974年版。
② 钟嵘《诗品》卷上，《历代诗话》上册，中华书局1981年版，第7页。
③ 刘昼《刘子·言苑》，傅亚庶《刘子校释》，中华书局1998年版。
④ 《刘子·言苑》。刘昼在中国文学批评史上是有一席位置的，但关于他的研究文章却不多，张辰、曹俊英的《刘昼文艺观初探》(《内蒙古大学学报》1989年第3期)有全面阐述，可参看。
⑤ 《答湘东王求文集及诗苑英华书》，《全梁文》，中华书局1958年版。

圭），古之狂者也，其文怪以怒。谢庄、王融，古之纤人也，其文碎。徐陵、庾信，古之夸人也，其文诞。或问孝绰兄弟，子曰：'鄙人也，其文淫。'或问湘东王兄弟，子曰：'贪人也，其文繁。'谢朓浅人也，其文捷。江总诡人也，其文虚。皆古之不利人也。"①白居易虽然宣称"诗者，根情，苗言，华声，实义"②，好像坚持文质的统一，但在历代诗歌的评论中，不但把六朝诗人都给否定了，而且对屈原的"归于怨思"，陶渊明的"偏放于田园"，李白的缺少风雅比兴，也深表不满；即便是对最推崇的杜甫，也感叹其包含"风雅比兴"的作品"不过三四十首"并深表遗憾，充分流露了重质轻文的倾向。在中唐以后到宋初，重质轻文的倾向表现为古文家对孔子"有德者必有言"的片面发挥和对晚唐、五代、宋初华靡文风的矫枉过正。韩愈说："夫所谓文者，必有诸其中，是故君子慎其实。实之美恶，其发也不掩。本深而末茂，形大而声宏，行峻而言厉……"③由此出发，他在《答李秀才书》中声称："愈之所志于古者，不惟其辞之好，好其道焉尔。"韩氏论文，虽然在"好道"的同时也有"好辞"的一面，但重道轻文的倾向还是很明显的。宋初古文家出于批判晚唐体、花间体、西崑体的现实斗争需要，又进一步发展了这种倾向。如欧阳修《答吴充秀才说》说："……大抵道胜者文不难而自至也……后世惑者，徒见前世之文传，以为学者文而已，故愈力愈勤而愈不至。"王安石《上人书》说："所谓文者，务为有补于世而已矣；所谓辞者，犹器之有刻镂绘画也。诚使巧且华，不必适用；诚使适用，亦不必巧且华……"石介《怪说》批判西崑体代表杨亿说："今杨亿穷妍极态，缀风月，弄花草，淫巧侈丽，浮华纂组，刓锼圣人之经，破碎圣人之言，离析圣人之意，蠹伤圣人之道，使天下不为《书》之典、谟、《禹贡》《洪范》，《诗》之《颂》《雅》，《易》之繇爻、十翼，而为杨亿之穷妍极态……其为大怪矣。"后来的道学家认为古文家重道轻文还给"文"留着一席之地，对"文"的否定还不彻底，所以加以批评修正，干脆主张道外无文。如周敦颐说："文辞，艺也；道德，实也……不知务道德而第以文辞为能者，艺焉而已。"④二程认为："作文害道。"⑤陆九渊说："艺即是道，道即是艺，岂惟二物！""主于道则欲消而艺亦可进，主于艺则欲炽而道亡，艺亦不进。"⑥朱熹批判李汉的"文者贯道之器"和欧阳修、苏轼的"文与道俱"观点："这文皆是从道中流出，岂有文反能贯道之理！"⑦从字面上我们看不出朱熹的"文从道出"与古文家的"文以贯道"有何区别。古文家的"文以贯道"表面上"文"是为"道"服务的。细细究来，"文"所以要"贯道"，不过是为了确立"文"自身的价值和文人的地位，其用心仍在"文"上。朱熹的用意则不同。他强调"文从道中流出"，目的是反对"文"的独立地位，反对人们以"文人"自命，要求人们以道德家为人生追求，以道德修养为全部旨归。如果说有"言"有"文"，那不过是道德修养的副产

① 王通《中说》，《四部丛刊》影宋本《文中子中说》。
② 白居易《与元九书》，《白氏长庆集》卷四五，文学古籍刊行社 1955 年版。
③ 韩愈《答尉迟生书》，《昌黎先生集》卷十五，蟫隐庐影宋世綵堂本。
④ 周敦颐《通书·文辞》，《周子通书》第二八，《正谊堂全书》本《濂洛关闽书》卷一。
⑤ 朱熹《河南程氏遗书》卷十八，《二程全书》，《四部备要》本。
⑥ 陆象山《语录》，《象山先生全集》卷三五，《四部丛刊》本。
⑦ 朱熹《朱子语类》卷一三九，应元书院本。

品,是道德情怀的自然表露。从这个意义上说,道文一体,道外无文。他说:"道外有物,固不足以为道;且文而无理,又安足以为文乎?盖道无适而不存者也。故即文以讲道,则文与道两得而一以贯之。"①"道者,文之根本;文者,道之枝叶。惟其根本乎道,所以发之于文者皆道也。"②

元明清时期基本是前代"文质"论的延续、完善时期。金代赵秉文的《竹溪先生文集序》说:"文以意为主,辞以达意而已。古之人不尚虚饰,因事遣辞,形吾心之所欲言者耳,间有心之所不能言者,而能形之于文,斯亦文之至乎?"王若虚《文辨》说:"凡文章须是典实过于浮华,平易多于奇险,始为知本末;世之作者,往往致力于其末,而终身不返,其颠倒亦甚矣。"这可以说是苏轼"辞以达意"思想的延续。明代宋濂《赠梁建中序》把文分为上中下三等:"其文之明,由其德之立;其德之立,宏深而正大,则其见于言自然光明而俊伟,此上焉者之事也。优柔于艺文之场,餍饫于今古之家,搴英而咀华,溯本而探源,其近道者则而效之,而害教者辟而绝之,俟心与理涵,行与心一,然后笔之于书。无非以明道为务,此中焉者之事也。其阅书也,搜文而摘句;其执笔也,厌常而新务;昼夜孜孜,日以学文为事,且曰:古之文淡乎其无味,我不可不加称艳焉;古之文纯乎其敛藏也,我不可不加驰骋焉。由是好胜之心生,夸多之习炽,务以悦人,惟曰不足,纵如张锦绣于庭,列珠贝于道,佳则诚佳,其去道益远矣,此下焉者之事也。"刘基《苏平仲文稿序》说:"文以理为主,而气以抒之。理不明,为虚文。"清章学诚说:"文,虚器也;道,实指也……文可以明道,亦可以叛道,非关文之工与不工也。"③"与其文而失实,何如质以传真也。"④这些则可视为唐宋古文家、道学家的余响。明代胡应麟指出:"诗之筋骨,犹木之根干也;肌肉,犹枝叶也;色泽神韵,犹花蕊也。筋骨立于中,肌肉荣于外,色泽神韵充溢其间,而后诗之美善备,犹木之根干苍然,枝叶蔚然,花蕊烂然,而后木之生意完。斯义也,盛唐诸子庶几近之。宋人专用意而废词,若枯株槁梧,虽根干屈盘,而绝无畅茂之象。元人专务华而离实,若落花坠蕊,虽红紫嫣嫚,而大都衰谢之风。"⑤又说:"汉人诗,质中有文,文中有质,浑然天成,绝无痕迹,所以冠绝古今。魏人瞻而不俳,华而不弱,然文与质离矣。晋与宋,文盛而质衰。齐与梁,文胜而质灭。陈、隋无论其质,即文无足论者。"⑥清王夫之说:"文因质立,质资文宣。"⑦方苞标举"义法","义,即《易》之所谓'言有物'也,法,即《易》之所谓'言有序'也。义以为经,而法纬之,然后为成体之文。"⑧其后继者姚鼐则把"义"具体化为"神、理、气、味",把"法"具体化为"格、律、声、色",如此等等,则是魏晋南北朝文质

① 朱熹《与汪尚书》,《晦庵先生朱文公文集》卷三十,《四部丛刊》本。
② 朱熹《朱子语类》卷一三九,应元书院本。
③ 章学诚《文史通义·言公》,嘉业堂本《章氏遗书》。
④ 章学诚《文史通义·古文十弊》,嘉业堂本《章氏遗书》。
⑤ 胡应麟《诗薮》外编卷五,上海古籍出版社1979年版。
⑥ 胡应麟《诗薮》内编卷二,上海古籍出版社1979年版。
⑦ 王夫之《古诗评选》卷五,萧子良《登山望雷居士精舍同沈右卫过刘先生墓下作》,文化艺术出版社1997年版。
⑧ 方苞《又书货殖传后》,《方望溪先生文集》卷二,《四部丛刊》本。

统一说的继承和发展。

当然，我们也应看到这个时期的"文质"论出现的新质。元代王恽《文辞先后》云："文之作，其来不一，有意先而辞后者，有辞先而就意者。"①明谢榛发挥道："诗有辞前意，辞后意。"②"今人作诗，忽立许大意思，束之以句则窘，辞不能达，意不能悉，譬如凿池贮青天，则所得不多；举杯收甘露，则被泽不广。此乃内出者有限，所谓'辞前意'也。或造句弗就，勿令疲其神思，且阅书醒心，忽然有得，意随笔生，而兴不可遏，入乎神化，殊非思虑所及；或因字得句，句由韵成，出乎天然，句意双美……此乃外来者无穷，所谓'辞后意'也。"③这里论述了文学的内容与形式是可以相互生成的，形式并不完全由内容所决定，它也可以决定内容。袁宏道也偏重"质"："物之传者必以质，文之不传，非曰不工，质不至也。"然而他所强调的"质"与古文家、道学家有着不同的内涵，那就是不为传统道德规范所拘的带有自由个性色彩的"性灵"，这是晚明资本主义生产关系萌芽、个性意识觉醒在"文质"论中的投影。

## 二、"文质"说的内涵

中国古代文论的"文质"关系说，其内涵有如下几个要点：

1. "质"决定"文"。文是由质派生的，是表现质的工具，有什么样的质就有什么样的文。

2. "文"决定"质"。首先，文也可以生成质，古代好多诗歌往往是先有一两个"警句"，后来据此生发开去，敷衍成篇的，它充分说明了"质"与"文"的关系并非仅仅是决定与被决定的关系，反之亦然。其次，作品中的"质"总是表现在"文"中的质，因此文辞形式的美丑、技巧的高低直接制约着"质"的表现，所以苏轼指出，"辞"要"达"意是相当不容易的，它需要高度的语言技巧："辞"能至于"达"，"足矣，不可以有加矣"④。

3. 在坚持言之有物、以"质"为重的前提下，达到"文质"统一。所谓"理扶质以立干，文垂条以结繁"；"凡为文以意为主，以气为辅，以辞采章句为之兵卫"⑤。由于"文因质立，质资文宣"，所以二者相互依赖，缺一不可，你中有我，我中有你，正所谓"文犹质，质犹文"。

4. 由此产生出"文质"关系的三种价值层次。最高一个层次是情信辞巧，志足言文，华实相副，文质相称，所谓"文质彬彬，尽善尽美矣"；中焉者质以胜文；下焉者文以胜质。

古代文论的"文质"说，认为"文"与"质"之间的关系是双向生成的关系，一反传统的文艺理论把文质关系看成"质"→"文"的单向生成关系的简单化观点，在今天的世界文艺理论格局中显得更有意义，值得我们好好去挖掘。

---

① 王恽《秋涧先生大全文集》卷四四，《四部丛刊》本。
② 谢榛《四溟诗话》卷一，人民文学出版社 1961 年版。
③ 谢榛《四溟诗话》卷四，人民文学出版社 1961 年版。
④ 苏轼《答王庠书》，《经进东坡文集事略》卷四六，文学古籍刊行社 1957 年版，另参苏轼《答谢民师书》。
⑤ 杜牧《答庄充书》，《樊川文集》卷十三，《四部丛刊》本。

## 三、"文质"说与"人道教"

  古代文论的"文质"原理，与古代的做人之道存在一定的对应关系。做人的理想是"仁""礼"两合，"文质彬彬"，文学的典范也是"美善相乐"、"情信辞巧"。做人上"女恶容之厚于德，不恶德之厚于容"①，为文也宁以"质"胜"文"，不以"文"胜"质"②。当有人由此出发提出"质有余者不受饰"，把重"文"轻"质"观推向极端时，人们加以矫正还是出于做人方面的道理："无盐缺容而有德，曷若文王太姒有容而有德乎？"③从历史渊源来看，先秦两汉文论中的"文质"说不过是做人方面"文质"说的移用。孔子说："质胜文则野，文胜质则史，文质彬彬，然后君子。"④这明显是论人的。他说"不学诗，无以言"⑤，"晋为伯，郑入陈，非文辞不为功"⑥，教导人们"辞欲巧"⑦，"慎辞哉"⑧，同时又以"巧言，令色，足恭"为"耻"，都与做人有关。据刘向《说苑·修文》，"孔子见子桑伯子，子桑伯子不衣冠而处。弟子曰：'夫子何为见此人乎？'曰：'其质美而无文，吾欲说而文之。'"可见，孔子在评论《韶》乐、《武》乐时表现出来的"美""善"并重主张，乃是他在做人的文质关系上恪守中庸之道的反映。庄子主张"擢乱六律，铄绝竽瑟"，灭弃文饰之美乃是成为得道之士的必由之路。墨子说："先质而后文，此圣人之务。"⑨韩非说："夫君子以情而去貌，好质而恶饰。"⑩汉代刘安说："文不胜质，之谓君子。"⑪刘向说："文质修者，谓之君子；有质而无文，谓之易野。"⑫扬雄说："圣人，文质者也。车服以彰之，藻色以明之，声音以扬之，诗书以光之。笾豆不陈，玉帛不分，琴瑟不铿，钟鼓不擅，则吾无以见圣人矣。"⑬他们几乎都是以做人上的文质之理为逻辑起点来论证文学中的文质关系的。台湾著名国学大师钱穆曾经指出："中国人所最重要者，乃为己之教，即……人道教。"⑭"人道教"即关于做人之道的说教。中国古代文论处在"人教"文化系统中，必然带有"人教"文化的系统质。古人从做人上的"文质"之理出发对文学上的"文质"关系作类比论

---

① 柳开《上大名府王学士第三书》，《河东先生集》卷五，《四部丛刊》本。
② 董仲舒《春秋繁露·玉杯》："志为质，物为文，文著于质……质文两备，然后其礼成……俱不能备……宁有质而无文。"
③ 皎然《诗式》，《十万卷楼丛书》本。
④ 《论语·雍也》。
⑤ 《论语·季氏》。
⑥ 《左传·襄公二十五年》引。
⑦ 《礼记·表记》引。
⑧ 《左传·襄公二十五年》引。
⑨ 转引自刘向《说苑·反质》。
⑩ 《韩非子·解老》。
⑪ 《淮南子·缪称训》。
⑫ 刘向《说苑·修文》，赵善诒《说苑疏证》，华东师范大学出版社1986年版。
⑬ 扬雄《法言·先知》，汪荣宝《法言义疏》，中华书局1987年版。
⑭ 钱穆《现代中国学术论衡》，岳麓书社1986年版，第7页。

证,乃是"人教"文化系统质的一种必然反映。

# 第四节 "言意"说
## ——中国古代文学的形式内容关系论之二

"言意"说是中国文论特有的形式内容关系论。其理论代表当推皎然、司空图、严羽。它的诞生既是表现主义文学本体论的逻辑要求,也是儒、道、佛、玄"言意之辨"哺育的结果。它有四层要义:一、作者必须调动全部手段来突出"意",努力使读者只看到"文字"所表达的"情性",而不被"文字"牵制、分散了注意力;二、掌握高度的文字技巧为表情达意服务,使语言文字具有高度的透明性,透明到"不见文字"的地步;三、通过"去词去意",把一部分"意"和与之对应的"言"删为"文外意"、"言外言",在有限中藏无限,"以少少许胜多多许";四、化"情语"为"景语",使"旨冥句中","意在象外"。

在以表现主义为特色的中国古代文学作品中,形式表现为"言",内容表现为"意"。"言意"说从另一侧面反映了中国古代的"文质"论,是中国文论特有的形式内容论。

## 一、皎然、司空图、严羽

古代文论"言意"说的材料芸芸多矣。其中有三个人尤其值得注意。一是中唐时期的诗僧皎然。他在继承前人成果的基础上对古代的"言意"说作了精辟概括,这就是他在《诗式》中评论谢灵运作品时说的:"但见情性,不睹文字","真于情性,尚于作用,不顾词采,而风流自然"。二是晚唐诗僧司空图。他在《二十四诗品》中把皎然的上述说法改造为"不著一字,尽得风流"这个命题。如果说皎然侧重于从读者的角度论及作品的言意关系,司空图则侧重于从创作的角度论及作品的言意典范。此外,他又提出"韵外之致"、"味外之旨"[①]、"景外之景"、"象外之象"[②]"四外"之说,丰富了"言意"论的内涵。第三位是南宋"以禅论诗"的严羽,他在《沧浪诗话·诗辨》中提出"别材"、"别趣"之说:"诗有别材,非关书也;诗有别趣,非关理也。而古人未尝不读书、不穷理,所谓不涉理路、不落言筌者,上也。"又说:"诗者,吟咏情性也。盛唐诗人惟在兴趣,羚羊挂角,无迹可求,故其妙处莹彻玲珑,不可凑泊,如空中之音,相

---

① 司空图《与李生论诗书》,《司空表圣文集》卷二,《四部丛刊》本。
② 司空图《与极浦书》,《司空表圣文集》卷三,《四部丛刊》本。

中之色,水中之月,镜中之象,言有尽而意无穷。"严羽从"旨冥句中"、"意在象外"的形象思维角度切入作品的言意关系,是对言意理论的又一贡献。这三个人的理论不仅影响深远,而且富有概括性、代表性,最能昭示古代文论"言意"说的精华。

文学作为语言艺术、文字著作,总是诉诸语言文字的,读者阅读文学作品时也必然会接触到语言文字。可按中国文论的看法,只有"不著一字"的文学作品才能"尽得风流",只有使人"但见情性,不睹文字"的文学作品才是上乘之作。这怎么理解呢?

## 二、儒、道、佛、玄的"言意之辩"

中国文论的"言意"说有它深厚的文化基础。要全面、准确把握"言意"说的丰富内涵,必须从它的文化渊源——儒、道、佛和玄学的"言意之辩"谈起。

儒家在言、意问题上比较简单。它认为"言"是达"意"的手段:"彼名辞也者,志义之使也。"①"文以足言,言以足志。"②因此要求作者"名足以指实,辞足以见极,则舍之矣"③,要求读者"不以文害辞,不以辞害志"④。后世古文家、道学家要求"文以载道"、"文以明理",都基于这一"言意"观。

道家的"言意"论就复杂些了。"道"是道家"言意"论的逻辑起点,因而道家的"言意"论是安排在"道、意、言"序列中的。在老庄看来,世界万物可分为"物之粗"、"物之精"和"不期精粗"的"道"这样三个由低到高的层次。"道"作为物的本体,不仅不可言说,所谓"天地有大美而不言","万物有成理而不说"⑤,而且不可用逻辑思维("意")去认识、体会,所谓"言之所不能论,意之所不能察致者,不期精粗焉"⑥。它只有以通过"心斋"之后获得的"无情""无智"的超验的心理功能才能把握。因此,高明的得道之士是离绝名言的,所谓"夫形色名声果不足以得彼(道)之情(实),则知者不言,言者不知(通智)"⑦。紧挨着"不期精粗"之"道"的层次是"物之精",它只可意会不可言传。最低一个层次是"物之粗",只有它可以认识、表达,所谓"可以言论者,物之粗也;可以意致者,物之精也"⑧。"言"与"意"的关系就是在"物之粗"的层次上展开的。"意"即对"物之粗"的认识,"言"只是表达"意"的工具,用完了就可以扔掉,其地位又在"物之粗"之下,正如庄子所说:"语之所贵者,意也。"⑨"言者所以在意,得意而忘

① 《荀子·正名》。
② 《左传·襄公二十五年》引孔子语。
③ 《荀子·正名》。
④ 《孟子·万章》。
⑤ 《庄子·知北游》。
⑥ 《庄子·秋水》。
⑦ 《庄子·天道》。
⑧ 《庄子·秋水》。
⑨ 《庄子·天道》。

言"，就像"筌者所以在鱼，得鱼而忘筌"①一样。

魏晋玄学大师王弼直承庄子"言意"论，并以此解释儒家经典《易经》中卦爻辞与卦爻象、卦爻象与其所象征的意义之间的关系，对"言意"说作出了丰富解读。他论述的逻辑层次是这样的："夫象者，出意者也；言者，名象者也。尽意莫若象，尽象莫若言。""言生于象，故可寻言以观象；象生于意，故是寻象以观意。""意以象尽，象以言著。故言者所以明象，得象忘言，非得意者也。象生于意，而存象焉，则所存者乃非其象(象，此作动词。其象，指意)也；言生于象，而存言焉，则所存者乃非其言(言，动词。其言，指象)也。"这后面一段话体现了王弼的思辨深度，它深刻揭示了随着创作过程的变化，手段与目的、形式与内容的相互转换和相反相成，不仅是从思想上，而且从语言上直接开启了文艺领域"但见情性，不睹文字"、"不著一字，尽得风流"理论的产生。

佛教在言、意关系上更呈现出思辨性。佛教认为，佛道超越一切语言的文字："一切法实性……出名字语言道。"②因而语言表达的断非是道，所谓"言语道断"(一开口道就断灭)。所以主张"不立文字"，"心心相传"，"悟心成佛"。在《维摩诘经·弟子品》中，维摩诘告诫须菩提说："至于智者……悉舍文字，于字为解脱。解脱相者，则诸法也。"在《维摩诘经·入不二法门品》中，文殊师利以"于一切法无言无说"请教维摩诘对"不二法门"是否应该这样理解，维摩诘以"默然无言"的行动回答了他，文殊师利感叹道："善哉，善哉！乃至无有文字语言，是真入不二法门。"维摩诘虽未用语言明确回答，但他内心的意思文殊师利则心领神会了。这是佛家"废言"的著名例子。道不可言，然而为了教化众生，又不得不权行方便，用语言文字为众生说法传道。语言文字虽然不能表达道，但尚可勉强地象征、隐喻道，从而给人以悟道的启示和凭据。所以龙树一方面讲"语言度人皆是有为虚狂法"③，另一方面又说，"语言能持义亦如是，若无语言，则义不可得"，"是般若波罗密因语言文字章句可得其意，是故佛以般若经卷殷勤嘱累阿难"④。中国的佛教理论家们在介绍佛教原典理论的基础上，对言、意问题作了深入发挥。如东晋道安说："圣人有以见因华可以成实，睹末可以达本，乃为布不言之教，陈无辙之轨。"⑤在主张"不言之教"的同时，他又认为语言是"不可相无"的⑥。僧肇说："无名之法(法身、佛道)，故非言所能言也。言虽不能言，然非言无以传。是以圣人终日言而未尝言也(因为所言皆道)。"⑦齐梁的僧佑说："夫神理无声，因言辞写意；言辞无迹，缘文字以图音。故字为言蹄，言为理筌，意音合符，不可偏失。是以文字应用，弥纶宇宙，

---

① 《庄子·外物》。

② 龙树《大智度论》卷一百，《大正新修大藏经》(以下简称《大正藏》)卷二五，台湾世木华印刷企业有限公司1990年版。

③ 龙树《大智度论》卷三一，《大正藏》卷二五。

④ 龙树《大智度论》卷七九，《大正藏》卷二五。阿难，佛释迦牟尼堂弟。

⑤ 《道地经序》，《出三藏记集》卷一〇，《大正藏》卷五五。

⑥ 《合放光光赞随略解序》，《出三藏记集》卷七，《大正藏》卷五五。

⑦ 《般若无知论》，《中国佛教思想资料选编》第一卷，中华书局1981年版。

虽迹系翰墨,而神契乎神。"①东晋高僧竺道生说:"夫象以尽意,得意则象忘;言以诠理,入理则言息……忘筌取鱼,始可与言道矣。"②唐宋禅宗兴起以后,更把佛家的"废言"与"立言"推上了两极。初期禅宗讲究"直指人心","见性成佛",所谓"达摩东来,不立文字,悟心成佛"③,其方法是心灵的"体认"、"参究"、"领悟",不需喋喋不休的议论,更不需连篇累牍的著述。故惠能传教四十年,只留下一部由别人记录的一万多字的《坛经》。后来,时移事易,光靠内心"体认"、"参究"是不够了,于是渐渐有了种种"公案"、"机锋"④和挤眉弄眼、动手动脚的"禅语"、"禅机"。禅,不光靠心"参",也要靠口"说"了,于是出现了煌煌巨制的"灯录"、"语录"⑤。禅宗由"不立文字"的"内证禅"变为"大立文字"的"文字禅"。以宋代著名的"五灯"为例⑥。道原《景德传灯录》,三十卷;李遵勖《天圣广灯录》,三十卷;惟白《建中靖国续灯录》,三十卷;悟明《联灯会要》,三十卷;正受《嘉泰普灯录》,三十卷。关于这种情况的变化,明禅僧玄极解释说:"盖无上妙道,虽不可以语言传,而可以语言见。语言者,指心之准的也。故学者每以语言为证悟浅深之候。是故佛祖虽曰传无可传,至于授受之际,针芥相投,必有机缘语句与夫印证偈颂。苟取之以垂后世,皆足为启悟之资,其是可废而不传?"⑦

## 三、"言意"说的四层内涵

儒、道、佛、玄尤其是佛教和玄学关于言、意(道)关系这些思想,直接地影响了中国文论的"言意"说。

首先,佛、玄、儒、道都认为,"言"是手段,"意"或"道"是目的,不应该为了手段而忘了目的,必须通过对手段的否定去达到目的。古代文艺理论中的"言意"说也是如此。所谓"但见情性,不睹文字","不著一字,尽得风流",其第一层涵义就是:由创作言,作者必须以"意"为目的,调动全部手段来突出"意"而不是突出表情达意的"言",努力使读者只看到"文字"所表达的"情性",而不被"文字"牵制,分散了注意力;由欣赏言,读者要"披文入情","得意忘言",唯"意"是求,而不能仅仅停留在文字的声色之美上流连忘返,拘泥于文字而忘记了情性。我们来看皎然、司空图以后的几段言论,都说明了这一意思。南宋末年戴复古《论诗十绝》第七云:"欲参律诗似参禅,妙趣不由文字传。个里稍关心有悟,发为言语自超然。"金代元好问《陶然集诗序》云:"诗家圣处","不在文字","所谓情性之外,不知有文字耳"。清代袁枚《随园诗话》云:"忘足,履之适;忘韵,诗之适。"古人这样论诗。如清贺贻孙《诗筏》云:"盛唐人诗

---

① 《胡汉译经音义同异记》,《出三藏记集》卷一,《大正藏》卷五五。
② 《高僧传》卷七,中华书局 1992 年版。
③ 明禅僧玄极语。转引自郭朋《明清佛教》,福建人民出版社 1985 年版,第 43 页。
④ 公案,前辈祖师的言行范例,禅宗用来判断是非迷悟;机锋,指问答迅捷、不落迹象、含有深意的语句。
⑤ 详参郭朋《隋唐佛教》,福建人民出版社 1985 年版;《宋元佛教》,福建人民出版社 1981 年版。
⑥ 释普济编《五灯会元》卷二〇,中华书局 1984 年版。
⑦ 转引自郭朋《明清佛教》,福建人民出版社 1985 年版,第 43 页。

有血痕无墨痕。"刘熙载《艺概·诗概》云："杜诗只'有'、'无'二字足以评之。'有'者但见情性气骨也，'无'者不见语言文字也。"林希逸评《离骚》说："盖乾坤之宫商而寓以诗人口喙，其写情寄兴，多出于玄冥罔象之中，而言语血脉，有不可以文字格律求者。"①古人这样论小说。如明代叶昼在评点《水浒》时说："说淫妇便像个淫妇，说烈汉便像个烈汉，说呆子便像个呆子，说马泊六便像个马泊六，说小猴子便像个小猴子，但觉读一过，分明淫妇、烈汉、呆子、马泊六、小猴子光景在眼"，"声音在耳，不知有所谓语言文字也。"②古人甚至这样论书画：如唐张怀瓘《书法要录》云："深识书者，唯观神采，不见字形。"笪重光《画筌》云："无画处均成妙境。"对此，叶朗先生曾深刻概括过："照中国古典美学的看法，真正的艺术形式美，不是在于突出艺术形式本身的美，而在于通过艺术形式把艺术意境、艺术典型突出地表现出来。"③"当艺术的感性形式诸因素把艺术内容恰当地、充分地、完善地表现出来，从而使欣赏者为整个艺术形象的美所吸引，而不再去注意形式美本身时，这才是真正的艺术形式美。在这里，艺术形式美只有否定自己，才能实现自己。"④

儒、道、佛、玄虽然认为"意"、"道"只有通过对"言"的否定才能实现自己，但也并不完全废弃文字，因为文字毕竟是表达或象征"意"、"道"的必不可少的手段。所以道家一方面讲"智者不言"，另一方面又留下了"五千精言"《道德经》和数以万言的《庄子》；佛教一方面倡言"不立文字"，另一方面又"大立文字"，留下了许多经典"灯录"；玄学一方面讲"得意忘象，得象忘言"，另一方面又讲"尽意莫若象，尽象莫若言"。同理，脱胎于道家"无言"之说、佛家"不立文字"的"但见性情，不睹文字"虽然主张"不著一字"，但并不真的舍弃文字；不仅如此，它比道家、佛家更重视文字。这不仅因为"情性"只有从"文字"中见出，真的"不著一字"，是不可能"得"到"风流"的，而且是因为文学作为语言文学的艺术，舍弃语言文字，文学作品何以存在？所以文论家一方面讲"不著一字"，另一方面又讲"语不惊人死不休"，二者并不矛盾。前者要求人们重视文学的内容和目的，后者告诫人们对于文学的形式与手段也不要轻视，轻视了就无法较好地表情达意，实现作品的内容和目的。宋人刘克庄《题何秀才诗禅方丈》说："诗家以少陵为祖，其说曰：'语不惊人死不休'；禅家以达摩为祖，其说曰：'不立文字'。……夫至言妙义，固不在于语言文字，然舍真实而求虚幻，厌切近而慕阔远（'真实'、'切近'指有形可见的文字，'虚幻'、'阔远'指无形可见的意义），愚恐君之禅进而诗退矣。"就是说，舍弃文字技巧的追求只是禅家的追求，而不是诗家的追求。其实，如上所述，禅家也不完全摒弃文字，虽然在对待文字的态度上与诗家有程度上的差异。宋朝另一位诗人姜夔在《白石道人诗说》中指出：文章虽"不以文而妙，然舍文无妙"。金人元好问讲："诗家圣处"，"不在文

① 林希逸《竹溪鬳斋十一稿续集》卷八，《四部丛刊》本。
② 《李卓吾先生批评忠义水浒传》第二十四回回末总评，明万历容与堂刊一百回本。按：此书评论出自叶昼之手。马泊六：引诱男女搞不正当关系的人。
③ 叶朗《中国小说美学》，北京大学出版社 1982 年版，第 37 页。
④ 叶朗《中国小说美学》，北京大学出版社 1982 年版，第 39 页。

字"，又"不离文字"。①清人翁方纲《诗法论》说："忘筌忘蹄，非无筌蹄也。"如此等等表明，古人虽然以内容为贵而强调"情性之外不知有文字"②，但并不轻视、废弃文字，而是要求在掌握文字技巧的基础上为表情达意服务，使语言文字具有高度的透明性，透明到"淡到见不到诗"③的地步，成为内容的裸露。这是古代文论"言意"说的第二层内涵。

文字诚然要为表情达意服务，然而，文学作品中"言"与"意"的关系难道仅仅是有多少文字就有多少情性的一一对应关系吗？不。皎然《诗式》在提出"但见性情，不睹文字"的同时，还指出"两重意以上，皆文外之旨"的情况；后来司空图又提出"韵外之致"、"味外之旨"、"景外之景"、"象外之象"的"四外"之说。这就明确触及一个"文内意"、"文外意"的问题。追究起来，这个问题早就有人涉及了。如《易传》提出过"书（引者按：指八卦文字之类）不尽言，言不尽意"。司马迁等人评《离骚》时说过"其辞近，其旨远"之类的话。刘勰《文心雕龙·隐秀》篇分析具有"隐"的特点的文章说："隐之者，文外之重旨也……隐以复意为工。"钟嵘《诗品序》评《诗经》中的"兴"乃"言有尽而意无穷"，为"文之余意"。南朝宋代范晔谈音乐时提出"弦外之音"④。等等。比较而言，皎然、司空图提得更加明确，更加全面。所谓"文内意"，是指存在于一部作品文字以内的意义，亦可称作品的"表层意义"或"字面意义"，是作品通过文字向读者直接展示的，读者凭借文字可以直接求得的。所谓"文外意"，是指"文内意"吸附的超出作品文字所表示的意义之外的意义，是"表层意义"吸附的"深层意义"，是"有限意义"吸附的"无限意义"。它既不可求诸"字面意义"，又必须借助于"字面意义"的唤发。一方面，语言一般只可表达普遍性的概念，人们从客观物象中获得的精微的、特殊的感觉、知觉、情绪、意念、意象等等并不一定都能用语言表达出来，这正像黑格尔所说："语言实质上只表达普遍的东西；但人们所想的却是特殊的东西、个别的东西。因此，不能用语言表达人们所想的（全部——引者）东西。"⑤古人分明意识到语言在达意上的局限性，这就是"只可意会，不可言传"的情况。陆机《文赋》序说他常患"言不逮意"，刘禹锡《视刀环歌》说"常恨言语浅，不如人意深"，苏轼《答谢民师书》说过把"了然于心者""了然于口与手"相当不易，都表现了对"言"的局限性的苦恼。怎样尽可能地表现那"不可言传"的"意"呢？明智的方法，是用"可以言传"的"意"吸附、蕴含"不可言传"的"意"。另一方面，具体的文学样式，其字数总有一定的限制。如一首七言律诗，只许写五十六字，诗人作诗时，心中想表达的意思往往远大于这五十六字所能容纳的意思。怎么办呢？把七律铺衍成排律？这固然不失为一种达意方法，但意思都说尽了，没有一点空白，读者想象的余地就少了，审美愉快感也随之减弱，读者并不喜欢，真有些吃力不讨好。高明的方法，是"去词去意"，通过对内容的剪裁、文字的锤炼，把一

---

① 元好问《陶然集诗序》，《遗山先生文集》卷三七，《四部丛刊》本。

② 元好问《陶然集诗序》，《遗山先生文集》卷三七，《四部丛刊》本。

③ 闻一多《唐诗杂诗·孟浩然》中评孟诗语，上海古籍出版社 1998 年版。

④ 范晔《狱中与诸甥侄书》，《宋书》卷六九《范晔传》。

⑤ 转引自列宁《黑格尔〈哲学史讲演录〉一书摘要》，《列宁全集》第 55 卷，人民出版社 1990 年版。

部分"意"和与之对应的"言"删为"文外意"、"言外言",在有限中藏无限,"以少少许胜多多许"。这里值得注意的是,通过上述几种方法表现的"不可言传"之"意"和"可以言传",由于说尽则不够美,因而被删裁了的"意"都存在于作品的文字之外。在这个意义上说,它们是名副其实的"不著一字,尽得风流"。因此,古代文论以"但见情性,不睹文字"、"不著一字,尽得风流"为代表的"言意"说还有崇尚艺术空白这层涵义,凝聚着对"言"与"意"有无相生的辩证认识,这是它的第三层意思。陆时雍《诗境总论》说:"人情物态不可言者最多,必尽言之,则俚矣。知能言之为佳,而不知不言之为妙,此张籍、王建所以病也。"欧阳修《六一诗话》引梅圣俞语:"必能状难言之景如在目前,含不尽之意见于言外",才是佳作。《白石道人诗说》:"人所易言,我寡言之;人所难言,我易言之,自不俗";"句中有余味,篇中有余意,善之善者也"。杨万里《颐庵诗稿序》:"夫诗何为者也? 尚其词而已矣。曰: 善诗者去词。然则尚其意而已矣。曰: 善诗者去意。然则去词去意,则诗安在乎? 曰: 去词去意,而诗有在矣。然则诗果焉在? 曰: 尝食夫饴与荼乎? 人孰之不饴之嗜也,初而甘,卒而酸。至于荼也,人病其苦也,然苦未既,而不胜其甘。诗亦如是而已矣。"王士祯《神韵论》释司空图"不著一字、尽得风流":"夫谓不着一字,正是函盖万有也,岂以空寂言邪?"刘熙载《艺概·词曲概》:"词之妙,莫妙以不言言之。非不言也,寄言也。"袁枚《随园诗话》卷三十:"严冬友曰: 凡诗文妙处,全在于空。譬如一室内,人之所游焉息焉者,皆空处也。若窒而塞之,虽金玉满堂而无安放此心处,又安见富贵之乐耶? 钟不空则哑矣,耳不空则聋矣。"他借此说明: 文不空则滞矣。这些言论,都论述了追求文外"不睹文字"的无限情意之美。然而,这"无言之美"并非独立自足的存在,它必须以"有言"为根基,为储存器,为激发点。这里,我们来借朱光潜、钱锺书两位先生的话来说明这一点。朱先生在其美学研究处女作《无言之美》一文中指出:"无言,不一定指不说话,是注重在含蓄不露。"[①]他还说:"含蓄的秘诀在于繁复情境中精选少数最富暗示性的节目,把它们融化成一完整形相,让读者凭这少数节目做想象的踏脚石,低回玩索,举一反三,着墨愈少,读者想象的范围愈大,意味也就愈深永。"钱先生在《管锥编·全齐文·谢赫〈古画品〉》中指出:"画之写景物,不尚工细,诗之道情事,不贵详尽,皆须留有余地,耐人寻味,俾由其所写之景物而冥观未写之景物,据其所道之情事而默识未道之情事。"在《谈艺录》中又指出:"若诗自是文字之妙,非言无以寓言外之意;水月镜花,固可见而不可捉。然必有此水而后月可印潭,有此镜而后花能映影。"[②]元稹五言句《行宫》云:"寥落古行宫,宫花寂寞红。白头宫女在,闲坐说玄宗。"诗中所蕴含的白头宫女几十年宫中不幸的生活遭遇和辛酸感受,以及诗人对宫女的深切同情和对玄宗皇帝大蓄妃嫔的不满、讽谕等"文外之旨"、"言外之意"恰恰是通过这首小诗中的二十个字来表现的,读者"超以象外"的想象必得自于绝句文字之"环"中。

所谓"但见情性,不睹文字",其"情性"所以未见诸"文字",往往还因为它没有直说,而是

---

① 《朱光潜美学文学论文选集》,湖南人民出版社 1980 年版,第 350 页。
② 钱锺书《谈艺录》(补订本),中华书局 1988 年版,第 100 页。

通过形象透露体现出来的,因而展现在人们面前的直观只是"景语"而非"情语"。如杜甫诗:"遣人向市赊香秔,唤妇出房亲自馈",杨万里以为"上言其力贫,故曰'赊',下言其无使令,故曰'亲'"①,这两层意思都没直说,但读者可以从形象描写中领悟出来,这就形成了"诗有句中无其辞,而句外有其意"②的情况。李白《玉阶怨》诗云:"玉阶生白露,夜久侵罗袜。却下水晶帘,玲珑望秋月。"萧士赟评论道:"此篇无一字言怨,而隐然幽怨之意,见于言外。"③严羽提出诗歌在"吟咏性情"时要"羚羊挂角,无迹可求",皎然《诗式》提及"象下之意"的概念,其实都论及形象所包含的"不著一字"、未加明言的作者的主观情意的问题。可见,化"情语"为"景语",使"旨冥句中","兴在象外",是古代文论"言意"说的第四层内涵。

要之,古代文论"言意"说的四种规定性中,前两种尤其体现了儒、道、佛、玄思想的熏染,表现了两者之间的同一性;后两种则体现了文学创作对"言意"关系的特殊要求,而这些恰恰是儒、道、佛、玄"言意之辩"所弗及的。

## 第五节 "形神"说
### ——中国古代文学的形式内容关系论之三

古代文论中的"形神"何指?"形神"就是以"象"表"质"在作品中形成的结晶,所谓"质象所结,不过形神"。古代文论在"形神"关系上呈现出三种观点:遗形取神、形神相兼、偏重形似。其中以前两种观点为主。它们分别对应着人道学说中"形神相离"、"形神相即"的思想,乃是中国古代"人道教"文化的产物。

### 一、"质象所结,不过形神"

清人宋大樽《茗香诗论》云:"凡质象所结,不过形神。形神合时,则是人是物;形神若离,则是灵是鬼。其非离非合,佛法所摄;亦离亦合,仙道所依。"这段话论及"形"、"神"概念的内涵、"形神"关系的形态以及它们与"佛法"、"仙道"等中国传统文化的联系,是我们理解古代文论"形神"说的关建。

在文艺作品中,"神"以及与之相对的"形"是什么? 宋大樽指出,"神"就是作品的"质",

① 杨万里《诚斋诗话》,《历代诗话续编》,中华书局 1983 年版。
② 杨万里《诚斋诗话》,《历代诗话续编》,中华书局 1983 年版。
③ 转引自明高棅《唐诗品汇》卷三十。

"形"就是用以表现"质"的"象";"形神"就是以"象"表"质"在作品中形成的结晶,所谓"质象所结,不过形神"。作为作品"象质"对应物的"形神"本义指"物之象"与"物之神"(物的内在特征,也叫"他神")。如宋代袁文《论形神》曰:"形者其形体也,神者其神采也。凡人之形体,学画者往往皆能。至于神采,自非胸中过人,有不能为者。《东观余论》云:'曹将军画马神胜形,韩丞相画马形胜神。'又《师友谈纪》云:'徐熙画花传花神,赵昌画花写花形。'其别形神如此。物且犹尔,而况于人乎?"由中国文学表现论的作用,后来这个"神"又逐渐从"物之神"演变为"我之神"(作者之神)、从"他神"变为"我神"。如沈德潜说:"古人咏梅,清高越俗。后人愈刻画愈觉粘滞。古人取神,后人取形也。"①沈氏所说的"梅"的"清高越俗"之"神"实乃古代咏梅者精神追求的变相表现。欧阳修《盘车图》诗云:"古画画意不画形,梅诗咏物无隐情,忘形得意知者寡,不若见诗如见画。"②这里,"意"直接代替了"神",典型地昭示了"神"的"我神"的特质。当"神"完成了"他神"向"我神"的转变后,"形"也就不只指"物之形",而且指包含"物之神"在内的整个客观事物的形象。外物就成为含蓄地表现主体的一种媒介、一种中介。

## 二、古代文论"形神"关系的三种观点

在文艺作品表现的对象的"形"与"神"的关系上,古代文论呈现出三种观点。

一种观点是遗神取神。这种观点认为,是"神"而非"形"决定了事物的本质规定性。因而,如果只有"形似"而没有"神似",物终究不似,如刘安《淮南子·说山训》云:"画西施之面,美而不可说(悦);规孟贲之目,大而不可畏:君形者亡焉。"谢赫《古画品录》云:"若拘以体物,则未见精粹。"反之,如果仅有"神似"而不具"形似",物终能似。如谢赫云:"卫协之画,虽不该备形妙,而有气韵,凌跨群雄,旷代绝笔。"③他评晋明帝之画:"虽略于形色,颇得神气,笔迹超越,亦有奇观。"④元代刘将孙说:"即神似,虽形不酷似,犹似也。"⑤那么通过"形似"达到"神似"行不行? 这派认为也不行。理由是形象过分地突出自己,会造成读者对形象所含神韵的注意的分散与转移,过分的"形似"会妨碍"神似",所谓"画者"画物,"求之形似,终不似也"⑥;诗人"写生","取其形似,故词多迂弱"⑦。既然"神似"与"形似"势不两立,那么只有离弃"形似",才能为物"传神"。因此,这派主张"遗形取神"⑧、"离形得似"⑨;或者干脆把状

① 沈德潜《古诗源》卷一四庾信《梅花》评语,中华书局 1963 年版。
② 欧阳修《欧阳文忠公文集》卷六,《四部丛刊》本。
③ 转引自沈括《梦溪笔谈·书画》,胡道静《梦溪笔谈校正》,中华书局 1962 年版。
④ 谢赫《古画品录》,《中国画论类编》上卷,人民美术出版社 1986 年版,第 364 页。
⑤ 刘将孙《萧达可文序》,《养吾斋集》卷一,《四部丛刊》本。
⑥ 袁中道《传神说》,《袁小修文集》卷一三,中国文学珍本丛书本。
⑦ 许颉《彦周诗话》,《历代诗话》上册,中华书局 1981 年版。
⑧ 沈德潜《清诗别裁集》卷二陈至言《咏白丁香花》评语,中华书局 1973 年版。
⑨ 司空图《二十四诗品·形容》。

物之"似"界说为"神似，非形似也"①。这种轻视、鄙薄"形似"、唯尚"神似"的观点，在唐以前的文艺理论中很为盛行。汉代刘安《淮南子·说林训》说："使但吹竽，使工厌(压)窍，虽中节而不可听，无其君形者也。"据南朝刘宋刘义庆《世说新语·巧艺》："顾长康(恺之)画人，或数年不点目睛。人问其故，顾曰：'四体妍媸，本无关于妙处。传神写照，正在阿堵中。'"南齐谢赫《古画品录》一方面讲"若拘以体物，则未见精粹"，一方面又讲，"若取之象外，方厌膏腴，可谓微妙也"，表现了他对"传神"的偏重。唐代杜甫《丹青引赠曹将军霸》云："幹唯画肉不画骨，忍使骅骝气凋丧；将军画善盖有神，必逢佳士亦写真。"②在对韩幹、曹霸的比较中，表现了对"形似"与"神似"的抑扬。到晚唐司空图时，则把牺牲"形似"以求"神似"的"传神写照"方法概括为"离形得似"。他比喻说："如觅水影"③，"脱有形似、握手已违"④。宋代苏轼作诗云："论画以形似，见与儿童邻；赋诗必此诗，定知非诗人。"⑤引起了一场绵延历代的争论。支持他的代不乏人。如元代汤垕《画论》云："今人看画，多取形似，不知古人最以形似为末节……盖其妙处，在于笔法气韵神彩，形似未也。东坡先生诗云：'论画以形似，见与儿童邻；赋诗必此诗，定知非诗人。'余平生不惟得看画法于此诗，至于作诗之法，亦由此悟。"⑥明代谢榛云："赵章泉谓'作诗贵乎似'，此传神写照之法。"⑦徐渭主张："不求形似求生韵。"⑧俞弁云："今人见画，不谙先观其韵，往往形似求之，此画工鉴耳。非古人意趣，岂可同日语哉？欧阳文忠公诗云：'古画画意不画形。'苏东坡云：'作画以形似，见与儿童邻。'真名言也。"⑨袁中道说："传神之道，……皆形似之外得之。"⑩清代，王士禛继承苏轼以及严羽、王世贞等人的观点，提出"神韵"说，一时产生很大影响。王又华、田同之、邹祇谟等人步尘士禛《花草蒙拾》所谓"咏物不取形而取神，不用事而用意"的观点，异口同声地说："咏物固不可不似，尤忌刻意太似。取形不如取神，用事不若用意。"⑪金圣叹屡以"传神"称道《水浒》，翁方纲屡以"有形无神"批评诗歌⑫，沈德潜主张"不著色相"，"遗形取神"⑬，纪昀说"摹拟形似，可以骇俗目，而不可以炫真识"⑭，等等。这些说法，皆可与"神韵"说相倡和，也足见尚"神"薄"形"这派

① 孙联奎《诗品臆说·形容》注，齐鲁书社1980年版。
② 仇兆鳌《杜少陵集详注》卷一三，文学古籍刊行社1955年版。
③ 司空图《二十四诗品·形容》。
④ 司空图《二十四诗品·冲淡》。
⑤ 苏轼《书鄢陵王主簿所画折枝二首》，《集注分类东坡先生诗》卷一一，《四部丛刊》本。
⑥ 《画论丛刊》上册，人民美术出版社1959年版。
⑦ 谢榛《四溟诗话》卷二，人民文学出版社1961年版。
⑧ 徐渭《徐文长集·画百花卷与史甥题曰漱老谑墨》，明万历本。
⑨ 俞弁《逸老堂诗话》卷下，《历代讲议知续编》，中华书局1983年版。
⑩ 袁中道《传神说》，《袁小修总集》卷十三，中国文学珍本丛书本。
⑪ 见王又华，《古今词论》，邹祇谟《远志斋词衷》，田同之《西圃词说》第一句作"咏物贵似"，下与此同。
⑫ 翁方纲《石洲诗话》卷三、卷五、卷四，人民文学出版社1981年版。
⑬ 沈德潜《清诗别裁集》卷二十，中华书局1973年版。
⑭ 纪昀《四百三十二峰草堂诗抄序》，《纪文达公遗集》卷九，清嘉庆刊本。

观点力量之大。

第二种观点也重视"传神"，但认为"传神者必以形"①，因而主张"形神并重"，"以形写神"②。如南齐王僧虔《笔意赞》所说："书之妙道，神彩为上，形质次之，兼之者方可绍于古人。"唐张九龄提出："意得神传，笔精形似。"③苏轼提出鄙薄"形似"的观点以后，许多人提出批评和补救意见。如苏轼弟子晁补之提出："画写物外形，要物形不改；诗传画外意，贵有画中态。"④他并不反对"画写物外形"、"诗传画外意"，只是要求"神似"与"形似"是相兼。金王若虚重新解释了苏轼的那首诗："夫所贵于画者，为其似耳；画而不似，则如勿画。命题而赋诗，不必此诗，果为何语？然则东坡之论非欤？曰：论妙在形似之外，而非遗其形似，不窘于题，而要不失其题，如是而已耳。"⑤这显然有祖护东坡之意。明代离苏轼渐远，人们可以撇开罩在苏轼头上的神圣光圈，对他加以客观评论了。杨慎说，东坡之诗"言画贵神，诗贵韵也。然其有偏，非至论也。晁以道（补之）和公诗……其论始为定。盖教以补坡公之未备也"⑥。清代赵翼针对苏轼的"作诗必此诗，定知非诗人"说："吾试为转语，翻案老斫轮，作诗必此诗，乃是真诗人。"⑦此外，提出"形神相兼"意见的还有不少，有些意见也很精粹。如明王世贞《艺苑卮言》说："人物以形模为先，气韵超乎其表；山水以气韵为主，形模寓于其中，乃为合作。若形似无生气，神彩至脱格，皆病也。"朱同《覆瓿集》说："徒取形似者，固不足言画者矣；一从事乎书法，而不屑乎形似者，于画亦何取哉！斯不可以偏废也。"屠隆《论诗文》说："诗道之所以为贵者，在体物肖形，传神写意，妙入玄中，理超象外，镜花水月，流霞回风，人得之解颐，鬼闻之欲泣也。"高濂《燕闲清赏笺》说："求神似于形似之外，取生意于形似之中。"清沈宗骞《芥舟学画编》卷三说："形或小失，犹之可也；若神有少乖，则竟非其人矣。然所以为神之故，则又不离乎形。"

第三，由于"传神者必以形"，因而产生了对"形似"的重视和偏尚。如钟嵘《诗品》评晋代诗人张协，肯定他"巧构形似之言"，"使人味之亹亹不倦"。《文镜秘府论·地卷·十体》根据唐以前诗歌创作的实际情况开辟了"形似体"一目，论曰："形似体者，谓貌其形而得其似，可以妙求，难以粗测者是。诗曰：'风花无定影，露竹有余清。'又云：'映浦树疑浮，入云峰似灭。'如此即形似之体也。"明代王履《华山图序》则从理论上阐述了"形"的重要："画虽状形主乎意，意不足谓之非形可也。虽然，意在形，舍形何所求意？故得其形者，意溢乎形，失其形者，形乎哉！画物欲似物，岂可不识其面？"清代邹一桂《小山画谱》也说："要之画以象形，取之造物，不假师传……譬如画人，耳目口鼻须眉，一一俱肖，则神气自出，未有形缺而神全者

---

① 唐志契《绘声微言》，人民美术出版社 1964 年版。

② 张彦远《历代名画记》，人民美术出版社 2004 年版。

③ 张九龄《宋使君写真图赞并序》，《唐丞相曲江张先生文集》卷十七，《四部丛刊》本。

④ 晁补之《和苏翰林题李甲画雁》，《鸡肋集》卷八，《四库丛书》本。

⑤ 王若虚《滹南诗话》，《滹南遗老集》卷三九，《四部丛刊》本。

⑥ 杨慎《论诗画》，《升庵全集》卷六六，商务印书馆 1937 年版。

⑦ 赵翼《瓯北诗话》卷八，人民文学出版社 1963 年版。

也。"不过就整体而言，这种观点阵势不大，正如工笔画比不上写意画在中国古代画苑中的地位一样。

## 三、古代文论"形神"思想的人道基础

古代文论"遗形取神"的观点是以古代人道学说中的"形神相离"为思想基础的。所谓"形神相离"，有两层意思。一是指形与神之间相互矛盾、相互对立、相互背离，并不完全同一。这一点，古人多有论述。道家着眼于形与神的相反相成，所以其描绘的得道之士几乎都具有怀柔处下、木讷愚陋的外表。如老子说："大巧若拙，大辩若讷"①；"圣人被褐怀玉"②；"上德不德，是以有德"③。《庄子》一书在《人世间》、《德充符》等篇中描写了一大批相貌的丑陋的人，如支离疏、兀者王骀、兀者申徒嘉、兀者叔山无趾、哀骀它、闉跂支离无脤、瓮㼜大瘿等。④ 他们有的驼背，有的双腿弯曲，有的脚被砍掉了，有的嘴缺唇，有的脖子上长着瓮㼜那样大的瘤子，可他们都具有一种超越"形骸之外"的至德至性。后来的道士继承了老庄的这种形神思想，而以"大智若愚"、"至刚若柔"为自己修炼的人格理想。儒家是贴近人世、关心现实的。从"仲尼之状，面如蒙倛；周公之状，身如断菑；皋陶之状，色如削瓜；闳夭之状，面无见肤；傅说之状，身如植鳍；伊尹之状，面无须麋；禹跳、汤偏、尧舜参牟子"等现象上，荀子认识到"形相虽恶而心术善"⑤；从"桀、纣长巨姣美"等实例中，荀子认识到"形相虽善而心术恶"⑥，因而他认为，外形的"长短"、"小大"、"善恶"不能作为断定一个人"吉凶"的依据，不应以貌取人。⑦ 汉代的《淮南子》不仅突出了"神"对"形"的主宰作用，而且突出了两者对立："以神者为主者，形从而利；以形为制者，神从而害"。(《原道训》)"神制则形从，形胜则神穷。"(《诠言训》)汉代从西域传来印度佛教本来是以万物都是"因缘凑合"、没有自性、"四大皆空"为教义的，按照这种教义去推演，"神"也没有自性，也是"空"的。但佛教同时又讲三世果报，这就不能不承认有一个承担果报的主体存在，因而佛教势必从"无神论"走向"有神论"。⑧

---

① 陈鼓应《老子注译及评介》，中华书局 1984 年版，第 241 页。

② 陈鼓应《老子注译及评介》，中华书局 1984 年版，第 326 页。

③ 陈鼓应《老子注译及评介》，中华书局 1984 年版，第 212 页。

④ "支离"，支离破碎。庄子描绘"支离疏"的形状是："颐(面颊)隐于脐(肚脐)，肩高于顶，会撮(发髻)指天，五管(五官)在上，两髀(大腿)为胁(肋骨)"。"兀"，断足。"哀骀"，丑貌。"闉"，屈曲。"跂"，企，走路脚跟不着地。"瘿"，脖子上囊状瘤。

⑤ 《荀子·非相》。

⑥ 《荀子·非相》。

⑦ 均见《荀子·非相》，说参王先谦《荀子集解》上册，中华书局 1988 年版，第 72～75 页。"倛"，方相。"蒙倛"，其首蒙茸然。"断菑"，断的死木，喻伛偻曲折的体形。"削瓜"，削皮之瓜，青绿色。"闳夭"，周文王大臣。"无见肤"，指面多毛发，蔽其皮肤。"须麋"，同"须眉"。"禹跳"，指禹走路的姿势。"汤偏"，《书大传》："汤半体枯。""牟"同"眸"，"参牟子"，指重瞳。

⑧ 参见吕澂《中国佛学源流略讲》，中华书局 1979 年版，第 74 页、第 82 页；孙昌武《佛教与中国文学》，上海人民出版社 1988 年版，第 55 页。

佛教的"有神论"集中表现为"形神相异"、"形神非一"的观点。这种观点认为形、神是两种事物，形可速朽，神可永存。人活着时，形、神凑合在一块，人死以后，形亡而神不灭。魏晋玄学"重神理而遗形骸"①，也是建立在"形神相离"基础上的，正如汤用彤所指出的那样："神形分殊本玄学之立足点。"②"形神相离"的第二层意思是"神"可以离开"形"而独立存在。如《易传》中记载"积善之家，必有余庆；积不善之家，必有余殃"和佛教所说的不随形灭的"神"的独立存在都反映了这种思想。正因为"形"、"神"可以分离，所以才可能"遗形取神"。

古代文论主张"形神相兼"，这又是以"形神相即"的人道学说为思想基础的。什么叫"形神相即"呢？《荀子·天论》说："形具而神生。"《淮南子·精神训》说："心者，形之主也；而神者，心之宝也。形劳而不休则蹶，精用而不已则竭。是故圣人贵而尊之，不敢越也。"其《原道训》说："夫形者，生之舍也；气者，生之充也；神者，生之制也。一出位，则三者伤矣。是故圣人使人各处其位，守其职而不得相干也。"司马迁《史记·太史公自序》："凡人所生者神也，所托者形也。神大用则竭，形大劳则敝，形神离则死。死者不可复生，离者不可复反，故圣人重之。由是观之，神者生之本也，形者生之具也。"东晋南朝，佛教内部曾围绕"形灭神不灭"的问题展开过一场争论。针对佛教神学的"形灭神存"、"形神相异"的二元论，梁代范缜著《神灭论》加以驳斥，他提出："神即形也，形即神也。是以形存则神存，形谢则神灭也"；"神之与形，有分有合，合则共为一体，分则形亡而神逝也"。这些说明，在人这个活的有机体中，肉身形体总是包含一定的精神灵魂，精神灵魂也不能脱离肉身形体而存在，两者相互为用，不可分离。正由于形不离神，神不离形，所以移用于文论，才有"形似"与"神似"相兼之说。

古代文论无论主张"遗形取神"还是主张"形神相兼"，都是以"传神"为旨归、以突出"神似"为前提的。对"神"的重视使"神韵"说成了古代文论中"形神"理论的主体。这也是有其人教文化渊源的。我们先来看儒家思想的影响。荀子说："心者，形之君也，而神明之主也。"③因此，"形相虽恶而心术善，无害为君子也；形相虽善而心术恶，无害为小人也。"在这个基础上，他主张："相形不如论心。""长短大小善恶形相，岂论也哉！"④他专著《非相》篇便突出显示了他对"神"的极端推崇。再看道家。道家认为，"道"是超越形色名声的，尚"道"就必然"遗忘形骸"，"得意忘象"，所以老庄著作中的"神人"、"至人"总是不拘形迹而充满道德的。《庄子·田子方》中讲的"解衣槃礴"的故事典型地表现了这一点："宋元君将画图，众史皆至，受揖而立，舐笔和墨，在外者半。有一史后至者，儃儃然不趋，受揖不立，因之舍。公使人视之，则解衣槃礴（盘腿而坐），臝（裸）。君曰：'可矣，是真画者也。'"⑤这个"真画者"受君主之令作画，不仅迟时到，而且迟到后也不快点走，接受了国君的答谢后也不到给自己安排

---

① 汤用彤《言意之辨》，《魏晋玄学论稿》，上海古籍出版社 2001 年版，第 35 页。

② 汤用彤《言意之辨》，《魏晋玄学论稿》，上海古籍出版社 2001 年版，第 35 页。

③ 《荀子·解蔽》。

④ 《荀子·非相》。

⑤ "立"，古"位"字，动词，就位。

好的位子上就座,而是径自来到客馆里,脱去衣服,光着身子画起来。庄子所以通过宋元君口称道他是"真画者",是因为他顺乎自然去作画,而"自然适性",正是老庄"道"的本质。《庄子》中讲了许多"养神之道"①、"养心之法"②,尤可看出道家对"神"(即人内心的道德属性)的重视。奉老庄为圭臬的魏晋玄学则把这种"遗形取神"的理论变为一种实践,形成了放浪形骸、神情超越的"魏晋风度"。玄学的这个特点,汤用彤揭示得分明:"夫玄学者,谓玄远之学";"按玄者玄远。宅心玄远,则重神理而遗形骸。"③当时人们在人物品藻中屡为美誉的"清"、"淡"、"虚"、"朗"、"达"、"简"、"远"等等,都是对超其形外的"神"的具体内容的描述。④道教呢? 刘熙载《艺概·书概》说得好:"学书通于学仙,炼神最上,炼气次之,炼形又次之。"不仅指出了道教在形、气、神关系上的不同态度,而且指出了它对文艺的影响。道教为了追求长生不老,不仅注重形体的修炼,如导引按摩,炼食金石,而且更注重心神的保养,认为这才是长命的根本途径,所谓"神静则心和,心和则形全;神灿则心荡,心荡则形伤"⑤;"虽常服饵,而不知养性之术,亦难以长生也";"夫养性者,当少思、少念、少欲、少事、少语、少笑、少愁、少乐、少善、少怒、少好、少恶。行此十二者,养生之都契也。多思则神殆,多念则志散,多欲则损智,多事则形劳,多语则气争,多笑则伤藏,多愁则心慑,多乐则意溢,多喜则忘错昏乱,多怒则百脉不定,多好则专迷不理,多恶则悴憔无欢。此十二多不除,丧生之本也。"⑥在这样的基础上,产生了"内丹"派。"内丹"即人们通过内在的修养达到的元一状态的精、气、神。在道教成熟以后的历史中,对"内丹"的修炼始终被视为修身养性的最高境界,所以"抱神守一"、"养气守静"之类的话语充斥于道教经籍中。佛教"以为人死精神不灭,随复受形,生时所行善恶,皆有报应,故所贵行善修道,以练精神而不已,以至无为而得为佛也"⑦。另外,佛教虽然"托形象以传真"⑧,但这只不过是出于无奈,即为愚钝众生说法不得不"示现种种形象"⑨。实质上,佛家是鄙薄形象的,因为佛之真理离绝一切形象,决非形象所能传达。因此,佛家对于佛之偶像、故事的态度是主张遗形取神,透过佛之"化身"指握佛之"真身";对于自身修养的态度是主张"超以象外",把工夫花在外息诸缘、内息诸念、空明澄澈的"妙明真心"的修养上。因此,佛教史上的那些"高僧"总是呈现出"神悟超绝"、"神采卓荦"、"风神秀逸"⑩之类的特点。由此可见,儒家、道家、佛家、道教、玄学在"形"、"神"二者之间是更钟情于

---

① 曹础基《庄子浅注》,中华书局 1982 年版,第 229 页。

② 曹础基《庄子浅注》,中华书局 1982 年版,第 154、156 页。

③ 汤用彤《言意之辨》,《魏晋玄学论稿》,上海古籍出版社 2001 年版,第 23 页、第 35 页。

④ 参阅徐复观《中国艺术精神》,春风文艺出版社 1987 年版,第 134 页。

⑤ 《云笈七签》卷九七。

⑥ 孙思邈《千金要方》卷二七《养性·道林养性第二》,《云笈七签》卷三三《摄养枕中方》。

⑦ 袁宏《后汉纪》卷一〇。

⑧ 慧皎《答范光禄书》,《全上古三代秦汉三国六朝文·全宋文》卷三二。

⑨ 南本《大般涅槃经》卷九,《大正藏》卷十二。

⑩ 《高僧传》评竺法乘、支孝龙、于法阑语。

"神"的。这种思想影响到文艺理论,自然或是"遗形取神",或是在坚持"传神"的前提下求得形神统一。

## 四、余论

"形"与"神"的关系是形式与内容的关系。在文学作品中,"形"又是通过"言"来表达的。于是,先用"言"来描绘"形",再用"形"来传达"神"。在"言→形→神"这个大系统中,"言→形"是"文","神"是"质"。在"言→形"这个小系统中,"言"是"文","形"又是"质"。"形"是物象,"神"在中国古代心学文化的作用下经历了由"物神"到"我神"的转变,于是"言→形→神"的图式在实质上又呈现为"文字→物象、客体→我神、主体"这种图式。这个图式突出地显示了中国古代表现主义文学理论的特色:"文以意为主"。按中国古代的审美传统,不应用语言文字直接地表情达意,而应该通过咏物去抒情,通过叙事去寓意,通过客体去表现主体。于是客体、物象成了文字表达主体情意的中介,形成了"言→象→意"或"文字→客体→主体"的形式内容关系图式。这个图式不仅是中国古代的,也具有现实的世界性意义。只要讲审美表现,就摆脱不了形式内容上的这种图式。在现代西方文学艺术中,传统的"摹仿"艺术一变而为"表现"艺术,"现实"不再是艺术所要实现的目的和内容,而是用来表现艺术家心中某种神秘感的"象征"、"媒介"、"形式",因而它变形了,不再以客观事物为参照系,不再受制于事物的本质、客观规律,诚如象征主义和表现主义文艺理论家苏姗·朗格在《情感与形式》一书中所说的那样。如果我们把朗格的"文字→现实(即她所说的形式)→情感"与中国古代文论的"言→象→意"关系作一比较,就不难发现二者之间惊人的相似之处。

# 第六节 "意境"说
## ——中国古代表现主义文学特征论

"意境"与"境界"呈交叉状态,与"意象"、"兴象"同物异名。考察"意境"理论,应将古代文论中涉及"境界"、"意象"、"兴象"的理论纳入视野。王弼最早涉及"意象"范畴。殷璠最早提出"兴象"概念。王昌龄首先提出"意境"范畴。后来司空图、严羽、王廷相、陆时雍等人相继作出发展,王国维集其大成。"意境"是以"象"表"意"的结晶,是中国古代表现主义文学作品特征的概括。它虽然坚持主体的"意"与客体的"境"相融合,但重心在"意"不在"境"。这是与西方再现主义文学作品创造的"形象"或"典型"的根本区别。

## 一、"意境"与"境界"、"意象"、"兴象"辨析

什么是"意境"？"意境"说的历史发展情况如何？"意境"说何以会产生？要把这些问题阐述清楚，首先必须回答："意境"与"境界"、"意象"、"兴象"有无分别？

"境界"在王国维那儿与"意境"是没有什么分别的，所以经常通用，如《〈人间词〉乙稿序》云："文学之工不工，亦视其意境之有无与其深浅而已。"《宋元戏曲考》云："元剧最佳之处，不在其思想结构，而在其文章。其文章之妙，亦一言以蔽之，曰有'意境'而已矣。……古诗词之佳者，无不如是，元曲亦然。"这是以"意境"论文。《人间词话》云："词以'境界'为最上。有'境界'则自成高格，自成名词。"这是以"境界"论文。然而"境界"与"意境"在语义上自有分别。"界"，《说文》作"境"，与"境"是同义词。"境"，《说文》曰："疆也，一曰竟也，疆土至此而竟。"《荀子·强国》："入境观其风俗。"《史记·廉颇蔺相如列传》："臣尝从大王，与燕王会境上。"正是此意。因此"境界"的本义是"疆界"，如《诗·大雅·江汉》："于疆于理。"郑玄笺："正其境界，修其分理。"《后汉书·仲长统传》："当更制其境界，使远者不过二百里。"在这个意义上引申为"境地"、"景象"，它既可以指客体，也可以指主体。如王国维《人间词话》说："喜怒哀乐，亦人心中之一境界。"汉译佛经既把属于客体的"六尘"——色、声、香、味、触、法叫作"六境"，又把"六尘"与属于主体的"六根"——眼、耳、鼻、舌、身、意和"六识"——眼识、耳识、鼻识、舌识、身识、意识统称作"境界"。当与"识"对举时，"境"、"境界"则指客观外物，如《唯识二十论》："内识生时，似外境观。"《摄大乘论本》卷二："皆唯有识，无有境界。""境"、"境界"的这种语义自然也出现在中国古代文论中。当"境"与"意"对举，要求"意与境会"、"神与境合"、"以心穿境"时，当人们讲对景"取境"、填词需要"目前之境界"[1]时，这里的"境"、"境界"显然与主体无涉，与"意境"不同。我们考察"意境"说，自然不必把这部分"境界"理论放在视野内。当人们用"境界"、"佳境"、"妙境"来指称文艺作品中心物浑融的理想境地时，易言之，当"境界"指作者所营造的"诗境"、"词境"、"画境"时，"境"、"境界"就与"意境"合一了。我们为考察"意境"说而关心"境界"理论，只能把目光集中在这部分"境界"理论上。

"意境"与"意象"有无质的差别？叶朗先生在《中国美学史大纲》中一再申辩二者的不同，[2]然而愈是到后来，愈是显得力不从心，[3]就是因为二者在主与客、虚与实、有形与无形、有限与无限、个别与整体、手段与目的的辩证统一等一系列特点上的确说不出有什么不同。它们不过是同物异名。从历史上看，"意象"一语略早于"意境"。可以说，在"意境"说诞生前，"意象"说是"意境"说产生的思想基础；在"意境"说诞生以后，"意象"说又丰富、生发着"意境"说。考察"意境"说的历史发展，不能不把"意象"说考虑在内。

---

① 况周颐《蕙风词话》，人民文学出版社 1960 年版。

② 叶朗《中国美学史大纲》，上海人民出版社 1986 年版，第 264～276 页。

③ 叶朗《中国美学史大纲》第十九章第四节、第五节关于王夫之"意象"论、"意境"论之分的解说。叶氏认为"意境"的本质就是在虚实结合的"境"中表现无限的"道"（该书第 276 页），使人不知"意境"之"意"落实在何处。

既然"意境"与"意象"是同物异名,"兴象"与"意象"相通,因而考察"意境"说,自然亦须把"兴象"说包括在内。"兴象"的"兴"即"比兴"的"兴",本来是方法的概念。郑众说:"兴者,托事于物。"①郑玄说:"兴,见今之美,嫌于媚谀,取善事以喻劝之。"②刘熙说:"兴物而作谓之兴。"③挚虞说:"兴者,有感之辞也。"④刘勰说:"兴者,起也","起情故兴体以立","起情者依微以拟议"。⑤钟嵘说:"文已尽而意有余,兴也。"⑥大约从唐代起,"兴"开始从达意的方法转变为这种方法所表达的意蕴,即由方法概念演变为内容概念,正如"风""雅"从表达一定思想内容的体裁概念转变为这两种体裁所表现的特定思想内容概念一样。这个转变以陈子昂为标志。他在《修竹篇序》中高标"兴寄","兴"就是"兴致"。白居易《与元九书》"美刺比兴"并提,《读张籍古乐府》称张诗:"风雅比兴外,未尝著空文。"至此,"比兴"已完全从"方法"转变为"思想寄托"。所以贾岛《二南密旨》干脆说:"兴者,情也。"⑦后来人们"意兴"、"兴趣"联言,正昭示了"兴"与"意"、"趣"(趣者,趋也,旨趋)的相通关系。由于"兴"可作"意"用,所以人们又把"意象"称为"兴象"。以胡应麟《诗薮》为例。《诗薮》论诗,时而称道"意象",时而称道"兴象"。如内编卷一:"《铙歌》陈事述情,句格峥嵘,兴象标拔。"内编卷三:"《秋风》百代情致之宗。虽词语寂寥,而意象靡尽。"内编卷五:"五言古意象浑融,非造诣深者,难于凑泊。"内编卷六:"盛唐绝句,兴象玲珑……"内编卷六:"五言绝须熟读汉、魏及六朝乐府,源委分明,径路谙熟,然后取盛唐名家李、王、崔、孟诸作,陶以风神,发以兴象,真积力久,出语自超。"在同一卷中,也"兴象"、"意象"杂出。如内编卷二:"《十九首》及诸杂诗……辞藻气骨,略无可寻,而兴象玲珑,意致深远,真可以泣鬼神、动天地。""东西京兴象浑沦,本无佳句可摘,然天工神力,时有独至。""子建杂诗,全法《十九首》意象,规模酷肖,而奇警绝弗如。"等等。我们在胡应麟所有使用的"兴象"与"意象"之间实在看不出什么差别。刘熙载的一段话尤可揭示"兴象"的"意象"内涵:"赋之为道,重象尤宜重兴。兴不称象,虽纷披繁密而生意索然,能无为识者厌乎?"⑧当对"意境"与"境界"、"意象"、"兴象"的关系作了这番甄别后,我们可以说,把"境界"理论与"意境"理论完全等同起来加以考察,那会显得大而无当;而撇开"意象"理论、"兴象"理论孤立地考察"意境"说,那会妨碍我们对"意境"内涵和历史的全面、准确理解。

---

①《周礼郑注》卷二三,《十三经注疏》本,上海古籍出版社1997年版。

②《周礼郑注》卷二三,《十三经注疏》本,上海古籍出版社1997年版。

③ 刘熙《释名·释典艺》。

④ 挚虞《文章流别论》,严可均辑《全上古三代秦汉三国六朝文·全晋文》卷七七,中华书局1995年版。

⑤ 刘勰《文心雕龙·比兴》。

⑥ 钟嵘《诗品序》,《历代诗话》,中华书局1981年版。

⑦ 关于这一转变的历程,可参阅王从仁《"比、兴"的缘起和演化》,《古代文学理论研究》丛刊第6辑;王运熙《谈中国古代文论中的"比兴"说》,《文艺论丛》第4辑。

⑧ 刘熙载《艺概·赋概》。厌:满足。

## 二、"意境"说的历史脉络

在"意境"说的发展史上,王弼的"意象"论可以说是源头。王弼在解释《周易》中卦意、卦象、卦辞三者之间的关系时提出他的"意象"论:"夫象者,出意者也;言者,明象者也。尽意莫若象,尽象莫若言。言出于象,故可寻言以观象;象生于意,故可寻象以观意。意以象尽,象以言著。故言者所以明象,得象而忘言;象者所以存意,得意而忘象。……是故,存言者,非得象者也;存象者,非得意者也。象生于意而存象焉,则所存乃非真象也;言生于象而存言焉,则所存乃非真言也。然则,忘象者,乃得意者也;忘言者,乃得象者也。得意在忘象,得象在忘言。故立象以尽意,而象可忘也;重画以尽情,而画可忘也。"①王弼虽就卦象与卦意的关系而言,但又具有一般认识论的意义。在这里,"象"是手段,"意"是目的。"尽意"就得"立象","得意"自然"忘象"。"意"与"象"虽然尚未合为一体,但二者难舍难分。刘勰的"意象"概念正是在这个基础上提出来的。《文心雕龙·神思》说:"独照之匠,窥意象而运斤。"文学创作乃是审美意象的表现过程。

到了唐代,"意象"作为特殊的美学范畴,已被文艺理论家们普遍运用到论艺著作中来。如张怀瓘《文字论》:"探彼意象,如此规模。"王昌龄《诗格》:"久用精思,未契意象。"司空图《二十四诗品》:"意象欲出,造化已奇。"而在唐初,"兴"就完成了从"方法"到"意旨"的内涵转变。这就为殷璠提出"兴象"概念指代"意象"提供了可能。殷璠在《河岳英灵集序》中批评过去一些诗歌选集"都无兴象,但贵轻艳"。在《河岳英灵集》的评语中,也常常地使用这个概念,如评陶翰诗:"即多兴象,复备风骨。"②评孟浩然诗:"无论兴象,兼复故实。"③殷璠不仅首次提出了"兴象"概念,而且把"兴象"作为选诗和评诗的一个重要审美标准。后人如元代杨维桢,明代高棅、马得华、胡应麟、许学夷、清代翁方纲、纪昀、方东树等以"兴象"或"兴象玲珑"、"兴象超远"、"兴象深微"称道盛唐诗,都不同程度地受到殷璠"兴象"说的影响。

在"意象"说、"兴象"说有了相当积累的基础上,唐代诞生了"意境"说和"境界"说。以"境"评诗,已见于殷璠的《河岳英灵集》和高仲武的《中兴间气集》,但都是在"境地"、"境况"的含义上使用这一概念的。"境"作为诗学中的审美范畴,最早出现于王昌龄的《诗格》。在《诗格》中,他把"境"分为三类,首次提出了"意境"概念:"诗有三境:一曰物镜。欲为山水诗,则张泉石云峰之境,极丽极秀者,神之于心。处身于境,视境于心,莹然掌中,然后用思,了然境象,故得形似。二曰情境。娱乐愁怨,皆张于意而处于身,然后用思,深得其情。三曰意境。亦张之于意而思之于心,则得其真矣。"显然,王昌龄的"意境"特有所指,与我们说的"意境"并非一个概念。他所谓的"意境",即不包括感情在内的思想境界。它与"情境"一样,

① 王弼《周易略例·明象》,楼宇烈《王弼集校释》,中华书局1980年版。
② 殷璠《河岳英灵集》卷上,《唐人选唐诗十种》,上海古籍出版社1978年版。
③ 殷璠《河岳英灵集》卷中,《唐人选唐诗十种》,上海古籍出版社1978年版。

指属于主体的一种境相。而"物境"则指客观境相。诗的"物境",约相当于后来王国维说的"无我之境",以描写客体为主。诗的"情境"与"意境",约相当于王国维讲的"有我之境",以表现主体为主。王昌龄之后,"意境"概念充实了三种内容。其一,在王昌龄,"意境"即"意的境"。司空图与之不同,他在《与王驾评诗书》中则提出:"长于思与境偕,乃诗家之所尚者。"这"思与境偕"的"境"与王昌龄"意境"之"境"不同,它是与"思"并列的一个概念。如果说"思"属主体,"境"则属客体。如果说"思"属无形,"境"则属有形。由此合成的"意境"即"意"与"境",它是主体与客体、形而上与形而下的统一。其二,就"境"作为有形之"象"的虚实而言,王昌龄没有触及,皎然在《诗议》中则触及了:"夫境象非一,虚实难明。"那么这个"虚实"在何处呢? 刘禹锡说:"境生于象外。"①司空图《与极浦书》进一步阐述说:"戴容州云:'诗家之景,如蓝田日暖,良玉生烟,可望而不可置于眉睫之前也。'象外之象,景外之景,岂容易可谈哉?"这说明,"虚境"即"生于象外"之"境",即"象外之象,景外之景",是无限之境;"实境"即"象外之象,景外之景"所赖以生存、依附的那部分有限之境。"意境"的"境"讲虚实,就是要以实藏虚,以有限境象通向无限境象。其三,"境"有虚实,"意"也有虚实。在《与李生论诗书》中,司空图指出:"近而不浮,远而不尽,然后可言韵外之致耳。""今足下之诗,时辈固有难色,倘复以全美为工,即知味外之旨矣。"这"韵外之致"、"味外之旨"即是虚,而"韵内之致"、"味内之旨"则是实。这实际上论述到"意境"之"意"也有虚实的讲究。"意"讲虚实,同样是以实吸虚,通过有限的意走向无限的意。

宋明时期,"意境"说在下面几个方面有所发展。一是"意境"的虚实问题。如宋代严羽《沧浪诗话》要求,诗的"妙处"要"透彻玲珑,不可凑泊,如空中之音,相中之色,水中之月,镜中之象"。这"透彻玲珑"指圆融无碍,这"不可凑泊"即不可落实。"空中之音,相中之色,水中之月,镜中之象"则是"意境"的虚的特点的形象描述。明初李东阳《怀麓堂诗话》说:"'乐意相关禽对语,生香不断树交花。'论者以为至妙。予不能辨,但恨其意象太著耳。""韩退之雪诗,冠绝今古。其取譬曰:'随风翻缟带,逐马散银杯。'未为奇特。其模写曰:'穿细时双透,乘危急半摧。'则意象超脱,直到人不能道处耳。"李东阳反对"意象太著",主张"意象超脱",易言之即反对"意象"过于执实,要求"意象"实现对现实羁绊的超越。后来王廷相、陆时雍又进一步阐述了这一点:"夫诗贵在意象透莹,不喜事实粘著,古谓水中之月,镜中之影,难以实求是也。"②"言征实而寡余味也,情直致而难动物也,故示以意象,使人思而咀之,感而契之,邈哉深矣。此诗之大致也。"③"诗贵真,诗之真趣,又在意似之间,认真则又死矣。柳子厚过于真,所以多直而寡味也。《三百篇》赋物陈情,皆其然而不必然之词,所以意广象圆,机灵而感捷也。"④

---

① 刘禹锡《刘梦得文集》卷二三《董氏武陵集记》,上海古籍出版社1994年版。
② 王廷相《与郭价夫学士论诗书》,《王氏家藏集》卷二八,《四库全书存目》本。
③ 王廷相《与郭价夫学士论诗书》,《王氏家藏集》卷二八,《四库本书存目》本。
④ 陆时雍《诗境总论》,《历代诗话续编》,中华书局1983年版。

"古人善于言情,转意象于虚圆之中,故觉其味之长而言之美也。后人得此则死做矣。"①"实际内欲其意象玲珑,虚涵中欲其神色毕著。"②这些论述,把"意象"的"虚"的特点阐述得淋漓尽致。二是"意境"的构成元素及其构成方式。我们知道,在王昌龄的"意境"概念中是只有"意"没有"境"(物象)的。司空图提出"思与境谐","境"成了与"思"相对的一个元素。宋明论者则进一步指出,"意境"是由"意"与"境"两个要素构成的,二者缺一不可。如苏轼《题渊明饮酒诗后》提出"境与意会",王世贞《艺苑卮言》卷一提出"神与境会"、"兴与境诣",李东阳《怀麓堂诗话》要求"意、象具足",袁宏道要求"情与境会"③。而"意境"又不是"意"与"象"的简单拼凑,而是二者的融洽契合,所谓"夫意、象应曰合,意、象乖曰离"④,"合"才是"意境","离"则不成"意境"。三是"意"与"境"的关系及重心的问题。在作品中,"意"与"境"虽然融为一体,难以肢解,但从其生成过程看,"境象"乃是适应含蓄不露地表达意的需要产生的。照严羽的说法,诗既要"吟咏情性",又要"羚羊挂角,无迹可求"。怎么办呢? 只有诉诸"象"这个媒介。王廷相说:"言征实则寡余味也,情直致而难动物也,故示以意象",即是此意。在这里,"意"是目的,"象"是手段,所以"意象"的"妙处在意不在象"⑤,重心落在"意"字上。此外,陆时雍在《诗镜总论》中对"意"与"象"提出"意广象圆"的要求,也很有新意,它标志着"意境"中的"境象"已不是孤立的一盘散沙式的物象,而是有机地联系着的物象整体。

如果说宋明间对"意境"说的丰富主要是以"意象"说的形式展开的,那么清代则普遍地直接以"意境"说的面目出现了。在张岱、金圣叹、叶燮、李渔、石涛、孔尚任、沈德潜、笪重光、布颜图、李重华、吴雷发、章学诚、刘开、潘德舆、方薰、董棨、郑绩、恽寿平、黄图珌、郑板桥、纪昀、蒋士铨、况周颐、沈龙祥、陈廷焯、刘熙载、林纾、黄遵宪、康有为、梁启超等人的诗论、词论、文论、画论中,"意境"、"境界"的术语已广泛使用。正是在这样的时代风气中,产生了三国维的"境界"、"意境"说。王国维曾指出,严羽讲"兴趣",王世贞讲"神韵",不过得其皮毛,"不若鄙人拈出'境界'二字为探其本也"。的确,"境界"或"意境"虽非王氏首次提出,但王国维的"境界"理论仍然独具一格。

在王国维,"境界"相对于诗文而言,指"意境",他二语经常通用,意思是同一的。王国维的"境界"说,是一个具有丰富规定性的有机体系。

首先,王国维突出了"境界"在文学作品中的地位,把它作为文学创作所取得的艺术成就的标志和评价文学作品艺术成就高低的标准。他说:"文学之工不工,亦视其意境之有无与其深浅而已。"⑥"词以境界为最上,有境界则自成高格,自有名句。五代北宋之词所以独绝

---

① 陆时雍《诗境总论》,《历代诗话续编》,中华书局 1983 年版。

② 陆时雍《诗镜总论》,《历代诗话续编》,中华书局 1983 年版。

③ 《叙小修诗》,《袁中郎全集》卷一,钟伯敬增订本。

④ 何景明《与李空同论诗书》,《何大复先生全集》卷三二,赐策堂本。

⑤ 王世贞《艺苑卮言》卷二,《历代诗话续编》,中华书局 1983 年版。

⑥ 王国维《〈人间词〉乙稿序》,《人间词话》附录,人民文学出版社 1962 年版。

者在此。"①应当说，把"境界"的位置提得这么高，这在以前是未曾有过的。

其次，王国维界定了"境界"概念的美学内涵。"何以谓之有意境？曰：写情则沁人心脾，写景则在人耳目，述事则如其口出也。"②"能写真景物、真感情者，谓之有境界，否则谓之无境界。"③这样明确地界说"境界"的内涵，在中国古代文论中尚属首次。

第三，王国维剖析了"境界"的"原质"及其来历、组合方式，划分了它的层次，提出了"境界"有"深浅"之说。他指出："文学中有二原质焉：曰景，曰情。前者以描写自然及人生之事实为主，后者则吾人对此种事实之精神的态度也。故前者客观的，后者主观的也；前者知识的，后者感情的也……文学者，不外知识与感情交代之结果而已。"④这种"景"与"情""交代之结果"在作品中的表现就是"境"与"意"："文学之事，其内足以摅己，而外足以感人者，意与境二者而已。"⑤这"意与境"，"二者常互相错综，能有所偏重，而不能有所偏废也"⑥。其"互相综错"的方式有三："意与境浑"；"意余于境"；"境多于意"。它们又分为"深浅"两个审美价值层次："上焉者意与境浑；其次或以境胜，或以意胜。"⑦把"意境"划分为"意"与"境"（"象"）两个元素，古已有之，而从文学产生于"景"与"情"、"客观"与"主观"相互"交代"方面说明"意境"的来历，并对"意境"的深浅高下层次作出划分，乃是王国维的贡献。

第四，从心物关系出发，王国维提出"有我之境"与"无我之境"。"有有我之境，有无我之境。'泪眼问花花不语，乱红飞过秋千去'，'可堪孤馆闭春寒，杜鹃声里斜阳暮'，有我之境也，'采菊东篱下，悠然见南山'，'寒波淡淡起，白鸟悠悠下'，无我之境也。有我之境，以我观物，故物皆著我之色彩；无我之境，以物观物，故不知何者为我，何者为物。古人写词，写有我之境者为多，然未始不能写无我之境，此在豪杰之士能自树立耳。"⑧由此可见，"无我之境"未必"无我"，它其实不过是"境多于意"，"有我之境"未必"无物"，它其实是"意余于境"。王氏在"有我之境"与"无我之境"之间并未有所轩轾。结合王氏整体思想来看，它们相当于"以境胜"和"以意胜"两种境界，同处于"意与境浑"之下的那个价值层次较低的境界上。

第五，从"境界"的创作方法来分，王国维提出"写境"与"造境"。"有造境，有写境，此理想与写实二派之所由分。然二者颇难分别，因大诗人所造之境必合乎自然，所写之境亦必邻于理想故也。"⑨为了有助于理解"写境"与"造境"的内涵，不妨再看下面一段文字："自然中之物，互相关系，互相限制。然其写之于文学及美术中也，必遗其关系、限制之处。故虽写实

---

① 王国维《宋元戏曲考》第十二章《元剧之文章》，《海宁王静安先生遗书》，商务印书馆1940年版。
② 王国维《宋元戏曲考》第十二章《元剧之文章》，《海宁王静安先生遗书》，商务印书馆1940年版。
③ 王国维《人间词话》，人民文学出版社1962年版。
④ 王国维《文学小言》，郑振铎编《晚清文选》，上海世界文库1937年本。
⑤ 王国维《〈人间词〉乙稿序》。
⑥ 王国维《〈人间词〉乙稿序》。
⑦ 王国维《〈人间词〉乙稿序》。
⑧ 王国维《人间词话》，人民文学出版社1962年版。
⑨ 王国维《人间词话》，人民文学出版社1962年版。

家,亦理想家也。又虽如何虚构之境,其材料必求之于自然,而其构造,亦必从自然之法则,故虽理想家,亦写实家也。"①这是对"境界"虚实关系的新的表述。

第六,从风格上说,"境界"又有"大"、"小"之别。"境界有大小,不以是而分优劣。'细雨鱼儿出,微风燕子斜',何遽不若'落日照大旗,马鸣风萧萧'?'宝帘闲挂小银钩',何遽不若'雾失楼台,月迷津度'也?"②可知所谓"境之大小",实即指"境之刚柔"。

由此可见,王国维的"境界"说一方面溶入了当时西方文艺美学的新质,一方面继承了古代尤其是清代"意境"说的传统内核而在各方面有所发展,成为中国古代文艺理论中"意境"说的集大成者。

## 三、"意境"范畴的规定性

从"意境"说的历史发展中,我们可以发现"意境"作为美学范畴有如下一些规定性:

1. "意境"是"意"与"象"的对应、契合,而不是"意"与"象"的乖离、凑合。有"意"无"象"或有"象"无"意"固然不成"意境","象"不称"意"或"意"不契"象",也不能构成成功、感人的"意境"。权德舆、苏轼等人强调"意与境会"③,司空图强调"思与境偕",胡震亨、王世贞强调"兴与境诣"④,朱承爵强调"意境融彻"⑤等等,都揭示了只有水乳交融地结合在一起的"意"、"境"才是具有审美价值的"意境"。

2. "意境"是主观与客观的统一。"意"属主观,"境"属客观,"意"与"境"的结合也就是主观与客观的统一。

3. "意境"是目的与手段的统一。其中,"意"是"境"的目的,"境"是"意"的手段,目的需要手段实现,手段总依附于一定的目的,于是二者结合到一块了。

4. "意境"是无形与有形、抽象与具象的统一。"意"是看不见、听不到、摸不着的,因而是抽象的、无形的。"境"则是具象的、有形可感的。意寓境中,才能形象可感。境中含意,才能生动有味。

5. "意境"是有限与无限的、个别与整体的统一。其中,诉诸文字等物质媒介的"意境"是个别的、有限的,而它所吸附、容纳的,能普遍有效地在读者想象中唤起的超出其自身的"意境"则是圆通的、具有整体性的、通向无限的。所以古人崇尚"意广象圆","意"要"深远不尽","境"要"生于象外",至于无穷。

6. "意境"是虚与实、真与幻的统一。这有不同的划分法。意是目的,境是手段,故写意是实、是真,写境是虚、是假。意有言内意、言外意,境有言内境、言外境,故写言内意、言内境

---

① 王国维《人间词话》,人民文学出版社 1962 年版。

② 王国维《人间词话》,人民文学出版社 1962 年版。

③ 权德舆语,见《左武卫胄曹许君集序》,李昉等编《文苑英华》卷七一三,中华书局 1990 年版。

④ 胡震亨语,见《唐音癸签》,上海古籍出版社 1981 年版。

⑤ 朱承爵《存余堂诗话》,《历代诗话》,中华书局 1981 年版。

是实是真,写言外意、言外境是虚是幻。然而这只是就表面而言的。从实质看,写有限不过是为了通向无限,故写言内意、言内境又是虚是假,写言外意、言外境才是实是真。此外,境有"写境"与"造境"之别,"写境"是写实、写真,"造境"是写虚、写幻。而"写境"邻于"造境","造境"离不开"写境",故无论"写境"抑还"造境",皆是虚实相生、真幻相即。"意境"的这一特点使它得以与胶柱鼓瑟般的对物象的临摹区分开来,从而"冬景芭蕉"亦不失为有"意境"的优秀艺术作品。

## 四、"意境"与"形象"、"典型"的异同

"意境"的这一系列规定性,决定了它与"形象"、"典型"概念的联系与区别。

"意境"是一种"艺术形象",但"艺术形象"并不等于"意境"。它们的区别首先表现在生成途径不尽相同。"意境"主要是以境传意、因意入境产生的,"形象"主要是通过对现实物象和虚构物象的描绘产生的。其次是构成元素不尽相同,"意境"既要有"境"又要有"意","艺术形象"则可以有"境"无"意",即只有对外境的纯客观描写,而对意的描写则可以压低到几乎等于零的地步(如梅里美、福楼拜的小说,所谓"零度情感")。再次是旨归、重心不尽相同。艺术中的"形象"虽然出自艺术家的主体创造,但事实上毋宁说,它的存在方式是主观的,它的反映内容则是客观的。其旨归、重心在"象"不在"意",在客观不在主观,而"意境"的旨归、重心则分明在"意"不在"象",在主观不在客观。元代学者方回在《心境记》中的一段话曾详尽揭示了"意境"范畴的重"心"特色:"……顾我之境地与人同,而我之所以为境,则存乎方寸之间,与人有不同焉者耳。……心即境也。治其境而不于其心,则迹与(他)人之境远,而心未尝不近。治其心而不于其境,则迹与人境近,而心未尝不远。"方回的意思是说,人们所处的物境相同,而创造的境界各异,这是由人心的不同决定的。创造艺术境界若不从"心"入手,则即使所处的物境很独特,而创造的意境也会流同于他人;相反,如果从治"心"入手,则即使所经历的境界与他人相近,而创造的意境也会拥有迥异于他人的独特性。

"意境"由于可以使人"望表而知里,扪毛而辨骨,睹一事于句中,反三隅于字外",在个别中蕴含一般,在有限中蕴含无限,因而与"典型"有相似之处,但二者亦非对等的概念。其根本的区别就在于"典型"说到底是"艺术形象"的一种。"艺术形象"与"意境"不同,因而"典型"与"意境"也就不同。

如果说"形象"、"典型"是西方文艺理论的舶来品,那么,"意境"则是地道的中国货。

## 五、"意境"的文化渊源

从文学的内部来说,有"心物交融"的艺术观照方式,"神与物游"的构思活动,"以意为主"的表现主义文学观念和"赋、比、兴"的形象表现手法,就是自然有"意境"这一结晶在文学作品中的特征。

从文学的外部来说，道家讲"道"不离"德"、"无"不离"有"，玄学讲"体"不离"用"、"本"不离"末"，佛家讲"空"不离"色"、"法身遍一切境"，宋明理学讲"道"不离"器"、"理一分殊"，它们都共同构成了一种适合于"意境"诞生、成长的文化氛围。"道器"、"有无"、"体用"、"本末"、"空色"的一体化，不是有形与无形、有限与无限、个别与整体的交融吗？它们是走向"意境"的最佳通道。

在这种文化氛围中，佛教的影响力尤其卓著。佛家宣扬"色即是空"，所谓"郁郁黄花，莫非道场，青青翠竹，尽是法身"，但又主张"当色即色"，承认"色"这个"假有"的存在。这里包含"有无"相生、"道器"一体，有形与无形、有限与无限、个别与整体相交融的意思，对"意境"的影响已如上述。佛家认为世界的真谛是空寂的，万事万物不过是心灵的"无明"所造的幻影，于是佛典反复以"镜花水月"为喻，说明物象的虚幻性，启示人们破除"法执"，体认物象的真实面目。这种思想促进了古代文论家对"意境"虚幻特点的认识。古代尤其是受佛家思想濡染较深的文论家常把"意境"比作"空中之声，相中之色"，要求"意象玲珑"，反对"以实求是"，足可看出二者的血缘关系。佛教主张"色即是空"，"空"到极端，连佛祖偶像也捣毁掉，但为了向众生宣传佛教真理，又不得不借助形象，如塔寺、佛像、壁画、经变故事，施行"像教"，所谓"诸佛如来，亦复如是，随诸众生种种音声而为说法。为令安住佛正法故，随所应见而为示现种种形象"①。自东汉末，中国开始佛教造像，南北朝时发展很快。特别是北朝，建造起一大批穷奢极丽的石窟寺。此外，佛经传译又带来大批富于形象的故事。所以中国僧众对"形象"议论较多。一方面，他们肯定、强调"形象"的感化教育作用，如六朝释道高说："闻法音而称善，刍狗非谓空陈；睹形象而曲躬，灵仪岂为虚设！"②沈约《竟陵王造释迦像记》说："夫理贵空寂，虽熔铸不能传；业动因应，非形相无以感。"另一方面又强调，"象者理之所假"③，应"托形象以传真"④。这"理"、"真"存在于"象外"，所以佛僧们又"穷心尽智，极象外之谈"⑤，"抚玄节于希声，畅微言于象外"⑥。佛家的像教理论，一方面使"象"、"形象"之类的概念、用语在六朝以至唐代的文论中蔓延开来，另一方面又引发、促进了这个时期的美学家对"象外"之"意"之"境"的追求。如谢赫《古画品录》说："若拘以体物，则未见精粹；若取之象外，方厌膏腴，可谓微妙也。"诗僧皎然《诗评》说："采奇于象外。"刘禹锡《董氏武陵集记》说："境生于象外。"司空图《二十四诗品》说："超以象外，得其环中。"在《与极浦书》中又崇尚"象外之象，景外之景"等等。

"意境"说，就是中国式的文学作品特征论。应当说明，"意境"仅仅是中国古代部分表现主义文学作品的特征。由于中国古代"文学"概念的宽泛性，有一些体裁的文学作品如"簿"、

① 《大般涅槃经》卷九《菩萨品》，《大正藏》卷十二。

② 僧祐编《弘明集》卷十一，《大正藏》卷五二。"刍狗"语出《老子》第五章，本指用草扎的狗，祭祀用，此指佛像。

③ 释慧琳语，见《竺道生法师诔》，《全宋文》卷六三。

④ 释慧皎语，见《高僧传·义解论》，中华书局1992年版。

⑤ 僧肇《般若无知论》，《全梁文》卷一六四。

⑥ 僧卫《十住经合注序》，《全晋文》卷一六五。

"籍"、"谱"、"录"唯取"志物",无情采可言,或单是"言理",无"意境"可言的,因而并非所有的文学作品都有"意境"。

# 第七节 "情景"说
## ——中国古代诗歌意境形态论

"情景交融",是以咏物抒情为特征的中国古代诗歌孜孜追求的"意境"。"情景"说,构成了中国古代诗歌的意境形态论。古代文论"情景"说的代表人物当推明代的谢榛和清初的王夫之。"情景"说具有的一系列特征,多在"意境"说中得到对应。如"意境"的重心在"意"不在"境","情景"说虽强调"情景合一",但又指出"诗以情为主,景为宾",并且说"景以情妍,独景则滞"。

---

## 一、"情景者,境界也"

在中国古代诗歌作品中,"意境"的"境"表现为"景"的描写,"意境"的"意"表现为"情"的抒发,"情景"说,构成了中国古代的诗歌"意境"形态论。清代况周颐《蕙风词话》云:"善言情者,但写景而情在其中。此等境界,唯北宋人词往往有之。"这是把"境界"当作词中情景交融的特征的对应物。布颜图《画学心法问答》云:"情景者,境界也。"则更明确地指出了艺术中的"情景"与"境界"的相通性。所论虽是山水画,而与中国古代的咏物抒情诗却是相通的。

尽管与"情景"说有关的论述很早就有了,然而把"情"、"景"作为一对概念提出来,并要求"情景交融"则是从唐代才开始的。从现有资料看,首先提出这一理论的是王昌龄的《诗格》。他指出:"诗一向言意,则不清及无味;一向言景,亦无味。事须景与意相兼始好。"

宋代,姜夔、张戒都接触到"情景交融"问题。如姜夔《白石道人诗说》:"意中有景,景中有意。"张戒《岁寒堂诗话》指出:"言志乃诗人之本意,咏物特诗人之余事",然二者亦不分离,因诗人"言志"借"咏物"而行,故情语为景语,景语亦因同时是情语而臻妙境,所谓"建安、陶(潜)、阮(籍)以前,诗专以言志","本不期于咏物",而"咏物之工,卓然天成,不可复及,其情真,其味长,其气胜"。比较起来,范晞文的《对床夜语》对"情景"问题的论述尤其值得注意。他举杜诗"天高云去尽,江迥月来迟。衰谢多扶病,招邀屡有期"为例云:"上联景,下联情。"举"身无却少壮,迹有但羁栖。江水流城郭,春风入鼓鼙"云:"上联情,下联景。"举"白首多年病,秋天昨夜凉"、"高风下木叶,永夜揽貂裘"云:"一句情,一句景也。"举"水流心不竞,云在意俱迟"云:"景中之情也。"举"卷帘唯白水,隐几亦青山"云:"情中之景也。"他对诗歌情景描写的分析是符合作品实际的,他对诗歌情景关系的划分也是精细的。这些都标志着"情景"说的发展,而他对诗歌情景关系的划分对后世影响尤著。刘熙载《艺概·词曲概》所谓"词或前景后情,或前情后景,或情景齐到,相间相融,各有其妙",就可明显地看到范氏的痕迹。范氏在对情景关系作了上述分析后又补充说:"景无情不发,情无景不生。或者谓首首当如此作,则失之甚矣。如'淅淅风生砌,团团月隐墙。遥空秋雁灭,半岭暮云长。病叶多先坠,寒花只暂香。巴陵添泪眼,今夕复清光',前六句皆景也。'清秋望不尽,迢递起层阴。远水兼天净,孤城隐雾深。叶稀风更落,山迥日初沉。独鹤归何晚,昏鸦已满林',后六句皆景也,何患乎情少?"①

元代,杨载在《诗法家数》中告诫人们:"写景"要"景中含意","写意"要"意中带景"。明代,谢榛的"情景"说最为有名。他提出:"诗乃模写情景之具。"②并对情、景的描写提出要求:"情融乎内而深且长,景耀乎外而远且大。"③又从创作发生论的角度指出:"夫情、景相触而成诗,此作家之常也"④;"景乃诗之媒,情乃诗之胚,合而为诗";"作诗本乎情景,孤不自成,两不相背"⑤。还从创作方法的角度指出:"景多则堆垛,情多则暗弱","大家无此失",如杜诗中有"八句皆景者",有"八句皆情者",以其景中含情、情寓景中也。⑥《四溟诗话》卷二中有这么一段:"杜约夫问曰:'点景写情孰难?'予曰:'诗中比兴固多,情景各有难易。若江湖游宦羁旅,会晤舟中,其飞扬辗轲,老少悲欢,感时话旧,靡不慨然言情,近于议论,把握住则不失唐体,否则流于宋调,此写情难于景也,中唐人渐有之。冬夜园亭具樽俎,延社中词流。时庭雪皓目,梅月向人。清景可爱,模写似景。如各赋一联,拟摩诘有声之画,其不雷同而超绝者,谅不多见。此点景难于情也,惟盛唐人得之。'约夫曰:'子触发情景之蕴,以至极致,沧浪辈未尝道也。'"这里说的是,写情的难处在不"近于议论",写景的难处在"不雷同而超绝";假情言情,则可绝议论、远宋调;即情写景,则可境象独得,自铸机杼。

谢榛以外,都穆、袁中道、许学夷的"情景"说也颇有新意。都穆《南濠诗话》载曰:"作诗必情与景会,景与情合,始可与言诗矣。如'芳草伴人还易老,落花随水亦东流',此情与景会也;'雨中黄叶树,灯下白头人',此景与情合也。"⑦这首次提出了"情与景会"、"景与情合"的观念。从他所举的诗例来看,"情与景会"即先言情、后言景,"景与情合"即先言景、后言情。虽然情景相间,由于情是妙会景的情,景是契合情的景,所以情非孤立的情,景非孤立的景,依然情景交融。袁中道在《蔡不瑕诗序》中说:"夫情无所不写,而亦有不必写之情;景无所不

① 范晞文《对床夜语》卷二,《历代诗话续编》,中华书局 1983 年版。
② 谢榛《四溟诗话》卷四,人民文学出版社 1961 年版。
③ 谢榛《四溟诗话》卷四,人民文学出版社 1961 年版。
④ 谢榛《四溟诗话》卷四,人民文学出版社 1961 年版。
⑤ 谢榛《四溟诗话》卷三,人民文学出版社 1961 年版。
⑥ 谢榛《四溟诗话》卷一,人民文学出版社 1961 年版。
⑦ 丁福保辑《历代诗话续编》,中华书局 1983 年版。

收,而亦有不必收之景。"触及情、景描写的虚实问题。许学夷《诗源辩体》卷二十七:"诗有景象……唐人意在景象之中,故景象可合不可离也。王建《赠卢汀》诗:'功证诗篇离景象。'此实自谓意,以为初盛唐不离景象,故其意不能尽发。今欲离景象,悉发真意,故其诗卑鄙至是。此唐人错悟受魔之始也。"王建的意思认为诗歌用了"景象",情意的表达就不够详尽充分,因而主张以"离景象"为诗歌创作的最高境界。许学夷通过对王建的批评,指出了离景发意,诗必卑鄙;假景言志,诗格方高。

有清一代,"情景"说进一步丰富。金圣叹《增订金批西厢》卷二《琴心》批语云:"只写云,只写月,只写红,只写阶,并不写双文,而双文已现。有时写人是人,有时写景是景,有时写人却是景,有时写景却是人。如此节四句十字,字字是景,字字是人。"李渔说:"文章头绪最繁者,莫填词若矣。予谓总其大纲,则不出情、景二字。景书所睹,情发欲言。情自中生,景由外得。二者难易之分,判如霄壤。以情乃一人之情,说张三要像张三,难通融于李四;景乃众人之景,写春夏尽是春夏,止分别于秋冬。"①把"情景"说引入戏曲评论,大大地提高了情景描写在戏曲创作中的地位。关于景物描写,李渔又教人根据情的需要有选择地写景,不要漫无目的地铺物:"眼前景物繁多,当从何处说起?咏花既愁遗鸟,赋月又想兼风。若使逐件铺张,则虑事多曲少;欲以数言包括,又防事短情长。展转推敲,已费心思几许。何如只就本人生发,自有欲为之事,自有待说之情。念不旁分,妙理自出。"②同时他又指出:"言景"是言情的一种"省力"的方法:"舍情言景,不过图其省力。"③于是,"说景即是说情,非借物遗怀,即将人喻物。"④在"情景交融"中他又区分出重点:"情为主,景是客。"受李渔影响,吴乔也说:"夫诗以情为主,景为宾。"同时指出:"景物无自生,惟情所化。情哀则景哀,情乐则景乐。唐诗能融景入情,寄情于景……叙景惟欲阔大高远,于情全不相关,如寒夜以板为被,赤身而挂铁甲。"⑤具体阐述了诗歌创作中"情"对"景"的主宰作用。沈雄《古今词话·词品》云:"情以景幽,卓情则露;景以情妍,独景则滞。"为诗歌创作何以情景相兼提供了美学上的论证。董以宁《蓉渡词话》:"言情至色飞魄动时乃能于无景中著景。"⑥论及诗中之景的创造性、虚构性及其与作者感情活动的联系。李重华《贞一斋诗说》具体论述了律诗的情景描写方法:"诗有情有景,且以律诗浅言之:四句两联,必须情景互换,方不复叠;更要识景中情,情中景,二者循环相生,即变化不穷。"刘熙载《艺概·赋概》云:"景以寄情,文以代质。"明确指出了"情"与"景"之间存在的目的与手段、内容与形式的关系。《诗概》云:"寓情于景而情愈深。"此外,王国维讲,"文学中有二原质焉:曰景、曰情。前者以描写自然以及人生之事实为主,后者则吾人对此种事实之精神态度也。故前者客观的,后者主观的也,前者知识的,后者感情的也。

① 李渔《闲情偶记·戒浮泛》,《中国古典戏曲论著集成》(七),中国戏剧出版社 1959 年版。
② 李渔《闲情偶记·戒浮泛》,《中国古典戏曲论著集成》(七),中国戏剧出版社 1959 年版。
③ 李渔《闲情偶记·戒浮泛》,《中国古典戏曲论著集成》(七),中国戏剧出版社 1959 年版。
④ 李渔《窥词管见》,《笠翁一家言全集》,清雍正芥子园刊本。
⑤ 吴乔《围炉诗话》卷一,《清诗话续编》,上海古籍出版社 1983 年版。
⑥ 见王士祯《花草蒙拾》附录,《昭代丛书》已集,世楷堂本。

自一方面言之,则必吾人之胸中洞然无物,而后其观物也深,而其体物也切;即客观的知识,实与主观的情感为反比例。自他方面言之,则激烈的情感亦得为直观之对象、文学之材料,而观物与其描写之也,亦有无限之快乐伴之。要之,文学者,不外知识与感情交代之结果而已。苟无敏锐之知识与深邃之感情者,不足与于文学之事。"①这里,"景"不再仅仅指自然景物,而指包括"自然及人生之事实"在内的一切客观事物;"情景交代",即主观与客观的交融、统一。他还指出:"昔人论诗词,有景语、情语之别,不知一切景语皆情语也。"②并要求:"其言情也必沁人心脾,其写景也必豁人耳目。"③这些都溶入了新质。

比较而言,清初王夫之的"情景"说最为丰富,有集前人大成之妙,值得重点介绍。

王夫之的"情景"说,散见于他的《古诗评选》、《唐诗评选》、《明诗评选》等书的评语,而集中于他的论诗名著《姜斋诗话》。理解王夫之的"情景"说,要注意他"情"、"景"的特定内涵。有时,它们指未进入创作过程的主、客体,便"有在心、在物之分"④。在更多的时候,他们指进入创作构思和艺术作品中的主客体。这时,"情、景名为二,而实不可离"⑤。在这个意义上,我们才可理解下面一段话:"烟云泉石,花鸟苔林,金铺锦帐,寓意则灵。"⑥"烟云泉石"、"花鸟苔林"、"金铺锦帐"怎么可以寓"意"呢? 因为这是诗歌中的"景"。他在这儿说明的意思是"景总含情"方才"景非滞景"⑦。从诗人对自然进行艺术观照的那一刻起,客体的"景"与主体的"情"就处于一种双向对流状态:"情景虽有在心、在物之分,而景生情,情生景。哀乐之触,荣悴之迎,互藏其宅。"⑧一方面,要"即景会心",不能"妄想揣摩","如说他人梦"。另一方面,"关情者景,(景)自与情相为珀芥也"⑨。进入创作过程后,诗人应以"情景交融"为最高境界。所谓"神于诗者,妙合无垠"⑩;"情景一合,自然妙语"⑪;"龙湖高妙处,只在藏情于景,间一点入情,但就本色上露出,不分涯际,真五言之圣境也"⑫。从二者关系来说,"情"主"景"从,"烟云泉石……寓意则灵","景非滞景,景总含情"。因而,写景要带情,为情要写景:"'昔我往矣,杨柳依依;今我来思,雨雪霏霏。'以乐景写哀,以哀景写乐,一倍增其哀乐。"⑬

---

① 王国维《文学小言》,《晚清文选》,1937 年世界文库本。

② 王国维《人间词话删稿》,《人间词话》,人民文学出版社 1962 年版。

③ 王国维《人间词话》,人民文学出版社 1962 年版。

④ 王夫之《姜斋诗话》,《清诗话》,上海古籍出版社 1978 年版。

⑤ 王夫之《姜斋诗话》,《清诗话》,上海古籍出版社 1978 年版。

⑥ 王夫之《姜斋诗话》,《清诗话》,当然,这句话也可以指对自然、现实的审美,即审美主体在观照自然时将主体之意投射、寄托到自然物中,自然物才有美丽动人的审美意义。

⑦ 《古诗评选》卷五谢灵运《登上戍石鼓山诗》,文化艺术出版社 1997 年版。

⑧ 王夫之《姜斋诗话》,《清诗话》,上海古籍出版社 1978 年版。

⑨ 王夫之《姜斋诗话》,《清诗话》,上海古籍出版社 1978 年版。

⑩ 王夫之《姜斋诗话》,《清诗话》,上海古籍出版社 1978 年版。

⑪ 王夫之《明诗评选》卷五沈明臣《渡峡江》,文化艺术出版社 1997 年版。

⑫ 王夫之《明诗评选》卷五张治《秋郭小寺》,文化艺术出版社 1997 年版。

⑬ 王夫之《姜斋诗话》,《清诗话》,上海古籍出版社 1978 年版。

同时,也不应厚"情"薄"景":"不能作景语,又何能作情语耶?古人绝唱多景语……而情寓其中矣。"[①]"诗有全不及情,而情自无限者……'天际识归舟,云间辨江树',隐然一含情凝眺之人呼之欲出。从此写景,乃为活景"[②]。总之,"景"只有传"情"才能"活","情"只有入"景"才能"绝","景中生情,情中含景,故曰:景者情之景,情者景之情也"[③]。此外,王夫之还从风格上分析说:"有大景,有小景,有大景中小景。'柳叶开时任好风','花覆千宫淑景移'及'风正一帆悬'、'青霭入看无',皆以小景传大景之神。"王夫之对诗歌"情景"关系的分析较前更为深透详尽,更多独得,对后人,包括王国维均深有影响。如王夫之说"不能作景语,又何能作情语",王国维则说"一切景语皆情语";王夫之说"有大景有小景",王国维说"境界有大小";王夫之分"情景"关系为"神者"、"巧者"两个高低层次:"神于诗者,妙合无垠;巧者则有情中景,景中情",王国维则说:文学之事,"上焉者意与境浑,其次或以境胜,或以意胜"等等。

## 二、"情景"的结合机制和相互关系

中国古代,诗歌是用来言情述志的,而"言情之作,贵在含蓄不露"[④],"诗之至处,妙在含蓄无垠"[⑤]。怎样才能做到这一点?那就是化"情语"为"景语",托物伸意,借景传情。诗歌中的"情景合一"就是这么产生的。

"情景"结合起来后,"情"因为是融化在景中的情而含蓄不露,其妙无限,"景"也因为是脉脉含情的景而生机流荡,灵性动人。这是一种具有审美意味的新质,所谓"情中必有景,景中必有情,方有意味"[⑥]。它实即诗歌中的"意境"。

因此,"意境"所具有的一系列特征,在"情景"说中多半得到对应:

首先,情、景必须相兼,不能相离。相兼的条件是,景应是适合于发生此情、表现此情的景,情应是契合于此景的情。相兼的最高境界是"妙合无垠","不分涯际"。相兼的形态有三种。一是"情景相触而莫分也"[⑦],如"感时花溅泪,恨别鸟惊心";二是"寄情于景"[⑧],如"柳塘春水漫,花坞夕阳迟";三是"融景入情"[⑨],如"近泪无干土,低空有断云"。在二、三两种情况中,人们又名之曰"情语"、"景语"。然而不过是就其侧重点而言。其实"情语"中有"景语"、"景语"中有"情语"。

其次,情、景交融是目的与手段的有机统一。所谓"诗以情为主,景为宾"。这里切忌的

---

① 王夫之《姜斋诗话》,《清诗话》,上海古籍出版社 1978 年版。

② 《古诗评选》卷五谢朓《之宣城郡出新林浦向板桥》,文化艺术出版社 1997 年版。

③ 《唐诗评选》卷四岑参《首春渭西郊行呈蓝田张二主簿》,文化艺术出版社 1997 年版。

④ 梁廷枏《曲话》卷二,《中国古典戏曲论著集成》(八),中国戏剧出版社 1959 年版。

⑤ 叶燮《原诗·内篇下》,二弃草堂本。

⑥ 阮葵生《茶余客话》卷一,光绪戊子刊本。

⑦ 范晞文《对床夜语》卷二,《历代诗话续编》,中华书局 1983 年版。

⑧ 吴乔《答万季野诗问》,《清诗话》上册,上海古籍出版社 1978 年版。

⑨ 吴乔《答万季野诗问》,《清诗话》上册,上海古籍出版社 1978 年版。

是喧"宾"夺"主"，专意写景而忘记借景抒情。古人不仅告人"言志乃诗人之本意，咏物特诗人之余事"，而且从审美方面告诫人们："景以情妍，独景则滞。"

再次，情景交融是主观与客观的统一。所谓"景从外来，目之所触，留心便得"；"情从心出，非有一种芬芳悱恻之怀，便不能哀感顽艳"[①]。于是，通过客体表现主体，客体之景成了表现主体之情的一种手段和形式。

第四，情无形，景有形，情景交融也就是把无形寓于有形之中，用有形表现无形。所以"情景"说又是形象思维理论的一部分。

第五，情无限，景有限，"舍情言景，不过图其省力"（李渔），故情景交融又是在有限中表现无限，在个别中表现一般；而"情无所不写，而亦有不必写之情；景无所不收，而亦有不必收之景"，作为有限与无限的统一，还包括通过有限的形诸文字的情景吸附、包含无限的诉诸读者想象的情景的意思。

第六，"景"作为表现情的手段、形式，它不再一定要以现实之景为参照系。它与现实之景处于一种不粘不脱的关系之中，故"情景"中"景"是真幻统一的景。另外，通过有限之情之景表现无限之情之景，通过手段实现目的，通过有形表现无形，这当中又存在着多重虚与实的交叉关系。要之，情景交融又是真与幻、虚与实的统一。

总之，"情景"说所一再强调的"情景交融"，就是以咏物抒情为特征的中国古代诗歌所孜孜追求的"意境"。

顺便指出，"情景"说主张化情语为景语，而景语往往是通过"比兴"手法表达的，所谓"诗有景象，即风人之比兴也"。因此有"比兴"，就有"情景交融"。以白居易《与元九书》所论为例。"噫！风雪花草之物，《三百篇》中岂舍之乎？顾所用何如耳。设如'北风其凉'，假风以刺威虐也；'雨雪霏霏'，因雪以愍征役也；'棠棣之华'，感华以讽兄弟也；'采采芣苢'，美草以乐有子也。皆兴发于此而义归于彼。反是者，可乎哉！然则'余霞散成绮，澄江静如练'，'离花先委露，别叶乍辞风'之什，丽则丽矣，吾不知其所讽焉。"白氏此论，揭示了借用比兴描写景物而有所讽喻，就可达到情景交融的境界。这一点恰恰说明了"情景"说与"比兴"说的交叉性。

# 第八节　"真幻"说
## ——中国古代文学的艺术真实论

与西方文学早在两千多年前就懂得自觉地运用想象按照"可然律"或"必然律"进行虚构创造不同，中国古代文学作为外延极为宽泛的杂文学，其艺术真实则呈现出比较复杂的情

---

① 袁枚《随园诗话》，人民文学出版社 1960 年版。

况。在书、籍、谱、录之类的应用文,策、论、奏、议之类的论说文以及历史著作中,基本不存在艺术虚构问题。古代文学的艺术虚构和夸张及其产生的艺术真实问题,集中体现在诗歌辞赋和小说戏剧中。古代文论的"真幻"说在对中国古代诗歌辞赋和小说戏剧艺术真实问题的分析讨论中,揭示了其真幻相即的特征和虚实相半的规律,显示了中西文学艺术真实论的异同。

## 一、中西文学艺术真实论之异同

艺术真实是文学理论中的一个重要话题。中国古代文论曾对这个问题作出过丰富而深入的探讨。遗憾的是到目前为止,尚未见到系统梳理中国古代文论中的艺术真实论的专文。本文试图站在建构当下文学理论的立场上,在中西比照中揭示中国古代文学艺术真实论的历史、内涵和特点,以期使读者对中国古代文学的艺术真实论有一个全面而简明的认识、恰当而合理的评价。

韦勒克、沃伦在其合著的《文学理论》一书中指出:"'文学'一词如果指文学艺术,即想象性的文学似乎是最恰当的。"[1]"'虚构性'、'创造性'或'想象性'是文学的突出特征。"[2]美的文学创作不拘泥于事实,出于想象虚构,然而,它又尊重生活真实的逻辑,反映生活的本质真实。关于这一点,亚里士多德早在《诗学》中已经指出:"历史家与诗人的差别不在于一用散文,一用韵文……两者的差别在于一叙述已发生的事,一描述可能发生的事。"这再清楚不过地说明了,文学作为语言艺术的一种(即亚里士多德所谓的"诗"),它所描写的世界是作家根据"可然律"或"必然律"、运用想象虚构的手段创造的,它既不同于生活真实,又揭示了生活真实。亚里士多德的这一论断奠定了后世西方艺术真实论的基调。西方文艺理论家对文学艺术真实的看法,不外乎幻中有真、真中有幻、真幻相即这一观点。

与西方文学的艺术真实观相较,中国古代文学的艺术真实观则呈现出比较复杂的情况。中国古代的"文"或"文学",是包括诗歌辞赋、小说戏曲、历史著作、策论奏议、书籍谱录等各种文体在内的文字著作。[3] 它们各自的使命、特点、要求不同,呈现的艺术真实面目亦不尽相同。在书籍谱录之类的应用文牍中,根本不存在什么"艺术真实"问题。策论奏议之类的论说文虽然运用夸张、比喻等艺术手法,但这类文体主要用来阐明自己的意见、论说自己的

---

① (美)韦勒克、沃伦《文学理论》,三联书店 1984 年版,第 9 页。
② (美)韦勒克、沃伦《文学理论》,三联书店 1984 年版,第 14 页。
③ 如章炳麟《国故论衡·文学总略》指出:"'文学'者,以有文字著于竹帛,故谓之'文';论其法式,谓之'文学'。凡文理、文字、文辞皆称'文',言其采色发扬,谓之'彣'。……凡'彣'者必皆成'文',凡成'文'者不皆'彣'。是故榷论'文学',以文字为准,不以彣彰为准。""凡云'文'者,包络一切著于竹帛者而为言。"这是对中国古代"文学"观念的客观概括。

观点,它所展示的不是写实的世界,而是说理的世界,因而与"生活真实"没有可比性,"艺术真实"问题亦未凸现出来。历史是写实的,它以"其文直,其事核,不虚美,不隐恶"的"实录"(班固语)方法为特点,要求"实即实到底"(李渔),也不存在艺术虚构。诗歌辞赋就不同了。诗歌以言情为主,但又必须化"情语"为"景语",诗歌之景与自然之景因此发生偏离,真幻问题于是产生。辞赋以"体物"为己任,但为了极尽声色之美,辞赋常常凭空杜撰一些"子虚乌有"的物象,这也带来了真真假假的问题。小说、戏曲以描写社会故事、塑造人物形象为使命,其所描写的人和事是否等于真人真事?如果不是,那么它们之间的关系到底怎样?对于诸如此类问题的争论和探讨,构成了中国古代文论中艺术真实观的主体,并集中凝聚为"真幻"说。

## 二、中国古代诗赋理论中的"真幻"说

"真幻"说首先表现在中国古代的诗赋理论中。

中国古代诗赋理论的真幻关系观表现为历时的渐进过程。必须在历史的运动中加以把握。

从历史的情况来看,中国古代诗赋的艺术真实观可分为两个时期:

第一个时期是宋代以前,人们对诗赋的艺术真实尚无深入的认识,在诗赋创作中往往追求生活真实,并对通过夸张、比喻、虚构等艺术手法创造的不符合生活事实的物象表示严重不满。如左思《三都赋序》批评司马相如《上林赋》、扬雄《甘泉赋》、班固《两都赋》、张衡《西京赋》"假称珍怪"、"侈言无验"、"虚而无征",盛赞"诗人之赋"可以使人考见事实:"见'绿竹猗猗',则知卫地淇澳之产;见'在其版屋',则知秦野西戎之戎";并申称自己《三都赋》的创作:"其山川城邑,则稽之地图;其鸟兽草木,则验之方志;风谣歌舞,各附其俗;魁梧长者,莫非其旧。"提出了"美物者,贵依其本;赞事者,宜本其实"的写作原则。北齐颜之推的观点与左思相近。《颜氏家训·文章篇》指出:"文章地理,必须惬当。""梁简文《雁门太守行》乃云:'鹅军攻日逐,燕骑荡康居。大宛归善马,小月送降书。'萧子晖《陇头水》云:'天寒陇水急,散漫俱分泻;北往徂黄尤,东流会白马。'此亦明珠之颣,美玉之瑕,宜慎之。"直到宋代,人们仍普遍用这种观点来评诗。欧阳修《六一诗话》云:"诗人贪求好句,而理有不通,亦语病也。如'袖中谏草朝天去,头上宫花侍宴归',诚为佳句,但进谏必以章疏,无直用草稿之理。唐人有云:'姑苏城外寒山寺,夜半钟声到客船。'说者亦云,句则佳矣,其如三更不是打钟时!如贾岛《哭僧》云:'写留行道景,焚却坐禅身。'时谓烧杀活和尚,此尤可笑也。"严有翼《艺苑雌黄》:"吟诗喜作豪句,须不畔于理方善。如东坡《观崔白骤雨图》云:'扶桑大茧如瓮盎,天女织绡云汉上。往来不遣风衔梭,谁能鼓臂投三丈?'此语豪而甚工。石敏若《橘林》文中《咏雪》,有'燕南雪花大于掌,冰柱悬檐一千丈'之语,豪则豪矣,然安得尔高屋耶?虽豪觉畔理。……李太白《北风行》云:'燕山雪花大如席。'《秋浦歌》云:'白发三千丈。'其句可谓豪矣,奈无此理何!"

第二个时期是明清，人们逐步认识到"美"与"真"之间的矛盾，所谓"东坡竹妙而不真，息斋竹真而不妙"①，纷纷从审美的角度，肯定诗文中的虚构描写，并告诫人们不要用过分拘泥执实的态度去看待诗赋描写的物象。这种观点，以前已有萌芽。而到了明清时期，这种通达、辩证的诗歌真实观更加明晰，并得到了进一步的丰富与发展，成为人们的共识。明代如谢榛、俞弁、胡应麟、王廷相、陆时雍，清代如王士祯、叶燮、曹雪芹、吴雷发、刘熙载、何文焕等人，从各个角度对诗歌辞赋的艺术真实与生活真实不即不离的关系发表过意见。归纳起来，其思维的逻辑脉络大抵可作如下勾勒：

"诗赋欲丽"（曹丕语）。诗是讲究美（古人叫做"味"、"趣"、"妙"等）的。既然讲美，诗就不能仅仅局限于对美的自然物象的描写，而应着力描写想象所创造的美，就是说，诗美的主要根源在于"意象"。"意象"的特征之一就是超越现实的束缚，以"虚"、"幻"为特点。于是，肯定美在诗中的不可或缺性，承认美在"意象"，就必然崇尚"意象"的真实而不拘泥于生活事实。俞弁《逸老堂诗话》载："少师杨文贞公尝曰：'东坡竹妙而不真，息斋竹真而不妙。'善坡公起于兔起鹘落须臾之间，而息斋所谓'节节而为之，叶叶而累之'者也。专以画为事者，乃如是尔。今人得东坡竹，其枝叶副真者，大率伪耳。"所谓"妙而不真"，就指美妙的"意象"不拘泥于生活事实。王廷相《与郭价夫学士论诗书》："夫诗贵意象透莹，不喜事实粘著"；"言征实则寡余味也"。陆时雍《诗境总论》："诗贵真，诗之真趣，又在意似之间，认真则又死矣。"把美与虚构的因果关系揭示得更明显：诗既"贵意象透莹"，就自然"不喜事实粘著"；如果"言征实"，必然"寡余味"。诗要有"趣味"，其所描写的物象就只能与客观事物处于"意似"之间，而不能要求完全对应。

诗的真实既然是"意象"的真实，那就必然是虚构的真实、想象的真实，因为"意象"出自想象的虚构。对此，叶燮、曹雪芹、刘熙载等人有精辟、具体的分析。叶燮《原诗》指出：诗所描写的"事"不是"人人能述之"的"可征之事"，而是只能"遇之于默会想象之表"的"不可征"、"不可述之事"。他举杜甫"碧瓦初寒外"、"晨钟云外湿"等意象描写为例，说明这些诗句是不能"一一征之实事"的，"使必……实诸事以解之，虽稷下谈天下之辩，恐至此亦穷矣"。祖辈与叶燮有过交往，颇受叶燮影响的曹雪芹在《红楼梦》第四十八回中通过香菱论诗发表了对诗的真实的见解："据我看来，诗的好处，有口里说不出来的意思，想去却是逼真的；又似乎无理的，想去竟是有理有情的。"如王维的"大漠孤烟直，长河落日圆"，"想来'烟'如何'直'？'日'自然是'圆'的。这个'直'字似无理，'圆'字似太俗。合上书一想，到像是见了这个光景的。"就是说，诗的真实可以是想象的真实，而非事实的真实。刘熙载《艺概·赋概》指出：赋是"象物"的，而"象物"又分"按实肖像"与"凭虚构象"两种，诗赋中"生生不穷"、光景常新的"象"乃是"凭虚构象"的产物。由于"意象"出于想象的虚构，所以，王廷相《诗镜总论》说："转意象于虚圆之中。"何文焕《历代诗话考索》总结："文人造语，半属子虚。"

诗歌的真实虽然以"虚"、"幻"为特点，但又"虚"不离"实"、"幻"不离"真"。在肯定诗赋

① 俞弁《逸老堂诗话》，《历代诗话续编》，中华书局 1983 年版。

意象虚幻特点的同时,明清人屡屡强调诗歌的"真"。如刘熙载说:"诗可数年不作,不可一作不真。"①袁枚说:"千古文章,传真不传伪。"②"景"可"幻",但"情"必须"真";"象"可"虚",但"意"必须"真";"形"不必"似",但"神"必须"似"。诗的真实就是这样一种"真中有幻"③、幻中有真的艺术真实。此如陆时雍《诗镜总论》所概括:"实际内欲其意象玲珑,虚涵中欲其神色毕著。"

从诗歌真实系真幻相即这种辩证观点出发,明清人要求诗歌创作应"想象以为事"(叶燮)、"写景述事,宜实而不泥乎实"④。他们还指出:"有实用而害于诗者,有虚用而无害于诗者,此诗之权衡也。"⑤"《三百篇》赋物陈情,皆其然而不必然之词,所以意广象圆,机灵而感捷也。"⑥处理诗的真实与事实真实之关系,应以《诗经》为典范。

在诗歌欣赏环节,基于对诗歌真实真幻相即特点的认识,明清人要求对待诗歌的"意象"不要过分"认真"。陆时雍《诗镜总论》指出:"意象"如"水中之月,镜中之影",是"难以实求是"的。据此,明清人批评了执虚为实的迂腐之见。胡应麟《诗薮》外编卷四云:"韦苏州'春潮带雨晚来急,野渡无人舟自横',宋人谓滁州西涧,春潮绝不能至。不知诗人遇兴遣词,大则须弥,小则芥子,宁此拘拘?痴人前正自难说梦也";"张继'夜半钟声到客船',谈者纷纷,皆为昔人愚弄。诗人借景立言,唯在声律之调,兴象之合。区区事实,彼岂暇计。无论'夜半'是非,即'钟声'闻否,未可知也。"王士祯《渔洋诗话》肯定说:"香炉峰在东林寺东南,下即白乐天草堂故址,峰不甚高。而江文通《从冠军建平王登香炉峰》诗云:'日落长沙渚,层阴万里生。''长沙'去'庐山'二千余里,'香炉'何缘见之?孟浩然《下赣石》诗:'暝帆何处泊?遥指落星湾。''落星'在南康府,去'赣'亦千余里,顺流乘风,即非一日可达。古人诗只取兴会超妙,不似后人章句,但作记里鼓也。"又王士祯《带经常诗话》卷十三:"西涧在滁州城西……昔人或谓西涧潮所不至,指为今六合县之芳草涧,谓此涧亦以公诗而名,滁人争之。余谓诗人但论兴象,岂必以潮之至与不至为据?真痴人前不得说梦也。如宋之问《题大庾岭》诗'江静潮初落',大庾岭北止有章水如衣带,去浔阳且千余里,抑岂潮所可到耶?"应当说,这样理解诗歌意象与客观物象之间的距离,是很切合诗歌创作的实际的。

从中国古代诗歌创作的内在机制上说,既然"情"、"意"、"神"被公认为诗歌所应表现的内容和传达的目的,"景"、"象"、"形"被视为诗歌表情、达意、传神的形式和手段,那么,自然之"景"和物之"形"、"象"就自然会为了表情达意传神的需要而发生变形。这种情况,与中国古代画坛流行的不拘形似的写意画出于同一机杼。正是在这方面,中国古代文论中的艺术真实论呈现出不同于西方文论的民族特色。

---

① 刘熙载《艺概·诗概》,上海古籍出版社 1978 年版。

② 袁枚《答蕺园论诗书》,《小仓山房文集》卷三〇,清乾隆刻本。

③ 吴雷发《说诗管窥》,《清诗话》,中华书局 1978 年版。

④ 谢榛《四溟诗话》卷一,《历代诗话续编》,中华书局 1983 年版。

⑤ 谢榛《四溟诗话》卷一,《历代诗话续编》,中华书局 1983 年版。

⑥ 陆时雍《诗镜总论》,《历代诗话续编》,中华书局 1983 年版。

### 三、中国古代小说戏剧理论中的"虚实"观

中国古代小说与戏剧诞生、成熟在诗赋之后。与诗赋相比,小说与戏剧在编织故事、塑造人物时虚构的特点更加明显。这种艺术虚构与生活真实之间到底存在什么关系? 古代同样在历史的行程中对这个问题作出了深入的解答。

大体说来,在唐以前,由于"实录"史学意识的渗透,人们对作为"野史"的小说的虚构特点尚未自觉;而这一时期,戏剧创作尚处于雏形状态,无法为戏剧批评提供成熟的剖析对象,因而戏剧艺术真实论尚处于空白阶段。宋代以后,人们在与拘泥事实的传统成见的争论中,对小说的虚构特点逐步形成了清醒的认识,并就幻中藏真、真幻相即的艺术真实奥秘作了深入发掘;而伴随着元代戏剧创作的成熟,在小说艺术真实论的启发下,明清时期对戏剧艺术真实的真幻相即特点也取得了自觉的认识。

作为小说虚构特点尚未自觉的时期,唐以前又可分为三个阶段:

第一阶段是汉代。汉代出现了内容驳杂、外延宽泛的小说概念,如班固《汉书·艺文志·诸子略》所列的"小说"既有"史官纪事"式的《青史子》,也有"迂诞依托"式的《黄帝说》,还有杂事逸闻述录式的《周考》等等。同时,史学家的小说真实观也出现了。如司马迁曾表示《禹本纪》《山海经》所有怪物,余不敢言"[1]。班固虽然把"迂诞依托"式的《黄帝说》列入"小说"类,但并未自觉以虚构为小说的必备特征,作为一个史学家,他更崇尚"不虚美、不隐恶"式的"实录"精神[2]。

第二阶段是魏晋南北朝。这个时期涌现了大量的志人、志怪小说。志人小说论者重视记录人物佚闻琐事的真实。如《世说新语·轻诋》注引《续晋阳秋》谈到裴启《语林》时说:"晋隆和中,河东裴启撰汉魏以来迄于今时言语应对之可称者,谓之《语林》。时人多好其事,文遂流行。后说太傅事不实……自是众咸鄙其事矣。"裴启的志人小说《语林》开始因为述录的真实,"时人多好其事","大为远近所传"[3];及至后来人们发觉其"事不实",便受到冷落。志怪小说论者也以"实录"的观点肯定志怪小说,把鬼神怪异的描写视为实有。据《世说新语·排调》引,当时人们对《搜神记》作者干宝的评价是"鬼之董狐",认为他真实地记录了鬼的故事。干宝曾著《晋记》,时称"良史",史学家的立场使他立足于"实"和"信";而"好阴阳术数"的世界观又使他相信鬼怪神仙为实有,这样便注定了他在志怪小说的真幻问题上模糊不清。他曾在《搜神记自序》中说明自己《搜神记》的编写:"考先志于载籍,收遗逸于当时","访行事于故老",是对"一耳一目之所亲睹闻"的记录。《晋书·干宝传》说他"博采异同,遂混虚实",乃为确论。另一位论者郭璞则为神怪小说的真实性翻案、正名。司马迁曾因《山海经》的怪

---

① 《史记·大宛列传》,中华书局 1959 年版。

② 《汉书·司马迁传赞》,中华书局 1962 年版。

③ 刘义庆《世说新语·文学》,徐震堮《世说新语校笺》,中华书局 1984 年版。

诞不实,对之评价不高;郭璞通过对《山海经》、《穆天子传》的注解,力图阐明其怪诞描写是真实可信的,并给以肯定。他在《注山海经叙》中说:"世之览《山海经》者,皆以其闳诞迂夸,多奇怪俶傥之言,莫不疑焉。"他认为这完全是不必要的。他列举大量事实,反复论证"物不自异",人们应当"不怪所可怪",相信志怪小说中的虚构、幻想都是客观真实的记录。如此,则"逸文不坠于世,奇言不绝于今",神怪小说将传之不绝。与此不谋而合的是南朝梁代萧绮的《拾遗记序》。该序分析、肯定了志怪小说《拾遗记》的"真实"特点,提出了"纪其实美"、"考验真怪"的主张。要之,这一时期人们的小说真实观诚如鲁迅在《中国小说史略》中指出的那样,"以为幽明虽殊途,而人鬼乃皆实有,故其叙述异事,与记载人间常事,自视固无诚妄之别矣。"①

第三阶段是隋唐。这个时期,以前拘泥于事实的小说真实观仍保留着,另一方面,新的萌芽也出现了。唐代志怪小说家开始意识到"稽神语怪,事涉非经"②。他们不像魏晋小说家一面"志怪",一面还以为在"纪实";他们所以认识到"事涉非经"而偏要"志异"、"传奇",乃是为了"著文章之美,传要妙之情"③。

作为小说艺术虚构的自觉时期和小说艺术真实论的成熟时期,宋以后至清大致又可分为两个阶段:

第一阶段是宋代。这是小说艺术真实论的初级阶段。人们不再把小说真实等同于生活真实,对小说的艺术虚构特点有了明确认识,不过对小说艺术"真"与"幻"相反相成的关系和规律尚缺乏深刻的洞悉。如周必大《二老堂诗话》指出"小说多妄,其来久矣";洪迈《夷坚乙志序》指出,前代志怪小说"皆不能无寓言于其间",而自己的故事实际上也都来自"乌有先生";刘辰翁评点《世说新语》时指出小说与史书的不同:"此等大有俯仰,大胜史笔。"吴自牧的《梦梁录》指出"说话者"的夸张艺术:"盖小说者,能讲一朝一代故事,顷刻间捏合。"

第二阶段是明清。从对小说虚幻特点的无意识到有意识,这是一个进步;从仅仅认识到小说的虚幻特点到洞悉"虚"中有"实"、"幻"中有"真"的实质,这又是一个飞跃。这个飞跃是在明清完成的。明清小说论者很强调小说的虚幻特点。如叶昼说:"天下文章当以趣为第一。既然趣了,何必实有其事,并实有其人?"④袁于令《隋史遗文序》:"传奇者贵幻。"冯梦龙《警世通言叙》:"人不必有其事,事不必丽其人。"金圣叹说:小说是"因文生事",不像历史是"以文运事"⑤。然而明清小说论者所强调的"幻"是揭示了生活真理、符合生活逻辑的"幻"。此如谢肇淛《五杂俎》所云:"小说野俚诸书……虽极幻妄无当,然亦有至理存焉。"袁于令《西

---

① 鲁迅《中国小说史略》第五篇,人民文学出版社 1976 年版,第 29 页。

② 李公佐《南柯太守传》。

③ 沈既济《任氏传》。

④ 明容与堂刊一百回本《李卓吾先生批评忠义水浒传》第五十回回末总评。按:该书评点实出自叶昼的假托,详叶朗《叶昼评点〈水浒传〉考证》,载叶朗《中国小说美学》,北京大学出版社 1982 年版。

⑤ 《读第五才子书法》。中华书局影印金圣叹批改贯华堂原本《水浒传》卷一。

游记题辞》："天下极幻之事，乃极真之事；极幻之理，乃极真之理。"冯梦龙《警世通言叙》："事膺而理亦真。"叶昼云："《水浒传》文字原是假的，只为他描写得真情出，所以便可与天地相终始。"①脂砚斋云："事之所无，理之必有。"②为了防止"不近情理"的"假拟妄称"和"自相矛盾"的"胡牵乱扯"③，明清小说论者又强调"真"。这个"真"不同于生活事实的照搬，而是建立在对生活事实的"添"、"减"、"藏"、"露"之上的④，是艺术描写的"逼真"，是人情物理的真实。正如叶昼在评点《水浒传》时所说："《水浒传》文字不好处只在说梦、说怪、说阵处，其妙处都在人情物理上。"⑤这种不拘泥于生活事实的"人情物理"可以求之于虚幻性的描写。因此，冯镇峦《读聊斋杂说》主张："说鬼亦要有伦次，说鬼亦要得性情……试观《聊斋》说鬼狐，即以人事之伦次、百物之性情说之，说得极圆，不出情理之外，说得极巧，恰在人人意愿之中。"于是，明清小说追求的真实是"真幻相即"的艺术真实，它与生活真实保持着"不脱不系"、"不即不离"的关系。李日华《〈广谐史〉序》深刻指出：小说通过"笔之幻化"，"失史职记载而其神骏在，描绘物情宛然若睹，然而可悲可愉，可诧可愕，未必尽可按也。""因记载而可思者，实也；而未必一一可按者，不能不属之虚。借形以托者，虚也，而反若一一可按者，不能不属之实。古至人之治心，虚者实之，实者虚之。实者虚之故不系，虚者实之故不脱。不脱不系，生机灵趣泼泼然。"到了晚清，小说创作日趋繁荣，人们对小说艺术真实的认识也更加成熟。洪兴全《中东大战演义自序》主张"虚实兼用"："从来创说者，事贵出于实，不宜尽出于虚，然实之中虚亦不可无者也。苟事事皆实，则必出于平庸，无以动诙谐者一时之听；苟时时皆虚，则必过于诞妄，无以服稽古者之心。是以余之创说也，虚实而兼用焉。"

明清对小说虚构特点的认识尤其表现在历史小说评论中。历史小说比起一般小说来，对历史真实、生活真实的要求更高。然而既然是小说，就必须允许虚构。那么，历史小说在多大程度上允许虚构？怎样虚构？明初的蒋大器在《三国志通俗演义序》中指出：历史小说的写作原则是根据史实"留心损益"，使其"庶几乎史"。后来谢肇淛、袁于令、金圣叹、金丰等人相继对此作出了论述。谢肇淛《五杂俎》指出既然是"小说"，哪怕是历史小说，也应当"虚实相半"，因为"事太实则近腐"。袁于令《隋史遗文序》认为"正史"是"纪事"的，纪事就得"传信"；历史小说是"搜逸"的，"搜逸"即"传奇"，"传奇"势必"贵幻"。金圣叹《读第五才子书法》比较历史小说与正史的不同："《史记》是以文运事，《水浒》是因文生事。以文运事，是先有事生成如此如此，却要算计出一篇文字来……因文生事却不然，只是顺着笔性去，削高补低都由我。"金丰在为《说岳全传》写的序中，主张历史小说应该虚实结合："从来创说者不宜尽出于虚，而亦不必尽出于实。苟事事皆虚，则过于诞妄，而无以服考古之心；事事皆实，则

---

① 明容与堂百回本《李卓吾先生批评忠义水浒传》第十四回回末总评。

② 甲戌本《脂砚斋重评石头记》第二回眉批。

③ 曹雪芹《红楼梦》第一回，人民文学出版社 1957 年版。

④ 《红楼梦》第四十二回。关于曹雪芹对于小说的艺术真实的认识，详见祁志祥《曹雪芹创作思想管窥》，《红楼梦学刊》1990 年第 4 辑。

⑤ 明容与堂百回本《李卓吾先生批评忠义水浒传》第九十七回回末总评。

失于平庸，而无以动一时之听……实者虚之，虚者实之，娓娓有令人听之而忘倦矣。"

古代戏剧创作是元代达到繁荣和成熟的。有元代戏剧的繁荣，而后才有明清戏剧批评的兴盛。明清时期，伴随着对小说艺术真实认识的深化，批评家对戏剧艺术的真幻相生特征获得了可贵的自觉。由于戏剧在反映现实、塑造人物方面与小说相通，戏剧真实和生活真实的关系与小说真实和生活真实的关系颇为相似，故戏剧真实论往往是小说真实论的推衍。如谢肇淛《五杂俎》便将戏剧的艺术真实与小说放在一起论述："凡为小说及杂剧戏文，须是虚实相半，方为游戏三昧之笔，亦要情景造极而止，不必问其有无也。古今小说家如《西京杂记》、《飞燕外传》、《天宝遗事》诸书，《虬髯》、《红线》、《隐娘》、《白猿》诸传，杂剧家如《琵琶》、《西厢》、《荆钗》、《蒙正》等词，岂必真有其事哉！近来作小说稍涉怪诞，人便笑其不经。而新出杂剧，若《浣沙》、《青衫》、《义乳》、《孤儿》等作，必事事考之正史，年月不合，姓字不同，不敢作也。如此，则看史传足矣，何名为戏？"金圣叹评点《西厢记》时指出，《西厢记》人物塑造乃是作者"心存妙境，身代妙人，天赐妙想"的产物。李渔《闲情偶记·词曲部》指出："传奇无实，大半皆寓言耳。"

明清小说戏剧艺术真实观是在与片面崇尚生活真实的传统观点的斗争中逐步深化的。由于史学意识的渗透，以历史真实、生活事实要求艺术真实，在明清仍不乏人。明人林翰《隋唐演义引》要求历史小说成为"正史之补"。清代毛宗岗《读三国志法》肯定《三国演义》"实叙帝王之实，真而可考"，盛赞它"据事指陈，非属臆造"，"堪与经史相表里"。孔尚任《桃花扇·凡例》主张历史剧"皆确考时地，全无假借"。章学诚《丙辰札记》主张把虚构与记实分开，反对《三国演义》"七分事实，三分虚构"，指出"但须实则概从其实，虚则明著寓言，不可错杂如《三国》之淆人耳"。然而从整个情况看，在明清小说批评中，占主流地位的艺术真实观是"因文生事"（金圣叹）、"虚实相半"（谢肇淛）、"虚事传神"[1]、"人不必有其事，事不必丽其人"（冯梦龙）、"事真而理不赝，即事赝而理亦真"（冯梦龙）、"未必然之文，又必定然之事"（金圣叹）、"事之所无，理之必有"（脂砚斋）、"实者虚之，虚者实之"（李日华）、"无者造之而使有，有者化之而使无"[2]。一句话，小说、戏剧的艺术真实应是"虚"与"实"、"真"与"幻"、"无"与"有"的对立统一。

小说、戏剧是西方文学的主体，也是当今中国文学创作的主体。西方及当今文学理论中的艺术真实论主要集中于小说、戏剧的人物塑造和情节构思。中国古代小说、戏剧理论中的真幻关系论与西方文论及当今文论存在更多的交叉面和相通性。它以自身的深刻性和丰富性挺立于世界文学理论之林，不仅与西方文论相映成辉，形成互补，而且对于今天的文学创作和文论建构都具有不可忽视的建设意义。

---

① 二知道人《红楼梦说梦》，一粟编《古典文学研究资料汇编·红楼梦资料汇编》上册，中华书局 1964 年版。
② 黄越《〈第九才子书平鬼传〉序》，《中国历代小说序跋集》，人民文学出版社 1996 年版。

# 第九节 "通变"说
## ——中国古代文学的继承革新论

"通"是对古代遗产的继承。继承多了,便生泥古不化之弊。革除泥古之弊,必借变化创新。一味变化革新而忘记师承,又易生鲁莽粗疏之弊。于是,变不离通,通不离变,变与通相反而相成。中国古代文学就在这种通与变的相反相成中朝前发展演进,从而形成了自己的历史轨迹和分期。中国古代宗法社会"贵古"的价值取向和"文以载道"的批评标准曾使古代文论对文学日益向形式自律方向发展变化发出"今不如昔"的评判,但"文随时变"等必然性也支撑着有见识的文论家高度肯定"一代有一代之盛"。

## 一、由"通"而至"变"

以"通变"而名"因革",自刘勰《文心雕龙》始。《文心雕龙》著《通变》篇。"变"指变化、革新,没有疑义。"通"指继承,却非定论。按"通"的文字学训诂并无"继承"义项。《说文解字》释作"达",《正韵》释作"彻"。《礼记·学记》云:"知类通达。"《易·系辞》云:"始作八卦,以通神明之德。"由此引申为通畅、贯通、通顺、亨通。《易·系辞》云:"穷则变,变则通,通则久。"王运熙、周峰《文心雕龙译注》据此将"通变"的"通"释为"通畅"。① 不过刘勰《通变》篇又有"变则其久,通则不乏"、"参伍因革,通变之数"诸语,"通"解释为"通畅"就讲不通了。在此只能解释为"贯通"、"会通"、"继承"。而"继承"实由"会通"、掌握古代遗产之义转化而来。《文心雕龙·物色》篇云:"古来辞人,异代接武,莫不参伍以相变,因革以为功,物色尽而情有余者,晓会通也。""会通"即对前代遗产的融会贯通。因此,孙蓉蓉指出:"所谓'通',指的是文学创作的一些基本原则和方法,是代代相因,必须继承的。"②杜黎均、赵仲邑都认为,"通变"之"通"指"继承"。③

"通"作为对古代遗产的师承,易言之即"师古"、"拟古"、"模仿"。皎然《诗式》提出"复变"概念,界定说:"反(返)古曰复。"这"复"即"通"的易名,意即"返古"。按照宗法社会"尊

---

① 王运熙、周峰《文心雕龙译注》,上海古籍出版社 1998 年版,第 267 页。

② 孙蓉蓉《文心雕龙研究》,江苏教育出版社 1994 年版,第 115 页。

③ 杜黎均《文心雕龙文学理论研究和译释》,北京出版社 1981 年版,第 76 页。赵仲邑《文心雕龙译注》,漓江出版社 1982 年版,第 264 页。

祖敬宗"①的观念和由此形成的"贵古"价值取向模式与"征古"思维取向模式,中国古代是很热衷于师古、拟古、复古的。就是说,在"通变"关系上,依生活于宗法文化氛围中的中国古代人的初衷,是更钟情于"通"这一面的。且不说孔子的"述而不作,信而好古",也不说明前、后七子的"文必秦汉,诗必盛唐",只要看一看下面几则拟古的论调和实例,就可窥见一斑。明代王鏊《文章》中提出:"为文必师古。使人读之不知所师,善师古者也。"②李梦阳认为:"夫文与字一也。今人模临古帖,即太似不嫌,反曰能书,何独至于文而欲自立一门户邪?"③据班固《汉书·扬雄传赞》,"(雄)实好古者乐道,其意欲求文章成名于后世。以为经莫大于《易》,故作《太玄》;传莫大于《论语》,作《法言》;史篇莫善于《仓颉》,作《训纂》;箴莫善于《虞箴》,作《州箴》;赋莫深于《离骚》,反而广之;辞莫丽于相如,作四赋。皆斟酌其本,相与放依而驰骋云。"元朝范德机曾自述:"吾平生作诗,稿成读之,不似古人即焚去。"④宋代黄山谷创"夺胎换骨"法,讲究点化前人诗句,据葛立方《韵语阳秋》卷一所载,其《黔南》十绝,七篇全用乐天《花下对酒》《渭川日居》《东城》《寻春》《西楼》《委顺》《竹窗》等诗,余三篇用其诗略加点化而已。乐天云:'相去六千里,地绝天邈然。十书九不到,何以开忧颜。'山谷则云:'相望六千里,天地隔江山。十书九不到,何用一开颜。'乐天云:'霜降水反壑,风落木归山。荏苒岁时晏,物皆复本原。'山谷云:'霜降水反壑,风落木归山。荏苒岁华晚,昆虫皆闭关。'乐天诗云:'渴人多梦饮,饥人多梦餐。春来梦何处,合眼到东川。'山谷云:'病人多梦医,囚人多梦赦。如何春来梦,合眼见乡社。'"虽不能否认其有推陈出新处,然仅此而论,恰如王若虚《滹南诗话》批评的那样:"特剽窃之黠者耳。"

模仿多了,问题就来了。人们逐渐发现,一味地师古、摹仿,就会生"腐"、损"骨"、丧"趣"。袁宏道批评说:"于鳞有远体,元美有远韵,然以摹拟损其骨。"⑤"骨"是自己的面目、性情,为作品风力之所在。明王文禄《文脉》卷二:"秦汉至今,作者多矣,不奇则同,同则腐,不惟不爱,且生厌致。"李渔《闲情偶记·变调第二》:"不变则腐","不变则板"。刘大櫆《论文偶记》:文字"若陈陈相应(因),安得不目为臭腐"? 刘熙载《艺概·词曲概》:"词要清晰,切忌拾古人牙慧。盖在古人为清新者,袭之即腐烂也。"这都说明了一个问题:雷同的摹仿、不变的师承只会使文章变得"臭腐"。"臭腐"即丑、无趣的同义语。所以古人又指出:"……篇篇拟之,则诗之真趣殆尽。"⑥"学书、学画者……若止依样画葫芦,则……少天然生动之趣矣。"⑦"老生常谈,嚼蜡难闻。"⑧

① 《礼记·大传》。

② 王鏊《震泽长语》卷下,《四库全书》本。

③ 李梦阳《再与何氏书》,《空同集》卷六一,明万历浙江思山堂本。

④ 转引自薛雪《一瓢诗话》,人民文学出版社1979年版。

⑤ 袁宏道《答徐见可太府》,《袁中朗全集·尺牍》,钟伯敬增订本。

⑥ 许学夷《诗源辩体》卷三,民国壬戌上海重印本。

⑦ 李渔《闲情偶寄·变调第二》,《中国古典戏曲论著集成》(七),中国戏剧出版社1959年版。

⑧ 袁枚《续诗品·澄滓》,《小仓山房诗集》卷二〇,清乾隆刻本。

由于单纯的拟古令人生厌,所以,有见识的文论家对只知因袭不知变革的偏向给予尖锐的批评。韩愈指出:"惟古于词必已出,降而不能乃剽贼。"①宋代王直方引述说:"诗人必自成一家,然后传不朽。若体规画圆,准矩作方,终为人臣仆。"②吴乔《围炉诗话》卷五说得更辛辣:"作意蹈袭偷势,亦是贼。"

在批判片面拟古因袭的同时,古人提出了文学革新主张。陆机《文赋》称道:"谢朝华于已披,启夕秀于未振。"韩愈《答李翊书》要求:"惟陈言之务去。"李翱《答朱载言书》主张:"创意造言,皆不相师。"陆明雍《诗镜总论》指出:"绝去故常,划除涂辙,得意一往,乃佳。"李渔《窥词管见》高标:"文字莫不贵新,而词为尤甚。不新可以不作。意新为上,语新次之,字句之新又次之。"叶燮《原诗·内篇下》呼唤:"诗……必言前人所未言,发前人所未发,而后为我之诗。"从主张创新、肯定变化出发,古人提出:"文也者,至变者也。"③"大约文字是日新之物。"④

古人何以主张创新、肯定变化呢?

1. 新则美。李渔说得好:"新也者,天下事物之美称也。而文章一道,较之他物,尤加倍焉。"⑤既然陈陈相因会生"腐",那么变化创新自然生美。所以古人常把"新"与"趣"联在一起。《红楼梦》第七十回⑥,黛玉评湘云的《如梦令》是"又新鲜,又有趣儿"!香菱在梦中得了八句吟月诗,众人的评价也是:"新巧有意趣。"

2. 变则新,变则进。文学创新源于对前代文学遗产的变革,所以皎然《诗式》说:"不滞曰变。"李渔《闲情偶寄·变调第二》说:"变则新。"文学要向前发展,也只有依靠自身的变化。所以钱谦益说:"欲求进,必自能变始;不变,则不能进。"⑦

3. "变能启盛"。一种文学样式沿袭既久,就会产生一定的流弊。比如唐诗为众人所称道,但如果后世诗人都来学作盛唐诗,则必生因袭之弊,而盛唐亦无复为盛唐矣。因此,即使再好的文学样式或流派,也有它积久生弊、走向衰落的时候。这时只有变革,才能开辟文学发展的另一胜地,使文学样式、文学流派走向兴盛。正如叶燮在《原诗·内篇》中分析的那样:"惟正有渐衰,故变能启盛。如建安之诗,正矣,盛矣;相沿久而流于衰,后之人力大者大变,力小者小变。六朝诸诗人,间能小变,而不能独开生面。唐初沿其卑靡浮艳之习,句栉字比,非古非律,诗之极衰也。而陋者必曰:此诗之相沿至正也。不知实正之积弊而衰也。迨开、宝诸诗人始一大变。彼陋者曰:此诗之至正也。不知实因正之衰,变而为至盛也。"

4. 正因为"新"能生美,"变"能推动文学的发展和兴盛,所以文学不朽的生命力在于新

① 韩愈《南阳樊绍述墓志铭》,《昌黎先生集》卷三十四,蟫隐庐影宋世綵堂本。

② 《王直方诗话》,《宋诗话辑佚》上册,中华书局 1980 年版。

③ 陶望龄《徐文长三集序》,《明文奇赏》卷四十,明天启三年刻本。

④ 刘大櫆《论文偶记》,《刘海峰文集》卷首,清光绪戊子桐城大有堂书局本。

⑤ 李渔《闲情偶寄·脱窠臼》,《中国古典戏曲论著集成》(七),中国戏剧出版社 1959 年版。

⑥ 曹雪芹《红楼梦》第七十回,人民文学出版社 1957 年版。

⑦ 钱谦益《与方尔止》,《牧斋有学集》卷三九,《四部丛刊》本。

变。这就是古人讲的："变则其久"①；"若无新变，不能代雄"②；"变则活，不变则板"③；"文章必自名一家，然后可以传不朽"④。

当然，古人的这些新变意识并不仅仅是在文学自身的领域内通过对失败教训的反省与艺术生命的探寻取得的，在与"贵古贱今"、重通轻变的传统宗法文化模式产生的巨大阻力的对抗中，它还得到过来自两方面的文化之力的支持。一是由《易传》开辟的"生生之谓易"⑤的传统，它把中国人从因循守旧的宗法文法模式的嵌制中解脱出来，推到生生不息、变化无居的生命追求之中，它使中国人认识到"流水不腐，户枢不蠹"，生命源于阴阳二气的对立运动，艺术的生命亦莫能外。二是由佛教禅宗所大力弘扬的"学我者死，逆我者生"的精神。禅宗把成佛的依据放在个体心性的自觉上，因而蔑视一切外来权威。他们反对"头上安头"、"屋下架屋"，对模仿因袭、不知变通者不是拳脚相加就是刀喝棒打，甚至呵佛骂祖，杀祖杀佛，给"世咸尊古卑今"⑥的古代宗法社会吹来了革故鼎新的飓风。古代文论家要求创新，无疑受到这种风潮的启发和激励。宋吴可《学诗诗》："学诗浑以学参禅，头上安头不足传。跳出少陵窠臼外，丈夫志气本冲天。"清徐增《而庵诗话》："夫诗一字不可乱下。禅家著一拟议不得，诗亦著一拟议不得；禅须作家，诗亦须作家；学人能以一棒打尽从来佛祖，方是个宗门大汉子，诗人能以一笔扫尽从来窠臼，方是个诗家大作者。可见作诗除去参禅，更无别法也。"正道出了此中消息。

## 二、由"变"而至"通"

文学诚然需要革新，但文学的革新是否与对古代文学遗产的师承对立呢？不。"欲新必须学古"⑦。任何创新都必须建立在对前代遗产的学习、继承之上。由此出发，古人又屡屡强调学古、师古。用杜甫的话讲，即"不薄今人爱古人，清词丽句必为邻"，"别裁伪体亲风雅，转益多师是汝师"⑧。在这个问题上，古代文论着重论述了三点。

1."通则不乏"⑨。师承是创新的基础。创新是在师承的基础上达到的左右逢源、出神入化的境界。正像方东树指出的那样："学诗有三节。其初不识好恶，连篇累牍，肆笔而成；既识羞愧，始生畏缩，成之极难；及其透彻，则七纵八横，信手拈来，头头是道矣。"⑩韩愈在

① 刘勰《文心雕龙·通变》。

② 萧子显《南齐书·文学传论》。

③ 李渔《闲情偶寄·变调第二》。

④ 魏庆之《诗人玉屑》卷五，上海古籍出版社 1978 年版。

⑤ 《周易·系辞上》。

⑥ 桓谭《桓子新论·闵友》，《四部备要》本。

⑦ 徐增《而庵诗话》，《清诗话》上册，上海古籍出版社 1978 年版。

⑧ 杜甫《戏为六绝句》，《分门集部杜工部诗》卷十六，《四部丛刊》影宋本。

⑨ 刘勰《文心雕龙·通变》。

⑩ 方东树《昭昧詹言》卷二一，人民文学出版社 1961 年版。

《答李翊书》中用他的亲身经历说明了这一点："学之二十余年矣。始者非三代两汉之书不敢观，非圣人之志不敢存，处若忘，行若遗，俨乎其若思，茫乎其若迷。……其观于人，不知其非笑之为非笑也。如是者亦有年，犹不改。然后识古书之正伪，与虽正而不至焉者，昭昭然白黑分矣。而务去之，乃有得也。当其取于心而注于手也，汩汩然来矣。"杜甫所以能开一代诗风之先，正因为他"上薄风骚，下该沈宋，古傍苏李，气吞曹刘，掩颜谢之孤高，杂徐庾之流丽"①、"尽得古今之体势，而兼人人之所独专"②。古人总结得好：只有"无所不包"，才能"无所不扫"（刘熙载）；只有"尽得诸人所长"，然后才能"卓然自成一家"③。相反，如果离开对古代遗产的继承而师心自用，那么，创新就会成为无源之水、无本之木。所以赵秉文说：为文不"从古人中入"，"譬如弹琴不师谱，称物不师衡，上匠不师绳墨，独自师心，虽终身无成可也。"④归有光说："为文须有出落。从有出落至无出落，方妙。"⑤李维桢说："今为诗者，仿古人调格，摘自古人字句，残膏余沫，诚可取厌。然而诗之所以为诗，情景事理，自古迄今，故无一道。惟才识之士，拟议以成变化，臭腐可为神奇，安能离去古人，别造一坛宇耶？离去古人而自为之，譬之易四肢五官以为人，则妖孽而已矣。"⑥许学夷说："今人作诗，不欲取法古人，直欲自开堂奥，自立门，志诚远矣。但于汉、魏、六朝、初盛中晚唐，果能参得透彻，酝酿成家，为一代作者，孰为不可？否则，愈趋愈远，茫无所得。如学书者，初不识钟、王诸子面目，辄欲自成家法，终莫知所抵至矣。"⑦李沂说："夫人自有性情，原不必摹仿前人。然善射者不能舍的，良匠不能舍规矩，师心自用，谓古不足法，非狂即愚也。"⑧章学诚说："为文不可不知师承，无师承者不能承家学也。"⑨

2."以故为新"（黄庭坚）。学古的目的是变古，而不是为了"入古"，千万不能把手段当成最终目的。所以袁枚指出："善学者得鱼忘筌，不善学者刻舟求剑。"⑩

3."取法其上"。"古"有近古、远古之分。远古是近古之所由出。既然要学古，就应"取法其上"、"直截根源"，这样才能把古代的文学遗产学到家，为变化生新创造坚实的基础。严羽说："学其上，仅得其中；学其中，斯为下矣……工夫须从上做下，不可从下做上。""以汉、魏、晋、盛唐为师，不作开元、天宝以下人物。"⑪许学夷说："学汉、魏而不读《三百篇》，犹木之无根。学唐人而不读汉、魏，犹枝之无干。乃至后生初学，专读近代之诗，并不识唐诗面目，

---

① 元稹《唐故工部员外郎杜君墓志铭》，《元氏长庆集》卷五六，《四部丛刊》影明嘉靖本。
② 元稹《唐故工部员外郎杜君墓志铭》，《元氏长庆集》卷五六，《四部丛刊》影明嘉靖本。
③ 赵秉文《答李天英书》，《闲闲老人滏水文集》卷一九，《四部丛刊》影汲古阁精写本。
④ 赵秉文《答李天英书》，《闲闲老人滏水文集》卷一九，《四部丛刊》影汲古阁精写本。
⑤ 归有光《与沈敬甫四首》，《震川先生集》别集卷八，上海古籍出版社1981年版。
⑥ 李维桢《朱修能诗跋》，《大泌山房集》卷一二九，《四库全书》本。
⑦ 许学夷《诗源辩体》卷三四，民国壬戌上海緥庐重印本。
⑧ 李沂《秋星阁诗话》，《清诗话》下册，上海古籍出版社1978年版。
⑨ 章学诚《与史馀村论文》，《文史通义·补遗》，嘉业堂本《章氏遗书》。
⑩ 袁枚《随园诗话》卷二，人民文学出版社1960年年版。
⑪ 严羽《沧浪诗话·诗辨》，人民文学出版社1962年版。

此犹花叶之无枝,将朝荣而夕萎矣。"①清人刘开批评当时学唐宋八大家者不知从秦汉散文入手:"今不求其用力之所自,而但规仿其辞,遂可以为八家乎?"②

这样,古人从师古出发,经过否定之否定这样一个圆圈,又走到师古上来。但这种师古与原先的师古已有质的不同,它是变古、革新的前奏曲。在这个层次上,古人对古代遗产的态度是双重的:"学诗者不可忽略古人,亦不可附会古人。忽略古人,粗心浮气,仅猎古人毛皮……不可附会古人。如古人用字句,亦有不可学者,亦有不妨自我为之者。"③"不学古人,法无一可;竟似古人,何处著我?"④"人闲居时不可一刻无古人,落笔时不可一刻有古人。平居有古人,而学力方深;落笔无古人,而精神始出。"⑤这样,古人在"通"与"变"、"因"与"革"、继承与革新的关系上就取得了富有辩证精神的见解。刘勰《文心雕龙·通变》篇主张:"望今制奇,参定古法。"并举例指出:"参伍因革,通变之数也。"皎然《诗式》卷五"复古通变体"论"复变之道":"复忌太过","变"、"不失正";"若惟复不变,则陷于相似之格","变"而"失正",在于不知师古;无论"复多而变少","复少而变多",总之不能偏于一端,二者须相兼相参始好。从古代文学遗产中汲取创作方法上的经验,从日新月异的现实生活中汲取鲜活的内容感受,从而创作出新的作品,这就是古代文论在"通变"关系上的基本主张。

### 三、古代文学发展变化的历史分期及其客观动因

文学是在变的。文学发展变化的历史分期怎样?时代特色如何?源流脉络如何?刘勰《文心雕龙》"通变"、"时序"等篇,钟嵘《诗品序》,胡应麟《诗薮》内编卷一,高棅《唐诗品汇总序》,叶燮《原诗》内篇、外篇等有比较独到的论述。胡应麟指出:"优柔敦厚,周也;朴茂雄深,汉也;风华秀发,唐也。""国风雅颂,温厚和平;《离骚》《九章》,怆恻浓至;东西二京,神奇浑朴;建安诸子,雄瞻高华;六朝俳厚,靡曼精工;唐人律调,清圆秀朗:此声歌之各擅也。"⑥叶燮指出:"汉魏诗,如初架屋,栋梁柱础,门户已具,而窗棂楹槛等项,犹未能一一全备,但树栋宇之形制而已。六朝诗始有窗棂楹槛、屏蔽开合。唐诗则于屋中设帐帏床榻器用诸物,而加丹垩雕刻之工。宋诗则制度益精,室中陈设,种种玩好,无所不蓄。"⑦叶燮《原诗》通过诗歌的"沿、革、因、创"勾勒了中国诗歌文学发展的历史脉络:"盖自有天地以来,古今世运气数,递变迁以相禅。……《三百篇》……风有正风,有变风,雅有正雅,有变雅……汉苏、李始创为五言,其时又有亡名氏之《十九首》,皆因乎《三百篇》者也。然不可谓即无异于《三百篇》,而

---

① 许学夷《诗源辩体》卷三四,民国壬戌上海绵纻庐重印本。

② 刘开《与阮芸台宫保论文书》,《刘孟涂集·文集》卷四,清道光六年刻本。

③ 叶燮《原诗·外篇》,二弃草堂本。

④ 袁枚《续诗品·著我》,《小仓山房诗集》卷二十,清乾隆刻本。

⑤ 袁枚《随园诗话》卷一〇,人民文学出版社 1960 年版。

⑥ 胡应麟《诗薮》内编卷一,上海古籍出版社 1979 年版。

⑦ 叶燮《原诗·外篇下》,二弃草堂本。

实苏、李创之也。建安、黄初之诗,因于苏、李与《十九首》者也。然《十九首》止自言其情,建安、黄初之诗,乃有献酬、纪行、颂德诸体,遂开后世种种应酬等类,则因而实为创。此变之始也。……建安、黄初之诗,大约敦厚而浑朴,中正而达情。一变而为晋,如陆机之缠绵铺丽,左思之卓荦磅礴,各不同也。其间屡变而为鲍照之逸俊、谢灵运之警秀、陶潜之淡远,又如颜延之之藻绘、谢朓之高华、江淹之韶妩、庾信之清新,此数子者,各不相师,咸骄然自成一家。不肯沿袭前人以为依傍,盖自六朝而已然矣。其间健者如何逊,如阴铿,如沈炯,如薛道衡,差能自立。此外繁辞缛节,随波日下,历梁、陈、隋以迄唐之垂拱,踵其习而益甚,势不能不变。小变于沈、宋、云、龙之间,而大变于开元、天宝高、岑、王、孟、李。此数人者,虽各有所因,而实一一能为创。而集大成如杜甫,杰出如韩愈,专家如柳宗元,如刘禹锡,如李贺,如李商隐,如陆龟蒙诸子,一一皆特立兴起。其他弱者,则因循世运,随乎波流而不能振拔,所谓唐人本色也。宋初诗袭唐人之旧,如徐铉、王禹偁辈,纯是唐音。苏舜钦、梅尧臣出,始一大变,欧阳修亟称二人不置。自后诸大家迭兴,所造各有至极,今人一概称为宋诗者也。自是南宋、金元,作者不一,大家如陆游、范成大、元好问为最,各能自见其才。有明之初,高启为冠,兼唐、宋、元人之长,初不于唐、宋、元人之诗有所为轩轻也。"叶燮生当清初,对中国古代文学历史流变的总结较前人更为完整。他把每个时代的诗歌特色放在因创链的剖析之中,故这一论断尤其值得我们珍视。至于高棅对唐代诗歌四个阶段的划分,至今仍为文学史书广为采用:"有唐三百年诗,众体备始,成于中,流于变,而陊之于终。至于声律兴象、文词理致,各有品格高下之不同。略而言之,则有初唐、盛唐、中唐、晚唐之不同。详而分之,贞观、永徽之时,虞、魏诸公,稍离旧习,王、杨、卢、骆,因加美丽,刘希夷有闺帏之作,上官仪有婉媚之体,此初唐之始制也。神龙以还,洎开元初,陈子昂古风雅正,李巨山文章宿老,沈、宋之新声,苏、张之大手笔,此初唐之渐盛也。开元、天宝间,则有李翰林之飘逸,杜工部之沉郁,孟襄阳之清雅,王右丞之精致,储光羲之直率,王昌龄之声俊,高适、岑参之悲壮,李颀、常建之超凡,此盛唐之盛者也。大历、贞元中,则有韦苏州之雅淡,刘随州之闲旷,钱郎之清瞻,皇甫之冲秀,秦公绪之山林,李从一之台阁,此中唐之再盛也。下暨元和之际,则有柳愚溪之超然复古,韩昌黎之博大其词,张、王乐府,得其故实,元、白序事,务在分明,与夫李贺、卢仝之鬼怪,孟郊、贾岛之饥寒,此晚唐之变也。降而开成以后,则有杜牧之豪纵,温飞卿之绮靡,李义山之隐僻,许用晦之偶对,他若刘沧、马戴、李频、李群玉辈,尚能黾勉气格,特迈时流。此晚唐变态之极,而遗风余韵,犹有存者焉"。[①]

　　文学是在发展、变化的。文学的发展变化并不单单取决于作家的一厢情愿,它还有自己的客观动因。这客观动因是什么? 古人归结为两方面。

　　一是"文随时变"。文学是表情达意的。然而,有什么样的现实,就有什么样的思想感情。同时,表情达意应借助状物叙事来进行。所以,时代变了,文学不得不变化。对此,古代

① 高棅《原诗·内篇上》,二弃草堂本。《唐诗品汇总序》,《唐诗品汇》,上海古籍出版社1988年版。

屡有论述。诸如"文质推移,与时俱化"①;"时运交移,质文代变","歌谣文理,与世推移","文变染乎世情,兴废系乎时序"②;"八音与政通,而文章与时高下"③;"文之不能不古而令也,时使之也"④;"世道既变,文亦因之"⑤。这当中不乏机械论的观点,如杨维桢《杨文举文集序》把文学的盛衰与时代的盛衰简单对应起来,认为"当世适之隆,文从而隆"。然而也有人认识到,时代与文学的发展并不是平衡的,有时,恰恰是衰世、乱世而非太平盛世造就了一代文学之盛。如建安文学之盛,按刘勰之见,"良由世积乱离,风衰俗怨,并志深而笔长,故梗概而多气也。"⑥此外,"乡语方言,有时而易"⑦,语言等文学媒介也是因时而变的。它必然带来文学形式方面的变化:"四言不得不变而五言,古风不能不变而近体,势也,亦时也。"⑧

二是"弊极而变"。明代吴宽指出:"文之弊既极,极必变。"⑨清代纪昀说:"夫文章格律,与世俱变者也。有一变,必有一弊,弊极而变又生焉。互相激,互相救也。唐以前毋论矣。唐末诗猥琐,宋杨、刘变而典丽,其弊也靡。欧、梅再变而平畅,其弊也率。苏、黄三变而恣逸,其弊也肆。范、陆四变而工稳,其弊也袭。四灵五变,理贾岛、姚合之绪余,刻画纤微,至江湖末派流为鄙野,而鄙极焉。"⑩有弊就有变。而针对一定的弊病所实施的矫枉过正又会产生新的流弊,从而种下了新变的基因。文学就是在"弊→变→弊→变"的循环往复中前进的。"矫六朝骈俪钉饾之习者,以流丽胜。钉饾者,固流丽之因也,然其过在轻纤,盛唐诸人以阔大矫之。已阔矣,又因阔而生莽,是故续盛唐者以情实矫之。已实矣,又因实而生俚,是故续中唐者以奇僻矫之。然奇则其境必狭,而僻则务为不根以相胜,故诗之道至晚唐而益小。有宋欧、苏辈出,大变晚习,于物无所不收,于法无所不有,于情无所不畅,于境无所不取,滔滔莽莽,有若江湖……然其弊至以文为诗,流而为理学,流而为歌诀,流而为偈诵……"⑪

## 四、文学发展变化的价值评判

对于文学的变化发展怎么评价? 一种意见认为,理想的典范在古代,文学愈是朝前发展,离古愈是远,因而愈是不如从前。这种今不如昔的文学退化论实际上是宗法文化"贵古贱今"的价值取向模式在文学批评中的反映。如刘勰《文心雕龙·通变》在评价诗歌的历史

① 魏收《魏书·文苑传序》。
② 均见刘勰《文心雕龙·时序》。
③ 刘禹锡《唐故柳州刺史君集纪》,《刘梦得文集》卷二三,《四部丛刊》本。
④ 袁宏道《雪涛阁集序》,《袁中郎全集·文钞》,钟伯敬增订本。
⑤ 袁宏道《与江进之书》,《袁中郎全集·尺牍》,钟伯敬增订本。
⑥ 刘勰《文心雕龙·时序》。
⑦ 袁宏道《与江进之书》,《袁中郎全集·尺牍》,钟伯敬增订本。
⑧ 胡应麟《诗薮》内编卷二,上海古籍出版社 1979 年版。
⑨ 吴宽《送周仲瞻应举诗序》,《匏翁家藏集》卷三九,《四部丛刊》本。
⑩ 纪昀《治亭诗介序》,《纪文达公遗集》卷九,清嘉庆刊本。
⑪ 袁宏道《雪涛阁集序》,钟伯敬增订本《袁中郎全集》卷一。

演变时说:"黄唐淳而质,虞夏质而辨,商周丽而雅,楚汉侈而艳,魏晋浅而绮,宋初讹而新。从质及讹,弥近弥澹。何则?竞今疏古,风味(昧)气衰也。"朱熹在《答巩仲至》中,把以前的诗歌发展分为三等,认为一等不如一等:"尝闻考诗之原委,因知古今之诗,凡有三变。盖自书传所记,虞夏以来,下及魏晋,自为一等。自晋宋间颜、谢以后下及初唐,自为一等。自沈、宋以后定著律诗,下及今日,又为一等。然自唐初以前,其为诗者,固有高下,而法犹未变。至律诗出,而后诗与法始皆大变。以至今日,益巧益密,而无复古人之风矣。"刘勰、朱熹认为,文学发展今不如昔,主要是因为这种发展主要体现为形式的进步和道德内容的弱化,固然是出于道德标准的考虑,但也与宗法社会"贵古贱今"的价值模式有关。明代后七子代表王世贞则将这种出于"贵古贱今"价值成见的"今不如昔"论发展到最为偏激的地步:"西京之文实;东京之文弱,犹未离实也;六朝之文浮,离实矣;唐之文庸,犹未离浮也;宋之文陋,离浮矣,愈下矣;元无文。"①当然,古代也不乏与这种偏激的价值成见对立的客观、通达之见。如李贽《童心说》说:"诗何必古选?文何必先秦?降而为六朝,变而为近体,又变而为传奇,变而为院本,为杂剧,为《西厢记》,为《水浒传》,为今之举子业,皆古今至文,不可得而时势先后论也。"袁宏道《与丘长孺书》为文学的革新变化张目:"诗之奇之妙之工无所不极,一代盛一代……古何必高,今何必卑哉?"《序小修诗》说:"唯夫代有升降,而法不相沿,各极其变,各穷其趣,所以可贵,原不可以优劣论也。"陶望龄《拟与友人论文书》云:"凡文有优劣而无古今……其善古者不必尊古,而善尊古者不必卑今。"黄宗羲《张心友诗序》指出:"诗不当以时代而论。宋、元各有优长,岂宜沟壑而出诸于外,若异域然?即唐之时,亦非无蹈常袭故、充其肤廓而神理蔑如者。"袁枚《答沈大宗伯论诗书》指出:"尝谓诗有工拙,而无今古。自葛天氏之歌至今日,皆有工有拙,未必古人皆工,今人皆拙。"每个时代的文章均各有优劣。评价文学的优劣,应当就作品而"辨其真与伪"(黄宗羲《张心友诗序》),不应盲目地认为古者皆好,今者皆劣。"古者事事醇素,今则莫不雕饰,……至于阒锦丽而且坚,未可谓之减于蓑衣;辎锌妍而又牢,未可谓之不及椎车也。"②"使文而不变,则典谟之后无誓诰,誓诰之后无论策,论策之后无诗赋,诗赋之后无词曲,词曲之后无制义矣。"③虽然把科举考试的八股文也作为一种新的文体加以称赞有失允当,但他们不拘成见,肯定随着时代变化出现的新的文学品种,揭示了文学总是在其历史演变中不断进化的这一事实,则是难能可贵之见。

① 王世贞《艺苑卮言》卷三,《历代诗话续编》,中华书局1983年版。
② 葛洪《抱朴子·钧世》。
③ 尤侗《己丑真风记序》,《西堂杂组》一集卷四,清康熙刊本。

# 第七章

# 中国古代文学的风格论

风格论,严格说来属于作品论的范围。因其自成系统,材料又比较丰富,所以这里另辟一章加以论述。

## 第一节 "文类乎人"、"雅无一格"
### ——中国古代文学风格成因、形态论

文学风格是文学作品特定的内容与形式相结合所形成的个性特色。古代文学风格论不仅从文学体裁和作家的气质、个性、思想、职业及其所处的地理、时代诸因素探讨了风格成因,而且对其种类作了详细分类,并提出了"雅无一格"、多元共存的审美主张。

### 一、制约文学风格的形式因素与主观因素、客观因素

风格,是作者的个性在作品的形式与内容中的特定表现形态,也是特定的内容与形式相结合所形成的作品的整体特色。不仅形式因素影响着作品风格的形成,而且内容因素也制约着作品风格的属性。

从形式方面看,影响风格形成的最主要的形式因素是文学的体裁。体裁不同,它所适合表现的内容也就不同,由此形成的作品风格也就不同。曹丕《典论·论文》指出:"奏议宜雅,书论宜理,铭诔尚实,诗赋欲丽。"陆机《文赋》指出:"诗缘情而绮靡,赋体物而浏亮,碑披文

以相质,诔缠绵而凄怆,铭博约而温润,箴顿挫而清壮,颂优游以彬蔚,论精微而朗畅,奏平彻以闲雅,说炜晔而谲诳。"这既是文体论,也是风格论,它揭示了体裁对文学风格的制约作用。

中国古代文学是侧重表情达意的。从文学的主体内容对风格的制约作用来看,风格即人,所谓"文之不同,类乎人者"①。影响到风格的主体因素主要有气质、个性、思想、感情、职业。关于风格与作家的气质、个性的联系,古代多有论述。刘勰《文心雕龙·体性》在列举了文学的八种风格后指出:"若夫八体屡迁,功以学成,才力居中,肇自血气。……是以贾生俊发,故文洁而体清;长卿傲诞,故理侈而辞溢;子云沉寂,故志隐而味深;子政简易,故趣昭而事博;孟坚雅懿,故裁密而思靡;平子淹通,故虑周而藻密;仲宣躁竞,故颖出而才果;公干气褊,故言壮而情骇;嗣宗俶傥,故响逸而调远;叔夜俊侠,故兴高而采烈;安仁轻敏,故锋发而韵流;士衡矜重,故情繁而辞隐。触类以推,表里必符,岂非自然之恒资,才气之大略哉?"无论实例的剖析还是理论的总结,刘勰都是很细致、深刻的。此后,风格如人,几乎成了一种共识。如说:"性情褊隘者其词躁,宽裕者其词平,端靖者其词雅,疏旷者其词逸,雄伟者其词壮,蕴藉者其词婉。"②"豳快人诗必潇洒,敦厚人诗必庄重,倜傥人诗必飘逸,疏爽人诗必流丽,寒涩人诗必枯瘠,丰腴人诗必华赡,拂郁人诗必凄怨,磊落人诗必悲壮,豪迈人诗必不羁,清修人诗必峻洁,谨敕人诗必严整,猥鄙人诗必委靡。"③人的气质、个性是天赋的,因而对风格的作用是自然而然、不假人力的:"此天之所赋,气之所禀,非学之所至也";"气之清浊有体,不可力强而致……虽在父兄,不能以移子弟。"④关于风格与作家的思想感情的联系,屠隆说:"夏侯孝弟,故其言温润;息夫险谲,故其言郁怼;南华放达,故其言洸洋;东方幻化,故其言怪奇;蔚宗轻慓,故其言躁竞;渊明恬淡,故其言冲愉;李白超旷,故其言飘洒;王维空寂,故其言幽远。斯声以情迁者也。"⑤关于风格与作家的职业、身份的关系,徐祯卿指出:"诗之词气,虽由政教,然支分条布,略有径庭,良由人士品殊,艺随且易。故宗工巨匠,词淳气平;豪贤硕侠,辞雄气武;迁臣孽子,辞厉气促;逸民遗老,辞玄气沉;贤良文学,辞雅气俊;辅臣弼士,辞尊气严;阉童壶女,辞弱气柔;媚夫幸士,辞靡气荡;荒才娇丽,辞淫气伤。"⑥

中国古代文学虽侧重于表情达意,然按照"含蓄为上"的审美传统,表情达意不宜直露,应通过客体表现主体。同时,广义的文学观念也使得古代有相当部分体裁的文学作品以状物叙事为主要对象。这样,一定特色的客体以及它所激起的相应的主体反应投射到作品中,便会在风格上烙下自己的痕迹。作品的客观内容对风格的影响,集中表现为风格因地因时

---

① 方孝孺《张辉文集序》,《逊志斋集》卷一二,四部备要本。

② 唐储咏语,转引自范德机《木天禁语》,《历代诗话》,中华书局 1981 年版。

③ 王夫之《清诗话》下册,上海古籍出版社 1978 年版,第 708 页。

④ 薛雪《一瓢诗话》,《清诗话》下册,上海古籍出版社 1978 年版,第 708 页。

⑤ 屠隆《诗文》,《鸿苞集》卷一八,明万历三十八年茅元仪刻本。

⑥ 徐祯卿《谈艺录》,《历代诗话》下册,中华书局 1981 年版,第 768 页。

而异。所谓"诗不但因时,抑且因地"①,"人囿于气化之中,而欲超乎时代土壤之外,不亦难乎?"②

风格因地而异,首先表现为因自然地理而异。关于这点,李延寿《北史·文苑传》早已论及:"江左宫商发越,贵于清绮;河朔词义贞刚,重乎气质。"唐顺之《东川子诗集序》指出:"西北之音慷慨,东南之音柔婉,盖昔人所谓系水土之风气……若其音之出于风土之固然,则未有能相异者也。……后之言诗者,则惟恐其妆缀之不工,故东南之音有厌其弱而力为慷慨,西北之音有病其急而强为柔婉,如优伶之相哄,老少子女杂然迭进,要非本来面目,君子几焉。"后来孔尚任所论又有所发展:"画家分南北派,诗亦如之。北人诗隽而永,其失在夸;南人诗婉而风,其失在靡……盖山川风土者,诗人性情之根柢也。得其云霞则灵,得其泉脉则秀,得其冈陵则厚,得其林莽烟火则健。"③其次是风格因地方风俗而异。屠隆指出:"周风美盛,则《关雎》、《大雅》;郑卫风淫,则《桑中》、《溱洧》;秦风雄劲,则《车邻》、《驷驖》;陈曹风奢,则《宛丘》、《蜉蝣》。燕、赵尚气,则荆、高悲歌;楚人多怨,则屈骚凄愤。斯声以俗移者也。"④

关于风格因时而异,刘勰《文心雕龙·通变》指出:"黄唐淳而质,虞夏质而辨,商周丽而雅,楚汉侈而艳,魏晋浅而绮,宋初讹而新。"揭示了每一时代的文学在内容和形式上呈现的风格特色。屠隆则在总结了风格的时代特色后明确指出"声以代变":"虞夏之书浑浑尔,商书灏灏尔,周书噩噩尔,汉文典厚,唐文俊亮,宋文质木,元文轻佻,斯声以代变者也。"⑤清代王闿运则进一步指出:"文有朝代……一代成一代之风。"今天我们经常讲的"汉魏风骨"、"建安风力"、"盛唐气象",就是时代决定风格的最好说明。

## 二、古代文学风格种类探讨及审美主张

中国古代文学的风格论,不仅探讨了风格的成因,而且探讨了风格的种类。刘勰《文心雕龙·体性》把文学风格区分为"典雅"、"远奥"、"精约"、"显附"、"繁缛"、"壮丽"、"新奇"、"轻靡"等"八体",并一一作了界定:"典雅者,熔式经诰,方轨儒门者也;远奥者,馥采典文,经理玄宗者也;精约者,核字省句,剖析毫厘者也;显附者,辞直义畅,切理厌心者也;繁缛者,博喻酿采,炜烨枝派者也;壮丽者,高论宏裁,卓烁异采者也;新奇者,摈古竞今,危侧趣诡者也;轻靡者,浮文弱植,缥缈附俗者也。"并指出"雅与奇反,奥与显殊,繁与约舛,壮与轻乖"。这八种风格实际上是由四类两两相对的风格组成的。唐代司空图对风格的区分更加精细。在《诗品》中,他用比喻性的语言描述了"雄浑"、"冲淡"、"纤秾"、"沉著"、"高古"、"典雅"、"洗

① 翁方纲《石州诗话》卷二,人民文学出版社 1981 年版。

② 李东阳《怀麓堂诗话》,《历代诗话续编》,中华书局 1983 年版。

③ 孔尚任《古铁斋诗序》,《孔尚任诗文集》卷六,中华书局 1962 年版。

④ 屠隆《诗文》,《鸿苞集》卷一八,明万历三十八年茅元仪刻本。

⑤ 屠隆《诗文》,《鸿苞节录》卷六,清咸丰七年刻本。

炼"、"劲健"、"绮丽"、"自然"、"含蓄"、"豪放"、"精神"、"缜密"、"疏野"、"清奇"、"委曲"、"实境"、"悲慨"、"形容"、"超诣"、"飘逸"、"旷达"、"流动"等二十四种风格。清代的马荣祖则步趋司空图《诗品》作《文颂》,论述文章风格约四十八种之多,对风格的分析可以说精细到了无以复加的地步。

对于各种风格,古代不乏偏尊者,然而不少颇富见地的理论家都肯定风格的多样性。他们指出:"佳人不同体,美色不同面,而皆悦于目。"①"丝竹金石,五声诡韵,而快耳不异。"②"平、奇、浓、淡、巧、拙、清、浊,无不可为诗,而无不可为雅。诗无一格,而雅亦无一格。"③"诗之奇、平、艳、朴,皆可采取,不必尽庄语也。"④"诗如天生花卉,春兰秋菊各有一时之秀,不容为人轩轻。""人于草木,不能评谁为第一,而况诗乎?"⑤各种风格各有其美,不能相互替代,亦不能扬此抑彼,偏于一尊。在主张风格多样化的同时,古代对"平淡"、"风骨"两类风格美作出了大量论述。

## 第二节 "平淡"说
### ——中国古代文学的阴柔美论

自魏晋起,中国古代诗文园地中诞生了"平淡"的风格美。她淡中藏浓,质而实腴,清新脱俗而又风姿绰约,赢得唐宋无数诗人的顾盼流连,蔚成后代文人特殊的审美趣味。"平淡"的风格美,是古代作家用淡泊的胸怀、平和的情感、朴素的美学趣味、闲静的心理状态和高超的艺术技巧创造的一种阴柔美;它洋溢着出世的理想,浸润着温和的情感,包含着深厚的内容,形式朴素自然而又符合美的规律;能够普遍有效地引起读者华美的感受,使人在愉悦之中保持镇定自持。"平淡"美所以能够蔚为大观,乃得力于多元文化的共同培育。

在中国古代诗文园地中,有一种风格美风姿绰约,清新脱俗,尤其引人注目,这就是人们喋喋不休、津津乐道的"平淡"。"平淡"美的奥秘何在? 它的创作要求是什么? 它在内容和形式上有什么特点? 它在审美上又呈现出什么特征? 中国古代文人为什么对它那么钟情?

---

① 《淮南子·说林训》。又王充《论衡·自纪篇》:"美色不同面,皆佳于目。悲音不共声,皆快于耳。酒醴异气,饮之皆醉。百谷殊味,食之皆饱。"
② 葛洪《抱朴子·博喻》。
③ 叶燮《原诗·外篇》,二弃草堂本。
④ 袁枚《再与沈大宗伯书》,《小仓山房文集》卷十七,清乾隆刻本。
⑤ 均见袁枚《随园诗话》卷三,人民文学出版社1960年版。

让我们试作探寻。

## 一、"平淡"风格美特征的系统透视

"会将取古淡,先可去浮嚣。"①没有"绝俗之特操",哪有"天然之真境"②！陶渊明之所以能写出"遂与尘事冥"的诗境,正因为他"胸次浩然,吐弃人间一切"③。创造平淡的风格美,首先要求作者能居平味淡,灭弃俗念,"不以躬耕为耻,不以无财为病"④,具有"其志高矣美矣"的胸怀。

"夫诗,宣志而道和者也,故贵宛不贵险。"⑤平淡美的创造,其次要求作者保持温柔平和的情感。平和的情感,既有赖于道家的达观精神,又受孕于儒家的中和之气。朱熹说:"事理通达心气和平。"正兼儒道而并融。

淡泊的胸怀,平和的情感,酿造了以朴素为至美的美学趣味,所谓"素朴而天下莫能与之争美"。这恰恰是创造平淡美所必须具备的美学趣味。

在进入创作过程后,平淡美的创造还要求作者保持这样的心理状态:

虚静对待审美。平淡美的出世精神,要求作者用虚静的态度对待审美对象。有道是"冲静得自然"⑥。只有"审象于静心"⑦,才能"因定而得境"⑧。

超脱处理情感。创作构思表现为剧烈的情感活动。平淡美中情感优柔不迫的特征,要求作者在创造平淡美时从剧烈的情感活动中解脱出来,把自我的情感作为异我的情境加以观照。

闲淡处理艺术的表现。平淡美在形式上"法极无迹"的特点,是作者在艺术技巧的驾驭上达到炉火纯青境界的结果,因而要求创作主体在处理艺术表现时具备胸有成竹、神闲意定的心态。恰如宋代郭若虚《图画见闻志》所说:"神闲意定,思不竭而笔不困也。"

考察物化在古代诗文作品中的平淡风格的美学内涵,约略有以下四个特征:

### 1. 内容上,超脱而不脱

淡泊的创作胸襟反映在作品内容上的鲜明倾向,是追求对功利世界的超脱。忘怀人世与追慕自然,是这种超脱追求的统一的两面。表现在主题上,这种风格的作品不愿谄谀

---

① 苏舜钦《诗赠则晖求诗》,《苏学士文集》卷八,《四部丛刊》本。

② 潘德舆《养一斋诗话》,《清诗话续编》,上海古籍出版社1983年版。

③ 叶燮《原诗·外篇》评陶语,二弃草堂本。

④ 萧统《〈陶渊明集〉序》《四部丛刊》影宋本《陶洲明集》卷首。

⑤ 包恢《答曾子华诗论书》,《敝帚稿略》卷二,《四库丛书》本。

⑥ 嵇康《述志诗》之一。

⑦ 王维《〈绣如意轮象赞〉序》。

⑧ 刘禹锡《秋日过鸿举法师寺院便送归江陵并引》,《刘宾客文集》卷二九,《四部备要》本。

政治、粉饰太平,不愿倾诉经营功名的喜悦和苦恼,专爱歌唱与世无争、心与物竞的生活理想和灭绝欲念、与造化同乐的恬然自得之情。表现在题材上,这类作品很少描写花天酒地的金銮宝殿,五光十色的画梁雕栋,惊天动地的金戈铁马,抢天呼地的黎民悲号,而着力描绘山川风物;即使不乏人世的描写,也荡漾着古刹钟声,笼罩着超人世的氛围。"竹喧归浣女,莲动下渔舟。"(王维《山居秋暝》)"荷风送香气,竹露滴清响。"(孟浩然《夏日南亭怀辛大》)"细雨湿衣看不见,闲花落地听无声。"(刘长卿《送严士元》)"春潮带雨晚来急,野渡无人舟自横。"(韦应物《滁州西涧》)一种道士释子的虚无超脱精神,不是溢于言表吗?

然而,追求超功利,并不是事实上就完全地超脱了功利。在追求超脱的背后,曲折地折射着不脱世俗的微光。一方面,诗人超功利的追求是立足于基本功利的占有基础上的。作者只有在衣食等基本功利有了保障之后,才能咏出"东篱采菊"的悠然诗句来;如果衣食不保,便难免"饥者歌其食,劳者歌其事",顾不得什么超脱了。中国古代诗史上,追求超脱的诗人几乎都属于有闲阶层,所谓"此身闲得易为家,业是吟诗与看花"①,不是有力的例证吗?另一方面,作者对政治、名利的淡漠往往历史地积淀着以往对政治、功名的热衷,或变相地表现了对政治、功名的追求。苏轼早年尚"峥嵘",晚年作《和陶》诗;陶渊明在高蹈遗世的诗风中寓藏着萧骚不平之豪气②,是典型的说明。

## 2. 表意上,无厚藏有厚

出现在平淡风格中的意境,貌似"无厚"(贺贻孙),表面上给人以淡薄的感觉,仿佛"不思而得",来之甚易。其实,这种"无厚"的意境包含着深厚的意味;只要深入体味,就可获得丰腴之感;它来自精练,凝聚着深厚的艺术功力。

所谓"深",有两层意思。一是说,作者能于司空见惯的平淡题材中发现别人看不出的诗意。反映在作者对现实的审美方面,就是如同德国大诗人歌德所说,"能从惯见的平凡事物中见出引人入胜的一个侧面"③。范成大《四时田园杂兴》:"昼出耘田夜绩麻,村庄儿女各当家,儿童未解供耕织,也傍桑阴学种瓜。"其中完整而优美的意境,即为前人未尝道,他人未尝见。二是由艺术表现言,诗人能够"状难写之景,如在目前"④,"人所难言,我易言之"⑤,道他人所难道。唐人章八元诗"雪晴山脊见,沙浅浪痕交",尤袤《全唐诗话》称其"得山水状貌也",指的正是这种情况。

---

① 司空图《闲夜二首》。
② 唐胡震亨《唐音癸签》指出陶诗"平淡中寓壮逸之气"。朱熹《清邃阁论诗》指出陶诗平淡中藏着"豪气",只不过"豪放来不觉"。龚自珍《舟中读陶诗》也说:"莫信诗人竟平淡,二分《梁甫》一分《骚》。"
③ 《歌德谈话录》,朱光潜译,人民文学出版社1982年版,第6页。
④ 欧阳修《六一诗话》引梅尧臣语,《历代诗话》上册,中华书局1981年版,第267页。
⑤ 姜夔《白石道人诗说》,《历代诗话》下册,中华书局1981年版,第680页。

所谓"厚",指在淡薄无厚的言内之意中蕴含丰富无限的言外意之,"含不尽之意见于言外"①。这方面,司空图的"景外之景"、"味外之旨"实为先声,苏东坡的"质而实绮,癯而实腴"②,王士禛的"古淡闲远而中实沉着痛快"③等论断,则阐述得更加畅达。而古人以此去分析陶渊明、谢灵运、王维、孟浩然、韦应物、柳宗元等人的诗歌,就不胜枚举了。④

显然,深厚的诗意只有通过深刻的锤炼才能取得。所以,古人在论述"平淡"的意境时都十分重视炼意。皎然《诗式·取境》中专门谈取境问题,要求"取境之时,须至难至险"。沈德潜《说诗晬语》认为,炼字要"以意胜而不以字胜",只有这样才能"平字见奇","朴字见色"。这些都说明,平淡风格中"有似等闲"的诗意,恰恰是来自苦练的。倘以"气少力弱为容易"(皎然),则与平淡美南辕北辙。

深厚的诗意固然需要苦练,把深厚的诗意炼成无厚的诗意,达到"神情冲淡,趋向幽远"(包恢),则需要更为艰苦的工夫。这种无厚的诗意与浅薄不同,是"元气大化,声臭全无"⑤的表现形态,是"厚之至变而化者也"⑥。元人戴表元曾比喻论证道:"酸咸甘苦之于食,各不胜其味也,而善庖者调之,能使之无味。温凉平烈之于药,各不胜其性也,而善医者制之,能使之无性……"平淡风格中的无厚的意境,正如善庖者调出的"无味之味"、善医者制出的"无性之性"一样,是善诗者造出的"无厚之厚"境界。自古以来,"能厚者有之,能无厚者未易观也"⑦。为什么?乃由于深入深出、"以险而厚"者易,深入浅出、"以平而厚"者难。可见,"以平而厚"的无厚之厚较之"以险而厚"的深厚之厚,凝聚着更为深厚的艺术功力,具有更高的审美价值。

显然,平淡意境的可贵正在于"外枯而中膏"。若"枯淡之外,别无所有"⑧,则为枯槁浅薄矣。清人毛先舒《诗辩坻》卷一谓学养不够而强为平淡,则"寒瘠之形立见,要与浮华客气厥病等耳"。施补华《岘佣说诗》云:"凡作清淡古诗,须有沉至之语,朴实之理,以为之骨,乃可不朽;非然,则山水清音,易流于薄。"

### 3．表情上，无情却有情

情感,是构成诗意的主观元素之一。平淡在表意上无厚藏深厚,反映到表情方面的显著特征即无情却有情。

① 欧阳修《六一诗话》引梅尧臣语,《历代诗话》上册,中华书局 1981 年版,第 267 页。

② 苏轼《与子由书》。

③ 王士禛《芝廛集序》,《带经堂集》卷六五,清康熙刊本。

④ 如苏轼《东坡提拔》卷二评渊明、子厚诗"外枯而中膏,似淡而实美",李东阳《怀麓堂诗话》评谢灵运、韦苏州"寄至味于淡泊之中",朱熹《清阁论诗》评梅圣俞"枯淡中有意思",等等。

⑤ 钟惺《与高孩之观察》。

⑥ 贺贻孙《诗筏》,《清诗话续编》,上海古籍出版社 1983 年版。

⑦ 贺贻孙《诗筏》,《清诗话续编》,上海古籍出版社 1983 年版。

⑧ 李开先《画品》评沈周画语。

这个特征,突出地表现为以平淡的情态表现强烈的情感。表面上,"铺叙平淡,摹绘浅近",实际上,"万感横集,五中无主"①,是诗人"气敛神藏"的结果②。施补华《岘佣说诗》云:"悼亡诗必极写悲痛,韦公'幼女复何知,时来庭下戏',亦以淡笔写之,而悲痛更甚。"为什么深情要出之淡语呢?这除了施补华讲的"以淡笔写之,而悲痛更甚",即情感因反衬而更加强烈的一面外,还有更重要的一面,即表现诗人理想中的崇高人格。何晏不是说"圣人无喜怒哀乐"吗?

然而,更多的平淡风格的作品,表现的是至和至乐之情。它们爱用"闲"、"静"一类的字眼表现诗人的情感态度。写景,不动声色。写情,则把它当作"人心中之一境界"即客观情境加以冷静描写,亦仿佛无我,作者的情感好像是凝然不动的,真可谓是名副其实的"无情"了。其实不然。近人刘永济《文心雕龙校释》说得好,"无我之境","但写物之妙境,而吾心闲静之趣,亦在其中……"闲静的情感,即带有"趣"(乐)的色彩。虽然情感色彩淡泊,但情感程度却极深。古人或以"中和者"为"气之最"(李梦阳),或以灭绝欲念、"不忧不喜"为至乐(葛洪),所谓"至乐无乐"(庄子),不是以闲静之情为至乐之情吗?

### 4. 形式上,极炼如不炼

平淡风格的形式,要求"淡到不见诗"③,而只见"诗所指示的东西"④,使形式通过对自身的否定成为内容的裸露,"不睹文字,但见情性"(皎然),因而具有高度的"辞达"美;要求在古体诗中音节合度,韵脚相押,在近体诗以及词、散曲中平仄互协,字面、词性相对,从而具有"合律"的形式美。

要获得达意的精当和合律的工巧,必须花一番艰苦的艺术锤炼工夫。然而形式如果仅停留于达意的精当和合律的工巧,还不足以构成平淡美,因为这种精当和工巧还残留着人工痕迹。只有在这个基础上再进一步,使达意精当而又接近天然,合律工巧而又朴素平易,才能构成平淡风格形式的特征。晚清刘熙载《艺概·诗概》精辟指出:"常语易,奇语难,此诗之初关也;奇语易,常语难,此诗之重关也。"这种自然朴素的形式显然需要更深的艺术锤炼功夫,正如刘熙载《艺概·词曲概》所谓"极炼如不炼"、"出色而本色"、"人籁归天籁"。

所谓"极炼如不炼",具体说有两种情况。

一种是,平淡的形式来自艰苦的琢削,是"法极无迹"(王世贞)、"神功谢锄耘"(韩愈)的表现。这里,"不炼"来自"极炼"是很明显的。明人王圻《稗史》评陶诗:"陶诗淡,不是无绳削。但绳削到自然处,故见其淡之妙,不见其淡之迹。"王维"雨中山果落,灯下草虫鸣",潘德舆《养一斋诗话》以为"其难有十倍于'草枯鹰眼疾,雪尽马蹄轻'者",正以其造语极工而"琢

---

① 周济《宋四家词选目录序论》,《宋四家词选》,清光绪刻本。

② 黄子云《野鸿诗的》:"理明句顺,气敛神藏,是谓平淡。"《清诗话》下册,上海古籍出版社 1978 年版。

③ 闻一多《唐诗杂诗·孟浩然》,上海古籍出版社 1998 年版。

④ (英)艾略特《诗的作用和批评的作用》。

之使无痕迹耳"①。因此,古人总结说:"大抵欲造平淡,当自组丽中来,落其华芬,然后可造平淡之境。"②"诗文书画,少而工,老而淡。不工,亦何能淡?"③

另一种情况是,平淡的形式出自作者信口而出、随手而成。在这种情况里,"不炼"来自"极炼"看似不好理解。其实,信口而出而又不类口头语,随手而成而又兼备达意的精工和合律的工巧,恰恰是建立在长期的艺术锤炼基础上的。只有学养深厚,并积累了相当的艺术实践经验,才能达到"随心所欲不逾矩"的出神入化、炉火纯青境界。陆游"剪裁妙处非刀尺",与他"早年但欲工藻绘"是分不开的。古人总结得好,"大凡为文",少小时"当使气象峥嵘,五色绚烂,渐老渐熟,乃造平淡"④。只有由难求易,才能左右逢源。如果"忽之为易,其难也方来"⑤。黑格尔指出:"既简单而又美这个理想的优点毋宁说是辛勤的结果,要经过多方面的转化作用,把繁芜的、驳杂的、混乱的、过分的、臃肿的因素一齐去掉,还要使这种胜利不露一丝辛苦的痕迹……"⑥平淡形式的不炼之炼,无迹之迹,正有似于此。

平淡美的内涵特征,决定了它的审美特点。

平淡美,由于意蕴深厚,所以能给人丰腴的感觉;由于平易朴素的形式中含有达意的形式美与合律的形式美,所以能给人华美的感受;由于深厚的意蕴暗藏在无厚的诗意中,华丽的形式暗寓在朴素的形式中,所以咀嚼愈多,华美的联想、滋味也就愈烈。宋陈善《扪虱新语》云:"乍读渊明诗,颇似枯淡,久而有味……"胡仔《苕溪渔隐丛话》以梅圣俞"人家在何许?云外一声鸡"、"野凫眠岸有闲意,老树著花无丑枝"等诗句为例指出:"似此等句,须细味方见其用意也。"清代杨廷芝把"味之而愈觉其无穷者"称作"真绮丽"⑦。显而易见,由平淡至浓丽,是平淡美审美活动的方向;浓丽,是平淡美审美活动的终点。平淡与浓丽的统一,构成了平淡美审美活动的显著特点。

当然,这种浓丽的感受,不会像朱熹在批评六朝淫丽诗风时指出的那样,使人"散漫不收拾"。由于平淡美情感平和,并且艺术表现温柔敦厚,所以还能"持人性情",使人在欢愉之中有所节制,不失中正和平。这可视为平淡风格审美活动的另一特点。

通过以上探讨,我们可以作出如下把握:平淡,是古代作家用淡泊的胸怀、平和的情感、朴素的美学趣味、闲静的心理状态和高超的艺术技巧创造的一种风格美;它洋溢着出世的理想,浸润着温和的情感,包含着深厚的内容,形式朴素自然而又符合美的规律;能够普遍有效地引起读者华美的感受,使人在愉悦之中保持镇定自持。

---

① 王世贞《艺苑卮言》评陶渊明语,《历代诗话续编》,中华书局 1983 年版。

② 葛立方《韵语阳秋》,《历代诗话》下册,中华书局 1981 年版,第 483 页。

③ 董其昌,转引自葛路《中国古代绘画理论发展史》,上海人民出版社 1982 年版,第 160 页。

④ 周紫芝《竹坡诗话》引苏轼语,《历代诗话》上册,中华书局 1981 年版,第 348 页。

⑤ 谢榛《四溟诗话》,人民文学出版社 1962 年版。

⑥ (德)黑格尔《美学》第三卷,朱光潜译,商务印书馆 1981 年版,第 5 页。

⑦ 杨廷芝《二十四诗品浅解》释"淡者屡深"语,齐鲁书社 1980 年版。

## 二、"平淡"风格的文化成因

接着我们来讨论两个问题:第一,古代文论中,肯定"平淡"风格的资料很多,儒家思想占主导地位的人崇尚"平淡",道、释思想比较浓厚的人更偏爱"平淡",这是为什么? 第二,历史地看,在诗歌领域中,平淡的风格是到东晋陶渊明时才正式诞生的,正如胡应麟《诗薮》中指出的那样:是陶渊明"开千古平淡之宗"。陶渊明的平淡诗风是这一时期出现的新的美学趣味的产物,正如宗白华所说:从魏晋南北朝起,"中国人的美感走到了一个新的方面,表现出一种新的美的理想,那就是认为'初发芙蓉'比之于'错采镂金'是一种更高的美的境界"①。那么,平淡的诗歌风格和美学趣味为什么到魏晋南北朝才出现? 由陶渊明开创的平淡诗风,中经谢灵运为代表的南朝诗人的绍续,在唐宋普遍蔓延开来。唐朝王维、孟浩然、储光羲、常建、刘长卿、柳宗元等许多诗人都专心"平淡"诗的创作。殷璠《河岳英灵集》、高仲武《中兴间气集》、姚合《极玄集》、韦庄《又玄集》,从入选的作品到编选者的评语,都表明平淡的风格到唐朝已达到非常兴盛的状况。宋代欧阳修、梅尧臣、苏轼、黄庭坚、朱熹等人都从创作和理论上肯定过"平淡","平淡"美的兴盛状况在宋代有增无减,这又是为什么? 对此,我们只有站在更广远的角度对平淡美的内涵加以文化透视才行。

首先,我们来看"平淡"与儒、道、释三家思想之间的关系。

从主导思想上看,平淡是道、释思想哺育的结果。它是出世的,表现了与统治者某种孤高不合的姿态,与儒家积极入世的精神和功利主义判然两途。然而道家、释家又主张"不忧不喜",主张"诗中有虑犹须戒,莫向诗中着不平"(司空图)。可见它的孤高对统治者并无多大妨碍。所以即便在这最不同的一点上,儒家也是能容纳平淡的。从情感特征上看,平淡美要求冲和平淡,更符合儒家温柔敦厚的旨趣。在创作构思上,平淡美要求"审象于静心","疏瀹五脏,澡雪精神",这与道释的"斋心契道"、儒家的"虚静格物"是完全相通的。儒、道、释均以质美为至美,平淡恰恰也要求底蕴深厚。道家追求"无言之美",释家追求"象外之义",平淡追求"近而不浮"、"淡者屡深"、"外枯而中膏,似淡而实美",正打着道、释的印记。"参禅乃知无功之功,学道乃知至道不烦。"道家、释家的这种似玄乎实辩证的方法论又直接凝聚在平淡风格意态的无厚之厚、情貌的无迹之迹、形式的不炼之炼中。儒家强调质美,还重视文饰,希望"文质彬彬",道家以不雕不饰的"素朴"为美,认为"淡然无极而众美归之"(庄子),在这一点上,平淡恰与道家合而与儒家异。释家重视境像对宣传教义的作用,平淡美主张"羚羊挂角,无迹可求",以景语作情语,多少受到释家的启发。不难发现,平淡风格的美学内涵,古代儒、道、释三家思想存在着交叉的地方。它与道、释的关系最亲,与儒家的关系也不□。因此,道、释思想很浓的人尤尚平淡,儒学气味很浓的人也厚爱平淡。不难看出,平淡□风格是在儒、道、释思想的交叉地带成长的花朵。没有东汉时期佛教的流入,没有魏□

---

① 宗白华《中国美学史中重要问题的初步探索》,《美学散步》,上海人民出版社 1981 年版,第 29 页。

玄学的大兴,就不可能有魏晋时期平淡自然的美学理想和诗歌风格的产生;平淡风格在唐宋所以能在整个艺苑风行开来,唐代统治者在思想界三教并立,宋代禅宗深入人心,自是重要的因素。

其次,我们来看平淡与古代哲学尤其是辩证法思想之间的关系。

美学思想本是世界观在审美方面的表现。平淡美的形成与古代哲学的影响存在着不可分割的联系。早在先秦两汉,哲学领域中就积累了辩证法思想的宝贵财富。这种思想体现在对刚柔关系的认识上,即认为纯柔固然是弱,而外强中干、色厉内荏也算不上刚;倘"内外皆坚",如石,则"无以为久,是以速亡"①,也算不上至刚,所谓"至刚反摧藏"(陆游)。只有在阴柔的外表中深藏阳刚的本质,这种由"百炼刚"转化而来的"绕指柔"才是至刚。所以,古人说"大智若愚","大巧若拙"(老子)。伟大的圣人,应当"温良恭俭让";盖世的将帅,须能"谈笑静胡尘";真正的猛士,决不剑拔弩张。譬如水,它看似柔弱,实际上包含着阳刚的本质。《周易》"坎卦"以外阴中阳象征水,宋衷释曰:"坎,阳在中,内光明,有似于水。"②反映了对水的阳刚本质的认识。《尚书》说水具有"怀山襄陵"、"磨铁销铜"的伟大力量。《老子》说:"上善若水"、"守柔曰强"。《论语·子罕》载:"子在川上曰:'逝者如斯夫,不舍昼夜。'"孔子取于水的原因何在呢?《孟子·离娄下》解释说:"原原混混,不舍昼夜,盈科而后进,放乎四海,有本者如是,是之取尔。"董仲舒《春秋繁露·山川颂》解释说:"水则源泉混混沄沄,昼夜不竭,既似力者……""物皆困于火,而水独胜之。"这种以柔胜刚的哲学思想反映到美学趣味上,就是崇尚阴柔之美甚于阳刚之美。如宋张表臣在《珊瑚钩诗话》中说:诗"以平夷自然为上,怪险蹶趋为下。"徐增《而庵诗话》说:"作诗如抚琴,须心和气平,指柔音淡,方有雅人深致","若纯尚气魄,金戈铁马,乘斯下矣。"古代哲学在对浓淡、丽朴关系的认识上也是辩证的。《中庸》上云:"衣锦尚絅,恶其文之著者也。"意思是说,穿了锦衣,又罩上外单衣,是嫌锦衣的文采太华丽炫目了。据刘向《说苑》记载,孔子占得贲卦,快快不悦。子张问他何故,他说:"贲(华采)非正色。"后来司空图在《诗品》中总结为"浓尽必枯",即浓丽过了头就会转化为枯槁,与此同意。反之,朴素的外表中包含着质美,倒是最浓丽的。《周易》"贲卦"是讲华采的,作者把象征白色的一爻放在卦的最高位置,指出:"白贲,无咎。"月意何在呢?荀爽注解说,这是"极饰反素"的意思③。刘勰《文心雕龙·情采》认为这反映了"贵乎反本"的思想。刘熙载《艺概》指出:"白贲占于贲之上爻,乃知位居极上之文,只是本色。"这是说《易》以本色的美、素朴的美为最华丽的美。《论语》中有"素以为绚"的观点。老庄、韩非等人的著作亦普遍有"质有余者不受饰"的思想。这种关于丽、朴关系的辩证思想反映到美学趣味上,就是崇尚素朴美甚于浓丽美,用司空图的话说即"淡者屡深"。清杨廷芝解释此语时指出:此言"能得富贵神髓","不以世俗之绮丽为绮丽,木质无华,而天下之至文出焉。有味之而愈觉其无穷者,

① 《晏子春秋·内篇问下》,《二十二子》,上海古籍出版社 1986 年版。

② 转引自张善文、黄寿祺《"观物取象"艺术思维的滥觞——读〈周易〉札记》,《古代文学理论研究丛刊》第 4 辑。

③ 转引自宗白华《美学散步》,上海人民出版社 1981 年版,第 38 页。

是乃真绮丽也。"①

由此可见,平淡美虽然偏重于阴柔美,但却包含着阳刚美,是阴柔美与阳刚美、朴素美与浓丽美的统一。平淡美的内涵所具有的一系列对立统一的特征,可以从先秦两汉的辩证法思想中找到渊源。正是由于平淡美是一系列辩证因素的组合体,所以它是较高层次的美。作为阴柔美的高级形态,又是至刚美;作为朴素美的高级形态,又是至丽美。它在平淡中蕴藏着功力,极富审美价值,因而成为艺术中人们广为崇尚的风格。

再次,我们看平淡与诗歌自身发展的联系以及与其他门类艺术之间的相互影响。

中国古代的"平淡"说主要是在诗学领域展开的。从诗歌发展过程的历史来看,诗的艺术形式经历了一个正、反、合的否定之否定过程。"黄、唐淳而质,虞、夏质而辩",诗歌在草创时期形式是质朴简陋的,它虽然具有一定的美,但由于语言文字表现力的限制,达意还不够充分;由于艺术创作还处在不自觉的阶段,因而它的合律的美与达意的美一样,还处于一种较低级的形态。这是历史发展的"正"的阶段。"商、周丽而雅,楚、汉侈而艳",从商朝到南朝,这是历史发展的第二阶段,即"反"阶段,或叫"否定"阶段。在这个阶段,文字的出现和发展、散文的成就,为诗歌取得高度的"辞达"形式美提供了具有表现力的语言;从《诗经》,到楚辞、汉赋、汉魏古诗、"永明体",诗的四言、五言、七言、古体、近体等形式都获得了空前的发展。从西汉时人们就开始意识到诗的"丽"的特点,到"永明体"诗人手中,则把"丽"的规律加以发明和完善。总之,通过这次否定,诗歌获得了美形式,诗歌创作日益发展为有意识的审美创作。然而,与此同时,唯美主义偏向也应运而生。为了追求合律的形式美,踵事增华,浓施重抹,因而形式的美溢出了内容的需要,造成了"辞人之赋丽以淫"的流弊。于是历史又展开了否定之否定行程。这个行程从西汉末期的扬雄开始,到盛唐初告完成。扬雄以"诗人之赋丽以则"的口号反对"辞人之赋丽以淫",为后代诗人批判淫丽的形式美提供了一面旗帜。其后,挟带着"芙蓉出水"的风格来参与这个历史否定的有东晋的陶渊明,宋朝的谢灵运,唐朝的李白、王维、孟浩然等。他们对淫丽形式的否定不是全部抛弃,而是吸收了前人在形式美方面取得的成果,使形式既符合美的规律又符合内容表现的需要,朴素自然而又华丽丰缛。这是诗歌形式历史发展的高级阶段,即"合"的阶段,或叫"否定之否定"阶段。可见,平淡的风格美,是较高形态的质朴美,是建立在艺术形式历史发展的否定之否定基础上的。平淡的风格诞生于汉以后而不是汉以前,丰富、完善于王、孟手中而不是"永明体"以前的诗人手中,乃是诗歌历史发展的必然。

当然,平淡诗风的产生不只是诗歌自身发展的结果,其他种类的文学对它的影响也不容忽视。先秦时期普遍流行的"绘事后素"论②,汉魏六朝书画理论中早已形成的"传神"理论也在平淡的神韵中留下了印记。而平淡的诗风一旦形成,又会给其他门类的艺术带来影响。唐以后,与诗歌中追求平淡相呼应,小说讲究白描,戏剧提倡本色,绘画偏尚写意,书法讲究

① 杨廷芝《二十四诗品浅解》,《司空图〈诗品〉解说二种》,齐鲁书社 1980 年版,第 100 页。
② 语见《论语》,《周礼·考工记》。

无色的灿烂,从而形成了"平淡为上"的汉民族艺术趣味,平淡美因而成了人们评价作品美丑得失和风格美层次的一条审美标准。

复次,我们来看平淡美与其他风格美的关系。

平淡,是运用对立统一规律复合其他风格组成的一种特殊风格,它与其他风格无论在内容上还是形式上都存在着包容或交叉关系。它包容着自然、朴素,但又不止于自然、朴素;它蕴藏着精工、华靡,但又不是精工、华靡;它欲说还休,一唱三叹,因而与含蓄、婉约是孪生姐妹;它千锤百炼,底蕴深厚,因而与沉著、雄浑亦非冤家对头;它质实,但质实又抵不上它那么清空;它清空,但清空又比不上它那么实质;它飘逸,但飘逸比它离世更远;它温柔,却没有温柔的顺从;它大巧若拙,因而苍古;它平中见奇,因而奇崛;它风清骨峻,因而清新,但又不能彻底地超脱,因而总是萦绕着凄切的淡愁,如此等等。平淡,正像法国作家法朗士所说的那样,是一种"复合的"风格,它"像一道白光","是由七种颜色和谐地组成的","但看上去并非如此"。唯其复合着诸多对立统一的风格,故历代各有所尚的作家、评论家对它都能采取兼容的态度。

# 第三节 "风骨"说
## ——中国古代文学的阳刚美论

与"平淡"美的风格相对应,"风骨"是中国古代崇尚的另一种风格美。"风骨"是中国古代作家以积极的入世态度、炽烈的情感、阳刚的美学趣味创造的一种阳刚美。它袒露着忠贞耿介的人格,洋溢着建功立业的理想,滚荡着如汤如沸的情潮,展现着雄奇阔大的气象,跳动着铿锵有力的音韵,给人以劲健苍壮的崇高感,使人在不能自主中奋发向上。如果说"平淡"美主要是道家、佛家文化哺育的结果,"风骨"美则是儒家文化孕育的产物。

如果说中国古代文学中阴柔的风格美集中体现为"平淡",那么阳刚的风格美则集中凝聚为"风骨"。

在中国古代艺诗文园地中,与陶渊明、谢灵运、王维、孟浩然、梅尧臣、欧阳修、苏轼、归有光、王士祯等人形成的平淡一系相对,还耸峙着由《易水歌》《敕勒歌》、左思、曹氏父子、建安七子、杜甫、高适、岑参、王昌龄、王之涣、陆游、辛弃疾等人所组成的风骨一系。"风骨"与"平淡"构成了中国古代文艺风格苍穹中的双子星座。

## 一、"风骨"美内涵探秘

从理论上看,首先对"风骨"内涵作出全面深入阐述的是刘勰的《文心雕龙·风骨》。刘勰之后,钟嵘、殷璠、胡应麟、马荣祖等人或则对具有"风骨"的作品加以评论,或则对"风骨"的特质加以描述,从而丰富了古代的"风骨"说。

与"平淡"相较,"风骨"美对创造主体提出的要求突出表现为以下几个不同点。

一是它的入世精神。"感时思报国,拔剑起蒿莱。"①"穷年优黎元,叹息肠内热。"②"黄沙百战穿金甲,不破楼兰终不还。"③"醉卧沙场君莫笑,古来征战几人回?"④如果说平淡美要求作者以一种超然物外的态度对待现实,那么风骨美则要求作者以一种入世态度积极参与现实,介入现实。

二是它的炽烈情感。"烽火照西京,心中自不平。"⑤"济时敢爱死,寂寞壮心惊。"⑥"念天地之悠悠,独怆然而涕下。"⑦"平淡"由于与现实保持着一段距离,因而作者能够从剧烈的情感活动中解脱出来,把自我的情感作为异我的客体加以静观。风骨则不同,它紧密贴近现实,因而由此激发的情感则保持着鲜活、炽烈的特性。

三是崇尚刚健的审美趣味。所谓"刚健既实,辉光乃新"⑧。中国古代诚然肯定"柔弱胜刚强",但也不乏对阳刚之美的推尊。从先秦青铜器的凌厉粗犷之美、《周易》开辟的"天行健"、"刚健辉光"的美学传统,到后世对"雄浑"、"清刚"、"沉着"、"气象"的崇尚,即是说明。既然"雅无一格",故阴柔、阳刚两种风格美可以同时并存。如果说阴柔的美学趣味为酿制平淡美所需要,那么阳刚的美学趣味则为酿制风骨美所必须。

物化在文学作品中,"风骨"美在内容和形式上呈现一系列特规定性。这可用五个字来概括:"贞"、"健"、"苍"、"动"、"露"。它们与"平淡"美形成鲜明对照。

一"贞"。"贞"即忠贞耿介,它是作者的人格在"风骨"作品主体内容中的表现。所谓"以忠义之气发乎情而见乎词,遂能风骨内生"⑨。这种"贞",一方面表现了古代作者对统治者的耿耿忠心,是作者积极用世精神物化于作品的必然形态。另一方面,作者用世而又不媚世,作者对统治者耿耿忠心,但又不一味诡谀统治者,体现出不随波逐流的高风亮节和耿介不阿的铮铮铁骨。这用世又不媚世、忠义而又耿介的双重意义可用两句诗来代表:"宁为百夫长,胜作一书生"——这是积极用世,要求建功立业的一面;"惟歌生民病,愿得天子知"——这是耿介不阿的一面。它是"贞"的具体注脚,也是"风骨"的主旋律。因而有"风骨"的作品,多以抒发建功立业的抱负、反映黎民疾苦和社会黑暗为主题,从而形成"慷慨任气"

---

① 陈子昂《感遇诗》。

② 杜甫《自京赴奉先县咏怀五百字》。

③ 王昌龄《从军行》。

④ 王翰《凉州词》。

⑤ 杨炯《从军行》。

⑥ 杜甫《岁暮》。

⑦ 陈子昂《登幽州台歌》。

⑧ 刘勰《文心雕龙·风骨》。

⑨ 纪昀《书韩致尧翰林集后》,《纪文达公遗集》卷一,清嘉庆刊本。

的特色。

二"露"。北宋范温《潜溪诗眼》称建安诗"其言直致而少对偶"。"直致"二字，基本上道出了有风骨的作品在表现方式上直露急切的特色。与"平淡"表意上"无厚藏有厚"、传情上"无情藏有情"相反，"风骨"则主张把崇高的抱负、耿介的胸襟，如汤如沸、如火如荼的感情一览无余、不假掩饰的倾泻出来，什么"捐躯赴国难，视死忽如归"①，什么"必若救疮痍，先应去蟊贼"②，什么"纵死侠骨香，不惭世上英"③，什么"感时花溅泪，恨别鸟惊心"④，等等，一切情怀都是那样明朗、直接。

三"健"。高尚的抱负、耿介的胸襟、炽热的情感直接、奔放地表现出来，本身就会形成一股激动人心的"风力"；加之"风骨"在形式方面讲究"骨法用笔"⑤，"结言端直"⑥，"词峰峻上"⑦，"风调高雅"⑧，讲究"捶字坚而难移，结响凝而不滞"⑨，一句话，讲究铿锵有力、掷地作金石声的声韵之美，因而"风骨"包含着一种以刚健为特色的"力学的崇高"美。古人称"风骨"为"风力"，如"建安风力"⑩。沈德潜《清诗别裁集》卷七："视李北地作较典切，兼有骨力。"或干脆指出：风骨"中挟神力"⑪。有风骨的作品"骨劲而气猛"、"肌丰而力沉"⑫。而"负声无力"就"风骨不飞"⑬。气力"萎弱"便"少气骨"⑭。这些是对"风骨"的力学崇高属性的直接揭示。此外，古人在论述"风骨"的特征时经常说"峻"、"健"、"遒"、"奇"、"凛然"、"卓尔"。如刘勰《文心雕龙》评潘勖："其骨髓峻。"评司马相如："其风力遒。"又说："意所骏爽，则文风清焉。"钟嵘《诗品》评曹植："骨气奇高"，"卓尔不群"。评刘桢："仗气爱奇。"殷璠《河岳英灵集》肯定："风骨凛然"。高适《答侯少府》讲："风骨超常伦。"范温《潜溪诗眼》称："格力遒壮。"谢榛《四溟诗话》卷四评曰："精拔有骨。"王世懋《艺圃撷余》说："气骨峻峻。"胡震亨《唐音癸签》称："岑嘉州参以风骨为主，故体裁峻整，语多造奇。""岑尤陡健，歌行磊落奇俊。"这些实际上都是对"风骨"的刚健有力之美的形容。在这个意义上，人们常称"风骨"为"风清骨峻"。⑮

---

① 曹植《白马篇》。

② 杜甫《达韦讽上阆州录事参军》。

③ 李白《侠客行》。

④ 杜甫《春望》。

⑤ 谢赫《古画品录》，《中国画论类编》，人民美术出版社 1986 年版。

⑥ 刘勰《文心雕龙·风骨》。

⑦ 胡震亨《唐音癸签》卷五，上海古籍出版社 1981 年版。

⑧ 范温《潜溪诗眼》，《宋诗话辑佚》，中华书局 1980 年版。

⑨ 刘勰《文心雕龙·风骨》。

⑩ 钟嵘《诗品》，《历代诗话》上册，中华书局 1981 年版，第 2 页。

⑪ 马荣祖《文颂·风骨》，《昭代丛书》巳集，世楷堂本。

⑫ 刘勰《文心雕龙·风骨》。

⑬ 刘勰《文心雕龙·风骨》。

⑭ 魏庆之《诗人玉屑》下册，上海古籍出版社 1982 年版，第 315 页。

⑮ 刘勰《文心雕龙·风骨》。

四"苍"。如果说刚健峻道体现了"风骨"的"力学的崇高",那么雄浑苍壮则体现了"风骨"的"数学的崇高"。关于"风骨"的"苍"、"壮"的特点,古人曾有述及。如李白《宣州谢朓楼饯别校书叔云》诗云:"蓬莱文章建安骨,中间小谢又清发。俱怀逸兴壮思飞,欲上青天揽明月。"胡应麟《诗薮》外编卷六评价高子勉、傅与砺诗:"风骨苍然,多得老杜句格。"又内编卷三评风骨诗:"浑朴莽苍。"这"苍"、"壮"在作品中的表现,就是欢喜描写阔大的景象,如著名的《敕勒歌》:"敕勒川,阴山下,天似穹庐,笼盖四野。天苍苍,野茫茫,风吹草低见牛羊。"胡应麟评曰:"大有汉魏风骨。"又如王之涣《凉州词》:"黄河远上白云间,一片孤城万仞山。羌笛何须怨杨柳,春风不度玉门关。"《登鹳雀楼》:"白日依山尽,黄河入海流。欲穷千里目,更上一层楼。"无不以其阔大的景象体现出风骨的崇高色彩。

五"动"。如果把风骨类作品与平淡类作品作一番比较,便会发现,平淡类作品以描写静态美为主,风骨类作品则以描写动态美为重。岑参的《走马川行奉送封大夫出师西征》是其代表作:"君不见走马川行雪海边,平沙莽莽黄入天。轮台九月风夜吼,一川碎石大如斗,随风满地石乱走。匈奴草黄马正肥,金山西见烟尘飞,汉家大将西出师。将军金甲夜不脱,半夜军行戈相拨,风头如刀面如割。马毛带雪汗气蒸,五花连钱旋作冰,幕中草檄砚水凝。虏骑闻之应胆慑,料知短兵不敢接,车师西门伫献捷。"细细说来,风骨的流动性在作品的客观内容方面体现为对动态事物的追踪,在作品的主观内容方面体现为激烈情感的滚荡。平淡主静风骨主动,平淡主缓风骨主疾,其实正是不同的创作心态的必然表现。平淡主超脱,所以能够息绝相念,由空入静;平淡主出世,所以能够优哉游哉,不动情感。"千山鸟飞绝,万径人踪灭"的静境与"细数落花因坐久,缓寻芳草得归迟"的缓节奏便由此产生。风骨则不同。它主入世,所以胸中总是滚动着各种热切的功利愿望和强烈的爱憎情感,它所看到的始终是一个万象丛生、生生不息的运动着的世界。由此产生的"风骨"自然总是那么急切,那么充满动感。

应当指出,"风骨"属于阳刚美,但又不等于阳刚美。正如平淡美在刚柔交融中侧重于阴柔美一样,风骨美则在刚柔交融中侧重于阳刚之美。"风"是有"力"的,但是这种"力",又以无棱无角、非刀非剑的"风"的形式表现出来;"骨"也是有"力"的,但"骨"的峥嵘又包裹在"风"的外表中。因而有"风骨"的作品也可以假之"比兴"(钟嵘),如《离骚》那样。

"风骨"的入世精神、忠贞胸襟、炽热情感、奔放的表达方式、刚健的力感、阔大的气象,规定了它的审美特点:首先它具有一种"感发志意"的强大的教化功能,其次具有一种席卷人心、咄咄逼人的巨大的感染力、震撼力,使人在警醒之中自我检省,焕发出一种奋力向上之情。

这样,我们基本可以对"风骨"作出如下界说:"风骨"是中国古代作家以积极的入世态度、炽烈的情感、阳刚的美学趣味创造的一种风格美,它袒露着忠贞耿介的人格,洋溢着建功立业的理想,滚荡着如汤如沸的情潮,展现着雄奇阔大的气象,跳动着铿锵有力的音韵,给人以劲健苍壮的崇高感,使人在不能自主中奋发向上。

## 二、"风骨"美的文化成因

在"兼济天下"的儒家思想占主导地位的古代中国,"风骨"这种艺术风格受到人们的崇尚,是不言而喻的。

"风骨"本是魏晋人物品藻用语。其中,"风"本是对看不见、摸不着而又可以感受到的"神"的譬喻。如王夷甫自称"风神英俊"①。桓彝称谢安"此儿风神秀彻"②。《续晋阳秋》谓谢安"风神调畅",王弥"风神清令"③。《中兴书》谓郗恢"风神魁梧"④。再进一步,便径而以"风"指代"神"。如《世说新语》品鉴人物时所说的"风颖"、"风器"、"风气"、"风期"、"风情"、"风味"、"风韵"、"风姿"等等,照徐复观的分析,皆为"神"的易名⑤。"风"的这层意思在移用于艺术风格论后仍保留着。如刘勰的《文心雕龙·风骨》指出:"怊怅述情,必始乎风";"情之含风,犹形之包气";"意气骏爽,则文风清焉";"深乎风者,述情必显";"思不环周,索莫乏气,则无风之验也"。清代李重华《贞一斋诗说》则说:"风含于神。""骨"在人伦鉴识中有时指内在的气质、性格,如魏晋人谓"阮思旷骨气不及右军"⑥,蔡叔子谓"韩康伯虽无骨干,然亦肤立"⑦顾恺之谓孙武"骨趣天奇"。"骨"在这个意义上就成为"风"的易名了。谢赫讲"观其风骨",《晋帝纪》谓"羲之风骨清举",其"风骨"皆指神韵。"骨"、"风骨"的这种意义也保留在艺术风格论中。顾恺之论画谓伏羲神农"有奇骨"。钟嵘谓曹植诗"骨气奇高",刘桢诗"真骨凌云"⑧。唐代宗彦《后画录》隋孙尚孜条下谓"师模顾陆,骨气有余",隋参军杨契丹条下谓"六法颇该,殊丰骨气",唐朝散大夫王定条下谓"骨气不足,遒媚有余"。杜甫《丹青引赠曹将军霸》谓"幹惟画肉不画骨"。正如李重华《贞一斋诗说》所说:"骨备于气。"宋初黄休复《益州名画录》卷上赵公祐条下谓"风神骨气,唯公得之"。胡应麟《诗薮》内编卷六谓王昌龄"风骨内含,精芒外隐"。纪昀《书韩致尧翰林集后》谓"致尧诗格……当其合处……风骨内生,声光外溢"。这里的"风骨"亦即内在神韵。"骨"在人物品鉴中有时又指"清刚而有力感的形相之美"⑨。这种涵义同样体现在艺术风格论中。谢赫《古画品录》讲"骨法用笔",刘勰《文心雕龙·风骨》讲"沉吟铺辞,莫先于骨";"辞之待骨,如体之树骸";"结言端直,则文骨成焉";"练于骨者,析辞必精";"捶字坚而难移,结响凝而不滞,此风骨之力也",都是从外在形式特征方面来使用"骨"之术语的。由此可见,以"风骨"作为形容、指称一种艺术风格的术语,乃是中国文化的自然产物。

① 刘义庆《世说新语》卷中《雅量》。

② 刘义庆《世说新语》卷上《德行》。

③ 刘义庆《世说新语》卷中《赏誉》。

④ 刘义庆《世说新语》卷下《任诞》。

⑤ 徐复观《中国艺术精神》,春风文艺出版社1987年版,第133页。

⑥ 刘义庆《世说新语·品藻》。

⑦ 刘义庆《世说新语·品藻》。

⑧ 钟嵘《诗品》,《历代诗话》上册,中华书局1981年版,第7页。

⑨ 徐复观《中国艺术精神》,春风文艺出版社1987年版,第142页。

# 第八章

# 中国古代文学的形式美论

　　文学的形式美有两类。一类与内容紧密相关,它是内容的合适表现,这是"合目的"的形式美;一类与内容的表现无关,它是字音、字形、语感、章法结构等形式因素的合符"美的规律"的体现,这是"纯形式美"。中国古代,文学的合目的形式美表现为"辞达而已"的美,文学的纯形式美则是表现为"格律声色"的美。

## 第一节　"辞达而已"说
### ——中国古代文学的"合目的"形式美论

　　相对于形式而言,内容就是目的。当形式恰到好处地表现了内容,成为内容的合适显现时,这种形式就成为美的形式。中国古代文论对此的表达是"辞达而已"、"中的为工"。这种思想由孔子首开其端,韩愈大加发展,苏轼集其大成,并渗透在唐宋以后一系列的文学论争中。

### 一、"合目的"形式美概念的提出

　　"合目的"是我们借用的康德美学中的一个术语。相对于形式而言,内容就是目的。当形式恰到好处地表现了内容,成为内容的合适显现时,这种形式就成为美的形式。所以黑格耳说:"美是理念(内容)的感性(形式)显现。"关于形式合目的即美,中国古代文论有一段言论,这就是宋代张戒《岁寒堂诗话》提出的"中的为工"之说:"'萧萧马鸣,悠悠旆旌。'以'萧萧'、'悠悠'字而出整暇之情状,宛在目前。此语非创始之为难,乃中之之为工也。荆轲云:'风萧萧兮易水寒,壮士一去兮不复还。'自常人之观,语既不多,又无新巧。然此二语遂能写出天地悲惨之状,极壮士赴死如归之情,此亦所谓'中的'也。古诗:'白杨多悲风,萧萧愁杀人'。'萧萧'两字,处处可用,然惟坟墓之间,白杨悲风,尤为至切,所以为奇。"

如果说在西方文学中,"合目的"的形式美主要表现为形式对客观内容的符合,表现为艺术形象酷似原物的美,即"逼真"美①,那么,在中国古代文学中,"合目的"的形式美则主要表现为形式对主观内容的符合,表现为"辞达"的美。"辞达"美所体现的民族文化性格有二。第一,"辞达"即"辞以达意",它体现了中国文化的"向心"特色和"文以意为主"的表现主义文学观念;第二,"辞达"的对象"意"的外延是相当宽泛的,既包括具象的"意象"、"意境",也包括抽象的思想、感情。于是,表达对象的形式——"辞"则包括一切语言文字。所谓"辞达而已",意即语言文字恰到好处地表达了意思就是美的语言文字。它也体现了中国古代广义的文学观念。

在古代文学批评中,围绕着文学作品语言形式的美丑问题经常展开一系列争论:如文章的文辞是繁复好还是简要好?是深刻好还是浅易好?是骈偶好还是散行好?是华丽好还是朴素好?是含蓄好还是直露好?是老陈好还是生新好?如此等等。这些问题虽然属于形式美方面的问题,但在古代有见识的作家、文论家看来,是不能离开内容来讨论的,必须结合文辞所蕴含的意义来考察。当文辞合适地表达了意思的时候,这种文辞就是美的,用孔子的话说就叫"辞达而已";"辞之患,不外过与不及"②,溢出意思需要的淫靡之辞与不能充分地达意之辞,都是不美的。

## 二、"辞达"形式美思想的历程

从历史发展的流变来看,"辞达而已"的形式美论是由孔子首先提出,由韩愈大加发展,由苏轼最后完备的。

《论语·卫灵公》记载:"子曰:'辞达而已矣。'"这里,"辞"主要指辞令,偏系言辞之辞,而非文辞之辞。不过口头言辞与书面文辞并无质的差别。关键是个"已"字。"已"者,止也,有因为满足而停止追求的意思,译为现代汉语,即"罢了"。全句的意思是,"言辞表达了意思就罢了",不再有什么要求了,不再有什么遗憾了,完全满足了。可见,这个"已"和我们今天讲的"审美满足"是一回事。孔子在不经意之间道出了一个重要的美学命题,即文章(广义的文学,包括学术著作)和日常讲话(偏指应对诸侯)的语言文字怎样才美的问题。

---

① 详见祁志祥《论审美主体对艺术的双重美学关系——谈西方文艺理论中的一个美学原理》,《文艺理论研究》1988年第1期。

② 刘熙载《游艺约言》,《古桐书屋续刻三种》,清光绪十三年刻本。

然而，事情并不那么简单。由于孔子的这句话是孤零零地记载着的，而这句话本身又可引起两种截然不同的理解，因而，关于这句话的真正用意的争论绵亘了两千年。理学家、重功利的文学家据此说，文辞只要把意思表达出来就行了，不需要在文辞技巧上多下工夫。重审美的文学家则认为，文辞把意思真正准确精当地表达出来并非易事，它需要相当的文字工夫，因而孔子在这里强调的是文字技巧的重要性。这两种解释是否准确呢？联系孔子的整体思想，我以为都有偏颇之处。一方面，孔子重视文饰的功用。他说："不学诗，无以言。"①"言之无文，行而不远。晋为伯，郑人陈，非文辞不为功。"②以此，他告诫人们，"辞欲巧"③，"慎辞哉"④。可见理学家的解释有悖于孔子这一思想。然而是否如某些重审美的文学家所解释的那样，孔子的用意在偏重形式美，并以此为目的呢？也不然。在孔子，文饰之所以重要，是因为"言以足志，文以足言"⑤。如果意思已经表达出来了，还在言辞上用功，这种言辞就叫"巧言"。孔子指出："巧言乱德。"⑥《论语·公冶长》还记载说："巧言、令色、足恭，丘亦耻之。"总之，言辞对志意需求的"过"与"不及"一样，都不能使孔子感到满意。孔子关于言辞的审美理想是恰如其分、恰得其实、无过不及地表达志意，只有这种言辞才是最美的言辞。在这一点上，《仪礼·聘礼》中的一段话是深得孔子用心的："辞多则史，少则不达。"孔子的这一思想，是他在哲学上反对"过"与"不及"，在做人上追求"文质彬彬"的中庸之道的体现，与他崇尚中和之美的思想也是密切相关的。

　　孔子的这一思想也不是没有局限性的。在孔子那里，并非所有思想的合适表现都是美的，只有符合儒家道德伦理规范的思想的表现才是美的。对于言辞表达的内容，他有着"善"的规定。因此，孔子的言辞美，乃是善的形象，作为善的附庸，尚无独立的美学意义⑦。

　　在孔子到韩愈之间，有好些人继承孔子的这一思想并加以发展。如扬雄提出"诗人之赋丽以则，辞人之赋丽以淫"⑧，对当时和后代影响颇大。"则"，有人解为典正，似不很妥。"淫"是过分，"则"与"淫"相对待，是不过分、合适。《说文》提出"则"是"贝"与"刀"构成的会意字，"贝"，"古之货物也"，故"则"者，"节也，取用有节，刀所以制裁之也"。所以"诗人之赋丽以则"，是指"诗人之赋"文辞华美而有节制，不过分，合符内容表达的需要。后来刘勰《文心雕龙·宗经》主张"文丽而不淫"，实承此而来。陆机《文赋》主张"辞达而理举"，并刻意追求"意

<hr>

① 《论语·季氏》。
② 《左传·襄公二十五年》。
③ 《礼记·表记》。
④ 《左传·襄公二十五年》。
⑤ 《左传·襄公二十五年》。
⑥ 《论语·卫灵公》。
⑦ 我国美学界目前对美与善、真的同一性谈得较多，而美之为美的独特性则谈得较少。笔者认为，美所以为美，并不在于它是善（合目的性）、是真（合规律性），而在于只凭引起愉快感的形式就可以实现为美，倘只认识到美是真、善的形象这一步为止，那么这意味着美学还没有从哲学、伦理学的襁褓中独立出来。
⑧ 扬雄《法言·吾子》，汪荣宝《法言义疏》，中华书局1987年版。

逮物"、"文称意",提出"因宜适变",则颇具新意。为什么独拈出韩愈作为发展时期的代表呢？因为韩愈鲜明地提出了美的文辞形成具有多样性的问题,这是他的贡献,是他对于"辞达而已"思想的重大发展。

当时,有人向他请教："文宜易,宜难?"他回答："无难易,惟其是尔。"①据王禹偁引,他还说文学创作"不师今、不师古,不师难,不师易,不师多,不师少,惟师是耳"②。这个"是"字历来解释不同。有人解为是非之"是",指正确合理的内容。刘熙载认为"'是'字注脚有二,曰'正',曰'真'"③。似于原文的意思都难讲通。我以为"是"可从两方面理解。一是是非之是,但它不是指内容的正确,而是指形式的合理。从词源学上看,"是"古文写作"昰",《说文》谓"直也,从日正"。由"日正"会意为"直"。由光线的"直"引申为道德学上的"正直"、"正确"。由内容的正确引申为形式的合理。"惟其是尔"的"是"其主语"其"正指代前面的"文",即是文章的文辞。这合理的文辞形式是什么呢？结合前面的问话考察,只能是相称于内容的形式。另一解为判断动词"是"。这种语言现象在上古已经出现,在中古以后则更为多见。④由判断动词"是"可引申为对内容的认可、肯定、相称。此外值得指出的是,运用逻辑的方法,结合具体的语境,也只能把"惟其是尔"演绎为"惟视文辞相称于内容"之意。而历史的考察也印证了这种逻辑推理。中唐文坛,一方面,六朝唐初形式论者的形式主义论调仍然猖獗,正如韩愈弟子李翱所指出的那样："其尚异者,则曰文章辞句奇险而已……其溺于时者,则曰文章必当对……其爱难者,则曰文章宜通不当易。"⑤另一方面,元稹、白居易倡导了新乐府运动,道德美学和现实主义诗文理论开始占主导地位,但片面崇尚浅易,一律排斥艰深,甚至偏重内容而忽视文饰,也未免落入一偏。李翱指出："其爱易者,则曰文章宜通不当难","其好理者,则曰文章叙意苟通而已"⑥,批评的就是这种倾向。韩愈提出"文无难易古今多(繁)少(简),惟其是"的思想,正回答了当时文坛上人们普遍面临的问题,给各执一端的形式主义弊病提供了一剂良药。

韩愈的这一思想,是建立在他对"道"与"意"的区别之上的。"道"是儒家之道,是千古不变的普泛的道德伦理观念,"意"则是具体的思想,是一篇文章所要反映的特定内容。韩愈道统观念很重,但可贵的是他并没有以此代替文章之意,而是要求在符合和浸润着儒家道德观念的前提下,有自己新鲜、独到的"创意"。每一篇文章"创意"不同,它要求的语言、结构等表现形式也各不相同。所以不能仅在形式上仿古,而必须根据"创意"的需求"造言",用李翱的话说就叫"创意造言,皆不相师"⑦。

---

① 韩愈《答刘正夫书》,《昌黎先生集》卷十八,蟫隐庐影宋世綵堂本。

② 王禹偁《答张扶书》引,《小畜集》卷十八,《四部丛刊》本。

③ 刘熙载《艺概·文概》。

④ 例见杨伯峻《古汉语虚词》,中华书局1981年版,第146~147页。

⑤ 李翱《答朱载言书》,汲古阁本《李文公集》卷六。

⑥ 李翱《答朱载言书》,汲古阁本《李文公集》卷六。

⑦ 李翱《答朱载言书》,汲古阁本《李文公集》卷六。

结合韩愈的创作来看,他的散文既有奇险艰深的一面,又有平淡浅易的一面。他虽然高标散句单行,但也不乏骈词丽句。他的诗既有婉淡流转的小诗,对仗精工的律诗,也有不讲对偶、句式散行、押仄韵险韵的诗篇。不少人认为这是韩愈思想中同时并存着奇险和平淡两种对立的美学追求所致。这是值得商榷的。一个人的思想好比球状系统,思维总要遵循一贯性的规律,他不可能同时既肯定这个的正面又肯定这个的反面。表面上对立的两面必定在更深的一个层次上可以统一起来。韩愈作品在形式上具有"奇"和"易"两种特点,并不是韩愈刻意追求"奇"和"易"并以此为美所致,而是由每篇作品独特、具体的内容决定的,它们是根植于"文无难易惟其是"这一思想内核上开放的两种风采迥异的花朵。欧阳修《六一诗话》评曰:"退之笔力,无施不可……其资谈笑,助谐谑,叙人情,状物志,一寓于诗,而曲得尽妙……其得韵宽,则波澜横溢,泛入傍韵,乍还乍离,出入回合,殆不可拘以常格……得韵窄,则不复傍出,而因难见巧,愈险愈奇……余尝与圣俞论此,以谓譬如善驭良马者,通衢广陌,纵横驰逐,惟意所之;至于水曲蚁封(蚁丘),疾徐中节,而不少蹉跌,乃天下之至工也。"这是颇得韩愈衷曲的。

　　在韩愈以前,扬雄说过"宏文无范,恣意往也"[①],但他的创作并非如此,所以这个观点并未被人重视。陆机在《文赋》中提出过"体有万殊,物无一量",但这既可理解为"客观事物多种多样,艺术的反映也没有一定的式样",也可理解为"客观事物多种多样,自然万物没有一定的形状",因而赋体论文限制了论点的明确性。我们既要看到上述观点对韩愈的影响,也应看到韩愈的独特贡献。是他第一次明确提出了哪怕是两种对立的形式只要恰到好处地表达了内容都可以为美的思想,加之他又以自己的创作实绩贯彻了这种思想,所以一时造成了较大影响。其弟子李翱力倡师说。他的《答朱载言书》正是拿着老师的这个思想武器去批评当时文坛不良偏向的代表作。柳宗元《复杜温夫书》自述为文"意尽便止",李德裕《文章论》主张"言妙而适情",裴度《寄李翱书》指出文章"理穷则已,非故高之、下之、详之、略之也",都可视为韩愈思想的和声。

　　到了北宋苏轼手里,情况又有不同。可以这样看,苏轼承接了孔子,发展了韩愈,对"辞达而已"这个命题中包含的美学思想作了最详尽的发挥。"辞达而已"作为评价文学作品形式美丑的一条审美标准,便由此建立起来。

　　苏轼"辞达"思想的要义是什么? 首先,文辞只能是思想感情的表现,胸中无物绝不能无病呻吟,所以他在《题柳子厚诗》中强调"诗需有为而作",要言之有物。其次,要真正做到辞能达意,没有一定的语言文字功力是远远不行的,所以他非常重视语言文字的锤炼。《答谢民师书》指出:"夫言止于'达意',疑若不文,是大不然。求物之妙,如系风捕影,能使是物了然于心者,盖千万人而不一遇也,而况能了然于口与手乎?"由此,他规定了"辞达"的具体内涵,即要求用完美的形式把精微的意思充分地、不受一丝损失地表达出来。文章达到这一

---

① 扬雄《太玄》卷四,司马光《太玄集注》,中华书局 1998 年版。

步,便"足矣,不可以有加矣"①。

从"辞达"说出发,苏轼建立了"随物赋形"的方法论。苏轼在《文说》中自述:"吾文如万斛泉源,不择地而出。在平地滔滔汩汩,虽一日千里无难。及其与山石曲折,随物赋形而不可知也。所可知者,常行于所当行,常止于不可不止,如是而已矣。其他虽吾亦不能知也。"在《书蒲永升画后》中,他又以"随山石曲折,随物赋形,尽水之变"评唐画家孙位。这里有几点值得我们注意。一、苏轼的"物",既不同于孔子的"道"——普泛的道德伦理观念,也不同于韩愈的"意"——符合儒家道德观念的文章的具体思想,而是一个比"道"和"意"更为宽泛、更少束缚的概念,即客观事物在作者心中产生的各具特征的审美意象,具有一定的超功利、反道统意义。他在《宝绘堂纪》中曾指出:"君子可以寓意于物,而不可留意于物。寓意于物,虽微物足以为乐,虽尤物不足以为病;留意于物,虽微物足以为病,虽尤物不足以为乐。"可以与此相印证。这就扩大了文章内容范围,解放了作者手脚。二、它给后世作家指明了创造美的文学形式的总的原则和明确途径。韩愈曾提出过"气盛言宜"说,已具有一定的方法论意义,但创作实践上却叫人有难于入手之苦。苏轼吸取了"气盛言宜"思想而提出"气畅辞达"说,进而提出"随物赋形"论,就比韩愈来得具体明确,使得后学真正有法可循。同时他又把"随物赋形"建立在掌握了相当的艺术技巧基础上,这就杜绝了"气盛言宜"说可能产生的形式粗疏的流弊。三、当作家"随物赋形",根据不同的内容赋予不同的形式后,一方面他为别人创造了美的形式;另一方面他本身又可以从这种审美创造中获得莫大的愉快。《文说》中苏轼自述除了"随物赋形"外概莫能知,就典型地说明了他对这种审美愉快的沉迷状态。苏轼还曾自述:"某平生无快意事,惟作文章,意之所到,则笔力曲折无不尽,自谓世间乐事,无逾于此。"②苏联美学家塔萨洛夫指出:"艺术家是这样一种人,对他来说,审美创作构成他生活的唯一意义。"③苏轼正是这样一位名副其实的艺术家。

苏轼方法论的提出,自然受到韩愈及柳宗元、李德裕等文学之士的启发,而六朝绘画理论家谢赫"六法"论中"随类赋采"说,唐朝书法理论家张怀瓘《书议》中"临事制宜,从意适便"的评论,对同时兼为书、画家的苏轼在整个艺术尤其是文学领域内提出"随物赋形"说,则提供了更为直接的触机。同时还须指出,苏东坡这一具有独立美学意义的思想的诞生,也得力于庄子因宜适便,顺应自然,"止之于有穷,流之于无止"的方法论思想的孕育。

根据这样的创作方法,创作出来的作品必然是千姿百态的。用苏轼《答谢民师书》的话说,就叫"文理自然,姿态横生"。在这里,苏轼吸取了庄子适性为美、长短各有其宜、刚柔"不主故常"④的美学思想以及稍前于他的田锡的"文无常态"⑤的观点,肯定了由各种内容"横

① 苏轼《答王庠书》,《经进东坡文集事略》卷四六,文学古籍刊行社 1957 年版。
② 何薳《春渚记闻》,中华书局 1983 年版,第 48 页。
③ 转引自《文学评论》1982 年第 2 期。
④ 参见祁志祥《适性为美——庄子美学系统管窥》,《华东师大学报》1989 年第 4 期。
⑤ 《贻宋小著书》,转引自郭绍虞《中国文学批评史》,上海古籍出版社 1984 年版,第 168 页。

生"的文章形式的美,克服了韩愈在这个问题上的某些不足,打击了把古代佳作的形式面目当作不变的美的模式加以仿效来表现新内容的拟古主义谬误。其后,其弟子黄山谷《题李白诗草后》评李白诗如"黄帝张乐洞庭之野,无首无尾,不主故常",山谷弟子范温《潜溪诗眼》说文章"变体如行云流水,初无定质,出于精微,夺乎天造,不可以形器求",都可视为苏轼思想的生发。可见,韩愈的"文无难易,是即宜"的思想是到了苏轼手中才更加丰富、全面的。从与内容相称的客观属性方面说明各种特征的文章形式的美,较之王充、葛洪等人从审美主体的审美感受的共同性上论证作为审美对象的各种特征的形式的美,要可靠、有力得多。

综上所述,不难发现,在"辞达而已"形式美论的发展史上,苏轼确实是一位集大成者。他丰富了"辞达即美"的思想原理,建立了"随物赋形"、"称心而言"的方法论,提出了美的文辞可以千姿百态的理论,并指出整个"达意"的创作活动是审美的实践活动。尤其可贵的是,他把辞达之"意"从孔子、韩愈的道统观念中解脱出来,使之成为大千世界万事万物在作者心中激起的自由审美意象,从而把形式美从道德善的附庸地位解放出来,使之具有自身的独立价值。至此,"辞达而已"的美学思想便完备、系统起来。加之他在文坛的领袖地位,他的弟子黄山谷、张耒等人的理论倡导,这种思想对后世产生了极大的影响,成为后人评价文学作品的结构、形式美丑的一条重要标准。

### 三、"辞达"美在文学论争中的应用

唐宋以后,在文学作品形式的繁与简、深与浅、奇与正、变与常、骈与散、浓与淡、有无固定不变的美的结构模式、用典的多少、有无等问题上,文学界乃至理学界、考据界展开了一系列的论争。有识见的人纷纷拿着由孔子提出,由韩愈发展、苏轼完善了的"辞达而已"思想为标准参加争论,发表了很好的意见。它一方面说明,"辞达而已"作为一条形式美标准是到唐宋,尤其是宋朝的苏轼手中才正式形成的;另一方面说明,"辞达即美"的确是中国古代文论一再阐明、强调的美学标准,对文学批评具有重要的指导意义,在世界美学理论中占有不可忽视的地位。

散文文辞的"繁"与"简"、篇幅的"长"与"短"的论争,是由唐初史学家刘知几引起的。他在《史通·叙事》中指出:"叙事之工者,以简要为主";"文约而事丰,此述作之尤美者也"。其影响所被,一直扩展到诗歌领域。宋代,欧阳修与谢希深、尹师鲁作文竞相赛简一事,把这论争推上了高潮。此后,著文以"简短"相尚,似成不易之论。尚"简"尚"短",倘指言简意赅而言是不错的。问题产生于末流所被,仅从文章的繁简长短上评价文章优劣得失,好像繁长之文都不如简短文好,这就犯形式主义毛病了。较早发现这一弊病而给以批评的是金人王若虚。他在《滹南诗话》中一针见血地批评了欧阳修等人的尚简偏向:"若以文章正理论之,亦惟适其宜而已,岂专以是(指简)为贵哉?盖简而不已,其弊将至于俭陋而不足观也已。"清人钱大昕指出:"文有繁有简。繁者不可减之使少,犹之简者不

可增之使多。左氏之繁胜于《公》、《谷》之简，《史记》、《汉书》互有繁简。谓文未有繁而能工者，非通论也。"①批评了刘知几和当时片面尚简的方苞等人。发表过类似意见的，前后还有洪迈、谢榛、顾炎武、钱大昕、焦循等人。在他们看来，"繁"只要"句无可削"，"不余一言"，也是美的文辞，根本不应非难；而"简"也只有在"不失一辞"的前提下才是美的，否则就"陋不足观"。的确，"凫胫虽短，续之则忧；鹤胫虽长，断之则悲"（庄子）。元稹的《行宫》小诗，全诗只二十字，然意象具足，读者不嫌其短；白居易的《琵琶行》洋洋洒洒，然毫无长语，读者又何尝嫌其长？正所谓"辞达而已"，"繁简各有其宜也"。

自从中唐韩、柳倡导散句单行的古文运动以后，散文领域内骈、散之争也连绵不已。韩柳力倡散句单行给人造成这样的印象：似乎骈词俪句不可能有美。韩、柳古文运动是针对六朝以来的骈俪文风展开的。作文唯骈丽、对偶为美，不管内容需要与否句必偶行，出语尽双，这是六朝骈丽文风的失误；但一味崇尚散句单行，反对骈词俪句，似乎只有散句单行才能写成好文章，骈词俪句则不能，则是古文运动在客观上造成的误解。实际上，正如散句单行的美在于更适合状物达意的需要，更易于成为一种"合目的形式"一样，骈词俪句只要意象具足，同样可以具有"合目的"的形式美。历史上，吴均的《与朱元思书》、王勃的《滕王阁序》，都是脍炙人口、人所公认的骈文佳作。只有在一句话便可达意，却偏要敷衍为两句（古人称之为"合掌"）时，骈文才值得诟病。因此，唐李德裕《文章论》指出："古人辞高者，盖以言妙而适情，不取于音韵；意尽而止，成篇不拘于只耦。"清代的程廷祚则说得更明确："气盛者偶丽不为病。"②

辞采的"浓"与"淡"、"丽"与"朴"，也是一对矛盾。六朝宫体诗浓妆艳抹，片面追求文辞的浓丽，常常有乖事物的本色，固是一偏；但反过来，唯以朴素为美，认为华丽的文辞就不美，也未免矫枉过正。宋人范温《潜溪诗眼》说得好："文章当理与不当理耳。苟当于理，则绮丽风花同人于妙；苟不当理，一切则为长语。"程廷祚也说："理充者华采不为累。"③只有当事物本身不具绮丽色彩，而作者在描写中踵事增华时，这种华丽才是丑。当华丽的文辞是事物本身丰富色彩的合适表现，即是一种"合目的形式"时，它就是美的；同样，朴素的文辞只有成为事物本色的反映时才美。如果事物本身要求华丽的藻饰，但作者由于辞藻贫乏只能以朴素出之，这种朴素就成为粗陋寒伧、质木无文的同义语了。

关于用语的"新"与"陈"之间的关系，韩愈是主张"戛戛独造"的，黄庭坚、张戒则提出"以故为新"、"点铁成金"说。黄庭坚有一段著名的言论："自作语最难。老杜作诗，退之作文，无一字无来处……古之能为之为文章者，真能陶冶万物，虽取古人之陈言入于翰墨，如灵丹一粒，点铁成金也。"④联系他的整体思想、创作实践和对后来"活法"说的影响，这段话的要义

---

① 钱大昕《与友人论文书》，《潜研堂文集》卷三三，《四部丛刊》本。

② 《复家鱼门论古文书》，《金陵丛书》本《清溪集》卷十。

③ 《复家鱼门论古文书》，《金陵丛书》本《清溪集》卷十。

④ 黄庭坚《答洪驹父书》，《豫章先生文集》卷十九，《四部丛刊》本。

是：一、从古人文章中学得大量词汇；二、陶冶万物，自出新意；三、然后，运用"陈言"表达新意。这里，"陈言"成为新意的"合目的形式"，成了美的文辞。于是"铁"就变成了"金"，艺术在这里施展了"点金术"。按照同样的思路，张戒在《岁寒堂诗话》中提出"中的之为工"。"的"指事物的"情状"。文辞虽无"新巧"，只要"中的"，照样可以为"工"、为"奇"。所以后来程廷祚说：理充气盛者，"陈言不足去，新言不足撰"①。只要符合"辞达"的要求，"新言"诚然可喜，"陈言"亦不可非。

文辞的"奇"、"变"与"深"、"博"，也是古人争论的问题。文辞的新奇虽然是美，所谓"新也者，天下事物之美称也"（李渔），但如果离开内容表现的需求，一味在形式上求奇求新，就终究不能得到真正的新奇。如"子云（扬雄）惟好奇，故不能奇也"。②所以苏轼说："好奇务新，乃诗之病。"反之，不追求新奇而只讲究辞达理顺，结果却能"不求奇而奇至矣"③，这就叫"因事以出奇"，"至足之余，溢为奇怪"（苏轼）。只有这种"奇"才"奇"不失"正"，只有这种"变"才"变"不失"常"。正如陈师道所说："善为文者，因事以出奇。江河之行，顺下而已；至其触山赴谷，风抟物激，然后尽天下之变。"④张耒也这样比喻说："夫决水于江河淮海也，水顺道而行，滔滔汩汩，日夜不止，冲砥柱，绝吕梁，放于江湖而纳之海。其舒为沦涟，鼓为波涛，激之为风飙，怒之为雷霆，蛟龙鱼鼋，喷薄出没，是水奇变也。而水初岂如此哉？是顺道而决之，因其所适而变生焉……江河淮海之水，理达之文也，不求奇而奇至矣。"⑤清代，由于以考据为文、学问为诗，人们崇尚用事的广博与行文的艰深。焦循《文说》则批评说：文章不应以"深"、"博"为尚而应以"辞达"为尚："文有达而无深与博。""深"、"博"只是"达之于隐微曲折"、"上下四旁"的形式："达之于上下四旁，所以通其变，人以为博耳；达之于隐微曲折，所以穷其源，人以为深耳。"只有作为这种"合目的形式"的"深"、"博"才值得肯定。

有无固定不变、可以套用的美的文章结构模式？古人从"意之所至而文以至"出发提出了否定的意见。金人赵秉文指出："文章不可执一体，有时奇古，有时平淡，何拘？"⑥王若虚《滹南诗话》说："世间万变皆与古不同，何独文章而可以一律限之乎！"清人章学诚《文格举隅序》："古人文无定格，意之所至而文以至焉，盖有所以为文者也。文而有格，学者不知所以为文，而竞趋于格，于是以格为当然之具而真文丧矣。"古代佳作的体制格式，作为该作品特定内容的合适表现形式，所以是美的，但倘若把这种美的结构模式原封不动地搬过来削足适履地表现自己的思想内容和审美意向，就不合适了，也就不美了。只知古代佳作结构形式的美，不知其所以为美，于是以旧结构含新内容，只能使结构的"合目的"美丧失殆尽。

---

① 《复家鱼门论古文书》，《金陵丛书》本《清溪集》卷十。
② 陈师道《后山诗话》卷二，《历代诗话》上册，中华书局 1981 年版，第 309 页。又可参评杜诗"遇物而奇"语，第305 页。
③ 转引自张耒《答李推官书》，《张右史文集》卷八五，《四部丛刊》本。
④ 陈师道《后山诗话》卷二，《历代诗话》上册，中华书局 1981 年版，第 309 页。
⑤ 转引自张耒《答李推官书》，《张右史文集》卷八五，《四部丛刊》本。
⑥ 转引自刘祁《归潜志》，中华书局 1997 年版。

不难看出,在上述各种意见中,占支配地位的一个主导思想是"辞达而已"。

### 四、"辞达"美思想与"活法"说、"文质"说、风格说的交叉

应当指出,"辞达而已"的形式美论与古代文论中的"活法"说、"文质"说、风格说存有相当的交叉面。这是因为,它们是相互联系的。

"活法"的要义即"惟意所出,万变不穷"之法(吕本中)。它反映了"辞达而已"的形式美论对创作方法的逻辑要求,是创造"合目的形式美"的必然途径。要获得"合目的形式美",就必须"惟意所出";而"惟意所出"的自然结果,必然是"合目的"的文辞美。

"文质"说要求"文称质",从形式美的角度考虑,是因为只有"称质"之"文"才是美文,然而两者自有不同之处。"文质"说既讲"文称质",亦讲"质称文",立足点是"文"、"质"两端,"辞达而已"说只讲"辞以达意",立足点是"文辞"一端;"文质"说所要回答的是文学作品中"文"与"质"这对矛盾元素对立统一的哲学关系,"辞达而已"说回答的则是文学作品中的文辞形式怎样才令人满足的美学问题。

中国古代,由于儒家诗教和道家思想的影响,人们对于艺术风格常常偏尚平淡含蓄一路;由于个性的差异,人们对于各种艺术风格又各有偏嗜。而"辞达而已"的思想则指导人们认识到,特定的内容产生特定的形式,从而形成了相应的风格;承认特定形式与特定内容结合为一体的合理性,就势必承认这种形式与内容的结合体所透示出来的特殊风格的合理性。因此,与美的文章形式可以多样化一样,美的文章风格也可以多样化:"平奇、浓淡、巧拙、清浊,无不可为诗,而无不可为雅。诗无一格,雅无一格。"[①]"文之佳者,随其平奇浓淡、短长高下,而无不佳。"[②]平与奇、浓与淡、巧与拙、蓄与露等各种风格由作品特定的内容和形式所决定,都可以是合理的、美的。毫无疑问,这种意见相当通达。

## 第二节 "格律声色"说
### ——中国古代文学的纯形式美论

"纯形式美",是指与内容无关的形式美。中国古代文学的纯形式美,即由字形构成的视觉美、字音构成的听觉美、字义构成的意象美、阴阳构成的结构美。视觉美的用字规则主要是"避诡异,省联边,权重出,调单复"。听觉美的用字规则集中表现为声、韵、调清浊抑扬交

---

① 叶燮《汪秋原浪斋二集诗序》,《已畦文集》卷九,清康熙刊本。
② 冯桂芬《复卫庄生书》,《显志堂集》卷五,清光绪二年校邠庐刊本。

互错综的规则。意象美的用字规则主要体现为善于利用字面意义唤起读者的直觉美、想象美。结构美的规则是运用阴阳的对立统一造成参差错落美。

## 一、"纯形式美"概念的提出

所谓"纯形式美",是指与内容无关的形式美,就是说,美只存在于事物的形式内,与真、善内容不相关涉。应当说,这是个有争议的问题。迄今为止,关于纯形式美是否存在,一部分人仍持异议。其道理很简单:形式总是包含一定内容的形式,内容总是存在于一定形式中的内容,形式内容既不可分,故美不可能仅存在于形式以内。按照"美是人的本质的对象化"、"美是实践"、"是合规律性与合目的性的统一"的美学观,美是不能脱离真、善独立存在的,因此,纯形式美不能成立。其实,这种道理是似是而非的。首先,形式与内容或许不能分开,但形式美与内容美却是可以分开的,这已为大量的审美实践所证明。叔本华说:"我在幼小时,常常只因为某诗的音韵很美,实则对它所蕴涵的意义和思想还不甚了了,就这样靠着音韵硬把它背下来。"[1]梁启超在谈到他读李商隐的《锦瑟》、《碧城》、《燕台》等诗的体验时说:"这些诗,他讲的什么事,我理会不着;拆开一句一句的叫我解释,我连文义也解不出来。但我觉得他美,读起来令我精神上获得一种新鲜的愉快。"[2]这两个有代表性的例子典型地说明,形式是可以离开它所表现的内容而引起人们的审美愉快的。其次,"人的本质的对象化"、"实践"、"合规律性与合目的性的统一"固然是美,但美的本质并不是"人的本质的对象化"、"实践"、"合规律性与合目的性的统一"。在自然美中,我们也很难看出什么"合规律性"与"合目的性"。这里,对象所以被认可为美,只在于它普遍引起了人们的感觉愉快。这就告诉我们,美的本质不是"实践",不是"人的本质的对象化",不是"合规律性与合目的性的统一",而是普遍快感的对象[3]。真理的化身、善的形象可由于引起人们理性思考的满足而带来感觉愉快成为美,与之无关的纯形式也可能因其能普遍引起人们的感觉愉快而成为美。从真、善、美各自的规定性上说,真表现为"合规律性",善表现为"合目的性",而美则是表现为单凭形式引起快感。从这个意义上讲,"纯形式美"是美区别于真、善的根本所在,在它身上集中了美之为美的一系列特殊性,因而康德把纯形式美叫做"纯粹美",而把道德的美叫作"附庸美"不是没有根据的。

如此看来,"纯形式美"不仅在实际中是不容否认的客观事实,而且在理论上作为一个美学范畴也是成立的。

① (德)叔本华《文学的美学》,《生存空虚说》,作家出版社1987年版,第198页。
② 梁启超《中国韵文里头所表现的情感》,《饮冰室合集·文集》第十三册,中华书局1941年版,第120页。
③ 参祁志祥《论美是普遍愉快的对象》,《学术月刊》1998年第1期。

那么,在中国古代文艺美学理论中,这个"纯形式美"是什么呢?

清代姚鼐在《古文辞类纂序目》中总结说:"凡文之体类十三,而所以为文者八。曰:神、理、气、味、格、律、声、色。神、理、气、味者,文之精也;格、律、声、色者,文之粗也。然苟舍其粗,则精者亦胡以寓焉? 学者之于古人,必始而遇其粗,中而遇其精,终则御其精者而遗其粗者。"姚鼐此论,一方面比较全面地揭示了中国古代文学纯形式美的表现形态——"格"(结构)、"律"(诗律)、"声"(听觉)、"色"(视觉),另一方面也反映了纯形式美在中国古代文人心目中的地位:"格律声色"首先要成为"神理气味"的合适表现,然后才能讲究自身的美。易言之,在中国古人心目中,理想的形式美是"合目的形式美"与"纯形式美"的统一,即"格律声色"自身既美,又因合适地表现了"神理气味"而美。

汉字由形、音、义三个要素构成。汉字的字形构成了文学的视觉美;字音构成文学的听觉美;字义构成文学的想象美(亦即语感美、直觉意象美)。

## 二、文学的视觉美

文字是记录概念的符号,是文学作品用来状物达意的媒介。因此,在文学作品中,文字形体的美丑对于读者本来无关紧要,但在中国古代,情况就不同了。首先,汉字是表意文字,不同于表音文字,它具有相当典型的图案性。正如许慎在《说文解字》中所解释:"文,错画也,象交文。"其次,在古代文字或者说繁体字中,文字作为"错画"之"象",有的笔画繁多,有的笔画简少,加之古代的文学作品用毛笔书写,与书法结合得很紧,字体视觉的美丑问题就显得相当突出。有鉴于此,刘勰在《文心雕龙》中特辟《炼字》篇,对字体的视觉美作出了可以说空前绝后的论述。

刘勰在《炼字》篇中提出"缀字属篇"的四项原则:"一避诡异,二省联边,三权重出,四调单复。"这既是创作方法论,也是纯形式美论。易言之,诗歌创作所以要坚持这四项法则,是出于纯形式美,尤其是视觉美的考虑。

"诡异者,字体瑰怪者也。""避诡异"即避用"字体瑰怪"的字。因为"一字诡异","群句震惊";"两字诡异,大疵美篇";如果用的诡异字更多,就更不可观了,所谓"况乃过此,其可观乎"? 字体诡异的字因为多数人不认识,用在句子中会妨碍人们对全句意思的理解,因而人们一看到它就感到头疼,所谓"三人弗识,则将成字妖矣"。

"联边者,半字同文者也。""省联边"即省略同一偏旁的字。古代作品是竖写的,同一偏旁的字连用过多,就会给人雷同感。所以刘勰主张,如果非用不可,可连用三个,三个以上,他就不以为然了:"如获不免,可至三接,三接之外,其《字林》乎?"《字林》是晋代吕忱的一部字书,按偏旁部首分类排列。刘勰认为,连用三个以上同偏旁的字就成字典了,那样不美。"三接之外",如曹子建《杂诗》"绮缟何缤纷",陆士衡《日出东南隅行》"琼珮结瑶璠",五字而联边者四。如果我们设想一下竖写的格式,就会认识到刘勰的评论是很中肯的。正如黄侃《文心雕龙札记》所说:"宜有'字林'之讥也。"诗歌是如此,而汉赋则以字书为赋,"更有十接二十种不止者"(黄侃)，"所谓'字必鱼贯'也"①，其雷同对视觉美造成的损害则更甚②。

"重出者，同字相犯者也。""权重出"即权衡使用相同的字。这既针对字音而言，也针对字形而言。从字形计，同篇作品中使用了相同的字，就会在视觉上给人雷同感，所以刘勰说："善为文者，富于万篇，贫于一字。一字非少，相避为难也。"他是倾向同字"相避"的，但同时他也指出："若两字俱要，则宁在相犯。"如果为了准确地达意起见非使用同一个字不可，则"宁在相犯"。纯形式美是要讲究的，但不应为了追求纯形式美而丧失"合目的"的形式美，纯形式美必须服从"合目的形式美"的需要。

"单复者，字形肥瘠者也。""调单复"即把笔画多与笔画少的字交错地调配开来："善酌字者，参伍单复。"这也是出于纯形式美方面的考虑："瘠字累句，则纤疏而行劣；肥字积文，则黯黕暗篇"。笔画少的字连用一起，显得很稀疏，不好看；笔画多的字充斥文中，黑压压一片，也不好看。只有"参伍单复"，才能黑白相间，疏密有致，"磊落如珠"，给人带来视觉愉快。

## 三、文学的听觉美

汉字的音节由声、韵、调构成，由字音构成的听觉美，具体体现在声、韵、调三方面。

中国古代对声、韵美的规律的认识曾走到了一段正、反、合的过程。音节间的声母相同，为双声。韵母相同，为叠韵。音节的双声、叠韵的关系，使汉语言本来就具有一种声韵的协调美。先秦时期，人们对日常语言中这种声韵的协调美开始有所自觉，所以纷纷在诗歌中加以追求。《诗经》、《楚辞》中运用了大量的双声、叠韵字，就是其表现。如双声联绵词：参差(关雎)、踟蹰(静女)、栗烈(七月)、鬒发(七月)、缤纷(离骚)、容与(哀郢)、憔悴(渔父)、突梯(卜居)。叠韵联绵词：窈窕(关雎)、虺隤(卷耳)、窈纠(月出)、忧受(月出)、夭绍(月出)、须臾(哀郢)、婵媛(哀郢)。叠韵兼双声的联绵词：辗转(关雎)；双声的同义词：玄黄(卷耳)、说怿(静女)、洒埽(东山)。叠韵的同义词：涕泗(泽波)、经营(何草不黄)、贪婪(离骚)、刚强(国觞)；等等。从这些实例来看，先秦诗歌中使用的双声、叠韵字，大多数是联绵词。它不是诗人的生造，而是诗人对自然口语中声韵协调的音节美的巧妙移用。同时它也启示我们，这时期人们对双声、叠韵美虽然有所觉察，但对其美之为美的奥秘尚缺乏明确的认识。或者说，他们尚不明白声、韵的协调美正是在与不协调的声、韵的组合中才得以显示出来。这是历史发展的"正"阶段。

---

① 范文澜《文心雕龙注》，人民文学出版社 1958 年版。

② 汉赋大家往往同时就是文字学家，如司马相如编过字书《凡将篇》，扬雄编过《训纂篇》，班固编过《续训纂篇》。他们所以在赋中将同偏旁的字排在一起，乃是为了追求"形美"。如胡奇光《中国小学史》指出："汉赋讲求'形美'，'形美'的基本手法之一，是将同一义符的形声字加以类聚……"(上海人民出版社 1987 年版，第 52 页)故"其在文章，则写山曰峻嶒嵯峨；状水曰汪洋澎湃；蔽苄葱茏，恍逢丰木；鳟鲂鳗鲤，如见多鱼。"(鲁迅《汉文学史纲要·自文字至文章》)故袁枚说汉赋可"当类书、郡志读耳"(《随园诗话》卷一)。从字形美方面说，它实际上走到了另一个极端。刘勰之论，正是在这个背景下产生的。

汉赋"受命于《诗》人,拓宇于《楚辞》"①,在双声、叠韵字的使用方面继承了《诗经》《楚辞》的美学追求,但由于不明白协调美只有在与不协调的组合中才能突现出来,因而对这种美学追求作了不适当的发展。钱大昕指出:"汉代赋家好用双声叠韵,如'浡淖溘泪','逼侧泌沸','蚩纤垂髾','翁呷萃蔡','纡徐委蛇'之等,连篇累牍,读者聱牙。"②汉赋开创的这种连用多个双声字、叠韵字的风气也影响到后代诗歌创作,如梁武帝诗"后牖有朽柳",刘孝绰"梁王长康强",沈休文"偏眠船舷边",庾肩吾"载碓每碍破",王融"园蘅眩红花,湖荇晔黄华"③,温飞卿"废砌颢薜荔,枯湖无菰蒲",高季迪"筵前怜婵娟,醉媚睡翠被。精兵惊升城,弃避愧坠泪",连篇累句,单调无变化,读来拗口,听来乏味。这是历史发展的"反"阶段。如果说在"正"阶段人们虽然不知美之为美,但由于把自然口语中的双声、叠韵词移用到诗歌中,诗歌尚不失声韵的协调之美的话,那么在"反"阶段,知美之为美而在文句中片面堆砌双声字、叠韵字,从而造成了佶屈聱牙的弊病,伤害了语言的声韵美。

　　历史的"合"阶段是从南朝刘勰、沈约、周颙等人开始的。沈、周创"八病"之说,其中,"旁纽"指"一联有两字叠韵","正纽"指"一联有两字双声"④。何以《诗经》《楚辞》中普遍使用的双声、叠韵到了"永明体"中成为诗歌创作的大忌呢? 当我们了解了当时诗赋运用双声、叠韵的特定情况后,自会理解个中奥秘。钱大昕说:"汉代赋家好用双声叠韵……连篇累牍,读者聱牙,故沈、周矫其失……"⑤以"正纽"、"旁纽"为所忌之"病",正是为了矫正当时诗赋创作中堆砌双声、叠韵字的弊病,不过它矫枉过正了。双声、叠韵用得恰好,还是有美的。刘勰的意见比较折中。《文心雕龙·声律》中指出:"双声隔字而每舛,叠韵杂句而必睽。"意即,一句之内如果杂用双声、叠韵的字很多,读起来必不能顺口,听起来必不能悦耳⑥。他既不主张堆砌双声、叠韵字,又不主张废除双声、叠韵字,而主张"辘轳交往,逆鳞相比",交错开来使用。刘勰此论,给后世有灵性的作家一道神启,使后世在双声、叠韵字的使用方面出现了新的气象。即作者自觉运用双声、叠韵字以追求语言声韵的协调美,使连用的双声、叠韵字不超过两个。杜甫是深得此中三昧的。《秋兴》:"信宿渔人还泛泛,清秋燕子故飞飞。"信宿、清秋,双声对双声;泛泛、飞飞,双声叠韵对双声叠韵。《咏怀古迹》:"怅望千秋一洒泪,萧条异代不同时。"怅望、萧条,叠韵对叠韵。《咏怀古迹》:"支离东北风尘际,漂泊西南天地间。"支离属叠韵,漂泊属双声。这是叠韵对双声。清人赵翼《陔余丛考·双声叠韵》指出:"杜诗于

① 刘勰《文心雕龙·诠赋》。
② 钱大昕《潜研堂文集·音韵问答卷十五》,《四部丛刊》本。
③ 《历代诗话》下册,中华书局 1981 年版,第 514 页。
④ "八病"之解,迄无定论。这里对"旁纽"、"正纽"的解释从中国社会科学院《中国文学史》(人民出版社 1992 年)本。郭绍虞《中国文学批评史》认为旁纽指双声字,正纽指四声相纽(上海古籍出版社 1979 年版,第 89 页)。
⑤ 钱大昕《潜研堂文集·音韵问答卷十五》,《四部丛刊》本。
⑥ 关于这两句的解释也有异议。这里从周秉钧《古代汉语》,湖南人民出版社在 1981 年版。赵仲邑《文心雕龙译注》(漓江出版社 1982 年版)先把后句校作"叠韵离句而必睽",然后将二句释为:"两个双声字给别的字隔开了,念起来往往不顺口;两个叠韵字分开在句中两处,念起来一定很别扭。"很牵强,不确。

此等处最严。"这样,在同句中,双声叠韵字与非双声叠韵字交错在一起;在一联中,不同的双声、叠韵字相对,声韵的协调与不协调的交错组成了和谐的音响美。和谐既非同,也非异,而是寓变化于整一。清代刘熙载从理论上概括、揭示了这一形式美规律:"词句中用双声、叠韵之字,自两字之外,不可多用。"①根据古代文学创作实际存在的问题,他还指出:"惟犯叠韵者少,犯双声者多。盖同一双声,而开口、齐齿、合口、撮口呼法不同,便易忘其为双声也。解人正须于不同而同者,去其隐疾。且不惟双声也,凡喉、舌、齿、牙、唇五音,俱忌单从一音连下多字。"②

古诗的押韵之法,实际上也体现了寓变化于整一的美学追求。诗歌讲究音乐美,故要求每句句末的字押同一韵部的韵。但句句押韵,又会产生单调感,故后来的律诗乃至一般的古体诗至多第一、二句连用韵,此后就必须隔句用韵。顾炎武《古诗用韵之法》指出:"古诗用韵之法,大约有三:首句、次句连用韵,隔第三句而于第四句用韵者,《关雎》首章是也。凡汉以下诗及唐人律诗之首句用韵者源于此。一起即隔句用韵者,《卷耳》之首章是也。凡汉以下诗及唐人律诗之首句不用韵者源于此。自首至末句句用韵者,若《考槃》、《清人》、《还》、《著》、《十亩之间》、《月出》、《素冠》诸篇……。凡汉以下诗若魏文帝《燕歌行》之类源于此。自是而变,则转韵矣。转韵之始,亦有连用、隔用之别,而错综变化,不可以一体拘。"③由《诗经》开辟的这三种用韵方法在中古以后广为流行下来的是第一种、第二种隔句用韵的方法而非句句用韵的方法,而且后来在长诗中出现了转韵的新变,这种情况说明,古人更钟爱错综而协调的音韵美。

汉字音节的调有平、上、去、入四声④,这四声大体上又分为平、仄(上、去、入)两声。古人认为,音调美的奥秘在于平仄相间,所谓"暨音声之迭代,若五色之相宣"⑤,"欲使宫羽相变,低昂互节;若前有浮声,则后须切响;一简之内,音韵尽殊,两句之中,轻重悉异。"⑥相反,如果连用仄声,"沉则响发而断"⑦;如果连用平声,"飞则声飏而不还"⑧。只有平仄相间,才能抑扬起伏,朗朗上口,铿锵动听。我们看中国古代律诗,正是遵循这一规律来设计平仄格律的。就一句而言,它基本上以两个音节为一个平仄单位的(少数也有一个音节为一个平仄单位的,如奇数诗的最后一字,偶尔也有三个音节为一个平仄单位的,那是粘对中的权宜之计,如平平仄仄仄平平),这不仅是为了适应状物达意的需要(因为双音词最富表现力),也是出于音调美的考虑。如果以一个音节为一个音调单位,那么,在七言诗中一句的平仄形式就

① 刘熙载《艺概·词曲概》,《艺概》,上海古籍出版社 1978 年版,第 118 页。
② 刘熙载《艺概·词曲概》,《艺概》,上海古籍出版社 1978 年版,第 118 页。
③ 顾炎武《日知录》卷二一,黄汝成《日知录集释》,上海古籍出版社 1985 年影印本。
④ 萧子显《南齐书·陆厥传》:"约等文皆用宫商,以平上去入为四声……"
⑤ 陆机《文赋》。
⑥ 沈约《宋书·谢灵运传论》。
⑦ 刘勰《文心雕龙·声律》,赵仲邑《文心雕龙译注》漓江出版社 1982 年版,第 289 页。
⑧ 刘勰《文心雕龙·声律》,赵仲邑《文心雕龙译注》漓江出版社 1982 年版,第 289 页。

是：平仄平仄平仄平。一方面，音节间的声调变化太多，缺少一种协调美。另一方面，从全篇来看，每两个音节都按平仄相对的规律组合，又会形成一种新的单调雷同感。如果以三个音节为一个音调单位呢？情况则更糟。一来，这样的句子音调缺少变化，极易给人单调感（如在粘对中可能出现"仄仄仄平平平平"之类四字同调情况）和不协调感（如"仄仄仄平平平仄"，三个音节的调与一个音节的调相对）。二来，汉字多为单音词和双音词，状物达意以单音节和双音节为单位，平仄相间却以三个音节为基本单位，显然不协调。文字是为状物达意服务的，文字的音调美若以损害状物达意为代价，势必难以成立。而以两个音节为音调的基本单位，一方面在这个基本单位中音节与音节调号相同会取得协调感，另一方面也因为它只有两个音节，所以可在一句中尽最大的起伏变化。换句话说，以两个音节为一个音调单位，按平仄相间原则来组织文字，是使诗句音调在协调的前提下极变化之能事、在尽可能增加变化的前提下坚持协调的最佳配方。律诗章法的粘对规则也是如此。如果不对，一联之中上下句的平仄就会重复；如果不粘，前后两联的平仄就会雷同。粘对规则丰富了全诗结构的音调配方，扩展了诗篇音调变化的周期（即四句为一周期。如果单对，两句为一周期；如果单粘，一句为一周期），使全诗的声调在不失整饬的情况下更富于错综变化。

当然，文字必须在表情达意不受损害的前提下才能讲究声调的美。如果为求平仄合律而造成达意不当，古人是不答应的。反之，只要达意精确，即使语少切对，亦不可非，正如殷璠《河岳英灵集序》所云："至如曹、刘诗多直致，语少切对，或五字并侧，或十字俱平，而逸韵终存。"

古代文学音节的美，分开来看有双声的美，叠韵、押韵的美，平仄的美，合起来看，声、韵、调又组成了一个有机的整体，也有美的讲究。中国古代诗歌由四言发展为五言、七言，不仅因为五言、七言较四言在内容表现上具有更大的容量，而且更重要的是，因为每句的字数由偶数变为奇数，双音词与单音词互相配合，吟诵起来就能从错综里得到和谐，韵律不至于单调板滞而更富于灵活性，在语言节拍上也更富于音乐性，而四言诗只能使用偶数词语，不能充分表现韵律的抑扬顿挫[①]。宋代，如吕本中、潘邠老、严羽、姜白石、朱熹等人喜欢以"响"论诗，所谓"下字贵响"[②]，也是为了追求韵律的抑扬顿挫之美。诗云："卧听急雨打芭蕉。"朱熹认为："此句不响"，"不若作'卧听急雨到芭蕉'"[③]。"打"与"到"的韵母都属开口呼，音节都是"响"的，但"打"与"雨"上声叠用，音节的高低抑扬没有变化，所以"不响"。而"到"为去声字，"雨"与"到"合念，上声去声间用，音节上显出高低抑扬，所以"响"。"潘邠老言七言诗第五字要响……五言诗第三字要响"[④]，"所谓响者，致力处也"[⑤]，也是出于同一机杼。

① 参见席金友《诗词基本常识》，内蒙古人民出版社 1980 年版，第 13、20 页。
② 严羽《沧浪诗话》，《历代诗话》下册，中华书局 1981 年版，第 694 页。白石："句法欲响。"见同书第 682 页。
③ 《朱子语类》卷一四〇，中华书局 2004 年版。
④ 吕本中《童蒙训》，《宋诗话辑佚》，中华书局 1980 年版。
⑤ 吕本中《童蒙训》，《宋诗话辑佚》，中华书局 1980 年版。

中国古代对诗歌声、韵、调和节奏之美的探索,揭示了音韵美的一个规律,即"和"。"和"即声音的"清浊……短长、疾徐……刚柔、迟速、高下、出入、周疏以相济也"[1]。一方面,孤音非"和",所谓"声无一听"[2];另一方面,"和"又非"同",所谓"和实生物,同则不继"[3];"和乐如一(同一)"[4],而又非"一":"若琴瑟之专一,谁能听之?"[5]"和"是不同音素的对立统一。

## 四、文学的直觉意象美

以上我们从字形、字音两方面分析了文学的纯形式美,现在我们从字义方面分析文学的纯形式美。

孤立地看,形、音是字的形式,义是字的内容。字义既属于内容的范畴,如果说有美,怎么可能是"纯形式美"? 如果我们把字义放在特定的语境中,这个问题就可以明白。比如秋瑾诗:"夜夜龙泉壁上鸣。""龙泉"在这里表达的本义是宝剑,全句的意思是说,每天宝剑都在壁上敲击,表现了诗人杀敌报国的一腔热心。然而"龙泉"还有另一种意思,即泉水,它与"夜夜壁上鸣"构成了"夜夜泉水在山涧流淌"的审美意象,这就是形式。朱自清散文《绿》:"仙岩有三个瀑布,梅雨瀑最低。走到山边,便听见花花花花的声音。""花"指水声。作者不用"哗"而用"花",是因为"花"还能唤起读者像花一样的浪花的意象美。这"花"的鲜花之义在此处即是形式。由此可见,由字义构成的纯形式美,是建立在一字多义的基础上的,实即作者用与该字所要表达的本义无关的另外一种涵义(姑称之为"字面意义")在读者的直觉想象中唤起的形式(形象)美。这种美学现象,实际在日常生活的命名艺术中大量存在。菜名"雪烧火焰山",其所指是鸡蛋清环绕西瓜瓤做成的甜菜。但冠以此名,则可以给顾客一种美好的意象。"好吃来"菜馆,"来"在此处的本义是语助词,但它的另外一层意义则意味着,如果好吃,你就再来。"雅丝丽"护发素,一方面要告诉人们:若用此护发,可使你秀发如丝,优雅美丽,同时这三个字的发音又向人昭示:这是个洋名,外国货。设计者在表义之外所体现的追求正是一种纯形式美追求。在文学艺术中,这种追求则更加突出。瑞恰兹利用语词在文学作品中的丰富复杂的含义所引起的各种感受的交错作用来加以夸张,并以之作为艺术本质。实践他的理论的现代派诗歌正是利用语词的多义性来创造扑朔迷离的意象、晦涩含混的象征,传达神秘的内心感受的[6]。而在西方小说中,利用拟声的方法以及复合词缀与词组、字与字的方法给人物命名,从而取得另一种直觉意象的现象则更常见。如"Mr and Miss Murdstone",隐喻"铁石心肠先生和小姐","Backbite"(Back+bite),隐喻"背后中伤人的人"。

---

① 《左传·昭公二十年》。

② 《左传·昭公二十年》。

③ 《国语·郑语》。

④ 《国语·郑语》。

⑤ 《国语·郑语》。

⑥ 据朱狄《当代西方美学》,人民出版社 1984 年版,第 468 页。

正像韦勒克、沃伦指出的那样："每一个'称呼'都可以使人物变得生动活泼、栩栩如生和个性化。"①

在中国古代，字义的纯形式美在诗歌中最为普遍。它突出表现在两方面。一方面是作者巧妙利用结构的倒置、介词的省略等手法，造成现实中不可能存在的直觉意象，从而给人一种奇特的想象美。

1. 结构的倒置。如"梧桐滴疏雨"说成"疏雨滴梧桐"（孟浩然），"疏雨挂鸟道"说成"鸟道挂疏雨"②，后一种说法显然比前一种说法更美。

2. 介词的省略。如"潮落半江天"③、"断雁叫西风"④、"帘卷滕王阁，盆翻白帝城"⑤，动词后面省略了介词"于"字，动词和介词宾语便有了动宾的直感。"梅开花世界，雪落玉乾坤"，"裙拖六幅湘江水，鬓耸巫山一段云"⑥，动词后面省略了介词"像"字，它也与后面的介词宾语构成了动宾意味。

3. 借喻的使用。如"薄雾浓云愁永昼，瑞脑消金兽"⑦。不必弄清"瑞脑"、"金兽"所指是什么，我们都会从它们的字面意义上享受到一种直觉意象的美。

4. 中心词的省略。如李白《秋浦歌》："日照香炉生紫烟。""香炉"为"香炉峰"之省。张孝祥《念奴娇·过洞庭》："洞庭青草，近中秋，更无一点风色。""青草"为"青草湖"之省。省了中心词"峰"、"湖"字，"香炉"、"青草"的字面意义便会发生作用，从而与后面的动词及其所带的宾语产生一种奇特的意象。

第二方面，在律诗中，字义的纯形式美表现为借对，亦即借用与该字声音相谐、形体半同的字的意义和该字的字面意义与另字组成对偶。具体分借音对、借形对与借义对。

借音对。《元兢髓脑》谓之"声对"⑧。如"晓路"、"秋霜"本来不对，因"路"的声音能使人想到"露"，所以为对。它如"故人具鸡黍，稚子摘杨梅"，"杨"使人想到"羊"，故与"鸡"相对。"水春云母碓，风扫石楠花"，"楠"使人联想到"男"，故与"母"为对。

借形对。《元兢髓脑》讲的"字对"、"侧对"基本上都属于此类⑨。"字对者，若桂楫，荷戈，'荷'是负之义，以其字草名，故与'桂'为对。"⑩"侧对者，谓字义俱别，然形体半同是。"⑪如"忘怀接英彦，申劝引桂酒"，"英"的草字头使人想到草，故与"桂"为对。他如"冯翊"对"龙

---

① （美）韦勒克、沃伦《文学理论》，三联书店1984年版，第245页。

② 转引自《历代诗话》上册，中华书局1981年版，第101页。

③ 转引自《历代诗话》上册，中华书局1981年版，第101页。

④ 蒋捷《虞美人》。

⑤ 转引自《历代诗话》上册，中华书局1981年版。

⑥ 李群玉《同郑相并歌姬小饮戏赠》。

⑦ 李清照《醉花阴》。

⑧ 参王利器《文镜秘府论校注》，中国社会科学出版社1983年版，第225页。

⑨ 参王利器《文镜秘府论校注》，中国社会科学出版社1983年版，第253页。

⑩ 参王利器《文镜秘府论校注》，中国社会科学出版社1983年版，第251～252页。

⑪ 参王利器《文镜秘府论校注》，中国社会科学出版社1983年版，第254页。

首"，"冯"因使人想起"马"而与"龙"为对。"泉流"对"赤峰"，"泉"与"赤"凭其字形使人想起"白"、"土"而为对。

借义对。即崔融《唐朝新定诗格》中说的"切侧对"①。"切侧对者，谓精异粗同是。诗曰：'浮钟宵响彻，飞镜晓光斜。''浮钟'是钟，'飞镜'是月，谓理别文同是。"②"飞镜"的本义是月，与"浮钟"本不相对，但借其字面意义，照样可以使人感到一种与"浮钟"的对偶美。刘禹锡《西塞山怀古》："千寻铁锁沉江底，一片降幡出石头。""石头"即"石头城"，与"江底"并不相对，但凭借"石头"的字面意义，人们仍可感受到对偶的美趣。

## 五、文学的结构美

文学的"纯形式美"，除了表现在字形、字音、字义三方面外，还表现在篇章结构——"格"上。文学作品的结构，结果单单追求严整划一或错落变化，都不会使人觉得美。只有求得严整划一与错落变化的对立统一，才能给人美感。所以，"古人之作，其法虽多端，大抵前疏者后必密，半阔者半必细，一实者必一虚，叠景者意必工。"③古代文论家每每强调："文贵参差。"④"篇法，有起、有束、有放、有敛、有唤、有应。大抵一开则一合，一扬则一抑，一象则一意，无偏用者。"⑤"词之章法，不外相摩相荡，如奇正、空实、抑扬、开合、工易、宽紧之类是已。"⑥"大起大落，大开大合，用之长篇，此如黄河之百里一曲，千里一曲一直也。然即短至绝句，亦未尝无尺水兴波之法。"⑦包世臣《文谱》对文章结构参差之美析之甚详，颇值一录："余尝以隐显、回互、激射说古文，然行文之法，又有奇偶、疾徐、垫拽、繁复、顺逆、集散……垫拽、繁复者，回互之事；顺逆、集散者，激射之事；奇偶、疾徐则行于垫拽、繁复、顺逆、集散之中，而所以为回互、激射者也。回互、激射之法备，而后隐显之义见矣。是故讨论体势，奇偶为先，凝重多出于偶，流利多出于奇，体虽骈必有奇以振其气，势虽散必有偶以植其骨，仪厥错综，致为微妙。……次论气格，莫如疾徐。文之盛在沉郁，文之妙在顿宕，而沉郁顿宕之机，操于疾徐，此之不可不察也。……有徐而疾不为激，有疾而徐不为纤，夫是以峻缓交得，而调和奏肤也。垫拽者，为其立说之不足耸听也，故垫之使高，为其抒议之未能折服也，故拽之使满；高则其落也峻，满则其发也疾……至于繁复者与垫拽相需而成，而为用尤广……繁以助澜，复以畅趣；繁如鼓风之浪，复如卷风之云；浪厚而荡万古，比一叶之轻，云深而酿零雨，有千里之远……斯诚文阵之雄师，词囿之家法矣。然而文势之振，在于用顺。顺逆之于

---

① 参王利器校注《文镜秘府论校注》，中国社会科学出版社 1983 年版，第 225 页。

② 参王利器校注《文镜秘府论校注》，中国社会科学出版社 1983 年版，第 265 页。

③ 李梦阳《再与何氏书》，《空同集》卷六一，明万历浙江思山堂本。

④ 刘大櫆《论文偶记》，《刘海峰文集》卷首，清光绪戊子桐城大有堂书局本。

⑤ 王世贞《艺苑卮言》卷一，《历代诗话续编》，中华书局 1983 年版。

⑥ 刘熙载《艺概·词曲概》。

⑦ 刘熙载《艺概·诗概》。

文,如阴阳之于五行,奇正之于攻守也……集散者,或以振纲领,或以争关纽,或奇特形于比附,或指归示于牵连,或错出以表全神,或补述以完风裁;是故集则有势有事,而散则有纵有横。"①

综上所述,可见,中国古代文学的纯形式美,即形、音、义、格的美,而这种美的一条重要规律,即诸形式元素之间的对立统一。

① 包世臣《艺舟双楫》,清光绪十年羊城翠琅玕馆校刊本。

第九章

# 中国古代文学的鉴赏论

中国古代文学理论的鉴赏论,是由鉴赏主体论、鉴赏方法论、鉴赏主客关系论构成的相互联系的有机整体。在中国古代"内重外轻"的文化背景中,由文学的心灵表现特征所决定,中国古代的文学鉴赏论对鉴赏主体的条件和修养、文学鉴赏的步骤和方法、审美鉴赏中主客体相反相成的辩证关系和审美价值的标准作出了丰富而深入的探讨,构成了独立自足的文学鉴赏理论系统,与西方文学审美接受理论相映成趣。

## 第一节 "知音"说
—— 中国古代文学的鉴赏主体论

要能洞悉文学作品的奥秘,鉴赏主体必须从三方面着手修养。一是博览群书,把握各种体裁文艺作品的特点和历史,具备相应的专业积累,使文学批评恰如其分,获得深邃的历史感。二是确立公允的批评态度,切忌"爱同憎异"、"崇己抑人"、"贵古贱今",保证文学批评的客观性。三是不断拓展、丰富生活阅历,加深对文艺作品的理解和感受。

在中国古代宗法社会"内重外轻"的文化背景中,主体一向是中国古代文论颇为关注的对象。如果说"德学才识"说反映了古代文论对创作主体的要求,那么,"知音"说则反映了古代文论对鉴赏主体的要求。

最早涉及鉴赏主体修养问题的要推先秦时期的《吕氏春秋》。其中的《孝行览》篇指出:"养有五道:修宫室,安床第,节饮食,养体之道也;树五色,施五采,列文章,养目之道也;正六律,和五声,杂八音,养耳之道也;熟五谷,烹六畜,和煎调,养口之道也。和颜色,说言语,敬进退,养志之道也。此五者代进而厚用之,可谓善养矣。"这当中说的"养目之道"、"养耳之道"实即涉及绘画、音乐鉴赏主体的修养方法。不过,这里没有提到文学鉴赏主体的修养①;这里的"养目之道"、"养耳之道"是与"养体之道"、"养口之道"、"养志之道"放在一起提出来的,尚未取得独立的文艺鉴赏形态。

以独立的形态从文艺的角度论述鉴赏主体修养的是刘勰的"知音"说。"知音"本为中国古代音乐欣赏中的典故。相传春秋时伯牙善鼓琴,钟子期善听琴,能从伯牙的琴声中洞悉他的心意,被伯牙引为"知音"。后来钟子期死,伯牙不复鼓琴。刘勰在《文心雕龙》中借用这个典故著《知音》,提出"见异,唯知音耳",完整地论述了文学鉴赏主体的修养问题。后代文论家又以各自的意见丰富了"知音"说。

作为能"见"出作品之"异"的"知音",必须具备哪些条件,或者说,必须从哪些方面进行修养呢?

## 一、"圆照之象,务先博观"

中国古代文学批评界原来存在着这样一种看法,即唯能作诗方能评诗,不会作诗也就没有评诗的资格。曹植《与杨德祖书》云:"盖有南威之容,乃可以论于淑媛;有龙渊之利,乃可以议于断割。"宋代黄升《诗人玉屑序》:"诗之有评,犹医之有方也。评不精,何益于诗? 方不灵,何益于医? 然惟善医者能审其方之灵,善诗者能识其评之精。"然而事实是,"世固有不能诗而知诗者"②,正像"锦绣千尺,善作者不必善裁,善裁者不必善作"③一样。因而更多的人认为,只要通过"博观"的训练,就可成为文艺鉴赏的内行,就可以达到对文艺作品全面稳妥的观照,所谓"圆照之象,务先博观"④。

"博观"要求鉴赏主体博览群书,对各种体裁、风格的文艺作品的特点、长短都有基本的把握,从而保证在品评作品时能把某一作品的"点"置于整个文艺作品的"面"中加以观照和比较,得出恰如其分的评价。这就叫"阅乔岳以形培塿,酌沧波以喻畎浍"⑤。"博观"还要求鉴赏主体对某一门类的文艺作品反复加以阅读,从而获得精深的、历史的把握,保证在作品品评中能一语破的,切中肯綮,把某一作品的"点"置于同类作品发展的历史脉络中,画出它在纵向坐标轴上的准确位置,使鉴赏批评获得深邃的历史感。这就叫"凡操千曲而后晓声,

---

① 引文中的"文章"指色彩花纹。《周礼·冬官·考工记》:"画绘之事,青与赤谓之文,赤与白谓之章。"
② 钟惺《简远堂近诗序》,《隐秀轩文集》戾集,陕西教育图书社排印本。
③ 钟惺《简远堂近诗序》,《隐秀轩文集》戾集,陕西教育图书社排印本。
④ 刘勰《文心雕龙·知音》。
⑤ 刘勰《文心雕龙·知音》。

观千剑而后识器"①;"音不通千曲以上,不足以为知音"②。

## 二、"无私轻重,不偏憎爱"

鉴赏主体不仅应具备相应的专业积累,而且应确立公允的鉴赏态度。不"博观"无以"圆照",鉴赏态度不公允,也不能获得对作品客观、准确的审美评价。"偏嗜酸咸者,莫能识其味。"③只有"无私于轻重,不偏于憎爱",才能"平理若衡,照辞如镜"④。为了获得对文艺作品的公正评价,古代文论尤其批评了以下几种值得防止的偏向:

1."爱同憎异"⑤。即喜欢与自己趣味相同的作品,憎恶与自己趣味不同的作品。"知多偏好"⑥,鉴赏者大多有自己的趣味和偏好。因而便常常会在审美鉴赏中发生"贵乎合己,贱于殊途"⑦,"会己则嗟讽,异我则沮弃"⑧的现象。这样做的后果是"执一隅之解","拟万端之变","东向而望,不见西墙",⑨背离作品的实际状况。

2."崇己抑人"⑩。这是就同时是作家的鉴赏者的批评意见而言的。这种现象的发生或者不自觉,或者自觉。从不自觉的一面说,"常人……暗于自见(缺少自知之明),谓己为贤"⑪,是常有的事。从自觉的一面说,"夫人善于自见(自我表现),而文非一体,鲜能备善,是以各以所长,相侵所短。里语曰:'家有敝帚,享之千金。'斯不自见之患也。"⑫

3."贵古贱今"。由于宗法社会"好古"的价值取向模式的影响,文学批评中"重耳轻目"⑬、"向声背实"⑭、"贵远贱近"⑮、"尊古卑今"的现象时有发生。刘勰《文心雕龙·知音》曾举例说明:"夫古来知音,多贱同而思古,所谓'日进前而不御,遥闻声而相思'也。昔《储说》始出,《子虚》初成,秦皇汉武,恨不同时;既同时矣,则韩囚而马轻,岂不明鉴同时之贱哉!""贵古贱今"给文学批评带来的结果,是过分地抬高古代作品,不适当地压低当代作品,"信伪迷真",背离作品的真实。

---

① 刘勰《文心雕龙·知音》。
② 桓谭《桓子新论·琴道》,《全后汉文》卷一五。
③ 葛洪《抱朴子·尚博》。
④ 刘勰《文心雕龙·知音》。
⑤ 葛洪《抱朴子·辞义》。
⑥ 刘勰《文心雕龙·知音》。
⑦ 葛洪《抱朴子·辞义》。
⑧ 刘勰《文心雕龙·知音》。
⑨ 刘勰《文心雕龙·知音》。
⑩ 刘勰《文心雕龙·知音》。
⑪ 曹丕《典论·论文》。
⑫ 曹丕《典论·论文》。
⑬ 江淹《杂体诗序》,《全梁文》卷三八。
⑭ 曹丕《典论·论文》。
⑮ 曹丕《典论·论文》。

### 三、"亲至其处,乃知其妙"

仅有专门的鉴赏知识,公允的批评态度,没有与作品描写的意境相似的生活经验,往往还不能充分地体会作品的奥妙。只有不断拓展、丰富生活阅历,才能加深对文艺作品的审美感受。明胡震亨《唐音癸签》卷十一载:"余友姚叔祥尝语余云:余行黄河,始知'孤村几岁临伊岸,一雁初晴下朔风'之为真景也。余家海上,每客过,闻海啸声必怪问,进海味有疑而不下箸者,益知'潮声偏惧初来客,海味惟甘久住人'二语之确切。"同卷又引诗曰:"'细雨犹开日,深池不涨沙。'上句人皆能领其景,下句则非北人习风土者,不能知其妙也。薛能诗有:'池中水是前秋雨,陌上风惊自古尘。'二句之妙,亦非北人不能知。"清王士禛《渔洋诗话》卷中载:"陈户部子文诗云:'斜日一川汧水北,秋山万点益门西。'未入蜀,不知其写景之妙。"《红楼梦》中香菱与黛玉谈王维诗的欣赏体会:"'渡头余落日,墟里上孤烟',这'余'字和'上'字,难为他怎么想来!我们那年上京来,那日下晚便挽住船,岸上又没有人,只有几棵树,远远的几家人家做晚饭,那个烟竟是碧青,连云直上。谁道我昨天晚上读了这两句,倒像我又到了那个地方去了。"为了洞悉作品的底蕴,读者最好"亲至其处",深入到作品描写的对象世界中去。恰如宋代楼钥所说:"少陵、东坡诗,出入万卷书中,奥篇隐帙,无不奔凑笔下,固已不易尽知,况复随意模写,曲尽物态,非亲至其处,洞知曲折,亦未易得作者之意。"[1]

# 第二节 "以意逆志"说
## ——中国古代文学的鉴赏方法论

面对表现主义的文学作品,如何进行鉴赏?古代文论提出三个主要方法。一是明白文学作品以表情达意为旨归,从而"披文入情"、"得意忘言",而不是拘于形式,由文入象;二是根据古代文学作品旨冥句中,意在象外的特点,主张熟读深味、反复品味。三是针对古代文学作品习惯使用夸张、比喻等修辞手法表达"志",化"情"为"景语"的特点,反对用迂腐执实的态度对待物象描写,主张"不滞形迹","以意逆志"。

"以意逆志"作为一种诗歌鉴赏方法,最早由孟子提出。《孟子·万章上》:"咸丘蒙曰:'……诗云:"普天之下,莫非王土;率土之滨,莫非王臣。"而舜既为天子矣,敢问瞽瞍之非臣,

---

[1] 楼钥《简斋诗笺叙》,《简斋诗集》卷首,《四部备要》本。

如何?'曰:'是诗也,非是之谓也,劳于王事而不得养父母也……故说诗者不以文害辞,不以辞害志,以意逆志,是为得之。如以辞而已矣,《云汉》之诗曰:周余黎民,靡有孑遗。信斯言也,是周无遗民也。'"

孟子的"以意逆志"说有三个要点:

一、鉴赏者通过阅读所要把握的对象是作品所表现的主体之"志",而非客观世界之"象"。这一点被后人发展为"披文入情"、"得意忘言"的方法论;

二、在文学作品中,由于经常使用夸张、比喻等修辞手法表达"志",经常化"情语"为"景语",因而"志"的表现显得深沉、含蓄。鉴赏者在阅读作品时只有不拘泥于"辞",才能把握到作品所表达的"志"。这一点,被后人发展为"切忌穿凿"、"不滞形迹"的方法论;

三、由于旨冥句中,意在象外,"志"的表现深沉含蓄,因而"逆志"不是在一下子之间完成的,必须通过熟读深味才能达到。这一点,被后人发展为"心平气和,反复涵泳"的方法论。

## 一、"披文入情"、"得意忘言"

拿到一部文学作品,读者应当怎样欣赏?古代文论指出两个步骤:第一步是"披文入情"(刘勰),第二步是"得意忘言"(刘禹锡)。清人姚鼐《古文辞类纂序目》的一段话完整地揭示了文学欣赏过程中这两个前后相承的步骤:"神、理、气、味者,文之精也;格、律、声、色者,文之粗也。然苟舍其粗,则精者亦胡以寓焉?学者之于古人,必始而遇其粗,中而遇其精,终则御其精而遗其粗者。"

首先是"披文入情"。这种鉴赏方法是由中国古代文学表情达意的民族特点决定的。中国古代,"言"为"心声","书"为"心画","文"为"心学","诗言志","形"传"神","物"寓"心",故创作上自然是"心生而言立"、"情动而辞发",作品中自然是"言粗意精",鉴赏方法自然是"披文入情","假象见意"。正如刘勰所说:"缀文者情动而辞发,观文者披文以入情。"①

"披文入情"有两个要点,即文章妙处"不离文字",亦"不在文字"。"文"者"情"之所寓,舍"文"无以入"情",故"入情"必须"披文",体文之妙"不离文字";但"文"者所以在"情",滞"文"无以入"情",故体文之妙又"不在文字",正如苏轼所说:"夫诗者,不可以言语求而得,必将深观其意焉。"②

有时,传情之具表现为由文字描写的物象。这时,"披文入情"就表现为"披象入情"、"假象见意"。如《诗经》中的美刺诗,"其讥刺是人也,不言其所为之恶,而言其爵位之尊,车服之美,而民疾之,以见其不堪也,'君子偕老,副笄六珈','赫赫师君,民具尔瞻'是也。其颂美是人也,不言其所为之善,而言其冠佩之华,容貌之盛,而民安之,以见其无愧也,'缁衣之宜兮,

① 刘勰《文心雕龙·知音》。
② 苏轼《既醉备五福论》,《东坡七集》后集卷十。

敞予又改为兮’,‘服其命服,朱黻斯皇’是也。”①

这种鉴赏方法也是一种能动的批评方法。所谓“能动”,指鉴赏者“披文”所“入”之“情”、由“象”所“见”之“意”有时并非为对象本身所固有,而是出于自己“以意逆志”式的想象创造。正如清人谭献《复堂词录序》所指出:“作者之用心未必然,读者之用心何必不然?”这时,批评就成为“借他人之酒杯,浇胸中之块垒”,鉴赏就成为自我表现的一种方式。如“关关雎鸠,在河之洲”,注诗者“以喻后妃之德”即是一例。

这里值得辩明的是:中国古代文学鉴赏论中的“披文入情”不同于西方文学鉴赏论中的“披文入象”或“披象入物”。西方古典文论作为再现主义文论,强调文学是“现实的摹仿”,因而在鉴赏方法上强调通过文字把握其所描写的现实图景(即“披文入象”),通过文学作品所描绘的艺术形象认知它所反映的客观对象(即“披象入物”)。国内曾经流行的文学理论教科书从唯物主义反映论出发,认为文学是“社会生活的形象反映”,因而在批评方法上崇尚通过文字所描绘的艺术形象来认识其反映的社会生活,不外乎“披文入象”或“披象入物”。与之相异,中国古代文论则不赞成把“象”(物象)、“物”(外物)作为文学鉴赏所要把握的终极对象,而极力主张将物象背后的“情”、“意”作为文学鉴赏所要把握的旨归。

“披文入情”也不同于“就文论文”的批评方法。西方现代形式主义文论把纯形式美当作文学创作的唯一目的,因而在文学鉴赏方面,主张把目光盯住文字形式美,至于这些纯形式美是否符合表情达意的需要,它们表达了什么样的真善内容则概不关心。如二十世纪初俄国形式主义诗学理论、二十世纪四十年代法国结构主义文学理论认为,诗歌、文学的全部特性在于它的语言在语序、结构、音节、辞采等纯形式美方面与日常生活使用的语言之间的“差异”,文学鉴赏的使命就是对文学语言本身的美学功能的发现与感受。这是一种“就文论文”的批评方法。中国古代文论坚持的“披文入情”方法则“不离文字”而又“不在文字”,显然不同于“就文论文”的批评方法。

当“披文入情”的过程结束后,接下来的步骤就是“得意忘言”。

“得意忘言”也有两个要点。

一是“言”者所在的“意”,“得意”自然“忘言”。如皎然《诗式》评论谢灵运的诗,认为它的妙处是使人“但见性情,不睹文字”。刘禹锡说:“诗者其文章之蕴邪? 义得而言丧。”元好问《杨叔能小亨集引》:“唐人之诗,其知本乎? ……幽忧憔悴,寒饥困惫,一寓于诗,而其厄穷而不悯,遗佚而不怨者,故在也。至于伤谗疾恶不平之气,不能自掩,责之愈深,其旨愈婉,怨之愈深,其辞愈缓,优柔餍饫,使人涵泳于先王之泽,情性之外,不知有文字。”清代贺贻孙《诗筏》:“盛唐人有血痕无墨痕。”刘熙载《艺概》:“杜诗只‘有’、‘无’二字足以评之。‘有’者但见情性气骨也,‘无’者不见语言文字也。”由于古人把“言”作为载“意”之“筌”,津“意”之“筏”,因而在“得意”之后便“得鱼忘筌”、“过河拆桥”,将全部目光集中于“意”的审视而流连忘返,忘其所自。

---

① 苏轼《既醉备五福论》,《东坡七集》后集卷十。

二是"言"者所以悖"意","得意"必须"忘言"。"言"既有载意的一面，又有悖意的一面。在审美活动中，当"言"完成了它的"载意"功能以后，它与"意"矛盾的一面就上升到主导地位。这时，读者如果再滞留于对"言"的观照，哪怕将部分注意力分散在"言"上，对"意"的把握就会受到损害。故古人认为，"存言非得意"，"忘足履之适，忘韵诗之适"（袁枚）。

如果说在"披文入情"阶段，鉴赏主体侧重的是"文"与"情"的统一，那么在"得意忘言"阶段，鉴赏主体侧重的则是"言"与"意"的对立。在第一阶段，鉴赏主体只有通过对形式的认可才能把握内容；在第二阶段，鉴赏主体只有通过对形式的否定才能达到对内容的充分把握。

在古代咏物抒情诗中，"言"往往体现为物象的描写。这时，"得意忘言"就表现为"得意忘象"。易言之，物象并不是目的，而是寄寓情意的媒介，"假象见意"之后就应当将"象"抛弃。

这里，再与二十世纪的俄国形式主义诗学理论、法国结构主义文学理论的批评方法作一番比较将是饶有兴味的。这派形式主义文学理论认为，诗歌、文学的全部美学特性就在于语言形式，因而文学批评的全部任务、审美欣赏的全部要义就可归结为但见"能指"，不见"所指"，化用古人的话语即"但睹文字，不见情性"。显然，这与中国古代文学鉴赏论崇尚的"但见情性，不睹文字"的批评方法迥异其趣。

从"披文入情"到"得意忘言"，从"假象见意"到"得意忘象"，步骤有二，环节为三：即"披文"、"披象"——"入情"、"得意"——"忘言"、"忘象"。"披文→入情→忘言"或"披象→得意→忘象"，构成了中国古代文学鉴赏批评方法的动态流程图式。

## 二、"心平气和，反复涵泳"

"温柔敦厚，诗教也"；"文主谲谏"；"诗以含蓄为上"；"乐而不淫，哀而不伤"；"诗者，气之和也，故贵婉不贵险"。如此云云。

与中国古代文学温柔含蓄、平淡温婉的美学传统相应和，古代文学创作通过赋物来赋心，通过比兴来喻意，即事以明理，即景以寓情，讲究音在弦外，义在象下，神寓形内，意冥境中……一切都表现得那么平淡、含蓄、委婉、深厚。

古代文学表情达意的含蓄、深婉特色，使鉴赏者初读时往往不能充分理解、深入欣赏它，而阅读遍数愈多，理解愈充分，美感享受也就愈强烈。对此，苏轼、范温、陈善以陶诗鉴赏为例，发表过很好的意见。苏轼《书唐氏六家书后》在评论智永禅师以"疏淡"为境界的书法之妙时，说它就像陶渊明的诗："观陶彭泽诗，初若散缓不收，反复不已，乃识其奇趣。"范温《潜溪诗眼》说："陶彭泽体兼众妙，不露锋芒，故曰：'质而实绮，癯而实腴'，'初若散缓不收，反复观之，乃得其奇处'。"陈善《扪虱新话》卷七揭示："乍读渊明诗，颇似枯淡，久又有味。"

因此，为了更好地"披文入情"，充分地进行审美欣赏，古人要求深思细读，反复咀嚼。魏庆之《诗人玉屑》卷三十载"晦庵（朱熹）论读诗看诗之法"："诗全在讽诵之功。""诗须是沉潜讽诵，玩味义理，咀嚼滋味，方有所益。""须是先将诗来吟咏四五十遍了，方可看注。看了又吟咏三四十遍,使意思自然融液浃洽,方有见处。"陆游《何君墓表》甚至说,诗"有一读再读至十百读乃见其妙者"①。元好问《与张中杰郎中论文》告诫人们:"文须字字作,亦要字字读。咀嚼有余味,百过良未足。"清贺贻孙《诗筏》云:"李、杜诗,韩、苏文,但诵一二首,似可学而至焉。试更诵数十首,方觉其妙。诵及全集,愈多愈妙。反复朗诵,至数十百过,口颔涎流,滋味无穷,咀嚼不尽,乃至自少至老,诵之不辍,其境愈熟,其味愈长。"刘开《读诗说》指出:"然则读诗之法奈何? 曰:'从容讽诵以习其辞……是乃所为善读诗也。'"《王直方诗话》曾记录了一则反复诵读而喜不自胜的例子:"郭功父少时喜诵文忠公诗。一日过圣俞,圣俞曰:'近得永叔书云,作《庐山高》诗送刘同年,自以为得意,恨未见此诗。'功父诵之。圣俞击节叹赏曰:'使吾更作诗三十年,不能道其中一句。'功父再诵,不觉心醉,遂置酒。又再诵,(酒)数行。凡诵十数遍,不交一言而罢。"

在倡导这种"一唱三叹"、"反复不已"、"咀嚼回味"的鉴赏方法的同时,古人对那种一目十行、马虎草率的阅读方法很不以为然。元好问曾批评当时一些读者:"今人读文字,十行夸一目。"结果是:"阌颤失香臭,瞀视纷红绿;毫厘不相照,觌面楚与蜀。"②即与原文的真谛相去甚远。

毫无疑问,这种"一唱三叹"、"反复咀嚼"的阅读方法必须以和平的心境来保证。好大喜功、贪多务快必然导致一目十行。只有去躁化竞,心平气和,才能"从容讽诵"、"优游浸润"。所以古人常常把静心养气与反复涵泳联系起来讲。朱熹说:"看诗……但是平平地涵泳自好。"③沈德潜说:"读诗者心平气和,涵泳浸渍,则意味自出。"④"读者静气按节,密吟恬吟,觉前人声中难写、响外别传之妙,一齐俱出。"⑤

中国古代,儒家讲究"静心格物",道家讲究"斋心观道",佛家讲究"因静入定",以三家学说修身,慢节奏几乎成为古代士大夫共有的一种民族性格,为"从容讽诵"读书方法的流行提供了心理准备。古代文人学士大多属于有闲阶层,"此身闲得易为家,业是吟诗与看花",一唱三叹,优游涵泳的读书方法也更契合这些有闲阶层的闲情逸趣。加之,中国古代人们所读之书、所面对的知识信息远非今天可比,这就为一本诗集读上成十上百遍、读上一年半载提供了可行性。要之,一切都配合得那么默契,使得"心平气和、反复涵泳"的文学鉴赏方法成为可能。

## 三、"切忌执实"、"不拘形迹"

中国古代文学是表情达意的,然而按中国人的审美传统,文学创作应通过赋物来赋心,

① 陆游《陆游集·渭南文集》卷三九,中华书局 1976 年版。
② 元好问《与张中杰郎中论文》,《遗山先生文集》卷二,《四部丛刊》本。
③ 转引自魏庆之《诗人玉屑》上册,上海古籍出版社 1982 年版,第 268 页。
④ 沈德潜《说诗晬语》凡例,人民文学出版社 1979 年版。
⑤ 沈德潜《说诗晬语》凡例,人民文学出版社 1979 年版。

通过比兴来见义,用景语作情语、事语作理语,这就使得中国古代文学中的景物描写充满了浓重的比喻、象征意味。

怎样对待这些带有比喻、象征意味的景物描写?

常见的情形是,用"执实"的方法理解它,结果闹出了许多"以辞害意"的笑话。白乐天《长恨歌》有"峨眉山下少人行,旌旗无光日色薄"二句。沈括以科学求真的方法批评说:"峨眉在嘉州,与幸蜀路全无交涉。"①杜甫《古柏行》诗云:"霜皮溜雨四十围,黛色参天二千尺。"沈括批评说:"四十围乃是径七尺,无乃太细长乎?……此亦文章之病也。"②严有翼《艺苑雌黄》指出:"吟诗喜作豪句,须不畔于理方善。……李白《北风行》云:'燕山雪花大如席,'《秋浦歌》云:'白发三千丈。'其句可谓豪矣,奈无此理何!"③他所崇尚的诗理是现实事理,所以把诗的真实理解为生活事实加以批评了。明代杨慎《升庵诗话》卷八:"唐诗绝句,今本多误字……如杜牧之《江南春》云:'十里莺啼绿映红'今本误作'千里'。若依俗本'千里莺啼',谁人听得? '千里绿映红',谁人见得? 若作'十里',则莺啼绿红之景,村郭楼台,僧寺酒旗,皆在其中矣。"今传杜牧此诗仍作"千里莺啼绿映红",读者一点不感到"千里"有什么不当。杨慎以"十里"为确、以"千里"为误,是因为他把诗当作地理书来读了。最有趣的是,有人曾以诗歌中的艺术描写为口实来告作者的黑状。据王定国《闻见近录》,"苏子瞻在黄州,上数欲用之,王禹玉辄曰:轼尝有'此心惟有蛰龙知'之句,陛下龙飞在天而不敬,乃反求知'蛰龙'乎?"④倒是皇上颇为通达:"自古称龙者多矣,如'荀氏八龙'、'孔明卧龙',岂人君也?"⑤又据叶梦得《石林诗话》:"元丰间,苏子瞻系御史狱,神宗本无意深罪子瞻,时相进呈,忽言苏轼于陛下有不臣意。神宗改容曰:'轼固有罪,然于朕不应至是,卿何以知之?'时相因举轼《桧诗》'根到九泉无曲处,岁寒惟有蛰龙知'之句(曰),'陛下龙心在天,轼以为不知已,而求知地下之蛰龙,非不臣而何?'"⑥倒是神宗有见识,他回答说:"诗人之词,安可如此论? 彼自咏桧,何预朕事?"⑦

针对用胶柱鼓瑟的方法读诗而曲解文意的情况,有见识的文论家提出了批评。宋代周必大《二老堂诗话》云:"昔人应急,谓唐之酒价,每斗三百,引杜诗'速宜相就饮一斗,恰有三百青铜钱'为证。然白乐天为河南尹《自劝》绝句云:'忆昔羁贫应举年,脱衣典酒曲江边。十千一斗犹赊饮,何况官供不著钱。'又古诗亦有'金尊美酒斗十千'。大抵诗人一时用事,未必实价也。"⑧同时代另一位学者王楙在《野客丛书》卷五中引述了两种说法,其一认为乐天《长

---

① 沈括《梦溪笔谈》卷二三,《梦溪笔谈校正》,中华书局 1962 年版。

② 沈括《梦溪笔谈》卷二三,《梦溪笔谈校正》,中华书局 1962 年版。

③ 阮阅《增修诗话总龟》后集卷九,《四部丛刊》本。

④ 胡仔《苕溪渔隐丛话》前集卷第四十六,人民文学出版社 1962 年版。

⑤ 胡仔《苕溪渔隐丛话》前集卷第四十六,人民文学出版社 1962 年版。

⑥ 胡仔《苕溪渔隐丛话》前集卷第四十六,人民文学出版社 1962 年版。

⑦ 胡仔《苕溪渔隐丛话》前集卷第四十六,人民文学出版社 1962 年版。

⑧ 《历代诗话》下册,中华书局 1981 年版,第 658 页。

恨歌》"夕殿萤飞思悄然,孤灯挑尽未成眠"不妥,"岂有兴庆宫中夜不点烛,明皇自挑灯之理?"其二出自《步里客谈》:"陈无己《古墨行》谓:'睿思殿里春将半,灯火阑残歌舞散……'‘灯火阑残歌舞散'乃村镇夜深景致,睿思殿不应如是。"王楙批评说:"仆谓二词正所以状宫中向夜萧索之意。使言高烧画烛,贵则贵矣,岂复有长恨等意邪? 观者味其情旨,斯可矣。"这里阐明的即"以意逆志"、"不以辞害意"之意。明徐师曾引同时代皇甫汸之言曰:"评诗者,须玩理于趣中,逆志于言外。若谏草非献君之物,鸣钟岂夜半之时,是则明月不独照乎巴川,而周民诚无遗种于《云汉》矣!"①胡应麟《诗薮》内编卷五:"杜题柏:'霜皮溜雨四十围,黛色参天二千尺。'说者谓太细长。诚细长也,如句格之壮何? 题竹:'雨洗涓涓净,风吹细细香。'说者谓竹无香。诚无香也,如风调之美何? 宋人咏蟹:'满腹红膏肥似髓,贮盘青壳大于杯。'荔枝:'甘露落来鸡子大,晓风吹作水晶团。'非不酷肖,毕竟妍丑何如?"王夫之嘲讽说:"杜诗:'我欲相就沽斗酒,恰有三百青铜钱。'遂据以为唐时酒价。崔国辅诗:'与沽一斗酒,恰用十千钱。'就杜陵沽处贩酒,向崔国辅卖,岂不三十倍获息钱邪? 求出处者,其可笑类如此。"②马位《秋窗随笔》云:"《石林诗话》:'姑苏城外寒山寺,夜半钟声到客船。欧阳公尝病其夜半非打钟时。盖公未尝至吴中,今吴中山寺,实以夜半打钟。'然亦何必深辩? 即不打钟,不害诗之佳也。如子瞻'应记侬家旧姓西',夷光姓'施',岂非误用乎? 终不失为好。"③"太白'白发三千丈'下即接云'缘愁似个长',并非实咏。严有翼云:'其句可谓豪矣,奈无此理。'诗正不得如此讲也。"④何文焕《历代诗话考索》:"六一居士谓诗人贪求好句,理或不通,亦一病也。如'袖中谏草朝天去,头上宫花侍宴归。'奈进谏无直用草稿之理。'姑苏城外寒山寺,夜半钟声到客船。'奈夜半非打钟时云云。按'谏草'句不无语病,其余何必拘? 况'不以文害辞,不以辞害志',孟子早有明训,何容词费!"⑤

在批判胶柱鼓瑟、执实拘泥的鉴赏方法的基础上,古代文论竭力倡导一种"不拘形迹"的文学鉴赏方法。谢榛《四溟诗话》卷一说得好:"诗有可解、不可解、不必解,若水月镜花,勿泥其迹可也。""水月镜花"指出了诗歌物象描写的象征性,"勿泥其迹"的鉴赏方法正是由其决定的。章学诚指出:"善论文者,贵求作者之意指,而不可拘于形也。"⑥由此出发,他严厉批判了"论文拘形貌之弊"⑦:"学术文章,有神妙之境焉。末学肤受,泥迹以求之。"而真正的"知音",则"以谓中有神妙,可以意会而不可以言传者也"⑧。何文焕在总结了历代诗话鉴赏

① 徐师曾《文体明辩序说·文章纲领·论诗》,人民文学出版社 1962 年版。

② 王夫之《姜斋诗话》卷二,《清诗话》上册,上海古籍出版社 1982 年版。

③ 《清诗话》下册,上海古籍出版社 1982 年版,第 833 页。

④ 《清诗话》下册,上海古籍出版社 1982 年版,第 835 页。

⑤ 《历代诗话》下册,中华书局 1981 年版,第 812 页。

⑥ 章学诚《文史通义·诗教下》,嘉业堂本《章氏遗书》。

⑦ 章学诚《文史通义·诗教下》,嘉业堂本《章氏遗书》。

⑧ 章学诚《文史通义·辩似》,嘉业堂本《章氏遗书》。

经验的基础上提出："解诗不可泥。"①所谓"不拘形迹"，意即对于文学作品中运用比兴、夸张、象征等艺术手段所描写的物象，不能局限于字面意义，误以为实有其事，要善于调动自己的想象，按照常有的生活情理，透过形迹，"以意逆志"。

# 第三节　"好恶因人"、"媸妍有定"说
## ——中国古代文学鉴赏的主客体关系论

在文学鉴赏中，鉴赏对象是个常数，鉴赏主体则是个变数。因此，文学接受就不是一对一的简单、线性转换过程，而呈现出异常复杂的现象。对于文学鉴赏中主客体交互作用产生的异彩纷呈的现象，古人一方面承认"好恶因人"，另一方面又肯定"媸妍有定"，同时对它们作出价值评判：成功的鉴赏只能是去主观好恶后对作品对象审美属性的公正确认。

## 一、"好恶系人"、"诗无达诂"

汉代经学大师董仲舒曾经提出过一个著名论断："诗无达诂。"②"达"，"通"也。全句意即，诗没有一个共通的解释。汉代的《诗经》学是如此，一般的诗歌鉴赏亦复如此。所以，董氏此语实际上是揭示了诗歌审美接受中的一个重要心理现象，即西方人所说的：一千个读者就有一千个哈姆莱特。直到了清代，还有人应和："诗文无定价。"③

那么，何以"诗无达诂"呢？这是因为，"好恶因人"④"憎爱异情"⑤。黄庭坚曾举例说明文章好恶因人而异："欧阳文忠公极赏林和靖'疏影横斜水清浅，暗香浮动月黄昏'之句，而不知和靖别有咏梅一联云：'雪后园林才半树，水边篱落忽横枝'，似胜前句。不知文忠公何缘弃此而赏彼。文章大概亦如女色，好恶止系于人。"⑥

挖掘这种"好恶因人"的心理机制，原因自有多样。

一是由于个性、嗜好各别。人的个性不同，兴趣、嗜好各异，按照"爱同憎异"的审美自然

---

① 何文焕《历代诗话考索》，《历代诗话》，中华书局 1981 年版。

② 董仲舒《春秋繁露·精华》，《二十二子》，上海古籍出版社 1986 年版。

③ 薛雪《一瓢诗话》，人民文学出版社 1979 年版。

④ 刘熙载《艺概·文概》。

⑤ 葛洪《抱朴子·塞难》。

⑥ 黄庭坚《书林和靖诗》，《豫章黄先生文集》卷二六，《四部丛刊》本。

倾向,同一部作品便会产生不同的审美评价。正如薛雪《一瓢诗话》所说:"诗文无定价,一则眼力不齐,嗜好各别。"由此所带来的"好恶因人"现象,常见的如"慷慨者逆声而击节,酝藉者见密而高蹈,浮慧者观绮而跃心,爱异者闻诡而惊听"①。又如"尚礼法者好《左氏》,尚天机者好《庄子》,尚性情者好《离骚》,尚智计者好《国策》,尚意气者好《史记》"②,亦是典型的例子。

二是因为学问、识见不同。所谓"学问有浅深,识见有精粗,故知之者未必真,则随其所好以为是非"③。"曲高和寡"的现象就是这样发生的。"夫歌《采菱》,发《阳阿》,鄙人听之,不若此《延路》、《阳局》。非歌者拙也,听者异也。"④鉴赏者的知识结构不同,面对同样的作品就会有不同的审美认识和感受。"盖独是之语,高士不舍,俗夫不好;惑众之书,愚者欣颂,贤者逃顿。"⑤所谓"曲高和寡",其心理实质乃是由于普通群众"学问"、"识见"水平普遍较低,不能"深识鉴奥"⑥、充分理解"阳春白雪"之类作品的奥秘而造成的"深废浅售"现象⑦。

三是因为所处的情境不同、所怀的情感不同。南戏《琵琶记》中有《中秋赏月》一折,"同一月也,出于牛氏之口者,言言欢悦,出于伯喈之口者,字字凄凉"⑧。这是因为二人所处的情境安否不同,二人当时所怀的情感亦自不同。常见到,"载哀者闻歌声而泣,载乐者见哭者而笑"⑨。何以会发生"哀可乐者,笑可哀者"⑩这样异常的现象呢?这是"载使然也"⑪!对现实的审美如此,对艺术的审美亦复如此。沈德潜《唐诗别裁集·凡例》指出:"古人之言包含无尽,后人读之,随其性情浅深高下,各有会心。"

四是时运使然。"夫爱憎好恶,古今不均,时移俗易,物同价异。"⑫人类的审美趣味既有历史的共通性,又有时代的差异性。时代不同,人们的趣味好尚也就不同。一个时代有一个时代的审美趣味,所以同一事物在不同时代有不同的审美评价。

五是出于成见。正如薛雪分析的那样:"诗文无定价……一则阿私所好,爱而忘丑。如某之与某,或心知,或亲串,必将其声价逢人说项,极口揄扬。美则牵合归之,疵则宛转掩之。谈诗论文,开口便以其人为标准,他人纵有杰作,必索一瘢以诋之。"⑬

---

① 刘勰《文心雕龙·知音》。

② 刘熙载《艺概·文概》。

③ 宋濂《丹崖集序》。

④ 刘安《淮南鸿烈·人间训》。

⑤ 王充《论衡·自记》。

⑥ 刘勰《文心雕龙·知音》。

⑦ 刘勰《文心雕龙·知音》。

⑧ 李渔《闲情偶寄》。

⑨ 《淮南鸿烈·齐俗训》。

⑩ 《淮南鸿烈·齐俗训》。

⑪ 《淮南鸿烈·齐俗训》。

⑫ 葛洪《抱朴子·擢才》。

⑬ 薛雪《一瓢诗话》,人民文学出版社1979年版。

六是出于"仁者见仁、智者见智"式的审美创造。审美不仅是反映,而且是生发;不仅是接受,而且是创造。在中国古代表现主义文论体系中,情况更其如此。作家作文是主体表现,读者鉴赏也是主体表现。这种表现性的审美活动,集中体现为"借他人之酒杯,浇胸中之块垒"。易言之,即读者借作品中的语言,作表现自己思想感情的媒介。由于"比兴"思维方法的盛行与渗透,人们在审美中遇到林泉、人物、草木、虫鱼的描写时,往往"以为物物皆有所托"①。"如'雎鸠',识其为鸟名可也,乃解者为之说曰'挚而有别',以附会于'淑女'、'君子'之义。如'乔木',识其为高木可也,乃解者为之说曰'上疏无枝',以附会于'不可休息'之义。"②这虽有穿凿附会之嫌,却也是审美鉴赏中常常会情不自禁发生的表现性、创造性现象。这种能动的审美表现和审美创造,已超出了对象本身固有的内涵,就叫做"作者之用心未必然,读者之用心何必不然?"③

## 二、"文章妍媸,市有定价"

在文学鉴赏中,由于审美主体的心理定式不同,因而同一作品在不同的审美主体心灵中,甚至在同一审美主体不同时地的鉴赏中都会激起不同的审美感受和评价,从而形成"诗文无定价"的现象,这是问题的一方面。另一方面,正如"情人眼里出西施",但对象是不是西施,要由对象本身的审美属性决定一样,文章本身的妍媸美丑并不由人们变化不定的审美评价所左右,这又形成"文章妍媸,市有定价"的现象。苏轼说:"文章如金玉,各有定价。"④因此,"憎爱异情"并不妨碍"妍媸有定"⑤,"好恶不同"并不能抹杀"雅郑有素"⑥。刘昼《刘子·殊好》指出:"声色芳味,各有正性;善恶之分,皎然自露……然而嗜好有殊绝者,则……颠倒好丑……"宋濂《丹崖集序》云:"文之美恶……随其所好以为是非。照乘之珠或疑于鱼目,淫哇之音或比之以黄钟。虽十百其喙,莫能与之辩矣。然则斯世之人,果无有知文者乎?曰:非是之谓也。荆山之璞,卞和氏固知其为宝;渥洼之马,九方歅固知其为良。使果燕石也、驽骀也,其能并陈而方驾哉?"这种"文无定价又有定价"的辩证关系,刘熙载《艺概·文概》精辟地概括为"好恶因人,书之本量初不以此加损焉"。

一般说来,真正是美的对象,总能引起大多数人的审美愉快。只能引起个别人的审美的愉快而被多数人的审美评价所否认的对象,只能被定性为丑。因此,能否普遍有效地引起审美主体的愉快感,就成为衡量"书之本量"美丑与否的客观标准。"赪颜玉理,眄视巧笑,众目

---

① 谢榛《四溟诗话》卷一,人民文学出版社 1962 年版。

② 姚际恒《诗经论旨》,《诗经通论》卷首,中华书局 1958 年版。

③ 谭献《复堂词录叙》,《复堂类稿》文一,清光绪刻本《半厂丛书》本。

④ 苏轼《答毛滂书》,《经进东坡文集事略》卷四七,文学古籍出版社 1957 年版。惠洪《跋谢无逸诗》亦有此语,见《石门文字禅》卷二七。

⑤ 葛洪《抱朴子·塞难》。

⑥ 葛洪《抱朴子·塞难》。

之所悦也。轩皇爱嫫母之魁貌，不易落英之丽容；陈侯悦敦恰之丑状，弗贸阳文之婉姿。炮羔煎鸿，腥蟮臑熊，众口之所嗛。文王嗜菖蒲之菹，不易熊肝之味。《阳春》、《白雪》、《嗷楚》、《采菱》，众耳之所乐也；而汉顺帝听山鸟之音，云胜丝竹之响，魏文侯好槌凿之声，不贵金石之和。郁金玄憺，春兰秋蕙，众鼻之所芳也，海人悦至臭之夫，不爱芳馨之气。"①这是由于这些人"性有所偏，执其所好，而与众反"②。如果听从这些违背大众趣味的怪僻的审美感受和评价，就好比"倒白为黑，变苦为甘，移角成羽，佩莸当薰"③，是决不可认同的。

### 三、"鉴之颇正，好恶系焉"

柳宗元在《与友人论为文书》中提出过一个值得注意的观点："鉴之颇正，好恶系焉。"④它不仅指出了文学鉴赏中审美主、客体的交互作用，而且更重要的是对这种审美鉴赏提出了价值评判标准。

所谓"鉴之颇"，指的是带有"好恶"偏见的鉴赏，它"颠倒好丑"⑤，"以丑为美"⑥，歪曲对象的美学价值，因而古代文论不赞成这种审美评价。在"以丑为美"、"颠倒好丑"、"佩莸当薰"、"移角成羽"等用语中，我们都可以看出古人对这种"偏颇之鉴"的批评与贬斥。所谓"鉴之正"，即去除"好恶"、不怀偏见的符合对象审美属性的公正鉴赏。柳宗元《答吴秀才谢示新文书》说："夫观文章，宜若悬衡然，增之铢两则俯，反是则仰，无可私者。"⑦这种"若悬衡然"的"无私"鉴赏方式，能够映照出对象的美丑之"正"，获得对"书之本量"的把握。因而古代文论总是一再要求用不带好恶的公允态度去对待诗文鉴赏。

中国古代的文学鉴赏论通达而周全，不仅具有鲜明的民族特色，而且具有普适的文学理论价值。

---

① 刘昼《刘子·殊好》，傅亚庶《刘子校释》，中华书局 1998 年版。
② 刘昼《刘子·殊好》，傅亚庶《刘子校释》，中华书局 1998 年版。
③ 刘昼《刘子·殊好》，傅亚庶《刘子校释》，中华书局 1998 年版。
④ 柳宗元《柳河东集》，上海人民出版社 1974 年版。
⑤ 刘昼《刘子·殊好》，傅亚庶《刘子校释》，中华书局 1998 年版。
⑥ 葛洪《抱朴子·塞难》。
⑦ 柳宗元《柳河东集》，上海人民出版社 1974 年版。

# 第十章

# 中国古代文学的功用论

　　文学作品被创造出来后，它究竟具有什么功能？能对读者发生什么样的作用？在古代中国人看来，文学既然具有状物达意的功能，自然就有睹文知人、认识现实的作用，文学的这种认识功用，古人谓之"烛物如镜"。由于古代文学以表情达意为主，侧重于通过表情达意来反应、折射现实，因而古代文学作品认识主体的作用是直接的，认识客体的作用是间接的，只有"观志"，才能"知风"。文学既有反映民情世风的认识功能，因而统治者可以借以调整自己的方针政策，忠臣诤儒也可借以向君主委婉地表达自己的政治见解；并且，文学的表现功能，使统治者可以通过"文以载道"来教化下民，下层百姓也可通过"刺美见(现)事"(元稹)来讽谕其上，这就是文学的道德政治的教育作用。中国古代，无论儒、道、佛，都没有将"人"与"神"彻底分开过，相反，他们一直在寻找一切手段使自己与神灵沟通，以得到神灵的庇佑，文学便是这种手段之一，因而文学的宗教功用，成为古代文论一以贯之的思想。古代文学创作往往按审美规律来进行。文学作品的美，使它具有了美感功能，能够对读者产生娱乐作用。然而，表现主义的文学精神，使文学的美侧重于一种"内美"——"趣"；而重感受经验的古代中国人从来没有将视觉、听觉快感与味觉、嗅觉、肤觉快感分开过，相反，他们正是着眼于这种共通的愉快感而把它们放在一起谈，所以，古人谈感受的美是"味"、"滋味"，对艺术美的感受也是如此。"趣味"说，构成了具有民族特色的文学美感功用论。

## 第一节　"观志知风"说
### ——中国古代文学的认识功用论

　　古代文论认为，文学具有状物达意的功能，自然就有睹文知人、认识现实的作用，文学的这种认识功用,使它如同一面"秦宫铜镜"(金圣叹语)。由于古代文学以表情达意为主,侧重于通过表情达意来反应、折射现实,因而古代文学作品认识主体的作用是直接的,认识客体的作用是间接的,只有"观志",才能"知风"。

———

《左传·宣公三年》曾有"铸鼎象物,百物而为之备,使民知神奸"一说。如果说"铸鼎"通过图像可以"象物",那么文学也可以通过文字描写图景来"象物"。

## 一、"观风俗之盛衰"

文学的这种"象物"功用,孔子早有明确表述。孔子说:"诗……可以观。"[①]"可以观"什么呢?"可以观民风,可以观世道,可以知人,可以多识草木鸟兽之名"[②],最主要的,是可以"观风俗之盛衰"[③]。《孔丛子·记义第三》所载孔子赏《诗》的一段议论,就集中体现了这一点:"孔子读《诗》及《小雅》,喟然而叹曰:吾于《周南》、《召南》,见周道之所以盛也;于《柏舟》,见匹夫执志之不可易也;于《淇奥》,见学之可以为君子也;于《考槃》,见遁世之士而不闷也;于《木瓜》,见苞苴之礼行也;于《缁衣》,见好贤之心至也;于《鸡鸣》,见古之君子不忘其敬也;于《伐檀》,见贤者之先事后食也;于《蟋蟀》,见陶唐俭德之大也;于《下泉》,见乱世之思明君也;于《七月》,见豳公之所以造周也;于《东山》,见周公之先公而后私也;于《狼跋》,见周公之远志所以为圣也;于《鹿鸣》,见君臣之有礼也;于《彤弓》,见有功之必报也;于《羔羊》,见善政之有应也;于《节南山》,见忠臣之忧世也;于《蓼莪》,见孝子之思养也;于《楚茨》,见孝子之思祭也;于《裳裳者华》,见古之贤者世保其禄也;于《采薇》,见古之明王所以敬诸侯也。"

文学具有"烛物如镜"[④]的认识功能,但古人最看重的倒不是它可以使人"多识于鸟兽草木之名",而是它的"观风"功能。如《吕氏春秋·适音》说:"观其音而知其俗。"刘知几《史通·载文》:"观乎《国风》以察兴亡,是知文之为用远矣、大矣。"白居易《采诗以补察时政》:"故国风之盛衰,由斯而见也;王政之得失,由斯而闻也。"[⑤]皮日休《正乐府十篇序》:"乐府,尽古圣王采天下之诗,欲以知国之利病,民之休戚也。"[⑥]顾陶《唐诗类选序》:"在昔乐官采诗而陈于国者,以察风俗之邪正,以审王化之兴废,……诗之义也大矣远矣。"[⑦]柳冕《与徐给事

———

① 《论语·阳货》。

② 赵孟頫《薛昂夫诗集叙》,《松雪斋文集》卷六,《四部丛刊》本。

③ 郑玄语,转引自黄宗羲《汪扶晨诗序》,《南雷文定》四集卷一,耕余楼本。

④ 金圣叹《水浒传》第二十四回批语。

⑤ 白居易《白氏长庆集》卷四八《策林》六九,《四部丛刊》本。

⑥ 皮日休《皮子文薮》卷十,《四部丛刊》本。

⑦ 《古今图书集成·文学典》卷一九七,中华书局 1934 年影印本。

论文书》：文章"形于治乱，系于国风"①。邵雍《观诗吟》："有《风》方识国盛衰。"②程廷祚《诗论六》："……至其盛衰之本，则君子于《小戎》、《无衣》见秦之招八州而朝同列；于《黄鸟》、《北林》见秦二世而亡。"③等等。何以如此呢？人所共知，中国古代是一个宗法社会，宗法社会以家为国，以人为本，因以"道德代宗教"④。在"道德天尊"的社会，一切都伦理化了、政治化了，文学也因而被统治者用来当作自己的政治工具。不"观风俗之盛衰"，不"知政治之得失"，统治者就无法"自考正"。恰恰在"观风俗、知得失"上，文学可以起到"镜子"作用。据史料记载，古代帝王正是着眼于这点才设立乐府、广采民谣的。"诗果何为而作耶？周天子五年一巡守，命太师陈诗以观民风。"⑤"岁二月，东巡守，至于岱宗……觐诸侯……命太师陈诗以观民风。"⑥"自孝武立乐府而采歌谣，于是有代、赵之讴，秦、楚之风，皆感于哀乐，缘事而发，亦可以观风俗，知薄厚云。"⑦"古有采诗之官，王者所以观风俗，知得失，自考正也。"⑧既然诗歌文学的诞生都与"观风"需要有关，当它不断被创作出来，成为一种客观存在后，人们充分认识它的"观风"作用，并给予高度重视，是很自然的。"观风"说，体现着民族文化品格对文学认识功用的渗透。

## 二、"观志而知风"

应当指出，古代文学对风俗世态的这种观照、认识功用，往往是通过"观志"来实现的。这与西方文学颇异其趣。西方文学重视对现实的"摹仿"，读者通过这种再现性的文学作品可以直接认识到它所反映的现实图景。中国古代文学则不同。它侧重于主体情志的表现，往往并不忠实地去描写引起主体情感、思想的现实对象，甚至省略了这种对象的描写，而径直抒写由此引起的内心感受。因而一方面，尽管通过主体感受的描写可以认识到它所反应（不是反映）、折射的现实，另一方面，这种认识现实的作用又不像西方文学那样直接，而是隔着一层中介的。读者首先必须"披文入情"，然后才能"披情入象"。用古人的话说，这就叫"观志而知风"⑨。具体说来，即"文生于情，情生于哀乐，哀乐生于治乱，故君子感哀乐而为文章，以知治乱之本。"⑩比如《诗经》中的《硕鼠》通篇并未反映周代统治阶级对劳动者剥削的情形，但通过"硕鼠硕鼠，无食我黍"的心灵呼号，读者可以体会当时统治者对劳动者剥削

---

① 姚铉《唐文粹》卷八四，《四部丛刊》本。

② 邵雍《伊川击壤集》卷十五，《四部丛刊》本。

③ 《清溪集》卷一，《金陵丛书》本。

④ 梁漱溟《中国文化要义》，学林出版社 1987 年版，第 105 页。

⑤ 刘基《王原章诗集序》，《诚意伯文集》卷五，《四部丛刊》本。

⑥ 《礼记·王制》。

⑦ 班固《汉书·艺文志》，中华书局 1962 年版。

⑧ 班固《汉书·艺文志》，中华书局 1962 年版。

⑨ 柳冕《答杨中丞论文书》，《唐文粹》卷八十四，《四部丛刊》本。

⑩ 柳冕《与滑州卢大夫论文书》，《唐文粹》卷八十四，《四部丛刊》本。

的深重。《毛诗序》论述"声音之道与政通",指出"治世之音安以乐,其政和;乱世之音怨以怒,其政乖;亡国之音哀以思,其民困"。这里,"安以乐"是"治世"引起的情感反应,所以通过诗乐中的这种情感可以认知这时的政治是清明和谐的;"怨以怒"是"乱世"自然会引起的情感反应,所以通过诗乐中表现的这种情感可以认知这时的政治是分崩离析的;"哀以思(思,哀也)"则是"亡国"时期人们的心灵写照,所以通过诗乐中表现的这种情绪,我们可以认识到,这时期的政治状况是"忽喇喇似大厦倾"了。《左传·襄公二十九年》所载季札观乐一段议论,典型体现了"观志知风"这一特色:"吴公子札来聘……请观于周乐。使工为之歌《周南》《召南》,曰:'美哉! 始基之矣,犹未也,然勤而不怨矣。'为之歌《邶》《鄘》《卫》,曰:'美哉,渊乎! 忧而不困者也。……'为之歌《王》,曰:'美哉! 思而不惧,其周之东乎?'为之歌《郑》,曰:'美哉! 其细已甚,民弗堪也,是其先亡乎?'为之歌《齐》,曰:'美哉! 泱泱乎,大风也哉!表东海者,其大公乎? 国未可量也。'……"

我们不应忽视"观志知风"这一点。在它身上,凝聚着表现主义文学理论的民族特色。

## 第二节　"劝惩美刺"说
### ——中国古代文学的教育功用论

文学既然有反映民情世风的认识功能,因而统治者可以借此调整自己的方针政策,忠臣诤儒也可借此向君主委婉地表达自己的政治见解;并且,文学的表现功能,使统治者可以通过"文以载道"来教化下民,下层百姓也可通过"刺美见事"来讽谕其上,这就是文学的道德教化功能。

古人强调文章要"有补于世"[1],所谓"为世用者,百篇无害;不为用者,一章无补"[2],重要的一条,是基于它的教育功用。

### 一、教化劝惩

文学的教育功用,古人常叫作"教化"功用、"风(讽)化"、"风(讽)教"功用。论"教化",如《毛诗序》:"先王以是美教化。"柳冕《与徐给事论文书》:"文章本于教化……"吴融《禅月集

---

[1] 苏伯衡《空同子瞽说二十八首》,《苏平仲文集》卷一六,《四部丛刊》本。
[2] 王充《论衡·自纪》。

序》："……极思属词,得不动关于教化?"论"风教",如萧统《陶渊明集序》:"此亦有助于风教也。"徐祯卿《谈艺录》:"盖以之可以……畅风教……"张尚德《三国志通俗演义引》评《三国演义》"裨益风教,广且大焉"。论"风化",如高明《琵琶记》谓"不关风化体,纵好也徒然"。明何乔新《唐律群玉序》:"唐之律诗……有裨于风化者,岂异于风、雅、骚、选哉?"①

　　文学的教化功用,主要体现在"劝善惩恶"上。孔子说:"诗……可以刺。"②"刺"指"惩恶"。又说:诗可以"迩之事父,远之事君"③。这是指"劝善"。萧统《陶渊明集序》说:"观渊明之文者,驰竞之情遣,鄙吝之意怯,贪夫可以廉,懦夫可以立,岂止仁义可蹈,抑乃爵禄可辞。"冯梦龙《古今小说序》谓:"试令说话人当场描写,可喜可愕,可悲可涕,可歌可舞,再欲捉刀,再欲下拜,再欲决脰,再欲捐金;怯者勇,淫者贞,薄者敦,顽钝者汗下……"张尚德《三国志通俗演义引》谓"天下之人"读了《三国演义》,"不待研精覃思,知正统必当扶,窃位必当诛,忠孝节义必当师,奸贪谀佞必当去"。如此等等,无不是从"劝惩"两方面来谈的。然而,明确从理论上揭示文学"劝善惩恶"作用的是东汉的王充。他在《论衡·佚文》中指出:"夫文人文章,岂徒调墨弄笔为美丽之观哉?载人之行,传人之名也。善人愿载,思勉为善;邪人恶载,力自禁裁。然则文人之笔,劝善惩恶也。"唐代,白居易、柳宗元、吴融等人则对这种理论作了进一步的发展。白居易把文学的教育作用提到"惩劝善恶之柄,执于文士褒贬之际"的高度④。柳宗元指出:"文之用,辞令褒贬,导扬讽谕而已。"⑤其后,"劝惩"说时时为文家所提起。如宋代智圆《读罗隐诗集》:"非非是是正人伦,月夜花朝几损神。薄俗不知惩劝旨,翻嫌罗隐一生嗔。"⑥明代瞿佑《剪灯新话序一》:"今全此编,虽于世教民彝莫之或补,而劝善惩恶,哀穷悼屈,其亦庶乎'言者无罪,闻者足以戒之'一义云尔。"凌云翰《剪灯新话序二》:"是编虽稗官之流,而劝善惩恶,功存鉴戒,不可谓无补于世。"李渔《闲情偶记·词曲部·戒讽刺》:"窃怪传奇一书,昔人以代木铎,因愚夫愚妇识字知书者少,劝使为善,诫使勿恶,其道无由,故设此种文词。借优人说法,与大众齐听,谓善者如此收场,不善者如此结果,使人知所趋避,是药人寿世之方,救苦弭灾之具也。"

## 二、美刺褒贬

　　文学要发挥其劝惩作用,必须通过美刺褒贬手段,所谓"善善颂焉,恶恶刺焉"⑦;"善善

①《文肃公文集》卷九,清康熙刊本。
②《论语·阳货》。
③《论语·阳货》。
④ 白居易《策林》六八《议文章碑碣词赋》,《白居易集》卷六五,中华书局1979年版。
⑤ 柳宗元《柳河东集》卷二一《杨评事文集后序》,上海人民出版社1974年版。
⑥ 智圆《闲居集》卷四六,《续藏经》本。
⑦ 李开光《闲居集》卷二九《钱唐闻聪师诗集序》,《续藏经》本。

则颂美之,恶恶则风刺之"①。白居易讲"惩劝善恶之柄,执于文士褒贬之际焉,补察得失之端,操于诗人美刺之间焉",便揭示了这种因果关系。于是,中国古代文学的教育功用论,又从"劝惩"说走向了"美刺"说。"汉儒言诗,不过美刺二端"②。后人言文,"美刺"说占不小的比重。"美",即赞美、歌颂,切忌谄谀。"刺",即讽刺批评,切忌直露。无论"美"、"刺",都要"主文而谲谏",符合礼教原则。同时,"主文谲谏"又不能违背"核实"的原则。"褒贬之文无核实,则惩劝之道缺矣。"③只有坚持"核实"的原则,才能"诗之美也,闻之足以观乎功;诗之刺也,闻之中以戒乎政"④。在现实中,赞美总是万无一失、受人欢迎的,讽刺则常常受到贬斥与打击。于是,古代的忠介之臣、有识之士都努力倡导诗文的"讽刺"作用,什么"欲开壅塞达人情,先向诗歌求讽刺"⑤,什么"句句归劝诫,首首成规箴"⑥,什么"诗以讽刺为主"⑦,云云。"讽刺"说,因而成了"美刺"理论的主体。

## 三、文学的政治作用、道德作用、人伦作用、宣泄作用

"观乎人文,以化成天下。文之时义大矣哉!"⑧中国古代,文学的这种"劝惩美刺"、"有补于世"的教化功用范围是很广的。《毛诗序》说"先王以是经夫妇,成孝敬,厚人伦,美教化,移风俗",冯梦龙认为小说可以"醒世"、"警世",都是对文学的这种广泛的教化作用的论述。具体看,文学的这种教化作用,表现为政治作用、道德作用、人伦作用、宣泄作用。

关于政治作用,由于文学可以反映民情世风,因而统治者可以通过它实现"下流上通"⑨,考见政治得失,"救济人病,裨补时阙"⑩,"政之废者修之,阙者补之,人之忧者乐之,劳者逸之"⑪,从而巩固自己的政治统治,所以"文章之道,与政通矣"⑫。

关于道德作用,由于文章可以"载道"、"明道"、"贯道",因而统治者可以通过"寓教于乐"教化下民("上以风化下"),并且由于文学的感染作用,这种道德教化也更容易产生好的效

---

① 吴融《禅月集序》,《禅月集》卷首,《四部丛刊》本。
② 程廷祚《诗论十三·再论刺诗》,《青溪集》卷二,《金陵丛书》本。
③ 白居易《策林》六八《议文章碑碣词赋》,《白居易集》卷六五,中华书局 1979 年版。
④ 皮日休《正乐府十篇序》,《皮子文薮》卷十,《四部丛刊》本。
⑤ 白居易《采诗官》,《白居易集》卷四,中华书局 1979 年版。
⑥ 智圆《读白乐天集》,《闲居编》卷四八,《续藏经》本。
⑦ 李纲《湖海集序》,《李忠定公集选》卷一六,明崇祯崇本堂刊本。
⑧ 清高宗《全唐文序》,《全唐文纪事》卷首,中华书局 1959 年版。
⑨ 白居易《采诗官》,《白居易集》卷四,中华书局 1979 年版。
⑩ 白居易《与元九书》,《白居易集》卷四五,中华书局 1979 年版。
⑪ 白居易《策林》六九《采诗以补察时政》,《白居易集》卷六五,中华书局 1979 年版。
⑫ 梁肃《秘书监包府君集序》,《全唐文》卷五一八,中华书局 1983 年版。

果,所以"道德仁义,非文不明"①。

关于人伦作用,《毛诗序》说诗可以"经夫妇,成孝敬,厚人伦",孔子说诗可以"事父事君",集中体现了宗法社会以家为本的人伦特色。

关于宣泄作用,古人也有明白的说明。"其栽培涵养之方,则宜诱之歌诗,以发其志意";"凡诱之歌诗者,非但发其志意而已,亦所以泄其跳号呼啸于咏歌,宣其幽抑结滞于音节也"②。通过咏歌音节,"泄其跳号呼啸","宣其幽抑结滞","顺导其志意,调理其性情"③,人的情性也就归于平静中和了。

## 四、"礼乐"文化

宗法社会特重人治。古代"礼教"正是关于人治的道德说教。不过,仅有"礼"还不够,还必须辅之以"乐"。因为"礼"主"理"而"乐"主"情","礼辨异"而"乐统同"④,"礼由外入,乐自内出"⑤,故君子"不可须臾离乐",正如"不可须臾离礼"⑥,"外须臾离礼则慢行起矣","内须臾离乐则邪气生矣"⑦。于是,"以礼正外,以乐正内"⑧,就成为中国人道德修养的一贯传统;"礼乐之说",从一开始产生就具备了"管乎人情"的作用⑨。"故乐音者,君子之所养义也。"⑩"乐者德之风。"⑪诗文"养义"的道德教化作用,从内部说是由于"凡从外入者莫深于声音,变人最极,故圣人因而成之以德"⑫,使"乐"成了"德"的载体。从外部说则由于乐的旋律等形式因素契合了人的心理结构,引发了人的固定联想而普遍有效地产生道德净化效应所致,所谓"闻宫音,使人温舒而广大;闻商音,使人方正而好义;闻角音,使人恻隐而爱人;闻徵音,使人乐善而好施;闻羽音,使人整齐而好礼"⑬。这样,脱胎于"乐"的古代诗歌乃至一切文学具有强烈的道德教化功能和作用,也就渊源有自了。

---

① 梁肃《常州刺史独孤及集后序》,《全唐文》卷五一八,中华书局 1983 年版。

② 王守仁《王文成公全书》卷二《传习录中》,《四部丛刊》本。

③ 王守仁《王文成公全书》卷二《传习录中》,《四部丛刊》本。

④ 《礼记·乐记·乐情篇》,《十三经注疏》本。

⑤ 司马迁《史记·乐书》,中华书局 1962 年版。

⑥ 司马迁《史记·乐书》,中华书局 1962 年版。

⑦ 刘向《说苑·修文》,《四部丛刊》本。

⑧ 刘向《说苑·修文》,《四部丛刊》本。

⑨ 《礼记·乐记·乐情篇》,《十三经注疏》本。

⑩ 司马迁《史记·乐书》,中华书局 1962 年版。

⑪ 刘向《说苑·修文》,《四部丛刊》本。

⑫ 刘向《说苑·修文》,《四部丛刊》本。

⑬ 司马迁《史记·乐书》,中华书局 1962 年版。

# 第三节　"神人以和"说
## ——中国古代文学的宗教功用论

中国古代,无论儒、道、佛,都没有将"人"与"神"彻底分开过,相反,他们一直在寻找一切手段使自己与神灵沟通,以得到神灵的庇佑,文学便是这种手段之一,因而文学的宗教功用,成为古代文用论一以贯之的特色。

文学本来是没有什么宗教功用的,但在中国古代人看来,这种功用却是客观存在的,故先秦迄清,言之凿凿,一脉相承。

## 一、从《尚书》、《毛诗序》到《文心雕龙》

最早提到文学的宗教功用的可推《尚书·尧典》:"诗言志,歌永言,声依永,律和声,八音克谐,无相夺伦,神人以和。""神人以和"即"神人以之和",是说"神"与"人"凭借"诗歌"达到了相互沟通交流。马克思曾经指出,宗教是生产力低下时人们尚不能认识自然、驾驭自然的产物。《尚书·尧典》产生的年代,社会生产力远不如后世那样发达。在无法驾驭的自然面前,人们设想冥冥之中有一个至高无上的神灵存在是不奇怪的。诗歌的表情达意功能既然使它可以用作人与人之间交流思想感情的工具,当然也可成为"人"与"神"交流意志、沟通情感的一种工具。

汉代是一个谶纬迷信横行的时代。这就为《毛诗序》继承《尚书·尧典》的"神人以和"思想,进一步巩固诗的宗教功用提供了合适的时代氛围。《毛诗序》明确提出:"动天地,感鬼神,莫近于诗。"并且指出,"颂"这种诗体,其主要功能就是"美盛德之形容,以其成功告于神明者也"。《毛诗序》对诗的宗教功用的论述对后世影响巨大。我们看到,后世文论中对文学宗教功用的许多论述,都不外是《毛诗序》言论的重复。

到了刘勰,情况又有所发展。刘勰从"人文之元,肇自太极"的文学发生观出发,认为文学是"神理"的表现,可以发挥"幽赞神明"的作用,从《易》的经传到传说中的《河图》、《洛书》都是如此①。有些文体,如"封"、"禅",乃是古代帝王为祭祀天地,用以沟通"人"与"神"之间

---

① 刘勰《文心雕龙·原道》。

的情感,求得上苍的庇佑而产生的,正所谓"禋祀之殊礼,铭号之秘祝,祀天之壮观"也①。

经《尚书·尧典》的发明,《毛诗序》的巩固,《文心雕龙》的发展,文学感动天地鬼神,沟通人神的功用成为中国古代文用论强调的重点之一。刘向《琴说》云:"凡鼓琴,有七例,一曰明道德,二曰感鬼神,三曰美风俗,四曰妙心察,五曰制声调,六曰流文雅,七曰善传授。"②这是谈音乐的。古代诗乐相通,未始不适用于文学。萧纲《昭明太子集序》云:"窃以为文之为义,大哉远矣。……文籍生,书契作,咏歌起,赋颂兴,成孝敬于人伦,移风俗于王政道,道绵乎八极,理浃乎九垓,赞动神明,雍(和也)熙(光明、兴盛,引申为和谐)钟石,此之谓人文。"这"赞动神明"即脱胎于刘勰的"幽赞神明"说。钟嵘《诗品序》:"照烛三才,晖丽万有,灵祇待之以致辞飨,幽微藉之以昭告,动天地,感鬼神,莫近于诗。"孔颖达《毛诗正义序》:"感天地,动鬼神,莫近于诗。此乃诗之为用,其利大矣。"范仲淹《唐异诗序》:"诗之为意也,范围乎一气,出入乎万物,卷舒变化,其体甚大……羽翰乎教化之声,献酬乎仁义之醇,上以德于君,下以风于民。不然,何以动天地而感鬼神哉?"③如此等等,与《毛诗序》异口同声。又邵雍《诗画吟》称诗可"感之以人心,告之以神明"④,苏舜钦《石曼卿诗集叙》称诗"可以播而交鬼神也",徐祯卿《谈艺录》称"格天地,感鬼神,畅风教,通世情,此古诗之大约也",刘熙载《艺概·诗概》说诗可"通天地鬼神之奥"⑤,等等,都不外乎《尚书》、《毛诗序》、《文心雕龙》的翻版。

## 二、古代文学宗教功用论的特点

回顾古代文学宗教功用论,我们发现它具有这样一些特点。

一来,它比较干瘪、单薄,始终干巴巴就那么几句,特别是后期,它仅仅表现为对前期言论的一种几乎刻板的复述,而不是对自己深切体认到的文学宗教功用的表述。这能说明什么呢? 说明文学的宗教功用事实上是不存在的,人们看不见、摸不着,无法对它作出具体表述。

二来,尽管看不见、摸不着,但自从先秦人提出"神人以和",汉人提出"惊天地、动鬼神,莫近于诗"之后,后人却不厌其烦、煞有其事地加以重复,这又能告诉我们什么呢? 我认为,或者是出于盲目的尊祖、征圣,或者是出于自觉的认识与肯定。关于后者,有这样一个文化机缘是不可忽视的。中国古代作为一个宗法社会,尽管重人伦道德、重现世生活,没有严格意义上的宗教,但是,倾斜于感觉经验的思维传统始终没有将心理的事实与物理的事实彻底分开过,因而中国人从未彻底否认过神灵的存在。"子(孔子)不语怪力乱神",但也没有否认过"神怪"的权威。老庄对"真人"、"神人"的描述,则显然带有神化的色彩,不妨视为人格

① 刘勰《文心雕龙·封禅》。

② 刘向《琴书大全》卷十《弹琴》,清康熙癸丑大还阁藏版。

③ 范仲淹《范文正公集》卷六,《四部丛刊》本。

④ 邵雍《伊川击壤集》卷一八,《四部丛刊》本。

⑤ 刘熙载《艺概》,上海古籍出版社1978年版,第51页。

"神"。道教明确承认"神仙"的存在,其"神仙"则是神化的人。墨家明确肯定"天命","鬼神"的作用。后来佛教进入中国后尽管被世俗化了,但总不改其"有神论"本色。这些都决定了中国人对"天"、"神"若即若离,与其说其无,宁可信其有的态度。既然神灵被视为冥冥之中的一种客观存在,那么,人类动用一切手段(包括文学)与之交流思想感情,并对之加以礼赞,就是再自然不过的了。

古代文学的宗教功用论,今天虽然失其生命力而至今已成为历史博物馆里的残骸,佪我们还是应当去了解它。不如此,我们就无以认识古代像"颂"、"封"、"禅"之类的文体的产生与内涵、特点;不如此,我们就会忽略中国古代"天人合一"、"神人交感"的文化模式在古代文用论上打下的浓重印记。

## 第四节　"趣味"说
### ——中国古代文学的审美功用论

古代文学创作,相当部分是按审美规律来进行的。文学作品的美,使它具有美感功能,能够对人产生娱乐作用。然而,表现主义文学精神,使文学的美侧重于一种"内美"——"趣";而重感受经验的古代中国人从来没有将视觉、听觉快感与味觉、嗅觉、肤觉快感分开过,相反,他们正是着眼于这种共通的愉快感而五觉并提。所以古人谈感受的美是"味"、"滋味",对艺术美的感受也是如此。"趣味"说,构成了具有民族特色的古代文学审美功用论。

## 一、从文学作品感人的事例说起

文学作品按一定的审美规律被创造出来后,就具有一定的美,能够对读者发生美感功用。关于文学感人的例子,古代史料多有记载。《静志居诗话》载:"娄江女子俞二娘,酷嗜《牡丹亭》曲,断肠而死。"[①]清陈镛《樗散轩丝谈》卷二:"邑有士人贪看《红楼梦》,每到入情处,必掩卷冥想,或长发叹,或挥泪悲啼,寝食并废。匝月间连看七遍,遂至神思恍惚,心血耗尽而死。"更有甚者,如《莼乡赘笔》所载:"一日,演秦桧杀岳武穆父子,曲尽其态。忽一人从众中跃登台,挟利刃直前,刺桧流血满地。执缚见官,讯擅杀平人之故,其人仰对曰:民与梨园

---

① 转引自焦循《剧说》卷二,《中国古典戏曲论著集成》(八),中国戏剧出版社 1959 年版。

从无半面,一时愤激,愿与桧俱死,实不暇计真与假也。"①《毛诗序》指出:动天地,感鬼神,成孝敬,厚人伦,"莫近于诗"。何以如此呢?就是因为诗具有其他道德说教无法比拟的美感功能。

关于文艺的这种美感功能,宋代罗烨、明代冯梦龙曾有精彩的理论表述。罗烨在《醉翁谈录·小说开辟》中指出:"说国贼怀奸从(纵)佞,遣愚夫等辈生嗔;说忠臣负屈衔冤,铁心肠也须下泪。讲鬼怪,令羽士心寒胆战;论闺怨,遣佳人绿惨红愁。说人头厮挺,令羽士快心;言两阵对圆,使雄夫壮志。"冯梦龙《古今小说序》:"试令说话人当场描写,可喜可愕,可悲可涕,可歌可舞,再欲提刀,再欲下拜,再欲决脰,再欲捐金;怯者勇,淫者贞,薄者敦,顽钝者汗下。虽小颂《孝经》、《论语》,其感人未必如是之捷且深也。"

文艺产生的美感反应,古人常称之为"趣味"。"趣味"说,可以说是典型的具有民族特色的文学美感论。

## 二、"趣味"涵义考

"味",是中国古代用以指称"美"的一个术语。古人称对象性的文艺作品的美,常叫"味"、"滋味"、"臭(嗅)味"、"真味"、"至味"、"余味"。如称"味",刘勰《文心雕龙·丽辞》:"体植必两,辞动有配,左提右挈,精味兼载。"《文心雕龙·物色》:"味飘飘而轻举。"司空图《与李生论诗书》:"辨于味而后可言诗也。"杨万里《诚斋诗话》:"五言古诗句雅淡而味深长者,陶渊明、柳子厚也。"谢榛《四溟诗话》卷一:"渊明《止酒》诗用二十'止'字,略无虚设,字字有味。"陈仁锡《古今奇赏略纪》:"章子厚曰:'《九歌》取诸国风,《九章》取诸二雅,《离骚经》取诸颂。'黄庭坚叹息此人妙解文章之味。"沈德潜《说诗晬语》卷上:"诗有不用浅深,不用变换,略易一二字而其味油然自出者。"刘熙载《艺概·词曲概》:"词淡语要有味。"

称"滋味",如《文心雕龙·声律》:"吟咏滋味,流于字句。"钟嵘《诗品序》称五言诗"是众作之有滋味者也"。颜之推《颜氏家训·文章》:"陶冶性灵,入其滋味,亦乐事也。"唐张说云:"韩林之文如大羹玄酒,有典则,薄滋味。"②魏庆之《诗人玉屑》卷十二:"刘梦得诗法则既高,滋味亦厚……"张岱《答袁箨庵》:"兄看《琵琶》《西厢》有何怪异?布帛菽帛之中,自有许多滋味。"③

称审美主体欣赏感受的美,则常叫"有味"。如白居易《放言五首序》:"元九在江陵时有《放言》长句诗五首,韵高而体律,意古而词新。予每咏之,甚觉有味。"《王直方诗话》:"欧阳公谓梅圣俞诗,始读之则叹莫能及,后数日,乃渐有味。"谢榛《四溟诗话》卷二:"大篇约为短章,涵蓄有味。"明代俞弁《逸老堂诗话》卷下:"吴文定公读《白氏长庆集》有云:苏州刺史十

① 转引自焦循《剧说》卷六,《中国古典戏曲论著集成》(八),中国戏剧出版社 1959 年版。
② 《新唐书·骆宾王传》,中华书局 1975 年版。
③ 张岱《琅嬛文集》,上海杂志公司 1935 年版。

编成，句近人情得俗名。垂老读来尤有味，文人从此莫相轻。"因而，对作品的审美，自然叫"品味""寻味""体味""回味""味之"。如《文心雕龙·情采》称："繁采寡情，味之必厌。"钟嵘《诗品序》主张交替使用赋比兴，"使味之者无极"。袁枚《小仓山房诗集》卷三十三《品味》云："平生品味似评诗，别有酸咸世不知。"沈德潜《唐诗别裁集》卷十评杜甫《月夜》："反复曲折，寻味不尽。"

中国古代以"味"、"滋味"指称文艺作品的美，表明精神的愉悦与感官愉快、美感与快感在古人那儿是混为一体，不作区别的。这一点，明显体现了与西方美感论不同的特色。早在古希腊，就出现了将"美"规定为视、听觉器官专利的言论。如柏拉图在《大希庇阿斯篇》中指出："美是由视觉和听觉产生的快感。"到了中世纪，托马斯·阿奎那进一步强调了这一点："与美关系最密切的感官是视觉和听觉……我们只说景象美或声音美，却不把美这个形容词加在其他感官(例如味觉和嗅觉)的对象上去。"①直到现代美学理论中，这种观点仍很有势力。美学家们说："我们不应当称一块烤牛排是美味的"②；"马蒂斯的作品中的一些红色……给观者一种官能上的享受。但是我们必须明白，如果我们把这种享受孤立起来考虑……那就没有任何审美性质，而只不过是单纯的快感而已。"③其实，视觉、听觉愉快与味觉、嗅觉、肤觉(触觉)愉快同为感觉愉快、官能享受，在人类的审美经验中，它们是相通的(文学描写中存在的大量"通感"现象雄辩地证明了这一点)。偏要对它们作出硬性划分，把前者规定为"美感"，把后者规定为"快感"，只是美学家的一厢情愿，最终只能为人们的审美实践所否定。且不说现代派诗歌中有多少关于花香之美的描写④，也不说人们经常把"美"这个词用到味觉对象上去，称什么"美酒"、"美味"、"美食"，就说"性感"这一最为官能化、欲念化的概念，也与人们的美感享受难解难分。法国《方位》周刊《赛场上的阴阳人》描写美国短跑明星乔伊娜时写道："她那颇具性感的女性美是举世称颂的。"人们称赞美国影星波姬·小丝的胴体的美，也称它"颇具性感"。美国学者马克·萨尔兹曼在《幽默的中国人》一书中解释西方人眼中苔丝姑娘的扮演者，法国影星金丝基"丰满的嘴唇"何以美时说得则更为直露：嘴大好啊，"因为吻得舒服"。这些实例都证明了，"美导源于性感的范围看来是完全确实的"，"'美'和'吸引力'首先要归因于性的对象的原因"⑤。不仅视觉、听觉愉快与味觉、嗅觉、肤觉愉快密不可分，即便感觉愉快与精神愉快也密不可分。既然用"美"这个词形容感情的愉快，那么精神愉快与感觉愉快同为情感愉快，自然可以叫作"美"。

在五觉快感相通、感觉快感与精神快感相通，因而都叫"味"、都视为"美"这两点上，中国古代都尊重了人们的审美经验。

① 北京大学哲学系美学教研室《西方美学家论美和美感》，商务印书馆1982年版，第53页。按：这段话并不符合实际。
② 转引自(英)科林伍德《艺术原理》，中国社会科学出版社1987年版，第40页。
③ (法)萨特《想象的心理学》，《古典文艺理论译丛》第8期，第63～64页。
④ 杨国华《现代派文学概说》，华东师大出版社1989年版，第34页。
⑤ (奥)弗洛伊德《文明与它的不满意》，转引自朱狄《当代西方美学》，人民出版社1984年版，第25页。

首先，文艺作品的美说到底是一种精神的美，在"以意为主"的中国古代文学作品中情况更是如此。而古代文论家则以"味"相称，分明昭示了精神愉快与感觉愉快的相通性，因为两者同为情感愉快。这方面，孟子早有揭示："礼义之悦我心，犹刍豢之悦我口。"

　　其次，古代理论家从未将视觉、听觉愉快与味觉、嗅觉、肤觉愉快分开过，恰恰相反，他们总是五觉并提。《老子》十九章："五色令人目盲，五音令人耳聋，五味令人品爽……"《庄子·天地》："且夫失性有五：一曰五色乱目，使目不明；二曰五声乱耳，使耳不聪；三曰五臭熏鼻，困惾中颡；四曰五味浊口，使口厉爽；五曰趣舍滑心，使性飞扬。"《孟子·告子上》："口之于味也，有同嗜焉；耳之于声也，有同听焉；目之于色也，有同美焉……"《荀子·王霸》："口好味而臭味莫美焉，耳好声而声乐莫大焉，目好色而文章致繁妇女莫众焉，形体好佚而安重闲静莫愉焉，心好利而谷禄莫厚焉。"又《礼论》："礼者养也。刍豢稻粱，五味调香，所以养口也；椒兰芬苾（音'必'，浓香），所以养鼻也；雕琢刻镂，黼黻文章，所以养目也；钟鼓管磬，琴瑟竽笙，所以养耳也；疏房檖（通邃）貌（通邈，绵邈）、越席床笫几筵，所以养体也。"《吕氏春秋·孝行》："养有五道：修宫室，安床笫，节饮食，养体之道也；树五色，施五采，列文章，养目之道也；正六律，和五声，杂八音，养耳之道也；熟五谷，烹六畜，和煎调，养口之道也；和颜色，说言语，敬进退，养志之道也。"《淮南子·说林训》："佳人不同体，美人不同面，而皆说于目；梨橘枣栗不同味，而皆调于口。"刘向《说苑·修文》："衣服容貌者，所以悦目也；声音应对者，所以悦耳也；嗜欲好恶者，所以悦心也。"葛洪《抱朴子·塞难》："妍有定矣，而憎爱异性，故两目不相为视焉；《雅》、《郑》有素矣，而好恶不同，故两耳不相为听焉；真伪有质矣，而趋舍舛忤，故两心不相为谋焉。"如此等等，正由于古代中国人认为五官的感觉是相通的，精神享受与官能享受是浑融的，所以孔子闻《韶》乐，是"三月不知肉味"①，徐铉释美，是"羊大则美"②。

## 三、至味无味

　　在"味美"说中，古代尤其崇尚一种像"大羹之味"那样的"无味之味"，认为这就是"至味之味"。如《礼记·乐记》："清庙之瑟，朱弦而疏越，一唱而三叹，是遗音者矣；大飨之礼，尚玄酒而俎腥鱼，大羹不和，有遗味者矣。"王充《论衡·自纪》："大羹必有淡味。"刘安《淮南子·说林训》："至味不慊，至言不文。"陆机《文赋》："阙大羹之遗味，同朱弦之清氾。"唐张说评韩休之文："如大羹玄酒，有典则，薄滋味。"③"大羹"、"玄酒"由水构成，故是一种"无味之味"，"平淡之味"。尚"大羹之味"，自然尚"平淡之味"。如苏轼《书黄子思诗集后》："韦应物、柳宗元发纤秾于简古，寄至味于淡泊，非余子所及也。"宋释道潜《赠权上人兼简其见高致虚秀才》："文章妙处均制馔，不入咸酸伤至味。"④魏庆之《诗人玉屑》卷十二："柳子厚诗雄深简

① 刘向《说苑·修文》，《四部丛刊》本。
② 许慎《说文解字》，中华书局1963年版，第78页"美"注。
③ 《新唐书·骆宾王传》，中华书局1975年版。
④ 《参寥子诗集》卷一二，《四部丛刊》本。

中国古代文学理论

淡,迥拔流俗,至味自高。"杨廷芝《二十四诗品浅解·绮丽》:"淡者屡深,木质无华无文,而天下之至文出焉。有味之而愈觉其无穷者,是乃真绮丽也。"何以"大羹玄酒"这样的"无味之味"是"味之至者"①? 照古代中国人看来,"有味之味"是有限之味,"无味之味"是"全味"、"无限之味"。所以说,"水味之淡,非果淡,乃天下至味,又非饮食之味所可比也"②;"至味无味",正如"至色无色"、至文无文,"大音希声"、"大象无形"的道理一样。不过这种"至味",是"不可说之味"罢了③。由此可见,这种"味"虽然平淡,但"咀嚼无滓"④,是一种纯净之味。虽然"味在咸酸之外"(司空图),但却"咸酸杂众好,中有至味永"⑤,是一种"味外之味"、"曲包之味"。由于它"寄至味于淡泊",所以"咀之而味愈长"⑥,使人"味之不尽"⑦,从读者角度讲,又是一种"无穷之味"⑧。古代崇尚这种"淡中之味"⑨,很明显,不仅符合道家的"全美"旨趣⑩,也符合儒家"温柔敦厚"、"含蓄为上"精神。

## 四、"意深则味有余"

在文学作品中,"至味"从哪里来? 古人认为,就是要有含蓄深厚的"意"。有"意"便有"味","意"深厚则"味"浓厚。所谓"文所以入人者,情也"⑪;"情不深则无以惊心动魄"⑫;"凡装点者好在外,初读之似好,再三读之则无味。要当以意为主,辅之以华丽,则中边皆甜也"⑬。因此,古人常"意味"联言。《永乐大典》卷八二三引《编类》文:"《古诗》沉著,而意味深远。"谢榛《四溟诗话》卷一:"子美《和裴迪早梅相忆》之作……句法老健,意味深长。"张戒《岁寒堂诗话》:"大抵句中若无意味,譬之山无烟云,春无草树,岂复可观?"孙联奎《诗品臆说·委曲》:"为诗作文一味平直,岂复有意味乎?"又《超诣》题解:"'超诣'较'自然'更进一层。'自然'只在本位,'超诣'则意味无穷。"赵翼《瓯北诗话》卷十一:"唐人'今日汉宫人,明朝胡地妾'二句,不着议论而意味无穷。"

"意味"又称"义味"、"神味"。如《文心雕龙·总术》:"数逢其极,机入其巧,则义味腾跃

---

① 柳宗元《读韩愈所著〈毛颖传〉后题》,《柳河东集》卷二十一,上海人民出版社 1974 年版。

② 王会昌《诗话类编》卷三,明万历刊本。

③ 高棅《唐诗品汇》卷九王维《终南别业》评语,上海古籍出版社 1982 年版。

④ 张炎《词源·杂论》,《词源注》,人民文学出版社 1963 年版。

⑤ 苏轼《送参寥师》,《四部丛刊》本《集注分类东坡先生诗》卷二十一。

⑥ 祁彪佳《远山堂剧品·烟花梦》,《中国古典戏曲论著集成》(六),中国戏剧出版社 1959 年版。

⑦ 王士禛《带经堂诗话》卷一,人民文学出版社 1963 年版。

⑧ 杨万里《诚斋诗话》,《历代诗话续编》,中华书局 1983 年版。

⑨ 查为仁《莲坡诗话》,《清诗话》上册,上海古籍出版社 1978 年版。

⑩ 如《老子》第六十三章:"为无为,事无事,味无味。"第三十五章:"'道'之出口,淡乎其无味,视之不足见,听之不足闻,用之不足既。"

⑪ 章学诚《文史通义·史德》,嘉业堂本《章氏遗书》。

⑫ 焦竑《雅娱阁集序》,《澹园集》卷十五,《金陵丛书》本。

⑬ 吴可《藏海诗话》,《历代诗话》,中华书局 1981 年版。

而生。辞气丛杂而至。"清刘体仁《七颂堂词绎》:"明初比晚唐,盖非不欲胜前人,而中实枵然,取给而已,于神味处全未梦见。"清王昱《东庄论画》:"画虽一艺,其中有道貌岸然。试观古人真迹,何等章法,何等骨力,何等神味。"

古人又常讲"风味"、"兴味"。"风"本为魏晋人伦品鉴中的术语,照徐复观《中国艺术精神》的阐释,即指"超以象外"的"神"。"兴"本为创作方法概念。大约从钟嵘时代起,它经历了一个由内容表现的方法到方法表现的内容的转变。所以,贾岛《二南密旨》干脆说:"兴者,情也。"如此,则"风味"、"兴味"则与"意味"同义。

古代的"趣味"说,则从另一个侧面揭示了艺术的美("味")与"意"的联系。"趣",今人一般理解为"味"的同义词。考其词源,恰与"味"有别,与"意"相关。"趣",《诗大雅传》释作"趍"。《广韵》:"趍,俗'趋'字。""趋"本是动词"走"的意思。"走"总有一定的方向,故有"趋向"一语。这时,"趋",已引申为名词意义。由"趋向"再引申为"指向"、"意向"、"意指"。故《广韵》释曰:"趣,向。"正由于"趣"与"意"通,故古人常"意趣"联言。"意趣"者,"意趋"、"意向"者也。这是它的本义。"兴趣"也好,"风趣"也罢,从本义上说,都可解作"意兴"、"风神"。如屠隆《文论》云:"古诗多在兴趣,微词隐义,有足感人。"李渔《闲情偶寄·重机趣》云:"'机趣'二字,填词家必不可少。机者,传奇之精神;趣者,传奇之风致。"王夫之《古诗评选》卷五评谢灵运《田南树园激流植援》:"亦理亦情亦趣,逶迤而下,多取象外,不失圜中。"可见,"趣味"者,"意味"也。在"趣味"一词身上,保留着"美"与"意"相关联的痕迹。由于有"趣"即有"味",后来"趣"逐渐演化为"味"(美)的同义词。如李贽讲:"天下文章当以趣为第一。"[①]汤显祖《答吕姜山》:"凡文以意、趣、神、色为主。"屠隆《论诗文》说:"文章止要有妙趣。"袁宏道说:"夫诗以趣为主。"[②]这里的"趣",显然与"意"不同,解为"味"的同义词就更为准确。当"趣"与"味"同义时,"趣味"说就成为古代文论重视文学的审美功能的反映。

赵翼《瓯北诗话》卷十明确指出:"意深则味有余。"不仅诗美与意趣相关,自然美也与意趣相关。如宗炳《画山水序》曰:"山水以形媚道。""山水质而有趣灵。"邵雍《善赏花吟》曰:"人不善赏花,只爱花之貌;人或善赏花,只爱花之妙。花貌在颜色……花妙在精神……"[③]王夫之《夕堂永日绪论内编》曰:"烟云泉石,花鸟苔林,金铺锦帐,寓意则灵。"这些理论上的揭示以及上述关于"趣味"、"意味"等概念术语的语义考察告诉我们什么呢?那就是,在宗法社会"向心"文化的作用下,审美主体与审美对象的关系是一种表现主义关系;而文学理论中的"趣味"说,则是浸透了表现主义色彩的具有民族个性的文学的美感功用论。

① 《李卓吾先生批评忠义水浒传》第五十三回总批,明容与堂本。
② 袁宏道《西京稿序》,《袁中郎全集·文钞》,钟伯敬增订本。
③ 邵雍《伊川击壤集》卷一一,《四部丛刊》本。

## 第十一章

# "三不朽"说

## ——中国古代文学的价值论

文学价值,指文学在社会生活中的地位及其具有的意义。古人认为,"立言"不如"立德","不知务道德"而仅"以文辞为能",不过是"壮夫不为"的雕虫小技。其次,"立言"也不如"立功","宁为百夫长,胜作一书生"。如果"立德"、"立功"不成,可退而求其次地"立言",不过要想通过"立言"求得"不朽",必须使言"载道"、"适用"。这种文学价值论在今天仍有借鉴意义。

所谓"三不朽",是《左传·襄公二十四年》提出来的,指"立德"、"立功"、"立言"可以使人青史留名,永垂不朽。而在这三种"不朽"中,又有高低层次之别:"太上有立德,其次有立功,其次有立言。"

## 一、"立言"不如"立德"

"三不朽"说首先揭示了"立德"在"立言"之上,"立言"不如"立德"。在以做人为本、道德至尊的中国古代宗法社会,这种文学价值观的出现是很自然的。孔子说:"志于道,据于德,依于仁,游于艺。"①庄子说:"技而进于道。"可知"中国古人无论儒家道家,莫不以道为本,以技与艺为末"②。所以,中国古代多以为做文不如做人,"文人"的地位远不如"道德君子"。"名节,本也;文艺,末也。"③"士之致远,先器识而后文艺。"④"余事作诗人。"⑤"行有余力,则以学文"。清人郑珍赋诗指出,作诗是做人之余事:"从来立言人,绝非随俗士……文质诚彬

① 《论语·述而》。

② 钱穆《现代中国学术论衡·略论中国哲学》,岳麓书社 1986 年版。

③ 刘克庄《跋真仁夫诗卷》,《后村先生大全集》卷九九,《四部丛刊》本。

④ 裴行俭语,《新唐书·裴行俭传》,中华书局 1975 年版。

⑤ 韩愈语,转引自方东树《昭昧詹言》卷一,人民文学出版社 1961 年版。

彬,作诗固余事。"①曹丕曾盛称文章为"经国之大业"②,可他还是置"立言"于"立德"之下:"惟立德扬名,可以不朽,其次莫如篇籍。"③扬雄"少而好赋",晚年悔其少作,认为那是"雕虫篆刻","壮夫不为"也④。刘知几"耻以文士得名"⑤。宋人刘忠肃说:"士当以器识为先,一命为文人,无足观矣。"⑥清人顾炎武"见近日之为文人、为讲师者,其意皆欲以文名、以讲名者也"⑦,大不以为然,主张"能文不为文人,能讲不为讲师"⑧。他们所以不愿为"文人",甚至耻为"文人",都与"立言"不如"立德"、做文不如做人的传统观念相关。的确,从道德修养方面说,舞文弄墨并不是必不可少的手段,相反,文学状物达意、"消愁破闷"⑨的认识、审美功能,倒常常会把作者的视线从道德修养方面牵引开去⑩。这种现象,正如屠隆指出:"夫综物为象,述事宣情,则此道(引者按:文章之道)为胜;若求之性命,则此特其皮毛耳。"⑪故在"道德至尊"的古代中国,以"立德"在"立言"之上批判"不知务道德而第(仅也)以文辞为能者"⑫,是不奇怪的。

## 二、"立功"在"立言"之上

不仅"立德"在"立言"之上,而且"立功"也在"立言"之上。这是"三不朽"说揭示的第二层意思。当然最好是通过"立德"以至"不朽",如果"立德"不成,就退而"立功"。古代以"立德"高于"立功",实即以德行而不是以经济地位、财富功利作为决定一个人尊卑价值的最高标准,表现了相当的民主性和进步性(如君主虽然地位极高,但如果道德不修,也可以不尊重他,所谓"君不君,臣不臣";甚至可以推翻他,如对待桀、纣那样)。另一方面,照这个标准,一个驰骋疆场、建功立业的有功之臣尚比不上一个高蹈遗世的道德之士,这也未免"迂阔而不切于实际",有一定的迂腐性。而以"立功"在"立言"之上,指出"立言"不如"立功",鼓励人们不要墨守书斋,以"文士"而矜,而应积极投身到经邦济国、建功立业的实际斗争中去,却有相当的合理性、科学性。古人云:"讲学问经济,随地可以及物,诗不中用。"⑬"诗不中用"一语,

① 郑珍《论诗示诸生时代者将至》,《巢经巢诗钞》,清咸丰刻本。

② 曹丕《典论·论文》,《文选》卷五二,《四部丛刊》本。

③ 曹丕《与王朗书》,《全三国文》卷七,中华书局1958年版。

④ 扬雄《法言·吾子》,《扬子法言》卷二,《四部丛刊》影宋本。

⑤ 刘知几《史通·自序篇》,中华书局1961年版。

⑥ 转引自顾炎武《与人书十八》,《亭林诗文集》卷四。按此语亦转见于方宗诚《徐庾文选序》,不过"一命"作"号"。

⑦ 顾炎武《与人书二十三》,《亭林诗文集》卷四,《四部丛刊》本。

⑧ 顾炎武《与人书二十三》,《亭林诗文集》卷四,《四部丛刊》本。

⑨ 曹雪芹语,《红楼梦》第一回。

⑩ 程颐曾描述过作文使得道德修养分心的现象:"凡为文不专意则不工,若专意则志局于此,又安能与天地同其大也?"他把这种现象叫做"作文害道","无物丧志"(《二程语录》卷十一)。

⑪ 刘凤《刘子威先生澹思集序》,屠隆《白榆集》卷二,明万历刊本。

⑫ 周敦颐《周子通书》第二十八《文辞》,《正谊堂全书》本《濂洛关闽书》卷一。

⑬ 方东树《昭昧詹言》卷一引潜邱言。《昭昧詹言》,中华书局1961年版,第157页。

正点明了诗歌(乃至一切文艺)功用的非物质性。文艺尽管能产生排山倒海、改造世界的巨大特质力量,但毕竟是通过认识、教化作用,通过感发人心这一中介来实现的,它本身并不能直接创造物质财富。文艺的认识、教化、审美、宗教功用都是精神性的,它决定了文艺本身是一种精神产品。人们对于文艺作品的需求,根本在于它能满足人的精神欲求。从"人的本质"上讲,人是物质存在与精神存在、生物存在与社会存在的统一体。人虽然由那包含意识的精神而与其他生物区别开来,成为特殊的生物——"人",但生命体(肉体存在)作为意识、精神的物质承担者,决定了人首先必须是"非人",然后才能成其为"人",或者说,人首先必须是物质存在、生物存在,然后才能成其为精神存在、社会存在。用恩格斯的话说就是:"人们首先必须吃、喝、住、穿,然后才能从事政治、科学、艺术、宗教等等。"①用古人的话说就叫"仓廪实则知礼节,衣食足而知荣辱"②,"食必常饱,然后求美;衣必常暖,然后求丽;居必常安,然后求乐"③。"人的本质"的这种复杂性决定了精神产品在人类生活中的窘境:有这类产品固然可使人们生活得更好,没有这类产品人们也能生存。而纯形式美的文艺作品更是可有可无的奢侈品:"在缺乏这类事物时,我们并不感到缺乏,也不感到什么痛苦,但是它们的出现却使感官得到满足,引起快感……"④在今天商品经济的浪潮中文章学术所遭到的冷遇和文人学子的严重失落,或许会使我们对此有切肤之感。

基于"诗不中用"的认识,古人认为文章写得再好,也算不上什么"勋绩",一介书生称不上什么"君子":"辞赋小道,固未足以揄扬大义,彰示来世也……岂徒以翰墨以勋绩,辞赋为君子哉?"⑤因此,古代有抱负的人大多是一心建功立业,不屑以"文士"终身的。《后汉书·班超传》载,班超少有大志,耻以"文士"自命,尝投笔叹曰:"大丈夫无他志略,犹当效傅子介(按:杀楼兰王者)、张骞立功异域,以取封侯,安能久事笔砚间乎?"曹植以诗人闻名于后世,其实这何尝是他的初衷!他内心神往的是在《白马篇》中描写的"捐躯赴国难,视死忽如归"的爱国壮士形象。正如他在《与杨德祖书》中自白的那样:"吾虽德薄,位为藩侯,犹庶几勠力上国,流惠下民,建永世之业,流金石之功,岂徒以……辞赋为君子哉?"同样,李白、杜甫、苏轼、陆游、辛弃疾这些文学史上的大诗人,他们原先并不想当"诗人"。他们所以成为"诗人",实则出于阴错阳差。正如陆游晚年所感叹:"岂其马上破敌手,吟哦常作寒蛩鸣?"在古人看来,纵然不能立大功,哪怕立小功,也比成为大诗人强:所谓"宁为百夫长,胜作一书生"⑥。对于那些以工文者自矜、弃百事而不关心的人,古人常常加以讽刺、批评。如欧阳修指出:"夫学者,未始不为道(按:日用百事之道),而至者鲜焉。非道之于人远也,学者有所溺焉

---

① 《在马克思墓前的讲话》,《马克思恩格斯选集》第三卷,人民文学出版社,江苏人民出版社1972年重印版,第574页。
② 《管子·牧民》。
③ 《墨子佚文》,孙诒让《墨子间诂》附录,上海古籍出版社1996年版。
④ 苏格拉底语,(古希腊)柏拉图《文艺对话集》,人民文学出版社1983年版,第298~299页。
⑤ 曹植《与杨德祖书》,《文选》卷四二,《四部丛刊》本。
⑥ 杨炯《从军行》。

尔。盖文之为言,难工而可喜,易悦而自足。世之学者,往往溺,一有工焉,则曰:吾学足矣。甚者至弃百事不关于心,曰:吾文士也,职于文而已。此其所以至之鲜也。"①

历史地看,古代"立言"不如"立功"的文学价值观乃是儒家积极用世精神的反映。不管处于什么样的朝代,总有一些胸藏忧国忧民之心、经邦济世之怀的耿介之士在,因而这种文学价值观总是能亘古长存。而当政治清明,社会为用世之人一展宏图提供了广阔的场所、合适的氛围时,这种文学价值观便会更加突出。比如初、盛唐是中国古代从未有过的一个自信、自由、繁荣、浪漫的时代。从贞观四年三月"诸蕃君长诣阙,请太宗为天可汗"②起,中国长达几个世纪的分裂、战争、民族危机、社会混乱给人们带来的彷徨、失望、颓废心理烟消云散。四夷臣服、物阜民安、政治开明的盛世现实,激发了人们建设和创造的理想与信心。这个时候再坐在书斋里简直太傻了,诗人们纷纷说:"丈夫皆有志,会见立功勋。"(杨炯)"平生怀长剑,慷慨即投笔。"(刘希夷)"谁能书阁下,白首太玄经!"(李白)这种盛唐的价值观一直流续到晚唐。李商隐《娇儿诗》:"儿应勿学耶,读书求甲乙。况今西与北,羌戎正狂悖。儿当速成大,探雏入虎窟。当为万户侯,勿守一经帙。"③

### 三、"言"假道德事功而"不朽"

在古代社会,人们是否能建功立业并不仅仅取决于是否有这样的抱负,还取决于是否被上层统治者任用。由于政治腐败,社会昏暗,结果往往是奸佞当道。于是,"白日不照吾精诚",有理想、有抱负的耿介之士往往遭到冷落、排挤、打击,"立功"无门,"立德"不成,只好退而"立言"了。"立言"既然是"立德"、"立功"不成以后不得已而为之、聊以自慰的一种方式,也就应当歌"功"颂"德",以激励后来读者修德建功。正如明代朱舜水所说:"夫立言,岂圣人之得已哉! 盖圣人以拯救天下为心,德无其位,功非其时,不得已徒托之空言,庶几后之君子读其书勃然而兴起,修其德而建其功。"④要之,"立言不朽",是"三不朽"说的第三层涵义。

这层内涵异常丰富。

首先,"立言"何以会"不朽"? 这是因为,"言"(不言而喻,此指诉诸物质媒介的言,即文字)作为见诸竹帛的物质符号,具有超越生命有限性而达到无限与永恒的符号功能。所谓文章"载人之行,传人之名"也(王充)。曹丕《典论·论文》所以称"文章"为"不朽之盛事",是因为"年寿有时而尽,荣乐止乎其身,二者必至之常期,未若文章之无穷"。刘勰也指出,"岁月飘忽,性灵不居;腾声飞实,制作而已。……形同草木之脆,名逾金石之坚。是以君子处世,树德建言,岂好辩哉? 不得已也。"⑤又说:"君子之处世,疾名德之不章(彰),唯英才特达,则

---

① 欧阳修《答吴充秀才书》,《欧阳文忠公文集》卷四十七,《四部丛刊》本。
② 王溥《唐会要》卷一〇〇《杂录》,上海古籍出版社 1991 年版。
③ 《历代诗话》下册,中华书局 1981 年版,第 561 页。
④ 朱舜水《立庵记》,《朱舜水全集》卷十八,世界书局本。
⑤ 刘勰《文心雕龙·序志》,赵仲邑《文心雕龙译注》,漓江出版社 1982 年版,第 410 页。

炳曜垂文,腾其姓氏,悬诸日月。"①

　　其次,"立言"怎样会"不朽"? 那就是不要为文而文,应以"载道"为不朽,"适用而不朽"②。"志在于为诗人而已,为之虽工,其诗则卑且小矣"③,想留名也留不了名。相反,无意为文,热衷于"道德之养"、"经济天下之才"④的造炼,"其胸中所蓄高矣,广矣,远矣,而偶发之于诗,则诗与之为高广且远矣"⑤,无意留名,却能"不朽"。清刘开《与阮芸台宫保论文书》指出:汉人"非有意为文也,忠爱之谊,悱恻之思,宏伟之识,奇肆之辨,诙谐之辞,出之于自然,任其所至,而无不咸宜。"也是指的这一现象。这种情况,古人叫做"有德者必有言,有言者不必有德"⑥;"古之人,其传也,非能为传也,乃不能不为传也"⑦;"能知为人之重于为诗者,其诗重矣"⑧。因此,姚鼐指出:"古之善为诗者,不自命为诗人者也。"⑨对那种遗道德事功之大而斤斤计较于文名之人,古人讥之为目光短浅的鄙陋之人。如袁枚《答友人某论文书》说:"仆与足下生盛世,不能为国家立万里功,活百姓,又不能伏丹墀,侃侃论天下事,并不能为游徼啬夫,使乡里敬之信之,而乃欲争名于蠹简中,狭矣!"⑩

　　复次,"立言"的地位究竟有多高?"立言"固然比不上"立德"、"立功",但既然可以"传人之名",归于"不朽",还是相当诱人的;且较之荣华富贵、声色犬马,地位显然在其之上。韩愈曾作过这样的比较:"子厚斥不久,穷不极,虽有出于人,其文学词章,必不能自力以致必传于后,如今无疑也。虽使得所愿于一时,以彼易此,孰得孰失?"⑪韩愈的意思很明显:柳宗元以"文学词章""传于后",自然胜过"得所愿于一时",仕途亨通,显贵一世。宋濂在驳斥特忌"以能文名"的偏见时指出:"彼货殖者不越朝歌暮弦之乐尔,显荣者不过迁朱拖紫之华尔,未百年间声销景(影)沈,不翅(通啻)飞鸟遗音之过耳,叩其名若字,乡里小儿已不能知之矣。至若文人者,挫之而气弥雄,激之而业愈精。其屹立若嵩华,其昭回如云汉,衣被四海而无慊,流布百世而可征。是殆天之所相以弥纶文运,岂曰忌之云乎!"⑫这说明,文学在中国古代地位虽然不是最高,但远比蝇营狗苟于声色犬马、功名利禄强。

　　"死"与"生",按照弗洛伊德分析,是人的两大本能⑬。当人们意识到生命和爱不过是暂

① 刘勰《文心雕龙·序志》,赵仲邑《文心雕龙译注》,漓江出版社1982年版,第152页。

② 刘熙载《文概·艺概》,上海古籍出版社1978年版,第37页。

③ 姚鼐《荷塘诗集序》,《惜抱轩文集》卷四,清嘉庆原刊本。

④ 姚鼐《荷塘诗集序》,《惜抱轩文集》卷四,清嘉庆原刊本。

⑤ 姚鼐《荷塘诗集序》,《惜抱轩文集》卷四,清嘉庆原刊本。

⑥ 《论语·宪问》。

⑦ 袁枚《答友人某论文书》,清乾隆刻本《小仓山房文集》卷十九。

⑧ 姚鼐《荷塘诗集序》,《惜抱轩文集》卷四,清嘉庆原刊本。

⑨ 姚鼐《荷塘诗集序》,《惜抱轩文集》卷四,清嘉庆原刊本。

⑩ 袁牧《小仓山房文集》卷十九,版本同前。

⑪ 转引自葛立方《韵语阳秋》,《历代诗话》下册,中华书局1981年版,第568页。

⑫ 宋濂《元故奉训大夫江西等处儒学提举杨君墓志铭》,《宋文宪公全集》卷十,《四部备要》本。

⑬ (美)宾克莱《理想的冲突》,商务印书馆1988年版,第121页。

时得胜,死亡才是最终的、真正的胜利者时,一种对死亡的恐惧和对长生的希冀便油然而生。人性莫不好生而恶死。在热衷于人间生活、充满了现世精神的古代中国,这一点表现得尤为突出。寻找"不死之药"的方士、追求"得道成仙"、"长生不老"的道教正是在这种被民族文化强化的"好生恶死"本能心理中得以成其气候的。然而,"不死之药"并不能够挽救得了一命呜呼,现实中从来不存在什么"长生久视"的"神仙",倒是统治者的你争我夺,频繁的改朝易代,连年不断的战争加剧了人生的无常、生死的流转,那未必是"不死之药"的文籍辞章恰恰可以"传人之名",使人"不朽"。"名声若日月……人情之所同欲也。"①于是,人们在感叹生命短促的同时,便向文章中追求起超越与永恒来。古代"立言不朽"所以有那么大的魅力,其缘由当与此有关。

## 四、"三不朽"说的现代活力

在中国传统文化的渊薮中,诞生了独特的文学价值论——"三不朽"说。它在今天仍有许多值得我们汲取的活力。

首先,古人把"立德"放在"立言"之上,具有相当的合理性。生活的艺术即处世的艺术。人在社会上生活、人与人之间相处的依据是人品、人格、道德。一个人不会作文,不影响他生活得如鱼得水,一个人不会做人,则会使他在社会上动辄得咎。所以不可不会做人而只会做文,更不可徒恃长于做文而薄于做人。只有把做文放在学会做人之后,为文才有合理的根基,才不致本末倒置。

其次,古人把"立功"放在"立言"之上,更有合理性。随着生产力的发展,社会的分工,脑力劳动与体力劳动逐步分离开来,精神生产逐渐从社会生产力中独立出来。我们诚然不应否定精神财富在人类生活中的作用,抹杀作家、学者在社会生活中的地位,但也不应把它们夸大得过于神圣和至高无上。今天,确有一些作家、诗人、学者自我感觉太好,他们总认为自己所从事的事业最为伟大,对这个社会最为重要,仿佛自己是救世主,世界少了他就不行。其实,这不是迂腐的自命清高,就是孤陋的一隅之见。平心而论,有了文学与诗,固然可使人们生活得更美好,但没有文学与诗,人们也能生存。文学并不是人类生活必不可少的东西;把文学在人类生活中的地位看得必不可少与一文不名一样荒谬。

复次,古人认为,文章不朽在"载道""适用",为文而文只能速朽。这也很有现实意义。由于西方现代哲学思想、美学思想的流入,新时期文坛上曾出现过为数甚多的置道德教化、现实生活于不顾,沉溺于新形式探索的"怪味"小说、诗歌。这样的作品是否能"不朽",难道不足以从古代的文学价值论中获得有益的启示吗?也许事实是,"不朽"的作品离不开进步、健康的道德意识和火热、重大的现实斗争的表现与反映。

---

① 《荀子·王霸》。

# 第十二章

# 中国古代文学理论的方法论

　　这里说的古代文论的方法论,指古代文学理论批评自身的思维方式和表达方式。中国古代文学理论自身的方法论与西方文论和我们今天的文学理论有着鲜明的不同。这些方法主要有六种:"训诂"的方法,"折中"的方法,"类比"的方法,"原始表末"的方法,"以少总多"的方法,"假象见义"的方法。其中,"训诂"主要用于阐释名言概念,"折中"主要用于矛盾关系的分析,"类比"主要用于因果关系的推理,"原始表末"主要用于历史发展的观照,"以少总多"和"假象见义"主要用于思想感受的表达。它们在不同功能上发挥作用,构成了古代文论独立自足的方法论整体。

　　古代文论的方法论,其涵义有二:一指古代文论中的方法论,即古代文论中关于文学创作方法的理论,如"活法"说、"定法"说、"用事"说、"赋比兴"说,等等;二指古代文论自身的方法论,即古代文学理论批评在思维方式与表达方式方面所形成的总体特色。本章探讨的是后一种涵义上的方法论。

　　阅读中国古代文学理论著作,会感到其方法论与西方文论和我们今天的文学理论有着鲜明的不同。如果稍加推究,便不难发现,这些富有民族个性的方法论是根植于丰沃的中国传统文化土壤之中的。古代文论的方法论自然很丰富,并非本章所论列的六种方法所能囊括,但从主导方面说,本章所着力探讨的六种方法基本上可以昭示中国古代文论方法论的概貌。

## 第一节　"训诂"
### ——名言概念的阐释方法

### 一、经学与音训

　　"训诂",本为中国古代"小学"的一支。"小学",即中国古代的语言文字学,包括狭义的文字学、音韵学、训诂学。文字学研究字形构造,音韵学研究字音诵读,训诂学研究字义解释①。先秦时期,虽尚无"训诂"之名,但训诂学的基本方法已经具备②。汉代以后,伴随着经学的昌盛③,出于治经的需要④,训诂学充分发展起来。"音训",便是训诂学的基本方法之一。"音训",又叫"声训",即以读音相同、相近的字解释另一字的涵义。古代经传都出于口授,到汉代逐渐记之于文字。因记录者方言、知识水平各异,同一读音、涵义的词可能记录为多种同音、近音字。于是音同、音近通假,因音求义的训诂学方法便由此产生。这种现象,东汉初年的郑众首先发明。他在注解《周孔·天官·酒正》中饮料专名时发现它与《礼记·内则》记载的文字有异,探究其原因在于:"'糟'音声与'蕉'相似,'医'与'醷'亦相似。文字不同,记之者各异耳,此皆一物。"后来郑玄进一步阐明"同言异字"(一义多字)和"同字异言"(一字多义)现象的来由:"其始书之也,仓卒无其字,或以音类比方假借为之,趣于近之而已。受之者非一邦之人,人用其乡,同言异字,同字异言,于兹遂生。"⑤因此,同音为训,作为解释字义的一种方法,具有一定的合理性、科学性。

早在先秦,音训求义的方法就开始应用。如《周易·象传》:"需,须也";"离,丽也";"晋,进也"。这是同音相训。《孟子·滕文公上》:"设为庠序学校以教之。庠者养也,校者教也,序者射也。夏曰校,殷曰序,周曰庠,学则三代共之,皆所以明人伦也。""庠者养也,校者教也,序者射也",这是音近为训。汉代以后,经学昌盛。古文经学为了实事求是地弄清经文的本义,特别重视"就其原文字之声类考训诂"(郑玄),所谓"读九经自考文始,考文自知音始"⑥;"治经莫重于得义,得义莫切于得音"⑦,"疑于声者,以义正之"⑧。以《说文》为例。"《说文》列字九千,以声训者十居七八,而义训不过二三."⑨足见音训为古文经学家探明经义的重要而有效的方法。

---

① "小学"之名,首见于刘向、刘歆父子所编《七略》。明确以"小学"为文字、音韵、训诂之学从宋代始,如晁公武《郡斋读书志》、王应麟《玉海》、欧阳修《崇文总目叙释·小学类》。清代《四库全书总目》、章太炎《论语言文字之学》皆作如是观。

② 参胡奇光《中国小学史》,上海人民出版社 1987 年版,第 39 页。

③ 古代经学分古文经学与今文经学。从整个情况看,古文经学较今文经学势力影响为长远广大。古文经学在汉代的代表是许慎、郑玄,代表作是《说文解字》、"郑学"。六朝、隋、唐皆重"郑学"。清代,古文经学分为以惠栋为代表的"吴派"(著名学者钱大昕属此麾下)和以戴震为代表的"皖派"(小学大师段玉裁、王念孙、王引之皆属此麾下),他们注重以实证精神、训诂的方法推究古经本义,又称"汉学"、"朴学"。著名的"乾嘉学派"就属于古文经学派。今文经学在汉代的代表是董仲舒、"公羊春秋学"和《白虎通》。汉代以后,今文经学影响式微,直到清代才出现复兴。其标志是庄与存、刘逢禄为首的"常州学派"(又名"公羊学派")。今文经学喜欢托古立论,或借训诂的方法发挥己见,故汉代的谶纬钟情于它,清代的改良主义者魏源、龚自珍、康有为等人也与此结缘。

④ 段玉裁《王怀祖广雅注序》:"治经莫重于得义。"

⑤ 陆德明《经典释文·序录》引,上海古籍出版社 1985 年版。

⑥ 顾炎武《顾亭林诗文集·答李子德书》,中华书局 1959 年版。

⑦ 段玉裁《王怀祖广雅注序》。

⑧ 戴震《转语二十章序》。

⑨ 黄焯《文字声韵训诂笔记》,上海古籍出版社 1983 年版,第 194 页。

不过,汉语同音字甚多,以音为训,也具有较大的主观随意性,易于借阐释字义来发挥己见。季康子向孔子问政,孔子说:"政者,正也。子帅以正,孰敢不正?"①孟子反对征战,主张施行仁政,便说:"征之为言正也。各欲正己也,焉用战?"②荀子说:"君者,善群也。"③这些都是通过音训灌输、发挥己见的例子,其所释义,未必所释对象的本义。汉代,与谶纬之学结合一起的今文经学将这种音训方法发展为远离本义的主观比附。如《大戴礼记·本命》曰:"'男'者'任'也,'子'者'孳'也。男子者,方任天地之道,如长万物之义也,故谓之'丈夫'。'丈'者'长'也,'夫'者'扶'也,言长万物也。""'女'者'如'也,'子'者'孳'也。女子者,言如男子之教而长其义理者也,故谓之'妇人'。'妇人',伏于人也。是故无专制之义,有三从之道。在家从父,适人从夫,夫死从子,无所敢自遂也。"董仲舒《春秋繁露·深察名号》曰:"'王'者'皇'也,'王'者'方'也,'王'者'匡'也,'王'者'黄'也,'王'者'往'也。是故王意不普大而皇,则道不能正直而方;道不能正直而方,则德不能匡运周遍;德不能匡运周遍,则美不能黄;美不能黄,则四方不能往;四方不能往,则不全于王。"《白虎通·辟雍》:"'辟'者'璧'也,象璧圆,以法天也;'雍'者'壅'之以水,象教化之流行也。'辟'之言'积'也,积天下之道德;'雍'之言'壅'也,壅天下之仪则。"《白虎通·宗庙》:"'宗'者'尊'也,'庙'者'貌'也,象先祖之尊貌也。"《白虎通·天地》:"天者何也?'天'之为言'镇'也,居高理下,为人镇也。'地'之为方'易'也,言养万物怀任,交易变化也。"

## 二、古代文论释名中的音训

中国古代,文学包括学术,文人就是学者。古代学者为了读经,"才能胜衣,甫就小学","音训"这种训诂学方法自然浸染到他们对文学的名言概念的认识与阐释中,从而构成古代文论方法论上强烈的民族特色之一。如古人释"风":"风,风(讽)也,教也,风以动之,教以化之。"④释"颂":"颂者,容也,所以美盛德而述形容也。"⑤释"赋":"赋者,铺也。"⑥"赋者,敷也,布也。"⑦释"诗":"诗者,持也,持人情性。《三百》之蔽,义归'无邪','持'之为训,有符焉尔。"⑧其他如:"盟者,明也。"⑨"箴者,针也。"⑩"铭者,名也,名其器物以自警也。"⑪"诔者,累

---

① 《论语·颜渊》。

② 《孟子·尽心下》。

③ 《荀子·王制》。

④ 《毛诗序》,《毛诗正义》卷一,《十三经注疏》本。

⑤ 刘勰《文心雕龙·颂赞》。

⑥ 刘勰《文心雕龙·诠赋》。

⑦ 贾岛《二南密旨》,学海类编本。

⑧ 刘勰《文心雕龙·明诗》。

⑨ 刘勰《文心雕龙·祝盟》。

⑩ 刘勰《文心雕龙·铭箴》。

⑪ 吴讷《文章辨体》,《文章辨体序说》,人民文学出版社 1962 年版。

也,累其德行,旌之不朽也。""碑者,埤也。上古帝皇,纪号封禅,树石埤岳,故曰碑也。"①"谐之言皆了,辞浅会俗,皆悦笑也。""讔者隐也,遁辞以隐意,谲譬以指事也。"②"史者,使也,执笔左右,使之记也。""传者,转也,转受经旨,以授于后。"③"论者,伦也,伦理无爽,则圣意不坠。""说者,悦也……故言咨(通资)悦怿。"④"移者,易也,移风易俗,令往而民随者也。""檄者,皦也,宣露于外,皦然明白也。"⑤"表者,标也。"⑥《文心雕龙·书记》论述"书记"体裁时涉及二十四个子目,解释亦多用音训:"籍者,借也,岁借民力,条之于版。""簿者,圃也,草木区别,文书类聚。""占者,觇也,星辰飞伏,伺候乃见。""术者,路也(按:这是叠韵为训),算历极数,见路乃明。""式者,则也,阴阳盈虚,五行消息,变虽不常,而稽之有则也。""令者,命也,出命申禁,有若自天。""符者,孚也,征召防伪,事资中孚。""契者,结也。""疏者,布也。""牒者,叶也,短简编牒,如叶在枝。"如此等等。

从上述例证中可以看出,运用音训的方法阐释名言概念,有些的确比较合理、科学地揭示了名言概念的本义,且富有创造性,有些则存在着明显的牵强附会,完全是出于发挥其道德教化说教的需要(典型的如把"诗"训为"持"、"持人情性"的阐释)。而在这"仁者见仁"、违背本义的训诂学阐释中,确又与西方现代接受美学、阐释学存有某种相通之处。

# 第二节 "折中"
## ——矛盾关系的分析方法

### 一、"折中"义考

"折中"一词,出于儒家经典。屈原《惜诵》:"明五帝以折中。"是现在所见的"折中"的最早出处。"折"是"断"之意。"中",宋均释为动词"当"(dàng)。若依此,"中"则念为 zhòng。与什么相"当"相"中"呢?在"折中"一词中并看不出,故不确。司马贞《史记索引》在宋均注释之后补充:"方欲折断其物而用之,与'度'相中当,故以言其折中也。"作为"折中"的语义,似嫌牵强。笔者以为将"中"释为名词较确。作为名词,"中"的本义是"中间"。如此,则"折

---

① 刘勰《文心雕龙·诔碑》。
② 刘勰《文心雕龙·谐讔》。
③ 刘勰《文心雕龙·史传》。
④ 刘勰《文心雕龙·论说》。
⑤ 刘勰《文心雕龙·檄移》。
⑥ 刘勰《文心雕龙·章表》。

266

中国古代文学理论

中"即"折于中"、"从中折之"。用孔子的话说即"叩其两端"①、"允执厥中"②的意思。《中庸》云："舜好问而好察迩言，隐恶而扬善，执其两端，用其中于民，其斯以为舜乎!"这"执其两端用其中"，可作"折中"这种意义的注脚。朱熹《中庸章句》："中者，不偏不倚，无过不及之名。""折中"即按照"不偏不倚，无过不及"的原则处理矛盾对立两极关系的方法。"中"作为名词，又可从"中间"引申为"正确"。王逸注《惜诵》："折中，正也。"颜师古注《汉书》："折，断也。非孔子之言，则无以为中也。"均可为证。如此，"折中"即"折于中"，"按中折之"，"折而合于中"之意。作为"中"的正确原则是什么呢? 在儒家看来，就是孔子学说。《史记·孔子世家》："孔子布衣，传十余世，学者宗之，自天子王侯，中国言六艺者折中于夫子，可谓至圣矣!"《汉书·贡禹传》："孔子，匹夫之人耳，以乐道正身不解之故，四海之内，天下之君，微孔子之言亡所折中。"《盐铁论·相刺》：孔子"退而修王道，作《春秋》，垂之万载之后，天下折中焉"。王充《论衡·自纪》："上自黄唐，下臻秦汉以来，折衷以圣道，析理于通材，如衡之平，如鉴之开。"在这个意义上，"折中"，即按孔子学说指导思想、评论是非的方法。

这里所说的"折中"，指按照"不偏不倚，无过不及"的原则处理矛盾对立两极关系的方法。

## 二、儒、道、佛与"折中"

这种"叩其两端，允执厥（其）中"的方法，不只为儒家所发明，而且为道家所恪守，佛家所重视。

《论语·先进》载："子贡问：'师与商也孰贤?'子曰：'师也过，商也不及。'曰：'然则师愈与?'子曰：'过犹不及。'"又《子路》记载孔子语；"不得中行而与之，必也狂狷乎! 狂者进取，狷者有所不为也。"又《尧曰》记载孔子对君子修养的要求："惠而不费，劳而不怨，欲而不贪，泰而不骄，威而不猛。"这里集中体现了孔子思想方法的"折中"特点。孔子发明的"折中"方法，子思在《中庸》中作了系统发挥。三国时魏代思想家刘劭以此去分析生活中的各种矛盾关系，深化、丰富了人们对儒家"中庸"思维方法的认识。刘劭《人物志·体别》云："夫'中庸'之德，其质无名。故咸而不碱，淡而不醴，质而不缦，文而不绘；能威能怀，能辩能讷，变化无方，以达为节。是以抗（高也，引申为直）者过之，而拘（音'勾'，曲也）者不逮。夫拘抗违中，故善所章，而理有所失。是故厉直刚毅，材在矫正，失在激讦。柔顺安恕，每（美）在宽容，失在少决。雄悍杰健，任在胆烈，失在多忌。精良畏慎，善在恭谨，失在多疑。强楷坚劲，用在桢干，失在专固。论辨理绎，能在释结，失在流宕。普情周给，弘在宽裕，失在溷浊。清介廉洁，节在俭固，失在拘扃。休动磊落，业在攀跻，失在疏越。沉静机密，精在玄征，失在迟缓。朴露径尽，质在中诚，失在不征。多智韬情，权在谲略，失在依违。"总之，任何性格特征，在具

---

① 《论语·子罕》。
② 《论语·尧曰》。

有优点的同时，也就同时具备了缺点。事物总是有两面性的。

"折中"一语，虽不见于道家著作，但作为对立统一的辩证思维方法，也鲜明存在于道家著作中。道家认为"道"生"一"，"一生二"，"二生三"，"三生万物"，万事万物都由阴阳二气化合而成，都是阴阳对立元素相互斗争又相互依存的统一体。《老子》提出了很多对立统一的概念，如牝牡、雌雄、刚柔、善恶、美丑、祸福、利害、曲直、盈洼、虚实、强弱、兴废、与夺、厚薄、进退、得亡、贵贱、智愚、生死、大小等等，并说明，它们既是对立的，又是互为条件的，假如一方不存在，另一方也就失去了存在的条件："有无相生，难易相成，长短相形，高下相倾，音声相和，前后相随。"所以道家反对在处理矛盾时走极端。道家思维方式的这个特点，在深受其影响的魏晋玄学中也可以看到。玄学家曾提出了"有无"、"本末"、"体用"、"动静"、"一多"、"名实"、"形神"、"言意"等一系列相互对待的概念，虽有所侧重，但从未偏于一端，把它们割裂开来。相反，他们始终把它们描述为相反相成的整体。

佛教没有"折中"的术语，但有"中观"、"中道"用语。"中"即不落"两边"（两个极端）、不偏不倚之意。"中观"即不偏不倚的观照、认识方法。"中道"即不偏不倚之道。其要义有"二谛"与"八不"。"二谛"即"真谛"、"俗谛"。观照、认识万物要同时从"真谛"和"俗谛"两方面看。从真谛看，万法是"空"，故"非有"；从俗谛看，万物是"有"，故"非空"。既不能迷执于"有"，又不能迷执于"空"。诸法"实相"就是"有"与"空"的统一，如龙树《中论》所云："因缘所生法，我说即是空，亦为是假名（有），亦是中道义。"如果说"二谛"说表现了在"色"与"空"、"有"与"无"问题上的辩证统一观，那么"八不"说则表现了在"生"与"灭"、"常"（常住不变）与"断"（断灭不起）、"一"（同）与"异"、"来"与"去"四对矛盾上的辩证统一观："不生亦不灭，不常亦不断，不一亦不异，不来亦不去。"[①]可见，佛教的"中观"方法，与"折中"相通。因而有学者干脆以"折中"指称"中道"[②]。"中道"本为印度大小乘佛教共同信仰[③]，以龙树、提婆为代表的印度大乘空宗"中观派"径以合乎"中道"的观照、认识方法自名，从理论和实践上给"中观"方法以极大的丰富。东晋时期，"中观"学说经罗什的系统译介和僧肇的大力倡导，在中土弘扬开来，隋唐创立的中国佛教宗派"三论宗"、"天台宗"、"华严宗"、"禅宗"均以此派经典为立宗的重要根据，"中观"的思维方法因而浸淫到中国文人士大夫的脑海中。

## 三、古代文论的"折中"手法

中国古代文论家，其世界观不出儒、道、佛三家，因而在方法论上，必然打上"折中"的烙印。所以在分析文学创作中一系列对立元素的矛盾关系时，古代文论体现出强烈的"折中"特色。"情信辞巧"、"美善相乐"、"文质彬彬"、"形神相即"、"心物凑泊"、"情景交融"、"参伍

---

① 龙树《中论·观因缘品》。文见《宗教词典》（任继愈主编，上海辞书出版社）第41页。"去"，原文为"出"，不易解。吉藏《中观论疏》、僧肇《物不迁论》皆以"去"与"来"对，今改。

② 吕澂《中国佛学源流略讲》，中华书局1988年版，第96页。

③ 任继愈主编《宗教词典》"中道"条，上海辞书出版社1981年版。

因革"、"错综繁简"、"迭用奇偶"、"平仄相间"……无不是"折中"的命题。具体说来,"折中"的思维方法往往表现为这样一些手法:

1. 比较。包含对立面的一方与不包含对立面而落于一偏的一方在表面上往往呈现出相似之处,必须通过比较,透过相似的表象,把握不同的实质,为"折中"地取舍提供基础。如"精者要约,匮者亦鲜;博者该赡,芜者亦繁;辩者昭晰,浅者亦露;奥者复隐,诡者亦曲"[①]。论者只有"圆鉴区域,大判条例"[②],才能分辨良莠,"制胜文苑"[③]。

2. 兼顾。"折中"要求平稳妥帖,不偏两端,因而发表意见时为避免过激之论,往往采用两头兼顾的手法。具体又表现为二。一是在肯定某点时告诫人们要防止把肯定推向极端。其句式通常是"既要……而不要……",或"既要……又要……"。如《左传·襄公二十九年》所载吴公子季札评《颂》的一段:"直而不倨,曲而不屈,迩而不逼,远而不携,迁而不淫,复而不厌,哀而不愁,乐而不荒,用而不匮,广而不宣,施而不费,取而不贪,处而不底,行而不流。"《尚书·尧典》要求诗歌:"直而温,宽而栗(按:这两句属"既要……又要……"句式),刚而无虐,简而无傲。"刘勰《文心雕龙·宗经》说:"情深而不诡","文丽而不淫";《文心雕龙·辨骚》说:"酌奇而不失其贞,玩华而不附其实。"皎然《诗式》要求:"气高而不怒,力劲而不露,情多而不暗,才赡而不疏";"至险而不僻,至奇而不差,至丽而自然,至若而无迹,至近而意远,至放而不迂";"虽欲废巧尚直,而思致不得置;虽欲废言尚意,而典丽不得遗";"虽有道情,而离深僻;虽用经史,而离书生;虽尚高逸,而离迂远;虽欲飞动,而离轻浮"。刘熙载《艺概·诗概》:"凡诗迷离者要不间,切实者要不尽,广大者要不廓,精微者要不僻。"二是在否定某点的同时告诫人们要防止把这种否定推向极端。其句式通常是"非……非非………"。如《白石道人诗说》:"文以文而工,不以文而妙。"这是"非文"。但接着又说:"然舍文无妙。"这是"非'非文'"。严羽《沧浪诗话》:"诗有别材,非关书也;诗有别趣,非关理也。"这是"非书"、"非理"。"然非多读书、多穷理则不能极其至。"这是"非'非书'"、"非'非理'"。刘熙载《艺概》:"常语易,奇语难,此诗之初关也。"这是"非'常'"。又说:"奇语易,常语难,此诗之重关也。"这是"非'非常'"。这种表达方式,尤其可以看出佛家的"非有、非非有"、"非无、非非无"的"中观"方法的影响。

3. 交融。即矛盾双方你中有我,我中有你,可以有所偏重,不可有所偏废。如刘熙载《艺概》分析庄子文:"寓真于诞,寓实于玄。"称道《左传》:"左氏叙事,纷者整之,孤者辅之,板者活之,直者婉之,俗者雅之,枯者腴之。"评论韩愈文:"文或结实,或空灵,虽各有所长,皆不免著于一偏。试观韩文,结实处何尝不空灵,空灵处何尝不结实。"论词则崇尚:"寄深于浅,寄厚于轻,寄劲于婉,寄直于曲,寄实于虚,寄正于余","极炼如不炼,出色而本色,人籁归天籁"。

---

① 刘勰《文心雕龙·总术》。"曲",原作"典",现据刘永济《文心雕龙校释》改。

② 刘勰《文心雕龙·总术》。

③ 刘勰《文心雕龙·总术》。

刘勰《文心雕龙·序志》曾自述此书"擘肌分理,唯务折衷(通中)"。"折中"不仅是贯穿《文心雕龙》全书的方法,也是贯穿于先秦至清末整个中国古代文学批评理论中的主要思维方法。古人以此去进行文学的横向研究和纵向研究,分析文学创作中各种矛盾现象,从而避免了过激之论,获得了稳妥之见,使古代文论的许多观点至今仍有巨大的生命力。

# 第三节　"类比"
## ——因果关系的推理方法

### 一、"类比"方法的心理基础

当代著名文化学者葛兆光在《道教与中国文化》一书中以大量饶有趣味的实例和富有创造性的论证令人信服地指出:"古代中国的思维方式与古希腊、古印度都不一样",古希腊是"理性的",古印度是"冥想的",古代中国则是"经验的"。"人们在日常直观的感觉、经验基础上,将各种并不相干的事物凭着某种感觉经验上的相似而系连在一起,并以此推论出它们之间有相关性、感应性","自然、社会、人的分界"因而消失了,它们"就在这个基础上达到了某种统一与和谐"①。葛氏此论揭示了中国古代的一个重要思维模式,即古人是以"感觉经验上的相似"为原则来推知事物间的联系的。事物之间客观上尽管"并不相干",但只要给人"感觉经验上的相似",古人就会认为它们之间具有"相关性"、"感应性"、"联系性"。而产生"感觉经验上的相仿"的对象基础是结构相同或相类。所以在古人看来,"异质同构"的事物都可以相互感应:"物类相同,本标相应。"②

类比,正是这样一种按"感觉经验上的类似"来推断、比附事物间因果关系的思维方式。

### 二、古代文论"类比论证"的形态

在中国古代文论中,类比的方法主要用于对论点、命题、结论的论证和推理。

其表现形态有二。

一是将"天"与"人"进行平行类比,把"天文现象"(自然现象)作为"人文现象"(文学现象)之因,把文学原理作为自然原理("天理")之果。如《乐记》论证"乐"之"和"的特点,便以"天地之和"(宇宙是和谐的)为依据:"地气上齐,天气下降,阴阳相摩,天地相荡;鼓之以雷霆,奋之以风雨,动之以四时,暖之以日月,而百化兴焉(以上说明宇宙天地以和为特点)。如此,则乐者,天地之和也(由此推导出乐以和为特点)。"阮瑀《文质论》论证"质"比"文"重要,

---

① 葛兆光《道教与中国文化》,上海人民出版社 1987 年版,第 122 页。
② 《淮南子·天文训》。

是因为"日月丽天,可瞻而难附;群物著地,可见而易制";既然"文之观也"(日月丽天)"远不可识","质之用也"(群物著地)"近而得察",所以"质"胜于"文"。刘勰肯定文学作品中文饰美的合理性,其推理过程是:"夫以无识之物(自然现象),郁然有彩,有心之器(文学现象),其无文与?"①刘勰崇尚文学创作的"自然之道":"人禀七情,应物斯感,感物吟志,莫非自然。"②其推理过程是:因为自然现象的产生是"自然"的("道"生"阴阳"二仪,天、地、人"三才"和万物是自然的、不假人为的过程),所以人文现象的产生(文学作品的创作)也应该遵循"自然之道"③。韩愈《送孟东野序》肯定"发愤著书"、"不平则鸣"的合理性,也是从自然现象谈起的:"大凡物不得其平则鸣。草木之无声,风挠之鸣;水之无声,风荡之鸣……金石之无声,或击之鸣。人之于言也亦然。有不得已而后言,其歌也有思,其哭也有怀。"

另一种形态是将"人"与"文"进行平行类比,把做人之理作为做文之理之因,把文学原理作为人学原理之果。如做人的理想是"仁"内"礼"外,"文质彬彬",为文的典范也是"美善相乐","文质相副";做人上"女恶容之厚于德,不恶德之厚于容"④,为文也宁以"质胜文",不以"文灭质";做人上"无盐缺容而有德,曷若文王太姒有容而有德乎?"⑤为文也应力求"文质兼备";论人上"相形不如论心"⑥,论文也是"形似不如神似";做人上"形相虽恶而心术善,无害为君子"⑦,做文也是神似而形不似无害为上品;做人上"重神理而遗形骸"⑧,为文亦尚"遗形取神"、"离形得似"。他如"文以意为主,意犹帅也,无帅之兵,谓之乌合"⑨;"唐诗有意,而托比兴以杂出之,其词婉而微,如人而衣冠;宋诗亦有意,惟赋而少比兴,其词径以直,如人而赤体"⑩;"识为目,学为足。有目无足,如老而策杖,不失为明眼人;有足无目,则为瞽者之行道也"⑪;"美色不同面,皆佳于目……谓文当与前合,是谓舜眉当复八采,禹目当复重瞳"⑫;文章"起贵明切,如人之有眉目;承贵疏通,如人之有咽喉;铺贵详悉,如人之有心胸;叙贵重实,如人之有腹脏;过贵转折,如人之有腰膂;结贵紧切,如人之有足"⑬;如此等等,其思维历程几乎都是从做人之理推导出文学之理的。

这种"以类相从"的因果推理方法并不是建立在对对象自身客观存在的因果联系的科学

① 刘勰《文心雕龙·原道》。

② 刘勰《文心雕龙·物色》。

③ 刘勰《文心雕龙·原道》。

④ 柳开《上大名府王学士第三书》,《河东先生集》卷五,《四部丛刊》本。

⑤ 皎然《诗式》。

⑥ 《荀子·非相》。

⑦ 《荀子·非相》。

⑧ 汤用彤《魏晋玄学论稿·言意之辨》,上海古籍出版社 2001 年版,第 35 页。

⑨ 王夫之《姜斋诗话》卷二,《清诗话》,上海古籍出版社 1978 年版。

⑩ 吴乔《围炉诗话》,《清诗话》,上海古籍出版社 1978 年版。

⑪ 吴乔《围炉诗话》,《清诗话》,上海古籍出版社 1978 年版。

⑫ 王充《论衡·自纪》。

⑬ 高琦《文章一贯》引《文荃》。

分析之上的,而是建立在认识主体"感觉经验的相似"之心理基础上的,因而这种类比论证往往缺少科学的说服力。正如阴阳并不能必然地派生"刑德"、五行不能必然地派生"仁义礼智信",自然之理、做人之理也不能成为做文之理由以成立的逻辑根据。忽视文学内部的必然联系,从文学外部寻找文学生成的依据,往往会使因果论证流于主观比附,在逻辑上出现漏洞。

## 第四节 "原始表末"
### ——历史发展的观照方法

### 一、祖宗崇拜与历史观照

中国古代是宗法社会。宗法社会盛行祖宗崇拜。祖宗总是生活在古代。"尊祖敬宗",势必在思维方式上一切以古为据。于是"征古",或者叫"援古"、"拟古"、"法古"、"托古"作为一种纵向的思维取向模式便应运而生了。一切朝古看,古往今来的历史发展脉络便彰彰分明地呈现在眼前。古人认为,"古"具有正价值,"今"具有负价值,孰"古"孰"今"不可不辨。"原始表末"、"由源溯流"的历史主义观照方法就是在"征古"的文化模式下,适应分辨古今的需要产生的。

### 二、"原始以表末"

这种方法同样存在于中国古代文学批评中。

刘勰在《序志》篇中阐述《文心雕龙》的写作方法之一,是"原始以表末"。《文心雕龙》二十一篇文体论在论述每一文体时①,一般在"释名以彰义"、"敷理以举统"(解释文体概念的涵义,说明它基本原理的大体特色)之后,便按照"原始以表末"的方法"选文以定篇",分析文体的渊源,阐明它的流变,列举、品评历代作家作品,从而使文体论成了分科文学发展史论。在创作论和批评论部分,刘勰总是尽量把每一个问题放在历史的发展中加以考察,使其充满了历史感。创作论中的《通变》篇和批评论中的《时序》篇是两篇专门的文学史论,它集中反映了刘勰"原始表末"的历史主义方法论及其所达到的理论深度。可以说,历史的方法与"折中"的方法是《文心雕龙》使用的两个最主要的方法。

由刘勰开辟的"原始表末"的方法论传统在后世的文学批评中产生了深远的影响。以古代几部著名的文学批评论著为例。

---

① 《辨骚》既是总论,也是文体论。

钟嵘《诗品》由序言和具体诗评组成。序言不仅分析了诗歌的特点、方法、功能，阐明了他的诗学主张，而且按历史的顺序剖析了每个时代的诗歌创作特色，勾勒了先秦到南朝宋代的诗歌的发展脉络。具体诗评分上中下三卷，所论共一百二十二人，分为三品。每品中的人物，"略以时代为先后，不以优劣为诠次"①。《诗品》还按《国风》、《小雅》、《楚辞》三系将历代五言诗人加以归类，溯源及流，集中显示了其"原始表末"特色。

清人叶燮的论诗名著《原诗》以"原始表末"的历史方法分析诗歌发展的"源"、"流"、"正"、"变"，并揭示了它们之间的辩证关系："诗始于《三百篇》，而规模体具于汉，自是而魏，而六朝三唐，历宋、元、明以至昭代，上下三千余年间，诗之质文、体裁、格律、声调、辞句，递相升降不同。而要之，诗有源必有流，有本必有末，又有因流而溯源，循末以返本……乃知诗之为道，未有一日不相续相禅而或息者也。但就一时而论，有盛必有衰。综千古而论，则盛而必至于衰，又必自衰而复盛。非在前者之必居于盛，后者之必居于衰也"；"历考汉、魏以来之诗，循其源流升降，不得谓正为源而长盛，变为流而始衰。惟正有渐衰，故变能启盛"；是知"诗之原流本末正变盛衰，互为循环"②。

晚清刘熙载的论艺名著《艺概》分《文概》、《诗概》、《赋概》、《词曲概》、《书概》、《经艺概》。《书概》、《经艺概》这里可以不去管它，就与文学有关的《文概》、《诗概》、《赋概》、《词曲概》来看，作者除了解释"诗"、"文"、"词"、"赋"概念，阐明其写作特色之外，大量篇幅就是用来评论作品。而作者评论作品的逻辑顺序，便是历史顺序。所以《文概》、《赋概》、《诗概》、《词曲概》我们均可作散文史、赋史、诗史、词曲史来读。

## 第五节　"以少总多"
### ——思想感受的表述方法之一

### 一、"片言可以明百意"

中国古代文论中，像《文心雕龙》、《原诗》这样"体大思精"、富于系统性的理论著作并不多，更多的是像《诗品》、《诗式》、《白石诗说》、《沧浪诗话》、《艺概》一类的短小精悍、一语破的的札记性著作。即使像《文心雕龙》这样的"弥纶群言"的著作，也不过五万字左右。不爱作系统的鸿篇巨制，是中国古代文学批评形式的一大特点。

为什么会形成这种情况呢？古代文论著名研究者徐中玉先生曾屡次指出："我国古代文

---

① 钟嵘《诗品序》，《历代诗话》，中华书局1981年版。
② 《原诗·内篇上》，二弃草堂本。

论大家对系统繁文非都不能为,乃不愿为,或以为不必为,甚至不屑为。"①

古人认为,"形而上者谓之道,形而下者谓之器。神道难摹,精言不能追其极;形器易写,壮辞可得喻其真"。② 文学批评、理论是讲"文心"(文理)、"文道"的,"文心"、"文道"属于"形而上者",实际上是不可名言的,所以"明者弗授,智者弗师"③。如果非言不可,绝不能奢望"言其详"(因为"精言不能追其极"),而只能"言其大概",留待人从中体会、领悟"为文之道"、"作文用心"。因此在表述方式上,古人强调"以少总多"④、"以一毕万"。所谓"片言可以明百意"⑤,"以数言而统万形"⑥,"举此以概乎彼,举少以概乎多"⑦,"略小存大,举重明轻,一言而巨细咸该,片语而洪纤靡漏"⑧。刘熙载还阐发道:"文家会用字者,一字能抵无数字;不会用字者,一字抵不到一字"⑨;"古人所知者多,所言者少,是以其文纯而厚;后人所知者少,所言者多,是以其文杂而薄"⑩。结合他在《艺概·叙》中所申明的,我们不仅可以理解《艺概》札记体的产生,而且可以理解中国古代文学批评方式的产生缘由。古代文论家不愿意作"系统繁文",而喜欢作短小精悍的"札记"、"约言"、"概说",乃出于对"以少总多"表达方法的自觉追求。

## 二、"举少概多"的文化动因

"以少总多"的批评方法凝聚着明显的民族文化特色。

道家、佛家认为,"道"不可言,"言不尽意",因而,"言者不智","辩不若默"。无论道家还是佛家,得道之士都以"无言"、"离言"为其特征,所谓"智者不言"。儒家之"道"虽然可言,但道德之士亦以"少言"为特征,所谓"吉人之辞寡"⑪、"辞尚体要"⑫。道家、佛家的"智者不言"与儒家的"吉人之辞寡"之人格理想无疑促使古代文论家在"不言而不可以已"时不愿多言。

"大音希声,大象希形。"(老子)"通道必简。"⑬"至道不烦"。"易简而天下之理得矣。"⑭

① 徐中玉《读近代文论札记》第四《刘熙载的〈游艺约言〉》,《文艺理论研究》1990 年第 6 期。
② 刘勰《文心雕龙·夸饰》。
③ 刘勰《文心雕龙·风骨》。
④ 刘勰《文心雕龙·物色》。
⑤ 刘禹锡《董氏武陵集纪》。
⑥ 谢榛《四溟诗话》,人民文学出版社 1962 年版。
⑦ 刘熙载《艺概·叙》,上海古籍出版社 1978 年版。
⑧ 刘知几《史通·叙事》,中华书局 1961 年版。
⑨ 刘熙载《游艺约言》,《古桐书屋续刻三种》,清光绪十三年刻本。
⑩ 刘熙载《游艺约言》,《古桐书屋续刻三种》,清光绪十三年刻本。
⑪ 《易·系辞下》。
⑫ 《尚书·周书·毕命》。
⑬ 《大戴礼记》。
⑭ 《易·系辞上》。

真理总是单纯的。古人对真理的这一认识,也是驱使阐述"为文之道"的文学批评著作采取"以少概多"方式的一个重要因素。

采取"以少总多"的批评方法固然使古代文论著作缺少系统性,这是它的不足,但它少而精,在有限的文字中包含深刻丰富的思想,耐人寻味,发人深思,这是它的长处。

# 第六节 "假象见义"
## ——思想感受的表述方法之二

## 一、古代文学批评中的形象比喻

中国古代文论在表述方式上的另一特点是大量使用形象比喻性的描述语言,"假象见义"①。如钟嵘《诗品》:"潘诗烂若舒锦,无处不佳,陆文披沙简金,往往见宝。"司空图《二十四诗品》通体用形象比喻写成。如《纤秾》:"采采流水,蓬蓬远春。窈窕深谷,时见美人。碧桃满树,风日水滨。柳阴路曲,流莺比邻。乘之愈往,识之愈真。如将不尽,与古为新。"朱权《太和正音谱·古今群英乐府格势》:"马东篱之词,如朝阳鸣凤……有振鬣长鸣,万马皆喑之意……"马荣祖《文颂·风骨》:"溟鹏天飞,六月乃息。荡日垂云,山川失色。问何能然,中挟神力。骨重风高,翻疑境仄。下视文禽,恣弄颜色。载好其音,兰苕啾唧。"魏庆之《诗人玉屑》卷二《臞翁诗评》一段,将古代文学批评的形象比喻特色展示得淋漓尽致:"因暇日与弟侄辈评古今诸名人诗:魏武帝如幽燕老将,气韵沉雄;曹子建如三河少年,风流自赏;鲍明远如饥鹰独出,奇矫无前;谢康乐如东海扬帆,风日流丽;陶彭泽如绛云在霄,舒卷自如;王右丞如秋水芙蕖,倚风自笑;韦苏州如园客独茧,暗合音徽;孟浩然如洞庭始波,木叶微脱;杜牧之如铜丸走坂,骏马注坡;白乐天如山东父老课农桑,言言皆实;元微之如李龟年说天宝遗事,貌悴而神不伤;刘梦得如镂冰雕琼,流光自照;李太白如刘安鸡犬,遗响白云,核其归存,恍无定处;韩退之如囊沙背水,唯韩信独能;李长吉如武帝食露盘,无补多欲;孟东野如埋泉断剑,卧壑寒松;张籍如优工行乡饮,酬献秩如,时有诙气;柳子厚如高秋独眺,霁晚孤吹;李义山如百宝流苏,千丝铁网,绮密瑰妍,要非适用。本朝苏东坡如屈注天潢,倒连沧海,变眩百怪,终归雄浑;欧公如四瑚八琏,止可施之宗庙;荆公如邓艾缒兵入蜀,要以险绝为功;山谷如陶弘景祇(音之,恭敬)诏入宫,析理谈玄,而松风水梦故在;梅圣俞如关河放溜,瞬息无声;秦少游如时女步春,终伤婉弱;后山如九皋独唳,深林孤芳,冲寂自妍,不求识赏;韩子苍如梨园按乐,排比得伦;吕居仁如散圣安禅,自能奇逸。"如此等等。

---

① 皎然《诗式》卷一"团扇二篇"条,张伯伟《全唐五代诗格校考》,陕西人民教育出版社1996年版,第222页。

## 二、形象批评的心理实质

形象比喻的心理实质是感觉、知觉表象。形象比喻的批评从深层机制上说乃是感觉型、经验型的批评。道家、佛家是否定理性的。在他们看来，人类的理性认识和感性认识都不能认识"道"，只有超感性和理性的虚静心灵才具有认知"道"的功能。否定理性和感性的实际结果，是造成了整个民族理性思维的薄弱，给人们感性经验的膨胀留下了可乘之机。儒家虽然崇尚理性，但儒家理性乃是一种"实践理性"，它与人类的现世生活结合得很紧，并紧密依附于人类的感性经验，对超越人世以外的问题并不感兴趣，也不愿追问。因此，在理性与感性、经验与思辨的关系上，中国古代更重感性、重经验。形象比喻式的文艺批评，可视为中国古代重感性、重经验的思维模式的产物。

形象比喻的文艺批评，不喜欢对作品作条分缕析，只愿诉说主体对对象的整体感受，所以又是"整体把握"的批评方式。这种方式与佛家"了无分别"的认识方法存在某种渊源关系。佛家的"道"是一个浑圆的整体，是超越形色、离析名言，"不可阶级"的。因而在认识论上，要求主体以"了无分别"的方式对待外物，体认佛道，所谓"智者了无分别，愚者强析名言"。般若学强调的"般若智"就是这种"无分别智"。禅宗把领悟佛道的根本放在体性圆寂、"了无分别"的"妙明真心"上，认为"欲达至道，先悟真心，"，"真心本无念缘，不见边际；本无变动，不见住相；本无所依，不见可执；本无名言，性相假立"（德宝）。可见禅宗所强调的"真心"也是这种"无分别智"。佛家主张以"了无分别"的心灵去观照外物，是为了泯物我，齐万物，一空色，与"整体把握"并不完全等同，但不言而喻，二者是相通的。

形象批评还是一种审美的批评方法，这与中国古代喜欢文饰的传统也有关①。人们对于美先天地具有一种喜好和热情。周代统治者规定的各种礼仪规范的繁文缛节，奠定了中国古代"好文"传统的基石。所以孔子说："郁郁乎文哉！吾从周。"孔子为代表的儒家则进一步发展了这种倾向。儒家的"礼"、"乐"都是"好文"的表征。以此看待文学，则是尚"质"而不废"文"，甚至从"文"能更好地传"质"的角度好"文"习"文"，所谓"不学《诗》，无以言"，"言之无文，行而不远"。所以中国古代虽以"文"（文学作品）为一切文字著作，而在文学著作中，一以"意"为贵，二以"文"（美）为尚。在坚持表现主体的前提下，文章写得越美，越是受人喜爱。因此，古代批评家在评论作品时使用大量形象比喻，以使批评文字变得更美些，就很自然了。

---

① 中国人的"好文"倾向，在佛经翻译过程中明显体现出来。晋道安《摩诃钵罗若波罗蜜经抄序》指出"译胡为秦有五失本"，其中之一是"胡经尚质，秦人好文，传可（适合）众心，非文不合"。佛经反对"绮语"（郗超《奉法要》），以质朴为尚的"秦人"在翻译时为适应中国人"好文"习惯而在文字上作了修饰，造成翻译佛经有失本义的情况。在这种分析中，"好文"作为中国人的一大传统，清楚地被揭示出来。

# 第十三章

# 中国古代文学理论的历史演变

　　文学是用文字状物叙事、言志抒情的体裁。如果说西方文学侧重于状物叙事,诞生了古代的摹仿理论和现代的叙事理论,那么,中国古代文学则侧重于言志抒情,形成了表现主体的文学理论。所谓"以情义为主,以事类为佐"(挚虞);"言志乃诗人之本意,咏物特诗人之余事"(张戒);即使写史,也要隐含"微意"(刘熙载)。中国古代诗词通过写景咏物来言志抒情,景语只是情语,咏物即是言志;中国古代戏剧、小说通过写人叙事来寄托讽谏、醒世明世,人、事只是表达、寄托作者主体思想情感的手段或道具。所以,"文以意为主"是中国古代散文理论万变不离的旨归;"言志"、"缘情"是中国古代诗词一以贯之的旋律;而寓意劝谏、醒世明世,则是中国古代戏曲、小说喋喋不休的主题。紧扣这一主题,本章各节展开了各门体裁的文论历史演变及其时代特征的追寻与剖析,对人们整体把握中国古代文学理论的演进历程具有重要的参考价值和启示意义。

　　中国古代文学理论,由于文学体裁不同,分别表现为散文理论、诗学理论、词学理论、戏曲理论、小说理论。它们从不同的角度,以不同的方式,印证了中国古代文学理论表现主体为主的民族特色。本章站在宏观的角度,概述各门文学理论的历史演变轨迹。

## 第一节　"文以意为主":中国古代散文理论的历史演变

　　骈文与古文的交织、对垒和兴替是贯穿中国古代文学发展史的一个重要现象。当骈文写作受内外多种因素影响趋于泛化、形式化及空洞化之时,有识之士往往以复兴"古文"为号召,荟聚同道,引领文坛,解放文体,摆脱桎梏,使文章重新接通与历史、现实、道德、心灵的原初关联,恢复文章写作的表现力和生命力,发挥文章写作的社会意义。因此,在两汉辞赋之后,魏代曹丕提出了"文章乃经国之大业,不朽之盛事"及"文以气为主"的命题;在六朝骈俪之后,唐代韩愈、柳宗元等人提出了"文以明道"说、"气盛言宜"说及"陈言务去"说;而在晚唐俪偶大行之后,宋代柳开、欧阳修等古文家复倡"传道明心"之论。贯穿于中国散文理论演变史的"文以意为主"的命题,便是上述古文(散文)观念在文章写作理论层面的集中体现。

## 一、先秦两汉的文意观

在中国传统文化语境和文学语境中,"文"之观念的一个基本特征即是相对事物本体而言的外在表现和修饰,事物本体构成了"文"存在的现实基础和意义指向。"天文"之"文"总是以各种自然事物为其存在的本体依据,"人文"之"文"最终都是以人之生命存在为其本体依据,是人之发展、成熟、完善的社会尺度。从理论层面看,"文"的这一基本特征最早集中体现在有关"文""质"关系的论述之中。孔子说"文犹质也,质犹文也"(《论语·颜渊》)[①],反映的是儒家"文""质"并重、"文质彬彬"的核心观念;韩非子说"礼为情貌者也,文为质饰者也。夫君子取情而去貌,好质而恶饰"(《韩非子·解老》)[②],反映的则是法家重质非文、存质去文的基本思想。尽管儒法两家"文质"观相互对立,但其中都蕴涵着文以质为本的思想。

这种以质为本、以文为饰的观念落实到语言表达和文章写作层面,就表现为以情理、志意为主而以文辞为从的普遍观点。在具体文献中,这种观点会以多种表述形式呈现出来。如《尚书·毕命》篇云:"政贵有恒,辞尚体要,不惟好异。"[③]所谓"辞尚体要"即要求文辞能体现事物和问题的要义、要旨和要领。《易·系辞上》云:"子曰:书不尽言,言不尽意。然则圣人之意,其不可见乎? 子曰:圣人立象以尽意,设卦以尽情伪,系辞焉以尽其言,变而通之以尽利,鼓之舞之以尽神。"[④]这里将表达过程分为意——言(口头表达)——书(文字写作)三个阶段和三种形式,其中"意"先于、优于"言","言"又先于、优于"书",以"意"为"言"、"书"(文字)之本的意思甚明。尽管如此,作为儒家创始者的孔子仍然相信可以通过"立象"、"设卦"、"系辞"的方式达到"尽意"、"尽情伪"、"尽言"的目的。《易·系辞下》所说的"圣人之情见于辞"[⑤],更为明确地肯定了情为辞本、辞可见情这一关系。《礼记·表记》云:"情欲信,辞欲巧。"[⑥]又对"情"与"辞"提出了更具体的要求:"情"为"辞"之本体,故须真实可信;"辞"为"情"之表现,故应巧妙灵变。道家作为儒家"尚文"观念的批判者,则提出了"得意而忘言"之说:"筌者所以在鱼,得鱼而忘筌;蹄者所以在兔,得兔而忘蹄;言者所以在意,得意而忘言。"

① 杨伯峻《论语译注》,中华书局 2015 年版,第 182 页。
② 韩非《韩非子》,商务印书馆 2016 年版,第 202 页。
③ 《尚书正义》,孔安国传,孔颖达正义,上海古籍出版社 2007 年版,第 754 页。
④ 《周易注校释》,王弼撰,楼宇烈校释,中华书局 2012 年版,第 244 页。
⑤ 《周易注校释》,王弼撰,楼宇烈校释,中华书局 2012 年版,第 246 页。
⑥ 《礼记正义》,郑玄注,孔颖达正义,上海古籍出版社 2008 年版,第 2095 页。

（《庄子·外物》）①反而比儒家的"言意"观更突出了"意"超越于"言"的本体性质和地位。

汉代的文章写作主要有两大类，一类是骈体的辞赋写作，一类是散体的史传、政论及著述类写作。与之相应的文章理论自然也有两类。汉赋尤其汉大赋"润色鸿业"、"虞悦耳目"的基本功能，使得这一类文学作品内部普遍存在着意与言、情与辞之间的极端不平衡、不统一的弊病，汉代赋论也往往对此予以批评。如扬雄不满司马相如之"靡丽之赋，劝百而风（讽）一"（《汉书·司马相如列传》引）②，班固批评司马相如赋"文艳用寡"（《汉书·叙传下》）等③。但在汉代的散文理论中，文章作者的深湛之思和独抒之意却得到了充分肯定和强调，相关论述集中见于东汉王充《论衡》一书的《超奇》、《佚文》、《正说》、《书解》诸篇。王充冷汉代广义"文学"之士从低到高分为儒生、通人、文人和鸿儒四等，其中"儒生"和"通人"是两个不同层次的儒学之士，"文人"和"鸿儒"则同属文学创作之士。王充整体上认为，从事文学创作者胜于从事儒学研究及其他学术研究者；而在从事文学创作者中，王充又认为从事系统著述者胜于写作单篇文章者。在他划分的文学层级中，汉代的刘向和刘歆父子、扬雄、桓谭等撰有专书之人属于其心目中的"超奇之士"，也即属于文学从业者中最为出类拔萃的一类人。王充作出这种文学等级区分，有其相关文学观念作为标准。王充认为，在文章写作过程中，"实诚在胸臆，文墨著竹帛，外内表里，自相副称，意奋而笔纵，故文见而实露也"，"心思为谋，集扎为文，情见于辞，意验于言"④。在他看来，文章写作是一个人内心最真实、最诚挚的心意在文字中的表现，最能反映作者心意之真诚和心思之深刻，而且，在"连结篇章"和"集扎为文"的过程中，最能见出作者的才华和才力。王充将文章写作与作者个体生命的心灵、能力、才华、品德等紧密联系起来，指出文章写作是作者精神世界在文辞中全面呈现的过程，在"情见于辞，意验于言"的表达过程中，不仅忠实地表现了作者深湛之思和精诚之情，而且将作者如何表现的"心思"——即表现能力、方法和过程——一并呈现出来。王充在论及文章写作过程中言意关系的同时，还阐明了文体结构层面的言意关系："夫经之有篇也，犹有章句也。有章句，犹有文字也。文字有意以立句，句有数以连章，章有体以成篇，篇则章句之大者也。谓篇有所法，是谓章句复有所法也。"（《论衡·正说》）⑤他认为，从形式上看，一篇文章由从小到大的文字、句、章、篇四个层次构成，而"意"则是这四个形式结构层次的前提和基础，是一篇文章得以成体的灵魂和核心。

## 二、魏晋南北朝的文意论

以汉末建安曹丕《典论·论文》的出现为标志，中国古代文章理论（含散文理论）发展至

---

① 《庄子注疏》，郭象注，成玄英疏，中华书局2011年版，第492～493页。

② 班固《汉书》，中华书局1962年版，第2609页。

③ 班固《汉书》，中华书局1962年版，第4255页。

④ 王充《论衡·超奇》，上海古籍出版社1990年版，第136页。

⑤ 王充《论衡·正说》，上海古籍出版社1990年版，第266页。

一个新的阶段。"文非一体"说的提出以及对奏议、书论、铭诔、诗赋等四科八体特征的概括，表明传统文学观念的重心已由先秦两汉时期占主导的文用观，演进至对不同类型文章自身特征及其创作规律的自觉关注。在六朝文体论视野中，无论是对文章写作过程中的"言意"矛盾，还是对文学作品结构层面的"言意"关系，都有了更深入、更充分的认识和论述。西晋陆机撰写《文赋》的一个主要目的就是要解决"意不称物，文不逮意"这一文章写作中存在的普遍问题："余每观才士之所作，窃有以得其用心。夫放言遣辞，良多变矣。妍蚩好恶，可得而言。每自属文，尤见其情。恒患意不称物，文不逮意。盖非知之难，能之难也。"①文章写作(含文学创作)的基本要求一是要使心意(理解、情感等)与现实事物和对象相符，二是要使言辞能够将心意贴切、充分地表达出来。陆机认为，尽管文体有诗、赋、碑、诔等诸般不同，但都以"辞达而理举，无取乎冗长"为佳，都同样追求"其会意也尚巧，其遣言也贵妍"；遇到"辞害而理比，言顺而意妨"的困境，需要恰当的权衡和取舍；面对"文繁理富，意不指适"的矛盾，则应"立片言而居要"，"为一篇之警策"。当文章写作实际上已经成为一种专门之学，如何恰当运用各种写作方法以尽量准确地传达或直或曲、或明或幽的微妙之意，便成为六朝文士致力解决的一个关键问题。

经过汉末魏晋几朝文士在文章写作上的自觉探索、实践和积累，文章写作及文学创作的规模、影响和地位日渐提高，南朝宋时期儒学、玄学、史学、文学四馆并立，则是在制度层面体现了文章写作已经崛起为堪与传统儒学、玄学、史学比肩的"显学"。也正是在刘宋时期，范晔在《狱中与诸甥侄书》中首次明确提出了"文以意为主"的观点："常谓情志所托，故当以意为主，以文传意。以意为主，则其旨必见；以文传意，则其词不流。"②文章本为"情志所托"，缘于作者情志的表达和抒发，自然应该"以意为主"。"以意为主"就是要求置文意于文辞之前、之上，以文意表达的需要主导文辞的选择和运用，文辞为"传意"、"见旨"服务。"以意为主"与"以文传意"是一体之两面，文章写作做到了"以意为主"与"以文传意"的统一，一方面可使文章主旨鲜明、突出，一方面可避免文词流荡、散漫。

齐梁之际产生的刘勰《文心雕龙》集此前历代文论(含散文理论)之大成，尽管书中未直接提出"文以意为主"的说法，但实际上从多个角度全面体现了文章写作及文学创作应"以意为主"的基本要求。如《体性》篇云："夫情动而言形，理发而文见，盖沿隐以至显，因内而符外者也。"③这是从作者与文体(作品之整体)关系层面说明文学创作是作者的心中之意(情或理)发动并自内而外表现于文学作品的过程。《定势》篇云："因情立体，即体成势。"④这是从文类文体的形成机制层面说明每一种文类文体都是以不同情志、情理的表达需要为内在根据。《情采》篇也一再主张文章写作应以"述志为本"，不可"言与志反"，强调文学创作的正途

---

① 《文赋集释》，陆机著，张少康集释，人民文学出版社 2002 年版，第 1 页。
② 沈约《宋书》，中华书局 1974 年版，第 1829 页。
③ 《文心雕龙注释》，刘勰著，周振甫注释，人民文学出版社 1986 年版，第 308 页。
④ 《文心雕龙注释》，刘勰著，周振甫注释，人民文学出版社 1986 年版，第 339 页。

是"为情而造文",而非"为文而造情","立文之本"应该是以情理为经,以文辞为纬,辩丽的文采应该以"情性"为本。① 在《附会》篇,刘勰对学习为文者提出了一个基本要求:"夫才童学文,宜正体制:必以情志为神明,事义为骨髓,辞采为肌肤,宫商为声气。"②刘勰认为"才童学文"首先需要建立一个关于文章体制的生命整体观,认识到任何文学作品都是由情志、事义、辞采和宫商(声律)这四个基本要素和层次构成的有机统一整体,而"情志"是这一生命整体的神明和灵魂。

## 三、唐代的文道论与文意论

针对南朝"连篇累牍,不出月露之形;积案盈箱,唯是风云之状"(《隋书·李谔传》)③的骈俪浮华文风及其影响,隋唐两朝有识之士开始着力重建"道"与"文"的联系,试图从源头和根本处杜绝"为文造情"之弊,同时为"以意为主"、"为情造文"的作文正道张目。唐开元、天宝年间的李华开韩柳古文运动之先声,提出了"有德之文信,无德之文诈"的观点,认为文章本乎作者之志,"宣于志者曰言,饰而成之曰文"(《赠礼部尚书清河孝公崔沔集序》)④。在《杨骑曹集序》中,他又提出:"读书务尽其义,为文务申其志。义尽则君子之道宏矣,志申则君子之言信矣。"⑤将读书明义、作文申志与君子宏道统一起来,视"尽义"为读书之目标,以"申志"为作文之保证。李华的"尽义—宏道—申志"统一论赋予文章之"意"更具体的内涵,对革除文弊具有更明确的针对性意义。

"文统"与"道统"统一、以文章续道统、以道统立文章是唐代古文运动的总体目标。唐代古文运动作为对南朝形式主义文风的反拨,如若仅仅重提"文以意为主",显然在理论高度上和批判力度上是不够的。当"竞骋文华"已成为南朝以降连续几个朝代的文风并蔓延至所有类型篇章之体的写作时,表明产生问题的原因实已超出文章写作自身,因此也就不可再指望仅从文学创作的内部规律层面寻求解决问题之道。唐代古文运动不同阶段的先行者和倡导者,其共同策略都是以"道"济"文","道"为"文"本。如柳冕《答衢州郑使君论文书》云:"君子之文,必有其道。道有深浅,故文有崇替。"⑥其《答徐州张尚书论文武书》又云:"文而知道,二者兼难,兼之者大君子之事。上之尧、舜、周、孔也,次之游、夏、荀、孟也,下之贾生、董仲舒也。"⑦吕温《送薛大信归临晋序》云:"文为道之饰,道为文之本。专其饰则道丧,反其本则文

---

① 《文心雕龙注释》,刘勰著,周振甫注释,人民文学出版社1986年版,第346~347页。
② 《文心雕龙注释》,刘勰著,周振甫注释,人民文学出版社1986年版,第462页。
③ 魏徵等《隋书》,中华书局1973年版,第1544页。
④ 《全唐文》卷三百十五,董浩等编,山西教育出版社2002年版,第1902页。
⑤ 《全唐文》卷三百十五,董浩等编,山西教育出版社2002年版,第1903页。
⑥ 《全唐文》卷五百二十七,董浩等编,山西教育出版社2002年版,第3170页。
⑦ 《全唐文》卷五百二十七,董浩等编,山西教育出版社2002年版,第3169页。

存。"①柳宗元《答韦中立论师道书》云："始吾幼且少,为文章,以辞为工。及长,乃知文者以明道,是固不苟为炳炳烺烺,务采色,夸声音而以为能也。凡吾所陈,皆自谓近道,而不知道之果近乎? 远乎? 吾子好道而可吾文,或者其于道不远矣。"②唐代的这些古文家或强调"文必有道",或主张"道为文本",或提倡"文以明道",其所言之"道"并非一个纯粹的抽象观念,而是有其具体的历史根源、丰富的文化内涵和鲜明的现实指向的。这个"道"是以儒家道德仁义为精髓,以《诗》、《书》、《礼》、《乐》、《易》、《春秋》等儒家经典为文献依托,以尧、舜、周、孔、游、夏、荀、孟等为统绪,以修齐治平为实践进阶的积极入世的儒家之道。文章写作若能以此"道"为本,自然就可彻底打破骈俪文章在形式层面形成的自我封闭,超越其文体写作的内部因循,回到文章写作的源头和初心,追溯文章写作的最初动因和根本目的,重新建立、强化文章写作与人文历史、社会现实、道德文化的紧密关联,使文章写作重新承担起人文传承、道德教化和现实关怀的责任。

韩愈在不同文章中多次强调"修辞明道"是其倡导的古文运动的核心理念。其《答陈生书》云："愈之志在古道,又甚好其言辞。"③《答李秀才书》云："然愈之所志于古者,不惟其辞之好,好其道焉尔。"④《争臣论》又云："君子居其位,则思死其官;未得位,则思修其辞而明其道。"⑤韩愈自言因好古人之道而好古人之辞,"非三代两汉之书不敢观"的根本原因也是"好其道"而非仅"好其辞"。因此,在指导后学时韩愈自然将"立德"视为"立言"的前提条件,其《答李翊书》云："将蕲至于古之立言者,则无望其速成,无诱于势利,养其根而俟其实,加其膏而希其光。根之茂者其实遂,膏之沃者其光晔。仁义之人,其言蔼如也。"⑥韩愈认为,"古之立言"者并非单纯的文章之士、雕琢之徒,他们的"立言"是其自身"仁义"修养工夫自然结出的果实,是其充实的内在道德自然发出的光辉,有德者自然有其文章,明道者自然善其修辞。因此韩愈又云："行之乎仁义之途,游之乎诗书之源,无迷其途,无绝其源,终吾身而已矣。气,水也;言,浮物也。水大而物之浮者大小毕浮。气之与言犹是也,气盛则言之短长与声之高下者皆宜。"⑦韩愈将孟子道德人格修养意义上的"养气"说融入其古文理论之中,以"养气"作为"立德"与"立言"的中介,完善了从"道德"到"文章"的转化机制,呈现了一个以仁义诗书涵养其盛大之气,以其盛大之气激发、承载其相宜之言的完整过程。

在具体文章写作中,"道"为"文"本、"道"先于"文"的观点必然体现为对立意和内容的重视,要求情必由衷,言必己出。如韩愈所言:"始者非三代两汉之书不敢观,非圣人之志不敢存,处若忘,行若遗,俨乎其若思,茫乎其若迷,当其取予心而注于手也,惟陈言之务去,戛戛

① 《全唐文》卷六百二十七,董浩等编,山西教育出版社 2002 年版,第 3742 页。
② 柳宗元《柳河东集》,上海古籍出版社 2008 年版,第 542 页。
③ 《韩昌黎文集校注》,韩愈撰,马其昶校注,上海古籍出版社 1986 年版,第 176 页。
④ 《韩昌黎文集校注》,韩愈撰,马其昶校注,上海古籍出版社 1986 年版,第 176 页。
⑤ 《韩昌黎文集校注》,韩愈撰,马其昶校注,上海古籍出版社 1986 年版,第 113 页。
⑥ 《韩昌黎文集校注》,韩愈撰,马其昶校注,上海古籍出版社 1986 年版,第 169 页。
⑦ 《韩昌黎文集校注》,韩愈撰,马其昶校注,上海古籍出版社 1986 年版,第 170～171 页。

乎其难哉!"(《答李翊书》)①韩愈一方面强调读书时"非三代两汉之书不敢观,非圣人之志不敢存",一方面又要求为文时"惟陈言之务去",表面看来似乎有些矛盾,但从文章写作实际来看,其所言应该包含了"修辞明道"须经历的两个不同阶段。首先在读书体道阶段,"非三代两汉之书不敢观,非圣人之志不敢存",须完全沉潜其中,以圣人之心为心,以圣人之志为志,以至忘我,从而在体道过程中将小我提升为大我。——此为"入乎其内"。进而到下笔为文阶段,则又需要恢复"作者"的主体意识,以经三代文化和圣人之道陶冶、熔铸后的"大我"人格和精神为根基,同时又不失作者自我的心灵、见识、眼光和功夫,在文章写作中做到"取予心而注于手","惟陈言之务去",最终达到"戛戛独造"的境界。——此为"出乎其外"。这里所说的"陈言务去"中的"言"是"立言"意义上的"言",是对文章著述的总称,而非文体结构中与"意"相对的单纯文辞,因此,韩愈主张为文时要"取予心而注于手"、"惟陈言之务去",本质上是强调文章写作要有感而发,有为而作,要有出于己心的独特见解、情感和表达方式。韩愈在《南阳樊绍述墓志铭》中所说的为文"必出于己,不蹈袭前人一言一句","惟古于词必己出,降而不能乃剽贼",也当如此理解。② 与韩愈同时代的李翱在《答朱载言书》中提出:"六经之词也,创意造言,皆不相师。"③晚唐杜牧在《答庄充书》中要求:"凡为文以意为主,气为辅,以辞彩章句为之兵卫。"④将李翱关于六经的"创意造言"说与杜牧关于一般文章写作的"以意为主"说相互对照,可以看出唐人对古今文章写作一以贯之的基本要求和评价标准。

## 四、宋代的文道论与文意论

宋代古文运动的先行者柳开明言自己是"师孔子而友孟轲,齐扬雄而肩韩愈"(《上符兴州书》)⑤,"吾之道,孔子、孟轲、扬雄、韩愈之道;吾之文,孔子、孟轲、扬雄、韩愈之文也"(《应责》)⑥。其《上王学士第三书》云:"文章为道之筌也,筌可妄作乎? 筌之不良,获斯失矣。女恶容之厚于德,不恶德之厚于容也。文恶辞之华于理,不恶理之华于辞也。"⑦《庄子》以言为意之"筌",柳开以文章为道之"筌",表明道之于文章相当于意之于言,文章重"道"也即重"意",因此在文章写作中要反对"辞华于理",而非"理华于辞"。王禹偁《答张扶书》也云:"夫文,传道而明心也。古圣人不得已而为之也……既不得已而为之,又欲乎句之难道邪? 又欲乎义之难晓邪?"⑧王禹偁将社会历史责任与内在心灵需求统一起来,将"传道"与"明心"融

① 《韩昌黎文集校注》,韩愈撰,马其昶校注,上海古籍出版社1986年版,第170页。
② 《韩昌黎文集校注》,韩愈撰,马其昶校注,上海古籍出版社1986年版,第540、542页。
③ 李翱《李文公集》,上海古籍出版社1993年版,第29页。
④ 《樊川文集校注》,杜牧撰,何锡光校注,巴蜀书社2007年版,第872页。
⑤ 《柳开集》,柳开撰,李可风点校,中华书局2015年版,第85页。
⑥ 《柳开集》,柳开撰,李可风点校,中华书局2015年版,第12页。
⑦ 《柳开集》,柳开撰,李可风点校,中华书局2015年版,第58页。
⑧ 王禹偁《小畜集》卷十八,《四部丛刊》本,第133页。

为一体，深化了传统的"文道"观，"文以明道"至此内化为创作主体的一种心灵需求，"传道而明心"之于文章写作成为一个由内力驱动的"不得已而为之"的过程，而非出于单纯外在目的的虚应故事和徒饰藻绘。其后，欧阳修领袖文坛，重倡古文，提出"道胜文至"说。其《与乐秀才第一书》云："古人之于学也，讲之深而信之笃，其充于其中者足，而后发乎外者大以光。"[1]《答祖择之书》云："学者当师经，师经必先求其意。意得则心定，心定则道纯，道纯则充于中者实，中充实则发为文者辉光。"[2]这些观点显然是承孟子"充实而有光辉之谓大"的观点而来，并发挥了韩愈的"根茂实遂"说和"膏沃光晔"说。其《答吴充秀才书》云："昔孔子老而归鲁，六经之作，数年之顷尔，何其用功少而至于至也！圣人之文虽不可及，然大抵道胜者，文不难而自至也。"[3]他认为孔子所以能在归鲁后数年间即整理出六经，即因孔子已在长期弘道实践中对"道"有了深刻体认和把握，而文章（六经）不过是其道德功夫在言语中的自然表现。

宋代是中国古代政治制度、学术思想、文学创作和文学理论都高度成熟的时代，也是士人主体意识高度成熟的时代，士人的主体精神在诸多文化领域都得到充分展现。宋代士人在丰富的文化实践中完成了主体精神的多面向建构，而这些不同面向的主体精神又充分体现在他们的文章写作活动之中，并凝结成一系列的文论概念和命题。其中"有德者必有言"主要体现的是道德主体与文章写作的关系，"文章要从学问中来"主要体现的是知识主体与文章写作的关系，"文以意为主"和"诗以意为主"则主要体现了创作主体与文章写作的关系。与六朝及唐代相比，"文以意为主"说在宋代已发展成一种非常普遍的文论表述，如黄庭坚云："好作奇语，自是文章一病，但当以理为主。理得而辞顺，文章自然出类拔萃。"[4]（陈亮《书作论法后》引）张耒《答汪信民书》提出："词生于理，理根于心。"[5]陈骙《文则》认为："辞以意为至，故辞有缓，有急，有轻，有重，皆生乎意也。"[6]朱熹《答曾景建》指出："文字之设，要以达吾意而已。"[7]陈亮《书作论法后》云："大凡论不必作好语言，意与理胜则文字自然超众。……不善学文者，不求高于理与意，而务求于文彩辞句之间，则亦陋矣。"[8]赵秉文《竹溪先生文集引》谓："文以意为主，辞以达意而已。古之人不尚虚饰，因事遣辞，形吾心之所欲言者耳。"[9]金人王若虚《滹南诗话》引其舅周昂语："文章需从肺腑中流出，以意为之主，字语为之

① 《欧阳修诗文集校笺》，欧阳修著，洪本健校笺，上海古籍出版社 2009 年版，第 1849 页。
② 《欧阳修诗文集校笺》，欧阳修著，洪本健校笺，上海古籍出版社 2009 年版，第 1821 页。
③ 《欧阳修诗文集校笺》，欧阳修著，洪本健校笺，上海古籍出版社 2009 年版，第 1177 页。
④ 《陈亮集》（增订本），陈亮著，邓广铭点校，中华书局 1987 年版，第 287 页。
⑤ 《张耒集》，张耒撰，李逸安、孙通海、傅信点校，中华书局 1990 年版，第 826 页。
⑥ 《文则注译》，陈骙著，刘彦成注译，书目文献出版社 1988 年版，第 36 页。
⑦ 朱熹《朱子全书》（修订本），上海古籍出版社、安徽教育出版社 2010 年版，第 2974 页。
⑧ 《陈亮集》（增订本），陈亮著，邓广铭点校，中华书局 1987 年版，第 287 页。
⑨ 赵秉文《赵秉文集》，黑龙江大学出版社 2014 年版，第 345 页。

役。主强而役弱,则无使不从。世人往往骄其所役,至跋扈难制,甚者反役其主。"①上述不同形式的强调"文以意为主"之说,或针对"好作奇语"的问题而发,或针对文章中"理意"与"文辞"主次颠倒的现象而言,更多的还是作为写好文章的一项基本要求而论。"文以意为主"成为宋代文论的流行命题,整体上反映了宋人对文学创作主体的情感、思想、心志、观念等对于文章写作重要性的自觉和强调,也是"文道"统一观在文章写作层面的延伸和落实。宋代古文创作繁荣、大家辈出的状况(明代茅坤提出的"唐代古文八大家"中宋人居其六)应该与宋代文士对"文以意为主"观念的普遍自觉密切相关。

## 五、明清时期对古代文意论的总结

明清两代是中国古代文论的全面总结期,历代相承的"文以意为主"命题也更多地与其他文章写作问题综合起来被加以论述,"意"本身的内涵也得到更具体的分析。明初方孝孺在《与舒君》中提出:"道者,气之君;气者,文之帅也。道明则气昌,气昌则辞达。"②其"道君——气帅——辞达"说将文章写作中道、气、辞三个因素更紧密地结合为一个相互贯通的整体。陈敬宗《题米芾遗墨》云:"夫文以理为主,必以气充之,然后振励而不荼。"③也是将"文以意(理)为主"说与"文气"说融为一体,以"理"为之主,以"气"为之充。徐师曾《文体明辨序说》记陈洪谟语:"文莫先于辨体,体正而后意以经之,气以贯之,辞以饰之。体者,文之干也;意者,文之帅也;气者,文之翼也;辞者,文之华也。体弗慎则文庞,意弗立则文舛,气弗昌则文萎,辞弗修则文芜。"④陈洪谟的"辨体——经意——贯气——饰辞"四环节说是对方孝孺"道君——气帅——辞达"三环节说的调整、补充和完善。他一则将"道"落实为更具体的"意",更为切合具体的文章写作过程,二则在方孝孺提出的三环节之前又加上了"辨体"一环,由此又将文章写作中的文体规范性与个体创造性统一起来,强化了对不同文体规范的要求。

明末清初钱谦益在《周孝逸文稿序》(《牧斋有学集》卷十九,《四部丛刊》本)中融合了曹丕、韩愈和李翱三家之论:"曹子桓云:文章以气为主。李文饶(唐李德裕字)举以为论文之要,而余取韩李之言参之。退之曰:'气,水也;言,浮物也。水大而物之浮者大小毕浮,气盛则言之短长与声之高下者皆宜。'此气之溢于言者。习之(唐李翱字)曰:'义深则意远,意远则理辨,理辨则气直,气直则词盛,词盛则文工。'此气之根于志者也。"⑤曹丕的"文以气为主"说突出的是作者个性气质对文体特征的自然影响,韩愈的"气盛言宜"说进而揭示了主体内在之"气"对文章语言节奏的直接决定作用,而李翱则彻底贯通了道德之"义"、心中之

① 王若虚《滹南诗话》,人民文学出版社 1962 年版,第 52 页。
② 方孝孺《逊志斋集》卷十一,《四部丛刊》本,第 259 页。
③ 《皇明文衡》卷四十九,程敏政辑,《四部丛刊》本,第 489 页。
④ 徐师曾《文体明辨序说》,人民文学出版社 1962 年版,第 80 页。
⑤ 钱谦益《钱牧斋全集》,上海古籍出版社 2003 年版,第 825~826 页。

"意"、思中之"理"、神中之"气"、笔下之"词"、书面之"文"等从作者到文章的诸多环节,使"文以意为主"的意义在一个完整过程中得到更切实充分的体现。

康雍乾三世桐城文派兴起,"桐城派三祖"方苞的"义法"说、刘大櫆的"能事与材料"说及姚鼐的"文之精粗"说前后相承,将传统散文理论中"文以意为主"的观念阐发得更加系统精致。方苞《又书货殖传后》云:《春秋》之制义法,自太史公发之,而后之深于文者亦具焉。义,即《易》之所谓'言有物'也;法,即《易》之所谓'言有序'也。义以为经而法纬之,然后为成体之文。"①方苞循"义法"之说将为文之道上溯至周文大备时代的《易》《春秋》等儒家经典,以《易》之"言有物"释《春秋》之"义",以"言有序"释《春秋》之"法",主张文章写作应以"义"为经,以"法"为纬,既要"言有物",又需"言有序",以二者之统一构成文章之整体。

若云方苞的"义法"说是从儒家原典申发出的关于文章写作的一种返璞归真同时也比较笼统的基本要求,刘大櫆在《论文偶记》提出"能事与材料"说则是将传统"以意为主"的文章写作观提升到了一个更高的理论层次:"行文之道,神为主,气辅之。曹子桓、苏子由论文,以气为主,是矣。然气随神转,神浑则气灏,神远则气逸,神伟则气高,神变则气奇,神深则气静,故神为气之主。至专以理为主,则未尽其妙。盖人不穷理读书,则出词鄙倍空疏。人无经济,则言虽累牍,不适于用。故义理、书卷、经济者,行文之实,若行文自另是一事。譬如大匠操斤,无土木材料,纵有成风尽垩手段,何处设施,然有土木材料,而不善设施者甚多,终不可为大匠。故文人者,大匠也。神气、音节者,匠人之能事也,义理、书卷、经济者,匠人之材料也。"②刘大櫆的创造性贡献首先在于他从整体上将文章写作分为"能事"与"材料"两个层次,认为"义理、书卷、经济"是文章写作中需要加以利用的具体材料,而"神气、音节"则体现了作者加工这些材料以成文章的能力、功夫和方法。这种区分非常类似亚里士多德在《物理学》中提出的"形式因"与"质料因"二分相对的观点,且在前代的"文道"论、"文气"论和"文意"论中尚未曾见。"能事"与"材料"二分相对说的主要理论意义在于将文章写作主体的能力、功夫和方法与其所要加工成型的具体材料明确区分开来,充分彰显了创作主体因素在文章写作过程中的主导作用和表现功能。在这种"能事"与"材料"二分相对的关系中,此前"以意为主"说中笼统的"意"展开为"神"与"理"两个层次,分属于创作主体和对象材料,构成了"文意"内部的一组矛盾关系,呈现了"意"在文章写作过程中的作用机制。当文章写就之时,作为作者之"能事"的"神气音节"即与"材料"融为一体,转化为文章整体结构中的要素,而化为文章结构要素的"神气"和"音节"。其间又有精粗之别:"神气者,文之最精处也;音节者,文之稍粗处也;字句者,文之最粗处也。然余谓论文而至于字句,则文之能事尽矣。盖音节者,神气之迹也;字句者,音节之矩也。神气不可见,于音节见之;音节无可准,以字句准之。"一方面,神气为音节和字句之主,灌注于音节和字句之中;另一方面,神气又须见诸音节和字句,并通过对音节和字句的调整得以更好地体现出来。

① 方苞《方苞集》,上海古籍出版社 2008 年版,第 58 页。
② 刘大櫆《论文偶记》,人民文学出版社 1959 年版,第 6 页。

其后,姚鼐在《古文辞类纂序》中发挥并细化了刘大櫆的"文之精粗"论:"凡文之体类十三,而所以为文者八,曰:神、理、气、味、格、律、声、色。神、理、气、味者,文之精也;格、律、声、色者,文之粗也。然苟舍其粗,则精者亦胡以寓焉。学者之于古人,必始而遇其粗,中而遇其精,终则御其精者而遗其粗者。"[①]在精粗之分的基础上,姚鼐指出了学习古文的途径和要求:由其文之粗处(格律声色)开始,再深入其文之精处(神理气味),最后通过把握其文之精处以超越其文之粗处。姚鼐的这一观点遥承《庄子》的"意精言粗"之论和"得意忘言"之说,与历代诸家围绕"文以意为主"的基本观念所形成的各种论述相续相禅,共同组成了一条贯通中国古代散文理论发展历史的鲜明主线。

## 第二节 "言志"与"缘情":中国古代诗学理论的历史演变

中国古代诗歌艺术既盛且久,诗学理论亦绵延两千年而不绝。两千年中国古代诗学理论史丰富多彩,乃以主体表现为根柢、"言志"与"缘情"为主脉,多元演进的历史。现拈其荦荦大者略作分梳。

### 一、先秦时期:中国古代诗学的发端

先秦时期,诸家异说,就诗学而言,儒家有"诗言志"说、"兴观群怨"说、"以意逆志"说,道家有"言不尽意"说、"虚静"说,屈骚则有"发愤抒情"说,等等。相比之下,儒家"诗言志"说是先秦诗论主旋律,其内涵及其因时代更迭而导致的内涵演变关系,构成了中国古代诗学理论历史演变的最主要文脉之一。

从历史文献来看,"诗言志"一语最早出现于"五经"中的《尚书·尧(舜)典》,其文曰:"帝曰:'夔,命汝典乐,教胄子,直而温,宽而栗,刚而无虐,简而无傲。诗言志,歌永言,声依永,律和声。八音克谐,无相夺伦,神人以和。'"[②]这是记载舜帝命其乐官夔典乐教"胄子"的一段话,首揭"诗言志"之说。关于此"志"的基本含义,今人闻一多先生于《神话与诗》中释云:"志有三个意义:一记忆,二记录,三怀抱。"[③]前者有"记忆"、"记录"义,后者有"情意"、"志向"义,即兼具叙事与抒情、理性与感性的义涵。此外,类似"诗言志"的表述还见于其他先秦时文献,如《庄子·天下篇》云:"诗以道志。"《孟子·万章上》云:"说诗者不以文害辞,不以辞

---

① 《古文辞类纂》,姚鼐纂集,胡士明、李祚唐标校,上海古籍出版社 2016 年版,序目 22 页。

② 李学勤主编《十三经注疏·尚书正义》(标点本),北京大学出版社 1999 年版,第 79 页。

③ 闻一多《神话与诗》,华东师范大学出版社 1997 年版,第 184 页。

害志;以意逆志,是为得之。"《荀子·儒效》亦云:"《诗》言是其志也。"上述诸说都论及"诗"与"志",集中体现了先秦时人对于"诗"义蕴涵的正面理解和概括,是中国古人对于诗歌艺术的最早的理论界定,因而成为后人说"诗"的渊源和根据。如汉代《毛诗大序》便对其引用和发挥云:"诗者,志之所之也,在心为志,发言为诗。"①"诗言志"一语从此成为儒家诗学最重要的命题之一。清代方玉润就认为,"诗言志"之说乃"千古说诗之祖",②朱自清先生亦将"诗言志"视为中国诗歌"开山的纲领"。③

而由老庄、《周易》肇始的关于"言"、"象"、"意"关系的探讨,对中国古典诗学的影响亦很大。较早意识到"言"、"意"关系的复杂性并加以论述的是老子,老子所云"道可道,非常道;名可名,非常名"(《老子》第一章)、"圣人行无为之事,行不言之教"(《老子》第二章)、"知者不言,言者不知"(《老子》第五十六章)、"信言不美,美言不信。善者不辩,辩者不善"(《老子》第八十一章),即认为真正的"道"、"名"皆不可言说,只能靠直觉去体悟,真正的圣人、智者、善者往往不作言辞之辩,而行不言之教,由此开启了中国诗学"非言"和"感悟"的先河。老子思想的继承者庄子则直接提出了"得意忘言"的命题。庄子云:"筌者所以在鱼,得鱼而忘筌。蹄者所以在兔,得兔而忘蹄。言者所以在意,得意而忘言。吾安得忘言之人而与之言哉?"(《庄子·外物》)这里庄子不仅明确地提出了"言"和"意"的概念,而且得出了"言不尽意"的结论。进而,兼融儒道的《周易》撰者又提出了解决"言不尽意"难题的可行之法。《周易·系辞上》云:"子曰:'书不尽言,言不尽意。'然则圣人之意其不可见乎? 子曰:'圣人立象以尽意,设卦以尽情伪,系辞焉以尽其言,变而通之以尽利,鼓之舞之以尽神。'"④这里描述孔夫子自问自答,意谓虽然言语不能完全表达出复杂深邃的义理和曲折隐微的圣人之意,而卦爻象则可以表之尽之,故此,圣人"立象以尽意"。正是在老庄和《周易》的基础上,魏人王弼对"言"、"象"、"意"三者之间的关系作了发挥和总结,其《周易略例·明象》云:"夫象者,出意者也。言者,明象者也。尽意莫若象,尽象莫若言。言生于象,故可寻言以观象;象生于意,故可寻象以观意。意以象尽,象以言著。故言者所以明象,得象而忘言;象者,所以存意,得意而忘象。"⑤明确将"言"、"象"、"意"三者关系概括为三个层次两个"相忘"步骤。上述有关探讨,一方面奠定了后世审美意象、审美意境等核心诗学范畴的基础,另一方面也陶塑了中国传统的尚象感悟的思维方式和生命体验方式,而中国古典诗歌所讲求的诸如虚实、空灵、妙悟、气韵、蕴藉、神韵等特质,甚至现代诗学所讲求的言、象、意三层次文本分析法,皆不同程度地沾溉于此,意义不可谓不大。

此外,中国古典诗学中的楚骚传统亦不可忽略。以屈原《离骚》为代表的楚辞,以其"劲

---

① 李学勤主编《十三经注疏·毛诗正义》(标点本),北京大学出版社 1999 年版,第 6 页。
② 方玉润《诗经原始》(上),中华书局 1986 年版,第 42 页。
③ 朱自清《诗言志辨》,华东师范大学出版社 1996 年版,第 4 页。
④ 李学勤主编《十三经注疏·周易正义》(标点本),北京大学出版社 1999 年版,第 291 页。
⑤ 王弼《王弼集校释》,楼宇烈校释,中华书局 1980 年版,第 609 页。

质而多怼,峭急而多露"的诗歌表达形式,大不同于以《诗经》为代表的温柔敦厚之风和老庄散文诗的哲理譬喻之趣。尤其是屈子本人所身体力行的"发愤抒情"诗说,很大程度上突破了儒家传统诗教"发乎情,止乎礼"、"怨而不怒"、"哀而不伤"的樊篱,构成了中国诗学史上又一重要文脉流向。

　　"发愤抒情"说最早出自屈原《九章·惜诵》,其文曰:"惜诵以致愍兮,发愤以抒情。所作忠而言之兮,指苍天以为正。"司马迁《史记·屈原贾生列传》有释云:"'离骚'者,犹离忧也。……信而见疑,忠而被谤,能无怨乎?屈平之作《离骚》,盖自怨生也。"①认为"离骚"就是抒发忧愁,屈原之作《离骚》,源自怨愤之情不得不发。"发愤抒情"说由此奠基。自先秦以降,继承和发挥其说者甚伙。《史记·太史公自序》云:"《诗》三百篇,大抵圣贤发愤之所为作也,此人皆意有所郁结,不得通其道也,故述往事,思来者。"②司马迁发展了屈子之说,认为《诗》三百篇亦是圣贤发愤之作,进一步确定和加强了"发愤抒情"说的历史地位。六朝诗论,多风、骚并举,刘勰《文心雕龙·情采》所云"风雅之兴,志思蓄愤,而吟咏情性,以讽其上",乃"发愤抒情"说又一典范。唐代韩愈承接"发愤抒情"说,提出"不平则鸣"的观点:"大凡物,不得其平则鸣。……人之于言也亦然,有不得已者而后言,其歌也有思,其哭也有怀。凡出乎口而为声者,其皆有弗平者乎!"③强调了诗艺创作抒发主体愤懑情怀的合理性。宋代欧阳修亦承此说:"内有忧思感愤之郁积,其兴于怨刺,……然则非诗之能穷人,殆穷者而后工也。"(《梅圣俞诗集序》)陆游则强调非发愤则无诗:"盖人之情,悲愤积于中而无言,始发为诗。不然,无诗矣。"(《澹斋居士诗序》,载《渭南文集》卷十五)直至明清之际,随着反理学思潮的兴起,"发愤抒情"与李贽"童心说"、汤显祖"唯情说"、公安三袁"性灵说"等呼应共鸣,更多了一层个性解放的义涵,终凝聚成一种"非中和"的屈骚诗学传统,其与占主流地位的儒家"中和"诗学传统一道,流播百代,相映生辉。

　　其他诸如儒家"兴观群怨"说、"以意逆志"说,道家"虚静"说等,在中国诗学史上也都产生了一定的影响。总之,先秦诗学以儒家诗学为主导,或言志或言意或抒情,共同开启了中国古典诗学多元发展的端绪,并孕育、模塑了后世诗学的基本脉络与风貌。

## 二、汉魏晋南北朝:中国古代诗学的发展

　　自汉代以来,在儒家诗学内部,"诗言志"之外,又出现了"诗缘情"一类与"诗言志"论旨相左的命题。如《毛诗大序》,一方面标举"诗者志之所之也"的大旗,另一方面又主张"情动于中而形于言":"情动于中而形于言;言之不足,故嗟叹之;嗟叹之不足,故永歌之;永歌之不足,不知手之舞之、足之蹈之也。情发于声,声成文谓之音"④,并且首次提出了"吟咏情性"

---

① 司马迁《史记》卷八十四,清乾隆武英殿刻本。

② 司马迁《史记》卷一百三十,清乾隆武英殿刻本。

③ 韩愈《送孟东野序》,载《昌黎先生文集》卷十九,宋蜀本。

④ 李学勤主编《十三经注疏·毛诗正义》(标点本),北京大学出版社1999年版,第6页。

这个术语:"国史明乎得失之迹,伤人伦之废,哀刑政之苛,吟咏情性,以风其上,达于事变而怀其旧俗者也。"①这里,"志"与"情"相较,"志"一般被视为与"修齐治平"等儒家政治伦常思想相联系的主体志向和抱负,较偏于理性;"情"则被视为与政教伦常有一定距离的个体情感、情绪或欲望,较偏于感性。到魏晋南北朝,以"情"论诗者已经屡见不鲜。如萧统《文选·序》径直袭用《毛诗大序》的说法:"诗者,盖志之所之也,情动于中而形于言。"陆机则在《文赋》中进一步提出"诗缘情而绮靡"的口号,明确倡导"诗缘情"。而刘勰在《文心雕龙》中屡以"情"说事:"吟咏情性,以讽其上"(《文心雕龙·情采》)"情以物迁,辞以情发"(《文心雕龙·物色》)"神用象通,情变所孕"(《文心雕龙·神思》),等等。而在一些论著中,"吟咏情性"甚至成了"诗"的代名词。如钟嵘在《诗品序》中说:"若乃经国文符,应资博古;撰德驳奏,宜穷往烈。至乎吟咏情性,亦何贵于用事?"裴子野在《雕虫论》中说:"自是闾阎少年,贵游总角,罔不摈落六艺,吟咏情性。"等等。当时不少文人力图扬"情"抑"志"甚至改"志"为"情",但由于种种原因贯彻得不够彻底,以致"情"与"志"连文并举的情况较为普遍,如陆机《文赋》云:"伫中区以玄览,颐情志于《典》《坟》。"挚虞《文章流别论》云:"诗虽以情志为本,而以成声为节。"范晔《狱中与诸甥侄书》云:"常谓情志所托,故当以意为主。"沈约《谢灵运传论》云:"自兹以降,情志愈广。"刘勰《文心雕龙·附会》云:"夫才量学文,宜正体制,必以情志为神明。"如此之例,均可见出改造或整合"情"、"志"关系的努力。然而,理论上的成熟并非一蹴而就的,如朱自清先生所指出,"六朝人论诗,少直用'言志'这个词组。他们一面要表明诗的'缘情'作用,一面又不敢无视'诗言志'的传统:他们没有胆量全然撇开'志'的概念,径自采用陆机的'缘情'说,只得将'诗言志'这句话改头换面,来影射'诗缘情'那句话。"②

汉魏晋南北朝时期,诸家诗论还聚焦于《诗经》"六义"中的"赋、比、兴"三义,由兹彰显了尚象感悟的诗性思维方式和意象论批评方法,颇具诗学价值。

就"赋"、"比"、"兴"三者而言,诸家对于"赋"的解释较为简单明了。如郑玄注《周礼》"六诗",对"赋"作如下界说:"赋之言铺,直铺陈今之政教善恶。"③这里,郑氏彰显了"赋"之"铺陈"义,即着眼于"今之政教善恶"作客观的叙述、描摹。刘勰在《文心雕龙·诠赋》中论释"赋"的内涵曰:"诗有六义,其二曰赋。赋者,铺也,铺采摛文,体物写志也。"这里,刘氏对"赋"之"铺陈"义的强调显然本于郑玄,但"体物写志"一语与郑氏"直铺陈今之政教善恶"语稍有不同,更多了一层对借物写志的强调,主体性相对凸显。此后,对于把"赋"作为诗歌的表现方法来看待,基本上与郑玄、刘勰的解释没有很大出入。如唐儒孔颖达将"赋"界定为"诗文直陈其事,不譬喻者"④,宋儒朱熹对"赋"的解释,仍是"赋者,敷陈其事而直言之者

① 李学勤主编《十三经注疏·毛诗正义》(标点本),北京大学出版社1999年版,第15页。
② 朱自清《诗言志辨》,华东师范大学出版社1996年版,第37页。
③ 李学勤主编《十三经注疏·周礼注疏》(标点本),北京大学出版社1999年版,第610页。
④ 李学勤主编《十三经注疏·毛诗正义》(标点本),北京大学出版社1999年版,第12页。

也"①。

就"比"、"兴"来说,较早对之加以讨论的是东汉经师郑众。他说:"曰比曰兴,比者,比方于物也;兴者,托事于物。"②按郑众的解说,"比",就是用物打比方,也就是比喻;"兴",就是把事理寄托在事物中。郑众的解说虽很简要,却点出了"比"和"兴"之间的不同,即前者借物以晓喻,后者借物以隐喻寄托。随后,郑玄对"比"、"兴"两种表现手法作出了自己的独特理解:"比,见今之失,不敢斥言,取比类以言之。兴,见今之美,嫌于媚谀,取善事以喻劝之。"③即认为"比"暗刺"今之失","兴"曲赞"今之美",皆着眼于政治性的美刺教化。到南朝,刘勰在《文心雕龙·比兴》中阐发比、兴说:"诗文宏奥,包韫六义,毛公述传,独标兴体,岂不以风通而赋同,比显而兴隐哉!故比者,附也;兴者,起也。附理者切类以指事,起情者依微以拟议。起情故兴体以立,附理故比例以生。比则畜愤以斥言,兴则环譬以记讽。"刘勰在此指出"比"、"兴"的某些特质,如"比"之"附理"和"兴"之"起情",并将"兴"亦视为一种特殊的比喻(环譬),而"比"、"兴"的区别则在于"比"的义涵较为显露,"兴"的义涵却隐约幽微得多。钟嵘在《诗品》总论中则对诗之"三义"作了更趋审美化的阐发:"故诗有三义焉:一曰兴,二曰比,三曰赋。文已尽而意有余,兴也;因物喻志,比也;直书其事,寓言写物,赋也。宏斯三义,酌而用之,干之以风力,润之以丹彩,使味之者无极,闻之者动心,是诗之至也。若专用比兴,患在意深,意深则词踬。若但用赋体,患在意浮,意浮则文散,嬉成流移,文无止泊,有芜漫之累矣。"其对"赋"和"比"的解释基本承袭前人,但对于"兴"的解释颇多新意,所谓"文已尽而意有余",已近于意象论的审美内涵。

正是上述有关"赋、比、兴"三义的审美化诠释,以及前述"言象意"之辨和"诗缘情"说的影响,诗论中的主体情意与客观物象逐渐融合,最终凝聚成了"意象"这一重要理论结晶。首次在诗论中倡导"意象"论批评的是刘勰,其于《文心雕龙·神思》中云:"独照之匠,窥意象而运斤",这就明确将"意"与"象"融为一体,构成了一个崭新的审美范畴,刘勰还在"神思"、"情采"、"风骨"、"物色"、"隐秀"诸篇中再三以意象论诗文,彰显了意象之情景交融、虚实统一等审美特质,"意象"的内涵与外延逐渐明晰,意象论诗学也由此正式形成。

另外值得注意的是汉魏六朝文人对"感物动情"说的探讨。汉代《礼记·乐记》已发其端:"凡音之起,由人心生也。人心之动,物使之然也。""乐者,音之所由生也,其本在人心之感于物也。"④"夫民有血气心知之性。而无喜怒哀乐之常,应感起物而动,然后心术形焉。"⑤后人亦据此阐释诗歌创作活动中心与物之间的关系,如陆机《文赋》云:"遵四时以叹逝,瞻万物而思纷;悲落叶于劲秋,喜柔条于芳春。心懍懍以怀霜,志眇眇而临云。"刘勰《文心雕龙·

---

① 朱熹《诗集传》,中华书局 1958 年版,第 3 页。

② 李学勤主编《十三经注疏·周礼注疏》(标点本),北京大学出版社 1999 年版,第 610 页。

③ 李学勤主编《十三经注疏·周礼注疏》(标点本),北京大学出版社 1999 年版,第 610 页。

④ 李学勤主编《十三经注疏·礼记正义》(标点本),北京大学出版社 1999 年版,第 1074～1075 页。

⑤ 李学勤主编《十三经注疏·礼记正义》(标点本),北京大学出版社 1999 年版,第 1104 页。

物色》篇云:"岁有其物,物有其容,情以物迁,辞以情发。……诗人感物,联类不穷。"钟嵘《诗品序》云:"气之动物,物之感人,故摇荡性情,形诸舞咏。""若乃春风春鸟,秋月秋蝉,夏云暑雨,冬月祁寒,斯四候之感诸诗者也。……凡斯种种,感荡心灵,非陈诗何以展其义?非长歌何以骋其情?"这些论述皆属"感物动情"说之显例,皆不同程度地揭示了诗歌创作"感物动情"的内在动因,从而构成了中国诗学史上又一重要命题。

它如曹丕的"诗赋欲丽"论、沈约的声律论、钟嵘的"滋味"说等,与"诗缘情"说一道,或侧重于审美形式的张扬,或侧重于审美感性的凸显,皆有反拨传统的儒家功利主义政教诗学观,追求审美主义的取向,其间不免靡丽夸饰之风,但总体上是积极的,建设性的,与逍遥适性的玄学思潮相合拍,共同推动了中国古典诗学向深处发展。

### 三、隋唐时期:中国古代诗学的高潮

隋唐时期,文化繁荣,诗艺极盛,涌现了李白、杜甫、王维等诸多名垂青史的诗歌大家,与此相应,诗学理论上亦全面发展,其间不少诗学论释,如偏于儒家的"情志统一"说、"风雅比兴"说、偏于道玄的"兴象"说、"意境"说,偏于屈骚的"不平则鸣"说等,已臻高潮或成熟。

如前所述,诗学至南朝,"诗言志"说与"诗缘情"说两相抵牾,莫衷一是,给儒家诗学自身带来了很大的困扰。到唐代大儒孔颖达,则有了很大的转机。《春秋左传》孔颖达疏云:"此六志,《礼记》谓之六情。在己为情,情动为志,情志一也。所从言之异耳。"[1]这里,孔氏明确提出了"在己为情,情动为志,情志一也"的论断,认为"情"与"志"本为一事,所谓"六志"(好、恶、喜、怒、哀、乐)其实都是主体的"六情",只因语境不同而说法有异而已,于是从根本上消除了"情"与"志"两者之间的扞格、龃龉之处。既然"情"与"志"本为一事,那么自先秦以来影响深远的"诗言志"的命题也就等同于"诗缘情"的命题,史上关于此两大命题的纷纭之争可以停息,而且,孔氏此谓"情动为志"而非"志动为情",这就意味着在"情"与"志"的逻辑关系上,"情"比"志"更具有心理本体的特征,更具有原始生发性,这就从根本上确认了诗歌艺术是一种"表情"的艺术。

自《尚书·舜典》首倡"诗言志"之说,到春秋战国时期士人们"赋诗言志"、"以意逆志",再到汉代《毛诗大序》先言"志"后言"情",又到六朝时期"诗缘情"观念的盛行,终至唐代孔颖达明确提出并倡导"情志一也"的命题,整体上反映出"志"与"情"两个范畴由模糊走向清晰,"诗言志"与"诗缘情"两个命题由分裂走向融合的曲折文脉历程。

此期间,一些著名文艺家还将历来侧重于经学阐释的"风"、"雅"、"比"、"兴"之义,提挈为诗歌创作的指导性原则。如陈子昂《与东方左史虬修竹篇序》云:"仆尝暇时观齐、梁间诗,彩丽竞繁,而兴寄都绝,每以永叹,思古人常恐逶迤颓靡,风雅不作,以耿耿也。"[2]陈氏在此

① 李学勤主编《十三经注疏·春秋左传正义》(标点本),北京大学出版社 1999 年版,第 1455 页。
② 郭绍虞主编《中国历代文论选》(第二册),上海古籍出版社 1979 年版,第 55 页。

痛心于"兴寄都绝"、"风雅不作"的齐梁颓风，立意重振风雅兴寄、汉魏风骨。李白亦深憾"梁陈以来，艳薄斯极，沈休文又尚以声律"①，又感慨"大雅久不作，颂声久崩沦。安得郢中质，一挥成风斤"②，从而力主重归风雅，寄兴深微。而杜甫在《同元使君春陵行》小序中，以"不意复见比兴体制"赞扬元结《春陵行》、《贼退示官吏》两首作品风雅比兴的高格。柳宗元则在《杨评事文集后序》中说："文有二道：辞令褒贬，本乎著述者也；导扬讽喻，本乎比兴者也。……比兴者流，盖出于虞夏之咏歌，殷周之风雅，其要在于丽则清越，言畅而意美，宜流于谣诵也。"③认为比兴既是为了符合政教原则，亦是出于文学言畅意美的抒情功能，并力图调谐比兴之政教功能与审美功能的关系。到白居易创作《与元九书》一文，则已将"风雅比兴"视作评骘诗歌艺术高下的基本标准："诗之豪者，世称李杜。李之作，才矣奇矣，人不逮矣；索其风雅比兴，十无一焉。杜诗最多，……然撮其《新安吏》、《石壕吏》、《潼关吏》、《塞芦子》、《留花门》之章，'朱门酒肉臭，路有冻死骨'之句，亦不过三四十首。"④如陈寅恪《元白诗笺证稿》所指出："夫乐天作诗之意，直上拟三百篇，陈义甚高。"⑤从而，"风雅比兴"说亦成为唐人谈诗论艺的重要理论范式。

此外，诗歌意象论由魏晋发展至唐代，又生发出"兴象"这一重要范畴。其首倡者为唐代诗论家殷璠，殷璠在《河岳英灵集》中评孟浩然诗句云："至如'中山遥对酒，孤屿共题诗'，无论兴象，兼复故实。"⑥又在《河岳英灵集》序中云："理则不足，言常有余，都无兴象，但贵轻艳"；又评陶翰诗云："历代词人诗笔双美者鲜矣，今陶生实谓兼之，既多兴象，复备风骨"⑦，等等，这些对于"兴象"审美范畴的阐发所呈义涵，质言之，"兴象"亦是"象"，从属于"意象"这一母范畴。"意象"所拥有的基本特质如"情景交融"等，也都体现于"兴象"这一范畴。略为不同者，"意象"之"意"更多一层理性的意向性、概念性的成分，"兴象"之"兴"更多一层非理性的情感性、直觉性的成分，即无碍兴现的特质；"意象"多表现为意在象中(内)，"兴象"多表现为意在象外等。很大程度上，"兴象"范畴源自殷璠对盛唐诗歌无碍兴现的审美特质深入体察而概括、提挈出来的，代表了意象论诗学发展新的阶段。对此，陈伯海先生曾有过高度评价："诗歌'兴象'论的出现，也正意味着人们对艺术审美活动中意象思维的运行机制有了更完整的认识。据此而言，则'兴象'的生成体现了'意象'表意功能的全面实现，'兴象'说也就成了审美意象说得以完成的标志。"⑧

随着"兴象"论诗学的兴起，诗歌审美对象逐渐由"象"内转向"象"外，由"象"转为"境"，

① 孟棨等《本事诗·高逸》，上海古籍出版社 1991 年版，第 17 页。
② 李白《李太白诗集注》卷二古诗五十九首，文渊阁四库全书本。
③ 郭绍虞《中国历代文论选》(第二册)，上海古籍出版社 1979 年版，第 148 页。
④ 郭绍虞《中国历代文论选》(第二册)，上海古籍出版社 1979 年版，第 79 页。
⑤ 陈寅恪《陈寅恪集·元白诗笺证稿》，北京三联书店 2001 年版，第 124 页。
⑥ 殷璠《河岳英灵集》卷中，《四部丛刊》初编集部。
⑦ 殷璠《河岳英灵集》序言、卷上，《四部丛刊》初编集部。
⑧ 陈伯海《中国诗学之现代观》，上海古籍出版社 2006 年版，第 160 页。

于是,唐代诗学又迎来了"意境"论的诞生。"意境"一语本出自王昌龄的《诗格》,其文曰:"诗有三境:一曰物境。欲为山水诗,则张泉石云峰之境,极丽极秀者,神之于心,处身于境,视境于心,莹然掌中,然后用思,了然境象,故得形似。二曰情境。娱乐愁怨,皆张于意而处于身,然后用思,深得其情。三曰意境:亦张之于意而思之于心,则得其真矣。"王昌龄此处所论"意境",是诗歌创作对象"境"之一种,含义尚较狭窄,后来"意境"论进一步发展,则逐渐统合了"物境"、"情境"、"意境"三者,并突出了"境"的虚拟想象空间性能。如皎然《诗议》云:"夫境象非一,虚实难明。"即以虚实论意境(境象),而最精赅的描述莫过于刘禹锡所云:"境生于象外"(《董氏武陵集记》),此"境"即突破了类于一草一木的有限的"象",而走向无限的时空图景。又司空图提出"象外之象"、"景外之景"(《与极浦书》)等论说,进一步彰显了"意境"之"超以象外,得其环中"(《二十四诗品·雄浑》)的品格,并在《二十四诗品》中对各类意境作了具体而生动的描绘、譬喻,使得诗歌意境论走向丰满和成熟。概言之,较之具体而有限的意象,意境则是由多个意象所构成的系统审美空间,且包含了意象之外的虚空、氛围、情韵等,更能体现一种宇宙造化的全整图景、生动气韵和审美超越的品格。其情景交融、虚实统一、韵味无穷等审美特质,最能体现中国表现主义诗学传统的精神旨趣和基本特征。

综上,唐人对"情志一也"、"风雅比兴"说等观点的阐释和发挥,一方面体现了对建构理想的社会政治和伦理秩序的群体理性要求,另一方面又充分肯定了发扬个体情性和审美感性的重要意义。而有关"兴象"、"意境"等范畴的探讨,则从审美感兴和形上超越两面拓展和深化了中国诗学的内涵和边界。较之汉儒的政教诗学观和魏晋南北朝以来的抒情主义诗学观,唐人从本体性层面将诗歌艺术的政治教化功能与审美抒情特性圆融地统一了起来,有了更为丰富而辩证的诗学内涵,也更具理论的张力,从而将中国古典诗学推向高潮阶段。

## 四、宋元时期:中国古代诗学的深化

宋元时期,诗论成就主要表现为对既有论题、论域的进一步拓展,其主要议题有"气象说"、"诗画关系说"、"兴趣说"、"妙悟说"等,多集中于中国古典诗学尚象感悟的诗性特质方面。

就宋代来说,"气象"作为一个极具涵摄力的审美范畴被广泛地运用于品评诗文之美。如北宋唐庚于《唐子西文录》云:"过岳阳楼观杜子美诗,不过四十字耳。气象闳放,涵蓄深远,殆与洞庭争雄,所谓富哉言乎者!"①又北宋蔡絛于《西清诗话》云:"洞庭天下壮观,自昔骚人墨客,斗丽搜奇者尤众。……然未若孟浩然'气蒸云梦泽,波动岳阳城',则洞庭空阔无际,气象雄张,如在目前。"②而南宋周紫芝于《竹坡诗话》云:"东坡尝有书与其侄云:'大凡为

---

① 唐庚《唐子西文录》,清乾隆刻历代诗话本。
② 蔡絛《西清诗话》卷上,明钞本。

文,当使气象峥嵘,无色绚烂,渐老渐熟,乃造平淡.'余以不但为文,作诗者尤当取法于此."①几与之同时的叶梦得于《石林诗话》云:"七言难于气象雄浑,句中有力,而纤余不失言外之意.自老杜'锦江春色来天地,玉垒浮云变古今'与'五更鼓角声悲壮,三峡星河影动摇'等句之后,常恨无复继者."②南宋词人姜夔于《白石道人诗说》云:"大凡诗自有气象、体面、血脉、韵度,气象欲其浑厚,其失也俗."③南宋吕本中于《吕氏童蒙训》云:"大概学诗须以三百篇、楚辞及汉魏间人诗为主,方见古人好处,自无齐梁间绮靡气象也."④南宋诗论家严羽云:"唐人与本朝人诗,未论工拙,直是气象不同.……汉魏古诗,气象混沌,难以句摘.……建安之作,全在气象,不可寻枝摘叶."⑤严氏又于《答出继叔临安吴景仙书》云:"盛唐诸公之诗,如颜鲁公书,既笔力雄壮,又气象浑厚."⑥等等.由此,史上影响甚大的"气"论和"象"论兼并融合,最终凝聚成"气象"这一重要审美范畴.其义涵既有"象"的具体鲜明、生动可感的一面,又有"气"的朦胧缥缈、悠远无尽的一面,即象而超象,即意而超意,在有无虚实之间,在天人相和之间,兴现艺术、自然、人生的生命情态和本真状貌,从而超出了一般意象论的范畴,拥有了自己的时代新质,并为后世境界论的出现作了某种准备.

宋代诗画二艺俱发达,关于二者间的异同问题,亦是宋人感兴趣的话题.其间以苏轼等人提出的"诗画相通"说,影响最大.苏轼《书摩诘蓝天烟雨图》云:"味摩诘之诗,诗中有画;观摩诘之画,画中有诗."(载《东坡题跋》下卷)又其《书鄢陵王主簿所画折枝二首》之一云:"诗画本一律,天工与清新"(《载苏东坡集》前集卷十六),即明确主张诗中有画,画中有诗,诗画相通.与苏轼持相同观点者还有很多,如宋人张舜民云:"诗是无形画,画是有形诗."(《跋百之诗画》,载《画墁集》)又孔武仲云:"文者无形之画,画者有形之文,二者异迹而同趣."(《东坡居士画怪石赋》,载《宗伯集》卷一)又冯应榴云:"少陵翰墨无形画,韩干丹青不语诗."(《韩干马》,载《苏文忠公诗合注》卷五〇)等等,这些论述皆认为诗与画具有相通性,诗是无形而有声之画,画是有形而无声之诗,这就在一定程度上打破了诗和画等门类艺术之间的界限和隔阂,在理论上和艺术创作实践中均具有重要的启发意义,而"诗画相通"也构成了中国古典诗艺重要特征之一.

此外,南宋严羽在《沧浪诗话》中所提出的"兴趣说"和"妙悟说"也值得我们关注.《沧浪诗话》是宋代最重要的一部诗话著作,其理论性强且较有系统,尤倡导以禅喻诗,强调"别才"、"别趣",形成了以"兴趣"和"妙悟"为核心的诗学观.

《沧浪诗话·诗辨》云:"夫诗有别材,非关书也;诗有别趣,非关理也.然非多读书,多穷理,则不能极其至.所谓不涉理路、不落言筌者,上也.诗者,吟咏性情也.盛唐诸人惟在兴

---

① 周紫芝《竹坡诗话》,明津逮秘书本.

② 叶梦得《石林诗话》卷下,宋百川学海本.

③ 姜夔《白石道人诗说》,清刻历代诗话本.

④ 吕本中《吕氏童蒙训》,载魏庆之《诗人玉屑》卷五,文渊阁《四库全书》本.

⑤ 严羽《诗评》,载《沧浪诗话》,明津逮秘书本.

⑥ 严羽《答出继叔临安吴景仙书》,载《沧浪诗话》,明津逮秘书本.

趣,羚羊挂角,无迹可求。故其妙处透彻玲珑,不可凑泊,如空中之音,相中之色,水中之月,镜中之象,言有尽而意无穷。"严氏在这里鲜明地提出"兴趣"说,所谓"别趣"亦是指这种"兴趣",其具体义涵是指诗艺创作中由外物自然触发而激起的主体的审美意趣,类于前文所论"兴象"而又有所不同,"兴趣"的重心在主体意趣,"兴象"的重心在美的意象,外物天机触发("兴")则是其共同特征。由于特别重视"兴趣",严羽推崇盛唐诸公那种兴象玲珑、兴趣盎然之作,强调"夫诗有别材,非关书也;诗有别趣,非关理也",而反对"以文字为诗,以才学为诗,以议论为诗"的风气。并且,严羽还进一步强调"妙悟"说。《沧浪诗话·诗辨》云:"大抵禅道惟在妙悟,诗道亦在妙悟。且孟襄阳学力下韩退之远甚,而其诗独出退之之上者,一味妙悟而已。惟悟乃为当行,乃为本色。然悟有浅深,有分限,有透彻之悟,有但得一知半解之悟。汉、魏尚矣,不假悟也。谢灵运至盛唐诸公,透彻之悟也。他虽有悟者,皆非第一义也。"此所谓"妙悟",即感性的直觉性的领悟,由现象直入本体,目击道存,这是一种触物起兴的审美感悟,而非概念性的分析、判断、推理,故"不涉理路、不落言筌",非关书本知识和逻辑理性。严羽有关"兴趣"和"妙悟"说,显然是承接道禅诸家"言不尽意"一路而来,推重尚象感悟,反对学理知识和逻辑思辨,从而将中国古典诗学的"诗性"特质推向了极致。当然严羽也并非一般性地反对书本知识和逻辑理性("思性"),而是针对当时"以文字为诗,以才学为诗,以议论为诗"的流行诗风,有借盛唐诸公的诗歌创作经验纠正时弊的考虑在其中。

综上,宋代诸家通过对"气象说"、"诗画关系说"、"兴趣说"、"妙悟说"等的梳理与理论提掣,进一步拓展和深化了中国古典诗学的一些论题和论域,为中国古典诗学走向总结形态作了准备。

## 五、明清近代:中国古代诗学的总结

明清时期,中国古典诗学经长期的拓展、深化、细化,逐渐进入了多元综合和总结时期,其主要成就如唯情主义思潮成势,诗歌正变论的总结,王夫之、叶燮、刘熙载等人对中国古典诗学的综合性阐发,王国维对于诗歌意境(境界)论的总体性推进等。

明代中叶至清初,由于商品经济和市井文化的持续发展,以及陆、王心学的长期影响,社会文化思潮中逐渐出现了思想解放的潮流。与之相应,诗学理论上也有着张扬个性、提倡唯情的取向,与传统的儒家情理统一的"情志"说相比较,此阶段的"情"更多了一层与"宋明理学"之"理"相对立的因素,具有反抗封建伦理规范、追求人性自由的时代意义,可视为屈骚传统"发愤抒情"说的延伸和总结形态。其代表者如明代李贽的"童心说"、汤显祖的"唯情说"、公安三袁的"性灵说"等。

李贽《童心说》云:"夫童心者,绝假存真,最初一念之本心也。"(《童心说》,《焚书》卷三)此所谓"童心",即"真心"或"赤子之心",要求创作者以"真心"、"赤子之心"展示于人,表达真情,描写真事,不必拘泥于封建礼教的束缚,这在当时无疑有着个性解放的意义。又汤显祖再三强调文学唯"情",其《耳伯麻姑游诗序》云:"世总为情,情生诗歌,而行于神。"(《耳伯麻姑游诗序》，载《玉茗堂文之四》）又《宜黄县戏神清源师庙记》云："人生而有情。思欢怒怨，感于幽微，流乎啸歌，形诸动摇。"（《宜黄县戏神清源师庙记》，载《玉铭堂文之七》）等等，着意为"情"张目。又湖北公安袁宗道、袁宏道、袁中道三兄弟标榜"性灵"，如袁宏道《序小修诗》云："大都独抒性灵，不拘格套，非从自己胸臆流出，不肯下笔。有时情与境会，顷刻千言，如水东注，令人夺魄。"（《序小修诗》，载《袁中郎全集》卷三）又袁中道《阮集之诗序》云："先兄中郎矫之，其意以发抒性灵为主，始大畅其意所欲言，极其韵致，穷其变化，谢华启秀，耳目为之一新。"（《阮集之诗序》，载《珂雪斋集》卷二）此袁氏兄弟倡导"性灵"，即强调个体性情和灵气、才气在文艺创作中的重要意义，反对泥古不化，这对于前后七子主张"文必秦汉，诗必盛唐"所带来的模拟抄袭之弊颇具矫枉意义。

相比之下，清初王夫之、叶燮等人论"情"，仍贴近于情理统一的儒家"情志"观。王夫之《古诗评选》卷五云："故人胸中无丘壑，眼底无性情，虽读尽天下书，不能道一句。"叶燮《原诗》外篇上指出："'作诗者在书写性情'。此语夫人能知之，夫人能言之，而未尽夫人能然之者矣；'作诗有性情必有面目'。此不但未尽夫人能然之，并未尽夫人能知之而言之也。"《原诗》卷二又云："夫情必依乎理，情得然后理真，情理交至，事尚不得耶？"这类论述显然是以儒家"发乎情，止乎礼"的性情论为根柢的，与汤显祖等人的唯情说构成多元互补之势。

另外，明清诗学家们对于复古与新变的辩证关系已有了较清楚的认识，并予以多方梳理和总结。如袁宏道《江进之》云："人事物态，有时而更；乡语方言，有时而易。事今日之事，则亦文今日之文而已矣。"[1]袁中道《花雪赋引》云："天下无百年不变之文章，有作始自有末流，有末流还有作始。其变也，皆若有气行乎其间，创为变者，与受变者，皆不及知。"[2]即强调诗歌文学因时而变的合理性和必要性。许学夷《诗源辩体》卷一云："诗自《三百篇》以迄于唐，其源流可寻而正变可考也。学者审其源流，识其正变，始可与言诗矣。……古诗以汉、魏为正，太康、元嘉、永明为变，至梁、陈而古诗尽亡；律诗以初、盛唐为正，大历、元和、开成为变，至唐末而律诗尽敝。既代分以举其纲，复人判而理其目。"[3]又《诗源辩体》卷三十四云："诗道兴衰，与国运相若，大抵国运初兴，政必宽大；变而为苛细，则衰；再变而为深刻，则亡矣。今人读史传必明于治乱、读古诗则昧于兴衰者，实以未尝讲究故也。"[4]此以"源流"、"正变"话头论诗，并将诗道兴衰与国运相联，继承了传统诗经学的正变论。叶燮则在《原诗》中提出"正变系乎时"的观点，其云："风雅之有正有变，其正变系乎时，谓政治风俗之由得而失，由隆而污。此以时言诗，时有变而诗因之。……吾言后代之诗，有正有变，其正变系乎诗，谓体格、声调、命意、措辞、新故、升降之不同。此以诗言时，诗递变而时随之。"（《原诗·内篇》）"正变系乎时"与"正变系乎诗"，前者以时言诗，后者以诗言时，体现了叶燮对诗艺正变历史

① 袁宏道《江进之》，载《袁中郎全集》卷二十三，明崇祯刊本。
② 袁中道《花雪赋引》，载《珂雪斋集》前集卷十，明万历四十六年刻本。
③ 许学夷《诗源辩体》卷一，人民文学出版社 1987 年版，第 1 页。
④ 许学夷《诗源辩体》卷三十四，人民文学出版社 1987 年版，第 328 页。

的辩证理解。从而,强调诗歌艺术不断推陈出新,反对泥古不化,成为明清诗学的普遍共识。

王夫之作为明末清初著名思想家,在诗学领域亦多有建树,其在《姜斋诗话》《古诗评选》《诗广传》中对中国古代诗学的诸多论题皆有论述,其中最有影响的是对审美意象论的深入阐发和总结。如其论审美意象的两大要素"情"与"景"云:"夫景以情合,情以景生,初不相离,唯意所适。截分两橛,则情不足兴,而景非其景。"(《姜斋诗话》卷二)"景中生情,情中含景,故曰景者情之景,情者景之情也。"强调了审美意象中情景交融、心物统一的特质。又论审美意象的类型云:"情景名为二,而实不可离。神于诗者,妙合无垠。巧者则有情中景,景中情。景中情者,如'长安一片月',自然是孤栖忆远之情;'影静千官里',自然是喜达行在之情。"(《姜斋诗话》卷二)指出审美意象主要有情中见景、景中藏情等类型。又论审美意象的感兴直观的特质云:"现量,'现'者有'现在'义,有'现成'义,有'显现真实'义。'现在',不缘过去作影;'现成',一触即觉,不假思量计较;'显现真实',乃彼之体性本自如此,显现无疑,不参虚妄。"(《相宗络索·三量》)此强调意象的审美直觉性,排斥理性概念和逻辑,并借佛家语提出著名的"现量"说,与严羽之"妙悟说"可相互发明。又论审美意象虚实相生的特质云:"'池塘生春草',且从上下左右看取,风日云物,气序怀抱,无不显著。""亦理亦情亦趣,逶迤而下,多取象外,不失圜中。"(《古诗评选》卷五)这是要求审美意象当形象鲜明,自然生动,象外有象,这已是由象入境,向司空图式意境论拓展了。如此之例表明,王夫之论审美意象,相当深入而系统,较之前人,已呈总结形态。

与王夫之几乎同时的叶燮在诗学上亦卓有建树,其代表作《原诗》也广泛论述了中国古代诗学中的一些重要话题,其中尤以"才胆识力"说与"理事情"说见称于世。叶燮《原诗》内篇云:"曰理,曰事,曰情三语,大而乾坤以之定位,日月以之运行,以至一草一木一飞一走,三者缺一则不成物。文章者,所以表天地万物之情状也。然具是三者,又有总而持之,条而贯之者,曰气。事、理、情之所以为用,气为之用也。"这里所谓"理",即审美对象的自然物理、本质和规律,所谓"事",即审美对象的实际生长发展的过程,所谓"情",即审美对象的感性情状、审美形式,这三者又统一于万物的本体——"气"。这便以最精赅的语言概括了诗歌发生的本源。至于诗歌创作如何表达这种"理"、"事"、"情"以及本体性的"气",《原诗》内篇又云:"惟不可名言之理,不可施见之事,不可径达之情,则幽渺以为理,想象以为事,惝恍以为情,方为理至、事至、情至之语。"这里所谓"幽渺"、"想象"、"惝恍"等皆是指尚象感悟的诗性思维、直觉体验,不假概念或逻辑,与严羽的"妙悟说"、王夫之的"现量说"等可谓异曲同工。但要以这种诗性思维完整地把握"理"、"事"、"情"、"气"等,殊非易事,同时还要求审美主体具备"才"、"胆"、"识"、"力"四大要素。《原诗》内篇复云:"曰才、曰胆、曰识、曰力,此四言者所以穷尽此心之神明。凡形形色色,音声状貌,无不待于此而为之发宣昭著。此举在我者而为言,而无一不如此心以出之者也。"这里所谓"才"即才气、灵气,"胆"即自由创新的勇气,"识"即阅历、见识、判断力,"力"即艺术生命力、综合创造能力。诗人若无才,则心思不出;无胆,则笔墨畏缩;无识,则不能取舍,无力,则不能自成一家。这样,叶燮从审美对象、审美思维、审美主体三个方面论述诗歌艺术创作,可谓深刻而独到。

此外,清末的王国维堪称中国古代诗学的殿军,其在《人间词话》《文学小言》《屈子文学之精神》等论著中多有精湛见解,尤其关于"境界"(意境)论的探讨,则将中国古典诗歌意象论和意境论推向新的历史阶段。王国维《人间词话》云:"沧浪所谓兴趣,阮亭所谓神韵,犹不过道其面目,不若鄙人拈出'境界'二字,为探其本也。""言气质,言神韵,不如言境界。有境界,本也。气质、神韵,末也。有境界而二者随之矣。""词以境界为上,有境界则自成高格,自有名词。"那么王国维再三标榜的"境界"究竟何意?综观王氏有关论述可知,当他以"境界"阐发艺术美时,其义涵几与"意境"同,都是指诗、词等表情艺术中情景交融、虚实统一的形象系统及其所激发的审美想象空间。当他以"境界"描述某种现实的自然美或社会(人生)美时,则超出了"意境"论的义域,如王国维以"昨夜西风凋碧树"、"衣带渐宽终不悔"、"众里寻他千百度"论人生不同境况时,只能用"境界"而不能用"意境"来指称。就从诗艺的角度来看,王国维论"境界"(意境),多发前人所未发。如其论"情"与"景"云:"境非独谓景物也,喜怒哀乐亦人心中之一境界。故能写真景物、真感情者谓之有境界,否则谓之无境界。"(《人间词话》六)这里既指出"境界"离不开"情"与"景",更强调写"景"要真实,写"情"要真切,即反对虚伪不实之词,这对于矫正"心画心声总失真"(元好问《论诗绝句》)之类伪饰矫情无疑具有积极意义。王国维又论"隔"与"不隔"云:"问'隔'与'不隔'之别,曰:陶谢之诗不隔,延年则稍隔矣。东坡之诗不隔,山谷则稍隔矣。'池塘生春草'、'空梁落燕泥'等二句,妙处唯在不隔。"(《人间词话》四〇)这是论诗歌意象"言"能否达"意"的问题,若语言贴切自然,形象鲜明生动,能完美地传神达意,则"不隔",若语言生涩枯燥,形象干巴模糊,言(象)不尽意,则"隔"。王国维又论"有我之境"与"无我之境"云:"有有我之境,有无我之境。'泪眼问花花不语,乱红飞过秋千去','可堪孤馆闭春寒,杜鹃声里斜阳暮',有我之境也。'采菊东篱下,悠然见南山','寒波澹澹起,白鸟悠悠下',无我之境也。有我之境,以我观物,故物皆著我之色彩。无我之境,以物观物,故不知何者为我,何者为物。"这里所谓"有我之境",主要指情见于景,"以我观物",主体情感色彩较为显明,"无我之境",则景中藏情,"以物观物",主体超然物外,宁静淡泊。又王国维论"造境"与"写境"云:"有造境,有写境,此理想与写实二派之所由分。然二者颇难分别。因大诗人所造之境,必合乎自然,所写之境,亦必邻于理想故也。"(《人间词话》二)此所谓"造境",即营造理想之境,所谓"写境",即描写现实之境,前者属于浪漫主义的笔法,后者属于现实主义的笔法,但二者之间并非截然割裂,"因大诗人所造之境,必合乎自然,所写之境,亦必邻于理想。"这里,作者精要而辩证地概括了"理想"与"写实"二大流派之间的区别与联系,实属不易之论。综观王国维的诗论,既继承和发扬了传统诗学精髓,又多见时代新义,很大程度上标志着中国诗学由古典向近现代的转型。

其他如王士禛的"神韵说"、刘熙载《艺概》的多方论说等,亦各有精到之处,但总体上看,继承大于创新,皆为中国古代诗学的某种总结形态。

总之,中国古代诗学自先秦时期发端以来,各家派别踵武相续,或从正面承传发展,或从侧面改造创新,逐渐凝聚成"诗言志"、"诗缘情"、"发愤抒情"、"情志统一"、"兴观群怨"、"以意逆志"、"言不尽意"、"风雅比兴"、"诗画相通"、"复古与新变"、"兴趣"、"妙悟"、"神韵"、"童心"、"唯情"、"性灵"、"意象"、"兴象"、"气象"、"意境"、"境界"等等命题、范畴和观点,或侧重于尚象感悟,或侧重于逻辑思辨,或侧重于感性的个体念虑与情感的抒发,或侧重于理性的思想和意志的张扬,承传流变,各领风骚,踵事增华,蔚为大观,终构成了一部绵延二千余年、兼融感性与理性、境象与意蕴的诗学史。

## 第三节 "缘情"与"尊体":中国古代词学理论的历史演变

隋唐至宋,儒家道德理性重新在文学领域收复六朝纵情任欲造成的失地,诗歌从六朝风姿绰约的"缘情"一变而为忧国忧民的载道明理,于是,词作为弥补诗的写情功能的新兴诗歌体裁,伴随着隋唐燕乐的兴盛应运而生。词在早期因仅仅抒写不登大雅之堂的艳情或离情,被称为"小道"、"诗余"。后来人们"以诗为词""以文为词",不仅丰富了词的创作手法,而且给词注入了诗文的道德意蕴和阔大气象,提高了词的品位与境界。与此同时,在词学理论上也逐步提倡词的雅化,最终将词的地位提升到与诗平起平坐的高度。因而,从缘情到尊体,就成为中国古代词学理论发展演变的大体走向。

### 一、唐五代:《花间集序》的开创之功

最早对词进行批评的文章,是唐五代时期西蜀文人欧阳炯为赵崇祚编的《花间集》所作的序言。在《花间集序》里,欧阳炯提出了词产生的社会环境、词的歌唱属性,词的风格特点及功用等问题。欧阳炯把词的起源上溯到西王母在酒席上为周穆王所唱的《白云谣》:"是以唱云谣则金母词清,挹霞醴则穆王心醉",然后以"名高白雪,声声而自合鸾歌"的典故,以"杨柳大堤之句,乐府相传"的属性,进一步说明词是可以歌唱的文体。而词的功用也和歌唱密切相关,是绮筵公子、文人学士在酒筵歌席中以佐清欢的唱本。如序言的结尾所说:"庶使西园英哲,用资羽盖之欢;南国婵娟,休唱莲舟之引。"因此,《花间集》作为文人雅士在花间酒边歌唱娱乐的词集,要"合鸾歌""协凤律",使歌词字声合于音律。此处所提出的词要协音律的问题,宋代以降一直有所讨论,批评家常常把词作能否合乎音律,作为词是否本色的一个标准。《花间集》中的词人多知晓音乐,如温庭筠"能逐弦吹之音,为侧艳之词"[①],欧阳炯也是因为"粗预知音",而被委托为词集作序。

在《花间集序》中,欧阳炯还描述了词产生的社会环境:"有唐已降,率土之滨,家家之香径春风,宁寻越艳;处处之红楼夜月,自锁嫦娥。"可见,当时的社会中歌妓唱词之风甚盛,官僚贵族家中有家妓,红楼市井里巷中有坊妓,而歌妓所唱之词即为《花间集》中所载的这些歌

---

① 《旧唐书》,中华书局 1975 年版,第 5079 页。

词。《花间集》所录五百首词里,描写男女之情、闺帏床笫之欢、女性体貌肌肤这类所谓的艳词占了一半之多。词人创作趣味的偏向,是否与理论上的阐发互为注脚呢?欧阳炯在《花间集序》中写道:"则有绮筵公子、绣幌佳人,递叶叶之花笺,文抽丽锦;举纤纤之玉指,拍按香檀。不无清绝之词,用助娇娆之态。"这里的"文抽丽锦"如同此序开头所写的"镂玉雕琼,拟化工而迥巧;裁花剪叶,夺春艳以争鲜",说明了词的雕刻美。词是由文人精心雕琢,采用富丽优美的语词,严格按照音律写成,可谓美艳精工。

　　紧接着欧阳炯写到:"自南朝之宫体,扇北里之娼风。何止言之不文,所谓秀而不实。"对于这句话的理解,学界一般有两种看法。一种认为,欧阳炯对南朝宫体诗采取肯定的态度,认为词与宫体诗一脉相承,是词为艳科的理论依据。"清辞巧制,止于祍席之间;雕琢蔓藻,思极闺阁之内"[1],这是宫体诗的特点,而《花间集序》也与此论相当。[2] 还有一种研究认为:欧阳炯对宫体诗采取了批判的态度。认为南朝宫体诗不仅"言之不文",而且"秀而不实",词要摒弃宫体诗的这些缺陷,而应有华美的形式与充实的内容。[3] 因为这篇序言是以骈体文写成,没有精密的逻辑性和准确的表意性,因此很难说这句话到底是对宫体诗的接受还是批评。但是,不管欧阳炯是肯定还是否定宫体诗,这篇序言里都闪烁着宫体诗论的影子。词是绣幌佳人在酒筵歌席上用以演唱的文体,具有娱宾遣兴的作用,词人们精心雕琢字词以合音律,词的语言华美艳丽,有助于歌女的妖娆之态。[4] 总体来说,欧阳炯为当时已流行颇广且却缺乏理论探讨与支持的词体文学进行了总结与阐释,通过对词的追根溯源,提出了词的歌唱属性、酒筵歌席的唱本作用,以及词的审美特性,在词史上首次为词定下了基本的批评标准和审美准则。《花间集》的词风和美学标准已成为词这种文学体裁区别于诗的总的审美范式,后世之所以有"词别是一家"、词的"婉约""豪放"二分法、词的正变问题等等理论议题,都可以追溯到《花间集》词风以及《花间集序》的理论阐释,隐然以《花间集》的美学风格作为词的本色风格。

　　中国历来有诗言志的传统,诗歌创作要遵循儒家温柔敦厚的诗教观,而《花间集序》则反映出:词则具有突出的娱乐功能,且书写着传统诗教所不屑的男女私情、歌酒欢饮等题材,因而产生了词为艳科、诗庄词媚等对词的普遍看法。因此有宋以降,一些理论家才费尽心力的推尊词体,试图把词提高到与诗相同的地位。

---

① 魏征等撰《隋书·经籍志》,中华书局 1973 年版,第 1090 页。

② 持此观点的代表性著作有:清代人钱曾《读书敏求记》,方智范等著《中国古典词学理论史》,吴熊和《唐宋词通论》,杨海明《唐宋词史》等等。

③ 这一观点可看看:吴世昌《词学论丛》、刘扬忠《唐宋词流派史》、贺中复《〈花间集序〉的词学观点及〈花间集〉词》(载于《文学遗产》1994 年第 5 期)等等。

④ 有些论文对《花间集》提出的词以艳丽为美这种观点也有不同看法,认为《花间集序》的主旨是"以清为美",见彭国忠论文《〈花间集序〉:一篇被深度误解的词论》。还有的认为《花间集序》主旨是"以雅为美",如李定广论文《也论〈花间集序〉的主旨——兼与贺中复、彭国忠先生商榷》。

## 二、宋代：词的雅化历程

宋初词作，基本延续《花间集》的题材与风格，到了苏轼，则"一洗绮罗香泽之态"[1]，"指出向上一路，新天下耳目"[2]，把英雄怀古、个人志趣等题材写入词中，扩大了词的意境。同时，苏门文人也多有论词的文章，如黄庭坚《晏几道〈小山词〉序》、张耒《贺铸〈东山词〉序》、晁补之《评本朝乐章》、陈师道《后山诗话》中有论词十一则等等。这些评论注意到词与诗的相同点，用诗的语言来论词。黄庭坚评《小山词》"寓以诗人之句法，清壮顿挫，能动摇人心"，把晏几道的词视为"狎邪之大雅，豪士之鼓吹"。张耒评贺铸的《东山词》曰："不待思虑而工，不待雕琢而丽者，皆天理之自然而情性之道也"，认为词是情性之道，对词赋予了合乎儒家诗教的理论依据。

在这样一片以诗论词的氛围中，李清照的《词论》则再次重申词的独特风格，认为词"别是一家"，是有别于诗的一种文学体裁。这篇《词论》现存于《苕溪渔隐丛话》的前集，虽有少数学者认为不是李清照所作，但是基本上可以确定其真实性。《词论》对当时重要的作家进行了批判，如认为柳永"虽协音律，而词语尘下"，张先、宋祁等人"虽时时有妙语，而破碎何足名家"。又批评晏殊、欧阳修、苏轼的词是"句读不葺之诗尔"，"又往往不协音律"；批评王安石、曾巩的词"不可读"。而晏几道、贺铸、秦观、黄庭坚对词虽有一些了解，但是"晏苦无铺叙；贺苦少典重；秦即专主情致，而少故实，""黄即尚故实，而多疵病"。李清照对这些词人一一加以批评，让我们感到犀利直接的同时，也从反面体会到李清照对词的创作要求不同于诗，要符合以下一些标准：首先，词必须合于音律。李清照认为：诗文分平仄，而歌词分五音，又分五声，又分六律，又分清浊轻重。所谓五声指古代音乐五声音阶中宫、商、角、徵、羽五个音级。六律是古代乐律中十二律吕的简称。词的字声要与音乐的乐律相协，是否合于音律是诗词区分的重要标志。除此之外，词在语言风格审美等方面也要符合以下要求：一、词要用铺叙手法。这是指慢词而言。词发展至柳永，出现了以赋的手法写词，"铺叙展衍，备足无余"[3]，被后人称为"屯田家法"[4]。其后，秦观的慢词也能延续柳永，在层层铺叙中意脉不断。到周邦彦，更是把铺叙手法发展至极，写情全用赋笔，而且能回环往复、勾勒提掇，跌宕开阖。李清照所谓"晏苦无铺叙"，当是指晏几道的词多是小令，很少有慢词，还未具备慢词的写作能力。二、词要讲究情致。秦观的词多写男女离情别怨，"得《花间》《尊前》遗韵"[5]，而得到李清照的肯定。三、词要典重、尚故实。词不能一味抒情，要用典故显示出学问与含蓄。四、词要高雅，不能词语尘下，低俗有疵病。五、不能以诗为词、以文为词、以才学为词。

---

① 胡寅《酒边集序》，施蛰存主编《词籍序跋萃编》，中国社会科学出版社 1994 年版，第 169 页。
② 王灼《碧鸡漫志》，唐圭璋编《词话丛编》，中华书局 1986 年版，第 85 页。
③ 李之仪《跋吴思道小词》，张惠民编《宋代词学资料汇编》，汕头大学出版社 1993 年版，第 200 页。
④ 蔡嵩云《柯亭论词》，《词话丛编》中华书局 1986 年版，第 4912 页。
⑤ 刘熙载《词概》，《词话丛编》中华书局 1986 年版，第 3691 页。

王安石、曾巩等人古文做得好，但是不适合写词。

以上可见，李清照对词的要求极高，不过，一些方面李清照自己也未必能做到。而当时蜚声词坛的周邦彦，其词作基本上符合李清照的要求，但是在词论中却并未被提到，个中原因很难知晓。另外，李清照把唐代著名歌手李八郎的故事放在《词论》的开头，其意旨也有不同解读。李八郎的故事见载于《唐国史补》，写的是李八郎隐姓埋名衣衫褴褛地来到进士宴上，开始时没人注意他，直到他引喉高歌，一座皆惊叹，对其顶礼膜拜。现在多数研究者认为，李清照把这个故事放在《词论》的开头，是为了强调词的歌唱属性。而美国汉学家艾朗诺教授在其最新出版的专著《才女之累：李清照及其接受史》一书中，则提出了新鲜的看法。认为李八郎一开始被人嗤笑，一展歌喉后则获得众人膜拜，人们承认了他的才华。这正如李清照本人，一位女性闯入了男性为主的文人圈，她希望依靠自己的才华被男性群体接受，努力写出佳作以博得世人的认可。

尽管李清照强调词不同于诗，希望保持词的独特风格，但是不管在创作上还是理论批评上，词的发展都部分地带有诗的痕迹。宋朝南渡之后，文人在给词集命名时，都以雅词相称，在词学批评中，也提倡雅化，为词向诗靠拢提供理论依据。此时最有名的两篇序文是鮦阳居士的《复雅歌词序》与曾慥的《乐府雅词序》。

《复雅歌词》一书现已不存，这篇序文保存在明代类书《古今合璧事类备要》中，序文作于南宋绍兴十二年（1142），正当朝廷"弛天下乐禁"之时，鮦阳居士此文正是希望以"讴歌载道"，教化民众。中国文学中，"一代之文，每与一代之乐相表里"①，《复雅歌词序》重点谈论了与诗词相配合的音乐问题。序文认为：周衰，郑卫之音作，与《诗经》相配合的声律不存，而汉乐府兴，乐府诗之意趣格力，犹以近古而高健。至五胡乱华，北方分裂，夷狄之音与华夏之音淆杂，此时古乐府之声律不传，而隋唐之际，夷音大备，天下熏然成俗，词之长短句兴起，至宋代，犹祖遗风，四方传唱，人人歆艳，"咀味于朋游尊俎之间，以是为相乐也"。但是作者认为，如同古乐的声律今已不传，"以古推今，更千数百岁，其（指长短句词）声律亦必亡无疑"。这篇序文是否完整，现在已不得而知，但是序文所本即"乐与政通"的传统观点，认为"今乐犹古乐"，从音乐的源流来为词的发展找到根据，并认为词中"韫骚雅之趣者，百一二而已"，从反面提出词应该骚雅，应具有教化的功能。

南宋初继曾慥、鮦阳居士之后，词的雅化理论持续不断。词论家主要通过两种方式使词雅化：一种是提倡词的诗化，另一种则是肯定词独特的艺术风格而使词归于雅正。前一种在诸多词序中可以窥见，如汤衡《张紫微雅词序》、陈应行《于湖先生雅词序》、汪莘《方壶诗余自序》等，他们推崇东坡词，认为词应该寓以诗人句法，称赞张孝祥的词"所谓骏发踔厉，寓以诗人句法者也"②，"融取乐府之遗意，铸为毫端之妙词"③，汪莘也自称最喜欢的词人有三：

---

① 吴梅《中国戏曲概论》，中国人民大学出版社 2004 年版，第 154 页。

② 汤衡《张紫微雅词序》，张惠民编《宋代词学资料汇编》，汕头大学出版社 1993 年版，第 223 页。

③ 陈应行《于湖先生雅词序》，张惠民编《宋代词学资料汇编》，汕头大学出版社 1993 年版，第 224 页。

"至东坡而一变,其豪妙之气,隐隐然流出言外,天热绝世,不假振作"①。除词集序跋外,南宋初出现了一部较为系统的论词专著,即王灼的《碧鸡漫志》。此书共五卷,后三卷记录了一些词牌名的来源流变,第一卷讲到了词的音乐问题,第二卷是对唐五代及北宋词人词作的评析。其中王灼指出柳永的《乐章集》浅近卑俗,而认为苏轼"偶尔作歌,指出向上一路,新天下耳目,弄笔者始知自振"。可见,王灼的词学主张也是推崇苏轼,提倡词的诗化与雅化的。

另一种雅化理论,是要求在保持词本身的独特艺术风格上达到词的雅正,此类作品有张镃的《梅溪词序》以及宋末最有代表性的词学著作:张炎的《词源》。张镃,字功甫,号约斋,凤翔人,世居临安。其为当时的词人史达祖的词集《梅溪词》作序,张镃评价梅溪词"有瑰奇、警迈、清新、闲婉之长,而无诡荡污淫之失",并认为其词"跻攀风雅,一归于正,不于是而止"。这篇序言并非要求词的雅化要像东坡那样以诗入词,而是要保持词瑰奇、警迈、清新、闲婉的艺术特色,在此基础上归于雅正。张镃的曾孙张炎,字叔夏,号玉田,又号乐笑翁,生于宋代末年,因家学渊源,精通音乐擅长填词。张炎的论词著作《词源》分为上下两卷,上卷谈论音乐,是乐律论,下卷论词,是创作论,其中阐发了他著名的词学主张:清空、骚雅。张炎在论词的雅化时,提出了骚雅的概念。骚雅一词,张炎在《词源》中多次提到。"雅"源于《诗经》中的风雅颂传统,在评论词作或倡导雅词时常与其他语辞连用,如晁无咎评晏殊词"风调闲雅"②、戈载评清真词"和雅",罗大经评徐渊子词"清雅"③等等。在古人眼中,雅与正密不可分,雅是正宗、正统,是符合"温柔敦厚"的诗教之旨的。而张炎则称辛词《祝英台近》为"骚雅",把骚与雅并列使用,这是与前述清雅、和雅、典雅等有一定区别的。"骚"在古代诗文和评论中有特定的意义。它源于以屈原《离骚》为代表的《楚辞》。屈原忠而被谤,信而见疑,遂发愤以抒情而写《离骚》。虽然是政治抒情诗,但其君臣不遇的感怀却不是直接抒写,而是借"惟草木之零落兮,恐美人之迟暮"表达空有壮志才华却侵寻老去之怨,借"扈江离与辟芷兮,纫秋兰以为佩"表达洁身自好、不同流俗、修能内美之高节。司马迁对此评价很高,曰"《国风》好色而不淫,《小雅》怨诽而不乱,若《离骚》者,可谓兼之矣。"虽然班固认为屈原"露才扬己,竞于群小之中;怨恨怀王,讥刺椒兰,苟欲求进强",不合儒家中庸之德,但《离骚》的这种香草美人、比兴寄托的手法与意旨却流传下来每每被诗人取用。然而这种传统在词的初始阶段却并不常见,这和词本为花间酒边的歌唱性质有关。然而经苏轼的"以诗为词"以及词的雅化之后,渐有此旨见于词作,如前述贺方回的词"幽洁如屈宋"。《许彦周诗话》评晁无咎长短句"高古善怨似骚",《碧鸡漫志》卷二云:"世间有《离骚》,惟贺方回、周美成时时得之。"另陈岩肖《庚溪诗话》卷上评宋高宗《渔父词》"清新简远,备骚雅之体"。但仔细考察以上所称骚雅的贺铸、晁无咎、周美成、宋高宗诸家词,除了贺铸词中"红衣脱尽芳心苦"似牵强可算作有美人香草的离骚遗韵外,其他几位词人的词作似乎并未见《离骚》意旨。正如铜阳居士

① 汪莘《方壶诗余自序》,张惠民编《宋代词学资料汇编》,汕头大学出版社 1993 年版,第 231 页。
② 晁无咎《评本朝乐章》,见胡仔《苕溪渔隐丛话》后集卷三十三,人民文学出版社 1962 年版,第 253 页。
③ 罗大经《鹤林玉露》卷四,中华书局 1983 年版,第 61 页。

中国古代文学理论

所说:"其韫骚雅之趣者,百一二而已。"①而只有到了辛弃疾与姜夔,词作中才大量地出现《离骚》的意象、典故、手法与韵脚,确可称之为骚雅。②

从张炎《词源》的论述来看,"岘首、西州之泪一寓于词"是有深刻寓意的。前者用羊祜典故,羊祜是三国时魏国重臣,晋立,封钜平侯,都督荆州军事,后举杜预以自代。死后,襄阳百姓在其生平所登岘山上立碑纪念这位著名的军事家政治家,杜预名之为"堕泪碑"。而西州泪用谢安羊昙典故。谢安为东晋著名将领,曾游金陵西州门,羊昙从游,谢安卒后,羊昙醉中经过此地,为之恸哭。因此张炎强调应把岘首、西州之泪寓之于词,其实质是要求在词中抒写家国丧乱之痛,以词来抒发政治上的君国之感与身世之叹。

张炎所提出的"清空"的概念,在词学批评史上也属首次。"词要清空,不要质实。清空则古雅峭拔,质实则凝涩晦昧。姜白石词如野云孤飞,去留无迹。吴梦窗词如七宝楼台,眩人眼目,碎拆下来,不成片段。此清空质实之说。"张炎把姜夔与吴文英对举,高扬清空,排斥质实。姜夔作词,醇雅峭拔、清婉杳渺、空淡深远,"以清虚为体"③,这与姜夔"襟怀洒落,如晋宋间人"④的气质有关,也与姜夔的诗论与诗法相关。姜夔论诗要"自然高妙"、"韵度欲其飘逸"⑤,并且以瘦硬之笔与晚唐诗绵邈蕴藉的风神填词,词中多用虚字,形成了清虚绵邈无迹可求的艺术境界。与清空相对的质实,指典故辞藻堆垛板滞,无灵动之气,会陷入凝涩晦昧之境,当然吴文英的词也不全是质实之作,张炎对吴文英的批评也有片面之见。

《词源》中也有一些关于词的作法的论述,这和宋末元初的一些词学批评著作不谋而合。元代初期沈义父的《乐府指迷》、陆辅之的《词旨》等词学专著也与《词源》一脉相承,都大量探讨了词的作法技巧。诸如字面、章法、句法、押韵、腔调等等这些作词的艺术技法问题在书中都有所讨论。

## 三、金元明:词的诗化与词主情致

金元词论中除以上探讨技法的著作外,还有王若虚、元好问、刘将孙等人的诗化词论。他们主张以诗为词,标举性情,推尊苏、辛,而达到词的雅化。王若虚,字从之,曾任金代翰林直学士,金亡不仕。其《滹南诗话》中有词论十余则,最核心的观点是:"盖诗词只是一理,不容异观。自世之末作习为纤艳柔脆,以投流俗之好;高人胜士,亦或以是相胜,而日趋于委靡,遂谓其体当然,而不知流弊之至此也。"⑥宋代的词学批评一直有援诗论入词的雅化倾向,而到了金元时期,批评家则直接提出"诗词一理"的理论建构,把词与诗等同起来。更有

---

① 鲖阳居士《复雅歌词序》,张惠民《宋代词学资料汇编》,汕头大学出版社1993年版,第249页。
② 可参看邓乔彬《论宋词中的骚辨之旨》,《文学遗产》2001年第1期
③ 陈廷焯《白雨斋词话》,《词话丛编》,中华书局1986年版,第3797页。
④ 陈郁《藏一话腴》,夏承焘《姜白石词编年笺校》,上海古籍出版社1998年版,第327页。
⑤ 姜夔《诗论》,何文焕辑《历代诗话》,中华书局1981年版,第682、680页。
⑥ 王若虚《滹南诗话》,丁福保辑《历代诗话续编》,中华书局1983年版,第517页。

甚者,宋末元初的刘将孙,还把词与诗甚至与文相等同,认为"诗词与文同一机轴"①。因此,他们在论词时,不约而同地都拈出"情性"二字,并推尊苏轼与辛弃疾。元好问,字裕之,号遗山。金代官至行尚书省左司员外郎,金亡不仕。现存有《新轩乐府引》《遗山乐府引》《东坡乐府选集引》三篇词序。元好问最推崇东坡:"乐府以来,东坡为第一,以后便到辛稼轩,此论亦然。"②那么苏辛词中最可贵的是什么呢? 在元好问看来,便是有情性:"自东坡一出,情性之外,不知有文字,真有一洗万古凡马空气象。虽时作宫体,亦岂可以宫体概之……自今观之,东坡圣处,非有意于文字之为工,不得不然之为工也。坡以来,山谷、晁无咎、陈去非、辛幼安诸公,俱以歌词取称,吟咏情性,留连光景,清壮顿挫,能起人妙思;亦有语意拙直,不自缘饰,因病成妍者。皆自坡发之。"③情性是古典诗学中的核心命题。《毛诗序》中称诗"吟咏情性",刘勰《文心雕龙》中也多次提到"诗,持也,持人情性。""盖风雅之兴,志思蓄愤,而吟咏情性,以讽其上,此为情而造文也。"至宋代也有严羽、刘克庄等人延续此论。而金元词论中,则把情性作为论词的标准,如刘将孙所说:"文章之初,惟诗耳,诗之变为乐府。尝笑谈文者鄙诗为文章之小技,以词为巷陌之风流,概不知本末至此。余谓诗入对偶,特近体不得不尔。发乎情性,浅深疏密,各自极其中之所欲言。"④要使词吟咏情性,还要做到自然天成,不斤斤于格律。刘将孙甚至还提出词的音律与词章不相协的问题:"歌喉所为喜于谐婉者,或玩辞者所不满;骚人墨客乐称道之者,又知音者有所不合。"⑤这也可以看出,词发展到元代,逐渐与音乐相分离,并非所有的词都合音律,都是能唱的了。

明代词坛中衰,词的创作不能与前代相提并论,这既与当时词坛盛行《花间集》《草堂诗余》二书有关,也和词学批评领域托体不尊、作词主情的观念有关。明代开始出现词律、词谱之书,理论批评著作中较为重要的有三部,分别是杨慎的《词品》、陈霆的《渚山堂词话》以及王世贞《艺苑卮言》中论词的部分。其他尚有张綖、俞彦等人的词论。明人论词,所涉及的问题主要有词的起源、词的体性、词的正变以及词的创作等。

在论及词的起源时,明人大多把词上溯到六朝乐府诗。如杨慎认为:"诗词同工而异曲,共源而分派。在六朝,若陶弘景之寒夜怨,梁武帝之江南弄,陆琼之饮酒乐,隋炀帝之望江南,填词之体已具矣。"⑥俞彦也说:"诗词,末技也,而名乐府。古人凡歌,必比之钟鼓管瑟,诗词皆所以歌,故曰乐府。"⑦其实,词与乐府诗尽管都是入乐能歌的诗体,但是属于两种音乐系统。六朝乐府属于清商乐,而词属于燕乐系统。明人只看到词与乐府外在形式的相似,而未深究二者的音乐属性。至于词的体性,明人除强调词的音乐体性外,还大多强调词主情

① 刘将孙《胡以实诗词序》,李鸣、沈静校点《刘将孙集》,吉林文史出版社 2009 年版,第 100 页。
② 元好问《遗山乐府引》,施蛰存主编《词籍序跋萃编》,中国社会科学出版社 1994 年版,第 450 页。
③ 元好问《新轩乐府引》,陶秋英编选《宋金元文论选》,人民文学出版社 1984 年版,第 454 页。
④ 刘将孙《胡以实诗词序》,李鸣、沈静校点《刘将孙集》,吉林文史出版社 2009 年版,第 100 页。
⑤ 刘将孙《新城饶克明集词序》,李鸣、沈静校点《刘将孙集》,吉林文史出版社 2009 年版,第 89 页。
⑥ 杨慎《词品》,《词话丛编》,中华书局 1986 年版,第 408 页。
⑦ 俞彦《爱园词话》,《词话丛编》,中华书局 1986 年版,第 399 页。

的特质,既而便会引发诗庄词媚的传统观点,这在王世贞的词论中最为鲜明。王世贞认为:"词须宛转绵丽,浅至儇俏,挟春月烟花於闺幨内奏之,一语之艳,令人魂绝,一字之工,令人色飞,乃为贵耳。至于慷慨磊落,纵横豪爽,抑亦其次,不作可耳。作则宁为大雅罪人,勿儒冠而胡服也。"[1]"花间以小语致巧,世说靡也。草堂以丽字取妍,六朝陋也。即词号称诗余,然而诗人不为也。何者,其婉娈而近情也,足以移情而夺嗜。其柔靡而近俗也,诗啴缓而就之,而不知其下也。之诗而词,非词也。之词而诗,非诗也。"[2]王世贞这里所说的情,主要指柔靡之情,闺闱之情,因此词要写得婉转靡丽。而杨慎认为:"大抵人自情中生,焉能无情,但不过甚而已。宋儒云:'禅家有为绝欲之说者,欲之所以益炽也。道家有为忘情之说者,情之所以益荡也。圣贤但云寡欲养心,约情合中而已。'予友朱良矩尝云:'天之风月,地之花柳,与人之歌舞,无此不成三才。'虽戏语亦有理也。"[3]认为人之情是天地赋予的正常之情,古代的重臣如韩琦、范仲淹等人都不免作此种主情之词。

基于词主情的理论基调,明代词论出现了正变说。而正变说又与婉约豪放的词风分类密切相关。明人首次提出了词分婉约与豪放的二分法,这是由明代前期文人张綖提出的:"词体大略有二:一体婉约,一体豪放。婉约者欲其词情蕴藉,豪放者欲其气象恢弘……大抵词体以婉约为正。"[4]稍后的徐师曾也认为:"至论其词,则有婉约者,有豪放者……盖虽各因其质,而词贵感人,要当以婉约为正。否则虽极精工,终乖本色,非有识之士所取也。"[5]明中期的王世贞、杨慎等都有此类以婉约为正以豪放为变的论点。在这种正变说的主流词论中,也有一些文人见解通达,融合婉约豪放,对苏轼等人的词以称扬。如俞彦谓"子瞻词无一语著人间烟火,此自大罗天上一种,不必与少游、易安辈较量体裁也。"[6]只是这种给苏辛词留出地位的看法在明代尚属少数,而词主风华情致的观点一直延续至明末清初的云间词派。

## 四、清代:"词之体尊"

清词中兴,清代的词学批评也蔚为大观,可以说在中国词学批评史上是最为辉煌的时代。清代词论所提出的众多概念与命题,不仅是古典词学批评的深化与发展,也为整个中国文学的批评理论注入了新的范畴与观念。清代词论既延续明代词论的问题,还出现了新的理论探索,主要涉及词的起源、词的风格流派、词的比兴寄托、词的正变以及词的南北宋之争等等大问题,而这些问题的重中之重,又都围绕着词的尊体意识,推尊词体是清代词学批评

① 王世贞《艺苑卮言》,《词话丛编》,中华书局 1986 年版,第 385 页。
② 王世贞《艺苑卮言》,《词话丛编》,中华书局 1986 年版,第 385 页。
③ 杨慎《词品》,《词话丛编》,中华书局 1986 年版,第 467 页。
④ 张綖《增正诗余图谱》凡例,明万历刊本。
⑤ 徐师曾《文体明辨序说·诗余》,人民文学出版社 1962 年版,第 165 页。
⑥ 俞彦《爱园词话》,《词话丛编》,中华书局 1986 年版,第 402 页。

的核心取向,也是清代词学兴盛的内在动力。①

　　清词主要依据地域分为阳羡词派、浙西词派与常州词派三个大的流派,词学批评也相应以这三个派别为代表。阳羡词派的代表人物是陈维崧,因其特殊的身世经历,把心中"磊砢抑塞之意",一发之于词。② 可见其作词类苏辛,而其词学主张也与创作相表里。陈维崧编选《今词苑》,在序文中标榜了其词学主张:"客亦未知开府《哀江南》一赋,仆射'在河北'诸书,奴仆《庄》、《骚》,出入《左》、《国》,即前此史迁、班橼诸史书,未见礼先一饭,而东坡、稼轩诸长调又骎骎乎如杜甫之歌行,西京之乐府也。"③可见其论词宗苏、辛,这也与他有意识地纠正明人论词主《花间》、《草堂》的柔靡之习有关。陈维崧批判"其学为词者,又复极意《花间》,学步《兰畹》,矜香弱为当家,以清真为本色",而提出"选词所以存词,其即所以存经、存史也夫"④。把词的作用提高到经史的高度,这是后来的常州词派词人周济的"诗有史、词亦有史"观点的滥觞。

　　浙西词派的代表人物有清前期的朱彝尊、汪森,中期的厉鹗、王昶,后期的吴锡麒、郭麐等。浙西词派的论词宗旨是推尊姜夔、张炎,宗法南宋,崇尚醇雅。朱彝尊与汪森合编了大型词选《词综》,通过选目与凡例表达了他们的词学主张。在《词综发凡》中,朱彝尊说:"填词最雅无过石帚"、"世人言词,必称北宋。然词至南宋始极其工,至宋季始极其变。"浙西词派所提倡的醇雅,既接续了宋代的雅正说,也是对明词"纤仄与芜滥"⑤的反拨,其中也有一些自己的创见。朱彝尊的醇雅观中还包括与《离骚》相通的变雅之说:"善言词者,假闺房儿女之言,通之于《离骚》、变雅之义"⑥。浙西词派与清代的多数词论一样,有意推尊词体,把词从本源上与诗相并列,如汪森言:"自有诗,而长短句即寓焉……古诗之于乐府,近体之于词,分镳并骋,非有先后,谓诗降为词,以词为诗之余,殆非通论矣。"⑦这是汪森有意识地在提升词的地位,虽然其初衷是为了推尊词体,但是却混淆了词的起源与诗的关系,有强为之说的意味。浙西词派的厉鹗也把醇雅说引申到寄兴托意的高度,其《论词绝句》开篇说:"美人香草本《离骚》,俎豆青莲尚未遥。"王昶也有类似观点:"然风雅正变,王者之迹,作者多名卿士大夫,庄人正士。而柳永、周邦彦辈不免杂于俳优。后惟姜、张诸人以高贤志士放迹江湖,其旨远,其词文,托物比兴,因时伤事,即酒食游戏,无不有《黍离》周道之感,与诗异曲而同工。"⑧

　　浙西词派一味推崇姜张,论词注重格律,对于苏辛等所谓的豪放词人常常避而不谈。但

① 可参看祁志祥《从"小道""诗余"到尊体——中国古代词体价值观的历史演变》,《文艺理论研究》2010 年第 2 期。
② 蒋景祁《陈检讨词钞序》,冯乾编《清词序跋汇编》,凤凰出版社 2013 年版,第 94 页。
③ 陈维崧《词选序》,施蛰存主编《词籍序跋萃编》,中国社会科学出版社 1994 年版,第 761 页。
④ 陈维崧《词选序》,施蛰存主编《词籍序跋萃编》,中国社会科学出版社 1994 年版,第 762 页。
⑤ 叶恭绰《全清词钞序》,中华书局 1982 年版,第 1 页。
⑥ 朱彝尊《陈纬云〈红盐词〉序》,《曝书亭集》卷四十,《四部丛刊》初编本。
⑦ 汪森《词综序》,施蛰存主编《词籍序跋萃编》,中国社会科学出版社 1994 年版,第 748 页。
⑧ 王昶《姚苣汀词雅序》,吴熊和主编《唐宋词汇评》(两宋卷),浙江教育出版社 2004 年版,第 2706 页。

浙派后期词人吴锡麒、郭麐等则能注意到苏辛词的价值,并与姜张之词并立为两派。如吴锡麒认为:"词之派有二:一则幽微要眇之音,宛转缠绵之致……姜史其渊源也……一则慷慨激昂之气,纵横跌宕之才……苏辛其圭臬也。"并能指出两派若走上极端会产生的弊病:"然而过涉冥搜,则缥缈而无附;全矜豪上,则流荡而忘归。"①但是因浙西词派早期过分追求姜张之雅,清微幽眇之境,作词也陷入薄、浅、有意不逮之流弊,郭麐对此有所揭示②。

　　清代乾嘉时期,浙西词派仍是词坛主流,但是其流弊渐显,词风衰颓,在这种形式下,常州词派应运而生。以常州籍词人张惠言创始,中经嘉道间周济、董士锡进一步发扬,后有同光年间谭献、陈廷焯为后劲,至清末民初,王鹏运、况周颐、郑文焯、朱孝臧四大家殿军,持续一百余年,是一个理论建构十分深厚而丰富的流派。

　　张惠言字皋文,是清儒治《易》学的大家。在其所编《词选》序中,他全面阐发了常州派的词学理论:"传曰:意内而言外谓之词。其缘情造端,兴于微言,以相感动。极命风谣里巷男女哀乐,以道贤人君子幽约怨悱不能自言之情。低徊要眇以喻其致。盖诗之比兴,变风之义,骚人之歌,则近之矣。然以其文小,其声哀,放者为之,或跌荡靡丽,难以昌狂俳优。然要其至者,莫不恻隐盱愉,感物而发,触类条鬯,各有所归,非苟为雕琢曼辞而已。"张惠言明确提出了比兴寄托的词学主张,认为词虽写的是日常男女的哀感顽艳之情,但实际则寄托了贤人君子内心不可明言的幽约怨悱之隐情。而张惠言所谓的变风之义,骚人之歌,实则源自《诗经》。"至于王道衰,礼义废,政教失,国异政,家殊俗,而变风、变雅作矣"③这就隐含了诗歌的讽谕美刺的作用,但是这种讽谕要"主文而谲谏",即用含蓄委婉的手法刺上,要"感物而发,触类条鬯"。张惠言的论词主张有推尊词体的一面,但是对早期的唐五代词,他也用这种观念解读,常常给人穿凿附会的感觉。如张惠言论词最推崇温庭筠,以"深美闳约"赞赏之,认为温庭筠的《菩萨蛮》(小山重叠金明灭)一词写的是感士不遇之义,就实在是有违温词的本意。常州词派后学陈廷焯也说"张氏《词选》,不得已为矫枉过正之举,规模虽隘,门墙自高。"④

　　周济是张惠言的学生辈,早年致力于经世之学,晚年寓居南京专力治词。有《词辨》二卷、《宋四家词选》、《介存斋论词杂著》等著作。周济在理论上继承了张惠言的思想,但又有所发展,提出了著名的"词史"说和"寄托出入"说,这也是周济推尊词体的重要途径。周济在《介存斋论词杂著》中提出:"感慨所寄,不过盛衰,或绸缪未雨,或太息厝薪,或已溺已饥,或独清独醒,随其人之性情学问境地,莫不有由衷之言。见事多,识理透,可为后人论世之资。诗有史,词亦有史,庶乎自树一帜矣。若乃离别怀思,感士不遇,陈陈相因,唾沈互拾,便思高揖温、韦,不亦耻乎。"周济已经不满足于用词来表达个体的离别怀思,感士不遇,而是要把感

① 吴锡麒《董琴南楚香山馆词钞序》,冯乾编《清词序跋汇编》,凤凰出版社 2013 年版,第 603 页。

② 郭麐《梦绿庵词序》,冯乾编《清词序跋汇编》,凤凰出版社 2013 年版,第 604 页。

③ 《毛诗序》,郭绍虞主编《中国历代文论选》,上海古籍出版社 1979 年版,第 30 页。

④ 陈廷焯《白雨斋词话自序》,《词话丛编》,中华书局 1986 年版,第 3750 页。

触延伸到对社会政治的关怀与感应,朝代的盛衰,社会发展的趋势,对政治的感慨都要在词中由衷地表达。因此,"词史"的概念里便包含了文人对社会政治的关怀与书写。"寄托出入"说是周济提出的一个充满辩证思想的又不仅仅适用于词的理论观点:"初学词求有寄托,有寄托则表里相宣,斐然成章。既成格调求无寄托,无寄托则指事类情,仁者见仁,知者见知。"①"夫词非寄托不入,专寄托不出。一物一事,引而伸之,触类多通。驱心若游丝之胃飞英,含毫如郢斤之斩蝇翼,以无厚入有间。既习已,意感偶生,假类毕达,阅载千百,謦欬弗违,斯入矣。赋情独深,逐境必寤,酝酿日久,冥发妄中。虽铺叙平淡,摹绩浅近,而万感横集,五中无主。读其篇者,临渊窥鱼,意为鲂鲤,中宵惊电,罔识东西。赤子随母笑啼,乡人缘剧喜怒,抑可谓能出矣。"②周济认为作词要有寄托,但是不能拘泥于此,不能刻意为之,要能够浑然天成,达到一种看似无寄托实则有寄托的浑化的境界。周济在评价其最推崇的词人周邦彦时,便屡次用浑化、浑厚的概念。其实,周济所独创的"有寄托入""无寄托出"的这一理论主张,已经超越了论词的范围,而具有美学上的普遍意义。

周济之后的常州词派代表人物也提出了超出词学批评本身的理论观点,具有文学批评的普遍适用性,这便是谭献提出的"作者之用心未必然,读者之用心何必不然"③,这与西方文论中接受美学的观点有暗合之处。常州词派在清代中后期影响巨大,理论阐发接续不断,清末的词论中,况周颐的《蕙风词话》最为重要。其提出的重、拙、大的理论主张又影响到民国至现代的词学家,如朱彊村选编,唐圭璋先生注释的《宋词三百首》,开篇也表明自己以重、拙、大来选词评词。对于重、拙、大的理解,况周颐的门生赵尊岳在《蕙风词话》跋中概括道:"其论词格曰:宜重、拙、大,举《花间》之闳丽,北宋之清疏,南宋之醇至,要于三者有合焉;轻者重之反,巧者拙之反,纤者大之反,当知所戒矣。"从正面来看,"重"即沉着、深厚之意。"拙"即真率、稚拙,有真情,"大"即词旨大,格局大,语小而不纤,事小而意厚。

标志着中国传统词学的终结,现代词学开端的一部词话,是王国维的《人间词话》。王国维深受西方哲学的影响,对叔本华、康德的思想浸染很深,因此在《人间词话》中也能看到西方哲学与美学的一些印记。王国维提出境界说,以五代北宋之词为上乘,提出了有我之境与无我之境的区别。另外,王国维所提出的古今成大事业、大学问者,必经过的三种境界,以及白石词"隔"的这些论调,不管其是否恰当合适,这些理论观点一直到现在都影响深远。

纵观以上古代词学的发展历史,我们可以看到,词这一文体对于批评者来说,其特有的体性问题以及推尊词体的理论阐释,一直是贯穿词学批评史的最重要的问题,这也是词区别于诗的一个重要面向,是古代词学理论演变的核心问题。

① 周济《介存斋论词杂著》,《词话丛编》,中华书局 1986 年版,第 1630 页。
② 周济《宋四家词选目录序论》,《词话丛编》,中华书局 1986 年版,第 1634 页。
③ 谭献《复堂词录叙》,《词话丛编》中华书局 1986 年版,第 3987 页。

# 第四节  寓意劝谏：中国古代戏曲理论的历史演变

戏曲理论是伴随着戏曲创作的繁荣产生的理论性思考的结晶。中国古代的戏曲,经过北齐时的歌舞戏、唐代的参军戏、傀儡戏和宋代杂剧,到元代出现了杂剧创作的繁荣、明代出现了传奇创作的高潮。与此相伴,戏曲批评在隋唐至宋元应运而生,从萌芽走向奠基。到明代出现了本色派、情趣派、折中派的论争,探讨戏曲创作的特殊审美规律,将戏曲理论推向繁盛。清代曲论继承明代戏曲评论的成果,走向集大成的综合态势,达到戏曲理论的最高峰。

## 一、隋唐宋元：戏曲批评的萌芽与奠基

中国的戏曲批评早在隋唐宋的时候就出现萌芽了。隋代薛道衡的《和许给事善心戏场转韵》是较早的剧论。作者以诗的形式记录了京都圣日"万方皆集会,百戏尽来前"的盛况。因为是百戏,所以乐舞充满各地民族风情："羌笛陇头吟,胡舞龟兹曲"。表演的服装千姿百态："假面饰金银,盛服摇珠玉"；"罗裙飞孔雀,绮带垂鸳鸯"。表演的内容以模仿、刻画历史人物为主："衣类何平叔,人同张子房","月映班姬扇,风飘韩寿香",同时也穿插着"抑扬百兽舞,盘跚五禽戏"。戏曲是面向大众的艺术。当日的演出吸引了各方观众络绎前来观赏："临衢车不绝,夹道阁相连。"演出通宵达旦："竟夕鱼负灯,彻夜龙衔烛。"演出的效果是很好的："欢笑无穷已,歌咏还相续。"①《踏谣娘》(又称谈容娘)是北齐时的歌舞戏。唐代常非月的《咏谈容娘》是唐代最著名的咏戏诗。诗写出了演员"举手整花钿,翻身舞锦筵"的舞姿与动作,描绘了演员与观众"歌要齐声和,情教细语传"的互动效果,以及"马围行处匝,人压看场圆"的观众反应。唐代剧目西凉伎是中唐时期的全能剧。此剧前身为胡腾歌舞剧,以西凉乐、狮子舞及二胡儿之科白表演为主,以胡腾舞为重要穿插。该剧源于印度等地,后传入中国,盛行于敦煌(唐沙州)、酒泉(唐肃州,西凉故地)一带。白居易、元稹都作过《西凉伎》为题的诗。二人的诗生动地描绘了西凉伎的内容、演出形式,抒发了将士面对凉州陷落、边塞重镇连连失守的悲愤之情。苏轼的《八蜡》诗所写的八蜡是古代中国人民所祭祀八种与农业有关的神灵,也是官方及民间在每年农历十二月举行的宗教祭祀活动,旨在祈求农事丰收。在这样一个重大的农神祭祀活动中,按照苏诗的记录,还"岁中聚戏","附以礼义",于是"八蜡"成为"三代之戏礼"②。苏轼的这个评论很重要,它奠定了中国戏曲理论"不关风化体,纵好

---

① 陈多、叶长海《中国历代剧论选注》,湖南文艺出版社 1987 年版,第 42 页。
② 同上书,第 52 页。

也枉然"的表现主体道德教化之旨的倾向。苏轼又作过《传神记》,借用顾恺之绘画贵传神的思想要求戏剧演出:"优孟学孙叔敖抵掌谈笑,至使人谓死者复生,此岂举体皆似,亦得意思所在而已。"①宋代刘克庄诗中有许多题咏戏剧之作。这些诗主要表现了南宋流传于福建一带的地方戏剧的演出状况及其艺术精神,如《闻祥应庙优戏甚盛》即然。宋代城市商业经济的繁荣和民间艺术的兴盛,促进了戏剧艺术的发展。宋代杂剧和南戏的活动状况,在南宋出现的几种杂著如孟元老偶读《东京梦华录》、耐得翁的《都城纪胜》、周密的《武林旧事》、吴自牧的《梦粱录》中都有具体记载。《梦粱录》论及戏剧的文字与《都城纪胜》略同,由于成书较后,故而更为详备。其中,《妓乐》涉及戏剧的角色分工和插科打诨,《百戏伎艺》"多虚少实""真假相半"触及艺术创作与生活事实的特殊关系,如此等等。后世剧论的许多问题,在这里已经埋下种子。

如果说元代之前的剧论尚处于零零星星的萌芽阶段,那么元代出现的剧论就有了一定的规模,如胡祇遹的《黄氏诗卷序》、《优伶赵文益诗序》,燕南芝庵的《唱论》,周德清的《中原音韵》,钟嗣成的《录鬼簿》,夏庭芝的《青楼集》,杨维桢的《优戏录序》,陶宗仪的《辍耕录》、高明的《琵琶记》等,并且论述的问题有了一定的深度,奠定了明代剧论的基础,所以我们可把元代剧论视为古代剧论的奠基阶段。

胡祇遹的《黄氏诗卷序》对戏剧演员提出了"九美"要求。前三则提出了演员应具有的形体素质、风度气质和生活修养;第四至七则分别论述了念白、歌唱、表情、节奏掌握等方面的要求,最后归结为"发明古人"之情与事,即积极创造角色、塑造人物,且"时出新奇",努力创新。胡氏"九美"说奠定了我国戏剧表演理论的基础。胡氏在《黄氏诗卷序》中对"新奇"的要求,在《优伶赵文益诗序》中又有集中的强调。该序着重指出,只有"出于众人之不意、世俗所未尝见闻"的演出,才能达到"一时观听者多爱悦焉"的效果。因而表演艺术贵在"新巧",最忌"习旧",并提出了"日新而不袭故常"的要求。几百年后李渔提出戏曲创作必须"脱窠臼",演出必须"变旧成新",其实在此已有最初发明。

元杂剧以唱为主。主要演员的演唱技巧对于演出效果具有特别重要的意义,因而当时诞生了研究唱曲的论著,燕南芝庵的《唱论》是其代表。《唱论》共分 27 节,大部分是有关戏曲演唱的声乐理论与歌唱方法,不仅指出了歌唱的"格调"、"节奏"、"声节"、"声韵"等方法,而且要求演唱者注意扬长避短,兼顾听众的不同需求。

周德清的《中原音韵》,是我国出现最早的一部北曲曲韵和北曲音乐论著。作者在其创作实践和对北曲的研究过程中,深感一般北曲作者和演唱者在语言、声韵、格律等方面存在许多问题,写成《中原音韵》后又作了多次修订。该书内容包括三个方面:第一部分,曲韵韵谱,是北曲创作和演唱者审音定韵的标准。《中原音韵·自序》提出:"欲作乐府,必正言语,欲正言语,必宗中原之音。"他以当时北方河北、河南等地通用的共同语言为依据,以北曲杂剧作品为对象,总结其发声规律,收集了北曲中用作韵脚的常用单词五千多个,将声韵

---

① 陈多、叶长海《中国历代剧论选注》,湖南文艺出版社 1987 年版,第 54 页。

规范为十九个韵部,每个韵部之下又分为平声、上声、去声,平声则又分为阴平和阳平。第二部分"正语作词起例",主要论述曲韵韵谱的编制和审音原则,以及宫调曲牌和作曲方法等。周氏还对元代北曲十七宫调的调性色彩分别作了描述说明。第三部分"作词十法",主要表述了周氏的曲学理论主张。"十法"为知韵、造语、用事、用字、入声作平声、阴阳、务头、对偶、末句和定格。其中,"知韵"要求作曲者掌握北曲声韵规律,"考其词音"。"造语"要求作曲时注意遣词造句,务造"俊语",以"语、意俱高为上",同时指出:"文而不文,俗而不俗","太文则迂,不文则俗"。"用事"要求"明事隐使,隐事明使",以不妨碍听众理解为准。"用字"要求作曲不可用生硬字、太文字、太俗字等,亦以听众的审美接受为前提。《中原音韵》无论是音韵学方面,还是曲学理论方面,对后世都产生了极其深远的影响。

元代中后期,杂剧家钟嗣成著《录鬼簿》。这是历史上第一部为戏子立传的书籍。名为"鬼",实为戏子。之所以取名《录鬼簿》,是因为所录之作家均已去世。该书最初编订于至顺元年(约公元 1330 年),记录了自金代末年到元朝中期的杂剧、散曲艺人等 80 余人。有生平简录、作品目录和自己的简评。后作过两次修订,扩充为 2 卷,所录人数扩展为 152 人,著录杂剧名目 452 种,占了现存可考元人杂剧剧目百分之八十以上。戏曲最初出现时,作为民间底层的艺术形式,剧作家并无多高的社会地位。由于它需投合下层观众的趣味喜好,往往有伤风化,曾经屡遭朝廷打压[1]。钟嗣成不怕"得罪于圣门",理直气壮地为被"高尚之士、性理之学"鄙视的戏曲作家树碑立传,为确立剧作家的地位作出了重要贡献。

与《录鬼簿》相似而有别,元末明初的夏庭芝的《青楼集》是一部为伶人树碑立传的专书。该书记述了元代 110 多位女伶的生活片段。《青楼集》的出现,与《录鬼簿》形成一股合力,提升了戏曲从业人员的社会地位,也确认了戏曲在文学领域登堂入室的合法性。

元末作家杨维桢不仅以诗文冠绝一时,而且擅长音乐戏曲,曾写下多篇戏曲评论。《朱明优戏序》对普通艺人热情加以颂扬。《周月明今乐府序》对戏曲创作提出"文采、音节相济"的要求。《优戏录序》则强调了戏剧的讽谏作用:"优戏之伎,虽在诛绝;而优谏之功,岂可少乎?"

元末高明所创南戏《琵琶记》轰动一时,影响深远。全剧宣扬"子孝妻贤"的伦理理念,同时追求"乐人""动人",所以深受欢迎。该剧开场词《水调歌头》中集中反映了作者的创作观念,即"不关风化体,纵好也徒然"。这不仅奠定了古代戏曲的教化倾向,也奠定了古代戏曲的主体倾向。

陶宗仪的《辍耕录》虽非戏曲专论,但中有多篇论及戏曲创作。其中,有的是对他人剧论的收录,如燕南芝庵先生的《唱论》、乔吉的《作今乐府法》;有的是自己的研究论述,如《院本名目》《杂剧曲名》。在这两篇中,陶宗仪最早提出了"戏曲"这一说唱艺术概念,参与了元代剧论奠基意义的生成。

---

[1] 见柳彧《请禁角抵戏疏》,见《晋书柳彧传》;陈淳《上傅寺丞论淫戏疏》,见陈多、叶长海《中国历代剧论选注》,湖南文艺出版社 1987 年版,第 56 页。

## 二、明代：戏曲批评的多彩与繁荣

如果说杂剧是元代戏曲的主要形式，传奇则是明代戏曲的主要形式。在元代南戏的基础上，明代戏曲发展为传奇这样的中长篇戏剧形态。它融合了北曲声腔和元杂剧精华，以昆山、弋阳、海盐、余姚四大声腔为伴，带有浓厚南方戏剧特征，拥有较为庞大的体制、完整有序的结构、丰富多彩的人物。与元杂剧相呼应，明代传奇构成我国戏剧创作史上尽显风骚的又一个高峰。

如前所述，强调戏曲批评的道德教化功用是元前剧论早有涉及的应有之义。明初理学盛行，戏曲创作上进一步体现了这一特点。许多文人雅士借传奇创作来传递人伦纲常的道德教化。其代表为弘治年间的文渊阁大学士邱濬的《五伦全备记》和邵璨的《香囊记》。

明中期，伴随着阳明后学走向对理学的反叛和对自然人欲的解禁，传奇创作也转向现实，并具有批判现实的精神。李开先的《宝剑记》、梁辰鱼的《浣纱记》、王世贞的《鸣凤记》是明中期的三大传奇。明代后期，思想界人情、个性进一步解放，戏曲创作领域也出现了以汤显祖为代表的一批唯情派传奇作家，不仅写婚姻自主、恋爱自由的爱情，如汤显祖的《牡丹亭》、高濂的《玉簪记》、周朝俊的《红梅记》、孟称舜的《娇红记》，而且因情成梦、因梦写事，情节结构也因情虚构，为情转移，甚至不惜突破音律的规范谱写歌词，如汤显祖的《牡丹亭》及《南柯记》、《邯郸记》、《紫钗记》。由此引起了戏曲理论界的巨大论争，带来了明代剧论的多彩与繁荣。

明代的剧论，比较有名的是朱权的《太和正音谱》，李开先的《词谑》，何良俊的《四友斋丛说》，王世贞的《曲藻》，徐渭的《南词叙录》，沈璟的《南九宫词谱》、《词隐先生手札两通》，臧懋循的《元曲选》及序，吕天成的《曲品》，冯梦龙的《墨憨斋词谱》、《太霞新奏》，汤显祖的《牡丹亭题辞》、《答吕姜山》，孟称舜的《古今名剧合选序》，王骥德的《曲律》，徐复祚的《曲论》，凌濛初的《谭曲杂札》，祁彪佳的《剧品》、《远山堂曲品》和李贽关于《琵琶记》、《拜月亭》等剧本的评点。明初，太祖之子朱权以王子之尊从事戏曲创作和研究，其《太和正音谱》对戏剧体裁、杂剧题材、角色塑造、曲调演唱等问题作了较为全面的探讨，并对元代杂剧作家作品作了逐一评点，在建设曲学体系方面贡献甚大。明代中叶以后至明末，围绕着唯情还是合律，戏曲领域展开了一系列的论争。论争中出现了三大派。

一派是"唯情派"，以汤显祖为代表。从"情趣"出发，主张传奇创作不受现实束缚，可以"因情成梦，因梦成戏"；曲词创作由"情趣"决定，可以不受音律约束。

汤显祖少时曾师从泰州学派的思想家罗汝芳。后来受到李贽思想的影响，并与主张"真不离俗""俗中求真"的真可禅师相友善。同时，汤显祖对比他年长29岁的徐渭非常推重，与同时代公安派三兄弟也引为同道。在他们的影响下，汤显祖形成了一个核心美学观就是，戏曲诗文应以表现不受理法束缚的"至情"、"意趣"、"真色"为全部追求。由于汤显祖所崇尚的自然之情为当时"有法之天下"所不容，所以就在戏剧中设计了虚幻之境去满足它、实现它。

这虚构之境即理想之境,汤氏《青莲阁记》谓之"有情之天下"。它的表现形式就是"梦"。《复甘义麓》自述创作《南柯记》《邯郸记》时,都经历了"因情成梦,因梦成戏"的构思过程。《玉茗堂四梦》无一不"因梦成戏",在虚幻的理想之境中寄托真情。代表作《牡丹亭》尤为典型地凸显了"因情成梦,因梦成戏"的特点。该剧通过"梦而死"、"死而生"的幻想情节来表现爱情理想与礼教现实之间的矛盾以及爱情理想的最终胜利。所谓"梦而死",指"生于宦族,长于名门,年已及笄,不得早成佳配"的杜丽娘因相思梦而死。所谓"死而生",指死后的杜丽娘在摆脱了现实世界的种种束缚后,果然找到了梦中的书生,于是主动向他表白爱情,还魂结为夫妇。这"梦而死,死而生",把杜丽娘对男女自然之情的出生入死、执着追求表现得淋漓尽致。汤显祖所崇尚的"真情"、"意趣"不仅社会理法、生活真实束缚它不住,戏曲的音律或"当行"法则更约束它不住。因为与"真情"、"曲意"相较,协律、当行属于形式方面的法则。汤显祖曾反复强调"曲意"、"意趣"。由此出发,他甚至提出了只要适意,"不妨拗折天下人嗓子"的论断。他论证说:"凡文以意趣神色为主。四者到时,或有丽词俊音可用,尔时能一一顾九宫四声否?如必按字模声,即有窒滞迸拽之苦,恐不能成句矣。"(《答吕姜山》)

汤显祖这样做的结果,是导致戏曲作品成为"案头之书",不一定是适合演出的"场中之剧"。所以就出现了另一派,主张戏曲创作符合戏曲本来的审美规律,曲词要入乐协律,明白易晓,认为这才是戏剧创作的本色要求,故可称之为"本色派"。这派以沈璟为代表。

沈璟为吴江派首领。工诗文书法,通音律、擅南曲。著有《属玉堂传奇》十七种。曲学著作有根据蒋孝《南九宫谱》增补而成的《南九宫词谱》、《南词韵选》等。针对临川派首领汤显祖以情趣为上而不守音律的主张,沈璟是打出"协律"的大旗,将入乐合律提高到戏曲创作的最高要求:"宁叶律而词不工,读之不成句,而讴之始叶,是曲中之工巧。"[1]"名为乐府,须教合律依腔。宁使人不鉴赏,无使人挠喉捩嗓。……纵使词出绣肠,歌称绕梁,倘不谐律吕也难褒奖。"[2]在崇尚音律的同时,沈璟主张用词的"本色"。"本色"即通俗、质朴、易懂,戒用妨碍大众理解的书面语。在《词隐先生手札两通》[3]中,沈璟说:"所寄《南曲全谱》,鄙意僻好本色,恐不称先生意指。"尚"本色"与尚"协律"往往是相互联系的两个方面,曲家"本色"中包含着通俗与入乐二义。

戏曲是演给大众看的说唱艺术。因此,通俗与入乐,是戏曲创作的本来要求。在沈璟之前,李开先、何良俊、徐渭等人早已强调过。李开先生平喜欢通俗文艺。现存院本《打哑禅》、《园林午梦》,传奇《宝剑记》、《断发记》。其论曲著作《词谑》包括《词谑》、《词套》、《词乐》、《词尾》四章,另有曲学散论,见《闲居集》。他以"真情"为"本色",强调曲词创作必须"明白而不难知"(《西野春游词序》),开戏曲批评"本色"论之先声。

---

① 转引自吕天成《曲品》,中国戏曲研究院编《中国古典戏曲论著集成》第六集,中国戏剧出版社 1959 年版。按王骥德《曲律》也引述过这一段,只是末句文字稍有差异。

② 沈璟《词隐先生论曲》,见陈多、叶长海《中国历代剧论选注》,湖南文艺出版社 1987 年版。

③ 沈璟《词隐先生手札两通》,附于王骥德《新校注古本西厢记》,明万历四十二年王氏香雪居刻本。

何良俊,家蓄乐工,对北曲音乐颇有研究。著有《四友斋丛说》。他的"本色"论明显地受到李开先影响。李氏"本色"论尚"真情",何良俊亦云:"大抵情辞易工。盖人生于情,所谓愚夫愚妇可以与知者。"①李开先"本色"论崇尚用语"明白而不难知",何良俊亦以"本色语"反对《西厢记》"全带脂粉"、《琵琶记》"专弄学问",对元人施君美的南戏《拜月亭》的"本色语"也大加称赏。在他看来,"本色"语胜过"秾艳"语,正如清淡之味胜过"浓盐赤酱"、"天然妙丽"胜过"施朱傅粉"、"刻划太过"一样。李开先在讲到戏曲之胜时指出其入乐方面的优势,何良俊则明确把"本色"与"入律"联系起来:"南戏自《拜月亭》之外,如《吕蒙正》……九种,即所谓戏文……词虽不能尽工,然皆入律,正以其声之和也。夫既谓之辞,宁声叶而辞不工,无宁辞工而声不叶。"②

徐渭是明代中叶真率自然、自由不羁的艺术家,在诗、文、书、画、戏曲方面均很有成就。他创作的《四声猿》是明代杂剧的代表作。他的《南词叙录》则是中国曲论史上第一部专论南戏的理论著作。徐渭的曲学理论,始终贯穿着"贵本色"的思想。在《西厢序》中,徐渭明确提出"贱相色"、"贵本色"的命题。"本色"既指世事人情的真面目,又指歌词宾白的通俗易晓。《南词叙录》批评云:"以时文为南曲,元末、国初未有也。其弊起于《香囊记》。《香囊》乃宜兴老生员邵文明作。习《诗经》,专学杜诗,遂以二书语句勾入曲中。宾白亦是文语。又好用故事作对子,最为害事。……《香囊》如教坊雷大使舞,终非本色。……至于效颦《香囊》而作者,一味孜孜汲汲,无一句非前场语,无一处无故事……南戏之厄莫甚于今。""夫曲本取于感发人心,歌之使奴童妇女皆喻,乃为得体。经、子之谈,以之为诗且不可,况此等耶? 真以才情欠少,未免辏补成篇。吾意与其文而晦,毋若俗而鄙之易晓也。"

沈璟之后,徐复祚、冯梦龙、凌濛初等人附和其主张。徐复祚,著有传奇《霄光记》、《红梨记》、《投梭记》,杂剧《一文钱》。另有《三家村老委谈》涉及曲论。他以"当行"、"本色"称誉沈璟的戏剧创作,高度评价沈璟在编订曲谱方面的贡献。在从审美接受的角度批评明初以来戏曲创作中雕文琢句、堆垛典故的弊病这一点上,与徐渭一脉相承。《三家村老委谈》指出:"传奇之体,要在使田畯红(通工)女(纺织女)闻之而趯然喜、悚然惧。若徒逞博洽,使闻者不解为何语,何异对驴而弹琴乎? ……文章且不可涩,况乐府出于优伶之口,入于当筵之耳,不遑使反,何遽思维而可涩乎哉?"

冯梦龙是晚明在戏曲方面很有贡献的作家。曾创作传奇剧本《双雄记》、《万事足》,改编他人所著传奇十数种为《墨憨斋定本传奇》,编制《墨憨斋新谱》、《墨憨词谱》等,另编散曲集《太霞新奏》。冯梦龙对沈璟剧论的继承,首在协律。《太霞新奏·发凡》谓:"词学三法,曰调、曰韵、曰词。不协调则歌必捩嗓,虽烂然词藻,无为矣。"次在"本色"。"本色"是与"雕镂"相对的概念,特点是"明白条畅"。据沈自晋《重定南词全谱凡例续记》引述,冯氏曾批评晚明袁于令的戏曲作品用语过于雕琢:"人言香令词佳,我不耐(能)看。传奇曲,只明白条畅,说

① 何良俊《四友斋丛说》卷三十七《词曲》,上海古籍出版社 1995 年版。
② 同上。

中国古代文学理论

却事情出便够,何必雕镂如是!"

凌濛初是明末另一位极有成就的通俗文学家。不仅编著过短篇小说集初刻、二刻《拍案惊奇》,而且创作了杂剧《北红拂》、《虬髯翁》、《宋公明闹元宵》等九种(一说八种),传奇《雪荷记》等三种,曲学著作有《谭曲杂札》等。冯梦龙将"本色"与"当行"分而论之,凌濛初则认为"当行者曰本色",因而他在标举"当行"的同时,常以"本色"求曲。《谭曲杂札》说:"曲始于胡元,大略贵当行不贵藻丽。其'当行'者曰'本色'。"凌濛初崇尚"当行"、"本色",主要针对戏曲文学创作中藻绘、故实、音律三大问题而言。关于"藻绘",凌濛初认为,元杂剧和元末明初流行的四大南戏都用"本色语",但从元末明初高明的南戏《琵琶记》开始,则"间有刻意求工之境","开琢句修词之端"。明代戏曲从梁辰鱼起"始为工丽之滥觞,一时词名赫然",后七子领袖之一王世贞"盛为吹嘘",千篇一律。《谭曲杂札》对此严加批判,崇尚"句句易晓""直截道意"。关于"故实",《谭曲杂札》反对戏曲"修饰词章,填塞学问"。关于音律,凌濛初认为,合律入乐,是戏曲文学创作"当行"的应在之义。他与临川派代表汤显祖的分歧在此。

在本色派与唯情派的论争中,也有一些人兼取两派的合理意见加以折中,可视为"折中派",以王骥德为代表。在其前后,有王世贞、屠隆、臧懋循、吕天成、孟称舜、祁彪佳等人相唱和,都体现了这种主张。

王世贞比汤显祖长24岁,比沈璟长27岁。虽然与汤、沈二人的生活年代有过几十年的交叉,但并未卷入二人的争论。不过他的曲学思想既与汤显祖迥异其趣,亦与沈璟及沈氏之前李开先、何良俊、徐渭的本色论大相径庭。实可视为后来折中派曲论之滥觞。

王世贞创作过戏剧,传奇《鸣凤记》就是他的作品。他的曲学理论集中见于他的《艺苑卮言》附录卷一(即《弇州山人四部稿》卷一五二)。明人茅一相将其论曲部分摘出单独刊行,称《曲藻》。《曲藻》篇幅不长,只四十余条,然而涉及戏曲源流、南北曲特点、戏曲创作方法、重要作品评论等重大问题,加之由于王世贞在当时文坛的地位,所以影响很大。王世贞一方面批评《香囊记》"近雅而不动人",将明代另一部宣扬宋儒道德说教的南戏《五伦全备记》批评为"不免腐烂",称赞南戏《荆钗记》"近俗而时动人",指责《拜月亭》"歌演终场,不能使人堕泪",表现出以徐渭为代表的本色派注重戏曲观众的审美接受的美学旨趣;另一方面,他又从"琢句之工、使事之美"方面赞美《琵琶记》,批评《拜月亭》"无词家大学问",一再称道《西厢记》曲词的"骈俪"语,与何良俊主张的"本色语"大异其趣。此外,他在评论《琵琶记》时,认为它尽管"腔调微有未谐",但"体贴人情,委曲必尽;描写物态,仿佛如生;问答之际,了不见扫造",所以总体上是"佳"的,"不当执末以议本"。这个意见实际上体现了后来沈璟的"音律"论与汤显祖的"唯情"论的折中兼顾。

屠隆是明代中期重要的戏曲作家,著有传奇《昙花记》《彩毫记》《修文记》,总名为《凤仪阁乐府》。其曲学思想集中体现在《章台柳玉合记叙》一文中,基本主张是:"雅俗并陈,意调双美,有声有色,有情有态。"屠隆既批评为"通俗取妍"而作的"雅士欲呕"的"俚音秽语",这是戏曲追求"当行"、"本色"中出现的流弊;也批评为求雅而堆砌古代文赋中"庄语"而"不谐宫羽"的情况,明显针对汤显祖的案头之剧而言。① 在此基础上,屠隆盛赞当朝剧作家梅鼎祚的剧作《玉合记》兼有"本色"与"雅音"之美,"至矣,无遗憾矣"。

臧懋循,精音律,喜戏曲。曾选一百部元杂剧,编为《元曲选》。与汤显祖相友善,但曲学主张不同,曾从"音律谐叶"和"事肖其本色"出发修改过《玉茗堂四梦》的曲词和情节,然而不为汤显祖认同。臧懋循的论曲主张,偏重于沈璟一系,注重音律,强调"本色"、"当行"。以此,他肯定"元曲之妙",对不谐音律的汤显祖和当时剧家汪道昆四种"南杂剧"用语的过分华丽表示不满。不过,懋循崇尚的"本色"又与徐渭有所不同。他认为"本色"应是鄙俗的否定之否定境界,是文雅的炉火纯青境界,而不等于鄙俗。因此,《元曲选序二》对徐渭的《四声猿》杂剧颇有微辞:"杂出乡语,其失也鄙。"在此基础上,《元曲选序二》提出了与王世贞相近的折中主张:"雅俗兼收,串合无痕,乃悦人耳。"

吕天成,万历间著名戏曲家。一生虽不足四十岁而卒,却创作了大量戏曲作品。著有传奇十数种,杂剧二三十种。所撰戏曲论著《曲品》评论戏曲、散曲作家百余人,品评戏曲作品二百余种,以明人作品为主,是研究明代戏曲的重要史料。吕天成生当沈璟、汤显祖的论争之后,对二人的创作特点和戏曲主张的得失有更为清醒的认识。由此,吕天成提出了折中的主张:"今人……传奇之派遂判为二:一则工藻缋以拟当行,一则袭朴淡以充本色……今人窃其似而相敌也,而吾则两收之。即不当行,其华可撷;即不本色,其质可风。""本色"、"当行"本是一义,但在沿用发展中又出现了一些不同的新义,即以"本色"为质朴,以"当行"为华丽。于是,沈璟一派号称"本色",汤显祖一派也自以为"当行"。吕天成认为"本色"与"当行",质朴与华丽并非"相敌"的,应当兼顾。显然,这是更为稳妥、公允、合理的意见。

祁彪佳,明末戏曲家,剧作有《全节记》、《玉节记》两种,另有《远山堂曲品》、《远山堂剧品》。现存《远山堂曲品》为残稿,系受吕天成《曲品》启发、在吕氏《曲品》基础上扩展而成。残稿中收戏曲 467 种,是吕天成《曲品》的两倍多。《远山堂剧品》是一部著录明人杂剧的专书,共收戏曲 242 种。《远山堂曲品剧品》共收录、品评了明代七百多种传奇、杂剧,成为目前所能见到的戏曲著录中最丰富的一种。祁彪佳的《曲品》、《剧品》选评标准较宽,这一点与吕天成不同,但在戏曲的选评标准"音律"与"词华"兼顾这一折中取向上,二人是大体一致的。《远山堂曲品叙》云:"吕(天成)后词华而先音律,予则赏音律而兼收词华。"其实这是冤枉了吕天成的。如前所述,吕天成恰恰是主张兼取"音律"与"才情"、"本色"与"文采"的。"音律"、"本色"是为了照顾"演之台上","才情"、"文采"是为了照顾"置之案头"。"音律"与"才情"、"本色"与"文采"兼顾,其实是在戏曲观赏的终端追求"可演之台上,亦可置之案头"(孟称舜)的必然反映。在这一点上,祁彪佳与孟称舜不谋而合。

孟称舜,明末重要的戏曲家。著有传奇五种,另著杂剧六种,又编选元明杂剧五十六种成《古今名剧合选》。《古今名剧合选序》是孟称舜重要的曲论。在这篇曲论中,孟称舜明确指出沈璟、汤显祖二家之偏,提出"以辞足达情者为最,而协律者次之"的折中意见,要求戏曲

---

① 按:屠隆与汤显祖几乎同时,二人生卒年分别为 1542~1605 年和 1550~1616 年。

创作既"可演之台上,亦可置之案头",对祁彪佳影响很大。

王骥德,著有传奇《题红记》、杂剧《男王后》等五种,有元人剧作选《古杂剧》和《西厢记》校注本问世。曲论著作主要是《曲律》。《曲律》写于十七世纪初,对万历时代及此前三百多年的曲学成果作了全面总结,是我国戏曲史上第一部全面、系统的戏曲理论专著。全书四十章,论及戏曲的源流、南北曲特点,音律、文辞、宾白、结构、创作方法等等,几乎涵盖了戏曲创作的所有方面,标志着晚明曲学的广度和深度。

戏曲是"演之台上"、由演员歌唱的综合艺术,当行、协律是其最基本的要求。王氏之前,无论本色派还是折中派的曲论家,在强调戏曲文学创作符合音律这一点上是共同的。王骥德坚持了这一基本曲学主张。《曲律·论戏剧第三十》谓:"词藻工,句意妙,如不谐里耳,为案头之书,已落第二义。"显然,这是针对汤显祖一派而言,表现了与汤显祖不同的旨趣。在花大量篇幅探讨了戏曲音律的审美法则之外,《曲律》面对当时"本色"与"文调"的论争,结合曲词、宾白的创作,作了颇为全面的总结,体现了折中的特色。王骥德主张"大雅与当行参间","本色"与"文词"酌而用之,防止"纯用本色"流于"俚腐","纯用文调"流于"太文"。

在戏曲创作由"本色"向"文词"的发展中,如何对待"学问"、处理"用事"是突出难题。王骥德既反对从"本色"出发鄙弃"学问",堕入粗俚、打油一类,又反对从"文语"出发堆垛学问,太文太晦,而主张"作诗原是读书人,不用书中一个字"。在用事方法上,指出"曲之佳处,不在用事,亦不在不用事"。要"引得的确,用得恰好,明事暗使,隐事显使,各使唱去人人都晓,不须解说……方是妙手。"(《论用事第二十一》)

王骥德、王世贞、屠隆、臧懋循、吕天成、孟称舜、祁彪佳的折中主张,持论公允、更为合理,为明代的戏曲创作审美法则积累了很好的意见。

## 三、清代:戏曲批评的综合与高峰

传奇仍然是清代戏曲的主要创作形态。清代的传奇创作仍然很繁荣,出现了《清忠谱》《长生殿》《桃花扇》这样的代表作。清代剧论出现了金圣叹的《西厢记》评点,李渔的《闲情偶寄·词曲部》,王国维的《宋元戏曲考》,把中国古代的戏曲理论推向高峰。

### 1. 李渔的《闲情偶寄》

李渔是清初著名的通俗文学家,创作过传奇十种,合称《笠翁十种曲》。李渔的剧学理论主要见于《闲情偶寄》。其中《词曲部》系统论及戏文创作,《演习部》、《声容部》论及戏剧表演艺术,在戏曲美学方面确有集大成的价值。整个中晚明时期,戏剧批评一直围绕着"本色"与"文采"、"音律"与"才情"的中心问题论争,虽有所深化和演进,但不免有重复之嫌。清初曲论要想有所作为,就必须另辟蹊径。李渔就是这样一位首先打破明代曲论既定模式并大获成功之人。一方面,处在明代曲论留下的语境中,他不可能超越历史、不受影响。《香草亭传奇序》强调戏曲创作须"三美俱擅",这"三美"即"曰'情',曰'文',曰'有裨风教'",既崇尚

"词华之美"，又追求"音节之谐"，表现了对明代曲论中"本色"与"文采"两种美学趣味和主张的折中。另一方面，又独辟蹊径，在《闲情偶寄·词曲部》中提出了首重"结构"，次论"词采"和"音律"，兼论宾白、科诨、格局的全新思路。

首先，戏文创作以"结构"为关键。这是李渔的独特发明。在李渔之前，明代中后期戏曲理论争论的焦点是"音律"第一还是"词采"第一。王骥德《曲律》虽然触及"结构"问题，但是并没有明确指称"结构"，而是以"章法"这个对诗文而言都适用的普泛概念名之，而且是列为"第十六"个问题而言的，分析论述亦较简略。李渔则不同。他不仅明确提出"结构第一"，而且对"结构"的界定、分析、探讨较王骥德大大丰富与深入。所谓"结构"，指对"全部"戏剧"规模"的构思，侧重表现为人物塑造、情节设计、故事发展的内在想象与谋划。

其次是"词采"与"音律"的关系。《香草亭传奇序》"词华之美、音节之谐"并提，本无轩轻，自当兼顾。《闲情偶寄·词曲部》则将"词采"列于"音律"之前。李渔虽然兼顾"音律"，把"词采"看得比"音律"更重要。"词采第二"下辖"贵浅显"、"重机趣"、"戒浮泛"、"忌填塞"四个子目，要求曲词创作"浅显"而不"粗俗"，有"机趣"而不"填塞"。"音律"虽然置于"词采"之后讨论，但要求颇严。《音律第三》下辖"恪守词韵"、"凛遵曲谱"、"鱼模当分"、"廉监宜避"、"拗句难好"、"合韵易重"、"慎用上声"、"少填入韵"、"别解务头"九个子目，要求"一出用一韵到底，半字不容出入"；指出曲谱好比"填词之粉本"，要像妇人绣花一样，"拙者不可稍减，巧者亦不能略增"。

李渔曲论表现出少有的美学自觉。在他关于戏曲美的论述中，多次揭橥"美"与"新奇"的内在联系。美要对审美主体发生感动，必须对审美主体具有新奇的品格。如果司空见惯，就会产生审美疲劳；但如果为求新奇而违背常理、涉入怪诞，亦会速朽。李渔一方面明确提出"新也者，天下事物之美称也"，"尤物足以移人"的命题，另一方面又指出"求新"的正确路径和值得警惕、防范的偏向，不仅对创造戏曲之美很有指导意义，而且对于认识、研究美的特质，具有普遍的美学理论价值。

李渔曲论的另一贡献是关于人物塑造的理论。它集中体现为"代人立心"说。在李渔以前，戏曲理论中除了论及"本色"与"文采"、"音律"与"才情"之外，论述较多的问题便是戏剧寓教于乐的审美、教化效果和故事情节的真幻虚实相生问题，而人物塑造这一戏剧创作的核心问题几乎无人涉及。李渔基于"传奇无实、大半寓言"①的虚构理论，由故事虚构转入人物虚构，建构了个性化的人物塑造理论。稍前于李渔的金圣叹在小说评点中曾提出过"动心"说。李渔则在戏剧领域提出"代人立心"说，与之相映成趣，同为中国古代文学创作中人物塑造理论的高峰。《宾白第四·语求肖似》云："言者，心之声也。欲代此一人立言，先宜代此一人立心。若非梦往神游，何谓设身处地？无论立心端正者，我当设身处地，代生端正之想；即遇立心邪辟者，我亦当舍经从权，暂为邪辟之思。务使心曲隐微随口唾出，说一人，肖一人，勿使雷同……"这就是说，人物塑造是按设定的个性"设身处地"、"梦往神游"的产物，是作者

---

① 李渔《闲情偶寄·词曲部·结构第一·审虚实》，上海古籍出版社 2000 年版。

想象的虚构创造。不仅人物宾白的创作要"肖似"其人，人物的唱词也应切合人物个性："如《中秋赏月》一折，同一月也，出于牛氏之口者，言言欢悦，出于伯喈之口者，字字凄凉。"(《结构第一·密针线》)特别值得肯定和注意的是，李渔揭示了人物虚构中的典型化、集中化、概括化这一重要理论问题："欲劝人为孝，则举一孝子出名，但有一行可纪，则不必尽有其事，凡属孝亲所应有者，悉取而加之，亦犹纣之不善不如是之甚也，一居下流，天下之恶皆归焉。其余表忠表节，与种种劝人为善之剧，率同于此。"(《结构第一·审虚实》)

戏剧是演给广大观众看的。能否打动观众、感染观众，是衡量一部戏剧创作成功与否的终端标志。明代以来的"本色"派所以反对堆砌学问、典故，批评曲词宾白"太文"，都是从观众的审美接受角度出发的。在这方面，李渔又有所继承和发展，从而使戏曲接受美学思想达到了一个新高度。戏曲感人的根源来自"机趣"。所以李渔强调："'机趣'二字，填词家必不可少。"[1]戏曲的观众既有学士大夫、王公达贵，也有田夫妇孺、普通大众。戏曲创作应以"雅俗同欢，智愚共赏"[2]，感动所有观众为旨归，因而曲词以"显浅"为贵。当然，"显浅"不同于"粗俗"。对于为迎合大众趣味片面追求"显浅"而致"粗俗"的弊病，李渔也有所警惕。曲词的创作如此，科诨的创作亦是如此。"科诨之妙，在于近俗，而所忌者又在于太俗。不俗则类腐儒之谈，太俗则非文人之笔。"从观众一端的接受美学出发，李渔还要求宾白创作"少用方言"[3]。

《闲情偶寄》的曲论部分除《词曲部》外，还有《演习部》《声容部》，论及戏曲的导演、表演等方法、路径，构成了中国戏曲批评史上具有民族特色的表演美学体系。

### 2. 金圣叹的《西厢记》评点

金圣叹是位在多个领域都取得杰出成就的奇人。他的《西厢记》评点，代表着中国古代戏曲批评成就的高峰。

处于明末清初启蒙主义思想家崇尚自然情欲和自由个性的时代氛围中，金圣叹的思想充满了反抗专制的民主倾向。当时人们从正统的文学观念出发，鄙薄小说、戏曲文体，同时，统治阶层和正统的道德学家为了维护皇权专制和道德礼教，将描写"官逼民反"、农民起义的小说《水浒传》和讴歌自由爱情的戏曲《西厢记》斥之为"诲盗"、"诲淫"之作，甚至列入禁毁书目。金圣叹则反其道而行之，公然将《水浒》、《西厢》与《离骚》、《庄子》、《史记》、杜诗并列，作为人世间六大奇书，一律以"才子书"命名，并亲自评点《水浒》、《西厢》。不仅如此，他甚至将小说、戏曲与儒家经典相提并论，认为《水浒》可与《论语》媲美，《西厢》可取代"四书"作童蒙课本。在《西厢记》评点中，金圣叹尤为大胆的民主思想，集中体现在对"淫书"说的否定、驳斥和对《西厢》描写、赞美两个"至情"男女自由婚姻的理解、包容与肯定、辩护上。《读第六才

---

① 李渔《闲情偶寄·词曲部·结构第一·重机趣》，上海古籍出版社 2000 年版。

② 李渔《闲情偶寄·词曲部·科诨第五》，上海古籍出版社 2000 年版。

③ 李渔《闲情偶寄·词曲部·宾白第四》，上海古籍出版社 2000 年版。

子书西厢记法》从正、反两个方面对"淫书"之类的诋毁加以否定和嘲讽,指出"《西厢记》断断不是淫书,断断是妙文。"在他看来,男女相爱、合欢之事,是天地间无时无地不在的最自然不过的事,而且也是人类赖以出生、繁衍的基本活动;而才子爱佳人,佳人爱才子,更是人之"恒情恒理"。指责描写才子佳人爱情的戏剧为"淫书",岂不是等于要"废却此身"、"废却天地"吗?根据"儿女"的真情真事,加上作者的灵感妙思,便铸就了《西厢记》这一不可复制的"天地妙文"。

《西厢记》所表现的男女"至情"是通过人物形象体现出来的。于是,《西厢记》在表现"儿女之事"、"必至之情"时,塑造了一系列光彩照人的艺术形象。在《西厢记》塑造的众多人物形象中,"双文"(即崔莺莺)是中心人物,张生、红娘等主要人物和夫人等次要人物都是由双文派生出来,并为双文服务的。"《西厢记》只为要写此一个人,便不得不又写一个人。一个人者,红娘是也。若使不写红娘,却如何写双文?然则《西厢记》写红娘,当知正是出力写双文。""《西厢记》所以写此一个人者,为有一个人要写此一个人也。有一个人者,张生是也。若使张生不要写双文,又何故写双文?然则《西厢记》又有时写张生者,当知正是写其所以要写双文之故也。""譬如文字,则双文是题目,张生是文字,红娘是文字之起承转合。……其余如夫人等,算只是文字中间所用'之'、'乎'、'者'、'也'等字。""譬如药,则张生是病,双文是药,红娘是药之炮制。……其余如夫人等,算只是炮制时所用之姜、醋、酒、蜜等物。""《西厢记》止写得三个人:一个是双文,一个是张生、一个是红娘。其余如夫人、如法本、如白马将军、如欢郎、如法聪、如孙飞虎、如琴童、如店小二,他俱不曾着一笔半笔写,俱是写三个人时所忽然应用之家伙耳。"在对《西厢记》中心人物的辨别、确认中,金圣叹清晰地勾画出《西厢记》人物之间艺术关系的图谱,揭示了中心人物、主要人物、次要人物三个类属,独具慧眼,别开生面。在此基础上,金圣叹分析、揭示了双文、张生、红娘三个重要人物形象的个性特征。如说双文:"双文,天下之至尊贵女子也;双文,天下之至有情女子也;双文,天下之至灵慧女子也;双文,天下之至矜尚女子也。"(《赖简》总评)作为"才子"形象代表的张生也是如此。王实甫通过一系列的细节描写塑造了一个"敦厚"而又多情、"豪迈"而又怯懦、热切而又紧张的"锦绣才子"形象。至于红娘,她是双文的婢女。她效忠主人,爱主人所爱,恨主人所恨,急主人所急。虽地位轻贱,却很有主张、很有胆量,"凛凛然,侃侃然,曾不可得而少假借者"(《读第六才子西厢记法》)。

金批《西厢》的深刻性在于,不仅深入到《西厢记》中人物的个性及其相互关系,而且深入到《西厢记》的复杂结构中。"文章之妙,无过曲折,诚得百曲千曲万曲、百折千折万折之文,我纵心寻其起尽,以自容与其间,斯真天下之至乐也。"(《赖简》总评)于是,金圣叹深入到《西厢记》"百曲千曲万曲、百折千折万折"结构的细致剖析中。这一剖析主要见于《后候》总批。经过金圣叹的细致入微的分析,《西厢记》千曲万折的结构脉络及其十六折之间的关系昭然若揭。他既进得去,又出得来;既能微观,又能鸟瞰。鸟瞰《西厢》宏大繁复结构的结果是一个字:"无"。金圣叹以"无"统摄、概括《西厢》结构,固然受到禅宗影响,但金圣叹在这里并非真的谈禅,"目的无非是要强调《西厢记》的近乎化境的那种艺术整体性"①。

与人物塑造、情节结构相联系的另一问题是创作方法。金批《西厢》的另一组成部分,是创作方法理论。它论及的《西厢记》作法主要有:"写花不写泥"的直截根本法。"写花却写蝴蝶"的侧面烘托法。与"写花却写蝴蝶"相似的还有所谓的"烘云托月"之法。"狮子滚球"之法,即围绕中心左右前后四面盘旋之法。金圣叹说的"目注彼处,手写此处"或"目注此处,手写彼处"之法亦与此相类。此外,金批《西厢》还论及"移树就堂"之法、"月度回廊"之法、"羯鼓解秽"之法(均见《寺警》总评)等等。

金圣叹的《西厢记》评点,还有两个相互联系的重要观点,即创作与审美的主体性和共鸣性。关于创作的主体性,金圣叹指出:《西厢记》实即王实甫"借古之人、之事以自传道"的产物,是作者的"寄托笔墨"。戏剧创作中包含着作家的主体性,戏剧欣赏中则凝聚着读者的主体性。金批《西厢》序二《留赠后人》指出:《西厢记》作者的"初心"实际上是不可确知的,他金圣叹"今日"之观《西厢记》与"前日"之观《西厢记》感受也不可能一致:一个人不同时间的阅读感受尚且不一,不同的读者阅读感受就更不会一样了。金氏《读法》指出:"《西厢记》不是姓王字实甫此一人所造……便是我适来自造。亲见其一字一句,都是我心里恰正欲如此写……"这与现代接受美学强调艺术作品是作者与读者共同完成的思想颇为相通。戏剧欣赏不仅有个性差异,还有建立在共性基础上的共鸣性。金圣叹并未将个性与共性、主体性与共鸣性对立起来,而是强调二者的对立统一。他论诗时曾提出"同然"说。《西厢记》亦有此妙。《读第六才子书西厢记法》指出:"想来姓王字实甫此一人亦安能造《西厢记》? 他亦只是平心敛气向天下人心里偷取出来。""总之,世间妙文,原是天下万世人人心里公共之宝,决不是此一人自己文集。"既重视作者的主体性、个性,又强调作品写出天下人心声的"同然"性、共性。的确,审美实践表明,真正的"妙文"是既具有独特、鲜明的个性又包含着普遍意义、能够激起广泛共鸣的作品。

金圣叹的《西厢记》评点,不在音律如何、词白创作、是否符合演出需求等老生常谈的问题上狗尾续貂,而是另辟蹊径,在《西厢记》文学创作的关键问题如戏文美之本质、人物塑造、情节结构、创作方法、主体性与共鸣性等等方面做足文章,"晰毛辨发,穷幽极微,无复有遗议于其间矣"②,达到了中国古代戏剧文学批评的高峰。

### 3. 王国维的《宋元戏曲考》

晚清时期,王国维著《宋元戏曲考》,于1912年成书,1915年商务印书馆初版时,更名《宋元戏曲史》。分十六章:一、上古至五代之戏剧;二、宋之滑稽戏;三、宋之小说杂戏;四、宋之乐曲;五、宋官本杂剧段数;六、金院本名目;七、古剧之结构;八、元杂剧之渊源;九、元剧之时地;十、元剧之存亡;十一、元剧之结构;十二、元剧之文章;十三、元院本;十四、南戏之渊源及

---

① 齐森华《曲论探胜》,华东师范大学出版社1985年版,第126页。

② 李渔《闲情偶寄·词曲部·填词余论》,上海古籍出版社2000年版。

时代;十五、元南戏之文章;十六、结论。全书探讨中国戏曲形成过程、戏剧的渊源及戏剧文学,并以宋元两朝为重点,兼及曲调,材料丰富,考据谨严。为了完成这部戏曲史,他从1908年开始撰写《曲录》,以黄文旸的《曲海》与焦循的《曲考》为底本,在原有两书所收1 081种杂剧传奇的基础上多方搜集,共得金元明清曲本3 178种,对每个朝代的作者数量及其地域分布进行了认真的研究,相继写成《戏曲考源》《唐宋大曲考》《优语录》《录曲余谈》《曲调源流表》《古剧角色考》等著作,对有关戏曲的产生、戏曲的定义、戏曲的发展、戏曲的角色、戏曲作家等莫不进行认真的考证。在此基础上,完成了《宋元戏曲考》这部划时代的中国戏曲史专著。

# 第五节　醒世求趣:中国古代小说理论的历史演变

在中国,较之被赋予"经国之大业"使命的正统诗文,小说通常被视为"小道""末技"或"旁学杂书",不仅地位低,而且诞生晚。相应地,阐释、探讨小说文本内外的理论也姗姗来迟,且通常以零散面貌出现,尤其是从未诞生像《文心雕龙》《沧浪诗话》《原诗》这样的系统性著作。尽管如此,中国小说理论的特质和建树仍然值得高度重视。它深受诗、画、史、医以及堪舆等传统理论的沾溉,根深蒂固;它与戏曲理论交叉互参,同生共长,枝繁叶茂。它不仅广泛地探讨了小说观念、小说性能、小说类别、小说意义、小说美感等重要问题,而且深入发掘了虚实、形神、意趣、奇常、情理等叙事文法、写人技巧。它生存样态多样,品类不一,有寄生于史著、诗词歌赋以及笔记、小说、戏曲中的杂论,也有"小说话"性质的专论,更有林林总总的回评、凡例、读法、眉批、弁言、题辞、论赞、杂说、例言等各式评点以及各类序跋。总之,中国古代小说理论带有跨学科、跨文类性质,散而不乱,杂而有致,与诗学理论、散文理论、戏曲理论并行互补,以醒世明世的主体取向,呼应了表情达意为主的民族文论特色。

## 一、关于"小说"名实及归属的历代言说

中国小说理论首先特别关注"小说"自身,尤其是围绕名实、属性、生发等问题形成一部小说认知史、观念史。

据前人考察,"小说"一词最初出现于《庄子·外物》:"饰小说以干县令,其于大达亦远矣。"在庄子看来,凭借修饰不能登大雅之堂的言论来博取高远的名声,与寻求大道理的做法相差十万八千里。此"小说"指的是琐屑的小道,大意与《荀子·正名》所谓的"小家珍说"相同,指的是言说内容与方式,尚不具备文体意义。到了汉代,随着"小说家"观念的提出,"小说"一词的文体性质逐渐脱颖而出。班固《汉书·艺文志》不仅将"小说家"纳入"诸子十家",而且指出了其"街谈巷语,道听途说"性质。这是后世目录学家将"小说"归入"子部"的开始。

同时，"小说家言"也成为叙述虚妄故事的代名词，与史书"实录"形成相反相成的镜照。其间，随着"小说"一词的广泛使用，其义项也在不断丰富。随着话本体小说的出现，小说义项又有较大扩延。唐代段成式《酉阳杂俎》开始谈到"市人小说"，宋代罗烨《醉翁谈录·小说开辟》更是明确讲："夫小说者，虽为末学，尤务多闻。……只凭三寸舌，褒贬是非；略传万余言，讲论古今。"此"小说"用以指"说话"艺术之一种。

从关于小说文体及其演变轨迹言说方式看，历代各种小说杂论、专论、序跋多采取源流喻说、谱系喻说等方式。源流喻说拿江河渊源、滥觞形象地解说小说发展史，汉人把小说之源归结为稗官或方士，唐人开始从"史"的维度探源论流。谱系喻说意在用中国传统血缘伦理描述小说生发轨迹，大致是将善作虚妄之言的庄子、列子视为小说之祖。

历史地看，最先将小说之流的源头推断为稗官者还是史学家班固，他的《汉书·艺文志》有言："小说者流，其源盖出於稗官。"[1]对这种推断，鲁迅先生曾表达过不同意见："稗官采集小说的有无，是另一问题；即使真有，也不过是小说书之起源，不是小说之起源。"[2]尽管班固的说法并不怎么靠谱，但在古代却影响深远，以致"稗官""稗官野史"几乎成为"小说"的同义语。除了"稗官说"，从作者身份探讨小说起源问题，汉代人还提出过"方士说"。史载，西汉方士虞初其人善于采集荒诞不经的故事，曾编订《周说》，其中的故事带有小说性。于是，东汉张衡在其《西京赋》中说："小说九百，本自虞初。"尽管将虞初这个方士视为小说文本的源头同样于理不通，但这并没有影响后世乐于以"虞初"命名各种小说集，从明代陆采的《虞初志》、汤显祖的《续虞初志》、邓乔林的《广虞初志》，到清代张潮《虞初新志》、郑醒愚《虞初续志》，不绝如缕。同时，在关于小说源流的探究过程中，"诸子"说也有一席之地。如明代胡应麟《少室山房笔丛·九流绪论下》认为："小说，子书流也。然谈说理道，或近于经，又有类注疏者；纪述事迹，或通于史，又有类志传者。他如孟棨《本事》、卢瓌《抒情》，例以诗话文评，附见集类，究其体制，实小说者流也。至于子类、杂家，尤相出入。郑氏谓古今书家所不能分有九，而不知最易混淆者，小说也。必备见简编，穷究底里，庶几得之；而冗碎迂诞，读者往往涉猎，优伶遇之，故不能精。"[3]说小说是从"子书"那里流来的，等于说"子书"是小说之"源"；而先秦、两汉的"小说"又被明确为"亦杂家者流"。小说属于"子部"，又姓"杂"。

此前，人们早已开始运用谱系喻说方式将小说归入"子部"。宋人黄震《黄氏日钞》卷五十五《读诸子·庄子》指出："庄子以不羁之材，肆跌宕之说，创为不必有之人，设为不必有之物，造为天下所必无之事，用以眇末宇宙，戏薄圣贤，走弄百出，茫无定踪，固千万世诙谐小说之祖也。"[4]将善于想象放诞、善于写不必有之事物的庄子奉为诙谐小说之祖。明代绿天馆主人(冯梦龙)《古今小说叙》说："史统散而小说兴。始乎周季，盛于唐，而浸淫于宋。韩非、

<hr>

① 班固《汉书》，上海古籍出版社 1986 年版，第 531 页。
② 鲁迅《中国小说的历史的变迁》，《鲁迅全集》第 9 卷，人民文学出版社 1981 年版，第 302 页。
③ 胡应麟《少室山房笔丛》，中华书局 1958 年版，第 374～375 页。
④ 黄震《黄氏日钞》，上海古籍出版社 1987 年版，第 399 页。

列御寇诸人,小说之祖也。"①不仅认为小说始于东周以后,而且还认定韩非、列子等诸子是中国小说之祖。这些论断均是从小说的虚幻性质着眼的。同时代,谢肇淛《五杂俎》卷十三进一步说:"夷坚、齐谐,小说之祖也。虽庄生之寓言,不尽诬也。虞初九百,仅存其名;桓谭《新论》,世无全书。至于《鸿烈》《论衡》,其言俱在,则两汉之笔,大略可睹已。晋之《世说》,唐之《酉阳》,卓然为诸家之冠,其叙事文采,足见一代典刑,非徒备遗忘而已也。"②这里以夷坚、齐谐为祖,并通过数落小说历程,奉"叙事"为小说行文典型。

在以"祖"喻说小说发生发展历史时,胡应麟《少室山房笔丛》讲得尤其全面而具体。其《四部正讹下》重申曰:"古今志怪小说,率以祖《夷坚》《齐谐》。然《齐谐》即《庄》,《夷坚》即《列》耳,二书固极诙诡,第寓言为近,纪事为远。"与同时代的谢肇淛等人持论大体一致,即认为志怪小说祖述《夷坚》《齐谐》,而这二书又从诙谐诡谲的《庄子》《列子》脱胎而来。当然,晚清近代也曾有人以司马迁《史记》为小说之"源"或"祖"的。沿着这种思路上推下索,胡应麟还一一为其所划分的小说类别分别找到了一两个始祖:《汲冢琐语》十一篇,当在《庄》、《列》前,《束皙传》云'诸国梦卜妖怪相书',盖古今小说之祖,惜今不传,《太平广记》有其目而引用殊寡。""《汲冢琐语》,盖古今纪异之祖。""《山海经》,古今语怪之祖。""《燕丹子》三卷,当是古今小说杂传之祖。""《飞燕》,传奇之首也;《洞冥》,杂俎之源也;《搜神》,玄怪之先也;《博物》,《杜阳》之祖也。"③这就将各类小说之间的祖述关系明确下来。另如,近代谭献《复堂日记》卷五云:"《拾遗记》,艳异之祖,恢谲之尤,文富旨荒,不为典要,予少时之话如此。"④将东晋王嘉诙谐怪诞的杂史杂传小说《拾遗记》确定为艳异小说之祖。再有,晚清时期邱炜萲《客云庐小说话·小说始于史迁》云:"史迁写留侯事,颇多怪迹,仓海、黄石、赤松、四皓,后之论者均断定都无此人。不过迁性好奇,特点缀神异,以为行文之别派。按此实为后世小说滥觞,唐人虬髯、红拂盖本此义,以为无中生有者。"又引菽园语曰:"千古小说祖庭,应归司马。"⑤因为《史记》有着"点缀神异"因素,故而将这部史书视为小说滥觞,并奉其作者司马迁为小说之祖。

相对而言,在运用源流思维谈论小说历史时,人们更乐于拿"史书"作为参照。自唐代,人们开始接受小说的"史书"源流观念。初唐长孙无忌在《隋志·杂传类序》指出:"古之史官,必广其所记,而又杂以虚诞怪妄之说。推其本源,盖亦史官之末事也。"⑥开始将史官记录的零散的副产品当作小说的本源,此乃基于小说虚诞怪妄性质。而后,刘知几在其《史通·杂述》中提出小说乃"史氏流别"说:"是知偏记小说,自成一家,而能与正史参行,其所由来尚矣。爰及近古,斯道渐烦,史氏流别,殊途并骛。"认为小说与正史本来是合流的,后来才

① 冯梦龙《古今小说》,人民文学出版社 1958 年版,第 1 页。
② 谢肇淛《五杂俎》,中华书局 1959 年版,第 379 页。
③ 胡应麟《少室山房笔丛》,中华书局 1958 年版,第 415 页、474 页。
④ 谭献《复堂日记》,河北教育出版社 2001 年版,第 110 页。
⑤ 阿英编《晚清文学丛钞·小说戏曲研究卷》(卷四),中华书局 1960 年版,第 423 页。
⑥ 魏徵等撰《隋书》,中华书局 1973 年版,第 982 页。

分流殊途了。在提出小说是"史氏流别"这一见解的同时，刘知几特别指出："如《吕氏》《淮南》《玄》《晏》《抱朴》，凡此诸子，多以叙事为宗。"①认为这些文史典籍含有小说性的叙事，其逻辑前提是将"史"视为小说之源。宋代撰成的《新唐书·艺文志序》亦云："至于上古三皇五帝以来世次，国家兴灭终始，僭窃伪乱，史官备矣。而传记、小说，外暨方言、地理、职官、氏族，皆出于史官之流也。"②也认为包括"小说"在内的六大史官流派皆出于"史官之流"。总之，唐人开始大张旗鼓地把"小说"当作杂史看，于是后世目录学家们又常常将小说归入"史部"。

到了明代，"史书"源流说还在不断发酵。陈言《颍水遗编·说史中》指出："正史之流而为杂史也，杂史之流而为类书、为小说、为家传也。"③此梳理了正史、杂史、类书与小说、家传之间的来龙去脉，指出"小说"是发自"正史"，而经由"杂史"而来的，其言外之意是，小说之"根源"在"正史"。而焦竑在其《国史经籍志》卷三"杂史类序"指出，杂史"体制不醇，根据疏浅，甚有收披鄙细，而通于小说者。"其按语又云："杂史、传说皆野史之流……若小说家与此二者易混，而实不同。"④既强调杂史在记录琐细事件方面与小说相通的一面，又将杂史、传说归属到"野史之流"，看到了它们与小说的不同。再后来，清代《四库全书总目提要》把质实视为小说的本质，反对虚构的叙事观念，并将其流别分为三派："其一叙述杂事，其一记录异闻，其一缀缉琐语也。"⑤置入"子部"。同时，他对《聊斋志异》的"才子之笔"不满，认为它不符合"著书者之笔"标准。在他看来，"小说既述见闻，即属叙事，不比戏场关目，随意装点……今燕昵之词，媟狎之态，细微曲折，摹绘如生，使出自言，似无此理，使出作者代言，是何从而闻见之，又所未解也"。⑥ 纪昀认为，小说属于叙事，而叙事就要真实、不能像戏剧那样随意虚构，这就把小说拉回到史书的"实录性"上来了。

大体说，中国小说理论注重小说自身及其生发及归属等问题的探讨。本来，关于小说发生的"源"与"祖"两种修辞言说没有本质的区别，只是"源流"喻说多将小说之"源"归结为"史"，"谱系"喻说则多将小说之"祖"归结为"子"或诸子之书。关于小说本性，古代小说理论强调其叙事性、妄言性。从这个意义上说，一部中国古代小说理论史，也可以说是一部小说认知史、观念史、分类归类史。

## 二、古代小说叙事理论的历史演变

中国古代小说长于叙事，它通常借鉴诗画的艺术经验，并特别依傍于史，因而相应的

---

① 《史通通释》，刘知几著，浦起龙通释，上海古籍出版社 1978 年版，第 273 页。

② 《新唐书》，欧阳修、宋祁等撰，中华书局 1975 年版，第 1421 页。

③ 陈言《颍水遗编》（《丛书集成初编》本），商务印书馆 1937 年版，第 31 页。

④ 焦竑《国史经籍志》，中华书局 1985 年版，第 100 页。

⑤ 永瑢等《四库全书总目提要》，中华书局 1965 年版，第 1182 页。

⑥ 纪昀《阅微草堂笔记》，上海古籍出版社 2010 年版，第 1 页。

小说叙事理论长期借镜于诗论和画论，且以"拟史批评"为核心。首先是，传统诗论、画论中固有的重直觉、重感悟等思维方式，以及意象化、即兴式批评方式，被推广到中国古代小说理论中。尤其是小说评点理论多针对具体小说文本有感即发，且采取"寓目即评"方式，致力于评赏小说文本意蕴与兴味。其次便是惯常拿长于叙事的"史"为镜像加以阐释，形成"拟史批评"传统。所谓"拟史批评"，即运用史传视角看待小说的叙事之道和行文方式，或将某部小说比作史部经典《史记》，或称赏小说叙事中的春秋笔法、实录精神，或赞美某些小说笔法胜过史传的叙事效果，等等。

自古以来，小说与史书关联复杂，二者之辨乃中国小说理论上的一桩公案。自南宋刘辰翁评点《世说新语》开始，小说评点就已注重小说叙事与史书叙事的辨析。如他评点"桓公卧语"一则关于桓温时而"卧语"、时而"屈起"一段叙事文字曰："此等较有俯仰，大胜史笔。"指出子虚乌有的"小说家言"大胜"史笔"，这是对小说笔势顿挫、跌宕有致叙事的肯定。由于刘辰翁评点的对象偏重于写人，因而他关于叙事的评语并不多。

到了明代，随着小说的广泛刊印和传播，序跋、评点等批评形式纷纷出现。另有一些笔记、笔丛，记载了批评家对小说的看法，小说理论得以蓬勃发展。其中，李卓吾《焚书·杂记》在继承司马迁"发愤著书"传统基础上，强调《水浒传》的创作是"夺他人之酒杯，浇自己之块垒"。作为现存较早的较完整的章回小说评点著作，容与堂本《水浒传》以及在此前后问世的袁无涯刻本《水浒传》均题名李卓吾评点，都发扬了《史记》"发愤著书"观念。其中，容与堂本（现通常认定为叶昼托名而作）的《忠义水浒传叙》说："《水浒传》者，发愤之所为作也。"①认为《水浒传》的创作与《史记》如出一辙，实际上也属于"拟史批评"。另外，署名"天都外臣"者在其所作《水浒传叙》中，将《水浒传》与《史记》相比较，认为《水浒传》"如良史善绘"，其中"警策"之处，与《史记》叙述"最犀利者""往往似之"。②

明末清初，金圣叹积十数年之功完成的《水浒传》批点，最终以《贯华堂第五才子书》的名目刻印刊行，认为《水浒传》的叙事写人方法源自《史记》，而又有较大的超越："《水浒传》方法，都从《史记》出来，却有许多胜似《史记》处。若《史记》妙处，《水浒》已是件件有。"尤其值得重视的是，金圣叹还别出心裁地辨析了历史叙事与小说叙事的不同："某尝道《水浒》胜似《史记》，人都不肯信，殊不知某却不是乱说。其实《史记》是以文运事，《水浒》是因文生事。以文运事，是先有事生成如此如此，却要算计出一篇文字来，虽是史公高才，也毕竟吃苦事；因文生事却不然，只是顺着笔性去，削高补低都由我。"③根据金圣叹的说法，历史"以文运事"，多叙已然之事；而小说"因文生事"，多叙可然之事。这意味着史书往往拘泥于历史事实，而小说可以根据兴致和情理添枝加叶，凭空造谎，信笔所之。这为长期以来小说与史书之间的不休争辩公案定了性，具有理论指导性。

---

① 丁锡根《中国历代小说序跋集》，人民文学出版社 1996 年版，第 1465 页。
② 施耐庵、罗贯中《水浒全传》，人民文学出版社 1954 年版，第 1826 页。
③ 丁锡根《中国历代小说序跋集》，人民文学出版社 1996 年版，第 1488 页。

后来，各种小说评点基本上沿用金圣叹等人的"拟史批评"口径和观念，不断地拿批评对象与《史记》等史籍进行对比，以突出小说的叙事功能之强、叙事造诣之高。毛纶、毛宗岗《读三国志法》说："三国叙事之佳，直与《史记》仿佛，而其叙事之难则有倍难于《史记》者。《史记》各国分书，各人分载，于是有本纪、世家、列传之别。今《三国》则不然，殆合本纪、世家、列传而总成一篇。"①强调《三国志演义》叙事水平不亚于《史记》，而其难度则有过之而无不及，其突出标志是综合运用了《史记》的本纪、世家、列传体例。张竹坡评点《金瓶梅》也强调说："《金瓶梅》是一部《史记》。然而《史记》有独传，有合传，却是分开做的。《金瓶梅》却是一百回共成一传，而千百人总合一传，内却又断断续续，各人自有一传。固知作《金瓶梅》者必能作《史记》也。何则？既已为其难，又何难为其易。"②这些小说评点者纷纷把各自的小说评点对象比作《史记》，而又强调小说叙事的难度更大。如此这般的"拟史批评"不仅提高了小说的地位，而且总结提炼出诸多小说叙事术语。这种思路和风气一直影响并延续到冯镇峦评点《聊斋志异》中，其《读聊斋杂说》指出："《聊斋》以传记体叙小说之事，仿《史》《汉》遗法，一书兼二体。""千古文字之妙，无过《左传》，最喜叙怪异事，予尝以之作小说看。"③认为《聊斋志异》模仿《史记》《汉书》笔法，兼有传记体史书与小说叙事二者之长；对《聊斋志异》影响甚大的《左传》，时而叙述怪异，不妨当小说看。

中国小说叙事理论注重叙事文理与叙事文法探讨。自刘辰翁开创小说评点以来，历经李贽、叶昼等人的努力，到金圣叹、毛宗岗、张竹坡、脂砚斋、冯镇峦，中国小说叙事文法理论得到高度重视，且越来越丰富，越来越成熟。其中，金圣叹《读第五才子书法》曰："《水浒传》章有章法，句有句法，字有字法。"他针对这部小说具体文本一口气即提出了"倒插法""夹叙法""草蛇灰线法""大落墨法""绵针泥刺法""弄引法""獭尾法""正犯法""略犯法""极不省法""极省法""欲合故纵法""横云断山法""鸾胶续弦法"等十几种叙事文法，④涉及现在所谓的倒叙、插叙、呼应、详略、快慢、伏笔、犯而不犯、接榫等叙事技巧和结构奥妙。此外，结合文本评点，金圣叹还提出了其他一系列叙事文法和技巧，如评第三回"鲁智深大闹五台山"一节提出的"舒其气而杀其势"法，以及"间架"法，总结了小说叙事的张弛有间之道；第二十三回回评指出："上篇写武二遇虎，真乃山摇地撼，使人毛发倒卓。忽然接入此篇写武二遇嫂，真又柳丝花朵，使人心魂荡漾也。"总结了小说叙事中审美格调变换之道。第二十五回评"供人头武二设祭"一段文字阐发了"加一倍写法"，探讨了小说叙事速度问题。金圣叹在总结小说叙事理论时，时常冠以"文法"名义，特别强调了《水浒传》"非他书所曾有"的叙事特色。其中，许多小说叙事文法术语援引自传统绘画理论术语、习见词语以及绘画史上的典故。如第十二回回前总评说："画咸阳宫殿易，画楚人一炬难；画舴艋千里易，画八月潮势难。"第十九

① 丁锡根《中国历代小说序跋集》，人民文学出版社 1996 年版，第 932 页。
② 同上书，第 1094 页。
③ 冯镇峦《读聊斋杂说》，见《聊斋志异》，上海古籍出版社 1978 年版，附录第 9 页。
④ 丁锡根《中国历代小说序跋集》，人民文学出版社 1996 年版，第 1489 页，第 1492～1494 页。

回回前总评运用了"胸有成竹"一词;第二十二回夹批运用了"赵松雪画马"典故;第二十六回夹批讲"画虎草木须作劲势"道理,并概括出小说叙事的"化工"境界,等等。总之,金圣叹对中国古代小说叙事之道与叙事之技的探讨和总结是有一定理论基础和理论高度的,故而成为中国小说理论演变史上的里程碑。

传统小说理论已初步意识到叙事要讲时间或因果逻辑关联。在金圣叹小说理论影响下,毛氏父子在《读三国志法》中归纳出"追本穷源之妙""巧收幻结之妙""隔年下种,先时伏着之妙""奇峰对插、锦屏对峙之妙"等十四种"叙事之妙"。在具体评点中,毛宗岗父子还经常以"叙事妙品"等评语称誉许多精彩的叙事段落。随后,在张竹坡评点《金瓶梅》所归纳出的一百零八条读法中,"叙事之法"也占了不少。尤其值得注意的是,张竹坡在金圣叹评《水浒传》强调"神理"的基础上,提出了叙事"情理"说:"做文章,不过是'情理'二字。今做此一篇百回长文,亦只是'情理'二字。"①这有利于人们破解小说所面对的"情""理"困惑,尤其是对脂砚斋评"事之所无,理之必有"的《红楼梦》具有指导意义。脂砚斋评点《红楼梦》也曾经总结出诸多叙事文法:"叙得有间架,有曲折,有顺逆,有映带,有隐有现,有正有闰。""用截法,岔法,突然法,伏线法,由近渐远法,将繁改简法,重作轻抹法,虚敲实应法。"在评点家们眼里,这种注意事件或故事来龙去脉、前因后果,注意情节或叙述之起伏曲折、有条不紊的叙事技法多姿多彩。

概括地看,从古代小说理论的承继关系看,李贽、叶昼等具有开创风气之功,金圣叹评点《水浒传》的理论贡献至高无上,毛宗岗评点《三国演义》、张竹坡评点《金瓶梅》、闲斋老人评点《儒林外史》、脂砚斋评点《红楼梦》等踵武其后,他们热衷于"拟史批评",强调小说叙事常常高于史书叙事,并初步形成一套富有中国本土特色的叙事文理与叙事文法理论。总体说,古代小说叙事理论多源自书画学、建筑学以及文章学等其他学科,关注叙事结构、叙事情理、叙事效果,探讨并总结出了一套叙事文理与文法。

## 三、古代小说写人理论的历史演变

中国古代小说理论针对小说地位、小说特性、小说的社会作用、小说的虚实关系与小说和生活的关系等问题展开了较为全面的探讨,而较为集中的问题主要还是叙事问题和写人问题。围绕这两个关键问题,小说理论花开两朵,争奇斗艳。小说写人之所以常常流于类型化,主要是为了服务于劝善惩恶需要。小说理论对小说的这些写人功能均有不同的概括和总结。

古代小说理论一方面把小说文本视为"余文遗事"的"谰言"和"琐语",另一方面又把小说文本当作"治家理身"的"可观之辞",因而写人理论也总是强调所写人物的社会功能和角色意义。冯梦龙编订"三言"以及陆人龙编订《型世言》所给出的"喻世""警世""醒世"以及

---

① 丁锡根《中国历代小说序跋集》,人民文学出版社 1996 年版,第 1096 页。

"型世"命意就充分显示出这一特点。传统小说写人的劝惩功能突出表现在"寓褒贬"方面。对此,小说理论家有较明确的认知。《金瓶梅》的作者兰陵笑笑生是通过写现实社会中日常人物的普通生活来寄托他的惩戒意图和爱憎怀抱的。东吴弄珠客《金瓶梅序》曾指出:"然作者亦自有意,盖为世戒,非为世劝也。如诸妇多矣,而独以潘金莲、李瓶儿、春梅命名者,亦楚《梼杌》之意也。盖金莲以奸死,瓶儿以孽死,春梅以淫死,较诸妇为更惨耳。借西门庆以描画世之大净,应伯爵以描画世之小丑,诸淫妇以描画世之丑婆、净婆,令人读之汗下。"①这里突出了"作者亦自有意","亦楚《梼杌》之意",而这"意"就是警诫之意,是通过写潘金莲、李瓶儿、庞春梅诸淫妇以及西门庆、应伯爵等各色丑角来实现的。再如,《儒林外史》卧闲草堂本第一回回末总评也说:"秦老是极有情的人,却不读书,不做官,而不害其为正人君子。作者于此寄慨不少。"第二十一回回末总评则指出小说关于牛、卜二老的描写,"作者于此等处所,加意描写,其寄托良深矣"。② 指出《儒林外史》借写众生相以寄托褒贬劝惩以及作者人生感慨。清代惺园退士曾借"铸鼎象物"评论《儒林外史》所写儒林众生相的传意效果:"摹绘世故人情,真如铸鼎象物,魑魅魍魉,毕现尺幅。而复以数贤人砥柱中流,振兴世教。其写君子也,如睹道貌,如闻格言;其写小人也,窥其肺肝,描其声态,画图所不能到者,笔乃足以达之。"③这是在说,像《儒林外史》这样的小说,其写君子,写小人无不惟妙惟肖,贵在铸鼎象物,以象传意。总之,强调写人文本的教化劝惩功能,并对文本人物加以"褒贬"或"寓褒贬",是中国古代小说写人理论的又一重要特质。

在"别善恶、分美丑、寓褒贬"观念下,文学写人容易使读者感到爱憎分明、是非明确,同时也容易陷入贴标签式鉴定与定案之中,尤其是在某种道德律制控下,许多文学人物成为图解,成为脸谱,甚至成为特定指涉意义的符号,导致审美意趣大打折扣。对此,《红楼梦》及其评点者脂砚斋曾予以针砭:"可笑近之小说中满纸羞花闭月等字。""最恨近之小说中满纸红拂紫烟。"(第一回评语)"最厌近之小说中满纸千伶百俐。""可笑近之小说中有一百个女子,皆是如花似玉一副脸面。"(第三回评语)"最恨近之野史中,恶则无往不恶,美则无一不美,可不近情理之如是耶!"(第四十三回评语)对以往千篇一律、千人一面的写人模式提出了否定。除了这些关于写人方面的"负面清单",脂砚斋还对小说作者"一洗小说窠臼俱尽,且命名字亦不见'红香翠玉'恶俗"(第四回评语)等创意给予充分的正面肯定。《红楼梦》在写人方面不再以好坏为简单的衡量标准,因而富有创造性。

同时,古代小说写人理论的建树突出表现在对小说写人效果和写人笔法所进行的各种品评和阐释上。这些小说写人理论源自以形神为核心的画论,带有较为鲜明的"拟画批评"性质。从历史演变视角看,古代小说写人理论大致是从形神论到性格论,再到情理论的。

明代中后期,特别是万历年间,随着中国小说戏曲等叙事文学的空前发展,许多小说评

---

① 黄霖《金瓶梅资料汇编》,中华书局1987年版,第1~3页。

② 李汉秋《儒林外史汇校汇评本》,上海古籍出版社2010年版,第15页、第271页。

③ 丁锡根《中国历代小说序跋集》,人民文学出版社1996年版,第1685页。

点者直接征用"如画""逼真""传神"等术语来评点小说戏曲文本。在袁无涯本《水浒传》中，题名为"李贽"所作的评语基本贯彻了这种"形神兼备"思想。如第三十八回有"眉批"评关于写李逵"黑凛凛"等笔墨时说："只三字，神形俱现。"当然，这些评论还只停留在只言片语上，没有充分展开阐发。大约同时，关于人物传神描写，容与堂刊本《水浒传》的评点开始批量予以"如画""传神""入神"之类的眉批、夹批。此后，以"形神"为尺度的批评文字触处可见。晚明人在评说戏曲小说写人技巧及效果时，已经广泛且灵活地征用"形神"理论。清代，小说戏曲批评家对"形神"理论的把握和应用更加得心应手。如脂砚斋评《红楼梦》甲戌本第三回针对所写黛玉初进贾府所见众人形象，运用了"写照""毕肖"等批语。随后，又针对关于王熙凤的容貌描写，有眉批曰："试问诸公，从来小说中可有写形追像至此者？"不难看出，这些眉批、侧批主要着眼于"写形追象"或"写照"，是对传统"形神"审美理论的灵活运用。实际上，时至今日，"以形写神""形神兼备"仍然是用以评赏文学艺术写人效果的重要关键词。

明末清初，在继承并发展"形神论"基础上，金圣叹标举并阐发应用了"性格"学说，使得中国写人理论话语趋于独立与成熟。在金圣叹之前，容与堂本《水浒传》第三回之总评所提出的"同而不同"论已较为明显地强调了人物性格的不可重复性："且《水浒传》文字妙绝千古，全在同而不同处有辨。如鲁智深、李逵、武松、阮小七、石秀、呼延灼、刘唐等众人，都是急性的，俱形容刻画来，各有派头，各有光景，各有家数，各有身份，一毫不差，半些不混，读去自有分辨，不必见其姓名，一睹事实，就知某人某人也。"在此，评点者对《水浒传》在人物性格创造中所表现出的派头、光景、家数、身份等各层面的不可混淆性，赞不绝口。正是在诸如此类论说的基础上，金圣叹《读第五才子书法》别看生面地推出了他的"性格论"："别一部书，看过一遍即休，独有《水浒传》，只是看不厌，无非为他把一百八个人性格都写出来。"这句话强调写出人物生动的"性格"是一部小说创作成功的主要标志，向来被视为金氏评点《水浒传》的总纲领。相对于注重内外兼顾的"形神"理论而言，金圣叹的"性格"理论更强调挖掘人物的内在的气质和性情。如他指出：《水浒传》只是写人粗卤处，便有许多写法：如鲁达粗卤是性急，史进粗卤是少年任气，李逵粗卤是蛮，武松粗卤是豪杰不受羁靮，阮小七粗卤是悲愤无说处，焦挺粗卤是气质不好。"同时，他在评论武松这个形象时流露了更丰富的"性格"思想："武松天人者，固具有鲁达之阔、林冲之毒、杨志之正、柴进之良、阮小七之快、李逵之真、吴用之捷、花荣之雅、卢俊义之大、石秀之警者也，断曰第一人，不亦宜乎？"这种以一字概括论定人物性情的做法，不妨视为一种前无古人的"性格兼容"论。其理论贡献在于初步看到了人物性格多元复合性。

尔后，在金圣叹"性格"理论的强力影响下，清代毛纶、毛宗岗父子在评点《三国志演义》过程中自然多处运用"性格"一词，并做到有的放矢。如第二十一回之总评在论刘备和关羽时说："两人同是豪杰，却各自一样性格。"便运用"性格"一词来概括二者性情面貌。在毛氏父子看来，性格决定行为；行为又可用来诠释性格，第三十五回之总评："一人有一人性格，各各不同，写来真是好看。"赵云虽与张飞、关羽同为"忠勇"，但性格有异，故而行为不同。相比而言，毛氏父子的评点更侧重于强调"性格"之"格"的一面，并从道德、智慧的角度概括出关于《三国志演义》主要人物的"三绝"说：即"智绝"孔明、"义绝"云长、"奸绝"曹操，从而将人物品格与才能的主导面加以放大，将现实性格的"超载"之"绝"上升到理论高度。① 这种"性格"学说是既往沈际飞、金圣叹等小说戏曲理论家善于运用一字概括人物"性格"的继续。稍后，张竹坡在金圣叹、毛宗岗等人运用"一字定性""一字褒贬"评说人物的策略，并有所发展，其《批评第一奇书金瓶梅读法》指出："西门是混帐恶人，吴月娘是奸险好人，玉楼是乖人，金莲不是人，瓶儿是痴人，春梅是狂人，敬济是浮浪小人，娇儿是死人，雪娥是蠢人，宋惠莲是不识高低的人，如意儿是个顶缺之人，若王六儿与林太太等，直与李桂姐辈一流，总是不得叫做人。而伯爵、希大辈皆是没良心的人。兼之蔡太师、蔡状元、宋御史皆是枉为人也。"此外，他还基于以往胡祗遹、王骥德、叶昼、李贽等人有关"情理"的学说，对"性格"理论进行了推演性的发挥和应用。其《批评第一奇书〈金瓶梅〉读法》说："做文章，不过是'情理'二字。今做此一篇百回长文，亦只是'情理'二字。于一个人心中，讨出一个人的'情理'，则一个人的传得矣。"②用今天的话来说，所谓的"情理"就是创造人物形象必须遵循的性格逻辑与生活逻辑。再后来，在对《红楼梦》进行评点时，脂砚斋特别注意从发掘人物的独创性入手，从而将"性格论"继续引向深入。如庚辰本十九回夹批有这么一段话："这皆宝玉意中心中确实之念，非前勉强之词，所以谓今古未（有）之一人耳。听其囫囵不解之言，察其幽微感触之心，审其痴妄委婉之意，皆今古未见之人，亦是未见之文字。说不得贤，说不得愚，说不得不肖；说不得善，说不得恶；说不得正大光明，说不得混账恶赖，说不得聪明才俊，说不得庸俗平[凡]；说不得好色好淫，说不得情痴情种，恰恰只有一颦儿可对。令他人徒加评论，总未摸着他二人是何等脱胎，何等骨肉。余阅此书亦爱其文字耳，实亦不能评出二人终是何等人物。"这段话虽然主要还是从人物道德化侧面来大谈特谈人物性格的，但其关于宝玉、黛玉性格的一系列"说不得"之论，是对以往人们关于人物性格描写的"复杂性"问题的继承与发展。所谓"说不得"云云，绝不是前述武松式的可以察辨的几重性格的叠加，而是难以辨明的多重性格的有机浑融。根据对"性格"一词的如此理解，脂砚斋在小说第二十回夹批中提出这样的观点："真正美人方有一陋处，如太真之肥，飞燕之瘦，西子之病。"又于第四十三回夹批中明确反对把人写成"恶则无往不恶，美则无一不美"。③ 其大意是，成功的人物性格塑造不在于所写对象是好是坏，也不在于其完美程度，而在于能够揭示出社会生活中人物性格特质的不同方面，显示其复杂性。上世纪初，沿着脂砚斋的路数，黄人在《小说小话》中继续倡言小说写人应该注意"人无完人"这一事实："古来并无真正完全之人格，小说虽属理想，亦自有分际，若过求完善，便属拙笔。"④随之，鲁迅先生同样深受《红楼梦》以及脂评中有关写人批评观念的影响，

① 罗贯中《三国志演义》(醉耕堂本四大奇书第一种)，毛纶、毛宗岗评，刘世德等编，中华书局 1995 年版，第 16～17 页。

② 《金瓶梅会评校本》，秦修容整理，中华书局 1998 年版，第 1503 页。

③ 《脂砚斋重评石头记》(庚辰本)(古本小说集成本)，上海古籍出版社 1992 年版，第 448 页、第 988 页。

④ 黄霖、韩同文《中国历代小说论著选》(下)，江西人民出版社 2000 年版，第 266 页。

从称赏《红楼梦》打破"叙好人完全是好,坏人完全是坏的"这一"写人之道"出发,极力推崇人物性格描写的多元化。[1] 后来,这种较为科学的"性格"理论不仅在"典型论"中摇荡着身影,而且还搭乘上新时期引进西方有关写人范畴的快车,直接开启了刘再复的"性格组合论"。梳理中国写人理论的历史演变,便可发现,许多写人理论术语存活至现代。

总体看,基于劝惩教化等文化传统和话语土壤,中国古代小说写人理论既以以形传神、气韵生动、写心等画学观念为核心,又吸收了情理、趣味、意象、意境等不少诗文理论观念,非常重视褒贬劝惩之"意"的传达。古代小说写人理论所谓的"性格"有时侧重于以气质与情调为基本内涵的"性",有时侧重于以品格与人格为基本内涵的"格",有时则是现代意义上的性格之"性"与道德化之"格"二者的交糅。

## 四、古代小说审美理论的历史演变

中国古代小说理论打破了传统"温柔敦厚""成教化,助人伦"等诗教格局,重视小说阅读的审美感受,结合具体文本阐发了"奇"、"趣"、"险"、"巧"、"俗"、"怪"、"浅"、"艳"、"谑"、"惊"、"骇"等美学格调,如此审美元素和范畴多矣。此择取"奇""趣"两个关键范畴,以点带面,对古代小说审美理论的历史演变加以梳理。

中国古代小说,无论是六朝的志怪,还是唐代的传奇、宋元以来的长篇小说,几乎都有一种刻意求奇的以奇为美的倾向。与此相应,中国小说理论贯穿着对"奇"这一本质属性的探讨。且不说中国古老的神话、仙话会给小说注入"奇异"因素,就是小说赖以脱胎的史传文学也把"奇"基因传了下来。汉代扬雄很早就曾指出:"仲尼多爱,爱义也;子长多爱,爱奇也。"[2]此虽以指瑕的口气说司马迁有爱奇的毛病,但却道出了《史记》尚奇的叙事特质。关于小说尚奇好异的遗传变异基因,借用汉代王充的话说,就是"世好奇怪,古今同情"。[3] 对此,后世小说将荒诞不经、迂怪莫测的基因进行了传承变异。唐人小说被称之为"传奇",意思是这些小说所传之事奇诡。宋代洪迈《容斋随笔》曰:"唐人小说,小小情事,凄惋欲绝,洵有神遇而不自知者,与诗律可称一代之奇。"[4]意思是,唐传奇体凭着人物神遇、凄惋欲绝等因素成为一代之奇。到了明代,即使小说叙述对象开始转向凡人凡事,无奇可传,小说评点仍然追求"奇",强调小说审美的拍案惊奇。明万历年间,徐如翰在《云合奇踪序》中指出:"夫所谓奇者,非奇衺、奇怪、奇诡、奇僻之奇。正惟奇正相生,足为英雄吐气,豪杰壮谈,非若惊世骇俗,吹指而不可方物者。"[5]赞美《云合奇踪》这样叙述朱元璋从草民到帝王传奇发迹史,可以"为英雄吐气,豪杰壮谈",能够给人带来发奋、振奋。此时,小说审美也在悄然发生着变

① 鲁迅《中国小说的历史的变迁》,见《中国小说史略》,人民文学出版社 1973 年版,第 306 页。

② 韩敬《法言注》,中华书局 1992 年版,第 319 页。

③ 王充《论衡》,收入《诸子集成》第七册,中华书局 1978 年版,第 34 页。

④ 汪辟疆《唐人小说》,上海古籍出版社 1978 年版,第 1 页。

⑤ 丁锡根《中国历代小说序跋集》,人民文学出版社 1996 年版,第 1003 页。

化,这种变化主要表现为不再以追求耳目之外超现实的怪异之奇为本,而开始了对叙述现实生活中无奇之奇故事的追求,由此也带来了理论上的突破。率先提出"庸常之奇"理论者是凌濛初,他不仅以"拍案惊奇"来命名其小说,而且在《拍案惊奇序》中提出了"庸常之奇"观念:"语有之,所少见,多所怪。今之人但知耳目之外,牛鬼蛇神之为奇,而不知耳目之内,日用起居,诡谲幻怪,非可以常理测者固多也。"①把"耳目之内,日用起居"之中的"诡谲幻怪"视为新的审美之"奇"品种。随后,睡乡居士的《二刻拍案惊奇序》不仅认为小说作者凌濛初"其人奇,其文奇,其遇亦奇",而且其作品也带有"无奇之所以为奇"特点,认为在人们日常"无奇"生活中才有真正奇妙精彩的"奇"。笑花主人《今古奇观序》也表达了大致类似的理解:"故夫天下之真奇,在未免不出于庸常者也。"另外,影响较大的说法还有,容与堂本《水浒传》第九十七回回末总评说:"《水浒传》文字不好处只在说梦、说怪、说阵处,其妙处都在人情物理上。"后来,金圣叹《读第五才子书法》称赞《水浒传》不说鬼神怪异之事,是他气力过人处。"其第二十二回回评又指出:"写极骇人之事,却尽用极近人之笔。"这些所谓"奇"都强调了"庸常"中见"奇"的一面。当然,人们对"奇"的理解是多维度的,其中还多注意"奇"与"幻"的关联。明代张誉《平妖传叙》认为"小说家以真为正,以幻为奇。"②在明代人看来,"幻"就是不真实,也正是小说家以虚为美之"奇"。中国小说理论关于"奇"内涵的探讨,还突出表现在关于"四大奇书"的命名与炒作上。问题要从李渔认同冯梦龙所谓的《三国》《水浒》《西游》及《金瓶梅》四种为"四大奇书"说起。在四部小说之"奇"中,李渔又格外推崇《三国》之"奇",他认为:"《三国》者乃古今争天下之一大奇局;而演《三国》者,又古今为小说之一大奇手。"③关于"奇"的表现,清乾隆时的何昌森《水石缘序》认为《水石缘》"既足以赏雅,复可以动俗。其人奇,其事奇,其遇奇,其笔更奇"。④ 总之,中国小说理论向来标榜"触目赏心,拍案惊奇"审美韵致,先后确立了"事奇""人奇""遇奇""文奇"等观念,只是不同历史时期,具体内涵有所不同。单就"文奇"而言,至少包括奇怪、奇异、奇特、奇崛、奇幻、奇妙等,真是无奇不有。总之,在中国古代小说理论中,"奇"与"正""常"相对应,关涉虚实、奇幻、庄谐以及教化劝惩等一系列理论问题。

　　"奇"之外,"趣"是中国小说审美理论的另一大贡献。与格调上相对正经的古代诗文相比,古代小说天性追求趣味,追求可读性。而从理论上加以突出,应当发自明代李贽、叶昼等人。他们在关于《水浒传》的评点中热衷于寻味文本之"趣"。如容与堂本《水浒传》第二十七回武松在十字坡遭遇孙二娘的暗算,在酒店嬉戏挑逗孙二娘的故事。作者写武松假意喝下有蒙汗药的酒,伙计挪移不动,孙二娘前来提武松,对两位挪不动武松的伙计说"你这鸟男人,只会吃酒吃饭,全没些用,直要老娘动手"。但当自己动手去提时,"武松就势抱住那妇

① 凌濛初《拍案惊奇》,江苏古籍出版社 1993 年版,第 741 页。
② 丁锡根《中国历代小说序跋集》,人民文学出版社 1996 年版,第 1347 页。
③ 丁锡根《中国历代小说序跋集》,人民文学出版社 1996 年版,第 900 页。
④ 同上书,第 1295 页。

人，把两手一拘拘将来，当胸前搂住；却把两腿望那妇人下半截只一挟，压在妇人身上"。孙二娘被压得"杀猪也似叫将起来"。对这种闹剧性叙述，眉批曰："趣绝。"第七十四回叙述燕青打擂、李逵乔坐衙事，尤其是写李逵断案，实在令人忍俊不禁，因而夹批曰："千古绝唱。"眉批曰："好个风流知县。"回末总评更是指出："燕青相扑，已属趣事，然犹有所为而为也。何如李大哥做知县，闹学堂，都是逢场作戏，真个神通自在，未至不迎，既去不恋。活佛，活佛！"如此"批趣处"现象司空见惯。第五十三回回末总评关于"趣"的阐发带有纲领性："《水浒传》文字当以此第一回为第一。试看种种摹写处，那一事不趣？那一言不趣？天下文章当以趣为第一。既然趣了，何必实有其事，并实有其人？若一一推究如何如何，岂不令人笑杀？"由此可见，评点者善于到处寻趣，寻找插科打诨的言行和短暂的快感。再如《李卓吾先生批西游记》第六十七回针对猪八戒行动的愚蠢可笑，评曰："到扯蛇，蛇没弄了，打草惊蛇，都是趣人喷饭。"李贽、叶昼等人的评点主要针对某些带有喜剧、闹剧性质片段，突出人趣、事趣、语趣。后来，金圣叹评点《水浒传》在继承前人"闲趣""曲趣"等思想基础上，除了开始强调由叙事结构带来的前后相互辉映之"趣"、腾挪跌宕之"趣"等审美趣味，还提出了"随手成趣"等审美观念。如第四十二回叙述朱贵质问李逵为何先下山却后到约定地点，李逵辩解说因"哥哥教我不要吃酒，以此路上走得慢了"。对此，金圣叹接连批曰："恰好李逵看榜，恰好朱贵抢来，一何巧合至此，几于印板笔法矣。反说一句迟来先到，不觉随手成趣，真妙笔也。""此等都是随手成趣"。到了毛纶、毛宗岗评《三国志演义》，他们更加关注由叙事结构的并置、呼应带来的趣味，惯于运用"相应成趣""相映成趣""映像成趣"等术语来评赏小说文本的精彩。《红楼梦》字里行间的流露及脂砚斋的评点则主要继承汤显祖《答吕姜山》所谓的"凡文以意趣神色为主"等美学思想，突出那人寻味的审美"意趣"。如第二十一回叙述袭人因为宝玉不听其劝，厮混于姊妹脂粉之间，故意以怄气的方式规箴宝玉。宝玉不得任性而为，便觉得"好没兴趣"，无趣中翻览《庄子·胠箧》一文，才觉得"意趣洋洋"，并进行了续作。小说原文即包含着"意趣"审美观念。再如，第十五回写秦钟与智能得机会亲近，运用了这么一段文字："正在得趣，只见一人进来，将他二人按住，也不则声。二人不知是谁，唬的不敢动一动。只听那人嗤的一声，撑不住笑了。"对此，庚辰本有侧评曰："请掩卷细思此刻形景，真可喷饭。历来风月文字可有如此趣味者？"评点者提醒读者要对这段文字"掩卷细思"，想象这种偷情尴尬情景，才能感受到其中意趣盎然。总之，"趣"作为中国古代美学中的重要范畴，在小说理论中也大有用场，内涵丰富。

总而言之，从文体及相应的批评形式看，中国古代小说理论常常按照以笔记体、传奇体为代表的文言小说与以话本体、章回体为代表的白话小说分而论之；前者代表是汉代班固、唐代刘知几、明代胡应麟、清代纪昀成一条线，他们大致采取杂论或专论形式，间有刘辰翁、冯镇峦等采取评点形式；后者从明代李贽、叶昼，到明末清初的金圣叹、毛宗岗、张竹坡、脂砚斋成一条线，大多采取评点、序跋形式。两条线既相对并行，又互相交叉，形成中国古代小说理论演变的瑰丽图景。纵观中国古代小说理论，我们不难发现，人们常常跨界性地攀附或援引史传、古文、绘画与戏剧等诸文类的专门性术语，以裨补难以自足言说的缺憾，从而形成

"拟于史传"、"拟于古文"、"拟于绘画"、"拟于戏剧"等"跨界取譬"的修辞批评传统。同时,围绕叙事与写人两大关键问题,中国古代小说理论既重视"发愤"、"劝惩"、"因缘"、"情理"、"性格"等层面的理论总结,又注意各种各样的文法理论阐发,从而形成叙事以写人,写人以明理传统。另外,中国古代小说理论历史演变态势也从"奇"、"趣"等审美范畴的演变轨迹体现出来。